김용섭 회고록

역사의 오솔길을 가면서

— 해방세대 학자의 역사연구 역사강의

김용섭

1931년생
1955년 서울대학교 사범대학 졸업
1957년 고려대학교 석사
1983년 연세대학교 박사
1959~1966년 서울대학교 사범대 교수
1967~1975년 서울대학교 문리대 교수
1975~1997년 연세대학교 교수
1977~1979년 한국사연구회 대표간사
1984~1985년 파리 제7대학 방문교수
2000년 대한민국학술원 회원

김용섭 회고록

역사의 오솔길을 가면서
-해방세대 학자의 역사연구 역사강의

초판 1쇄 발행 2011. 3. 22.
초판 3쇄 발행 2022. 6. 3.

지은이   김 용 섭
펴낸이   김 경 희
펴낸곳   (주)지식산업사
           본사 • 10881, 경기도 파주시 광인사길 53
           전화 (031)955-4226~7 팩스 (031)955-4228
           서울사무소 • 03044, 서울특별시 종로구 자하문로6길 18-7
           전화 (02)734-1978 팩스 (02)720-7900
           한글문패   지식산업사
           영문문패   www.jisik.co.kr
           전자우편   jsp@jisik.co.kr
           등록번호   1-363
           등록날짜   1969. 5. 8.

책값은 뒤표지에 있습니다.

ⓒ 김용섭, 2011
ISBN 89-423-7056-6 03810

이 책을 읽고 저자에게 문의하고자 하는 이는
지식산업사 전자우편으로 연락 바랍니다.

머리말

1

정년이 되기 이전 아직 현직교수로 있을 때, 내 학문에 호의를 보인 서중석 교수, 그리고 그 뒤에는 정구복 교수 등 후배 교수들로부터, 회고담에 준하는 면담 강연을 해달라는 제의를 받은 일이 있었다. 나는 이러한 문제에 관해서는 나대로의 견해를 가지고 있었으므로 이를 사양하였다.

그 견해란 어떠한 것이었는가?

그것은 한 역사학자가 자신의 평생의 역사연구를 회고담으로서 말할 수 있으려면, 그 연구가 한 시대 또는 전 역사시기를 통해 《삼국사기三國史記》나 《삼국유사三國遺事》와 같이, 고전으로서 남을 수 있을 만한 연구이거나, 창의성 있는 통사通史이어

야 한다고 생각한 점이었다. 그리고 이와 아울러서는, 그가 그
시대의 역사학계 사상계를 주도세력으로서 실질적으로 이끌어
온, 지도적인 인물이어야 한다고 생각하였다. 말하자면 그는 그
시대 사회에서 대표성을 갖는 인물이어야만 하였다.

그런데 나는 논문을 좀 쓰기는 하였지만, 어느 모로 보거나,
그러한 여러 조건을 충족시킬 수 있는 인물은 아니었다. 사람
은 자신의 분수를 알아야 한다고 생각하였다.

그렇지만 나에게 회고담을 쓸 것을 권하는 동학들은, 회고담
에 대한 견해가 내 생각과는 달랐다. 가까운 친구인 정창렬 교
수와 김경희 사장은, 근년에 이르러 내게 회고담을 쓸 것을 제
기하며 말하기를, '어느 학자가 신념을 가지고 평생 개성 있는
연구활동을 하고 후진에 대한 교육활동을 하였다면, 그가 노쇠
하여 연구를 못할 경우, 그 자신의 연구경험담을 후진들에게
들려줌으로써 그들의 연구에 도움이 되게 하는 것은, 선배학자
로서의 의무와 책임이 아닌가'라고, 그 필요성을 강조한다.

그리고 또 내 가까이에서 오랫동안 같이 지내온 백승철 교수
김성보 교수 등 몇몇 후배들은 '지금의 젊은 세대—학생들은,
60년 전 7,80년 전 해방세대解放世代들이 경험하였던 일제강점
기의 일본화 과정, 해방 후 동서東西냉전체제 국가들의 세계정
책이 몰고 온 한반도의 남북분단, 남북에 두 국가가 세워지는
데 따라 일어나는 갈등 대립, 6·25전쟁이 몰고 온 엄청난 파괴
력과 그 뒤의 혼란 등을, 말은 많이 들었지만 실감을 못합니다.

그러므로 그 속에서 그 시대를 체험하며 우리 역사학을 공부하고 연구한 학자가, 그 연구과정을 들려주면 후학들의 역사공부에 도움이 될 것입니다'라고 설득한다.

이러한 견해들은 맞는 말일 수도 있고, 필요한 일일 수도 있겠구나 생각하였다. 그래도 그러한 회고담을 말할 사람은 달리 적임자가 있을 것이라 생각하였고, 따라서 나는 선뜻 이 제의를 받아들이기 어려웠다.

2

그러나 동학들과 더불어 활동하는 학술계의 일각에 있으면서, 그들의 학술원 회원 추천(2000년 역사학회)을 계기로, 나는 결국 내 연구에 대한 회고담에 준하는 강연을 하고 글을 쓰지 않을 수 없게 되었다. 그리고 그 뒤에도 비슷한 일이 몇 번 있었고, 따라서 그 같은 강연을 몇 차례 하고, 글도 몇 편 쓰지 않으면 아니 되게 되었다.

그러므로 나는 이러한 과정을 거치면서, 이 문제를 다시 진지하게 생각하지 않으면 아니 되었다. 그 결과 그러한 글을 어쩔 수 없이 써야 하는 것이라면, 그것을 역사학 전반 인생 전반이라고 하는 거창한 자서전으로서가 아니라, 그것을 한 역사학자의 우리 역사 우리 농업사 연구에 관한 연구사, 연구사례, 작은 보고서가 되도록 범위를 좁혀서 기술하면 어떨까 생각하였다. 그리고 그런 가운데 우리 시대의 시대성 역사성이 다소나마 반영되면 되지 않겠나 생각하였다.

그리하여 나는 그 연구사를, 정직하게 '해방세대 역사학자의 역사연구 회고'라고 잠정하고 다음의 목차에서 보는 바와 같은 (본서 제1부) 구도로, 정리할 것을 구상하게 되었다. 해방세대들이 처한 당시의 어려운 상황에서, 내가 학문하는 길로 육성된 사정, 역사학을 공부하며 병아리 학자로 성장하고, 신국가 신문화 건설시대의 역사학자로서, 우리 역사를 바르게 연구하고자 노력하였던 사정을, 회고하고 설명하려는 것이었다.

이러한 제목은 시중 출판사가 간행하는 단행본 서명으로서는 적절하지 않으므로, 나는 '김용섭 회고록'을 전제로 한 그 서명을 출판사에 일임하였다. 김 사장은 시간을 충분히 가지면서, 정창렬 교수 김영호 총장과 여러 가지로 논의한 끝에 그 주제목을 '역사의 오솔길을 가면서'로 하고, 내가 내세웠던 위의 연구사 제목은 부제로 돌렸다.

본서의 제1부는 이렇게 해서 쓰여진 소품들을 모은 것이다. 나는 이로써 이 시대를 살아온 한 사학자로서, 그 마지막 의무와 책임을 다한 것으로 생각하였고, 이제는 그 의무와 책임에서 면책되기를 바랐다. 그리고 독자들에게는, 해방세대 역사학자의 역사공부 역사연구에 관한 한 보고서로서, 보아주기를 기대하였다.

3

그런데 나의 이러한 면책의 바람은 용납되지 않았다. 원고가 다 되었을 때, 이 회고록을 쓰도록 권했던 정창렬 교수와 김경희 사장은, 이를 통독하고 좋아하면서도 그 원고의 분량이 너무 적은 것을 아쉬워했다.

두 분은 연구에 관한 회고가 아니더라도, 그 연구와 표리관계가 되는 활동을 하였던 일, 그래서 나의 학문을 이해하고자 할 때는, 그냥 비켜갈 수 없는 화두가 되고 소재가 될 수 있는 일이 있음을, 잘 아는데 왜 안 쓰느냐는 표정이었다. 그러면서 이 책의 간행 예정일을 좀 늦추더라도 회고담을 더 쓰는 것이 좋겠다는 의견을 말했다.

나는 정 교수와 김 사장이 하고자 하는 말이 무엇인지를 잘 알고 있었다. 두 분은, 내가 젊은 시절에는 나의 연구주제와는 직접 관련되지 않는, 그러나 내 연구뿐만 아니라 우리 학계와 정신적 내면적으로 연결되는, 일종의 **문화 학술운동**에도 참여하여, 근대사학사를 강의하고 글을 쓰고 있었음을 잘 알고 있으므로, 이를 정리하자는 것이었다.

나에게서 회고담과 관련하여 새로운 소재를 발굴하려 한다면, 위의 운동은 여러 선배 학자들과 더불어 한 일이었지만, 그리고 내게는 아픈 역사이기도 하였지만, 꽤 흥미 있는 주제가 될 수 있을 것이다. 정 교수와 김 사장은 이 일을 오래 전부터 잘 알고 있었으며, 따라서 이제는 내 나이가 80이나 되었으니,

더 이상 미루거나 방임해서는 안 된다고 생각하는 듯싶었다.

이는 오랜 동안 자서전 집필을 준비해온 강만길 교수가, 동해안 어느 산마을에서 글을 쓰면서, 가끔 전화를 걸어 나보고도 회고록을 쓰도록 권하고, 쓸 거리가 없다고 하면, '아 그 사학사 관계 글들 있지 않아, 그거 쓰면 되지 무슨 소리야' 하며 그 특유의 경상도 말투로 극구 권유하던 문제이기도 하였다.

그래서 두 분은 나를 설득하되, 4, 50년 전의 우리 학계의 문화 학술운동은, 망국 이후 100년의 우리의 역사학 발전과정에서, 아주 중요한 분기점이 되겠는데, 이를 그대로 묻어두는 것은 안 될 일이며, 이때의 자료들을 끌어내어 정리하고 그 의미를 되새겨보는 것이 좋겠다는 점을 강조하였다.

동학들은 또 말하기를, 이제는 4, 50년 전의 시기로부터 세월이 많이 흘렀고 세상도 많이 변해서, 친일문제가 정부 차원에서 조사 공개되기도 하고, 공적인 연구소에서 거질의 《친일인명사전》을 간행하기도 하였으므로, 차제에 그 운동에 참여하여 쓴 글들을 회고록을 겸해서 정리 간행하는 것이 좋겠다고 설득한다.

4

나는 이러한 간곡한 권유를 옳은 말씀이라고 생각하였으며,

고맙게 생각하였다. 그리고 그 의견에 따르기로 하였다. 회고록
이 안 되면 그때의 글들을 모아서 작은 책자로 편찬하는 일이
라도 해야겠구나 생각하였다. 그리고 금년(2010년) 안으로 책이
나가도록, 예정하고 작업을 진행하였다.

글의 제목을, 1960년대의 문화 학술운동과 관련하여, '역사
청산 역사재건 — 해방세대 역사학자의 근대사학사 강의 회고'라
잠정하고 작업을 계속하였다.

그런데 글을 다 정리하고 보니, 이를 별책으로 간행하면, 이
와 표리관계에 있는 이미 쓴 글과의 연계성이 희석될 수도 있
겠구나 생각되었다. 그러므로 나는 이를 본서 전체의 표제 '역
사의 오솔길을 가면서' 안에서, 앞에 쓴 글을 **제1부** 뒤에 편집
한 글을 **제2부**로 종합 구성하기로 하였다. 그리고 이에 따라,
본서 표제의 부제와 제1부 제2부의 부제도, 목차에서 보는 바
와 같이 조정하게 되었다.

이렇게 정리하게 된 글은 분량이 얼마 안 되지만, 서둘러서
작업하게 되었으므로, 내가 새로 글을 써야 할 부분은 말할 것
도 없고, 수십 년 전의 구고를 찾아 원고로 정리하는 일은 더욱
급하였다.

이 구고 정리의 작업을 해결해 준 것은, 연세대학교 대학원
사학과의 원생 고태우·노상균 군과 박사생 김윤성·오상미 양
이었다. 이들은 복중의 무더위에도, 오래된 글들을 찾아 컴퓨터
에 입력하는 일을 분담 완수하였다. 그리고 내가 새로 글을 써

야 하는 부분을 위해서는, 자료를 대조해야 하는 까다로운 문제가 있었는데, 이는 쓰루조노 유타카鶴園 裕 교수, 기미지마 가즈히코君島和彦 교수, 이경식李景植 교수, 그리고 도서관의 김영원 부장 등의 도움을 받아 해결하였다. 이들 여러분의 호의에 감사하는 바이다.

이 소박한 책자는, 내가 글은 정리하였지만, 글을 쓰게 한 것은 학회와 학술원과 대학의 동학 여러분들이었다. 더욱이 정창렬 교수는 원고 전체를 읽고 이런저런 조언을 주고 표현을 조정하고 교정까지 보아주었고, 회고록이 좋은 이름으로 나가도록 적극 권한 것은 김 총장이었다. 그리고 출판사 편집부 박수용 대리와 김희선 씨는 조금은 색다른 이 책을 참하게 만드느라 노력을 많이 하였다. 그러므로 이 책자가 역사를 공부하는 후학들에게, 다소나마 참고가 되고 의미 있는 글이 될 수 있다면, 그것은 위의 동학들과 김경희 사장의 권유에 따른 것이라 생각하고 고맙게 생각하는 바이다.

2010년 11월

지은이

차 례

12

14

16

제 1 부

역사의 오솔길을 가면서

— 해방세대 학자의 역사공부 역사연구

시대와 학문의 배경

- 해방 후 역사학계의 구도

이 작은 책자는, 나 자신의 역사학자로의 성장과 연구활동을 회고하는 연구사이고 보고서이지만, 그러나 그러한 사정을 말하기에 앞서서는, 먼저 내가 성장한 당시의 시대적 학문적 배경과 학술계의 동향이 어떠하였는지부터 언급하는 것이 순서일 것으로 생각된다. 나는 그것을 '해방 후 역사학계의 구도'로서 설명하기로 하겠다.

　이 글은 지난 2005년에 해방 60주년 기념도 겸하여, 학술원에서 편찬 간행한, 《한국의 학술연구》 역사학 편(차하순 회원 주관) 한국사 분야 〈총설〉로 실었던 내 글을, 본서의 제목 체제로 조정하고, 그때 언급하지 못했던 약간의 사실을 보충하며, 참고문헌도 첨부하여 옮겨 실은 것이다(이 사업에 관해서는 본서 제1부 제11장을 참조).

　이때의 이 한국사 부분은, 해방 후 60년 동안의 한국사 연구의 성과를, 남쪽의 사정을 중심으로, 여러 학자들이 각자의 전공시기와 관련하여 구체적으로 분담 집필한 것이었다. 그 가운데 〈총설〉, 즉 본고에서는 이같이 정리된 한국사 연구의 성과가, 국가의 어떠한 학술정책 역사학계의 어떠한 구도 속에서 이루어졌는지, 그 윤곽이나마 개관하고자 한 것이었다.

역사학계의 이 구도는, 곧 해방세대解放世代들과 그 일원인 내가 역사를 공부하고, 역사학자로 성장하고, 연구하고 교수한 바탕이기도 하였다. 해방 후의 우리 역사학은 그 바탕 위에서 성립되었다. 그러므로 내가 나의 역사연구 농업사 연구를 설명하기 위해서나, 내 연구를 이해하고자 하는 독자를 위해서는, 먼저 그 바탕인 이 시기 역사학계의 구도를 언급해두는 것이 필요하리라 생각하였다.

이와 관련해서는, 일제하세대日帝下世代 학자들의 연구 동향에 관해서도 좀더 구체적인 언급이 필요하겠으나, 이에 관해서는 본서 제2부에서 근대사학사로써 다루게 되겠다. 그러므로 이 같은 문제에 관심이 있는 독자는, 그 부분을 아울러 참조하기 바라는 바이다.

1. 시대 상황과 역사학계

1945년 8월 15일 우리는 일제로부터 해방됨으로써, 신국가를 건설하고 우리 문화를 재건하며, 잃어버렸던 우리 역사를 다시 찾을 수 있게 되었다. 그렇지만 해방은 동시에 연합국에 의한 우리 국토, 우리 민족, 우리 문회의 남북분단, 따라서 역사학의 남북분단이기도 하였다. 분단만은 필사적으로 막아야 했지만, 현실은 그렇게 되지 못하였다. 해방의 의미는 제한적이

었으며, 우리 역사연구도 남북에 따라 다르게 전개되지 않을
수 없었다.

그러면서도 남북의 역사연구에는 한 가지 공통되는 전제가
있었다. 그것은 그 역사연구의 목표였다. 새로 세워질 우리 역
사학은 일제 아래 왜곡되었던 우리 역사를 바로잡고, 바르고
새롭게 체계화해야 한다는 점이었다. 우리 역사의 특징을 타율
성, 정체성, 아시아적 생산양식, 심지어는 역사상 국가건설의
능력이 없었다고까지 운위되는 바를 바로잡지 않으면 아니 되
었다. 해방 뒤 남북의 역사연구는 그 방법과 그 의식의 강도에
차이가 있기는 하였지만, 이 같은 문제를 전제로 하고서 작업
을 진행하였다는 점에서 공통되었다.

그러나 우리의 역사학을 바로 세우는 일이, 의욕만 가지고
해결될 수 있는 문제는 아니었다. 그것은 여러 조건을 갖출 때
비로소 가능하였다.

무엇보다도 신국가 신문화 건설의 일환으로, 대학을 세우고,
역사학과를 설치하며, 역사학자를 양성해야 했다. 그 역사학자
들이 자유롭게 연구를 할 수 있도록, 되도록 신속하게, 역사적
인 문헌자료를 정리 간행해야 했다. 학자들이 학회를 설립하고
학술발표를 하며, 그 논문을 학술지에 자유롭게 실을 수 있도
록, 건전한 역사학계가 성립되어야만 하였다. 그런 가운데서도
젊은 학자들의 연구를 이끌어 갈 수 있는, 유능한 지도적인 학
자와 지도기구가 있어야 했다. 국가를 대표하는 표준적 통사가

또한 편찬되어야 했다.

이러한 조건들이 일시에 이루어질 수는 없었다. 해방 60년은 이를 실현해 나가는 과정이었다. 그 60년도, 그 사이에 남북의 정부수립, 6·25전쟁이라고 하는 상황의 변동이 있어서, 학술계의 정착은 순탄치 않았다. 이 혼란한 시기의 역사학 역사학계는, 해방세대解放世代들이 역사를 공부하고, 역사학자로 성장하며, 연구하고 교수한 바탕이기도 하였다.

2. 역사학자의 양성

해방이 되었을 때, 새로운 역사학을 건설하고 우리 역사를 새로 체계화하기 위해서는 많은 역사학자가 필요하였다. 그러나 일제하日帝下의 대학에서 우리 역사를 전공하고 일가를 이룬 일제하세대日帝下世代 학자는 그리 많지 않았다. 그나마 그 학자들도 국토가 남북으로 분단됨에 따라서는 양분되지 않을 수 없었다. 그뿐만 아니라 이런 교수 학자 부족을 메우기 위하여, 해방 직후에 양성한, 다음에 언급하는 바와 같은 학병세대學兵世代 학자들도 남북으로 분단되었다.

남북분단은 남에 자유민주주의 자본주의 국가를, 북에 인민민주주의 사회주의 국가를 수립케 하였다. 일제하의 연구활동 이래로 대체로 진보적 성향의 인사는 북으로 가게 되고, 보수적 인사와 중도적 입장의 인사들은 남에 남게 되었다. 남북 역사학자의 이러한 배치 구도는, 그 국가체제 그 이념과도 관련하여, 그 뒤의 남북 역사연구의 성격을 규정하는 바가 되었다.

그리고 역사학계의 그 같은 양분은, 남북을 가리지 아니하고 국가 건설과 역사학의 건설에서 인재의 태부족을 호소케 하였다. 이때에는 역사학자의 양성이 시급하였다.

남에서 인재를 양성하고 역사학자를 육성하는 일은 해방 직후 대학을 설립하는 일로부터 시작되었다. 일제의 경성제국대학을 해체하고 이를 경성대학으로 재건하였다가, 미군정하에서 모든 관립의 전문학교를 종합하여, 미국식 국립종합대학으로서 서울대학교를 설립하였다(1946년). 태평양전쟁으로 대학의 학업을 중단 당하였던, 많은 학병세대學兵世代(학병·징병·징용·자퇴 학생들을 모두 이 개념으로 부르기로 한다) 학생들이 편입학하여 학업을 마치고, 곧 학자 교수 대열에 편입되었다.

서울대학교는 그 뒤 지방에 설립되는 국립종합대학과 사립 전문학교에서 승격하거나 신설되는 사립대학의 표본이 되었다.

이러한 종합대학에는 사학과(문리대)와 역사과(사범대)가 설치되었다. 사학과 제도는 1960년대에 한일회담이 체결되고, 일본의 영향력이 커질 것에 대비, 한국사 연구인력을 늘려야 한다는 시대적 사회적 요청에 따라, 국사학과·동양사학과·서양사학과로 분과되기도 하였다. 그리고 이 같은 종합대학에는 학교마다 대학원을 설치하고, 처음에는 주로 석사를 배출하였으나, 시간이 흐름에 따라서는 점차 박사학위를 받는 연구인력도 양산하게 되었다.

이러한 대학들에서 교수로서 역사교육을 담당하고, 학생들을 역사학자로 양성하게 되는 것은, 처음에는 주로 일제하의 대학에서 역사학을 전공한 소수의 일제하세대 인사들이었다. 일본의 교육을 받은 이가 대부분이었고, 더러는 중국이나 구미歐美에서 교육받은 학자도 있었다. 교수인력이 절대적으로 부족한 때였으므로 한 교수가 두 대학의 전임을 겸직하기도 하였다.

그러나 곧 학병세대들이 학업을 마치고, 교수대열에 참여하게 됨으로써, 이는 역사학계에 새로운 활력소가 되었다.

6·25의 전시 중에도 대학교육은 피난지 부산·대구·광주 등지에서 계속되었고, 정부는 교수요원 확보를 위한 특별한 정책을 마련하기도 하였다. 1950년대 후반부터는 이렇게 양성된 교수인력이 학계에 투입되었다.

북에서도 해방된 다음해에, 전체 교육개혁의 일환으로서 김일성종합대학을 설립하고(1946년) 력사학부(조선사학과 세계사학과 철학과)를 설치하였다. 연구인력(박사)을 배출하기 위한 연구원(대학원)도 설치하였다. 그리고 이어서는 이를 기준으로 하여 여러 지방에 많은 단과대학을 설립하였다.

인재양성 학자양성은 연구기관인 과학원에서도 하였으며, 박사학위는 국가 관리하에 수여하였다. 6·25의 전시중에는, 우수한 학생을 선발하여 국비장학생으로 중국에 유학시키고, 학업을 마치고 학자가 된 후에는, 해방세대解放世代 학자로서 학계에 투입되었다.

북에서도 처음에는 주로 일제하에 역사학을 전공한 인사들 가운데, 맑스레닌주의에 투철한 소수의 역사학자들이 정선되어, 교수로 임명되고 역사교육 역사학자 양성을 담당하였다.

3. 학술연구 역사연구를 위한 지도기구

정부에서는 그 국가체제 건국이념과 관련하여, 대표 학술연구기관 역사연구기관을 설립하고, 역사학자들의 연구를 일정한 방향으로 이끌고자 하였다. 대한민국학술원(역사 분야는 인문·사회과학부 제3분과에 속한다 ─ 이하 학술원으로 약칭, 1952년 문화보호법으로 입법)과 문교부 국사편찬위원회(1946년 국사관으로 출발, 1947년 국사편찬위원회로 개칭)는 그러한 대표기관이었다.

학술원은 애초에 남북이 분단되기 이전에는, 과학자들이 해방된 다음 날 좌우합작으로 하나의 조선학술원을 설립하고 (1945년), 일치단결하여 국가건설에 기여코자 하는 것이었으나, 남북이 분단되고 두 국가가 수립되는 데 따라, 북에는 과학원 남에는 학술원으로 분리 설립된 기관이었다.

그리고 국사편찬위원회는 일제하 조선사편수회의 도서를 인수하여 문교부 소속으로 새롭게 설립된 역사편찬기관이었다. 북에는 이와 꼭 같은 기관이 교육성 산하에 조선력사편찬위원회로서 설치되고 있었으나, 과학원이 설립된 뒤에는 력사연구소로 개편되어 과학원에 속하게 되었다.

남북의 대표 학술연구기관·역사연구기관은 외형상으로는 매우 흡사하였다. 그러나 그 기관들이 과학자, 역사학자들의 학술

연구를 지도하고 이끌어 나가는 방법에는 큰 차이가 있었다.

북의 과학원은 국가 차원의 학술연구의 사령탑이자 총본부로서, 여러 연구소, 역사 분야의 경우라면 력사연구소 고고학 및 민속학연구소를 거느리고 직접 집체적으로 연구도 하고 박사생을 양성도 하는 가운데, 전국의 연구기관과 연구자들에 대한 지도를 일사불란하게 조직적으로 수행하였다. 과학원은 뒤에 4개 전문분야로 분리되고, 력사연구소 등은 사회과학원에 속하게 되었는데, 과학자들에 대한 연구의 지도방침에는 변함이 없었다.

남의 학술원은 법제상 대내 대외적으로 국가를 대표하는 과학자의 대표기관이기는 하였지만, 명실상부한 연구기관은 아니었으며, 연구시설이나 행정조직의 면에서 전국의 과학자를 직접 지도할 수 있는 기관이 아니었다. 학술원은 정부가 연구업적이 많은 노학자들을 처음에는 선거제, 뒤에는 학계의 추천에 의거하여 회원제로 구성한 상징적 대표 학술기관이고 예우기관이었다. 그런 점에서 학술원은 연구자들에게 간접적인 지도기관에 지나지 않았다.

정부에서는 이를 보완하는 의미에서 두 기관을 설립하고 사업을 하였다. 그 하나는 재단법인 민족문화추진회를 설립하여 (1965년), 민족문화의 보존·전승·계발·연구를 함으로써, 민족문화를 진흥시키고자 한 일이었으며, 다른 하나는 한국정신문화연구원(뒤에 한국학중앙연구원으로 개칭)을 설립함으로써(1978년), 연구도 하고 박사도 양성하는 가운데, 당시의 정국과도 관련 한국문화를 세계에 선양하고자 한 일이었다. 하지만 이 두 기관도 한국사연구를 지도하는 대표 학술기관은 아니었다.

남에서는 역사학계를 이끌고 지도하는 기관이나 인물이 여러 계통으로 분산되어 있었다. 정부는 학계의 자유로운 활동과 성장 그리고 경쟁을 지켜보고 있었다. 이는 자유민주주의 국가에서 역사학 역사학자 육성의 방법이 되는 것이기도 하였다. 역사학자들이 양성될 때의 학교와 지도교수, 그들이 소속한 대학과 연구소의 학풍, 그리고 학자들이 모인 학회의 분위기와 활동 등은 젊은 연구자들에게 큰 영향을 미치고 있었다.

그러한 가운데서도 후술하는 바와 같이, 선발先發 학회의 활동은 학계의 한국사연구를 사실상 내면적으로 이끄는 바가 되었다. 그리고 좋은 통사通史를 쓰고 많은 연구업적을 쌓은 학자는 젊은 학자들에게 연구자의 사표가 되기도 하였다. 역사연구 역사학계의 지도기관은 다원적 분산적이었으며, 조직적이고 통일적인 것은 없었다.

그러나 세월이 많이 흐른 뒤 1970년대에 들어서이기는 하지만, 문교부 산하 국사편찬위원회에서는 이런 학계를 행정조직 연구사업의 차원에서 하나의 체계로 흡수 관장해 나가고 있었다. 이 기관은 정부기구 안에서 지위는 낮았지만, 위원장 휘하에 역사학계의 원로교수로 위원을 구성하고, 그뿐만 아니라 많은 연구 인력을 거느리고 우리 역사의 편찬사업을 수행하고 있었다.

처음에는 귀중한 자료를 정리 간행하고 보급하는 데 주력하였으나, 한국사학회를 사실상 부속하는 가운데 《사학연구》를 편찬 간행하며, 이어서는 학계의 연구 상황을 정리하여 《한국사연구휘보》를 간행함으로써 학자들에게 문헌정보를 제공하며, 전국의 역사학자 문화학자들과 연대하여 《한국사론》《국사관 논총》 등의 학술지를 간행함으로써, 점차 역사학계의 중심이 되어나갔다. 그리고 사회적 정치적으로 한국사연구 한국사교육의 중요성이 고조됨에 따라서는, 중·고등학교 교과서를 편찬하기도 하고, 마침내는 뒤에 상론되는 바와 같이 국가사업으로서 우리 역사를 거질의 《한국사》로 편찬하기도 하였다.

이 편찬사업을 위해서는 그간 연구된 여러 역사학자들의 논저를 검토하고, 또 그 교수들을 선발 동원하여 국가를 대표하는 우리 역사를 편찬하는 데 참여토록 하였다. 그러한 점에서 국사편찬위원회는, 남측 한국사연구, 한국사학계의 실질적인 대표기관 지도기관이 되는 것이었다고 하겠다.

4. 역사학계의 학회 활동, 학술지 발행

역사학자들의 학술활동은 정부수립 이전의 해방공간에서부터 이미 시작되고 있었다. 이때에는 많지 않은 역사학자들이 국가건설의 문제와 관련하여 역사연구의 방향 방법을 모색하는 단계였다.

그들은 해방된 다음 날, 서울에서 좌우합작으로 국가건설에 기여하려는 조선학술원을 설립하고, 연구사업을 시작하였다

(《학술》, 1946 참조). 우리 역사와 관련해서는 이병도 부장에게 통사를 집필하도록 위촉하기도 하였다(《조선사대관》으로 1948년에 간행).

일제하에 활동하였던 진단학회가 재건되고(《진단학보》15호 1947년 속간), 그 회원들의 연구업적이 "조선문화총서"로 을유문화사를 통해 간행되어, 한국문화 연구의 상징이 되었다.

그리고 비교적 중도적이고 진보적 입장인 역사학회(전기)가 설립되어 활동을 하며(《역사학연구》1949년 간행), 중도적이나 좌우합작 지향의 민족문화연구소가 창립되어 그 기관지를 발행하였다(《민족문화》1946년 간행).

중도적이나 민족주의 역사학, 또는 신민족주의 역사학의 인사들은 정치활동을 지향하며, 그 연구를 단행본으로서 간행하였다(정인보, 《조선사연구》상·하, 1946~1947 ; 안재홍, 《조선상고사감》상·하, 1947~1948).

그리고 좌편향의 조선과학자동맹이 설립되어 활발하게 연구활동을 하였다(《이조사회경제제사》1946, 기타 간행).

이때의 여러 계통의 역사학자들은, 각자의 현실인식에 따라 사명감을 가지고 연구활동을 하였으며, 우리 역사학의 새로운 건설을 위해서 진력하고 있었다. 이 시기의 학풍은 다양하고도 왕성하였다. 그러나 그런 만큼 역사서술상의 차이도 심각하였다.

역사학자들의 학회활동은 6·25전쟁으로 한때 좌절되었다. 많은 학자들이 자의이거나 타의에 의해서 북상을 하였다.

그러나 휴전협상의 전망이 밝아짐에 따라, 전시중임에도 전후복구를 위한 인재양성과 더불어 학회활동이 재개되었다. 전쟁 전의 다양하였던 성향의 학회활동이 단일한 성향으로 정리되는 가운데 왕성하게 전개되었다.

1952년 피난지 부산에서, 정부와 과학자 예술가들이 문화보호법으로 학술원·예술원 설립을 추진하고 있을 때, 학병세대學兵世代의 소장 역사학자들은, 미국 공보원의 지원을 받아 새로이 역사학회歷史學會(후기)를 설립하고 학회지 《역사학보歷史學報》를 간행하였다(1952). 전시중 어려운 때의 일이라, 한동안은 동인지적 성격이 강했지만, 역사학도들은 그것을 읽으며 감격하고 환호하였다. 이 해에는 다른 학술 분야에서도 여러 학회가 설립되었다.

학술원은 개원한 뒤에도 상징적 대표 학술기관으로 그쳤지만, 역사학회는 역사학계의 선발학회로서 그 활동을 활발하게 전개하였고, 그 구실을 다하였다. 정세가 안정되고 역사학자의 수가 늘어남에 따라서는 그 연구성과를 《역사학보》만으로써 소화할 수 없었다. 역사학자들에게는 그들이 자유롭게 연구활동을 할 수 있는 역사학 관련 전문학회와 전문 학술지가 더 필요하였다.

한국사 분야에도 새로운 전국 규모의 학회가 여러 곳 생겼다. 국사편찬위원회에서는 한국사학회를 부설하고 《사학연구史學研究》를 간행하였으며(1958), 한일회담의 비준을 계기로 사회적으로 더욱 많은 한국사 연구자의 양성이 요청됨에 따라서는,

앞에 잠깐 서술한 바 국사학과 설치와 더불어, 한국사연구회를 설립하고 《한국사연구韓國史研究》를 간행하였다(1968). 그 뒤 군사정권 아래에서 민주화운동을 실천하고 있었던 민주화운동 세대民主化運動世代의 소장학자들은 한국역사연구회를 조직하고 《역사와 현실》을 간행하였다(1989).

그리고 이보다 앞서 다음 세대에 대한 역사교육의 중요성에 각별한 관심을 가진 역사학자와 교육학자들은 역사교육연구회를 설립하고 《역사교육歷史敎育》을 간행하였으며(1956), 대륙문제에 남다른 관심을 가진 노학자들은 백산학회를 설립하고 《백산학보白山學報》를 간행하였다(1966).

진단학회는 우여곡절을 거치면서 6·25전쟁 후에 《진단학보震檀學報》를 복간하고(1955), 《한국사韓國史》(전7권, 이병도 주관 하에 김재원, 이병도, 김상기 — 뒤에 이병도로 교체, 이상백, 최남선 — 사망으로 이선근 대체)를 발행하였으며(1959~1965), 한동안 소강상태였으나, 중견 소장학자를 대거 영입함으로써《진단학보》의 간행을 활성화하였다.

이 밖에 특정 분야사를 연구하는 학술단체로서는, 한국고고미술사학회 한국경제사학회가 조직되어 한국사연구의 발전에 기여하였다.

근년에는 한국사상사학회 한국사학사학회가 설립되어 활동을 하고 있다. 그리고 젊은 역사학자들은 독지가의 원조를 받아 역사문제연구소를 설립하고 《역사비평》을 간행하고 있다(1987). 지방에는 지방단위의 학회가 설립되어 독자적인 학술

활동을 하고 학술지를 간행하고 있다.

통일문제와 관련해서는, 몇몇 대학이 북한학과를 설치하고 교육과 연구를 하는 가운데, 경남대학교 극동문제연구소에서는 좋은 자료집과 연구물을 정리 간행하고 있으며, 현대사와 남북 문제를 연구하는 학자들은 종합학회로서 북한연구학회를 설립 하고《북한연구학회보》를 간행하고 있다(1997).

북에서는 역사학자들의 학회활동이 남에서와는 좀 다르게 전개되었다. 해방 직후 북(평양)의 연구환경은 남(서울)의 경우 보다 훨씬 열악하였다. 조선시기 이래로 오랫동안 우리나라 문 화는 서울이 중심이기 때문이었다. 그리고 북에서는 학자들의 연구에 대한 지도체계가 남과는 다르게 확립되어 있었기 때문 이었다. 그러므로 역사학자들은 6·25전쟁 이전에는 그 연구활 동을 조선력사편찬위원회의《력사제문제》(1948)를 통해서 하 게 되고, 그 후 과학원이 설립되고서는 그 력사연구소의《력사 과학》(1955)을 통해서 수행하였다.

5. 국가를 대표하는 표준적 통사의 편찬

해방 후 남북 역사학자들의 숙원 가운데 하나는, 우리 역사 를 바르고 새롭게 체계화한, 통사通史를 편찬하는 것이었다. 역 사학자 개개인의 작업에서뿐만 아니라 연구를 지도하는 정부 당국에서도 그러하였다.

그리고 연구자들은 각자의 관심에 따라, 개별 구체적인 문제의 해명에 최대의 목표를 두고 연구하는 바가 많았지만, 국가 차원에서는 그 같은 여러 학자들의 연구성과를 종합하여, 우리 역사의 대동맥에 흡수 체계화하는 것을 궁극 목표로 삼고 있었 다. 그것은 결국 정부당국의 학술정책의 문제이고, 국가를 대표 하는 표준적 통사의 편찬문제이었다.

이 같은 사업을 먼저 신속하게 진행한 것은 북에서였다. 북 에서는 조선력사편찬위원회의 출범(1947) 이래로 통사의 편찬 에 전력하였다. 그리고 6·25전쟁 이후에는, 1956년에 과학원 력사연구소에서 삼국시기 전후의 사회성격에 관한 토론회를 거쳐, 그 성과를 《삼국시기의 사회경제 구성에 관한 토론집》 (1958)으로 간행하였고, 그 뒤에는 마침내 《조선통사》(상·하, 2 권, 1958)를 편찬 간행하게 되었다. 이는 그 후 수정 보완되고, 1970년대에서 1980년대에 걸치면서는 《조선전사》(전27권)를 편찬하는 가운데, 새로운 역사체계를 확립하였다.

남에서는 6·25전쟁 이후의 어려운 때에는, 정부 차원에서 이 같은 사업을 전개하기 어려웠다. 이 문제는 결국 식민주의역사 학植民主義歷史學의 청산문제인데, 당시는 학문적으로나 정치 경 제적으로, 그러한 문제를 수행할 준비가 되어있지 않았다. 연구 인력, 사업의 추진주체, 역사이론의 면에서 그러하였다. 자유민 주주의 국가에서 중세국가와 같이 국정의 역사서를 편찬하는 것이 타당한가 하는 것도 의문이었다.

그렇지만 일제하에 왜곡된 역사가, 자연적으로 치유되고 소 멸될 수는 없었다. 이승만 대통령은 1958년 북에서 《조선통사》

가 나온 뒤, 결국 그 같은 사업을 수행하도록, 국사편찬위원회에 지시하였다. 그러나 그 사업은 대규모의 통사를 편찬하는 사업이 아니었다. 역사상 우리나라의 자주성 독립성과 관련되는 문제들을, 논문으로 작성하여, 《국사상의 제문제》에 발표하는 것이 전부였다(1959).

그나마 이때의 사업은 이승만 대통령이 하야함으로써, 그리고 1959년부터는, 사업을 담당하고 있었던 인사들의 진단학회 《한국사》(전7권)가 간행되고 있었으므로, 중단되지 않을 수 없었다.

하지만 이때의 사업이 정부 차원에서는 중단되었다 하더라도, 그 사업의 필요성마저 다한 것은 아니었다. 그 뒤 여러 학자들과 학회에서는 이와 관련된 문제를 여러 가지로 논의하게 되었고, 정부에게는 이것이 하나의 정책과제로 남게 되었다.

그러한 점에서 6·25전쟁 이래로 남에서 제기되는 통사의 편찬문제는, 아직은 깊은 연구에 기초한 식민주의역사학의 청산 없이, 우선은 기성의 일제하세대日帝下世代 역사학자들에게 일임되는 수밖에 없었다. 그 기성학자들은 일제하에 일본인 학자들에게서 역사학을 배우고, 그들과 더불어 학문활동을 같이해 온, 이른바 실증주의역사학實證主義歷史學 계열의 학자들이 중심이었다.

해방이 되었을 때, 서울에는 전통적 역사학에 기초하여 우리 역사의 고대사를 연구하는, 신채호 계열의 정인보·안재홍 등 민족주의역사학民族主義歷史學 또는 신민족주의역사학新民族主義

歷史學의 학자가 아직 건재하고 있었다. 신학문으로서의 근대역사학을 전공하고 신민족주의역사학을 표방하였던 손진태·이인영 등도 활동하고 있었다. 그렇지만 6·25전쟁 이후에는 이들 모두가 북상을 하였고, 따라서 그 학문적 전통이 대대적으로 계승 발전되기는 어려웠다.

따라서 실증주의 역사학자들은 역사학계의 원로로서, 주요 대학의 교수직을 독점하였으며, 그 저술은 역사학계를 실질적으로 이끌고 지도하는 자산이 되었다. 그런 가운데서도 중심이 되었던 것은 이병도의《조선사대관朝鮮史大觀》과 그가 이끄는 진단학회의《한국사韓國史》(전7권)이었다.

그러나 1960년의 4·19 이후에는 한일회담 문제와 관련, 역사학계에 식민주의역사학植民主義歷史學을 비판하고 청산하려는 운동이 전개되었다. 언론계에서는《사상계》사가 선구였고, 학계에서는 역사학회와 한국사학회가 그 한 주역이었다. 그리고 실제로도 역사연구에서 그것을 극복하려는 연구경향이 짙어지고 있었다(본서 제2부 참조).

그리하여 1960년대 말에서 1970년대에 접어들면서, 젊은 학병세대 역사학자들은 이러한 연구성과를 흡수하는 가운데, 이기백이《한국사신론韓國史新論》(1967), 한우근이《한국통사韓國通史》(1970)를 간행하여 역사학계와 지식인 사회를 이끌게 되었다. 이 두 책은 영문판으로도 번역 간행되었다. 그 징조는 이미 전쟁이 종식된 후 김철준·한우근의《국사개론》(1954), 김용덕의《국사개설》(1958), 이홍직·신석호·한우근·조좌호의《국사신강》(1958), 이기백의 《국사신론》(1961) 등에 나타나고 있었으나, 그 뒤 학계에 많은 연구성과가 집적되는 가운데, 그것이 이기백 한우근의 두 저서로 집약되었던 것이라고 하겠다. 이는 역사학계의 변화의 징조이고, 변화의 요구였다.

그런데 이때는 박정희 정권이 군사혁명으로 집권하고 학술문화 전반에 걸쳐 대단한 변화를 추구하고 있었다. 규모는 크고 속도는 빨랐다. 이 정권에는 대학자와 유능한 교수들이 다수 참여하고 있었으므로, 역사학계의 문제점을 정확히 파악하고 있었다. 그리하여 국내의 정치 사회사정(민주화운동)과도 관련, 그 정부로 하여금 국가 차원의 표준적 통사의 편찬을 추진토록 하였다. 정부는 이미 이승만 정권 시절, 잘못된 역사를 바로잡는 일을 시동하고 있었으므로, 이 일이 생소하지 않았다. 북의 《조선통사》도 의식하지 않을 수 없었을 것이다.

그리하여 학자들의 세대교체가 있고, 학문연구에 어느 정도 발전이 있었으며, 국력이 크게 성장하고, 정부권력이 크게 강화되었을 때, 그 정부에서는 이 사업을 더 이상 미루지 않았다.

그 방법은 역사학자들로 하여금 자율적으로, 문교부 국사편찬위원회 특별기구를 통해, 해방 이래의 숙제로 되어 있었던 표준적 통사를 편찬토록 하는 것이었다. 일제 말년에 학업을 중단 당했다가 해방 후에 복귀하여 학업을 마친, 학병세대學兵世代 학자들이 주축이 되었다. 해방으로부터 4반세기기 지난 1970년대에 접어들면서였다. 국사편찬위원회에서는 특별기구를 설치하고 수백 명의 교수·전문 연구인력을 동원하여, 그동안 학계에 축적된 연구성과를 망라 집대성함으로써, 국가를 대표하는 표준적 통사로서 제1차 《한국사》(전28권, 1971~1977년)를 편찬하게 되었다.

그러나 이 기획편찬이, 오랫동안 수준 높은 통사를 고대하고 있었던 역사학도들에게 만족을 줄 수 있는 것은 아니었다. 이 저술에는 그 구성과 내용에서 미비한 점이 많았다. 그러므로 제1차 《한국사》가 출간된 뒤에도 여러 학자들은 자신이 구상하는 통사를 집필 간행하게 되었다. 변태섭의 《한국사통론》(1986), 한국역사연구회의 《한국역사》(1992), 한길사의 《한국사》(전27권, 1994), 한영우의 《다시 찾는 우리역사》(1997) 등은 그러한 예였다.

그런 가운데서도 특히 주목되는 것은, 윤내현의 《고조선연구》(1994)를 비롯한 일련의 고대사 연구가 이루어진 점이다. 이는 어려운 학문풍토 속에서도, 전통적 우리 역사학을 재건함이었다.

뿐만 아니라 이 가운데는 국사편찬위원회 제1차 《한국사》와 역사의 체계를 달리하는 저술도 있었다. 이는 남쪽 역사학계의 학문적 다양성을 보여주는 것이기도 하였지만, 동시에 그 표준적 통사로서의 불완전성을 반영하는 것이기도 하였다.

그러므로 국사편찬위원회에서는, 역사학계의 이러한 동향을 충분히 인식한 위에서, 새로운 기획을 통해 제2차 《한국사》(전52권, 1997~2002년)를 편찬하지 않으면 안 되었다. 제1차 《한국사》에서 미진하고 불충분하였던 문제를 보완하는 가운데, 현

단계로서는 최선을 다한 거질의 표준적 통사를 완성하였다.

이때의 표준적 통사의 편찬은 사학사적으로 어떠한 의미를 지니는 것이었을까?

이는 제1차 《한국사》의 편찬 취지에 잘 나타나 있다(제1권). 이에 따르면 이 통사는 "올바른 사관을 확립하여…… 민족의 역사와 문화의 성장 발달을 바탕으로 한 한국사, 민족주체성에 입각하여 내재적 발전을 부각시키는 한국사"로서 편찬하려는 것이었다. 여기서 '올바른 사관'은 표현이 좀 모호하고 여러 가지로 오해받을 소지가 있지만, 뒤에 이어지는 취지 문장의 표현으로 보아, 일제하에 왜곡된 역사관을 바로잡는 바른 사관이라는 뜻이 되겠다.

그 취지가 그러한 것이었다면, 이 표현은 구태여 쓰지 않아도 좋았을 것이다. 이는 스스로 더 큰 의도— 신新역사학의 건설을 제약하는 것이 될 수도 있었다. 그래서 제2차 《한국사》에서는 이 표현을 삭제하고, 그 취지를 "한국의 역사와 문화에 대한 객관적 인식의 토대를 제공할 수 있는 한국사를 편찬한다."로 조정하였다.

그러므로 국사편찬위원회의 《한국사》 편찬의 의의는, 제1차 《한국사》의 편찬은 학병세대들, 그리고 제2차 《한국사》는 그 후의 세대들까지도 합세히어 **주축**이 된, 식민주의역사학의 정산운동이고, 구舊역사학의 극복, 신역사학의 건설운동이었다고 하겠다.

6. 남북 역사학의 두 흐름과 과제

지난 60년 동안 남북 역사학자들의 우리 역사에 대한 연구성
과는 참으로 큰 것이었다. 고고학·선사학 연구의 비약적인 발
전에 힘입으면서, 많은 자료를 이용하는 가운데 우리 역사의
새로운 체계는 추구되었다.

남북에서는 그러한 풍성한 연구성과를 바탕으로, 각각 그 국
가체제를 상징하고 국가의 역사연구를 대표하는 통사를,《조선
통사》·《조선전사》와 제1차 《한국사》·제2차 《한국사》로 편찬
할 수 있었다. 우리 역사의 공통된 사실의 기반 위에, 전자는
맑스레닌주의 역사이론을 도입함으로써 우리 역사를 새롭게
체계화하고, 후자는 여러 가지 상이한 역사사상을 체험한 학병
세대와 그 후 세대들이 이를 극복 종합하고 내면화하여 신역사
학으로 건설하고자 한 것이었다.

그러나 남북의 이 두 통사로 대표되는 역사학은, 강한 민족의
식과 역사주의 입장을 공통의 기반으로 하면서도, 그 체계화에
는 각각 역사인식을 달리하는 데서 큰 차별성을 띠고 있었다.

가령 남쪽이 역사발전의 핵을 정치적 변동의 결정체라고 할
수 있는 국가와 그 제도를 중심으로 한 데 대하여, 북에서는 국
가를 중요시하면서도, 역사발전의 핵심을 주로 그 내부의 사회
구성 사회성격의 변동에서 찾고자 하였음은 그 한 예이었다.
그리고 그 결과, 가령 남북 역사학이 우리 역사의 발전과정 시
대구분을 논하는 데서는, 커다란 차이를 나타내게 되었다. 고조

선에 관해서는 남북이 모두 애정을 가지고 그 사실 해명에 노력하였으면서도, 그 접근방법과 그 역사적 사회적 성격을 논하면서는 큰 이견을 보이게 되었다.

그뿐만 아니라 북에서는 《삼국유사》의 단군개국설화를 현실로서 인정하려는 데 대하여, 남의 강단 사학계에서는 전부는 아니지만, 그 주류 학계가 이를 일반적으로 신화神話로 돌리는 경향이 있어서, 큰 차이를 보이고도 있다.

하나의 역사를 서술하는 데 이러한 차별성이 있게 된 것은 그 연원이 오래였다. 해방 이전부터 우리 민족 내부에는, 여러 가지 요인에 의해서, 크게 두 경향의 복합적 정치경제사상과 역사인식 역사서술의 사상이 형성되고 있었다. 그리고 상반된 정치노선을 걷고 있었던 두 정치세력이, 해방과 더불어 국토가 분단되는 가운데, 체제와 이념을 달리하는 두 국가를 남북에 수립하게 된 데서 말미암고 있었다.

물론 이러한 사정이 민족 내적인 요인에 의해서만 형성된 것은 아니었다. 이는 이 시기 우리의 국토를 둘러싸고 전개된, 연합국의 세계정책, 동서냉전체제의 격돌, 초강대국가들의 대치라고 하는, 세계사적인 상황과 관련하여 형성 발전된 역사적 산물이라는 점이 더 강하였다.

그러므로 해방 후의 우리 역사는, 열강의 한반도 분단의 힘에 밀려, 1민족 2국가의 역사를 이루게 되었다고도 하겠으며, 따라서 이는 앞으로 남·북의 역사학이, 우리 역사를 1민족 1국가의 역사로 회복하고 체계화할, 과제를 안게 되었음을 의미하는 것이라 하겠다.

그러한 점에서 이 과제는, 해방 60년의 우리 역사학이 내일
의 역사학에게 인계하는, 민족적 학문적 사명이라고도 하겠으
며, 따라서 오늘의 역사학에게는 앞날을 통찰하는 가운데, 이
과제를 풀어나갈 준비를 해나가는 것이 요구된다 하겠다.

참고문헌

이인영,《국사요론》 부록, 우리민족사의 성격, 1950
이홍직·신석호·한우근·조좌호,《국사신강》 제1편, 서설, 1958
김용덕,《국사개설》 부1, 국사의 기본성격, 1958
국사편찬위원회,《국사상의 제문제》 1, 서문, 1959
三品彰英,《朝鮮史槪說》, 一의 1 朝鮮史의 他律性, 1940 ; 재판 1953
旗田 巍,〈朝鮮史像과 停滯論〉(野原四郎 등편,《近代日本에서의 歷史學의 發
　　達》, 1976 ;《朝鮮과 日本人》, 1983)
이기백,《한국사신론》(초판은 1961년에《국사신론》으로 간행) 서장, 한국사
　　의 새로운 이해, 1967
이기백 외,〈식민주의사관 비판〉(《한국사 시민강좌》 창간호, 1987)

조선학술원,《학술 — 해방기념논문집》, 1946
대한민국학술원,《학술원 50년사》, 지식산업사, 2004
김용섭,《남북 학술원과 과학원의 발달》, 2005
서울대학교,《서울대학교 20년사》, 1966

朝鮮史學會,《朝鮮史大系》(전5권, 1927, 小田省吾 주관하에 小田省吾, 瀨野馬
　　熊, 杉本正介 공저, 年表는 大原利武)
林 泰輔,《朝鮮通史》 초판 1912, 증보판 1944
경성대학 국사연구실,《조선사개설》(1946 편찬, 1949 간행, 손진태·이인영

지도하에 편찬)

정인보, 《조선사연구》 상·하, 1946~1947

안재홍, 《조선상고사감》 상·하, 1947~1948

이병도, 《조선사대관》, 1948 간행 ; 뒤에 《국사대관》《한국사대관》으로 개
　제

손진태, 《조선민족사개론》, 1948

김성칠, 《조선역사》, 1946

최남선, 《국민조선역사》, 1947

진단학회, 《한국사》(전7권, 1959~1965, 이병도 주관하에 김재원, 이병도, 김
　상기 ― 뒤에 이병도로 교체, 이상백, 최남선 ― 사망으로 이선근 대체, 연
　표는 윤무병, 전해종)

한우근·김철준, 《국사개론》, 1954

한우근, 《한국통사》, 1970

변태섭, 《한국사통론》, 1986

한국역사연구회, 《한국역사》, 1992

한길사, 《한국사》(전27권), 1994

윤내현, 《고조선연구》, 1995

한영우, 《다시 찾는 우리역사》, 경세원, 1997

국사편찬위원회, 제1차 《한국사》(전28권), 1971~1977

국사편찬위원회, 제2차 《한국사》(전52권), 1997~2002

한국경제사학회, 《한국사시대구분론》, 1970

진단학회, 《진단학보》 57, 한국학연구 반세기·진단학회 50년 회고·진단학회
　50년 일지, 1984

최호진, 《강단반세기, 나의 학문 나의 인생》, 1991

방기중, 《한국근현대사상사연구》, 1992

방기중, 〈해방후 국가건설문제와 역사학〉(《한국사인식과 역사이론》, 1997)

윤병석, 〈광복50주년, 한국사연구의 성과〉(한국정신문화연구원, 《광복50주년
　구학의 성과》, 1996)

대륙연구소, 《북한법령집》 제4권, 제12편 교육·문화·과학, 1990

조선민주주의인민공화국 교육성, 《해방후 10년간의 공화국 인민교육의 발

전》, 1955

김창호·박득준, 《조선교육사》 3, 사회과학출판사, 1990(이 저서는 3·4·5·6이 김동규·김형찬 교수의 해설로 《북한교육사》, 교육과학사, 2000에 영인 수록되어 있다)

김일성종합대학, 《김일성종합대학 10년사》, 1956

과학원 력사연구소, 《조선통사》 상·하, 1958 ; 서울판, 1988·1989

사회과학원 력사연구소, 《조선전사》 전27권, 1979~1983

김석형·박시형, 《조선력사》, 1953, 조선민주주의인민공화국 교육성 ; 1954, 도쿄 학우서방

김석형, 《조선민족, 국가와 문화의 시원》, 1990, 평양출판사

조선백과사전편찬위원회 력사부문편찬위원회, 광명백과사전 1, 《조선의 력사》, 2007, 평양 백과사전출판사

과학원 력사연구소, 〈해방후 10년간에 발표된 력사 론문 및 단행본 목록〉 (《력사과학》, 1955, 8)

과학원 력사연구소, 〈8·15 해방후 조선 력사학계가 걸어온 길〉(《력사과학》, 1960, 4)

김석형, 〈해방후 조선 력사학의 발전〉(《력사과학》, 1962, 2)

김석형, 〈력사연구에서 당성의 원칙과 력사주의 원칙을 관철할데 대하여〉 (《력사과학》, 1966, 6)

국사편찬위원회, 《북한의 한국사 연구동향》 1·2·3·4, 2003~2004

김정배 책임편집, 《북한이 보는 우리 역사》, 을유문화사, 1989

안병우·도진순 편, 《북한의 한국사인식》 Ⅰ·Ⅱ, 한길사, 1990

이병천 편, 《북한 학계의 한국근대사논쟁》, 창작과비평사, 1989

송호정, 〈북한에서의 고·중세사 시기구분〉(《역사와 현실》, 창간호, 1989)

최영묵, 〈북한의 역사연구기관·연구지 및 연구자 양성과정〉(《역사와 현실》, 제3호, 1990)

김기석, 〈김일성종합대학 창설에 관한 연구〉(《교육이론》 10의 1, 1996)

신효숙, 《소련군정기 북한의 교육》 Ⅳ의 2, 김일성종합대학의 창립 및 고등교육, 교육과학사, 2003

경남대학교 북한대학원, 《북한현대사》 1, 2004

제 1 편

우리 역사 농업사 연구를 목표로

나는 평생 농업사를 축으로 하는 역사학을 연구해 왔으므로, 내가 나의 학문을 회고하고 소개하기로 한다면, 무엇보다 먼저 내 학문이 그러한 학문으로 성립 정착한 사정부터 기론하는 것이 순서이겠다고 생각하였다(제1장). 그리고 나는 해방공간 6·25전쟁이라고 하는 어려운 시기에 역사를 공부하고 역사학자가 되었는데, 내 학문에 관심이 많은 후배들에게는 이 또한 궁금한 문제이어서 가끔 질문을 받기도 한다. 그러므로 나는 이도 아울러 먼저 언급하는 것이 순서가 되어야 하겠다고 생각하였다(제2장).

이는 내 학문의 성장배경 성장과정이 되는 것으로, 본서의 제 I 편에는 이 제1장과 제2장의 두 편의 글을 담았다.

제1장은, 국제역사학 한국위원회(차하순 교수 주관)가, 동 일본위원회와 공동으로《역사가의 탄생》이란 간행물을 계획하면서, 회원이 아닌 필자에게도 같은 제목의 강연을 요청(일본위원회 측의 요청이 있었다고 한다)하였으므로, 2007년 11월 16일 부득이 이에 따라 발표하게 된 강연문이다.

이날의 강연에, 일본 측에서는 도쿄대학 명예교수 와다 하루키和田春樹 선생이 연사로 나와, 자신의 학문을 발표하였다. 와다 교수는 나와는 초면이었으나, 우리 학계에 널리 알려진 유명 인사이었으므로, 같이 발표할 수 있어서 반가웠다.

이 강연회에서 주최 측의 요청은 내가 역사가로 성장할 수 있었던 주요 연구, 그러니까 나의 역사연구의 핵심이 될 수 있는 부분의 요지를 발표하라는 것이었으나, 그러한 취지의 강연은 역사학회에서 이미 한 바 있으므로(본서 제1부 제3장), 나는 양해를 얻어 농업사를 축으로 하는 역사학자로 성장하기까지의 교육배경 성장과정을 발표하게 되었다. 같은 이름의 책에 실린 필자의 글은, 본고를 간추린 것이다.

사람들은 내가 농업사를 중심으로 우리 역사를 연구하고 있음을, 역사학계의 일반적 관례에 비추어 조금은 기이하고 궁금하게 생각하므로, 내가 나 자신의 역사연구 농업사연구를 회고하기로 한다면, 무엇보다 먼저 이 부분을 말해두는 것이 필요하리라 생각하였다.

제2장은, 연세대학교 국학연구원에서, 2009년 5월 28일에, 대학원생을 위한 용재학술상 수상기념 특강에서 한 강연문이다. 나의 세대 — 해방세대解放世代는 일제 침략 일본화 과정을 거치면서 그로부터 해방되고, 연합국이 북위 38도선으로 한반도 한 민족을 남북으로 분단하는 파정을 겪었으며, 동·서 냉전체제가 대립 격돌하는 6·25전쟁을 경험하는 등, 세계사가 격동하는 시기에 역사공부를 하였는데, 사람들은 그 어려운 때 당

신은 어떠한 방법으로 역사공부를 하였는가를 묻는다.

나는 이러한 물음에 대하여 두 가지 면으로 답하곤 하였다. 그 하나는 전쟁 중의 학교생활인데, 나는 세상일을 많이 알고 의지가 강한 동학들에 격려받으면서, 전쟁은 조만간 끝날 것이므로, 역사학을 공부하는 사람은 이 시기를 교훈 삼고, 전후의 학문을 위하여 꿈과 의식을 잃지 말아야 한다고 다짐하며 지냈다고 답한다.

그리고 다른 하나는 전후의 공부와 연구과정에 관한 일인데, 우리 역사는 그간 일제 침략 아래 크게 잘못 정리된 부분이 있으므로, 지난 시기의 연구업적과 이론을 비판적으로 섭취하고, 이를 바로 세워야 한다는 문제의식을 가지고 있었음과, 그러한 역사학자가 되기 위해서는, 어려운 시대환경에서도 공부할 때의 자세를 객관적으로 유지하며, 시야를 넓게 가질 것에 유의하였다는 점을 말한다. 나는 그것을 우리 역사연구를 위하여 참고하고 공부한 외국 역사의 문헌목록을 통해서 제시하였다.

제1장 나와 내 학문의 성장과정
— 역사학 속의 농업사로 진로를 정하기까지

서 — 자기소개

저는 평생 우리 역사, 그 가운데서도 농업사를 연구하며, 후진을 지도하는 교수생활을 하였습니다. 저의 생애는 긴 세월이었으나 참으로 단조로운 일생이었습니다. 워낙 재주가 없어서이기도 하였지만, 학자는 벼슬을 한다거나 이재理財에 관심을 가져서는 안 된다고 생각하였습니다. 학자는 청렴하게 살아야 하고 상아탑을 지켜야 한다고 생각하였습니다.

그러므로 저는 저의 직업에 불만을 가진 일이 없었으며, 연구생활과 교수생활은 천직이라고 생각하였습니다. 학문이 미숙하고 재주 없는 사람이 대학교수가 되어 강단에 서는 것이 미안할 따름이었습니다. 그래서 저는 훌륭한 학자 훌륭한 교수가 되기 위해서는, 연구에 남보다 더 공을 들이고 노력을 더 많이

해야 한다고 생각하고, 그렇게 하였습니다.

그리고 20세기 후반의 우리 시대상황에서, 우리 역사에 대한 바른 연구와 체계화는, 이 시대 젊은 역사학자에게 부과된 사명이라고 생각하며 최선을 다하였습니다. 이러한 문제와 관련, 젊은 때에는 혹 분수를 넘는 발언을 함으로써, 노선생님들로부터 꾸중을 듣기도 하였습니다(본서 제2부 참조).

그런데 제가 우리 역사 우리 농업사에 대한 이러한 학문연구의 자세를 지니고, 그 일을 천직으로 생각하며 살아올 수 있었던 것은, 저 개인의 어떤 연구주제에 대한 기호나 선택에 의한 것만이 아니었습니다. 그것은 전적으로 두 가지 사정에서 말미암고 있었습니다.

그 하나는 저의 성장기 제가 직접 그 속에서 살아온 우리나라, 우리농촌, 우리농민의 너무나도 열악한 상황이 마음에 새겨져, 저로 하여금 후일 이 문제를 학문적 역사적으로 다루지 않을 수 없도록, 늘 마음에 부담으로 작용하고 있었습니다.

그리고 다른 하나는 저의 유소년시기 성격형성기의 우리 아버지 ― 저에게 '우리 아버지'라는 용어는 그립고 정겹고 엄격하신 '아버지상' 그것입니다. 다른 용어로는 이 감정이 표현되지 않습니다. 그래서 팔십을 바라보는 이 나이에 어린애들처럼 이렇게 쓰기로 합니다. 용서하십시오 ― 의 자식사랑 자식교육 자식의 장래에 대한 진로지도에 따라서였습니다. 당연히 이 두 사정을 종합하여 하나의 학문세계로 이끌어 준 것은 학교교육이었습니다.

그러므로 여기서는 먼저 일제하 한국 농촌의 어려운 상황과, 그런 가운데서 한국의 아버지들이 어떻게 어떤 정신으로 그들의 아들들을 키웠는지부터 말씀드리고자 합니다.

1. 시국과 우리 집

저는 일제의 조선지배가 농촌사정을 더욱 어렵게 하는, 1930년대로 접어든 때에 강원도 산촌에서 태어났습니다. 강원도와 황해도 농촌의 이곳저곳으로 자주 이사를 하는 가운데 성장하였습니다. 아시는 바와 같이 이때에는 일본인의 농지매입이 성행하고, 한말 이래의 일본인 농장지주제가 1910~1920년대를 거치면서 확대 강화되었으며, 일본자본주의가 조선농업을 장악하고 지배하되 그 수탈이 절정에 달하는 때였습니다. 이에 수반하여서는 조선인 지주제도 확대 강화되었습니다.

지주제의 확대 강화는 소작농민의 몰락은 말할 것도 없고 자작농민의 몰락도 초래하고 있었습니다. 도처에서 소작쟁의가 일어나고, 사회주의 농민운동이 일어났으며, 몰락농민들이 남부여대하고 만주로 만주로 유망을 하고 있었습니다. 총독부에서는 소작제를 조정하고 농지령을 내리며 농촌진흥운동을 전개하기도 하였지만 무슨 효과가 있었겠습니까.

더욱이 이 1930년대에는, 일제가 군사적으로 만주를 장악하고 그의 괴뢰정권을 세웠으며, 중국본토를 침략하기 위한 중일전쟁을 감행하였습니다. 그리고 이어서 1940년대에 들면서는

미·영을 상대로 하는 태평양전쟁을 전개하였습니다. 그러므로
이 시기에는 조선이 일본제국주의의 침략전쟁 수행을 위한 후
방기지가 되지 않을 수 없었습니다. 여기에 일제는 조선에 대
한 모든 지배체제 통치정책을 하나하나 그들의 전쟁수행을 위
한 전시체제로 재편해 나갔습니다.

전시체제의 특징은 '전쟁의 승리를 위하여'라는 이유를 내세
워, 정치·경제·사회·교육·문화·사상 등 모든 면에서 제약과 통
제를 가하는 것이었습니다. 조선의 언어·문자·역사 등 고유문
화를 말살하고 그 교육과 연구를 금지시키며, 성씨를 일본식으
로 바꾸고 일상적으로 일본어를 쓰도록 하며, 학생들은 매일
아침, 어른들은 집회 때마다, 궁성요배를 하고 황국신민서사를
외우도록 강요하며, 교육과 각종 집회 언론매체 등을 통해 조
선인의 일본인화 조선문화의 일본문화화, 즉 조선의 일본화를
강제하며, 일본제국 일본천황을 위해서 징병 징용 등 생명도
내놓을 것을 요구하는 것이었습니다. 정신대 문제가 발생하는
것도 이때의 일이었습니다.

농촌에서는 전시통제경제 아래 농민들이 생산한 미곡을 공
출로 징수하고, 그 대신 그들에게는 만주에서 대두박(콩깨묵)을
들여다 배급을 주며 먹고살도록 하였습니다. 그래도 지주 대농
등 생활 근거가 있는 사람들은 견딜 만하였지만, 소작농민 들
은 참으로 살아가기 어려웠습니다.

우리 집은 자주 이사를 하였는데, 이는 아버지의 직업 때문

이었습니다. 아버지는 청년기까지는 한학을 공부하셨습니다. 그리고 말씀은 안 하셨지만, 훈장은 힘든 직업이라고 여러 번 말씀하셨고, 저에 대한 학습지도가 조직적 체계적이었던 것을 보면, 청년기에는 한때 한학 훈장도 하셨던 것 같습니다. 그러시다가 1920년대 중반부터는 한옥을 짓는 대목大木으로 직업 전환을 하셨습니다. 먼 곳에서 건축 주문이 들어오면, 조수를 데리고 그곳에 가 일하시다가, 그곳이 마음에 들면 이사를 하곤 하셨습니다.

그러나 농촌에서 집짓는 일이 늘 있을 수는 없으므로, 소작지를 얻어 겸업으로 농사를 짓기도 하셨습니다. 만주로 유망하려는 친척 친구들을, 한번 가면 다시는 돌아오지 못할지도 모른다고 달래어, 소작인 이민촌을 건설하고 같이 살기도 하셨습니다. 어쩌다 큰 공회당 같은 것을 건축하실 때는, 농사일은 머슴에게 일임하고, 건축일에만 열중하시곤 하였습니다. 아버지는 말하자면 소작농을 부업으로 겸한 대목 건축가이셨습니다.

어머니는 벼농사를 주로 하는 수전지대의 규모가 아주 큰 대농 집안의 따님이셨습니다. 조용한 성품의 어머니는, 그 친정집과 같이 땅을 좀 사서 자작농으로서 정착해 사는 것이 소망이셨습니다.

그러나 아버지는 끝내 그렇게 하지 않으셨습니다. 경제적으로 그럴 만한 형편이 못 되기도 하였시만, 이제 말씀드리게 될 아버지의 교육방침과도 관련하여 생각하면, 젊은 시절의 아버지는 일제하에 살아야 하는 울분이 그렇게 한곳에 앉아 안정만

을 추구할 수가 없으셨던 것으로 생각됩니다. 그렇게 하는 것
으로서 그 울분이 해소될 수 있는 것도 아니었을 것이며, 일제
통치하에 자작농으로서 한 농촌지역에 안정된다고 하는 것은,
동시에 일제의 농촌지배에 긴박됨을 뜻하는 것이기도 한 까닭
이었습니다. 그래서 아버지는 국가를 재건하는 마음으로, 이곳
저곳을 전전하며 조선사람들의 한옥집 공회당 등을 짓는 것으
로, 마음을 달래곤 하셨던 것 같습니다.

아버지의 한학공부는 경학經學 시문詩文보다는 경세학經世學
사서史書를 많이 읽으신 것 같았습니다. 공자보다는 맹자를 좋
아하시고 자주 말씀하셨으며, 주역도 수시로 말씀하셨습니다.
철이 들면서 아버지 말씀하시는 것을 들으면, 그리고 지금 그
것을 다시 생각하면, 아버지는 세상 돌아가는 이치를 다 알고
계신 것 같았습니다.

"세상은 변하게 마련이고, 따라서 국가도 영원할 수 없다."고
하셨습니다. "그러나 나라가 망하더라도 그 민民이 정신을 잃지
않으면, 그 국가는 그 민들에 의해서 언젠가는 다시 새로운 국
가로 재건된다."고 하셨습니다. 그럴 때는 중국 역사를 예로 들
곤 하셨는데, 조선의 현실이 안타깝기는 하지만, 어린 자식에게
조선을 직접 말씀하실 수 없으므로, 중국을 예로써 간접으로
표현하신 것으로 생각되었습니다.

저는 태어날 때부터 허약하고 병약한 아이였다고 합니다. 집
안에서도 그렇고 마을 사람들도 그러하였지만, 제가 살 수 있

을 것이라고는 아무도 생각지 않았답니다. 시골 벽지의 산촌 농촌마을에서는 근대의학의 혜택을 바랄 수 없는 때이었고, 유아 사망률이 높은 때이었으므로 아마도 그러하였을 것이라 여겨집니다.

그런데 아버지만은 이 아이를 포기하지 않으셨답니다. 모든 것이 희미하기만 한 저의 유년기의 기억 속에서도, 아버지가 바쁘신 가운데 한방약을 다리시고 영양식을 손수 마련하시던 모습이 눈에 선합니다. 아버지의 자식사랑과 노력으로 살아나기는 하였지만, 그러나 이 아이는 선천적으로 허약한 체질이었으므로, 아주 건강한 소년이 되기는 어려웠습니다.

저는 건강이 그러하였으므로 친구들과 어울려 잘 놀지도 못하였고, 사람들이 모이는 곳에는 잘 나가지도 못하였습니다. 대인관계에서 어느 친구와 아주 친해지면 그 친구와는 무슨 이야기나 잘 하였는데, 낯선 사람과 만나서 먼저 인사를 건네는 사교성은 전혀 없었습니다. 아버지는 이제는 이 아이에게 사회교육을 시켜야 할 것으로 생각하셨습니다. 장날 장터에 데리고 나가 장구경도 하고 물건을 흥정하게도 하셨습니다. 또 어떤 때는 온천에 데리고 가 노소의 대중이 탕 안에서 주고받는 이야기 노인들의 창唱 소리를 듣게도 하셨습니다. "사람들은 그렇게 그렇게 어울려 살아가는 거란다." 하셨습니다. 마을 청년들로 하여금 소년농악대를 조직하고 이 아이를 그 대원으로 넣어 같이 어울리게도 하셨습니다.

2. 아버지의 교육 지도

1930년대 조선의 일본화 과정 속에서 아버지의 자식교육에는 대원칙이 있었습니다. 이 아이가 신교육을 받더라도 일본인이 되어서는 안 되고, 조선사람으로서 성장하고 장차 조선을 위해서 일할 수 있어야 한다는 점이었습니다.

앞에서 이미 말씀드렸지만, 우리 아버지는 시대는 변한다는 전제 아래, 사물을 판단하고 계셨습니다. 사람들은 변하는 세상에 대비해야 한다고 생각하셨습니다. 그런 점에서 앞으로는 한 학교육만으로는 안 되고, 학교에 보내서 신교육을 받게 해야 한다고 말씀하셨습니다. 그러나 그럴 경우 고민거리가 없는 것도 아니었습니다. 철없는 어린 아이들을 학교에만 맡겨 놓으면 그 아이의 일본인화가 우려된다는 점이었습니다.

그러나 아버지는 어떤 문제에 대한 사리판단이 언제나 아주 명쾌하셨습니다. 저의 집의 경우, 우선은 이 아이를 소학교에 보내 수학을 시키되, 일본인화 교육에 대응하여 그가 조선사람임을 잊지 않도록 가정지도를 하며, 그 다음은 세상 돌아가는 사정을 보면서 다시 정하기로 하셨습니다.

저에게 그렇게 말씀하시고 저의 의견을 물으셨는데, 저에게는 이의가 있을 수 없었습니다. 일제의 조선지배가 장기화 되더라도, 소학교를 나오면 어디 가서 인사는 할 수 있을 것이고, 먹고 살 수는 있지 않겠느냐 하셨습니다. 저는 어릴 때부터 아버지 말씀을 늘 옳으신 판단이라고 생각하였습니다. 저는 소학

교 학교교육을 받는 동안 모든 일을 아버지께 말씀드리고 아버
지와 의논을 해서 일을 결정하곤 하였습니다.

1) 우리는 누구인가

저는 학교교육을 소학교(뒤에 '국민학교'로 됨) 과정에 들어가
기 전에, 이웃 마을에서 어느 청년이 마을 공회당과 조그만 교
회를 빌려 운영하는, 이름도 없는 어린이 교실에 잠시 다니는
것으로부터 시작하였습니다. 인근 마을에 소문이 자자하게 났
기에, 하루는 구경을 가서 창틀에 매달려 공부하는 것을 들여
다보았습니다. 선생님이 웃으시며 들어오라고 하셨으나 용기가
없어 못 들어갔습니다. 집에서 아버지께 그런 말씀을 드렸더니,
아버지는 한참 생각하신 끝에 거기 다니고 싶으면 다녀도 된다
고 하셨습니다.

그 이튿날 용기를 내어 다시 그 어린이 교실을 찾아가 창틀
에 매달렸습니다. 선생님이 들어오라고 하시기에 이번에는 조
심조심 교실 안으로 들어가 인사를 드렸습니다. 다정한 선생님
이셨습니다. 여러 어린이들에게 자기소개를 시키고 앞자리에
앉도록 하셨습니다. 저는 이 교실이 마음에 들었고 나날이 즐
거웠습니다.

그러나 이 어린이 교실은 오래 지속되지 못하였습니다. 대사
건이 발생하였기 때문이었습니다. 하루는 경찰제복을 입고 칼
을 찬 일본인 순사 두 사람이 선생님을 잡으러 왔습니다. 선생
님은 순순히 응하셨고, 순사들에게 잠시 기다리라고 하시더니,

댁으로 가서 정장을 하고 돌아오셨습니다. 검은 교복을 입고 사각모자를 쓴 대학생(혹은 전문학교 학생)이었습니다. 선생님은 당당하셨습니다. 학생운동 애국운동을 하는 학생이었습니다.

저는 그 선생님이 그렇게 위대해 보일 수가 없었습니다. 선생님은 어린이들에게 "여러분 열심히 공부하고 훌륭한 사람이 되어야 해요." 하시고, 손을 번쩍 들어 흔들며 순사에게 연행되었습니다. 아이들은 울었습니다. 저도 눈물이 흘렀으나 어금니를 물었습니다. 두 주먹을 쥐고 부르르 떨었습니다. "일본 순사가 왜!?" 허공에 소리를 질렀습니다.

이때 이 어린이 교실에 다닌 것은 잠시의 일이었지만(한 학기), 그러나 이때의 충격은 제가 세상에 태어나서 처음 받았던 큰일이었습니다. 이 일은 그 뒤 저에게 '우리는 누구인가'를 생각하게 하는 계기가 되었습니다. 철부지 아이에서 조금은 무엇인가를 생각하는 아이가 되게 하였습니다. 평생을 살아오면서 이때 일은 결코 잊을 수가 없었습니다. 그리고 그것이 제 인생의 자세를 규정하는 한 지침이 되었습니다.

소학교 과정에서도 '우리는 누구인가'를 생각토록 하는 일이 몇 번인가 있었습니다. 그 하나는 태평양전쟁이 한창일 때, 일본은 파죽지세로 동남아시아 여러 나라를 점령하고, 마침내 싱가포르를 함락하였을 때의 일입니다. 일본은 전승을 자축하는 뜻으로 그곳에서 탈취한 고무로 수십만(?) 개의 테니스공을 만들어 소학생들에게 한 개씩 나누어 주었습니다. 애들은 환호하며 즐거워하였습니다. 저도 고무공을 받아가지고 돌아와 아버지께 그 연유를 말씀드렸습니다.

아버지는 엄숙한 표정을 지으시더니, 학교에서 배우는 지리부도를 가져오라 하셨습니다. 그리고 '일본은 어디 있느냐, 조선은 어디냐, 독일 이태리는 어디냐, 그리고 만주 중국은 어디냐, 미국은 어디에 있느냐, 소련은 어디냐, 영국은 얼마나 큰 나라냐'를 지리부도 상에서 가리켜보라고 하셨습니다. 그리고 한참 침묵이 흐른 다음, 그러면 이 조그만 일본이 이 거대한 미·영·중국을 이길 수 있을까 하셨습니다. 아버지의 교육지도는 늘 이러하셨습니다. 저는 대답을 못했습니다. 이 엄청난 거대국가들과의 전쟁에서 일본은 결코 이길 수 없을 것이라고 생각하였습니다.

이때 일은 저에게 사물을 보는 관찰력이 얼마나 중요한가를 새삼 깨닫게 하였고, 떠들썩한 세론에 대해서는 언제나 한발 물러서서 그것을 냉철하게 다시 생각해보는 습성을 갖게 하였습니다. 그리고 당연한 귀결로서 그러면 '우리는 어떻게 될까'하는 것이 궁금해졌습니다. 소학교 시절의 저는 이제 '우리는 누구인가'와 더불어 '우리는 어떻게 될까'라는 문제를 고민하는 아이가 되어갔습니다.

그러나 이때 이러한 문제는 어디 가서도 물어볼 수 있는 문제가 아니었습니다. 외지에 유학하고 있는 나이 많은 중학생들이 방학 때 돌아오면, 그 동료들끼리 모여서 수군수군 정보교환하는 소리를 몰래 숨어서 듣고서야, '아, 우리 주변에서는 무엇인가 급하게 돌아가고 있구나'하고 짐작할 뿐이었습니다.

다음으로 일제하에서는, 조선민족의 민족문화를 말살하려는 정책이 취해졌다는 사실을 이미 말씀드렸습니다만, 이러한 정책은 당연히 소학교 교과과정에도 반영되었습니다. 조선어 과목을 교과과정에서 삭제하였던 것입니다. 제가 소학교에 들어갔을 때는, 조선문화에 관해서 역사는 물론 없었고 조선어만 있었는데, 이것마저 폐지케 하였던 것입니다. 일본어에 관한 교육이 더욱더 강화되었습니다. 이러한 정책은 조선사람들이 '우리는 누구인가'를 생각하는 근거를 원천적으로 봉쇄하려는 조치이었습니다. 조선에서 그 언어와 문자를 없이하고 일본말 일본문자만을 쓰게 하는 것은, 조선민족과 조선문화를 완전히 일본민족 일본문화로 흡수 용해하고 전환시키는 과정이 되는 것이었습니다.

이러한 일제의 정책에 대항하여 조선사람들은 각자 나름대로의 대응을 하였습니다. 언어·문자마저 잃으면 조선은 재기불능일 수도 있었습니다. 조선어과목이 없어졌음을 아버지께 말씀드렸더니 아버지는 이미 알고 계셨습니다. 그리고 그에 대한 대책을, 다른 목적과도 관련하여, 이미 세워놓고 계셨습니다. 아버지는 '학교에서 가르치지 않으면 집에서 공부하면 돼'하시고 그 대안을 말씀하셨습니다.

그 대안은 저에게 어른들이 읽는 한글로 된 소설 《삼국지》 (깨알 같은 작은 글자로 띄어쓰기도 하지 않은 고체의 문장으로 된 소설이었습니다) 두 책인가 세 책인가를 읽게 하는 것이었습니다. 아마도 4학년 때가 아닌가 합니다. 어려웠지만 점점 재미가 있었고, 두 학기에 걸쳐 다 읽을 수 있었습니다. 한글을 근대학문으로서 공부한 것은 아니지만, 이로써 저는 우리글을 안다고 자부하게 되었습니다. 중국 한나라 때의 역사의 흐름도 어렴풋이 이해하게 되었습니다. 그리고 아버지의 중국사에 관한 말씀도 귀기울일 수 있었습니다.

셋째로 말씀드릴 것은, 소학교 교과과정에 들어 있는 체조과목과 관련해서입니다. 태평양전쟁이 최고조에 달했을 때는 이 체조과목이 일종의 군사교육으로 변질되고 있었습니다. 체조시간에 종래에는 없었던 목검술이 도입되었습니다. 미군이 일본본토나 조선반도에 상륙할 것에 대비한 교육이었습니다. 미국은 원자폭탄을 만들고 있었을 때였는데, 일본은 이렇게 하고 있었습니다. 학생들은 전원 학교에서 주문하여 구입한 목검을 샀는데, 그것은 훌륭하게 만든 흰색의 '일본도'이었습니다.

그런 사정을 아버지께 말씀드렸더니, 아버지는 그것을 사라고 하지 않으셨습니다. "그것을 보니 나무가 약해서 격검을 하면 부러질 것 같더라." 하시며, 좋은 나무 질긴 나무로 만들어 주시기로 하셨습니다. 며칠 뒤에 아버지는 한 자루의 목검을 들고 들어오셨는데, 그것은 자수색에 가까운 주황색의 윤이 나는 가늘고 긴 비교적 곧게 만들어진 목검木劍이었습니다. 날랜 검사劍士가 썼을 것 같은 예리한 검이었습니다.

그런데 그 목검은 언뜻 보기에 그 외형과 분위기가 '일본도'와 완연히 달랐습니다. 칼날과 칼자루 사이에 끼우는 칼담(검심

劍鐔)도 없었습니다. 다른 아이들 것과 너무 다르다고 말씀드렸더니, 아버지는 주머니에서 작은 검심을 꺼내어 목검에 끼워주시며, "이 목검은 특별검이다. 이것을 절대로 놓치지 말고 써야 한다."고 하셨습니다. 체육선생님은 이 검을 한참동안 유심히 살피시더니 그대로 묵인하였습니다. 해방이 되고서야 알았는데 그것은 '조선검'이었습니다.

2) 아버지의 적성 검사 — 너는 할 일이 따로 있다

아버지는 저를 우선은 소학교 교육만 받게 하고, 그 다음은 앞으로 전개되는 사정을 보아 결정하기로 하셨으므로, 《삼국지》를 읽게 하실 때부터는, 저의 장래의 직업 진로에 관해서도 대책을 세우고 계셨습니다. 앞에서 우리 아버지는 조선어과목이 없어졌을 때, 다른 목적과도 관련하여, 이미 그 대책을 세워 놓고 계셨다 하였습니다만, 그 다른 목적이란 바로 이 문제였습니다. 여기서는 이에 관하여 좀 말씀드리겠습니다.

제가 유아시절 살 가망이 전혀 없었던 것을 생각하면, 이만큼이나마 자란 것이 천만다행이었지만, 아버지는 이 아이가 장차 세상에 나가면 무엇을 할 수 있을지 마음이 놓이지 않으셨습니다. 또 아버지가 이루지 못한 꿈(학문 정치)을 이 아이를 통해서 이룰 수 있을까 하는 기대도 크셨습니다. 그래서 아버지는 이 아이의 적성 소질을 찾아 진로를 지도하기로 하셨던 것입니다. 아버지의 자식에 대한 적성검사는 4학년에서 6학년에 이르는 사이 여러 가지 방법으로 시행되었습니다.

그 **첫 번째** 검사가 한글도 익힐 겸 《삼국지》를 읽고 그 독후
감을 아버지와 더불어 나누는 것이었습니다. 아버지는 여러 가
지를 물으셨습니다. 다 읽었느냐, 어렵지 않더냐, 내용은 무슨
이야기더냐, 위나라·촉나라·오나라는 각각 어디 있었느냐, 조
조·유비·손권은 어떠한 인물이더냐. 그리고 마지막으로, 그러
면 너는 그 세 영웅 가운데 누가 제일 마음에 드느냐, 그리고
당시의 난세를 뚫고 나갈 정치가로서 누가 가장 능력 있는 훌
륭한 인물이라고 생각하느냐.

여러 가지 물으셨지만 그 물음의 핵심은 요컨대 마지막 문항
이었습니다. 이것이 성인에 대한 질문이었다면, 이는 아마도 답
변자의 가치관이나 정치적 식견까지도 드러내는 어려운 물음
이었을 것입니다. 그런데 아버지는 이 어려운 문제를, 아무 설
명 없이, 소학생 아이로부터 직관에 따른 판단 답변을 듣고자
하신 것이었습니다. 적성은 그런 가운데 더 잘 드러난다고 보
시는 것 같았습니다.

아이는 주저함이 없이 유비가 좋다고 하였습니다. 아버지가
왜 그렇게 생각하느냐 물으셨고, 아이는 유비는 유씨이니까 한
나라 즉 자기나라를 복원하려는 장수이어서 동정이 가고, 또
관운장·장비·제갈공명 등과의 의리에 얽힌 이야기가 감동적이
었습니다. 조조는 유씨의 한나라를 멸망시키고 나라를 빼앗았
으니까 침략자라고 생각됩니다. 손권은 다른 데 나라가 서니까
그도 나라를 세운 것이라고 생각하였습니다.

아버지는 실망하신 표정이었고, 한참 생각하시더니 다음과

같은 말씀을 하셨습니다. '이 문제는 보는 사람의 관점에 따라 달라질 수 있다. 그렇게 간단한 문제가 아니다. 그러나 바른 답을 얻기 위해서는 좀더 크고 넓게 보아야 한다. 나라란 무엇이고 어떤 사람들로 구성되며, 나라는 어떻게 만들어지고 왕은 누가 임명하는 것이냐 등등……' 말씀은 계속되었습니다. 이제 생각하니, 그것은 아버지께서 공부하신 유교의 경·사의 논리를 압축하신 것 같았습니다.

'나라가 되기 위해서는 몇 가지 조건을 갖추어야 한다. 무엇보다도 영토가 있어야 하겠지, 그 다음은 거기에 살면서 산업을 일구고 세금도 내고 군인도 되며, 자기 문화를 발전시키는 주민·백성이 있어야 하겠지, 그리고 그러자면 질서를 유지해야하니까 정치기구와 지도자·왕 귀족 관료가 있어야 하겠지. 그러나 나라는 처음부터 규모가 큰 것이 아니었단다. 처음에는 씨족장 부족장들의 지도 아래 조그만 부족집단으로서 출발하였다. 그것을 고을(읍)이라고 하였다. 어느 나라나 처음에는 작은 고을로 출발하지만, 힘이 강해지면 이웃과 연합하거나 정복하여 점점 큰 나라가 되고, 마침내는 중국과 같이 천하를 다 정복하여 대국이 되기도 한다. 한나라는 그러한 나라였다.

그러나 나라가 아무리 강대해져도 그 국왕이 천하를 지배할 수 있으려면, 천하 그리고 백성들이 그 지배를 순순히 받아들이도록 하는 무슨 명분이 있어야만 하였다. 유교에서는 그것을 천명이라 하였고, 천명을 받아서 왕이 되는 자를 천자라고 하였다. 그리고 천자는 절대자로서 중국의 왕만이 천자가 된다고 하였다.

그렇지만 이 경우 중국의 왕이라도 천명을 받으려면 반드시 지켜야 하는 조건이 있다고 유교에서는 가르쳤다. 그것은 아무리 천자라도 백성을 위하는 인자한 정치를 해야 한다는 점이었다. 이것은 천(하늘)과 왕 사이의 약속이었다. 만일에 이 약속을 어기고 백성을 혹사하고 굶주리게 하며, 포악한 정치 부패한 정치를 하면, 천명은 취소되고 민심은 이탈한다고 하였다. 이럴 경우를 국운이 쇠한다고 한다.

천명의 취소 국운의 쇠약은, 곧 혁명의 발생 나라의 멸망을 뜻하고, 새로운 나라의 등장을 의미한단다. 그것은 누구도 막을 수 없는 자연의 추세, 역사의 흐름이란다. 그러므로 《삼국지》의 조조·유비·손권에 관한 평가도 중국역사의 이러한 큰 흐름에서 검토하고 판정할 필요가 있는 것이란다.'

아버지의 이번 적성검사에서, 저는 아버지의 기대치에 너무나도 벗어나 있었습니다. 아버지도 실망이셨지만, 저도 저 자신이 한심하였습니다. 세상 돌아가는 이치를 너무나도 몰랐던 것입니다. 저에게는 난세를 뚫고 나갈 만한 정치가적인 소질이 전혀 없었던 것입니다.

두 번째 검사는 제게 예술가적인 소질이 있는지를 시험하는 것이었습니다. 아버지는 큰 한옥을 짓는 대목이셨고, 저는 가끔 틈나면 아버지가 집 지으시는 데 가서 구경도 하고 참견도 하곤 하였으므로, 제게 혹 예술가의 소질이 있으면 그 방면으로라도 지도하시려는 것 같았습니다.

그 검사는 한 학기 동안은 그림을 그리게 하고, 다음 한 학기 동안은 붓글씨를 쓰도록 하는 것이었습니다. 제가 노래를 못하는 음치라는 사실은, 이미 온천을 다니면서 드러난 바이고, 체육시간에 철봉에 매달리면 떨어지고, 달리기를 하면 10미터 쯤 뒤에 처져서 허덕허덕 따라가다가 넘어져서 깨지고 다치며, 자전거는 영 배우지를 못하였음을 아버지는 잘 알고 계셨으므로, 이제는 그림과 붓글씨(書道)를 시험하신 것이었습니다.

저는 학교에서는 그림도 서도도 늘 교실 뒷벽에 붙었으므로, 이번에는 합격할 것으로 생각하였습니다. 그런데 아버지의 평가는 달랐습니다. "그림은 구도 원근 색채 등이 잘 조화를 이루어야 하는데, 네 그림에는 그런 것이 잘 안 되고 있다. 서도는 필치에 힘이 있어야 하는데 네 글씨에는 그런 것이 전혀 안 보이는구나." 아버지는 결국 이 아이에게는 예술가의 소질 재능이 없다고 판단하시게 되었습니다.

세 번째 검사는 제가 농사일은 제대로 할 수 있겠는지, 논일 밭일을 시험하는 과정이었습니다. 5, 6학년의 틈나는 때마다, 아버지는 동생과 함께 저를 데리고 논에 나가 모내기 김매기를 따라하도록 하시고, 밭에 나가 모종과 김매기도 하도록 하셨습니다. 추수기에 벼 베기를 한 것은 말할 것도 없고, 해동기에는 아버지를 따라 보리밭 밟기도 하였습니다. 산판山坂을 새로 개간하는 일에도 아버지는 두 아이를 데리고 나가, 쇠스랑질 하는 방법, 괭이 쓰는 방법, 호미질 하는 방법, 삽질하는 방법을 익히도록 하셨습니다. 그리고 아버지는 두 아이의 농사일 하는 동작을 유심히 관찰하셨습니다. 아버지는 농사일에 대하여 이런저런 설명도 하셨습니다. 이때 저는 완전한 농업실습생이었습니다.

저는 산촌에서 태어났고 농촌에서 자랐으므로, 농사일은 지겹도록 보고 자랐으며, 따라서 농사일은 다 잘할 수 있을 것으로 생각하였습니다. 그래서 이번 시험에는 합격하리라 안심하고 있었습니다. 그런데 저는 이번에도 아버지의 적성검사에서 낙방이었습니다. 동생의 농사일 하는 동작은, 몸동작 손놀림이 유연하여서 어른들의 일하는 모습과 같은데, 저는 그렇지가 못하고 몸이 굳어 있고 동작이 끊어진다는 것이었습니다.

네 번째 검사는 제가 자청하였습니다. '나는 아무것도 할 수 있는 일이 없구나' 하여, 실망하였고, 아버지께 죄송스러웠습니다. 그래서 며칠을 궁리한 끝에, "아버지 제가 장사를 배워서, 거상 대실업가가 되면 어떨까요?" 하고 여쭈었습니다. 아버지는 크게 웃으시며, "네가 걱정이 되는 모양이구나. 그러나 걱정할 것 없다. 너의 성격은 장사일이나 실업가에는 전혀 맞지 않는다. 너는 할 일이 따로 있다." 하셨습니다. 아버지는 그간의 시험과는 관계없이, 저의 장래에 관해서, 이미 적성에 맞는 직업 진로를 파악해 놓고 계신 것 같았습니다. 이 일이 있는 뒤 아버지는 저에 대한 적성검사를 다시는 하지 않으셨습니다.

아버지는 이때 그 바로 할 일이 무엇인지 말씀하시지 않았지만, 제가 짐작하기에 그것은 아마도 학문의 길이 아니었을까 생각되었습니다. 그것은 적성검사를 여러 가지로 하시면서도 학문하는 직업에 관해서는 말씀이 없으셨기 때문입니다. 적성 검사가 있기 전에도 그렇고, 그것을 하는 동안에도 그러하였지만, 아버지는 저의 학교 공부를 늘 세심히 살피셨고 학습능력을 정확히 파악하고 계셨으며, 수시로 공부하는 방법을 말씀해 주시곤 하였는데, 그러한 과정 자체가 그 검사과정이 아니었을까 생각되었습니다.

아버지는 평소 '훈장의 직업은 너무 힘들다'는 말씀을 자주 하셨는데, 그것은 경험에 의해서, 허약한 체질의 자식에게는 그 직을 시키고 싶지 않으셨던 것 같았습니다. 학문의 길이 꼭 그런 것은 아니겠지만, 연구하고 교수한다는 점에서는 거기에 준하는 직업일 수 있었습니다. 그런데 제게는 그 분야에 소질이 있었던 모양입니다.

그래도 아버지는 '너는 학문을 하라'고는 하지 않으셨습니다. 학문의 길 학자가 되는 길은, 소질 적성이 있는 것만으로 성취되는 것이 아니지 않습니까. 대학을 나오고 연구생활을 해봐야 그 가능성을 가늠할 수 있는 것이 아닙니까. 아버지가 이 말씀을 하신 것은, 그 후 7, 8년이 지난 뒤였습니다(92쪽 참조). 아버지는 오랜 기간 기다리시며 이 아이를 학문하는 길로 유도誘導하고 점검하시었던 것입니다. 이는 학문으로 가는 수련 과정이었습니다.

3) 견문을 넓히고 ─ 우리는 누구인가의 확인

그 유도는 무엇보다도 견문을 넓히고 '우리는 누구인가'를 더 확인시키는 일이었습니다. 당시는 소학교에서 조선역사를 교육하지 않았으므로, 아이들은 철이 들면서 이 문제가 점점 더 궁금하여졌습니다. 물론 역사교육을 하였다 하더라도, 한말에 일제가 조선을 침략하였던 사실은, 제대로 교육하지 않았을 것입니다. 뿐만 아니라 그때는 언론 통신시설이 발달하지 않았으므로 그것을 통해서 그 궁금한 문제를 해결할 수 있는 것도 아니었습니다. 그러므로 그때의 학생들은 분명 조선민족이면서도, 그대로 방임하면 점점 그 사실을 잊고, 일본의 황국신민화정책에 흡수될 수밖에 없었습니다. 이는 조선민족으로서는 큰 일이었습니다. 학생을 둔 가정에서는 이러한 문제에 대하여 각자 나름대로 대응책을 세우지 않으면 안 되었습니다.

앞에서도 잠깐 언급하였습니다만, 저의 아버지의 교육방침은 학교에서 일본교육을 받더라도 우리 자신을 놓쳐서는 안 되며, 학교에서 우리 문화에 대한 교육을 하지 않으면 집에서 공부하면 된다는 생각이셨습니다. 여기서 말씀드리게 될 견문을 넓히는 문제도, 아버지의 그러한 교육방침의 일환으로 취해진 것이었습니다. 이 일은 두 차례 있었습니다.

첫 번째는, 제가 일본 학습여행에 참여할 것을 허락하신 일이었습니다. 1943년 4월(6학년 시절)의 일이었습니다. 이때는 일본이 중일전쟁 태평양전쟁을 수행하는 가운데, 조선인의 한글문자에 의한 신문 잡지의 간행 등 문화 학술활동을 금지시키고, 조선에 대한 일본화정책이 강화되고 있는 때였습니다. 특히 소학교 중학교에서는 조선인의 일본 황국신민화 교육을 철저하게 추진하며, 학생들에 대한 군사훈련 노력동원 체제를 강화하며, 연희전문·보성전문·이화여전·숙명여전 등의 전문학교를 전시체제의 학교로 개편하며, 전쟁에 대비하는 각종 인력동원·미곡공출·헌금헌납 등의 전시체제하 정책을 더욱더 강화시키고 있는 시기였습니다.

그리고 이러한 일련의 정책과 관련해서는, 앞으로 키워서 이용할 소학생들에 대해서, 일본 학습여행이라고 하는 정책을 시행하고 있는 때였습니다. 아마도 전시체제 아래 학교교육과 관련 쌓이는 사회적 불만도 해소시키고, 소학생들의 황국신민화 정책을 측면에서 지원하기 위한, 총독부 외곽단체의 선심 사업이기도 하였던 것으로 생각됩니다.

그리고 일본에서 '청소년학도에게 내린 칙어'가 발포되고 전국 1,800교 대표학생 3만 2,500명이 집총 대검으로 궁성 앞에 집결하여 천황의 사열을 받던 일(1939)과도 무관하지 않았을 것으로 여겨집니다. 경성일보사와 각도 교육국이 협력하여, '성지참배단'의 이름으로, 도 단위로 두 학교를 지정하여 각각 1명씩 2명(서울은 3명)의 남학생을 선발 구성하고(제5회, 1943년도의 경우), 도 장학관과 지도교사 3, 4명이 인솔하는 30여 명의 단체였습니다.

제가 강원도에서 선발되어 이 학습여행에 참여하였던 것은, 태평양전쟁의 전세가 역전되며 일본이 점점 불리해지고 있었던 1943년(4월)이었습니다. 제가 다니던 학교는 시골 읍내(통천)의 조그만 학교였는데, 학생을 한 명 선발하라고 지시가 내

려오자, 온통 축제분위기였습니다. 그런데 그 학생의 선발기준
이 성적순이라면, 제가 아니라 다른 학생이어야 할 터인데, 제
가 지명되어서 저는 당황하였습니다. 그 학생에게 무슨 특별한
사정이 있었거나, 아니면 저에게 전에 있었던 '별(星)사건'때
문일지도 모르겠구나 생각하였습니다.

아버지께 그런 저런 사정을 말씀드렸더니, 아버지는 "성지참
배가 무엇이냐, 너는 차멀미를 하기 때문에 장기간 여행을 못
하니, 못 간다고 말씀드려라." 하셨습니다. 담임선생님은 여선
생님이셨는데, 빙그레 웃으시며 "김 군, 이번에 가는 학생들은
왕자님을 배알한단다. 얼마나 좋으냐. 아버님께 그리 말씀드려
라." 하셨고, 아버지는 이 말씀을 들으시고, "그러냐? 그럼 가
서 견문도 넓히고 왕자님께 큰절로 인사도 드리고 오너라." 하
시며 허락하셨습니다.

학교 선생님들은 목검(조선검)사건 창씨개명을 안 했다가 학
교에서 쫓겨났던 일 등으로 저의 집 분위기를 완전히 파악하고
계셨던 것 같았습니다. 다른 학생으로 교체하면 좋았을 터인데
선생님들은 그렇게 하지 않으셨습니다. 말씀은 안하셨지만, 선
생님들도 모두, 저의 집 분위기에 공감하시는 것 같았습니다.

그런데 당시의 사정을 모르고 있었던 저는, 나라가 없고 왕
이 없는데, 왕자는 어떻게 있는 것일까 하고 궁금했습니다. 담
임신생님은 이 왕자님에 대하여 약간의 설명을 해주셨습니다.
그것은 다음과 같은 내용이었습니다. "한말에 고종의 정식 왕
비는 민비였으며 그 사이에서 태어난 왕자가 뒤에 순종이 되셨

다. 그런데 민비는 일본과 정치적으로 대립하고 있었으므로 일본인들은 이 민비를 암살 시해하였다. 그 다음에 왕비가 된 분이 엄비였는데, 고종과 이 엄비 사이에서 태어난 분이 황태자 영친왕 '은'이셨다. 이때는 일제가 조선을 거의 강점하고 지배하는 때였으므로, 일본은 황태자를 유학의 명목으로 일본으로 연행하였고(1907년, 인질), 그 후 황태자는 일본에서 자라고 교육받으며 일본 귀족과 결혼을 하고 장군이 되셨다. 일본에서는 이 분을 '이왕전하'라고 부른단다. 학생들이 이번에 가서 뵙게 되는 분은 이분이시다."

선생님의 설명에도 불구하고 저는 여전히 의문이 풀리지 않았습니다. '그러면 그분은 일본의 귀족 장군이 아니신가. 그럼에도 그분은 정신적으로는 여전히 옛 조선의 왕자이고 태자이실까?'

그런 의문이 있는 가운데 학생들은 일본으로 여행을 떠났습니다. 60여 년이 지난 지금까지도, 이 여행에서 기억에 삼삼하게 남아있는 몇 가지가 있는데, 그것은 교과서에서 배운 사실과는 별도로, 제가 당시의 일본을 이해하는 데 기초가 되었습니다. 간단히 열거해 보겠습니다.

첫째, 일본은 질서가 꽉 잡힌 조용한 나라이구나. 그러나 그 가운데 정중동이 있는 기민하고 민첩한 무사의 나라, 그리고 마지막에는 국민 전원이 지존이고 절대자이신 천황을 위해 목숨을 바칠 수 있는 나라이구나.

둘째, 일본은 봉건영주의 성곽이 하늘을 찌를 듯 치솟아 있

는 점으로 보아, 옛날부터 권위주의 권력지상의 나라이었겠구
나. 아시아 여러 나라를 침략하고 군림하려 하고 있는 일본의
자세도, 그 사유방식의 뿌리가 앞의 사항(천황)과도 관련하여
여기에 있었겠구나.

셋째, 일본은 그 언어·관습·신앙·전통복식·건축양식이 조선
과 다른 점으로 보아, 그 뿌리 문화연원이 조선과 같은 것이 아
니라 많이 다르겠구나.

넷째, 철도 연변에서 볼 수 있는 일본의 농토는 기름져 보이
는데, 그 들에서 농사일을 하고 있는 것은 모두 몸뻬바지(왜바
지)를 입고 수건을 쓴 여성들뿐이니, 총력전 태세가 여실하구
나. 그리고 전쟁이 말기 단계로 접어든 것 또한 완연하구나 하
는 생각 등등이었습니다.

여기서 다섯째는, 저의 관심사였던 왕자님으로 다시 돌아가
말씀드리겠습니다. 저는 '우리는 누구인가'의 문제와 관련하여
그리고 아버지의 말씀도 있으셔서 왕자님이 궁금하였습니다.
앞에서 의문이 있음을 말씀드렸습니다만, 그래도 이 분이 옛
조국의 왕자님이시기를 바라는 마음 간절했습니다. 다른 학생
들도 그러했을 것으로 생각하였습니다. 소년들은 왕자님이 아
무 말씀 안 하시더라도 손을 꼭 잡아주시기를 기대했습니다.
그러면 이심전심으로 다 통할 것 같았습니다. 어린 소년들의
철없는 생각이었습니다.

그러나 그러한 꿈은 이루어지지 않았습니다. 학생들 일행이
약속시간을 지키지 못한 탓도 있었지만, 왕자님 관저에 도착했

을 때는 왕자님의 점심시간이었고, 학생들은 현관에서 왕자님 식사가 끝나기까지 한 시간쯤 서서 기다려야 했습니다. 그리고 이 분을 만나 뵌 시간도 단 1분 정도이었습니다. 학생들이 군복 차림의 이 왕자님께 경례를 하자, 왕자님은 일본말로 '일부러 와주어서 고맙다' 하시고 돌아서 나가셨습니다. 학생들도 인솔교사도 모두 어안이 벙벙하였으며, 저는 앞에 나가 큰절을 올릴 틈도 없었습니다. 가족으로서 나와서 인사를 하는 사람도 없었습니다. 선생님들과 학생들은 착잡한 마음을 안고 말없이 그곳 현관을 나왔습니다.

우리들 조선사람은 한없이 작아져 땅 밑으로 꺼지고 바다 속으로 가라앉는 기분이었습니다.

저는 '우리는 누구인가'를 둘러싼 냉엄한 현실을 뼈저리게 경험하고, 많은 것을 생각하게 되었습니다. 새삼 '나라란……왕이란……' 하시던 아버지 말씀이 생각났습니다. 그 후 이 문제와 관련해서 저는 한동안 침울한 소년이 되었습니다.

두 번째는, 제가 1944년 봄에 소학교를 졸업하고, 아버지의 교육계획에 따라, 견문을 넓히는 범위를 더 확대시켜 나간 일이었습니다. 신교육은 받아야 하되, 일본정신을 주입하는, 일본식 학교교육은 당분간 중단하자는 것이었습니다. 이는 소학교 들어갈 때부터 아버지와 아들의 약속이었으므로 저도 이론異論이 있을 수 없었습니다.

아버지 말씀은 중국을 가서 살아보면 좋겠는데, 거기서는 지금 전쟁 중이므로, 그 후방인 만주에 가서 살아보는 것도 좋겠다. 만주에서 잠시라도 살다보면, 네가 궁금해 하는 '우리는 누구인가'의 역사문제, 특히 우리나라의 먼 조상들에 관한 이야기와, '우리는 어떻게 될까' 하는 장래의 문제에 관하여, 많은 것을 들을 수 있을 것이라고 하셨습니다. 아버지의 교육방식이었습니다.

물론 아버지의 계획은 그 뜻이 단순히 교육에만 있는 것은 아니었습니다. 당시는 전쟁 중의 난세였으므로 소년병 제도라도 나오게 되면 곤란해질 것이라는 점과, 상황이 더 어려워질 경우에 대비해서 제게 자립정신을 키워주자는 것이었습니다. 아버지는 전쟁은 그리 오래가지 않을 것으로 보고 계셨습니다.

제가 만주에서 정착한 곳은 장춘(당시의 신경新京)이었습니다. 그곳은 당시 만주국의 수도이고 교육도시 문화도시이었으므로 견문을 넓히는 데 적합한 곳이었습니다. 이곳에는 먼 친척의 형님이 한 분 계셔서 도움을 받을 수 있었습니다. 여기서 해방될 때까지 약 1년 반을 지냈습니다. 그동안에 저는 아버지 말씀대로 조선에서는 모르고 있었던 많은 것을 보고 듣고 알게 되었습니다. 저는 그동안에 무척 성숙해지는 기분이었습니다.

먼저 당시 제가 만주에서 받은 인상부터 말씀드리겠습니다. 압록강을 건너 한참 가다가 오른쪽으로 북상하는 열차의 차창으로 보이는 자연환경은, 일본이 조선과 사이에 차이가 나는 정도만큼, 차이가 나는 것이 아니구나 하는 생각이 들었습니다. 들판만 조선보다 넓을 뿐이지 낮은 산도 그렇고 기후도 그렇고 조선의 어느 지방에 온 것 같은 기분이었습니다.

그러나 사회분위기는 큰 차이가 나는구나 하는 것을 직감하였습니다. 앞에서 말씀드린 바와 같이, 일본사회는 차분히 가라앉은 가운데 일사불란하게 움직이는 것을 느낄 수 있었는데, 그리고 일본이 지배하는 우리가 살고 있는 조선사회는 사람들이 말 한마디 못하고 일본제국주의의 밧줄에 묶여 죄수처럼 노예처럼 끌려가는 형국이었는데, 만주사회는 이 두 지역의 분위기와는 또 다른 분위기였습니다. 사람들이 사는 모습이 북적북적하고 소란스러워서 사람이 사는 것 같기는 한데, 사회가 어딘가 안정이 안 되고 불안하고 붕 떠있는 것 같은 느낌이었습니다. 아마도 만주국이 지니는 몇 가지 구조적 특징이 사회분위기를 그렇게 조성하였던 것으로 생각되었습니다.

무엇보다도 만주국은 일본이나 조선과는 달리, 그 주민이 단일민족이 아니라 만주족·한족·몽골족·조선족·일본족 등 여러 민족으로 구성되었으며, 따라서 이웃 간에 국민적 결집을 이루기는 어려웠습니다. 반대로 일정하게 질서가 잡힌 뒤에는 여기는 내 땅임을 주장하는 민족도 있기 어려웠습니다. 침략자로서 들어온 일본인도 조선에서와 같이 군림하는 자세는 아니었으며, 매사에 조심하는 것으로 보였습니다.

그렇더라도 그 국가의 건설이 자주성을 지닌 정당한 것이었다면, 만주지역의 오랜 역사와 문화전통을 바탕으로 또는 신시대의 새로운 정치이념을 통해서, 그런 조건을 극복하는 정책방안을 내놓을 수도 있었을 터인데, 당시의 만주국은 그럴 수 있는 처지가 아니었습니다.

만주국은 일본제국이 대륙침략을 위해 비정상적인 정권으로
서 수립한 것이었고, 따라서 만주국은 그 통치권자들도 스스로
떳떳하지 못하였고, 국민들도 그 국가를 자기들 나라로서 자랑
스러워하기가 어려웠을 것이라고 생각되었습니다.

물론 이때의 만주에는 '3국협화'니 '5족협화'니 하는 구호로
서 여러 민족의 협력 단합이 호소되고 있었지만(동아연맹), 그
러나 이것은 일본이 만주 및 동아시아를 장악 지배할 것을 전
제로 한 질서유지 방안이었으므로, 만주국을 형성하는 여러 민
족의 국민적 질서 확립을 위한 공통의 이념이 되기는 어려웠습
니다.

더욱이 중일전쟁의 추이, 앞으로 조만간 일어날 것으로 예측
되고 있었던 소련·일본 관계의 변동(전쟁 발발) 여하에 따라서
는, 만주국은 공중분해 될 수도 있는 것이었습니다. 사람들은
말없이 중국사람 특유의 만만디로 그것을 기다리고 있는 듯도
하였습니다. 사회가 안정된 분위기일 수는 결코 없었습니다.

전쟁 말기의 만주사회는 마치 폭풍전야의 고요함 그것이었
습니다. 그것은 새로운 시대의 예고와도 같았습니다. 그런 속에
서 각 민족은 그들이 추구하는 바를 부지런히 챙기기도 하고,
하던 일을 정리하기도 하며, 새로운 시대를 기다리기도 하고
있었습니다. 조선사람들도 마찬가지였습니다.

저는 자립해야 했으므로 직장도 구하고 직업교육도 받아야
했습니다. 직장은 만주국이 개발시대였으므로 욕심을 내지 않

는다면 많았던 것 같았습니다. 직업교육은 중학교 과정의 야간 반으로 운영하는 어느 조그만 실무학교에 입학하였습니다. 가난하여 주간의 중학교에 못 가는 조선 소년들을 위해서 설립한 학교였습니다.

선생님들도 특이한 분들이 여러 분 계셨습니다. 중국어 선생님은 연세가 많은 중국 분이셨는데 참으로 열심이셨습니다. 미국유학을 한 선생님도 계셨는데 이 분은 뒤에 미 군정청의 고관이 되셨습니다. 담임선생님은 일본 분이셨는데 조선을 이해하고 조선소년들을 위해 열성으로 교육에 임하는 분이었습니다. 이 선생님은 일본역사 시간에는 "너희들은 조선사람이다. 그러면 조선역사를 알아야지." 하시며 조선사편수회에서 편찬한《조선사》제1편(사료편)을 교재 삼아, 신라의 왕 이름을 일본어로 따라 외우도록 하였습니다. "박 혁거세, 석 탈해, 김 알지······"

만주의 교육 분위기는 조선의 그것과 크게 다르다고 생각되었습니다. 졸업반 학생 가운데 만주국의 국립건국대학에 입학하는 학생이라도 있게 되면, 학교가 온통 떠들썩하였고, 전교생을 소집하여 그 입학을 축하하고 환영회를 열어주곤 하였습니다. 전체적으로 학교와 선생님들은 조선소년들이 위축되지 않도록 기를 살려주는 분위기였습니다.

직장은 한두 가지 일을 해본 다음, 어느 조그만 출판사에서 일을 하게 되었습니다. 여기서 저는 용정에서 오신 김 선생님이란 분을 만날 수 있었습니다. 저는 조선의 역사에 관해서, 선생님을 졸라서, 우리나라 현대사 현실에 관하여 이런저런 이야기를 들었습니다. 지금 우리의 역사로서는 다 아는 사실이지만, 당시의 조선에서는 쉬쉬하는 대상으로, 들을 수 없었던 소중한 이야기들이었습니다. 김 선생님은 김구 선생을 찾아가다가 어떤 사정으로 장춘에 눌러앉게 되었다고 하였습니다. 김 선생님의 말씀은 대충 다음과 같은 내용이었습니다.

① 우리가 지금 살고 있는 만주는, 옛날에는 우리들의 조상들이 고구려 고조선을 건설하고 살았던 곳이다. ② 일제가 우리나라를 침략한 뒤에는 많은 애국지사들이 이 만주를 기지로 독립운동 무장투쟁을 하였다. 3·1운동 이후에도 해외에서의 독립운동은, ③ 상해-중경에 김구 김규식의 임시정부, 미국에 이승만, ④ 만주-소련에 김일성부대, 연안에 김두봉의 조선독립동맹 등이 있어서 조국의 독립을 위해 일제와 싸우고 있다. 독립전쟁인 것이다. 그리고 ⑤ 조선 안에서는 여운형·안재홍·박헌영 등의 인사들이 국권회복을 위해서 노력하고 계시다는 말씀이었습니다. 과묵한 분으로 조용하게 띄엄띄엄 다져가며 말씀을 하시는 것 같았습니다. 그리고 전쟁이 끝나고 해방이 되면 아마도 독립될 수 있을 것이나, 연합군은 그들대로 서로 경쟁하고 있으므로, 질해야 힐 깃이라는 밀씀도 하셨습니다.

저는 소학교 시절에 그렇게도 궁금하였던 문제들이 확 풀리는 것 같았습니다. '우리는 누구인가' '우리는 어떻게 될까'와 관련하여, 조선사람들은 다 죽지 않고 살아있었구나 하고 기뻤습니다. 땅속으로 꺼져 들어가는 그리고 물속으로 가라앉는 것 같았던 지난날의 기분에서 벗어날 수 있을 것 같았습니다.

일본 만주에서의 견문은 참으로 소득이 많은 것이었습니다. 그것은 '우리는 누구인가'에 관하여, 저에게 절망과 희망의 양면이 있음을 확인시켜 주는 것이었습니다.

3. 참 교육은 이제부터다 — 너는 학문을 하라

해방이 되고 저는 곧 조선으로 돌아왔습니다. 그동안 우리 집은 강원도에서 황해도 배천의 원 고향으로 이사를 하였고, 따라서 제가 돌아온 곳은 이곳이었습니다. 8·15 당시에는 38선 이남이었으나, 6·25전쟁 이후에는 휴전선 이북으로 편입된 곳이었습니다. 저는 그동안의 경위를 아버지께 말씀드렸습니다. 아버지는 내색은 안하셨지만 퍽이나 대견해 하시는 모습이었습니다.

아버지는 해방이 된 다음에 제가 해야 할 일을 이미 계획해 놓고, 제가 돌아오기를 기다리고 계셨습니다. "앞으로도 사회는 한동안 혼란할 것이지만, 그러나 결국은 정부가 수립되고 독립 국가가 될 것이다. 너는 새로운 시대 새로운 국가에 쓸모 있는 사람이 되어야 한다. 그러려면 서울로 올라가 공부를 해야 할 것이다. 네가 받아야 할 참 교육은 이제부터다." 하시며, 준비가 되는 대로 상경하라고 하셨습니다. 아버지는 그 후 제가 서울에서 공부하는 데 지장이 없도록, 집도 마련하셨고, 한동안 올라와 계시기도 하셨습니다.

1) 해방 후의 혼란과 학교교육

해방은 실로 큰 변동이었습니다. 그 변동은 한편으로 정치·
경제·사회·사상의 혼란을 수반하고 있었지만, 동시에 그것은
신국가 건설이라고 하는 앞날의 희망을 약속하는 것이기도 하
였습니다. 일제 침략으로 국가를 잃었던 사람들로서는 실로 감
격스러운 일이 아닐 수 없었습니다. 그러나 그것은 연합국에
의한 한반도의 남북분단과 미·소의 군정을 전제로 한 것이었음
에서, 동시에 동서 냉전체제 아래서 전쟁의 희생양이 될 수도
있고, 잘해야 남북의 각각에게 반쪽의 희망을 주는 데 지나지
않는 것이 될 수도 있었습니다.

민족의 해방은 연합국의 각축 속에 새로운 암운暗雲으로 변
질하고 있었습니다. 이때의 해방이 진정한 해방이 되기 위해서
는 이 같은 암운을 제치고, 남북을 하나로 통합할 수 있어야만
하였습니다. 그 일은 우선은 정치인들의 몫이었습니다.

정치 지도자들 특히 중도적인 정치인들은 여러 면에서 통일
을 위한 노력을 많이 하였습니다. 그러나 당시의 정치세력은
사회주의와 자본주의, 일제 아래 애국세력과 친일세력으로 갈
리는 가운데, 전체적으로는 통합을 위한 민족적 대사업에서 노
력이 부족하였으며, 구심점을 찾기보다는 각각 제 갈길을 찾아
가는 경향이 짙었습니다. 자기가 살기 위해서는 위대한 정치가
도 정적으로 암살하는 첨악한 세상이 되었습니다.

남북을 가리지 아니하고, 협상을 통해서 통일을 이루는 것이
아니라, 군사력에 호소하려는 경향도 농후하였습니다. 그 결과

로서는 남북에 각각 성격이 다른 두 국가 두 정부가 수립되었
고, 동서 냉전체제와도 관련하여서는, 마침내 조선전쟁 한국전
쟁으로 불리는 남북전쟁을 치러야 했습니다. 그리하여 남북분
단은 60여 년이 지난 오늘에 이르기까지도 해결되지 못한 채
앞으로의 과제로 남겨지게 되었습니다.

   학술 문화계의 인사들도 학술운동 차원에서, 좌우합작의 통
일운동을 열심히 하였습니다. 여러 분야 과학자들이 일제하에
이미 구상하였던 바 계획에 따라, 해방된 다음 날 대동단결하
여 조선학술원을 설립하고, 앞으로 있게 될 신국가 건설에 지
적 연총淵叢(두뇌집단)이 되고자 하였음은 그것이었습니다. 그
러나 정계 사상계의 분열의 심화와, 남북에 각각 정부가 수립
됨에 따라서, 이 기구도 통합기능을 발휘할 수가 없었습니다.
그리고 학술계 문화계 전체의 인사들과 함께 그 정치노선에 따
라 각각 남북으로 분산되기에 이르렀습니다.

   그러한 가운데서도 교육계는 남의 경우, 비교적 이른 시기에
군정청의 교육정책을 매개로 일제하의 군국주의 교육에서 탈
피하여, 해방된 신국가를 위한 서구식 교육으로 재건될 수 있
었습니다. 일제하의 조선학생에 대한 교육이 조선문화 교과목
을 결여한 것이었음에 대하여, 이제는 그것이 중요한 과목으로
서 설치되고, 그 교과목의 교육을 통해서 민족문화의 연원과
민족의 정체성이 강조되었습니다. 학교사회의 분위기는 자유로
울 것이 요구되었습니다. 학교교육은 모든 것이 잘 될 것 같기
도 하였습니다.

그러나 그러한 학교교육에도 문제가 없었던 것은 아니었습니다. 모든 교과목에서 유능한 전문 교사가 부족하였음은, 그 가운데서도 두드러진 일이었습니다. 특히 우리 역사를 전공한 유능한 선생님을 중학교에서 만나기는 어려웠습니다. 그러한 교사가 있었다면 그분은 대학교수로 발탁되지 않으면 안 되었기 때문입니다.

더욱이 학교교육이 지나치게 정치성을 띠게 되었음은, 이 시기 교육의 시대성격을 반영하는 것으로, 큰 특징이고 단점이었습니다. 정부수립을 전후하여서는 교육사회의 분위기도, 정치사회의 분위기를 따라 좌우로 편 가르게 되었고, 학교교육이 반공교육을 가치기준으로 삼고 또 목표로 삼게까지 되었습니다. 중학교에는 학도호국단이 설치되고 군사훈련을 실시하였으며, 이를 통해 학생들에게는 대북對北용의 반공정신 애국심이 요구되었습니다. 앞으로 벌어질 수 있는 남북전쟁에 대비함이었습니다.

인재 부족의 문제는 중학교 교사에 그치는 것이 아니었습니다. 대학교육의 경우는 더 심각하였습니다. 뿐만 아니라 이러한 문제는 교육계에 한하는 것이 아니라, 신국가를 건설 운영하기 위한 모든 분야에 걸치는 일이었습니다. 6·25전쟁 뒤의 전후수복을 위해서는 전문인재가 더욱 필요하였습니다. 해방 후의 인재는 하나의 국가를 건설 운영하기에도 충분치 않았는데, 그 인재가 남북으로 갈리고, 그마저 전쟁으로 탈락하는 사람도 많았으니 더 말할 것이 없었습니다.

이러한 문제를 해결하기 위해서는, 결국 종합대학을 증설하고 대학교육을 확대하며, 이를 통해 단시일 안에 많은 인재를 양성해내는 것밖에 달리 방법이 없었습니다. 그러기 위해서는 대학교수 학자의 양성 확보문제가 시급하였으며, 따라서 전시 중에는 이를 위한 특별조치가 취해지기도 하였습니다. 그리고 기회가 마련되는 사람들은 해외로 유학을 다녀오기도 하였습니다.

나이 80을 전후한 제 또래의 해방세대들은, 해방 전후의 이러한 비교육적 환경 혼란이 장기간 지속되는 시기에, 학교생활을 한 세대들이었습니다. 학교시절의 공부가 제대로 그리고 지속적으로 잘 되기는 어려웠습니다. 어느 해인가는 학기 조정관계로 학년이 몇 개월 단축되기도 하였으며, 전쟁 중에는 학교교육이 안 되었지만 다음 학년 학생들을 위해서 그 학년을 졸업해야 했습니다. 그런 속에서 훌륭한 학자로 교수로 성장하기는 쉽지 않았습니다. 전쟁으로 말미암아 학업에서 탈락하거나 희생된 학생은 많았으므로, 그나마 살아남은 사람들은 다행한 일이었으며, 따라서 그들은 세상을 탓할 것이 아니라 살아남은 몫을 해야 했습니다.

그러므로 이 시기에 학생시절을 보낸 사람들이 장차 학문할 것을 뜻하였다면, 그 교육 그 공부를 학교에만 의존할 수는 없었고, 각자 자기 나름의 방법을 강구하고 개발하지 않으면 안 되었습니다. 그것은 장차 자기가 희망하는 학문 분야와 관련하여, 그리고 이웃한 유관 분야와 관련하여, 좋은 교양서적을 되도록 많이 읽는 일이었습니다.

해방이 되고서는 우리 문화에 관한 서적이 많이 간행되었는데, 중학생들에게 참고서 지침서가 될 수 있었던 것은, 어느 고명하신 선생님이 편찬한 《민족문화독본》상·하권이었습니다. 옛날의 《동문선》과 같은 책으로서, 좌우익 성향을 가리지 않고, 수십 명 문인 학자의 주옥같은 글을 수록한 것이었습니다. 중학생이 읽기에는 어려운 글이 많았지만, 학술 문화계의 구도를 대충 파악하기에는 편리한 책이었습니다.

우리 문화에 관한 서적은 꾸준히 간행되었는데 서점에 들려 그 책들을 살 때는 즐거웠습니다. 종로 1가에는 몇몇 서점이 있고, 그 네거리에는 을유문화사 서점이 버티고 있었는데, 이는 마치 우리 문화의 건재를 상징하는 것 같아서 즐겁고 흐뭇했습니다. 그 서점이 계속 거기에 있어주기를 바랐습니다. 고학년이 되면서는 사회과학 계통에 많은 관심을 갖게 되었고, 그 계통 서적도 열심히 사서 줄을 쳐가며 읽었습니다.

2) 나의 학교생활 ─ 진로로 다가가며

저는 학교공부를 소홀히 한 것은 아니지만, 학교공부에만 매달리지는 않았습니다. 그때는 모누가 그러했던 것 같은데, 입시 위주 성적위주로 공부하지는 않았던 것 같습니다. 학교공부는 소학교 시설에 익힌 아버지의 한학의 교육원칙, 공부하는 방법을 그대로 따라 하였습니다. 복습 예습을 하고, 가령 어떤 과목을 시작할 때는 그 과목 전체의 목표는 무엇이고 그 내용은 어떠한가를 파악하며, 내용이 복잡할 경우에는 세밀히 따지고 분석한다는 것 등이었습니다.

특별히 좋아하거나 싫어하는 과목은 없었지만, 다른 과목보다 국어과목에는 특히 열심이었던 것 같습니다. 아무래도 어릴 때부터 관심과도 관련하여, 우리 문화에 많은 관심이 가 있었던 것 같습니다. 우리 역사에도 관심이 많았지만, 우리 역사를 전공한 훌륭한 선생님을, 중학교 시절에 만날 수 없었음은 아쉬운 일이었습니다. 그 대신 우리 역사에 관한 연구서적을 많이 사서 읽었습니다.

해방에서 6·25까지는 혼란한 시기였지만, 그래도 그러한 어려운 시기에, 제가 그 뒤 역사학을 할 수 있도록 학문하는 방법을 훈련받고, 제가 택할 학문의 방향으로 저를 유도하신 선생님을 만날 수 있었음은 행운이었습니다. 두 경우에 관하여 말씀드리겠습니다.

첫째는, 노련한 국어선생님의 지도를 받을 수 있었음이었습니다. 일제하에 연희전문과를 졸업하신 중년의 신사 분이었습니다. 선생님은 국어공부는 결국 자기의사를 정확히 표현하고, 글을 논리적으로 잘 쓰기 위해서 하는 것이라고 하시며, 여러 가지 훈련을 시켰습니다. 작문은 말할 것도 없고, 학생들을 두 편으로 나누어 토론회도 갖게 하였습니다. 중학교 3, 4학년 때였는데, 주제는 사람이 살아가는 데 중요한 것은 '운명이냐 노력이냐'에서, 어느 쪽이겠는가 하는 것이었습니다.

물론 우열 승패를 가리려는 것이 아니라, 어느 입장에 서건,

학생들의 논리적인 사고력을 키워주자는 것이었습니다. 매주 또는 격주로 반을 돌아가며 여러 달 계속되었는데, 저는 '인생은 노력이다' 편에 서서 여러 차례 발표를 하였고, 마지막 두 학생이 결전을 벌이는 데까지 올라갔습니다. 저와 맞수가 되어 '인생은 운명이다'를 발표한 학생은 교회에서 훈련을 받은 말을 아주 잘하는 학생이었습니다. 이때 저는 이 주제의 토론을 위해서 여러 달 몰두하고 집중하였으며, 이제야 학교가 학교답구나 생각하였습니다. 저는 말은 잘 못하였지만 그 대신 여러 가지 자료를 광범하게 수집하여 실증적 논리적으로 논지를 전개했습니다. 개인의 경우, 민족의 경우, 국가의 경우 어느 경우로 보더라도, 노력 없이는 이 세상에서 살아남을 수 없음을 강조하였습니다. 그래서 하늘도 스스로 돕는 자를 돕는 것이라고 하였습니다.

이때 국어선생님은 담임선생님이셨는데, 토론회가 끝난 다음 댁으로 저를 부르시더니, 참 잘했다고 칭찬을 하시고 앞으로도 계속 그러한 자세로 매진하라고 격려하셨습니다. 저의 아버지도 그동안 제가 이 일을 위해서 동분서주하는 것을 보고 계셨으므로, 그 귀추가 어떠할지 궁금해 하셨는데, 그 결과를 들으시고 수고했다며 좋아하셨습니다. 아버지는 이때의 일로 저에게서 학문을 할 수 있겠구나 하는 어떤 가능성을 엿보신 것 같았습니다.

이때의 일은 제가 일찍이 학문하는 훈련을 받았다는 점에서, 그 뒤 제가 역사학을 공부하는 데 큰 도움이 되었습니다. 그러나 그 반면 이때의 일로 말미암아 저는 큰 시련도 겪지 않으면 안 되었습니다. 저는 위의 토론회에서 '인생은 노력이다'를 말하는 가운데, 민족과 관련하여서는 당시 우리 민족 최대의 현안 과제이었던 분단극복 남북통합의 문제도, 남북의 민족지도자들이 그것을 위해서 좀더 노력해야 할 것임을 강조하였습니다.

그런데 이것이 빌미가 되어, 친구 한 명이 저를 포함한 몇 명의 학생을 그가 활동하는 교외 학생운동단체에 등록함으로써, 나중에 어려운 문제가 되었습니다. 교내 서클 조직이 된 것이었습니다. 경찰에 연행도 되고 약식재판도 받는 가운데 그 일을 주동한 두 학생이 퇴교 당하였습니다. 저는 이 사건에서 원인제공자가 된 셈이었으며, 따라서 책임을 느끼지 않을 수 없었습니다. 책임을 지는 방법을 많이 생각한 끝에, 저는 4학년을 수료하고 자퇴하기로 하였습니다. 그리고 용산중학에서 한성중학으로 전학을 하였습니다. 저는 그 뒤 이때의 일을 인생을 살아가는 데 하나의 소중한 경험과 교훈으로 삼았습니다.

둘째는, 사회과 과목 가운데 경제학을 담당하시는 선생님의, 교과목 외의, 특별강의를 들을 수 있었음이었습니다. 선생님은 도쿄제국대학을 졸업하신 소장학자로 대학에 계셔야 할 분이었으나, 이런저런 사정으로 기회를 놓치고 중학교에 계시면서 세월을 낚고 계신 분이었습니다. 5학년 또는 6학년 때인가 싶은데, 하루는 빈 시간에 특강차 들어오셨습니다. "오늘은 정해진 교과목 시간이 아니니, 너희 학생들 궁금한 문제가 있으면 무엇이든지 물어라."고 하셨습니다.

저는 평소에 그렇게 용감한 편이 아니었는데, 그날은 아무도 손드는 사람이 없기에, 손을 들고 궁금하던 문제를 여쭈었습니다. "선생님, 저는 김용섭입니다. 저의 학년에는 역사과목이 없어서 선생님께 여쭙겠습니다. 저는 역사학에 관심이 있는데, 사람 이름이나 사건 발생의 연대나 따라 외는 그런 역사학이 아니라, 역사학의 본질이라고 할까 학문적으로 의욕을 가지고 다가갈 수 있는, 그런 역사학에 관해서 말씀해주시면 고맙겠습니다."

선생님은 한참 생각하시더니, 말씀을 시작하셨습니다. '그래, 이야기 하지' 하시며 대략 다음과 같은 내용을 말씀하셨습니다.

"역사학은 현재나 미래를 다루는 학문이 아니라 과거의 사실을 다루는 학문이지. 그러한 점에서 현재와 미래의 문제를 해명하고자 하는 사회과학보다는 부담이 덜 가는 쉬운 학문이라고 할 수 있지. 그러나 역사학은 과거의 사실을 나열하는 학문은 아니지. 그러면 그것은 학문이 아니지.

역사학은 과거의 정치·경제·사회·산업·사상 등의 모든 분야에 관해서, 그 흐름 그 발전과정을 추적하고 분석 정리하는 학문이지. 그래서 그것이 오늘의 현실에 어떻게 이어지는지를 제시하고자 하는 학문이지. 그리고 한 걸음 더 나아간다면, 그러한 역사의 흐름을 통해서 미래를 전망하고자 하는 것이 인간의 욕심이지.

그러므로 역사학은 철저하게 자료에 의거하는 학문이 될 수밖에 없지. 자료가 없으면 자료가 나올 때까지 기다려야 하는 것이 역사학이지. 현재 자료가 보이지 않는다고 그것을 역사가 없는 것으로 말해서는 안 되지. 자료는 언제 어디서 나올지 모르거든. 그래서 역사학은 아주 신중해야 하는 것이지. 역사학에서 사람 이름이나 사건 발생의 연대를 알아야 하는 이유는, 그것이 여러 분야의 역사적 사실들을 체계화하고자 할 때, 기준이 되기 때문이지.

이것은 역사학의 일반론이므로, 역사의 흐름·발전 과정에 관하여 영국의 역사에서 한 가지만 예를 들어보기로 하지." 하시며 선생님은 영국에서 근대 자본주의가 성립하게 되는 사정, 즉 산업혁명이 일어나게 되고 산업자본가가 등장하게 되는 사정을 말씀하셨습니다.

"아주 요약해서 말한다면, 근대사회는 자본주의 사회이고, 그 사회는 자본가들이 상품을 만들어 판매함으로써 많은 이윤을 내고, 이를 축적함으로써 더욱 큰 자본가가 되며, 그 부력富力으로 정치·경제·사회를 운영하는 데 주축이 되는 사회이지. 중세 봉건사회가 신분제를 중심으로 운영되었던 것과는 아주 다르지. 따라서 근대사회가 성립되기 위해서는, 중세사회를 해체시키는 가운데, 사회운영의 주체와 원리가 달라져야 하겠지.

그렇다면 그 주체는 당시 도시와 농촌의 어디에서 왔을까. 얼른 생각하기에는 상공업과 문화가 발달한 도시로부터일 것으로 생각되지. 그러나 그런 것이 아니라, 그 주체는 영국 중세 말기에 농촌에서 중세사회를 해체시키면서 등장하는 중산적 생산자계층이라고 할 수 있겠지. 이들의 자본을 농촌자본·산업자본이라고 한다면, 이 자본은 종래에 도시에 존재한 도시자본·상업자본과 그 성격이 구분된다고 하겠지. 말하자면 산업혁명을 통해 근대사회를 열어간 사회계층의 선두에는, 농촌사회의 중산적 자본가계층이 존재하고 있었다고 할 수 있겠지.

지금까지 이야기한 바를 마무리하면 다음과 같이 말할 수 있겠지. 즉, 역사학은 이같이 기존의 사회 내부에서, 여러 가지 사정으로 구조적 변동이 일어나는 가운데 사회가 발전 변동하였다고 하면, 그 사정을 여러 계통으로 많은 자료를 수집하여, 실증적으로 연구하고 정리하여 그 성격 그 의의를 밝힘으로써, 그 나라 전체의 문화 역사의 발전과정을 체계화하고자 하는 학문이라고 하겠지."

선생님은 말씀을 끝내시고 땀을 닦으셨습니다. 그리고 "김군 이러면 되겠어요?" 하시며 환하게 웃으셨습니다. 저는 이 신선한 강의를 들으면서 대학생이 된 기분이었습니다. 사실 이러한 강의는 대학의 사학개론, 서양사 강의시간에나 들을 수 있는 것이었습니다. 저는 인사말씀을 드렸습니다. "선생님 말씀 지금은 다 이해하지 못하겠지만 두고두고 음미하면서 공부하겠습니다. 선생님 고맙습니다."

학교에서 있었던 이 일도 저는 아버지께 말씀드렸습니다. 아버지는 좋아하시며 "이제 네 진로가 잡혀 가는 것 같구나. 너는 소년시절부터 공부하는 쪽 학문하는 쪽으로 소질이 있었다. 지난번 토론회도 그렇고. 앞으로는 대학 가는 일이 남았는데, 그럴 경우 시세를 따라 인기 있는 학과에 기웃거리지 말고, 네가 평소에 관심을 두었던 분야 좋아하는 분야로 가야 할 것이다.

더욱이 장차 학문의 길 학자의 길로까지 나갈 것을 생각한다
면, 이것은 아주 중요한 일이다. 그리고 훌륭한 학자가 되기 위
해서는, 남을 따라가기만 하는 학문을 해서는 안 되고, 새로운
창의적인 글을 쓸 수 있는 학문을 개척해야 할 것이다. 이점 잊
지 말기 바란다."고 하셨습니다.

이로부터 얼마 뒤 한국에서는 6·25의 전쟁이 발발하였고, 아
버지는 오랜 지병으로 고생하시다가 고향에서 제 품에 안겨 돌
아가셨습니다. 저에게는 '너는 학문을 하라'는 유언을 주셨습니
다. 아버지는 마지막 가시는 길에서도 자식을 사랑하고 걱정하
셨습니다.

결 ― 진로를 역사학 속의 농업사로

저는 중학교의 마지막 학년이 되기까지도, (6·25 직전) 대학
에 진학할 경우의 학과 선정을 못하고 있었습니다. 관심은 늘
우리 문화 우리 역사에 있었으면서도, 신생국가에 필요한 것은,
실용학문으로서의 농업, 상·공업 등의 경제학과 경제사학일 것
이라고 생각했기 때문이었습니다. 더욱이 농업은 어떤 형태로
건 제가 그 학문 발전에 기여해야 할 의무가 있는 고향과 같은
존재였습니다. 그러다 보니 생각이 점점 후자의 방향으로 기울
어져 가고 있었습니다.

아마도 그때 아버지 말씀이 없었다면, 그리고 6·25전쟁이라
고 하는 큰 역사적 사건이 없었다면, 경제학 경제사학자의 길

을 가고 있지 않았을까 생각됩니다. 그러면서도 전자에 대한
애착을 놓을 수가 없는 것이, 당시의 저여서 고민이었습니다.
기존의 학과분류 학문분류 틀 속에서 문제를 풀고자 하니 그리
될 수밖에 없었습니다. 이러한 저의 사정은 역사학회 강연에서
(본서 제1부 제3장) 이미 언급하였으므로, 여기서는 그 요점만을
말씀드리겠습니다.

저는 어떻게 하면 이 두 방향을 하나의 문제로서 다룰 수 있
을까? 그 방법을 찾지 않으면 안 되었습니다.

그러는 가운데 앞에 말씀드린 6·25의 전쟁이 발발하였고, 저
는 이로써 정신이 번쩍 들었습니다. 전쟁의 원인에 관해서는
여러 가지 견해가 있을 수 있지만, 저는 이때 이를 한말 일제하
이래의 계급문제 사회모순 문제의 집약이고, 따라서 이 전쟁은
두 체제가 총체적으로 결집하여 대결하고 있는, 남북전쟁(내전)
이라고 생각하였습니다. 이 전쟁은 군인들만의 단순한 총격전
이 아니라, 정치·경제·사회·사상 등 모든 분야가 일체가 되어
참여하고 있는, 체제 간의 이념전쟁이기 때문이었습니다.

그뿐만 아니라 이 전쟁은 세계의 동서 냉전체제의 국가들이
또한 참전하고 있는 세계전쟁(국제전쟁)이기도 하였습니다. 요
컨대 역사적 사실로서의 이 전쟁의 성격은 역사적 산물로서의
복합적 총체적인 것이었습니다.

그런데 가령 후세에 이 전쟁을 연구하는 학자들이, 그 복합
적인 성향을 지닌 이 전쟁을 그가 전공한 단선적인 학문의 이
론과 방법으로 분석하여 그 성격을 동서 간 냉전이라고만 규정

한다면, 그것이 과연 정확한 연구가 될 수 있을까 하는 의문이
들었습니다. 좀더 폭넓은 학문과 방법이 필요치 않을까 생각되
었습니다.

　대학의 학과나 학문의 분류도 이와 비슷한 이치일 수 있겠구
나 생각하였습니다. 이 분류는 애초에 그것을 정한 사람들이,
당시의 조건에서 편의상 그렇게 정했을 뿐, 그것이 절대불변의
진리일 수는 없는 것이라고 생각하였습니다. 역사적 사실은 복
합적인데, 대학의 학과 분류법으로 그 사실의 성격을 해명하려
한다면, 손이 닿지 않는 부분이 적잖이 있을 것으로 생각되었
습니다.

　그렇다면 대학에 입학하는 학생들의 처지에서는, 그가 전공
하고자 하는 학과나 학문의 분류 내용을, 융통성 있게 조정할
수 있어야 하지 않을까 생각하였습니다.

　그리하여 생각이 여기에까지 미치게 되자, 저의 고민은 해소
될 수 있었습니다. 저는 대학 입학 때의 학과 선정은 학문의 폭
이 넓은 역사학으로 정하고, 그 밖의 관심학문은 그 안에서 조
정하고 절충하며 종합해 나가기로 하였습니다. 이렇게 하면 역
사학을 조금은 더 새로운 방향에서 연구할 수 있지 않을까, 그
리고 그 밖의 학문도 역사학과 연결하여 조금은 더 융통성 있
고 폭넓게 다룰 수 있지 않을까 생각하였습니다.

　저는 전쟁이 절정에 달하였던 1951년에, 군에서 나와(국민방
위군 해산), 부산에서 서울대학교 사범대학 역사과에 입학하였
습니다. 이때 저는 대학에 진학할 형편이 못 되어서 주저주저

하였더니, 담임선생님이 제 사정을 들으시고, 사범대학은 학비
가 거의 들지 않는다고 하시며, 적극 권하셔서 그쪽으로 진학
하게 되었습니다.

이때의 담임선생님은 후일 사범대학 교수가 되시고, 민속학
자 인류학자로서 학술원 회원이 되신, 이두현李杜鉉 교수이셨습
니다. 젊은 시절의 이 선생님은 학생지도에 열성이어서, 어떤
때는 방과 후에 희망하는 학생을 인솔하고, 박물관을 방문하여
박물관장의 강연을 듣게도 하셨습니다. 저는 그 이래로 평생
선생님의 지도를 받아오고 있습니다.

사범대학에 진학하여 저는 손보기孫寶基 선생님을 만나게 되
고, 대학과정에서는 선생님의 학문지도를 받을 수 있었습니다.
선생님은 서울 수복 뒤 제가 졸업하기 전에 미국으로 유학을
가시게 되었으므로, 저의 학문지도 문제를 많이 걱정하신 끝에,
'대학원 과정은 고려대학교의 신석호 선생님께 지도받으면 어
떠냐?'고 물으셨습니다. 저는 이의가 있을 수 없었습니다.

두 분 선생님께서는 옛날 학자들의 세계에서와 같이, 제자를
키워주실 것을 부탁하는 격식을 갖추셨고, 그래서 저는 고려대
학교 대학원에 입학하게 되었습니다. 그때 신 선생님은 국사편
찬위원회 사무국장 직을 겸하고 계셨는데, 선생님은 저를 그곳
에서 촉탁으로 근무하도록 배려해주시기도 하셨습니다. 저는
그곳을 직장 겸 대학원의 연구실 삼아 연구생활을 안정적으로
할 수 있었습니다.

전시 아래 부산은 임시수도이기는 하였으나, 학술 문화시설

이 모든 면에서 부족한 곳이었습니다. 그러므로 이곳에서 개교
한 대학들이 정상적으로 운영될 수는 없었습니다. 피난 중에
도서관 실험실 연구시설을 부산으로 이전할 수는 없었기 때문
이었습니다. 서울대학교(문리대·사범대)도 판잣집 가교사를 짓
고 개강은 하였으나, 도서관 연구시설이 제대로 갖추어질 수
없었습니다. 그래서 개인 장서를 피란시킬 수 있었던 선생님들
은, 그것을 과 도서실로 개방하기도 하였습니다. 역사과에서는
판잣집 가교사의 한 모퉁이를, 과 연구실로 만들고, 손 선생님
의 장서를 이용하여 공부를 하였습니다.

이런 상황에서도 졸업논문은 제도화되고 있었으므로 써야
했습니다. 저는 그 졸업논문을 6·25의 경우와 마찬가지로, 과
거에 사회모순이 누적되고 집약되어 그 갈등이 민족 내부에서
전쟁으로까지 확산되었던, '동학란'과 같은 경우를 역사적 사례
로서 다루어보고 싶었습니다. 손 선생님은 "그러면 이 자료를
이용하는 것이 좋을 것이요." 하시며, 조그만 카드에 〈전봉준
공초〉를 필사한 자료카드를 한 묶음 주셨습니다. 저의 평생의
연구는 여기서부터 시작되었습니다.

이 밖에도 선생님의 제자사랑은 각별하셨습니다. 선생님은
저에게 여러 가지 방법으로 역사연구의 시야를 넓히고 방법을
다져 나가도록 하셨습니다. 선생님은 몇몇 선생님들과 "부산에
와 있음을 기회 삼아, 유명한 김해패총을 한번 발굴합시다." 하
시고 어느 일요일 날 출발하셨는데, 저도 그 일행에 참여하도
록 하셨습니다. 고대사 고고학의 세계 그리고 학자들의 분위기

를 익히도록 배려하신 것이었습니다.

　대학이 서울로 올라오기 전에, 대학에서는 손 선생님을 서울에 파견하여, 규장각 등 대학도서관 시설이 전란 중에 어떻게 되었는지 점검토록 하였는데, 선생님께서는 저를 대동하셨습니다. 역사학은 문헌자료 도서관 등과 불가분의 관계에 있으므로, 제가 아직 학생이었지만 그것에 익숙해지도록 하심이었습니다. 이런 사연도 있어서, 저는 그 후 대학에 전임이 되고 연구생활을 하게 되었을 때, 규장각과 친숙해지고 그 도서를 많이 활용할 수 있었습니다.

　다시 앞으로 돌아가서 말씀드리겠습니다. 정부 대학 등이 부산에서 서울로 돌아온 뒤(1953년)에도, 한동안은 서울의 도서관 시설이 제대로 가동되지 못하였습니다. 그래서 저의 졸업논문도 충실한 것이 될 수 없었습니다. 그러므로 저는 이 문제를 대학원 과정에서도 그대로 추구하기로 하였습니다. 국사편찬위원회의 도서를 부지런히 조사하고 이용하였습니다. 〈전봉준 공초〉의 원본과 그 밖의 동학란 관련 자료들도 충실히 살필 수 있었습니다. 그리고 그 결과 조금은 새로운, 비교적 큰 분량의 석사논문을 쓸 수 있었습니다.

　여기에서 석사논문 심사 때의 분위기를 잠깐 말씀드리겠습니다. 우리 역사의 본질 성격에 관한 문제가 논의되고, 앞으로게 연구의 방향이 더욱 분명해지도록 되었기 때문입니다.

　이때의 석사논문 심사는, 교수식당에서 수십 명의 교수들이 점심을 마친 뒤, 그대로 앉아 심사에 참석하신 가운데 열렸습니다. 신석호 선생님의 지도 아래 나가는 논문이라는 점에서, 여러 선생님들이 많은 관심을 갖게 되었던 것 같습니다.

논문 심사에서, 문제의 핵심은, 저의 논문이 우리 역사를 발전적으로 보고 있는데 대한 비판적 질문이었습니다. 조기준 교수께서는, "그러면 발표자는 지금까지 많은 학자들이 한국사회를 정체성 사회로 보았고, 또 이론적으로도 세계적인 대학자들에 의해서 아시아적 생산양식이 제창되었는데, 이를 부정하는 것입니까?"

저는 이러한 비판에 이론적으로 답변할 충분한 준비가 되어 있지 않았지만, 자료에 근거해서 확실히 부정적인 입장이었습니다. 그래서 "그 이론의 논거가 가령 아시아에는 사적소유私的所有가 존재하지 않는다고 하는 데 있는 것이라면(《자본론》 제3권), 그것은 역사적 사실과 너무나도 다르다는 점에서, 그대로 따를 수 없는 것입니다."라고 답하였습니다.

잠시 교수들의 자유 토론이 있었고, 이어서 지도교수께서 제자 방어의 변론을 하심으로써 이때의 토론 심사는 무사히 끝날 수 있었습니다. 신 선생님의 변론 요지는, '역사학의 본질은 역사의 성격을 미리 정해놓고 그것에 맞추어 따라가는 것이 아니라, 많은 자료 확실한 자료에 의거해서, 역사적 사실을 분석 정리하여 그 성격을 규명하고 도출하는 데 있는 것입니다. 그러므로 발전이냐 정체냐 하는 문제는 앞으로 더 많은 연구가 있어야 규정될 수 있는 문제입니다. 오늘의 심사는 오늘의 주제

에 한정하였으면 좋겠습니다.'*

이때의 비판적 질문은 제 논문이 그 같은 문제와 관련이 있으면서도, 그 문제를 정면으로 다루지 못한 데 있었습니다. 그러한 점에서 본다면, 이 논문은 크게 미진한 점이 있었습니다. 그것은 요컨대 한말의 농업문제 농민운동을 고찰하면서도, 그에 앞선 조선후기의 농업 실태를 실증적으로 연구하여 제시하지 못한 점이었습니다.

그것은 아쉬운 일이었지만, 당시의 상황 그리고 석사논문이라고 하는 제한된 조건에서는, 불가피한 일이었습니다. 그런 점에서 그것은 앞으로 제가 수행해야 할 과제로 남겨지는 수밖에 없었습니다.

다시 말하면, 학부와 대학원 과정에서 동학란 관계 연구의 경험은, 제가 앞으로 수행해야 할 과제가 무엇이겠는지를, 발견하는 과정이 되었습니다. 그것은 제가 앞으로 세워 나가야 할 연구의 방향이, **역사학 속의 농업사**이어야 할 것임을, 확인해주는 과정이기도 하였습니다. 그뿐만 아니라 이 경우 그 농업사는 단순한 농업기술사가 아니라, 우리나라 전근대사회는 농업국가의 시대였다는 점에서, 그것은 그 **국가체제**에 상응하는 **농**

---

* 석사논문 심사 이후 조기준 교수께서는 지의 연구에 관심이 많으셨습니다. 교수께서는 스스로 주관하시는 논문집에 저의 논문을 여러 편 싣도록 하셨고, 당신의 고희논총에도 글을 게재토록 하셨으며, 학술원의 간행물에 들어갈 토지제도에 관한 중요한 글도 제게 위촉하셨습니다. 저는 선생의 호의에 감사하며 부지런히 작업을 하였습니다.

업체제의 역사가 되어야 할 것으로 생각하였습니다.

이같이 하면 역사와 농업사가 상호 보완되고 일체가 되며, 그 농업사를 통해서 그 역사의 성격이 더욱 선명해지리라 생각되었습니다. 그리고 농업사도 역사학과 연결되는 가운데 조금은 더 융통성 있고 폭넓게 다루어질 수 있지 않을까 생각하였습니다. 저의 학문 저의 역사학의 진로는 이렇게 해서 저 나름의 일정한 방향으로 정해지게 되었습니다.

그리하여 그 뒤 저의 역사연구 농업사연구는, 그러한 시각에서 농업기술, 토지제도, 농민, 지주경영, 사회변동, 모순구조, 농업정책, 개혁사상 등을 중심으로 한, 조선후기에서 근·현대에 이르는 농업사 연구의 구도를 구상하고, 그에 선행하는 중세의 농업사 연구도 배경을 이해하기 위한 차원에서 염두에 두면서, 그 하나하나의 주제를 실증적으로 추구해 나가는 것이 되었습니다(부록:〈김용섭 저작집 총목차 ― 농업사 연구 ―〉참조).

이 같은 일을 제가 수행한다는 것은 당시로서는 참으로 힘에 부치는 벅찬 일이었습니다. 앞에 큰 산이 가로놓여 있는 것 같았습니다. 그래도 갈 수 있는 데까지 가기로 하였습니다. 자료가 입수되는 분야의 문제로부터 하나하나 풀어나갔습니다. 그리고 50여 년의 세월이 흐르고 이제 해는 서산에 저물어 가는데, 저의 작업은 겨우 그 산의 한 모퉁이를 답사하는 데 그쳤습니다.

지루한 이야기 들어주셔서 감사합니다. 저의 말씀은 이것으로 끝내기로 하겠습니다. 고맙습니다.

제2장 해방세대의 역사공부
— 한국사 연구를 위해서 참고한 주요 문헌목록

1. 역사공부

1) 전환기에 역사 공부를

해방 직후, 6·25전쟁 그리고 그 뒤 혼란기에는, 국내에서 역사학자歷史學者가 되기를 지망하는 학생들이 이를 공부하고 연구하기 어려웠다. 지도 받을 학자가 없거나 적었고 연구성과도 적었기 때문이다. 한국사는 그래도 좀 나은 편이었으나 동양사·서양사는 특히 심하였다.

일제하의 조선에서는, 경성제국내학 외에는 한국인의 민립대학 설립이 용납되지 않았고, 몇몇 전문학교가 허용되었을 뿐이었다. 이는 고등 지식인의 양성을 거부하는 우민화 정책이고, 한국 한국인에 대한 예속적 일본화 일본인화 정책의 일환이었다. 따라서 지금과 같이 많은 종합대학에서 인재를 양성하는

일은 상상도 할 수 없었다. 경제적으로 여유가 있는 사람들은
일본에 유학을 갔지만 그 수가 많을 수는 없었다.

학자 양성이 제대로 안 되었는데, 그 학자들에 의한 우리 문
자로 된 연구업적(학술서적)이 많을 수는 없었다. 해방은 되었
어도 신국가 신문화의 건설을 앞두고, 양성된 인재와 축적된
학문적 업적이 없었음은, 서글픈 일이었으나 현실이었다. 이는
일제의 침략으로 국가(대한제국)가 멸망한 데서 온 결과이었다.

더욱이 국토와 민족이 분단되고, 민족 내부에서 정치적 이념
이 갈라지며, 6·25의 전쟁을 치러야 하는 상황에서, 교육과 연
구가 제대로 될 수는 없었다. 외국으로 유학을 가면 되지 않나
생각할 수 있겠지만, 당시에는 살기조차 어려운 때였으므로, 외
국유학을 한다는 것은 어려운 일이고 갈 기회를 얻는 것도 하
늘의 별 따기였다.

선진국에 개방되어야 할 문호도 반면半面은 닫혀 있었다. 동
서의 냉전체제가 장기간 지속되고, 우리의 분단체제가 장기화
되고 있는 상황에서는, 학문의 자세에 객관성을 유지하는 일도
쉽지 않았다. 이런 가운데서는 찬반 간에, 우리 역사의 체계화
와 관련되는, 세계사의 이론에도 접하기 어려웠다.

그래도 역사학의 앞날을 생각하면, 그리고 시대에 뒤떨어지
지 않는 역사학자가 되기 위해서는, 그 속에서 방법을 찾지 않
으면 아니 되었다. 나는 그것을 다음과 같이 몇 가지 점에 유의
하면서 모색해 나갔다.

2) 한국사 인식의 자세

무엇보다 먼저 생각한 것은, 해방은 우리 역사의 발전과정에서 신시대를 열어나가는 새로운 출발선이 된다는 점에서, 우리의 역사연구도 새롭게 출발하지 않으면 아니 된다는 점이었다. 즉, 이때의 우리 역사학은 역사인식의 자세 성격을 달리하는, 그러나 각각 장단점을 지닌 여러 계통의 학자들이 활동하고 있었는데, 우리는 이를 점검하고 취사선택하여 종합하는 가운데, 잘못된 역사체계를 바로잡고 새로운 올바른 체계의 역사학을 수립하지 않으면 안 된다는 것이었다.

이는 그러한 여러 학풍을 우리 역사연구의 현황으로서 확인하고, 기성학자들의 연구성과로서 정리 파악 성찰한 다음, 이를 바탕으로 우리가 지향해야 할 새로운 체계의 역사학을 건설하고자 함이었다. 나는 이런 문제와 관련 젊은 시절에 다음과 같은 글을 쓴 바 있으므로 — 〈일제 관학자들의 한국사관〉〈일본·한국에서 한국사 서술〉(본서 제2부) — 아울러 참고하기 바라는 바이다.

그러한 점에서 한국사에 관해서는 먼저 그 연구의 출발점을 명확히 하지 않으면 아니 되었다. 그러기 위해서는 전통역사학의 마지막 선까지 다시 올라가, 그때로부터 이루어진 우리 역사에 관한 학문적 성과를 계통적으로 수집 점검하지 않으면 안 되었다. 나는 그것을 한국인 학자와 일본인 학자, 한국인 학자 안에서 역사인식의 차이에 따르는 몇몇 계통의 학풍으로 분류하고, 그 자료를 수집 검토하였다.

자료수집도 쉬운 일이 아니었지만, 그 자료들의 역사서술이 내포하고 있는, 우리 역사의 근본문제에 대한 서로 다른 견해는 큰 문제라고 생각하였다.

이와 관련, 한국은 세계 국가의 일원이고 그 역사는 세계사의 일환이라는 점에서, 그 학문이 폐쇄적이어서는 아니 되나, 동시에 외래 학문 외래 사상에 추종하기만 하는 것이 되어서는 아니 된다고 생각하였다.

우리의 지난 세월의 학문 사상에는 그러한 양면이 모두 있었음에서, 너무나 뼈아픈 경험을 하였으므로, 다시는 그 같은 잘못을 범해서는 아니 된다고 생각하였다. 이때에는 선진외국의 학문에서 많은 것을 배워야 할 것이나, 그것을 받아들이는 우리 자세에는, 우리 민족으로서의 정체성·자주성·주체성이 전제되어야 한다고 생각하였다.

그 방법은, 한국사의 연구는 좁은 범위의 문제를 다루는 학문이지만, 그러나 그 연구자의 자세는, 우리 역사를 세계 역사의 흐름 속에서 연구하고 이해할 수 있도록, 다시 말하면 세계사의 보편성 속에서 우리 역사의 개별성을 찾는 것이 될 수 있도록, 평소 그 시야를 넓게 설정하고 공부하지 않으면 안 되었다.

그러기 위해서는 외국역사를 전공하는 교수 동료들의 발언을 경청하고, 외국의 관련 연구를 되도록 많이 수집 열람함으로써 시야를 넓히며, 세계사와 그 연구의 흐름을 파악하지 않으면 안 되었다.

이 경우 나의 전공은 한국사이고, 그것을 농업사를 중심으로 체계화하고자 하는 것이 목표였으므로, 세계사의 흐름을 파악하는 문제도, 각 지역 역사의 통사와 그것을 구성하는 사회경제 및 농업사를 중심으로 하는 것이 되지 않으면 안 되었다.

한국사는 동아시아 역사 속의 일부이고 세계사 속의 극히 작은 한 부분이지만, 거시적으로 볼 때, 그 연구가 세계사 연구의 논리와 무관하게 진행되어서는 아니 된다고 생각하였다. 역사학의 본질은 국가 규모의 대소나 문명수준의 고저를 막론하고, 그 정치·경제·사회·사상·문화의 구조, 그 체제의 변동 발전과정을 추구하는 학문이라는 점에서 공통되기 때문이었다.

그러므로 각 지역의 역사연구를 두루 살핌으로써, 그 지역 국가들의 문화의 특성 독자성과 세계사적인 보편성을 확인하면, 그것이 동시에 그와 대비되는 우리 역사의 개별성 정체성正體性을 찾는 길이 된다고 생각하였다. 시간이 많이 걸리겠지만 방법과 방향을 그렇게 설정해야 한다고 생각하였다.

이러한 문제는 역사적 사실을 중심으로 연구되고 저술된, 역사일반에 대한 연구를 말하는 것이지만, 그러나 이는 역사이론의 문제와도 깊이 관련되는 문제였다. 그러므로 나는 이 방면의 서적도 부지런히 찾아 읽지 않으면 안 되었다.

그럴 경우 동서 냉전체제가 장기화하고 있는 상황에서, 시류를 따라 어느 한 쪽의 역사이론에 편향해서는 안 되며, 객관성을 유지하는 가운데 먼저 역사적 실체 사실史實을 파악해야 한다고 생각하였다. 그리고 역사학과 사회과학은 연구방법에서 공통성을 지니기도 하지만, 동시에 근본적으로 차별성을 지니는 학문이라는 점에 대해서도 유의하였다.

3) 일본사와 중국사 공부

세계사를 이해하기 위한 참고문헌의 수집 열람은, 동아시아 역사, 그 가운데서도 중국사中國史와 일본사日本史에 먼저 관심이 갔다. 동아시아 세계는 역사적으로 한국 한국사가 속한 중세세계이었기 때문이다. 그런 가운데서도 중국에 대해서는 문이 닫혀 있었으므로, 자료 수집은 일본사에서부터 시작하였다. 고서점과 신간서점(일서 수입상)을 부지런히 순례하며 눈에 띄는 문헌을 구입하였다.

일본사 ; 우리는 일본의 침략을 받고 일본화日本化과정의 위기를 넘겼으면서도, 정작 일본에 관해서는 아는 바도 적고 전문가의 연구도 거의 없었다. 해방 이후 당분간은 일본사 연구 인력에 대한 수요도 없고, 따라서 교육도 제대로 될 수 없었다. 그러므로 필요한 부분에 대해서는, 일본 학자들의 일본사 연구를 부지런히 구입하여 공부하지 않으면 아니 되었다.

해방 이후 특히 6·25전쟁 이후에는 한반도가 폐허가 되고 있을 때, 일본은 이를 계기로 태평양전쟁의 패전의 아픔을 딛고 재기하여, 무서운 속도로 국가재건 경제발전을 추진해 나가고 있었다. 학술 문화 면에서도 그러하였다.

역사학 분야에서는, 일제하의 제국주의체제 침략전쟁에 대한 성찰 및 앞날의 민주사회 건설과도 관련, 과거의 역사연구를 성찰하고 새로운 궤도를 설정한 위에서, 그 학문을 크게 활성화하고 발전시키고 있었다. 일본사·중국사·서양사·세계사 등 모든 분야의 역사연구가 비약적으로 발전하고 있었다.

그 가운데서도 일본사에 관해서는 크고 작은 새로운 개설서와, 많은 연구자가 참여하여 집필한 거질의 강좌, 이를테면 이와나미 출판사가 이와나미강좌岩波講座 《일본역사日本歷史》(전 23권)를 펴내기도 하고, 각 분야의 전공서적을 간행하고도 있었다. 농업사에 관해서도 많은 연구서가 간행되었는데, 도쿄대학 후루시마 토시오古島敏雄 교수의 《일본농업사日本農業史》《일본지주제사연구日本地主制史硏究》를 비롯한 일련의 저서는 그 한 예이다. 이들 저술은 내가 일본역사 일본농업사를 공부하는 데 중요한 참고문헌이 되었다. 농업사에 관한 연구는 이 밖에도 여러 학자들의 저술이 간행되었고, 나는 이들 연구서도 열심히 구입해서 참고하였다(문헌목록 참조).

한국사에 대한 연구도 재정비되고 있었다(조선학회, 조선사연구회). 그러므로 해방과 6·25전쟁 이후에도, 우리의 문화 우리의 학문은, 당분간 일본에 의존하지 않을 수 없었다. 일본에서 보기에 한국의 한국사 연구는 일제하에 그들이 깔아놓은 레일 위를 달리고 있는 것으로 파악되었다. 많은 출판물이 수입되고 참고되었다.

뿐만 아니라 냉전체제 아래에서, 일본 학계는 우리 학계와 외국과의 학술정보 소통의 창구가 되고도 있었다. 그러므로 이 같은 문제에 관해서는, 일본 학자들의 연구를 통해서, 서유럽·

소련·중국, 우리의 북쪽 등지에서의 연구동향을 접할 수가 있
었다.

　중국사 ; 중국은 역사상 동아시아 세계의 중심 국가로서, 우
리나라와는 국경을 맞댄 큰 나라이고, 그 문화는 역사적으로
우리와 밀접한 관계에 있었다. 그러므로 나의 역사연구 농업사
연구에서는 중국의 자료와 연구문헌을 반드시 참고하지 않으
면 아니 되었다. 그러나 해방 이후에는, 세계정세의 변동에 따
라 한동안 우리와 국교가 단절되고, 따라서 중국 학자들의 연
구성과도 볼 수 없게 되었다.

　중국에서는 그 사이 역사상에서 유례를 볼 수 없는 대혁명을
성취하고, 우리(남한)와 다른 사회주의 국가를 건설하였으며,
동서 냉전체제 아래 6·25전쟁에서는 서로 적대국가가 되어 전
쟁을 치르기도 하였다. 한동안 국교가 열릴 수 없었음은 당연
하였으며, 따라서 그 사이 나는 중국 학자들의 중국사 연구에
접하기 어려웠다.

　국내 학자가 저술한 중국사·동양사·동아시아사가 없는 가운
데, 이 시기에 이 방면의 공백을 메워 준 것은, 라이샤워·페어
뱅크의 《동양문화사東洋文化史》 상·하 번역본 두 책이었다
(1964, 을유문화사). 대학교재로 널리 이용되었다. 그런 가운데
유럽에 유학을 다녀온 학자도 있었다. 그리하여 구미의 학풍이
구래의 일본 학풍과 종합되는 가운데, 새로운 학풍이 조성되어
갔다.

　이 같은 학풍 속에서, 해방세대들에 의해서 동양사학이 성립

되기 시작하는 것은, 1970~80년대에 이르러서였다. 근·현대사
와 특수한 분야에 대한 연구는 좀더 세월을 기다려야 했다.

그러므로 중국사·동양사에 관한 연구를, 처음에는 주로 일본
학자들의 연구에 의존하였다. 일본에서는 태평양전쟁 이전부터
여러 학자들이 축적해온 중국사 연구를, 종전 이후 어려운 시
기에 대거 간행함으로써(도쿄대학), 역사학계 특히 중국사 연구
에 새로운 활력소가 되고 있었다. 한국에서도 그것은 서점을
통해서 쉽게 구입할 수 있었다.

그러나 중국사 연구에 관한 크고 작은 문제를 모두 일본에
의존할 수는 없었다. 특히 자료에 관해서는 더 그러하였다. 무
엇보다도 중국 학자들은 자기나라 역사를 어떻게 연구하고 서
술하고 있을까 하는 것이 궁금하였다. 중국 역사에 관해서는
중국 학자들의 연구성과를 참고하는 것이 우선이 되어야 할 것
으로 생각되었다. 중국에는 가지 못하더라도, 중국 학자들의 연
구를 볼 수 있는 방법을 찾지 않으면 안 되었다.

이 문제는 중년이 넘어서 유럽에 출장 연구할 기회를 얻음으
로써 해결할 수 있었다. 그곳의 서점과 잘 정리된 연구소에서,
중국에서 간행된 신간의 많은 연구서와 자료를 접하고 수집할
수 있었다. 그리고 중국과 국교가 트인 뒤에는 중국에도 갈 수
있게 되었으므로, 그곳 학자들의 연구서 수집이 비교적 자유로
워졌다. 국내에서는 영인복사 상인들의 활동을 통해서도 귀한
자료를 쉽게 얻어 볼 수 있게 되었다.

《제민요술齊民要術》을 비롯한 여러 종류의 농서農書에 대한

연구가, 농학자들에 의해 고증학적인 교석校釋으로부터 시작하여, 중국농학사中國農學史의 체계를 세우는 데까지 이르고 있어서, 놀랍고 반가웠다. 농학사의 체계를 세우는 같은 목표를 가지고 우리 농업사 농학사를 연구하고 있는 역사학자인 나에게는, 목표하는 바가 좀 다르기는 하였지만, 크게 도움이 되었고 큰 용기를 얻을 수 있었다(문헌목록 참조).

4) 서양사와 역사이론 공부

서양사 ; 세계사를 이해하기 위한 참고문헌의 수집과 열람은, 일본사·중국사에 대한 문헌 수집과 병행하여, 서양사에 대해서도 진행되었다. 근·현대의 세계에서 '세계사'의 개념설정은 서양에서부터 시작되었다. 처음에는 그것이 서양을 중심으로 하는 좁은 범위의 세계사였으나, 서구문명이 전 세계를 이끌게 되면서, 그 개념은 오늘날의 세계사 개념으로 확대되었다.

젊은 시절의 나는 동양 동아시아 세계와 구분되는 서양 서유럽 세계는 어떠한 곳일까 하는 것이 늘 궁금하였다. 역사학에서는 서양사와 동양사를 엄격히 구분하여 교육하고 그 차이를 여러 가지로 논하며, '선행하는 제형태'의 역사발전 이론에서는 유럽과 구별되는 '아시아적 생산양식'을 제론하고 있었기 때문이다.

나는 내 연구와도 관련, 세계사·서양사에 관한 문헌을 부지런히 수집하고 열심히 읽었다. 미국에 유학 중인 손보기 선생님을 통해서는, 일찍이 역사학자 코스민스키E. kosminskii의 영

국농업사 연구를 포스탠M. Postan의 그것과 함께 볼 수 있었는
데, 이는 나의 농업사 연구의 안목을 넓히고 확신을 갖도록 하
는 데 크게 도움이 되었다. 기회가 마련되면 서양을 직접 방문
하고 견문을 넓혀야겠다고 생각하였다.

　서양사·세계사의 경우도, 일제하세대의 학자가 중국사·동양
사보다는 많았으나, 그 연구와 저술은 마찬가지로 활발하지 못
하였다. 그러므로 해방 이후 한동안 그 시대상황과도 관련하여,
이 방면의 수요를 메워준 것은, 구미 등 선진국 학자들이 연구
한 저서의 번역본이었다.

　특히 토인비A. Toynbee의《역사의 한 연구》(압축판) 상·중·
하 3권(1955~1958, 문교부), 브린튼C. Brinton 등의《세계문화
사世界文化史》 상·중·하 3권(1963, 을유문화사)은 많이 읽혔다.
전자는 그 파격적인 문명사의 격식, 그 문명의 발생·와해·성
장·몰락 등에 대한 거침없는 냉철한 지적으로 화제가 되었으
며, 후자는 대학교재로 많이 이용되었다. 대학교재를 위한 번역
본 간행사업은 그 후에도 당분간 더 계속되었다.

　그러한 바탕 위에서 해방세대들에 의해 서양사연구의 성과
저서가 나오기 시작하는 것은 1970~80년대에 들어서였다. 한
국이 서양사학이 서양 역사학의 단순한 소개와 선달이 아니라,
한국인 동아시아인이 보는 개성 있는 서양사학이 성립되면, 한
국사를 공부하는 사람들에게 도움이 되리라고 생각하였다.

　번역사학이 왕성하게 발달하고는 있었지만, 그러나 서양사·
세계사에 관한 좀더 구체적이고 전문적인 문제는, 이로써 해결

될 수가 없었다. 그러므로 학풍이 교체되어 가는(일본식→서양식) 가운데서도, 당분간은 서양학자의 연구와 함께, 여전히 일본 학계의 연구성과를 참고하지 않을 수 없었다.

나는 전공이 서양사가 아니면서도, 서양사·세계사에 관한 저술을 부지런히 구입하고 참고하였다. 관심의 초점은 서양문명 속에서 서양학자들이 세운 역사학, 역사발전의 논리와 법칙문제를, 좀더 구체적으로 이해하기 위해서였다. 그리고 그러기 위해서는 서양문명의 유산도 실제로 답사하고 참관하는 것이 필요하다고 생각하였다.

역사이론 ; 역사발전 역사이론과 관련해서는 사학개론류의 책을 많이 구독하였다. 그렇지만 나에게는 서양학자들이 아시아 사회 아시아 역사를 보는 시각 이론에 더 많은 관심이 갔다. 그것은 아시아 역사, 우리 역사를 어떻게 연구할 것인가 하는 문제와 직접 관련되기 때문이었다. 마디야르L. Madyyar, 비트포겔K. Wittfogel 등의 동양사회이론, 맑스의 선행하는 제형태와 아시아적 생산양식, 세계사의 기본법칙과 이행 논쟁, 베버의 이론 등이 매혹적이었다. 그래서 서양을 보고 싶은 생각이 더욱 간절해졌다.

서양을 방문하는 일은 1984~85년에 있었다. 이 동안에는 프랑스 파리에 자리를 잡고, 독일·이태리·네덜란드·영국의 대학과 연구소를 방문함과 아울러, 그곳의 농촌을 답사하기도 하였다. 중세의 농촌을 현재의 농촌을 통해서 추정해보고자 함이었

다. 이때 이 나라들에는 유학생들이 많이 와 있어서 여러 가지
로 도움을 받았다. 짧은 식견으로도 두 지역의 문화에 큰 차이
가 있음은 확연하였다.

　이러한 방문 가운데서도, 영국 케임브리지의 니덤 연구소에
서는 많은 자료상의 도움을 받았다. 이때 이 연구소에는 계명
대학의 김기협 교수가 와 있으면서 방문을 주선하였는데, 연구
소에서는 니덤 선생을 비롯해서 닥터 루, 닥터 부레이 등 여러
학자들이 한국의 대학교수가 찾아온 것을 환영해주어서 고마
웠다. 이때 김 교수는 내 일을 돕느라고 고생이 많았다. 고맙게
생각하는 바이다.

　이러한 공부과정에서 나는, 아시아적 생산양식의 이론은 동
아시아지역(중국·한국·일본)을 대상으로 그 역사를 깊이 연구한
데서 나온 견해가 아니라는 점에서, 그 이론과 해석에는 오히
려 맑스주의 역사학의 세계에서 의문과 반론이 제기되고 있음
을 알게 되었다. 중국·일본·소련·프랑스·영국 등 세계 여러 나
라의 전문 학자들이 대거 참여하여, 여러 가지 의견을 제시하
고, 의문을 풀기 위한 토론을 전개하였음은 오히려 자연스러운
일이었다. 그렇게 함으로써 모두가 동의할 수 있는 해석을 도
출하려는 것이었다.

　그렇지만 이 문제는 토론으로써 해결될 문제가 아니었다. 그
것은 문제의 본질에서, 동아시아 세계에 대한 구체적 실증적인
역사연구가 수반될 때, 분명해지고 해결될 수 있는 문제였다.

그런 점에서 동아시아 세계의 역사발전의 논리는, 동아시아 세계의 문화 전반을 서구 세계의 그것과 대비해서 본격적 심층적으로 연구한 뒤, 체계화해야 할 것으로 생각되었다.

세계사의 발전논리는 그 다음 문제로서, 그러한 몇몇 문화권의 발전논리가 종합되는 가운데 도출되어야 할 것으로 생각하였다. 다시 말하면 이같이 거창한 문제는, 앞으로 세계 여러 문화권의 역사학자들이, 공통의 목표를 가지고 일정한 기준과 원칙 아래 공동으로 작업을 할 때, 그 목표가 달성될 수 있을 것이라고 생각하였다.

5) 결 ─ 우리의 위치와 역사공부 역사연구의 좌표

우리 역사에서 지금은, 19세기 제국주의시대 이래로 진행되고 있는 제2차 문명전환 서구문명 수용의 시기이다. 문명전환이란 한 민족국가의 고유문명이, 이런저런 사정으로 다른 하나의 이질적인 큰 문명으로 편입됨으로써, 자기 문명의 고유성이 변동하거나 소멸하게 됨을 뜻한다. 세계역사에서 문명전환은 여러 단계 있었으며, 그 과정에서 약소국가 저문명국가는 강대국가 고등문명국가에 흡수되는 예가 허다하였다. 우리나라의 경우는 고조선이 멸망한 이래로 중국문명을 수용하게 되는 것이 제1차 문명전환의 과정이었다.

문명전환은 단순한 문명 사이의 접촉·교류·수용이 있는 가운데, 문명 사이의 우열로 전환과 흡수의 관계가 성립되기도 하지만, 그러나 많은 경우는 이질적 문명국가 사이의 정복전쟁으로서 지배복속관계가 성립되기도 한다. 문명전환과 정복전쟁은 표리관계에 있는 것이다. 그러므로 경우에 따라서는 여러 이질적 문명국가 강대국가들이, 하나의 침략대상 저문명국가를 놓고 경쟁을 하는 가운데, 조건이 좋았거나 강한 자가 그것을 장악하게 되기도 한다. 구한말에서 지금에 이르는 한반도 한국 문명은 바로 그러한 예가 되겠다.

이때 우리는 동아시아 문명권 속의 한 국가로서, 서양문명을 자주적으로 수용하여 근대화해야 했으나 시기를 놓쳤고, 주변 여러 문명국가들이 우리를 지배하려고 경쟁하는 가운데, 결국 일제의 침략을 받고 일본화 과정을 거치면서 서양문명을 간접 수용하였다.

20세기 중반에 제2차 세계대전의 결과로 우리는 일제 침략으로부터 해방되었으나, 열강들이 새로운 문명국가(자본주의·민주주의, 사회주의·인민민주주의)로 변신 탄생하는 가운데, 일제의 한반도 지배권을 몰아내고, 우리에게 그들이 제시하는 새로운 문명으로 전환할 것을 요구하게 되었다.

해방세대 역사학도가 맞은 전환기는 바로 이러한 복잡한 시기이었다. 강대국가의 영향력은 한반도 한민족을 남북으로 분단히고, 두 이질적인 국가세제 문명사회를 형성시켰으며, 이를 그들이 주체가 되어 운영하는 동서 냉전체제의 세계질서 속에 편입시켰다. 그리고 그들이 대립하는 전선의 선두에 서게 하였다. 제국주의시대 이래 초강대국가들의 세계정책 문명정책은 잔혹하였다. 한민족은 이런 상황에서 탈출하여 하나로 통합된 고유문명을 가진 민족국가로서 살아남지 않으면 안 되었다.

역사학은 한 시대의 국가체제 문명의 성격에 따라, 가령 중세기 유교문명권의 역사학이나 현대 사회주의권의 역사학과' 같이, 그 역사서술의 목표 성격을 달리한다. 그런데 오늘날 우리는, 일본·중국·소련과 러시아·미국 등 문명의 성격과 질을 달리하는 여러 국가들에 의해서 포위되어 있고, 그 문명의 영향을 압도적으로 받고 있다.

이러한 상황에서 우리 자신이 살아남고 우리의 역사학을 유지 발전시킬 수 있으려면, 세계사의 흐름 세계 역사학계의 연구동향에 대한 이해가 있어야 함은 말할 것도 없겠다.

그리고 우리 문명의 고유성 및 이웃문명과의 문명통합에 따른 성격변동의 역사적 추이를 또한 명확히 인식해야 한다고 하겠다. 이는 해방세대의 역사공부 역사연구의 좌표이었다.

2. 문헌목록

이 같은 관심에서 특히 젊은 시절에 참고한 주요 문헌들은 다음과 같다. 단, 변화하는 세계사의 흐름 속에서 중국사 서양사에 관해서는 그 이후에 볼 수 있었던 것도 수록하였다. 한국사에 관해서는 일제하세대의 연구가 일단락 지어질 때(진단학회 《韓國史》)까지의 연구문헌을 수록하였다. 그 이후의 연구는 생략하였다.

1) 한국사

梁柱東 編, 《民族文化讀本》上, 下(1946刊, 靑年社)

申采浩, 《朝鮮史硏究草》(1930刊, 朝鮮圖書株式會社)
申采浩, 《朝鮮上古史》(1948刊, 鐘路書院)
朴殷植(太白狂奴) 著, 《韓國痛史》(1946刊, 서울: 三乎閣)
朴殷植 著, 朴魯庚 譯, 《韓國痛史》(1946刊, 大邱: 達城印刷株式會社)
朴殷植 著, 《韓國獨立運動之血史》(1946刊, 1947版, 서울신문社)
鄭寅普, 《朝鮮史硏究》上, 下(1946~1947刊, 서울신문社)
鄭寅普, 《舊園國學散藁》(1955刊, 文敎社)
安在鴻, 《朝鮮上古史鑑》上, 下(1947~1948刊, 民友社)
安在鴻, 《新民族主義와 新民主主義》(1945刊, 民友社)
安在鴻, 《韓民族의 基本進路》(1949刊, 朝洋社出版部)

崔南善, 《朝鮮歷史》(1931刊, 1936版, 東明社)
崔南善, 《故事通》(1943刊, 三中堂書店)
崔南善, 《新版 朝鮮歷史》(1946刊, 東明社)
金聖七, 《고쳐쓴 조선역사》(1946刊, 1950改訂版, 大韓金融組合聯合會)
李丙燾, 《朝鮮史大觀》(1948刊, 동지사)
李瑄根, 《朝鮮最近世史》(1931刊, 1945版, 正音社)

孫晉泰, 《朝鮮民族史槪論》(1948刊, 乙酉文化社)
孫晉泰, 《國史大要》(1949刊, 1954版, 乙酉文化社)
京城大學(서울大學校)朝鮮史硏究會, 《朝鮮史槪說》(1949刊, 弘文書館)
李仁榮, 《國史要論》(1950刊, 金龍圖書株式會社)

尹瑢均, 《尹文學士遺藁》(1933刊, 朝鮮印刷株式會社)
玄相允, 《朝鮮儒學史》(1949刊, 1954版, 民衆書館)
洪以燮, 《朝鮮科學史》日本語版(1944刊, 三省堂出版)
洪以燮, 《朝鮮科學史》韓國語版(1946刊, 正音社)
李萬珪, 《朝鮮敎育史》(1947刊, 乙酉文化社)
金允經, 《朝鮮文字及語學史》(1938刊, 朝鮮紀念圖書出版館)

震檀學會, 《震檀學報》 1~(1934~ 刊, 漢城圖書株式會社, 東光堂)
普成專門學校 普專學會, 《普專學會論集》 1~3(1934~1937刊, 東光堂書店)

孫晉泰, 《朝鮮民族說話의 研究》(1948刊, 乙酉文化社)
孫晉泰, 《朝鮮民族文化의 研究》(1948刊, 乙酉文化社)
李相佰, 《朝鮮文化史研究論攷》(1948刊, 乙酉文化社)
李相佰, 《朝鮮建國의 研究》(1949刊, 乙酉文化社)
趙潤濟, 《朝鮮詩歌의 研究》(1948刊, 乙酉文化社)
李崇寧, 《朝鮮語音韻論研究》(1949刊, 乙酉文化社)
李丙燾, 《高麗時代의 研究》(1948刊, 乙酉文化社)
金庠基, 《東學과 東學亂》(1946刊, 大成出版社)
金庠基, 《東方文化交流史論攷》(1949刊, 乙酉文化社)
金斗憲, 《朝鮮家族制度研究》(1949刊, 乙酉文化社)
柳洪烈, 《韓國文化史》(1950, 陽文社)
柳洪烈, 《韓國社會思想史論考》(1980, 一潮閣)
柳洪烈, 《朝鮮天主教會史》 上(1949刊, 朝鮮天主教會殉教者顯揚會)
柳洪烈, 《高宗治下 西學受難의 研究》(1962刊, 乙酉文化社)
李仁榮, 《韓國滿洲關係史의研究》(1954刊, 乙酉文化社)
李弘稙, 《韓國古文化論攷》(1954刊, 乙酉文化社)

震檀學會 編, 《韓國史》 全7卷(1959~1965刊, 乙酉文化社)
* 1권 古代篇 ― 李丙燾, 2권 中世篇 ― 李丙燾, 3권 近世前期篇 ― 李相佰, 4권
 近世後期篇 ― 李相佰, 5권 最近世篇 ― 李瑄根, 6권 現代篇 ― 李瑄根, 7권
 年表 ― 尹武炳
金庠基, 韓國全史《高麗時代史》(1961刊, 東國文化社)

田鳳德, 《韓國法制史研究 ― 暗行御史研究 其他 ―》(1968刊, 서울大學校出版部)

白南雲, 經濟學全集 第61卷 《朝鮮社會經濟史》(1933刊, 改造社)
白南雲, 《朝鮮封建社會經濟史》 上(1937刊, 改造社)
白南雲, 《朝鮮民族의 進路》(1946刊, 新建社)
李淸源, 《朝鮮讀本》(1936刊, 學藝社)

李淸源, 《朝鮮社會史讀本》(1936刊, 白楊社)

李淸源, 《朝鮮歷史讀本》(1937刊, 白楊社)—《朝鮮社會史讀本》(1936)의 증보
　　판임

李勳求, 《朝鮮農業論》(1935刊, 漢城圖書株式會社)

朝鮮科學者同盟 編, 《李朝社會經濟史》(1946刊, 勞農社)

李北滿, 《李朝社會經濟史研究》(1948刊, 大成出版社)

全錫淡, 經濟學全集 第3卷《朝鮮經濟史》(1949刊, 博文出版社)

全錫淡, 《朝鮮史敎程》(1948刊, 乙酉文化社)

印貞植, 初版《朝鮮の農業機構分析》(1937刊, 白楊社)

印貞植, 增補版《朝鮮の農業機構》(1940刊, 白楊社)

印貞植, 《朝鮮農村再編成の研究》(1943刊, 人文社)

印貞植, 《朝鮮의 土地問題》(1946刊, 靑樹社)

印貞植, 《朝鮮農村問題辭典》(1948刊, 新學社)

印貞植, 經濟學全集 第4卷《朝鮮農業經濟論》(1949刊, 博文出版社)

全錫淡·李基洙·金漢周 共著, 《現代朝鮮社會經濟史》(1948刊, 新學社)

朴文圭, 《朝鮮土地問題論考》(1946刊, 新韓印刷公司)

姜辰國, 《農地改革法解說》(1949刊, 文化出版社)

崔虎鎭, 《近代朝鮮經濟史 ― 李朝末期に於ける商業及び金融 ―》(1942刊, 慶應
　　書房)

崔虎鎭, 《近代韓國經濟史研究 ― 李朝末葉에 있어서의 生産力研究 ―》(初版
　　19刊, 增訂版 1956刊, 東國文化社)

崔虎鎭, 《韓國經濟史槪論》(1962刊, 普文閣)

高承濟, 《近世韓國産業史研究》(1959刊, 大東文化社)

趙璣濬, 《韓國經濟史》(1962刊, 日新社)

韓國經濟史學會, 《韓國史時代區分論》(1970刊, 乙酉文化社)

조선민주주의인민공화국 과학원력사연구소 편, 《삼국시기의 사회경제구성에
　　관한 토론집》(1958刊, 과학원출판사)

과학원 력사연구소, 《조선통사》(1958刊 ; 서울版 1988·1989刊 오월)

金錫亨 著, 末松保和·李達憲 共譯, 《朝鮮封建時代農民の階級構成》(1960刊, 學
　習院東洋文化硏究所)

* 原書名 ; 《조선 봉건시대 농민의 계급 구성》(1957刊, 조선민주주의인민공
　화국 과학원출판사)

박시형, 《조선 토지 제도사》 상·중(1960~1961刊, 과학원출판사 ; 서울版,
　1994刊, 신서원)

리지린, 《고조선 연구》(1963刊, 과학원출판사)

金錫亨 著, 朝鮮史研究會 譯, 《古代朝日關係史 ― 大和政權と任那 ―》(1969刊,
　勁草書房)

* 原書名; 《初期朝日關係研究》(1966刊, 朝鮮民主主義人民共和國 社會科學院
　出版社)

朝鮮史學會 編, 《朝鮮史講座》(一般史 分類史 特別講義, 1923~ , 同學會刊)

朝鮮史學會 編, 《朝鮮史大系》 全5卷(1927, 同學會刊)

小田省吾, 《朝鮮小史》(1931刊, 魯庵記念財團)

今西 龍, 《朝鮮史の栞》(1936刊, 近澤書店)

朝鮮總督府(末松保和), 《朝鮮史のしるべ》(1936刊, 朝鮮總督府)

池內 宏, 《滿鮮史研究》中世 3冊, 上世 2冊(1933·1937·1963初刊, 1951·1960
　初刊, 1979版, 吉川弘文館)

今西 龍, 《新羅史研究》(1933刊, 近澤書店)

今西 龍, 《高麗史研究》(1944刊, 近澤書店)

末松保和, 《任那興亡史》(1949刊, 大八洲出版社)

末松保和, 《靑丘史草》(1949刊, 大八洲出版社)

末松保和, 《新羅史の諸問題》(1954刊, 東洋文庫)

稻葉岩吉, 《光海君時代の滿鮮關係》(1933刊, 大阪屋號書店)

稻葉岩吉, 增訂《滿洲發達史》(1935刊, 日本評論社)

田保橋 潔, 《近代日鮮關係の研究》上,下(1940刊, 朝鮮總督府中樞院)

田保橋 潔, 《日淸戰役外交史の研究》(1950刊, 東洋文庫)

朝鮮總督府朝鮮史編修會 研究彙纂, 《近代朝鮮史研究》(1944刊, 東都書籍株式

會社)

朝鮮總督府朝鮮史編修會 研究彙纂, 田保橋 潔, 《朝鮮統治史論稿(秘)》(1944刊)
* 이 책은 秘本이기 때문에 널리 보급되지 못하였고, 따라서 해방 후의 한국
　에서는 해방 전의 校正刷本을 근거로(李瑄根 교수 해제), 1972년에 다시 복
　간하였다(成進文化社).
田川孝三, 《李朝貢納制の研究》(1964刊, 東洋文庫)
中村榮孝, 《日鮮關係史の研究》 上,中,下(1965~1969刊, 吉川弘文館)
中村榮孝, 《朝鮮 ― 風土·民族·傳統 ―》 上,中,下(1965~1969刊, 吉川弘文館)
四方 博, 《朝鮮社會經濟史研究》 上,中,下(일제하의 논문을 중심으로, 1976년
　에 全集으로 刊行, 國書刊行會)

朝鮮總督府囑託 某, 《朝鮮ノ保護及併合》(1918刊, 朝鮮總督府)
葛生能久, 《日韓合邦秘史》 上,下(1930刊, 黑龍會出版部)
朝鮮總督府, 《施政25年史》(1935刊, 朝鮮總督府)
朝鮮總督府, 《施政30年史》(1940刊, 朝鮮總督府)

林光澈, 《朝鮮歷史讀本》(1949刊, 白楊社)

三品彰英, 《朝鮮史概說》(1940刊, 1953版, 弘文堂)
旗田 巍, 《朝鮮史》(1951刊, 岩波書店)
旗田 巍, 《朝鮮中世社會史の研究》(1972刊, 法政大學出版局)
山邊健太郎, 《日韓併合小史》(1966刊, 岩波書店)
山邊健太郎, 《日本統治下の朝鮮》(1971刊, 岩波書店)

靑丘學會, 《靑丘學叢》 1~(1935~ 刊,)

京城帝國大學 法文學會論纂, 《朝鮮支那文化の研究》(1929刊, 東京刀江書院)
京城帝國大學 文學會論纂, 《東方文化史叢考》(1935刊, 大阪屋號書店)
京城帝國大學　文學會論纂, 《京城帝國大學創立十周年 記念論文集　史學篇》
　　(1936刊, 大阪屋號書店)
京城帝國大學 文學會論纂 第7, 《史學論叢》(1938刊, 岩波書店)
京城帝國大學 文學會論纂 第10, 《史學論叢 第二》(1941刊, 岩波書店)

京城帝國大學 法文學會, 《朝鮮社會經濟史研究》(1933刊, 刀江書院)
京城帝國大學 法學會, 《朝鮮社會法制史研究》(1937刊, 岩波書店)

小倉進平, 《增訂朝鮮語學史》(1940刊, 刀江書院)

和田一郎, 《朝鮮ノ土地制度及地稅制度調査報告書》(1920刊, 朝鮮總督府)
淺見倫太郎, 《朝鮮法制史稿》(1922刊, 巖松堂書店)
麻生武龜, 《朝鮮田制考》(1940刊, 朝鮮總督府中樞院)
水田直昌, 補訂修編《李朝時代の財政 — 朝鮮財政近代化の過程 — 》(1968刊, 友邦協會)

西鄕靜夫, 《朝鮮農政史考》(1921初刊, 1937增訂版, 朝鮮農會)
小早川九郎 編, 《朝鮮農業發達史》發達篇(1944刊, 朝鮮農會)
小早川九郎 編, 《朝鮮農業發達史》政策篇(1944刊, 朝鮮農會)

久間健一, 《朝鮮農業の近代的樣相》(1935刊, 西ケ原刊行會)
久間健一, 《朝鮮農政の課題》(1943刊, 成美堂書店)
久間健一, 《朝鮮農業經營地帶の研究》(1950刊, 農業綜合研究刊行會)

三木 榮, 《朝鮮醫學史》(1935刊, 西ケ原刊行會)
三木 榮, 《朝鮮醫書誌》(1973刊, 學術圖書刊行會)

2) 일본사

閔斗基 編著, 《日本의 歷史》(1976刊, 지식산업사)
존 W. 홀 著, 朴英宰 譯, 《日本史》(1986刊, 역민사)
피터 두우스 著, 金容德 譯, 《日本近代史》(1983刊, 知識産業社)
車基璧·朴忠錫 編, 《日本現代史의 構造》(1980刊, 한길사)
高橋幸八郎·永原慶二·大石嘉一郎, 《日本近代史要說》(1980刊, 東京大學出版會)
高橋幸八郎·永原慶二·大石嘉一郎, 車泰錫 金利進 譯, 《日本近代史論》(1981刊, 知識産業社)
金容德, 《明治維新의 土地稅制改革》(1989刊, 一潮閣)

金容德, 《日本近代史를 보는 눈》(1991刊, 지식산업사)

金鉉球, 《任那日本府硏究 ― 韓半島南部經營論批判 ―》(1993刊, 一潮閣)

西田直二郞, 《日本文化史序說》(1932刊, 1943版, 改造社)

歷史學硏究會, 《日本社會の史的究明》(1949刊, 1956版, 岩波書店)

東京大學敎養學部 日本史硏究室, 《日本史槪說》(1961刊, 1970版, 東京大學出版
　　會)

歷史學硏究會·日本史硏究會 編, 《日本歷史講座》全8卷(1964版, 東京大學出版
　　會)

岩波講座, 《日本歷史》 全23卷(1967版, 岩波書店)

＊　　第1卷 ― 原始および古代,　第2,3,4卷 ― 古代,　第5,6,7,8卷 ― 中世,　第
　　9,10,11,12,13卷 ― 近世, 第14,15,16,17卷 ― 近代, 第18,19,20,21卷 ― 現代,
　　第22,23卷 ― 別冊

＊＊ 이 강좌는 1970년대에 개정판 《日本歷史》 全26卷으로 간행되었다.

原　秀三郞·峰岸純夫·佐佐木潤之介·中村政則 編, 《大系　日本國家史》 全5卷
　　(1975刊, 1980版, 東京大學出版會)

宮原武夫, 《日本古代の國家と農民》(1973刊, 1976版, 法政大學出版局)

永原慶二, 《日本封建制成立過程の硏究》(1961刊, 1967版, 岩波書店)

石母田 正, 《中世的世界の形成》(1957刊, 東京大學出版會)

土屋喬雄 編, 《封建社會の構造分析》(1950刊, 勁草書房)

藤田五郞, 《近世農政史論 ― 日本封建社會史硏究序說 ―》(1950刊, 1956版, 御
　　茶の水書房)

藤田五郞 羽鳥卓也, 《近世封建社會の構造 ― 日本絶對主義形成の基礎過程 ―》
　　(1951刊, 1953版, 御茶の水書房)

今井林太郞·八木哲浩, 《封建社會の農村構造》(1955刊, 有斐閣)

土屋喬雄, 《封建社會崩壞過程の硏究》(1927刊, 1930版, 弘文堂書房)

大石愼三郞, 《封建的土地所有の解體過程 ― 第1部　寄生地主的土地所有の形成
　　過程 ―》(1958刊, 御茶の水書房)

市川孝正·渡辺信夫·古島敏雄 他 著, 《封建社會解體期の雇傭勞動》(1961, 靑木
　　書店)

丸山眞男, 《日本政治思想史研究》(1952刊, 1967版, 東京大學出版會)

丸山眞男, 《現代政治の思想と行動》(1964刊, 1972版, 未來社)

遠山茂樹, 《明治維新》(1951刊, 1956版, 岩波書店)

小西四郎 編, 新日本史大系 第5卷《明治維新》(1952刊, 1956版, 朝倉書店)

福島正夫, 《地租改正の研究》(1962刊, 有斐閣)

丹羽邦男, 近代土地制度史研究叢書 古島敏雄監修 第2卷, 《明治維新の土地變革 — 領主的土地所有の解體をめぐって—》(1962刊, 1978版, 岩波書店)

大石嘉一郎 編, 《日本産業革命の研究 — 確立期日本資本主義の再生産構造 —》上,下(1975刊, 1980版, 東京大學出版會)

土屋喬雄, 《日本經濟史概要》(1934刊, 1942版, 岩波書店)

岩波講座, 《日本資本主義發達史講座》第1部〈明治維新史〉(1932~1933刊, 岩波書店)

岩波講座, 《日本資本主義發達史講座》第2部〈資本主義發達史〉(同上)

楫西光速, 《日本資本主義發達史 — 産業資本の成立と發展 —》(1954刊, 1971補訂版, 有斐閣)

楫西光速, 《續日本資本主義發達史 — 獨占資本の形成と發展 —》(1954刊, 1971版, 有斐閣)

楫西光速·加藤俊彦·大島 清·大內 力, 《日本における資本主義の發達(全)》(1958刊, 1967版, 東京大學 出版會)

* 이 책은 짝이 되는 双書를 다음과 같이 新書版 13冊으로도 간행하였다(1954~刊, ~1974版, 東京大學 出版會). 《日本資本主義の成立》2冊, 《日本資本主義の發展》3冊, 《日本資本主義の沒落》8冊

大內 力, 經濟學大系 7《日本經濟論》上,下(1962~1963刊, 1969~1970版, 東京大學出版會)

大石慎三郎·津田秀夫·逆井孝仁·山本弘文, 《日本經濟史論》(1967刊, 1968版, 御茶の水書房)

山口和雄, 經濟學全集 12《日本經濟史》(1968刊, 筑摩書房)

永原慶二 編, 《日本經濟史》(1970刊, 有斐閣)

石井寬治, 《日本經濟史》(第2版, 1976刊, 1998版, 東京大學出版會)

武內理三 編, 體系日本史叢書《土地制度史》Ⅰ(1973刊, 1977版, 山川出版社)

北島正元 編, 體系日本史叢書《土地制度史》Ⅱ(1975刊, 山川出版社)

豊田 武 編, 體系日本史叢書《産業史》Ⅰ(1964刊, 1976版, 山川出版社)
兒玉幸多 編, 體系日本史叢書《産業史》Ⅱ(1964刊, 1974版, 山川出版社)
古島敏雄 編, 體系日本史叢書《産業史》Ⅲ(1966刊, 1977版, 山川出版社)

矢內原忠雄, 《植民及植民政策》(1926刊, 1941改訂版, 有斐閣)
矢內原忠雄, 《帝國主義下の 台灣》(1929刊, 岩波書店, 1963刊, 矢內原忠雄, 〈矢內原忠雄全集〉第2卷, 岩波書店)
矢內原忠雄, 《帝國主義下の印度》(1937刊, 1942版, 大同書院)
三宅鹿之助, 《朝鮮と內地との經濟的關係》(京城法學會論集 1, 1928)
細川嘉六, 現代日本文明史 10, 《植民史》(1941刊, 東洋經濟新報社)
加田哲二, 入門經濟學(12)《植民政策》(1940刊, ダイヤモンド社)
Delmer M. Brown, *NATIONALISM IN JAPAN an introductory historical analysis*, University of California Press, Berkeley and Los Angeles, 1955
江口朴郎, 《帝國主義と民族》(1954刊, 1958版, 東京大學出版會)
井上 清, 《日本帝國主義の形成》(1968刊, 岩波書店)
小島麗逸 編, 《日本帝國主義と東アジア》(1979刊, アジア經濟研究所)

土屋喬雄 小野道雄 共著, 經濟學全集 第59卷《近世日本農村經濟史論》(1933刊, 改造社)
小野武夫, 現代日本文明史 9, 《農村史》(1940刊, 東洋經濟新報社)
古島敏雄, 《日本農業技術史》合冊本(1954刊, 1967版, 時潮社)
古島敏雄, 《日本農業史》(1956刊, 1957版, 岩波書店)
古島敏雄, 《近世日本農業の構造》(1957刊, 東京大學出版會)
盛永俊太郎, 《日本の稻 ― 改良小史 ―》(1957刊, 養賢堂)
盛永俊太郎 編, 《稻の日本史》上,下(1969刊, 1970版, 筑摩書房)
筑波常治, 《日本の農書 ― 農業はなぜ近世に發展しか―》(1982刊, 中央公論社)
古島敏雄, 《日本地主制史研究》(1958刊, 1965版, 岩波書店)
古島敏雄, 《近凹日本農業の展開》(1963刊, 東京大學出版會)
古島敏雄, 《資本制生産の發展と地主制》(1963刊, 1978版, 御茶の水書房)
大內 力, 日本現代史大系, 《農業史》(1960刊, 東洋經濟新報社)
大內 力, 《日本資本主義の農業問題》(改訂版, 1952刊, 1967版, 東京大學出版

會)

淺田喬二,《日本資本主義と地主制》(1963刊, 御茶の水書房)

農法硏究會 編,《農法展開の論理》(1975刊, 御茶の水書房)

須永重光 編,《近代日本の地主と農民》(1966刊, 御茶の水書房)

トマス C. スミス 著, 大塚久雄 監譯,《近代日本の農村的起源》(1970刊, 岩波書店)

中村政則,《近代日本地主制史硏究 ― 資本主義と地主制 ―》(1979刊, 1982版, 東京大學出版會)

3) 중국사

에드윈 O. 라이샤워·존 K. 페어뱅크 著, 全海宗·高柄翊 譯,《東洋文化史》上 (1964刊, 1971版, 乙酉文化社)

Edwin O. Reischauer, John K. Fairbank, *A HISTORY OF EAST ASIAN CIVILIZATION, Volume I*, 'East Asia The Great Tradition', Modern Asia Edition, First printing 1962, Ninth Printing 1972 HOUGHTON MIFFLIN COMPANY·BOSTON CHARLES E. TUTTLE COMPANY, Inc·TOKYO

존 K. 페어뱅크·에드윈 O. 라이샤워·앨버트 M. 크레이그 著, 全海宗·閔斗基 譯,《東洋文化史》下(1969刊, 乙酉文化社)

John K. Fairbank, Edwin O. Reischauer, Albert M. Craig, *A HISTORY OF EAST ASIAN CIVILIZATION, Volume II*, 'East Asia The Modern Transformation', Modern Asia Edition, First printing 1965, Eighth Printing 1972 HOUGHTON MIFFLIN COMPANY · BOSTON CHARLES E. TUTTLE COMPANY·TOKYO

孫進己 著, 朴東錫 譯,《東北民族源流》(原本1987刊, 譯本1992刊, 東文選)

하자노프 著, 金浩東 譯,《遊牧社會의 構造 ― 역사인류학적 접근 ―》(1990刊, 2004版, 지식산업사)

르네 그루쎄 著, 김호동·유원수·정재훈 譯,《유라시아 유목제국사》(1998刊, 2006版, 사계절)

金翰奎,《古代中國的 世界秩序硏究》(1982刊, 一潮閣)

李用熙 編, 尹乃鉉·金翰奎·金忠烈·劉仁善·全海宗·함홍근·황원구·박충석 參

與, 《中國의 天下思想》(1988刊, 民音社)
東洋史學會 編, 李成珪·申採湜·李泰鎭·金浩東·劉仁善·金恩淑 執筆, 《東亞史上
　의 王權》(1993刊, 한울)
李春植, 《中華思想》(1998刊, 敎保文庫)

閔斗基 編, 《中國史時代區分論》(1984刊, 創作과批評社)
閔斗基 編, 《中國의 歷史認識》上,下(1985刊, 創作과批評社)
김대환·백영서 編, 《중국사회성격논쟁》(1988刊, 창작과비평사)

高柄翊, 《아시아의 歷史像》(1969刊, 서울大學校出版部)
高柄翊, 《東亞交涉史의 研究》(1970刊, 서울大學校出版部)
高柄翊, 《東亞史의 傳統》(1977刊, 一潮閣)
高柄翊, 《혜초의 길을 따라》(1984刊, 1985版, 東亞日報社)
金庠基, 《東方史論叢》(1974刊, 서울大學校出版部)
全海宗, 《韓中關係史研究》(1970刊, 一潮閣)
全海宗, 《韓國과 東洋》(1972刊, 一潮閣)
全海宗, 《東亞文化의 比較史的 研究》(1976刊, 一潮閣)
全海宗, 《歷史와 文化 ― 韓國과 中國·日本》(1976刊, 一潮閣)
全海宗, 《韓國과 中國》(1979刊, 지식산업사)
全海宗, 《東夷傳의 文獻的 研究 ― 魏略·三國志·後漢書 東夷關係 記事의 檢討
　―》(1980刊, 一潮閣)
全海宗 編, 《東亞史의 比較研究》(1987刊, 一潮閣)
黃元九, 《中國文化史略》(1968刊, 1976版, 延世大學校出版部)
黃元九, 《中國思想의 源流》(1976刊, 延世大學校出版部)
黃元九, 《東亞細亞史研究》(1976刊, 一潮閣)
閔斗基, 《中國近代史研究》(1973刊, 一潮閣)
閔斗基, 《中國近代史論》Ⅰ,Ⅱ(1976·1981刊, 知識産業社)
閔斗基, 《中國近代改革運動의 研究》(1985刊, 一潮閣)
제스타 탄 著, 閔斗基 譯, 《中國現代政治思想史》(1977刊, 知識産業社)
閔斗基 編, 《中國現代史의 構造》(1983刊, 청람문화사)
閔斗基·李炳注·白永瑞·裵京漢·羅弦洙 共著, 《中國國民革命의 分析的 研究》
　(1990刊, 지식산업사)

閔斗基 編, 《中國國民革命指導者의 思想과 行動 1923~1928》(1988刊, 지식산
   업사)

쟝 셰노 外 著, 신영준 譯, 《中國現代史》(1982刊, 까치)

李春植, 《中國古代史의 展開》(1986刊, 新書苑)

李春植, 《事大主義》(1997刊, 고려대학교출판부)

李成珪, 《中國古代帝國成立史硏究》(1984刊, 一潮閣)

H. G. 크릴 著, 李成珪 譯, 《孔子 인간과 신화》(1983刊, 知識産業社)

마이클·로이 著, 이성규 譯, 《古代中國人의 生死觀》(1987刊, 知識産業社)

朴漢濟, 《中國中世胡漢體制硏究》(1988刊, 一潮閣)

이공범李公範, 《위진남북조사(魏晉南北朝史)》(2003刊, 지식산업사)

申採湜, 《宋代官僚制硏究》(1981刊, 三英社)

周采赫, 《元朝 官人層 硏究》(1986刊, 正音社)

吳金成, 《中國近世社會經濟史硏究 ―明代 紳士層의 形成과 社會經濟的 役割
   ―》(1986刊, 一潮閣)

何炳棣 著, 曹永祿 外譯, 《中國科擧制度의 社會史的 硏究》(1987刊, 東國大學
   校出版部)

金俊燁, 《中國最近世史》(1971刊, 일조각)

蔡羲順, 《東洋史槪論》(1949刊, 朝洋社)

東洋史學會, 《槪觀 中國史》(1983刊, 知識産業社)

서울大學校東洋史學硏究室 編, 《講座中國史》Ⅰ~Ⅶ(1989刊, 지식산업사)

* Ⅰ권 古代文明과 帝國의 成立, Ⅱ권 門閥社會와 胡·漢의 世界, Ⅲ권 士大夫
   社會와 蒙古帝國, Ⅳ권 帝國秩序의 完成, Ⅴ권 中華帝國의 動搖, Ⅵ권 改革
   과 革命, Ⅶ권 新秩序의 摸索

高柄翊, 《동아시아사의 전통과 변용》(1996刊, 문학과지성사)

全海宗 著, 全善姬 譯, 《中韓關係史論集》(1997刊, 中國社會科學出版社)

全海宗, 《동아시아사의 비교와 교류》(2000刊, 지식산업사)

黃元九, 《東亞史論攷》(1995刊, 혜안)

陳正炎·林其錟 著, 李成珪 譯, 《中國大同思想硏究》(1990刊, 지식산업사)

베. 야. 블라디미르초프 著, 周采赫 譯, 《몽골 사회 제도사》(1990刊, 대한교과
　서주식회사)

宋正洙, 《中國近世鄕村社會史硏究 ― 明淸時代　鄕約·保甲制의　形成과　展開
　―》(1997刊, 혜안)

尹惠英, 《中國現代史硏究 ― 北伐前夜 北京政權의　內部的崩壞過程 1923～1925
　―》(1991刊, 一潮閣)

白永瑞, 《中國現代大學文化硏究 ― 1920年代　大學生의　正體性　危機와　社會變
　革 ―》(1994刊, 一潮閣)

李德彬 著, 梁必承 尹貞粉 共譯, 《中華人民共和國經濟史 1945-1985》Ⅰ,Ⅱ
　(1989刊, 敎保文庫)

中國共産黨中央文獻硏究室 編, 허원 譯, 《정통 중국현대사》(1990刊, 사계절)

レイスネル 著, 橋本弘毅 譯, 《東方諸國の新しい歷史》第1,2,3 分冊(1955刊,
　靑木書店)

三橋富治男, 《東洋文明の史的系譜》(原版　1949年　執筆, 1955刊, 1956改訂版,
　三和書房)

藤間生大, 《東アジア世界の形成》(1966刊, 1977 增訂版, 春秋社)

藤間生大, 《近代東アジア世界の形成》(1977刊, 春秋社)

松井 等, 《東洋史槪說》(1930刊, 1940版, 共立社)

松井 等, 《東洋近世史》2(1939刊, 1940版, 平凡社)

京大東洋史 上, 《中國史》(1953刊, 1956版, 創元社)

京大東洋史 下, 《西アジア·インド史》(同上)

鈴木 俊, 《東洋史要說》(1953初版, 1960增訂刊, 1987版, 吉川弘文館)

山崎 宏 編, 《東洋史槪說》(1969刊, 1971版, 南雲堂深山社)

今堀誠二, 《東洋社會經濟史序說》(1963刊, 柳原書店)

穗積文雄·桑田幸三·林　善義·伊藤幸一　共著, 《東洋經濟史》(1974刊, ミネル
　ヴ, 書房)

宮崎市定, 《宮崎市定 アジア史論考》(1976刊, 朝日新聞社)
* 上卷 槪說編, 中卷 古代中世編, 下卷 近世編

中村 元, 《インド思想史》(1956刊, 1957版, 岩波書店)

宇野精一, 中村 元, 玉城康四郎 編, 《講座東洋思想》(1967刊, 1969版, 東京大學
  出版會)

* 第1卷 インド思想, 第2卷 中國思想 Ⅰ 儒家思想, 第3卷 中國思想 Ⅱ 道家と
  道敎, 第4卷 中國思想 Ⅲ 墨家·法家·論理思想, 第5卷 佛敎思想 Ⅰ インド的
  展開, 第6卷 佛敎思想 Ⅱ 中國的展開, 第7卷 イスラムの思想, 第8卷 東洋と
  西洋 Ⅰ 哲學と宗敎, 第9卷 東洋と西洋 Ⅱ 文化と文藝思想, 第10卷 東洋思
  想の日本的展開

內藤虎次郎, 《支那史學史》(1949刊, 1953版, 弘文堂)

劉知幾 著, 增正經夫 譯, 《史通》(1966刊 平凡社 ; 1981, 1985刊 硏文出版)

鈴木 俊, 西嶋定生, 《中國史の時代區分》(1957刊, 1975版, 東京大學出版會)

藪內 淸, 《中國文明の形成》(1974刊, 岩波書店)

夏鼐 著, 小南一郎 譯, 樋口隆康·岡崎 敬 解說, 《中國文明の起源》(1984刊, 日
  本放送出版協會)

David N. Keightley, *THE ORIGINS OF CHINESE CIVILIZATION*, 1983,
  University of California Press, Berkeley, Los Angeles, London

ジョセフ·ニーダム 著, 日本語版 東畑精一·藪內 淸 監修, 《中國の科學と文
  明》第1~11卷(1974~1981刊, 思索社)

和田 淸, 《中國史槪說》上,下(1950刊, 1957版, 岩波書店)

貝塚茂樹, 《中國古代史學の發展》(1946刊, 1953版, 弘文堂)

增淵龍夫, 《中國古代の社會と國家》(1960刊, 弘文堂)

西嶋定生, 《中國古代帝國の形成と構造》(1961刊, 東京大學出版會)

木村正雄, 《中國古代帝國の形成》(1965刊, 不昧堂書店)

濱口重國, 《秦漢隋唐史の研究》上,下卷(1966初版, 1980復刊, 東京大學出版會)

守屋澄子, 《中國古代の家族と國家》(1968刊, 東洋史研究會)

中國中世史研究會 編, 《中國中世史研究 ─ 六朝隋唐の社會と國家》(1970刊,
  1972版, 東海大學出版會)

谷川道雄, 《中國中世社會と共同體》(1976刊, 國書刊行會)

福島繁次郎, 增訂版《中國南北朝史硏究》(1979刊, 名著出版)

越智重明, 《魏晉南朝の貴族制》(1982刊, 硏文出版)

渡辺信一, 《中國古代社會論》(1986刊, 靑木書店)

曾我部靜雄, 《宋代政經史の硏究》(1974刊, 吉川弘文館)

東洋文庫宋代史硏究室內 編, 《靑山博士古稀紀念 宋代史論叢》(1974刊, 省心書房)

安部健夫, 《元代史の硏究》(1972刊, 創文社)

柳田節子, 《宋元鄕村制の硏究》(1986刊, 創文社)

川勝 守, 《中國封建國家の支配構造 ― 明淸賦役制度史の硏究》(1980刊, 東京大學出版會)

小野和子 編, 《明淸時代の政治と社會》(1983刊, 京都大學人文科學硏究所)

安部健夫, 《淸代史の硏究》(1971刊, 創文社)

谷川道雄·桑正夫 編, 《中國民衆叛亂史》 1~4(1978~1983刊, 平凡社)

佐藤文俊, 《明末農民反亂の硏究》(1985刊, 硏文出版)

小島晉治, 《太平天國革命の歷史と思想》(1978刊, 硏文出版)

東京敎育大學アジア史硏究會, 《中國近代化の社會構造 ― 辛亥革命の史的位置》(1960刊, 1966版, 大安)

市古宙三, 增補版《近代中國の政治と社會》(1971刊, 1977版, 東京大學出版會)

彭澤周, 《中國の近代化と明治維新》(1976刊, 同朋舍出版部)

原田正己, 《康有爲の思想運動と民衆》(1983刊, 刀水書房)

阪出祥伸, 《中國近代の思想と科學》(1983刊, 同朋舍)

菊池貴晴, 《現代中國革命の起源》(1970刊, 1978版, 巖南堂書店)

山本秀夫·野間 淸 編, 《中國農村革命の展開》(1972刊, アジア經濟硏究所)

加藤祐三, 《中國の土地改革と農村社會》(1972刊, アジア經濟硏究所)

熊代幸雄·小島麗逸 編, 《中國農法の展開》(1977刊, アジア經濟出版會)

岡田臣弘, 《中國の權力構造と近代化政策》(1980刊, アジア經濟硏究所)

東京大學中國哲學硏究室 編, 加藤常賢 監修, 《中國思想史》(1952刊, 1957版, 東京大學出版會)

狩野直喜, 《中國哲學史》(1953刊, 1957版, 岩波書店)

小野川秀美, 《淸末政治思想史硏究》(1960刊, 京都大學東洋史硏究會)
守本順一郎, 《東洋政治思想史硏究》(1967刊, 未來社)
宮崎市定, 《科擧》(1946刊, 秋田屋)

仁井田 陞, 《唐宋法律文書の硏究》(1937刊, 1967版, 東方文化學院)
仁井田 陞, 《支那身分法史》(1942刊, 東方文化學院)
仁井田 陞, 《中國法制史》(1952刊, 1967增訂版, 岩波書店)
仁井田 陞, 《中國の農村家族》(1952刊, 1954版, 東京大學出版會)
仁井田 陞, 《中國法制史硏究》 刑法(1959刊, 東京大學出版會)
仁井田 陞, 《中國法制史硏究》 土地法·取引法(1960刊, 東京大學出版會)
仁井田 陞, 《中國法制史硏究》 奴隷農奴法·家族村落法(1962刊, 東京大學出版會)
仁井田 陞, 《中國法制史硏究》 法と慣習, 法と道德(1964刊, 東京大學出版會)
仁井田陞博士追悼論文集 編集委員會 編, 《前近代アジアの法と社會》 第1卷
    (1967刊, 勁草書房)
曾我部靜雄, 《中國律令史の硏究》(1971刊, 吉川弘文館)

井上幸治·入交好脩 編, 《東洋經濟史學入門》(1967刊, 廣文社)
森谷克己, 《支那社會經濟史》(1935刊, 章華社)
岡田 巧, 《近世支那社會經濟史》(1942刊, 敎育圖書株式會社)
加藤 繁, 《支那經濟史槪說》(1944刊, 1953版, 弘文堂)
加藤 繁, 《支那經濟史考證》 上,下(1952刊, 1974版, 東洋文庫)

淸水盛光, 《中國鄕村社會論》(1951刊, 岩波書店)
東京大學 東洋文化硏究所 編, 《土地所有の史的硏究》(1956刊, 1957版, 東京大
    學出版會)
西嶋定生, 《中國經濟史硏究》(1966刊, 東京大學出版會)
平中苓次, 《中國古代の田制と稅法 ― 秦漢經濟史硏究》(1967刊, 京都大學東洋
    史硏究會)
曾我部靜雄, 《均田法とその稅役制度》(1953刊, 講談社)
周藤吉之, 《中國土地制度史硏究》(1954刊, 東京大學出版會)
周藤吉之, 《宋代經濟史硏究》(1962刊, 東京大學出版會)
周藤吉之, 《唐宋社會經濟史硏究》(1965刊, 東京大學出版會)

周藤吉之, 《宋代史研究》(1969刊, 東洋文庫)

清水泰次, 《明代土地制度史研究》(1968刊, 大安)

濱島敦俊, 《明代江南農村社會の研究》(1982刊, 東京大學出版會)

百瀬 弘, 《明淸社會經濟史研究》(1980刊, 硏文出版)

周藤吉之, 《淸代東アジア史研究》(1972刊, 日本學術振興會)

重田 德, 《淸代社會經濟史研究》(1975刊, 岩波書店)

中國近代經濟史硏究會, 池田 誠·松野昭二·林 要三·田尻 利 編譯, 《中國近代國民經濟史》 上, 下(1971~1972刊, 雄渾社)

安達生恒, 《商業資本と中國經濟》(1953刊, 有斐閣)

今堀誠二, 《中國の社會構造》(1953刊, 有斐閣)

今堀誠二, 《中國近代史研究序説》(1968刊, 勁草書房)

東京敎育大學アジア史研究會, 《近代中國農村社會史研究》(1967刊, 大安)

村松祐次, 《近代江南の租棧 ― 中國地主制度史の研究》(1970刊, 1978復刊, 東京大學出版會)

草野 靖, 《中國近世の寄生地主制 ― 田面慣行》(1989刊, 汲古書院)

田中正俊, 《中國近代經濟史研究序説》(1973刊, 東京大學出版會)

西山武一, 《アジア的農法と農業社會》(1969刊, 東京大學出版會)

西山武一·熊代幸雄, 《校訂譯註 齊民要術》(1969刊, 1976版, アジア經濟出版會)

米田賢次郎, 《中國古代農業技術史研究》(1989刊, 同朋舍)

天野元之助, 《中國農業史研究》(1962刊, 1979增補版, 御茶の水書房)

天野元之助, 《中國社會經濟史》 第1卷 殷·周之部(1979刊, 開明書院)

天野元之助, 《中國農業經濟論》改訂復刻版 全3卷(1978刊, 龍溪書舍) ; (原題 《支那農業經濟論》 上, 中, 1940刊; 《中國農業の諸問題》 上, 下, 1953刊)

天野元之助, 〈後魏の賈思勰《齊民要術》の研究〉(《中國の科學と科學者》 1978刊)

天野元之助, 《中國古農書考》(1975刊, 龍溪書舍)

梁啓超 著, 《中國歷史研究法》(1936刊, 1970版, 臺灣中華書局)

錢穆 著, 秋憲樹 譯, 《中國의 歷史精神》(1972刊, 延世大學校出版部)

李宗侗 著, 《中國史學史》(1953刊, 1955版, 中華文化出版事業委員會)

李宗侗 編著, 《史學槪要》(1968刊, 正中書局)

金靜庵(毓黻) 著, 《中國史學史》(1974刊, 鼎文書局)

顧頡剛 口述, 何啓君 整理, 조관희 옮김, 《中國史學入門》(原本 1984刊, 中國圖書刊行社 ; 번역 1989刊, 高麗苑)

杜維運 著, 權重達 譯, 增補新版《歷史學硏究方法論》(1984刊, 1986版, 一潮閣)

宋文炳 著, 草野文男 譯, 《支那民族構成史》(1940刊, 人文閣) ; (原題《中國民族史》, 1934刊)

林惠祥 著, 《中國民族史》上, 下(1936刊, 1977版, 臺灣商務印書館)

孫進己 著, 《東北民族源流》(1987刊, 黑龍江人民出版社 ; 1992 서울 東文選에서 飜譯 刊行)

錢穆 著, 車柱環 譯, 《중국문화사총설 ― 中國文化史導論 ―)》(1948刊, 1956版, 문교부)

范 文瀾 著, 貝塚茂樹·陳 顯明 譯, 《中國通史》第1編 上(1958刊, 岩波書店)

中國魏晉南北朝史學會 編, 《魏晉南北朝史硏究》(1996刊, 湖北人民出版社)

韓儒林 主編, 陳得芝·邱樹森·丁國范·施一揆 著, 《元朝史》上, 下(1986刊, 人民出版社)

蕭一山 著, 《淸代通史》上, 中, 下 全5卷(1923始刊, 1980修訂本 第5版, 商務印書館 ; 1986版 中華書局)

肖效欽·李良志 著, 《中國革命史》上(1983刊, 紅旗出版社)

肖效欽·李良志 著, 《中國革命史 ― 社會主義革命和建設時期 ―》 下(1984刊, 紅旗出版社)

北京師範大學歷史系 中國現代史敎硏室 編, 《中國現代史》上, 下(1983刊, 北京師範大學出版社)

馮友蘭 著, 《中國哲學史》上, 下, 補冊(1924刊, 1925版, 商務印書館)

侯外盧 主編, 侯外盧·趙紀彬·侯外盧·杜國庠·邱漢生·白壽彝·楊榮國·楊向奎·諸靑 執筆, 《中國思想通史》全6卷(1959刊, 1980版, 人民出版社)

北京大學哲學系 中國哲學史敎硏室 編寫,《中國哲學史》上,下(1980刊, 1985版,
    中華書局)
張岱年 著,《中國哲學大綱 ― 中國哲學問題史 ―》(初版 1958刊, 商務印書館 ;
    再版 1980刊, 中國社會科學出版社)
張立文 著,《朱熹思想硏究》(1981刊, 中國社會科學出版社)
張立文 著,《宋明理學硏究》(1985刊, 中國人民大學出版社)
候外盧·邱漢生·張豈之 主編,《宋明理學史》上,下(1984~1987刊, 人民出版社)

郭沫若 著, 趙誠乙 譯,《十批判書》(1982 전집版) ;《中國古代思想史》로 번역
    (1991刊, 까치)
呂振羽 著,《中國政治思想史》上,下(1949刊, 1981版, 人民出版社)
胡寄窓 著,《中國經濟思想史》上,中,下(1962, 1963, 1981刊, 上海人民出版社)
鍾祥財 著,《中國農業思想史》(1997刊, 上海社會科學院出版社)
陳鼓應·辛冠洁·葛榮晉 主編,《明淸實學思潮史》上,中,下卷(1989刊, 齊魯書社)
張鐵桑·劉金生·陳鈞生 主編,《中國農村改革的哲學思考》(1995刊, 中國農業出
    版社)

毛雝 編,《中國農書目錄彙編》金陵大學圖書館叢刊 第1種(1924刊, 農業出版社)
王毓瑚 編著,《中國農學書錄》(1964刊, 農業出版社 ; 1975復刻 龍溪書舍)
閔宗殿 編,《中國農史系年要錄》科技編(1989刊, 農業出版社)
中國農業博物館資料室 編,《中國農史論文目錄索引》(1992刊, 林業出版社)

楊寬 著,《中國歷代尺度考》(1938刊, 商務印書館)
藪田嘉一郎 編譯注,《中國古尺集說》(1969刊, 綜芸舍)
吳承洛 著,《中國度量衡史》(1984刊, 上海書店)
河南省計量局 主編, 丘光明·邱隆·王彤·王柏松·劉建國 編,《中國古代度量衡論
    文集》(1990刊, 中州古籍出版社)
國家計量總局 中國歷史博物館 古宮博物院 主編, 邱隆·丘光明·顧茂森·劉東瑞·
    巫鴻 共編, 金基協 譯,《中國度量衡圖集》(1993刊, 法仁文化社)

梁方仲 編著,《中國歷代戶口, 田地, 田賦統計》(1980刊, 上海人民出版社)
趙岡·陳鍾毅 著,《中國土地制度史》(1982刊, 聯經出版事業公司)

鄧海波 編著, 《中國歷代賦稅思想及其制度》上,下(1984刊, 正中書局)

鄭學檬·蔣兆成·張文綺 著, 《簡明中國經濟通史》(1984刊, 黑龍江人民出版社)

趙儷生 著, 《中國土地制度史》(1984刊, 齊魯書社)

陳守實 著, 《中國古代土地關系史稿》(1984刊, 上海人民出版社)

南開大學歷史系中國古代史敎硏室   編, 《中國古代地主階級硏究論集》(1984刊, 南開大學出版社)

烏廷玉 著, 《中國歷代土地制度史綱》上,下(1987刊, 吉林大學出版社)

曹貫一 著, 《中國農業經濟史》上,下(1989刊, 中國社會科學出版社)

華 山, 《宋史論集》(1982刊, 齊魯書社)

朱瑞熙, 《宋代社會硏究》(1983刊, 中州書畵社)

梁庚堯 著, 《南宋的農村經濟》(1984刊, 聯經出版事業公司)

李劍農 著, 《宋元明經濟史稿》(1957刊, 三連書店)

傅衣凌 著, 《明淸社會經濟史論文集》(1982刊, 人民出版社)

傅衣凌 著, 《明淸封建土地所有制論綱》(1992刊, 上海人民出版社)

叶顯恩 著, 《明淸徽州農村社會與佃僕制》(1983刊, 安徽人民出版社)

歷史硏究編輯部 編, 《中國的奴隸制與封建制分期問題論文選集》(1956刊, 生活 · 讀書·新知三聯書店出版)

林甘泉·田人隆·李祖德 著, 최덕경·이상규 譯, 《中國古代社會性格論議》(1991 刊, 중문출판사)

南開大學歷史系中國古代史敎硏組 編, 《中國封建社會土地所有制形式問題討論 集》(1962刊, 生活·讀書·新知三聯書店)

胡如雷 著, 《中國封建社會形態硏究》(1979刊, 生活·讀書·新知三聯書店)

中國人民大學中國歷史敎硏室 編, 《中國資本主義萌芽問題討論集》 上,下,補 (1957~1960刊, 生活·讀書·新知三聯書店)

南京大學歷史系 明淸史硏究室 編, 《明淸資本主義萌芽硏究論文集》(1981刊, 上 海人民出版社)

劉永成 著, 《淸代前期農業資本主義萌芽初探》(1982刊, 福建人民出版社)

李文治·魏金玉·經君健 共著, 《明淸時代的農業資本主義萌芽問題》(1983刊, 中國 社會科學出版社)

許滌新·吳承明 主編, 中國資本主義發展史 第1卷《中國資本主義萌芽》(1985刊,

人民出版社)

顧 誠 著, 《明末農民戰爭史》(1984刊, 中國社會科學出版社)

中國人民大學歷史系 中國第一歷史檔案館 合編, 《淸代農民戰爭史資料選編》
(1991刊, 中國人民大學出版社)

J. ソーブ 著, 伊藤隆吉・保柳睦美・上田信三・原田竹治 譯, 《支那土壤地理學》ー
分類・分布 文化的意義 ー(1940刊, 岩波書店)

何炳棣, 《黃土與中國農業的起源》(1969刊, 香港中文大學)

Dwight H. Perkins, *Agricultural Development in China, 1368~1968*, First published
1969, Aldine Publishing Company, Chicago ; 中國版 1978刊, 宗靑圖書出版
公司

中華人民共和國農牧漁業部 主編, 閔宗殿・董凱惟・陳文華 編著, 《中國農業技術
發展簡史》(1983刊, 農業出版社)

中國農業科學院・南京農學院・中國農業遺産硏究室 編著, 《中國農學史》(初稿)
上,下(1959刊, 1984版, 科學出版社)

中國農業博物館 農史硏究室 編, 閔宗殿・彭治富・王潮生 主編, 《中國古代農業科
技史圖說》(1989刊, 農業出版社)

李澍田 主編, 衣保中 著, 《中國東北農業史》(1993刊, 1995版, 吉林文史出版社)

游修齡 編著, 《中國稻作史》(1995刊, 中國農業出版社)

Joseph Needham, *SCIENCE AND CIVILISATION IN CHINA*, volume 6,
BIOLOGY AND BIOLOGICAL TECHNOLOGY part Ⅱ ;
AGRICULTURE by Francesca Bray Published 1984, Cambridge University
Press

陳恒力 編著, 《補農書硏究》(1958刊, 中華書局)

李長年 著, 《齊民要術硏究》(1959刊, 農業出版社)

胡道靜 著, 《農書・農史論集》(1985刊, 農業出版社)

夏緯瑛, 《呂氏春秋上農等四篇校釋》(1956刊, 1964版, 農業出版社)

萬國鼎, 《氾勝之書輯釋》(1956刊, 中華書局)

石聲漢, 《氾勝之書今釋》(初稿)(1956刊, 科學出版社)

石聲漢, 《四民月令校注》(1965刊, 中華書局)

石聲漢, 《齊民要術今釋》 第1~4分冊(1957刊, 科學出版社)

繆啓愉, 《齊民要術校釋》(1982刊, 農業出版社)

繆啓愉, 《齊民要術導讀》(1988刊, 巴蜀書社)

繆啓愉, 《四時纂要校釋》(1981刊, 農業出版社)

萬國鼎, 《陳旉農書校註》(1965刊, 農業出版社)

石聲漢, 《農桑輯要校注》(1982刊, 農業出版社)

繆啓愉, 《元刻農桑輯要校釋》(1988刊, 農業出版社)

王毓瑚 校, 《王禎農書》(1966序, 農業出版社)

石聲漢, 《農政全書校注》 上,中,下(1979刊, 上海農業出版社)

王重民 輯校, 徐光啓 撰, 《徐光啓集》 上,下(1984刊, 上海古籍出版社)

陳恒力 校釋, 王達 增訂, 《補農書校釋(增訂本)》(初版 1958, 中華書局 ; 1983
    增訂刊, 農業出版社)

馬宗申, 《授時通考校註》 第1~4冊(1991刊, 農業出版社)

4) 세계사 서양사

아놀드 J. 토인비 著, 정대위 옮김, 《역사의 한 연구 *A STUDY OF HISTORY*》
    상,중,하(1955~1958刊, 문교부)

크레인 브린튼·존 B. 크리스토퍼·로버트 L. 울프 共著, 梁秉祐·閔錫泓·李普
    珩·金聲近 共譯, 《世界文化史》 上,中,下(1963刊, 乙酉文化社)

Crane Brinton, John B. Christopher, Robert Lee Wolff, *A HISTORY OF
    CIVILIZATION, Volume I, II*, 1955, Prentice-Hall, Inc. New York

보챠로프, 요아니시아니 共著, 金永鍵·朴贊謨 共譯, 唯物史觀《世界史敎程》第
    1~5分冊(1948刊, 白楊堂)

趙義高·閔泳珪·黃元九 共著, 《世界史》東洋文化史 西洋文化史(1968刊, 1976版,
    延世大學校出版部)

ランケ 著, 鈴木成高·相原信作 譯, 《世界史概觀 — 近世史の諸時代 — 》(1941刊,
    1943版, 岩波書店)

ミシュリナ 著, ソヴェト硏究者協會 譯, 《世界史敎程》— 古代 —(1954刊,
    1956版, 靑木書店)

コスミンスキ 著, ソヴェト硏究者協會 譯, 《世界史敎程》— 中世 —(1954刊,

1956版, 靑木書店)

コスミンスキ 著, 阿部玄治 譯, 《世界中世史硏究》 第1卷 第1,2,3分冊, 第2卷 第1,2分冊(1957~1961刊, 未來社)

Rushton Coulborn, *FEUDALISM IN HISTORY*, Princeton, New Jersey, 1956, Princeton University Press

岩波講座, 《世界歷史》 全30卷(1969~1971刊, 岩波書店)

弓削 達, 世界歷史叢書《地中海世界ヒロノマ帝國》(1977刊, 岩波書店)

太田秀通, 世界歷史叢書《東地中海世界 ― 古代におけるオリエントとギリシア》(1977刊, 岩波書店)

嶋田襄平, 世界歷史叢書《イスラムの國家と社會》(1977刊, 岩波書店)

井上浩一, 世界歷史叢書《ビザンツ帝國》(1982刊, 岩波書店)

百瀨 宏, 世界歷史叢書《ソビエト連邦と現代の帝國》(1982刊, 岩波書店)

江口朴郞, 世界歷史叢書《世界史の現段階と日本》(1986刊, 岩波書店)

成瀨 治, 世界歷史叢書《世界史の意識と理論》(1977刊, 岩波書店)

E.W.サイード 著, 板垣雄三・杉田英明 監修, 今澤紀子 譯, 《オリエンタリズム Orientalism》上, 下(1993刊, 2005版, 平凡社)

金聲近, 《西洋史槪論》(1954刊, 正音社)

車河淳, 《西洋史總論》(1976刊, 探求堂)

케네스 M. 쎄튼・헨리 R. 윈크러 編, 池東植・李光周 外 共譯, 《西洋文明의 諸問題 ― 史料와 解釋 ― 》上, 下(1978刊, 法文社)

* 原著는 'Great Problems in European Civilization' 1966 刊本이다.

노오만 F. 캔터 編著, 池東植 外 共譯, 《西洋史新論》Ⅰ, Ⅱ(1979刊, 法文社)

* 原著는 'Perspectives on the EUROPEAN PAST; Conversation with Historians' 1971 刊本이다.

閔錫泓, 《西洋史槪論》(1984刊, 三英社)

S. M. 립셋 著, 李鍾守 譯, 《美國史의 構造》(1982刊, 한길사)

R. D. 차크스 著, 朴太星 編譯, 《러시아史》(1991刊, 역민사)

박지향, 《영국사 ― 보수와 개혁의 드라마 ― 》(1997刊, 까치)

柴田政義 著, 孫學模 譯, 《東歐政治經濟史 ― 東歐人民民主主義의 形成 ― 》

(1990刊, 인간사랑)

大類 伸, 《西洋史新講》(1934刊, 富山房)
林 健太郎 編, 《西洋史學大綱》(1952, 河出書房)
井上幸治·林 健太郎 編, 《西洋史研究入門》(1954刊, 1955版, 東京大學出版會)
三木 淸·林 達夫·羽仁五郎·本多謙三 共著, 《社會史的思想史》(1949刊, 1957版,
    岩波書店)
原田 鋼, 《西洋政治思想史》(1950刊, 新版 1973刊, 1980版, 有斐閣)

增田四郎, 現代經濟學全集 16《西洋經濟史槪論》(1955刊, 1956版, 春秋社)
增田四郎 編, 《西洋經濟史》上,下(1955刊, 1957版, 有斐閣)
大塚久雄·高橋幸八郎·松田智雄 編, 《西洋經濟史講座》Ⅰ~Ⅴ(1960, 1962刊,
    岩波書店)
大塚久雄 編, 經濟學全集 11《西洋經濟史》(1968刊, 1969版, 筑摩書房)
崔鍾軾, 《西洋經濟史論》(1978刊, 瑞文堂)
角山 榮·川北 稔 編, 《講座 西洋經濟史》Ⅰ~Ⅴ(1979, 1980刊, 同文舘)
松田智雄 編, 《西洋經濟史》(1982刊, 靑林書院新社)

池東植, 《로마共和政危機論》(1975刊, 法文社)
허승일, 《로마 공화정 연구》(1985刊, 1995증보판, 서울대학교출판부)
허승일 외, 《로마 제정사 연구》(2000刊, 서울대학교출판부)

Christopher Dawson, *THE MAKING OF EUROPE An Introduction to the History of
    European Unity,* Originally published 1932, Reprinted from fifth printing 1952,
    Meridian Books New York 1958
F. L. Ganshof, *FEUDALISM,* Translated from the French by Philip Grierson
    with a Foreword by F. M. Stenton 1952, Longmans, Green and Co,
    London·New York·Toronto
鈴木成高, 《封建社會の研究》(1948刊, 1954版, 弘文堂)
ハインリッヒ·ミッタイス 著, 世良晃志郎 譯, 《ドイツ法制史槪說》(1954刊,
    1958版, 創文社)
增田四郎, 《西洋中世世界の成立》(1950刊, 1956版, 岩波書店)

堀米庸三, 《西洋中世世界の崩壊》(1958刊, 岩波書店)

增田四郎, 《西洋封建社會成立期の硏究 ― ヨーロッパ初期中世史の諸問題 ―》
    (1959刊, 1977版, 岩波書店)

增田四郎, 《西洋中世社會史硏究》(1974刊, 岩波書店)

マルク·ブロック 著, 新村猛·森岡敬一郎·神澤榮三·大高順雄 譯, 《封建社會》
    1,2(1977刊, 1978版, みすず書房)

마르크 블로크 著, 韓貞淑 역, 《봉건사회》 I, 인적 종속관계의 형성 ; 《봉건
    사회》 II, 계급과 통치(1986刊, 한길사)

高麗大學校大學院 西洋中世史硏究室 編譯, 《西洋中世社會經濟史論》(1981刊,
    法文社)

월레이스 K. 퍼거슨 著, 김성근·이민호 옮김, 《르네상스THE RENAISSANCE》
    (1963刊, 문교부)

車河淳, 《르네상스의 社會와 思想》(1973刊, 探求堂)

增田四郎, 《西歐市民意識の形成》(1949刊, 1950版, 春秋社)

高橋幸八郎, 《近代社會成立史論 ― 歐洲經濟史硏究 ―》(1953刊, 1955版, 御茶
    の水書房)

高橋幸八郎, 《市民革命の構造》(1950刊, 增補版 1968刊, 御茶の水書房)

高橋幸八郎 編, 《土地所有の比較史的硏究》(1963刊, 東京大學出版會)

高橋幸八郎 編, 《産業革命の硏究》(1965刊, 1967版, 岩波書店)

河野健二, 《市民革命論》(1956刊, 1959版, 創元社)

죠르쥬·르페부르 著, 민석홍 옮김, 《불란서혁명사》(1957刊, 문교부)

알베르 마띠에 著, 金鍾澈 譯, 《프랑스革命史》 上,下(1982刊, 創作과批評社)

李敏鎬, 《近代獨逸史硏究 ― 프로이센 國家와 社會의 成立 ―》(1976刊, 서울
    大學校出版部)

鄭允炯, 《西洋經濟思想史硏究》(1981刊, 創作과批評社)

洪思重, 《近代市民社會思想史》(1981刊, 한길사)

車河淳, 《衡平의 硏究》(1983刊, 探求堂)

閔錫泓, 《프랑스 革命史論》(1988刊, 까치社)

Maurice Dobb, *STUDIES IN THE DEVELOPMENT OF CAPITALISM*, First published 1946, Sixth Impression 1954, Routledge & Kegan Paul Ltd, London

M.ドッブ 著, 京大近代史硏究會 譯,《資本主義發展の硏究》I , Ⅱ(1954刊, 1956版, 岩波書店)

大塚久雄, 改訂版《近代歐洲經濟史序說》上ノ1,2(1951刊, 1956版, 河出書房)

大塚久雄, 增訂版《近代資本主義の系譜》上,下(1951刊, 1954版, 弘文堂)

* 大塚 교수의 연구는 모두 《大塚久雄著作集》(全10卷)에 수록되었다 (1969~1970刊, 岩波書店)

矢口孝次郎,《資本主義成立期の硏究》(1952刊, 1955版, 有斐閣)

H. ピレンヌ 著, 大塚久雄·中木康夫 譯,《資本主義發達の諸段階》(1955刊, 1956版, 未來社)

レーニン 著, 全集刊行委員會 譯,《ロシアにおける資本主義の發達》第1~3冊 (1955~1962刊, 1968~1970版, 大月書店)

Paul Sweezy·Maurice Dobb·高橋幸八郎·Rodney Hilton·Christopher Hill·小林 昇 共著, 김대환 編譯,《자본주의 이행논쟁》(1980刊, 광민사)

헬무트 쉬나이더 外 著, 韓貞淑 譯,《勞動의 歷史 — 고대 이집트에서 현대 산 업사회까지 — 》(1982, 한길사)

レーニン 著, 長谷部文雄 譯,《帝國主義》(1929刊, 岩波書店)

河出孝雄 編, 世界歷史 第7卷《ヨーロッパ帝國主義の成立》(1941刊, 河出書房)

J. A. Hobson, *IMPERIALISM A Study,* First published in 1902, Fourth Impression 1948, George Allen & Unuin Ltd, London

ホプスン 著, 矢內原忠雄 譯,《帝國主義論》上,下(1951~1952刊, 1953~1954 版, 岩波書店)

Hans Kohn, *THE IDEA OF NATIONALISM A Study in Its Origins and Backgraound,* The Macmillan Company, New York, 1956

E. H. カー 著, 大窪愿二 譯,《ナショナリズムの發展》(1952刊, 1968版, みす ず書房)

世界經濟調査會 編,《ナショナリズムの硏究》(1956刊, 慶應通信)

ホレス B. デーヴィス 著, 藤野 涉 譯,《ナショナリズムと社會主義》(1969 刊, 1971版, 岩波書店)

E. A. Kosminsky, Studies in Medieval History, Vol.Ⅷ, *STUDIES IN THE AGRARIAN HISTORY OF ENGLAND IN THE THIRTEENTH CENTURY*, Edited by R. H. Hilton. Oxford Basil Blackwell, 1956.

E. A. コスミンスキー 著, 秦 玄龍 譯,《イギリス封建地代の展開》(1956刊, 譯訂 1960刊, 1968版, 未來社)

M. M. Postan, *THE AGRARIAN LIFE OF THE MIDDLE AGES*, Cambridge University Press, 1966

M. M. Postan, *ECONOMIC ORGANIZATION AND POLICIES IN THE MIDDLEAGES*, Cambridge University Press, 1965

Sir Paul Vinogradoff, *THE GROWTH OF THE MANOR*, Revised Second Edition, Burt Franklin, New York, 1951

John W. Mellor, *The Economics of Agricultural Development*, Cornell University Press, 1966

B. H. スリッヘル ファン バート 著, 速水 融 譯,《西ヨーロッパ農業發達史》(1969刊, 日本評論社)

ゲォルク・フォン・ベロウ 著, 堀米庸三 譯,《獨逸中世農業史》(1944刊, 創元社)

飯沼二郎,《ドイツにおける農學成立史の研究》(1963刊, 御茶の水書房)

マルク・ブロック 著, 河野健二・飯沼二郎 外 共譯,《フランス農村史の基本性格》(1959刊, 1967版, 創文社)

湯村武人,《フランス封建制の成立と農村構造》(1965刊, 御茶の水書房)

湯淺赳男,《フランス土地近代化史論》(1981刊, 木鐸社)

小松芳喬,《イギリス農業革命の研究》(1961刊, 岩波書店)

椎名重明 著, 近代土地制度史研究叢書 古島敏雄監修 第8巻《イギリス産業革命期の農業構造》(1962刊, 御茶の水書房)

椎名重明,《近代的土地所有 — その歴史と理論》(1973刊, 東京大學出版會)

B. M. ラヴロフスキー 著, 福富正實 譯,《近代イギリス土地制度史と地代論 — 原蓄期における貨幣地代の發展法則と農民層分解 —》(1972刊, 未來社)

赤澤計眞, 《土地所有の歷史的形態 ― イギリス經濟史硏究 ―》(1977刊, 靑木
　書店)

ヒルトン・フェイガン 共著, 田中浩・武居良明 共譯, 《イギリス農民戰爭》
　(1961刊, 未來社)
M. ベンジンク・S. ホイヤ 共著, 瀨原義生 譯, 《ドイツ農民戰爭》(1969刊, 未
　來社)
ルッチスキー 著, 遠藤輝明 譯, 《革命前夜のフランス農民》(1957刊, 未來社)
阿部重雄, ユーラシア文化史選書 11《帝政ロシアの農民戰爭》(1969刊, 吉川弘
　文館)

5) 역사이론 관련 학문

大類 伸, 《史學槪論》(1932刊, 1942版, 共立出版株式會社)
ラングロア・セイニョォボー 共著, 高橋巳壽衛 譯, 《歷史學入門》(1942刊, 人
　文閣)
李能植, 《近代史觀硏究》(1948刊, 同志社)
林 健太郞, 《史學槪論》(1953刊, 1967版, 有斐閣)
베른하임 著, 趙璣濬 譯, 《史學槪論》(1954刊, 昌文社)
G. P. 구―치 著, 林健太郞・林 孝子 譯, 《近代史學史》上, 下(1955~1960刊, 吉
　川弘文館)
上原專祿, 《歷史學序說》(1958刊, 大明堂)
E. H. Carr, *WHAT IS HISTORY?*, First Published London 1961
* 이 책은 吉玄謨 교수의 註譯으로 한국 汎文社에서도 간행하였다(1974).
小木曾 公, 《西洋史學史槪說》(1962刊, 吉川弘文館)
趙義卨, 《희랍史學史》(1965刊, 章旺社)
增田四郞, 《歷史學槪論》(1966刊, 廣文社)
黑羽 茂, 《西洋史學思想史》(1970刊, 吉川弘文館)
R. H. コリングウッド 著, 小松茂夫・三浦 修 共譯, 《歷史の觀念》(1970刊, 紀
　伊國屋書店)
黑羽 茂, 《新西洋史學史》(1972刊, 吉川弘文館)
吉玄謨・盧明植 外 編, 《西洋史學史論》(1977刊, 法文社)
朴成壽, 《歷史學槪論》(1977刊, 三英社)

中央大學經濟研究所 編, 《歷史硏究と國際的契機》(1974刊, 中央大學出版部)

F. 엥겔스 著, 金相澄 譯註, 《家族·私有財産 및 國家의 起源》(1947刊, 玄友社)
モルガン 著, 山本三吾 譯, 《古代社會》(1932刊, 成光館 出版部)
모오간 著, 崔達坤·鄭東鎬 共譯, 《古代社會》(1978刊, 玄岩社)
Ruth Benedict, *Patterns of Culture*, A Mentor Book, Published 1953

막스·웨버 著, 趙璣濬 譯, 《社會經濟史》(1953刊, 1964版, 文硏社)
マックス·ウェーバー 著, 上原專祿·增田四郎 監修, 渡邊金一·弓削 達 共譯,
    《古代社會經濟史 ― 古代農業事情 ― 》(1959刊, 東洋經濟新報社)
マックス·ウェーバー 著, 濱島 朗 譯, 《權力と支配》(1954刊, 1957版, みす
    ず書房)
青山秀夫, 《マックス·ウェーバーの社會理論》(1950刊, 1954版, 岩波書店)
大塚久雄 編, 《マックス·ヴェーバー硏究 ― 生誕百年記念シンポジウム》
    (1965刊, 1966版, 東京大學出版會)
カール·マルクス 著, 高畠素之 譯, 《資本論》1·2·3卷(1927~ 刊, 改造社)
칼 맑스 著, 《자본론》제1,2,3,4권(1989~1990刊, 도서출판 백의)
カール·マルクス 著, 宮川 實 譯, 《經濟學批判》(1951刊, 1956版, 靑木書店)

森谷克己, 《社會科學槪論》(1953刊, 1955版, 法律文化社)
社會科學講座, 第Ⅰ卷, 《社會科學の基礎理論》
          第Ⅱ卷, 《社會科學の諸系譜》
          第Ⅲ卷, 《社會構成の原理》
          第Ⅳ卷, 《社會科學の成立》
          第Ⅴ卷, 《近代社會の構造と危機》
          第Ⅵ卷, 《社會問題と社會運動》(1957刊, 弘文堂)
M. デュヴェルジェ 著, 深瀨忠一·樋口陽一 譯, 《社會科學の諸方法》(1968刊,
    勁草書房)
一橋大學新聞部 編, 合本《經濟學硏究の栞》(1953刊, 春秋社)
* 第Ⅰ編 經濟學說史篇, 第Ⅱ編 經濟政策篇, 第Ⅲ編 西洋經濟史篇, 第Ⅳ編 東
  洋經濟史篇

田中豊喜, 《增補 經濟史の對象と方法》(1955刊, 1957版, 泉文堂)

J. H. クラパム 外 著, 小松芳喬 監修 ; 板橋重夫 外 譯, 《經濟史の方法》
　　(1969刊, 日本經濟新聞社)

伊藤幸一, 《經濟史學の方法》(1970刊, 新評論)

J.R ヒックス 著, 新保 博 譯, 《經濟史の理論》(1970刊, 日本經濟新聞社)

武田淸子 編, 丸山眞男·大塚久雄 外 共著, 《思想史の方法と對象 ― 日本と西
　　歐 ―》(1961刊, 創文社)

高橋幸八郎·古島敏雄 編, 《近代化の經濟的基礎》(1968刊, 岩波書店)

柏 祐賢, 《農學原論》(1962刊, 1968版, 養賢堂)

石渡貞雄, 《農民分解論》(1955刊, 1956版, 有斐閣)

チャーヤノフ 著, 磯邊秀俊·杉野忠夫 共譯, 增訂版《小農經濟の原理》(1957刊,
　　大明堂)

花田仁伍, 《小農經濟の理論と展開》(1971刊, 御茶の水書房)

レ. マヂャル 著, 早川二郎 譯, 《支那の農業經濟》(1936刊, 1938版, 白揚社)

カール A. ウィットフォーゲル 著, 森谷克己·平野義太郎 譯編, 《東洋的社會
　　の理論》(1939刊, 1940版, 日本評論社)

森谷克己, 《アジア的生産樣式論》(1937刊, 1941版, 育生社)

大塚久雄, 《共同體の基礎理論》(1955刊, 1957版, 岩波書店)

塩澤君夫, 《古代專制國家の構造》(初版 1958刊, 增補版 1962版, 御茶の水書
　　房)

本田喜代治 編譯, 《アジア的生産樣式の問題》(1966刊, 岩波書店)

E. J. ホブズボーム 著, 市川泰治郎 譯, 《共同體の經濟構造 ―マルクス〈資本
　　制生産に先行する諸形態〉の研究序說―》(1969刊, 1971版, 未來社)

* 여기에는 〈資本制生産에 先行하는 諸形態〉의 번역원문도 수록하고 있다.

福富 正實 編譯, 《アジア的生産樣式論爭の復活 ― 世界史の基本法則の再檢討
　　―》(1969刊, 1971版, 未來社)

塩澤君夫, 《アジア的生産樣式論》(1971刊, 御茶の水書房)

望月淸司, 《マルクス歷史理論の研究》(1973刊, 1974版, 岩波書店)

中村 哲, 《奴隷制·農奴制の理論》(1977刊, 1978版, 東京大學出版會)

カール A. ウィットフォーゲル 著, アジア經濟研究所 譯, 《ORIENTAL
　　DESPOTISM東洋的專制主義》(1961刊, 論爭社)

山岡亮一·木原正雄 編,《封建社會の基本法則》(1956刊, 有斐閣)

山岡亮一·福富正實 編,《資本主義への移行論爭》(1963刊, 三一書房)

土地制度史學會 編,《資本と土地制度》(1979刊, 農林統計協會)

崔鍾軾,《아시아的 生産樣式論爭》(1978刊, 평민사)

中國社會科學院 歷史硏究所 編, 李尙揆 譯,《아시아 生産方式》(原文 1981刊, 本書 1991刊, 1895版, 新書苑)

遠山茂樹·永原慶二 編,《歷史學論集》(1961, 河出書房新社)

井上幸治·入交好脩 編,《經濟史學入門》(1966刊, 1976版, 廣文社)

岩波講座 編, 世界歷史 30 別卷《現代歷史學の課題》(1971刊, 岩波書店)

M. M. ポスタン 著, 小松芳喬 譯,《史實と問題意識 ― 歷史的方法に關する論文集 ―》(1974刊, 岩波書店)

이민호,〈세계사를 어떻게 읽을 것인가 ― 유럽중심주의 사관의 극복을 위하여〉(《역사비평》, 2002 여름, 역사비평사)

우리 역사연구를
종합사학 통합사학으로

◎

◎

◎

나는 내 역사학을, 일반 역사학과 농업사를 연계하여, 농업
사를 역사학 속에서 그 중요한 축, 국가체제와 하나가 되는 조
직체 시스템으로서 연구하기로 하였으므로, 이제는 그 같은 문
제에 체계를 세워 구체적으로 연구하고 정리하지 않으면 아니
되었다. 내가 이때 구상하는 작업은, 나에게는 힘에 부치는 일
이었다. 내 앞에 큰 산이 가로놓인 것 같았다. 그러나 나는 그
산을 오솔길을 헤치며 넘어야 했다.

이 제Ⅱ편 제3장에서는, 한국 농업사 연구를 주로 조선시기
에 한정하였지만, 그 같은 체계를 구상하고, 그 목표를 달성하
고자 하였던 바 전 작업과정의 논지를 개괄적으로 정리하였다.
조선시기에 선행하는 고대·중세의 농업사에 관해서는, 이와는
별도로 작업을 하여 선후가 연계되도록 하였다.

이러한 작업의 성과는 학술잡지 게재를 거쳐, 처음에는 일조
각에서 여러 권의 단행본으로 간행함으로써 연구를 마무리하
려 하였으나, 출판사 측의 사정으로 중단되었고, 그 뒤 지식산
업사에서 이를 인수하여 하나의 저작집으로 재정리 편찬 간행
하였다(본서 제1부 제12장 참조). 여기서는 저작집의 순서에 따

라 논지를 전개하였다.

이 글은 지난 2000년 여름에 있었던, 역사학회(회장 김용덕 교수)의 학술원 회원 추천과도 관련하여, 그해 12월 9일에 동 학회에 인사차 들려 행한 강연 초를 정리한 것이다(《歷史學報》 180, 2003에 수록). 이번에 이 책을 내게 되면서 지난번에 하지 못한 말들을 좀더 보충하였다. 이 보고의 앞부분과 제1장의 끝부분이 일부 중복되나, 글의 성격상 그대로 두기로 하였다.

사람들은 말하기를, 그러면 "당신은 평생 농업사를 중심으로 우리 역사를 연구하였는데, 그것은 구체적으로 또는 한마디로 어떠한 것인가? 역사를 어떻게 서술하자는 것인가?"라고 묻는다.

나는 답하기를, 조선시기 국가의 기간산업은 농업이고, 그 농업에 기초하여 국가재정이 운영되고 농민경제가 유지되었다. 농업은 이 땅에 사는 수백만 수천만의 인구를 먹여 살렸고, 국가를 또한 유지 발전토록 하였다. 이 땅의 국가와 민은 농업의 발전정책과 더불어 성쇠를 같이 하였고, 따라서 농업은 이 지역 국가의 역사를 유지 발전시켜 온 기간 동맥이다.

그러므로 국가와 지식인 그리고 농업생산자들은, 농업의 발전을 위하여 무던히 노력하였다. 그 노력의 정도만큼 국가도 발전할 수 있었다. 그 노력은, 단순히 농민들의 농업기술 개발 발전에 그치지 않았고, 농업생산을 위한 국가의 제도, 정책, 농

정운영, 그것을 이끌어 나가는 농정사상 등 전반에 걸치지 않
으면 안 되었다. 농업은 그 자체가 국가 체제의 일부이고, 그
체제와 한 시스템이며, 그런 가운데서도 그 체제의 핵심이었다.

오늘날의 산업으로서 말한다면, 그것은 한 산업이 운영되기
위해서는 산업구조 전체가 국가체제 전반과, 유기적 조직적으
로 연결되는 것과 같은 것이었다. 그것은 그 하나하나를 개별
적으로 연구하기보다는, 종합되고 통합된 체제로서 조직적 체
계적으로 연구해야 하는 것이었다.

따라서 나는, 나의 농업사 연구는 단순한 농업기술사 연구가
아니라, 국가체제의 유지 발전을 위한 기반산업에 대한 역사적
인 연구가 되며, 나의 농업사 연구는 그 자체 국가체제 전반을
다루는 역사학의 중요한 축이 되는 것이라고 답한다. 그리고
그러한 점에서, 나는 나의 역사학을 농업사를 중심으로 한 체
제사학으로서의 **종합사학 또는 통합사학**이라고 말한다. 그리고
그러한 역사학을 연구하는, 역사관 역사사상까지 물을 때는, 나
의 역사관은 기존의 여러 역사관 역사사상을 종합하는 **통합사
관**이라고 답한다.

이 보고에서는, 저작집에 수록된 그 같은 농업사 연구에 관한
개별 논문들을 중심으로, 그 주제를 설정하고 연구할 때의 목
표 문제의식과 연구방법, 그 연구와 관련하여 있었던 이런저런
사연들을 회고담으로 부연하였다.

제3장 한국 농업사의 체계 구상과 연구

1. 농업사를 중심으로 한 역사학자가 된 사정

나는 청소년 시절을 일제 말년의 암울한 시기 해방정국의 혼란한 세태 속에서 지냈다. 일제 말년에는 일본제국주의의 전시체제 아래서, 조선인의 일본인화 조선문화의 일본문화화가 강요되었으며, 따라서 이 시기는 조선민족이 영원히 소멸될 수도 있는 위기상황이었다. 조선인들이 살아남기 위해서는, 자신이 누구인가를 망각해서는 안 되고, 그러기 위해서는 최소한 우리 말·문자·역사를 유지할 수 있어야만 하였다. 나는 그러한 시대 환경 속에서, 아버지의 교육 지도를 받는 가운데 '우리는 누구인가'를 잊지 않으려 노력하였고, 우리 문화에 관하여 많은 관심을 가지며 성장할 수 있었다(본서 제1부 제1장 참조).

해방이 된 뒤에는 사회가 지극히 혼란하였는데, 나는 서울에서 중학교(6년제) 교육을 받았다. 학생으로서 학교공부를 소홀히 한 것은 아니지만, 고학년이 되면서는 사회과학(사회경제사)에 관한 이런저런 책 읽는 것을 더 즐겼던 것 같다. 앞으로 국가가 세워지면, 이 방면의 전문가가 되어, 국가에 기여해야 할 것으로 생각하였다. 그런 가운데서도 농업은, 어떤 형태로건 내가 그 학문적 발전에 힘을 보태야 할, 의무가 있는 고향과 같은 존재였다. 그리하여 국가가 세워지고, 농農·상商·공산업工産業 등 실용적인 학문을 한 인재가 많이 필요하리라 생각되었을 때는, 막연하게나마 그 어느 한 분야를 전공하는 경제학자 경제사학자가 되었으면 하는 것이 꿈이기도 하였다.

말하자면 이때 나의 학문에 대한 관심 선택 방향은, 그 기본이 우리 문화 우리 역사에 있었으면서도(제1방향), 시대적 요청과 관련해서는 농·상·공산업의 경제학을 또한 지향하고 있었다(제2방향). 두 가지를 다 할 수 있으면 좋겠는데, 대학의 학과 분류는 그렇게 되어 있지 않아서 고민이었다. 둘을 다 할 수 없다면, 사회가 필요로 하는 실용적인 학문을 해야 하지 않을까 생각하였으나, 그러나 이런 판단에 아버지는 찬성하지 않으셨다. 대학을 졸업하고 산업현장의 지도자가 되고자 한다면 그러해야 하겠지만, 학문을 하고 학자의 길을 가기로 한다면, 가장 좋아하고 하고 싶은 분야의 학문을 선택하는 것이 좋다고 하셨다. 나는 이 두 방향을 하나의 문제로 묶어서 둘을 하나로 할 수 있는 방법을 찾지 않으면 안 되었다.

그러한 가운데 6·25의 전쟁이 발발하고, 한반도 한민족 한국인의 남북분단·민족분단·가족이산을 장기화시키고, 수많은 사람들이 희생되었다. 세계사적世界史的으로는 6·25전쟁을 미·소, 동·서 양 진영 사이의 냉전冷戰의 산물로서 '한국전쟁韓國戰爭' '조선전쟁朝鮮戰爭'이라 하였지만, 그러나 나는 그것이 국내적으로는 우리 역사 안에서 모순구조의 발로, 따라서 그것은 구한말 이래의 계급문제 체제를 달리하는 정치집단 국가 간의 남북전쟁(내전)으로 이해되었다. 다시 말하면 역사적 사실로서의 이 전쟁은, 역사적 산물로서 복합적 총체적인 성격을 지니는 것이라고 이해되었으며, 따라서 이 같은 역사적 사실을 해명하기 위해서는, 그 학문이 단선적이어서는 안 되고 복합적 종합적이어야 한다고 생각하였다.

대학의 학문 학과 분류도 이와 같은 이치일 수 있겠구나 생각하였다. 연구대상은 학문적으로 볼 때 복합적 총체적인데 대학의 학과는 단선적으로 보였다. 그렇다면 대학에 입학하고자 하는 학생의 처지에서는, 대학의 학과분류에 융통성을 두어, 그 과에서 다루는 학문의 폭을 넓혀서 생각해야 할 것으로 여겨졌다.

그리하여 나는 대학 진학시의 과 선택을, 제1방향을 중심으로 하고, 그 안에서 제1방향과 제2방향을 하나로 결합하고 종합함으로써 문제를 해결하기로 하였다. 그리고 그 결과 인생의 진로 학문의 방향에, 적지 않은 조정이 있게 되었다. 그리고 이것이 세기가 되어 나는 대학에 진학하면서, 우리나라의 역사를 더 깊이 있고 폭넓게 연구하는, 역사학자가 되어야겠다고 생각하였다.

전쟁중에서 전후에 걸치는 혼란 속에서 대학과 대학원 공부가 충실할 수는 없었다. 그러나 나는 좋은 선생님들을 지도교수로 모시고 ― 대학에서는 손보기孫寶基 교수, 대학원에서는 신석호申奭鎬 교수 ― 특히 신 교수의 배려로서는 국사편찬위원회에 촉탁근무도 하면서 학비조달과 생활문제도 해결하는 가운데, 자료를 쉽게 접하기 어려운 혼란한 시절에, 기왕의 연구업적과 기본사료基本史料를 자유롭게 보며 생각하는 바 공부를 할 수 있었다.

대학의 졸업논문에서도 그러하였지만, 대학원 석사논문의 주제는 우리 역사에서 모순구조의 문제, 즉 민족 안에서 계급적 대립이 전쟁으로까지 확대되는 문제를 다루어 보려는 것이었다. 6·25전쟁에서 충격을 받고 이 같은 문제를 역사상에서 살피려는 것이었다. 그것을 나는 동학란東學亂·농민전쟁農民戰爭의 성격문제를 중심으로 고찰하되, 그것을 동학과의 관련에서보다도 〈전봉준全琫準 공초供草〉의 분석을 중심으로, 그 이전의 사회발전 및 민란民亂과 관련에서 고찰하고자 하였다. 그리고 그 연장선 위에서, 그 민란을 피동적으로가 아니라 그 운동자들의 주체적 입장에서 발전적으로 파악해 보고자 하였다. 이때의 이 연구는 근년近年에 이를 첨삭 보완하여, 저작집의 ⑥書 《韓國近代農業史硏究 Ⅲ ― 轉換期의 農民運動 ―》(2001)으로 간행하였다.

그렇지만 이때의 이 연구는 다소간의 새로운 시각視角에 따른 연구이기는 하였지만, 그러나 이것이 역사논문으로서 충실한 연구일 수는 없었다. 그것은 당시까지 학계의 연구성과가 조선후기의 농업·농업문제를 깊이 있게 다루지 못한 조건에서, 그리고 개항통상開港通商 이후의 농업문제도 잘 밝혀지지 않은 상황에서, 배경에 대한 고찰 없이 갑자기 1894년의 동학란·농민전쟁을 농업상의 모순구조의 문제로서 연구한다는 것은, 연구방법상으로 무리가 아닐 수 없기 때문이었다.

이러한 문제가 좀더 깊이 있게 연구되기 위해서는, 먼저 그 역사적 배경으로서 조선후기의 농업·토지·농민·농촌사회, 기타 등등이, 최소한으로나마 더 밀도 있게 해명되지 않으면 안 되었다.

그리하여 나는 대학원 시절에 석사논문을 준비하는 한편으로, 역사학자로서 조선후기 농업사에 관한 연구를 하기 위하여, 대학 시절의 공부방법을 이어 여러 가지 면에서 새로운 준비를 하지 않으면 안 되었다(본서 제1부 제2장 참조). 그리고 그 결과로서 농업사 연구를 평생의 연구영역으로 삼고, 그 연구를 축으로 하면서, 우리나라 역사의 기본체계를 다시 세우고자 하는 역사가의 길을 걷게 되었다.

2. 역사학으로서의 농업사 연구를 위한 준비과정

그러한 준비는, 우리나라 경제사經濟史·농업사農業史에 관한 여러 연구를 세심히 재검토하는 가운데, 다른 나라의 농업사도 구체적으로 고찰함과 아울러, 그러한 농업이 기초하는 이론적 바탕을 또한 면밀히 비교 검토하지 않으면 아니 되는 것이었다. 한국농업사韓國農業史는 다른 나라의 농업사와 같은 방법으로 정리되어서는 아니 되며, 그것은 한국의 고유한 역사 풍토 위에서 전개되지 않으면 아니 됨을 비교 고찰을 통해 확인하기 위해서였다.

역사연구에서는 개별 국가에 대한 연구는 세계사적인 보편성普遍性을 전제로 하되 그 국가의 개별성個別性·정체성正體性을 또한 충분히 반영하지 않으면 아니 되며, 여러 국가들의 역사에서 개별성의 종합적 고찰을 통해서는 세계사적인 보편성이 또한 도출되지 않으면 아니 되기 때문이었다.

그리하여 가까이는 일본사日本史와 그 농업사 연구에 관한 저술을 구입하여 검토하고, 중국사中國史와 그 농업사 관계 연구와 자료를 어렵게 구입하여 고찰하였으며, 멀리는 유럽 몇몇 나라의 농업사 연구에 관해서도 적으나마 구하여 살폈다. 모두 우리의 학문 수준을 월등히 넘어서는 것이었으며, 따라서 그 내용을 전부 이해하는 것은 어려운 일이었다. 그러나 일본사·중국사·서양사에 관한 이런저런 논문과 저술을 섭렵하고, 또 같은 시기에 대학원 과정을 이수하고 있었던 이공범李公範 교수 박성수朴成壽 교수와는 수시로 학문적 토의를 하는 가운데 ─ 주로 한국사를 공부하는 내가 도움을 받았다 ─ 그 각각의 연구방법 논리 전개의 취지는 이해할 수 있었다.

그리고 이를 통해서 나는 나름대로 우리의 농업사 연구, 특히 조선후기 농업사 연구의 구도構圖를 우리 농업사에서 개별성을 반영하는 방향으로 세울 수가 있었다.

외국사에 관한 식견을 넓히는 문제와 관련해서는, 외국유학
을 가는 것이 최선의 방법이겠지만, 나는 그렇게 하지 못하였
다. 당시에는 외국유학이 쉽지 않았음에서이기도 하지만, 무엇
보다도 우리 역사는 우리나라 안에서 연구해야 할 것으로 생각
하였다. 자료도 그렇고 역사인식의 자세도 그러하였다.

그 대신 외국사에 관한 강의를 충실히 듣고, 서양사·동양사·
일본사의 저서와 논문을 되도록 많이 읽기로 하였다. 그리고
기회가 생기면 우리 역사와 가장 관련이 깊은 중국사에 관해서
는 논문도 써 보기로 하였다. 서양西洋을 보지 못하고 서양사
논문만을 읽는 것이 연구의 방법상 아쉬운 일이었으나, 이는
후일을 기다려 서양 농촌을 답사하는 가운데, 서양 중세의 농
촌에 관하여 전문가의 설명을 듣는 것으로 만족해야 했다.

그러나 조선후기 농업사 연구의 구도를 세우는 일이, 위와 같
은 여러 연구에 대한 고찰과 그것을 참작하는 것만으로서 충분
할 수는 없었다. 이와 아울러서는, 앞으로 나의 작업을 위해서,
내가 연구자로서의 자세를 분명히 하지 않으면 아니 되는, 중요
한 문제가 또한 있었다. 그것은 당시까지 역사학 특히 사회경제
사학社會經濟史學에서 일반적으로 수용하고 있었던 L. 마디야르
또는 K. 비트포겔 등의 이른바 '아시아적 생신양식'과 관련된
정체성 이론을 어떻게 이해해야 할 것인가 하는 문제였다.

이 이론에서는 아시아에는 토지의 사적소유私的所有가 없었

으며, 있었다 하더라도 그 소유개념이 미약하였으며, 토지는 국유國有인 것으로 이해하고 있었는데, 이는 아시아의 국가, 특히 중국이나 한국의 역사적 사실에 비추어 볼 때, 너무나도 거리가 먼 잘못된 사실 파악 위에 세워진 이론이기 때문이었다. 더욱이 이 이론은 제국주의 국가의 식민지 침략지역 지배와 연결되는 가운데, 한국사에서는 타율성他律性 이론을 또한 수반하고 있었으므로, 그 잘못은 엎친 데 덮친 격으로 누적되고 있었다.

그런데 우리나라에서는 일제하 이래로 이 같은 이론에 의거해서 우리의 역사를 연구하는 논저가 적지 않았다. 그러므로 내가 조선후기 농업사 연구의 구도를 새로이 세우기 위해서는, 이 같은 연구방식 학풍 그리고 그 이론적 기저(맑스의 《자본론》 《경제학비판》)에 대해서도, 진지하게 재검토하지 않으면 아니 되었다.

나는 젊은 학자가 되고서도 오랜 동안, '아시아적 생산양식'에 대한 세계적인 학자들의 논의를 부지런히 찾아 검토하였으며, 그 이론의 타당성 여부를 살폈다. 그 결과 그 '아시아'가 동아시아를 가리키는 용어가 아니라는 사실과, 그 이론이 당시의 서양 학자들이, 동아시아 역사를 깊이 연구한 결과로서 얻은 이론이 아니라는 점도 확인하게 되었다.

그렇더라도 우리는 그것을 유럽 역사·서구 문명에 대한 동아시아 역사·동아시아 문명의 개별성이란 차원에서, 그리고 근대 자본주의 기계문명이나 민주주의 정치사상과의 상대적 낙후라는 점에서, 이를 일면 비판적으로, 그리고 다른 일면 이를

개념을 달리해서, 긍정적으로 받아들일 수 있는 문제라고 생각
하였다(이 문제는 본서 제1부 제2장의 글도 참조).

그리고 그러한 가운데 도달하게 된 결론은, 이 시기에 대한
역사연구는 무엇보다 참고 자료와 문헌의 선정 이용에 신중하
고, 실증적인 작업을 통해서 우리의 역사를 사실史實에 즉해서
파악하되, 이를 통해서 그 역사의 발전과정과 체계를 새로이
재구성하지 않으면 아니 된다는 점이었다. 그런 점에서 이 시
기 농업사에 관한 연구도, 정체성 타율성의 논리가 아니라, 자
연스러운 역사 발전의 논리, 내재의 논리로서 추구하지 않으면
아니 된다고 판단하였다.

3. 조선후기에서 해방 직후에 이르는
   농업사 연구의 구도 구상과 전개

이 같은 구도 위에서 수행되는 조선후기 농업사에 대한 나의
연구는, 일차적으로는 민란民亂 농민전쟁農民戰爭의 역사적 배
경을 이해할 수 있는 17~19세기의 농업을 탐구하는 것에서부
터 시작하였다. 그리고 그 연구의 방법은 연구주제에 따라 조
금씩 달라지기는 하였지만, 그 연구에서 이용하게 될 자료를
실록實錄 등 정부 편찬의 편년체 기록에만 의존하지 않고, 되도
록이면 농업·농촌·농민에 관한 1차 사료, 이를테면 농서農書·
양안量案·추수기秋收記·토지매매문기土地賣買文記·호적戶籍·절목
節目 기타 등을 중심적인 것으로 활용하기로 하였다.

그러나 나는 농민전쟁의 역사적 의의를 제대로 파악하기 위해서는, 그것이 그 후 역사의 전개과정에서 어떠한 역할을 하고, 어떻게 영향을 미치고 있었는지도 파악해야 할 것으로 보고 있었다. 그리고 한 걸음 더 나아가서, 나의 이 같은 연구는 애초에 현대現代한국의 비극적인 체제분단·남북전쟁을 농업사 측면에서 파악하고 체계화하려는 데서 출발하였으므로, 그 뒤의 연구는 농업사 농업체제 전체의 체계적인 발전과정을 추구하는 것이 되지 않을 수 없었다.

그러므로 나의 연구는 조선후기의 농업사 연구에 이어서는, 개항 전후의 농업사정農業事情을 검토하고, 이어서는 우리나라 근현대의 농업체제가 성립되기까지의 농업사정, 다시 말하면 한국의 현대농업(남·북한의 농업개혁)이 성립하는 농촌적農村的 기원에 관해서도, 아울러 고찰하지 않으면 아니 되었다. 그러한 점에서 나의 연구는

  1) 조선후기 체제 변동기의 농업
  2) 근대화 과정기의 농업
  3) 근현대 사회 성립기의 농업

등을 하나의 발전과정으로서 체계화하는 것이 되지 않으면 아니 되었다. 따라서 이 경우의 발전은 체제적 모순의 극복과정, 즉 '궁즉변窮則變-변즉통變則通-통즉구通則久'(주역周易), 다시 말하면 '모순구조矛盾構造-개혁改革-새로운 체제의 성립'이

라고 하는, 유교 경전의 하나인《역경易經》의 변역變易·변통變通의 논리, 일종의 변증법적 논리로서 추구되지 않으면 아니 되었다.*

1) 조선후기 체제 변동기의 농업

조선후기의 농업에 관해서는 농업·농민·사회변동·토지제도·농정사상·농학사조 등에 관한 연구를 중심으로,《朝鮮後期農業史硏究 ― 農村經濟·社會變動 ―》(初版本 1970, 일조각),《朝鮮後期農業史硏究 ― 農業變動·農學思潮 ―》(初版本 1971, 일조각)를 저술하였으나, 그 뒤 새로운 자료의 발굴에 따라 이를 더욱 증보 확대하여, ①《朝鮮後期農業史硏究 Ⅰ ― 農村經濟·社會變動 ―》(增補版 1995, 지식산업사), ②《朝鮮後期農業史硏究 Ⅱ ― 農業과 農業論의 變動 ―》(增補版 1990, 일조각 ; 新訂增補版 2007, 지식산업사), ③《朝鮮後期農學史硏究》(初版本 1988, 일조각) 등 3권 3부작으로 증보 간행하였다. 그리고 이 ③書는 그 후 더욱 체계를 보완하여《朝鮮後期農學史硏究 ― 農書와 農業관련 文書를 통해 본 農學思潮 ―》(新訂增補版 2009, 지식산업사)로 간행하였다.

이러한 저술들의 내용 요지와 그러한 작업을 하게 되는 경위를 약술하면 다음과 같다.

---

* 이같이 시대 구분한 것을 보면, 독자들은 나의 중세사회 성립에 대한 견해 시대구분이 어떠하였는지도 궁금할 터인데, 이는 본고의 4절에서 비교적 상세하게 논하였으므로, 그 부분을 참조하기 바란다. 그리고 나의 저작집에는 ⑧書로서《韓國中世農業史硏究》도 들어 있으므로, 구체적인 이해를 필요로 하는 독자는 이 책도 아울러 참조하기 바라는 바이다.

①書(저작집 1)는 제Ⅰ편에서 제Ⅳ편에 이르는 전 4편으로 구성하였는데, 그 제Ⅰ편에는 조선후기 농업사 연구의 전체 총론에 해당할 수 있는 글을 수록하였다. 즉,

제Ⅰ편에서는 정조正祖의 〈권농정구농서윤음勸農政求農書綸音 (求言敎)〉에 응지상소應旨上疏한 관료·학자·농촌 지식인들의 〈응지진농서應旨進農書〉를 분석함으로써, 조선후기 농업문제의 전체상을 살피고자 하였다. 이때의 구언교求言敎와 응지진소應旨進疏는, 정조가 당시의 농업農業·농정農政에 관한 중대한 정책을 한 개인 또는 몇몇 상신相臣의 의견을 따라 결정하고자 함이 아니라, 되도록 많은 사람의 의견과 관찰을 통해서 그 전체상을 객관적으로 그리고 공적으로 파악, 이를 통해서 문제를 해결하고자 한 여론조사이었다.

이곳에서 이용한 〈응지진농서〉는 전부가 그들이 올린 원본은 아니지만, 농서가 올라오면 정부에서 국왕의 임석 아래 그 내용을 검토하고, 그것을 새로 편찬될 농서에 반영시킬 것인지를 평가하였는데, 그 검토 평가의 내용이 《조선왕조실록》과 《일성록》에는 비교적 소상하게 수록되어 있으므로, 이 연구에서는 이를 자료로서 이용하였다.

이때 검토된 농업문제의 전 내용은, 크게 토지소유·토지운영·농촌통제·농업경영·농업기술 문제 등으로서, 이 시기의 농업문제는 여기에서 조선왕조의 농업체제를 종합적·총체적으로 점검할 것을 요구하는 것이었다고 하겠다. 그러므로 이는 조선

왕조의 농업정책이 앞으로 새롭게 모색되지 않을 수 없음을 의
미하는 것이기도 하였다.

　제Ⅱ편에서는 이 시기 농업사農業史에서 가장 궁금한 문제의
하나이고, 중심축의 하나가 되는, 농민층의 현실 경제사정인 농
지소유農地所有 상황·농민층 분화分化의 실상을 살피고자 하였
다. 이를 위해서 이용한 자료는 〈大邱 義城 全州 지역의 肅宗
庚子·己亥(1720·1719)量案〉, 〈古阜郡聲浦面 正祖 辛亥(1791)量
案〉, 〈晉州奈洞里大帳〉(憲宗 丙午, 1846?), 〈林川郡 지역의 家座
草冊〉(哲宗 甲寅, 1854?) 등등이다.

　양안量案은 농지에 대한 면面 단위 양전대장量田臺帳으로서,
여기서는 농지를 5결結 단위로 자호字號(천자정天字丁 지자정地字
丁……)를 매기고, 그 자호 안에서 농지 하나하나에 지번地番(第1
第2……)을 매기며, 그 농지의 밭(田) 논(畓) 여부를 구분하고,
그 밭·논의 비척肥瘠 등급(1~6등전等田)을 정하며, 그 농지의 넓
이를 길이(長) 너비(廣)의 척수尺數(양전척量田尺)로 표시하고,
따라서 그 농지의 결結-부負-속束(전세田稅 부과의 단위) 수를
계산해내고, 그 농지 주변의 사표四標를 표시하며, 그리고 그
농지의 진陳(진전陳田ー묵은 밭) 기起(기경전起耕田) 여부를 기록
하고, 그 소유주所有主의 성명과 신분, 직역을 명시하는 것이 규
정이었다. 그러므로 이 시기 민民의 농지소유 상황을 전체적으
로 파악하려면, 양전量田이 정확하게 작성된 양안은 그 기본자
료가 될 수 있다고 하겠다.

그러나 농지는 세월이 지나면, 양안量案에 기록된 전답의 구
분, 비척의 등급, 결-부-속 수, 사표, 진기 여부, 농지의 소유
주 등 모든 것이 변할 수 있다. 그러므로 양안의 농정 운영상
자료로서의 가치 효용성은 한시적이며, 따라서 그럴 경우 양안
은 새로 작성하지 않으면 안 되었다. 그리고 그러기 위해서는
새로이 양전을 해야만 하였다. 그래서 양전量田은 20년마다 한
번씩 개량하도록(개량전改量田) 되어 있었다. 그러나 조선시기에
는 양전이 규정대로 시행되지 못하였다.

양안은 이같이 농민경제의 실태를 이해하는 데 유용한 자료
였지만, 그러나 그러한 양안에도 한계는 있었다. 그것은 농지를
조금이라도 소유한 사람은 양안에 기재되지만, 그것을 소유하
지 못한 무전농민無田農民은 양안에 기재될 수가 없었다는 점이
다. 농민경제의 실태 가운데서도 농민층 분화의 문제를 파악하
기 위해서는, 무전농민까지도 확인해야 하는데, 군현郡縣양안으
로서는 그것이 어려운 것이다. 무전농민의 문제는 호적대장과
양안대장이 일치하는 곳이거나, 아니면 이 같은 문제를 해결할
수 있는 자료를 별도로 찾지 않으면 안 되었다.

그래도 양안과 같은 자료가 흔한 것은 아니었으므로, 이 자
료를 이용하기 위해서는 시간이 많이 걸리는 작업을 거쳐야 했
지만, 나는 학생들 원생들의 도움을 받는 가운데 이 자료를 최
대한으로 활용하였다. 대구大邱·의성義城·전주全州의 양안과 고
부古阜와 진주晉州의 양안을 중심으로, 세 편의 논문으로서, 그
지역 민民·농민층農民層의 토지소유 상황과 농민층 분화의 실

태를 고찰하였다.

이 가운데 대구·의성·전주 지역을 하나의 논문으로 다룬 〈量案의 硏究〉는, 처음에 〈大邱量案〉이 발견되지 않아서, 의성·전주 지역의 양안과 연대가 다르고 내용도 충실하지 않은 〈懷仁量案〉을 이용하여, 의성·회인懷仁·전주 지역을 하나로 묶어 삼남三南 지방을 포괄적으로 살피려는 〈量案의 硏究〉에 집착했었다. 욕심이었다. 그러므로 그 연구에는 지역간 불균형이 있어서 불만이었다.

양안을 이용해서, 내가 농민경제·농가경제의 실상, 곧 그 분화현상을 파악하려는 작업을 시작하였을 때는, 아직 계산기·복사기·컴퓨터 등 문명의 이기가 나오지 않았었다. 그래서 양안에서 필지 단위로 농지의 결부結負 수, 기주起主, 진주陳主의 신분 성명을 카드에 발췌하고, 이를 일람표로 작성하며, 이에 의거하여 여러 가지 표를 작성하는 과정을, 모두 수작업 필사로 하지 않으면 안 되었다.

이러한 작업을 하기 위해서는 우선 위와 같은 일정 형식의 카드를 인쇄하였다. 그리고 이때 나는 서울대학교 사범대학에 재직하고 있었으므로, 내 강의에 참석하는 10여 명 학생의 도움을 받아 조組를 편성하여 작업을 하였다. 여름방학을 이용하여 강의실 하나를 비우고, 대형의 양안대장을 대출하여, 여러 명이 협동작업으로서 일을 진행하였다. 학생들은 이 같은 정도의 자료에 대해서는, 이미 강독시간을 통해 예비지식이 있었으므로, 그 작업이 어렵지는 않았다. 이때의 〈量案의 硏究〉는 기

업형 작업으로 이루어진 셈이었다. 참으로 평생 잊혀 지지 않
는 고마운 일이었다.

〈大邱量案〉에 대해서는, 고 정석종 교수가 1986년에 미국에
출장연구를 다녀오면서, 나를 위해서 미국 버클리 대학에서 자
료를 복사해 왔다고 하며, 〈大邱量案〉을 복사한 마이크로필름
한 롤을 내놓았다. 내가 하고 있는 사회변동社會變動 연구에 활
용하라는 것이었다. 나는 정 교수의 우정에 감사하며 이를 두
계통으로 활용하였다.

그 하나가 원래의 삼남三南 중심 〈量案의 硏究〉에서, 충청도
회인을 빼고 그 자리에 〈大邱量案〉을 넣음으로써, 삼남 중심
의 〈量案의 硏究〉를 양남兩南(영·호남의 동부·중부·서부지역) 중
심 〈量案의 硏究〉로 압축하고, 내부 불균형을 조정하는 것이
었다. 본서에 수록된 〈量案의 硏究〉는 이렇게 해서 이루어진
것이다. 나의 〈量案의 硏究〉는 정 교수의 〈大邱量案〉에 힘입
어 더 짜임새 있고 충실한 글이 되었다고 하겠다. 감사해 마지
않는 바이다.

양안의 분석을 통해서는 이 시기의 농촌·농민·농지의 실상
을 생생하게 볼 수 있었다. 이러한 상황의 농촌을 대상으로 그
민을 통치하고 부세를 징수해 나가는 것이 당시의 농정農政이
었다. 그런 가운데서도 특히 우리의 관심을 끄는 것은 민民의
농지소유 상황이었다. 일반적 예상과는 달리 어느 지역에나 기
주起主로 표기된 농지의 소유자는 많았다.

그런 가운데 그 농지소유는 지역에 따라 차이가 있기는 하였지만, 대지주大地主·중지주中地主·소지주小地主·부농富農·중농中農·소농小農·영세빈농층零細貧農層을 형성하고 있었다. 소수의 부농층 이상의 부유한 사람들이 면내 농지의 많은 부분을 차지하고, 따라서 많은 영세빈농층은 극히 적은 농지를 차지하는 데 지나지 않았다. 어느 지역에나 영세빈농층은 광범하게 분포되고 있었다.

농지소유에서 이러한 분화현상은, 이 시기가 아직 신분제 사회임에도 불구하고, 어느 신분층에서나 뚜렷하게 전개되고 있었다. 양반층이라고 모두가 부유한 농지소유자이고, 평민층·천민층이라고 모두가 영세한 농지소유자이거나 무전농민이기만 한 것은 아니었다. 양반층의 농지소유가 아직 우세하기는 하였지만, 분화는 피지배층인 평민층·천민층뿐만 아니라, 지배층인 양반층 안에서도 마찬가지로 전개되고 있었다. 두 신분계층 사이의 차이는, 피지배층의 그것이 지배층의 그것보다 더 심각하다는 점뿐이었다.

그러나 그런 가운데서도 나를 특히 주목하게 한 부분은, 피지배층 특히 평민층 기주 가운데는, 농지소유에서, 양반층 기주와 대등하거나 그보다도 우세한 자가 적지 않았다는 점이었다. 이는 평민층이나 천민층 가운데, 성장하고 있는 농민이 있었음을 반영하는 것이라고 생각되었다.

다만, 이러한 연구 즉 양안의 분석 검토에서는 농민층의 농지소유관계를, 전주全州의 경우에서만 겨우 이웃 면面까지를 살피고, 다른 곳에서는 면 단위로 그치는 가운데, 군郡 단위의 작업은 후일로 미루는 수밖에 없었다.

가좌책家座冊은 지방관이 군현郡縣 행정에 필요한 잡역雜役·잡세雜稅, 각종의 부역賦役동원을 위해서 작성하는 읍세邑勢·면세面勢를 나타내는 장책帳冊이었다. 그런 목적을 위해서라면, 지방관은 관내 모든 민호民戶의 생활 실태를, 가호家戶 단위로 그 호구戶口 구성·경제經濟 정도에 관해서 정확히 파악하지 않으면 안 되었다.

그러므로 가좌책은, 일면 호구 구성을 가호 단위로 호적대장과 같은 내용으로서 상세히 기록하고, 다른 일면 경제 정도를 가호 단위로 양안이나 추수기秋收記 및 가호안家戶案을 종합하는 내용보다도 더 구체적으로, 이를테면 초가草家 몇 간間, 행랑行廊 몇 간, 기답己畓 몇 두락斗落, 세전稅田·賈田 ― 시작지時作地 몇 두락, 우마牛馬 소유 여부, 식정食鼎 수 몇까지도 기록하지 않으면 안 되었다.

그러므로 가좌책에는, 가호를 소유하고 마을에 사는 촌민이면 무전농민이라도 그곳 가좌책에 기재되며, 따라서 농민경제의 실태 그 분화과정을 파악하기 위해서는, 이 가좌책이 양안보다 자료로서 더 유용할 수도 있었다.

이곳에서는 그러한 가좌책을, 〈林川郡家座草冊〉의 일부를 이용함으로써, 이 고장 농민경제의 실태와 그 분화과정을 파악코자 하였다. 그 분석 결과에 따르면 이 고장은 유통경제가 발달한 곳이기는 하였지만, 농지소유자가 20퍼센트 미만이고, 순시작농이 50퍼센트 미만이며, 무전무전無田無佃의 무농층無農層이 30.8퍼센트였다.

그렇지만 이 유용한 가좌책에도 자료의 성격상 일정한 한계가 있었다. 그것은 이 자료를 통해서는 지주층의 경제규모를 파악해내기 어렵다는 점이었다. 이 같은 문제를 해결하기 위해서는, 지주층이 그 장토庄土의 경영을 위해서 작성한 추수기·개인個人양안·궁방宮房양안 등을, 별도로 수집하여 분석하지 않으면 안 되었다.

제Ⅲ편에서는 농민경제農民經濟의 다른 또 하나의 측면인 전호佃戶농민 시작時作농민의 문제를 고찰하였다. 민전民田과 궁장토宮庄土의 추수기·개인양안·궁방양안 등 경영문서를 통해서, 우리나라 봉건 말기의 전호농민 시작농민의 농지보유農地保有의 실태, 지주전호地主佃戶 관계의 질적 변동상황, 시작농민의 항조운동抗租運動과 경제적 성장사정을 고찰하고자 하였다.

추수기나 개인양안 궁방양안은, 그 농지가 일반 민전民田의 개인장토個人庄土이거나 궁방전宮房田으로서 왕실의 궁장토宮庄土이거나를 가리지 아니하고, 일반 군현양안의 내용을 바탕으로 그 소유지를 발췌하여 작성한다. 신전新田을 개발해서 장토를 형성했을 경우에는 그 형성시의 양전量田이 곧 군현양안이 되기도 한다. 그러므로 이 같은 자료를 이용하면, 앞에서 고찰한 군현양안으로서는 알 수 없었던, 그 이면의 지주전호地主佃

戶·지주시작地主時作의 문제가 해결될 수 있다.

여기서는 세 편의 논문을 정리하였는데, 첫째는 전라도 고부군 덕천면德川面 일대 민전에서 지주시작 관계[자료는 〈全羅道古阜郡所在龍洞宮田畓量案〉(도광 10년·순조 30년)], 둘째는 궁장토 일반의 관리기구, 셋째는 황해도 재령군 여물평 지역 궁장토에서 지주전호제이다[자료는 〈黃海道載寧郡所在壽進宮打量御覽成冊〉(순조 8년), 〈載寧郡餘物坪所在壽進宮免稅堰畓各筒結卜及支定分配成冊〉(순조 8년), 〈載寧郡餘物坪所在毓祥宮各垌支定及負數成冊〉(철종 12년), 〈黃海道載寧郡餘物坪所在明禮宮畓量案〉(헌종 8년), 기타 장토문적庄土文績 등]. 그 가운데서도 이 제Ⅲ편의 목표와 직접 관계되는 것은 첫째와 셋째의 논문이다.

이 두 논문은 〈量案의 硏究〉를 진행하면서, 궁금했던 문제를 해명하고자 한 작업이었다. 〈續·量案의 硏究〉〈司宮庄土에서의 時作農民의 經濟와 그 成長〉 등으로 정리한 것이 그것이다.

첫째 논문은, 여기서 이용한 자료가 비록 〈古阜郡所在龍洞宮田畓量案〉이지만, 그 내용은 그 농지가 궁방宮房에 매수되기 이전의 민전民田에서 지주시작地主時作 관계를, 궁방이 이를 매입하면서도, 매입 당시의 기주起主와 시작時作의 성명을 증빙을 위해서 그대로 기록해두고 있는 것이었다. 이 지역 농지는 진전陳田개발 문제와 관련 민간인 상호간에 그 소유권을 놓고 오랫동안 분쟁이 있었는데, 이 문제가 해결된 것을 보고, 궁방에서는 숙종 34년(1708)에 이를 매입하기 시작하여 늘려 나가고, 여러 기관의 소속을 거쳐 마침내는 용동궁龍洞宮 소속으로 귀속된 것이었다.

셋째 논문은 처음부터 위의 논문과는 지역을 달리하고, 지주제地主制의 성격을 달리한, 조선후기 최대·최선의 왕실장토王室庄土를 다룬 것이었다. 왕실에서는 17세기 숙종조 이래로 황해도 재령군 여물평의 재령강載寧江 유역 노전蘆田지대에, 축언축동築堰築垌을 하고 장장 80리의 수리시설(보洑)을 갖춤으로써 언답堰畓을 개발하고 대장토大庄土를 형성하였으며(이른바 여물평 언답·여물평 장토 — 이는 속칭 '남을평 장토'라고도 하였다), 이는 여러 궁방이 분유分有하는 가운데 전형적인 왕실장토王室庄土로서 지주전호제로 운영되고 있었다. 그리고 이곳 장토는, 둘째 논문에서 다룬 것과 같은 관리시설을 갖추고, 그 운영을 철저하게 하고 있었다. 대大장토로서 조건이 좋았기 때문에 일제하에는 동척東拓농장으로 편입된 곳이기도 하였다.

그러나 이 장토는 왕실의 귀한 농장이기는 하였지만, 재령강 하구 노전지대에 축언축동을 하고 수리시설을 한 대농장이기 때문에, 기상조건에 따라서는 잦은 훼손이 발생하고, 따라서 그 수복을 위해서 비용이 많이 들고 전호농민을 동원해야 하는 어려움이 있기도 하였다. 그리고 이로 말미암아서 지주·전호 사이의 갈등이 끊이지 않기도 하였다. 이 논문에서는 이 같은 문제들을 분석·정리함으로써, 이곳 지주전호제에 질적인 변화가 발생하고 있음을, 봉건적 지주전호제의 해제과정 전호농민의 성장과정으로서 고찰하였다.

이러한 지주시작 관계·지주전호제의 고찰에서 나는 많은 것을 발견할 수가 있었다. 봉건적인 지주전호제이면 대지주와 무전빈농층無田貧農層, 양반지주와 평민·천민작인作人의 지배·예속 관계로 이해되는 것이 일반이지만, 그러나 이 시기는 그러한 것이 아니었다.

고부 지방의 경우 시작인時作人들은 자기와 동격의 자경소농自耕小農의 기주起主로부터 농지를 차경借耕하고, 각기 다른 2명 3명 또는 그 이상의 자경농自耕農의 기주로부터 차경을 하고도 있었다. 그뿐만 아니라 이곳에서는 양반 신분의 가난한 농민이 평민층 자경농의 기주로부터 농지를 차경하고 그 시작농민時作農民이 되고도 있었다. 기주는 동시에 시작時作인 경우가 많았다. 이는 농촌사회의 경지 배분이 최소한으로나마 자율적으로 이루어지고 있음이었다. 이런 조건에서는 농지대여·농지차경을 둘러싼 봉건적인 지배예속 관계가 성립되기 어려웠다.

그렇지만 그러면서도 시작농時作農 사회에서도 계층분화는 일어나고 있어서, 그들 가운데는 시작부농時作富農이 있는가 하면, 극빈極貧의 시작농이 또한 있었다. 자경농민의 기주가 시작지時作地를 겸영하면 부농이 되기가 더욱 쉬웠다.

재령군 여물평의 왕실장토에서는 차경지만으로 대농大農·부농富農이 되는 전호농민이 많았다. 그럴 경우 그들은 이중의 시작 관계를 맺고 중답주中畓主가 되기도 하였다. 이런 시작농 사회·전호농민 사회는 하나의 경제사회經濟社會였으며, 그 시작권時作權은 매매도 되고 있었다. 그러므로 이 시기의 시작농·전호농민의 사회를 예사롭게 보아서는 안 될 것으로 생각하였다.

그러한 점에서 나는 전호농민·시작농민 사회에 관하여 이른바 '경영형부농經營型富農' 개념을 설정하고, 따라서 자경농민으로서의 부농에 관해서는 '지주형부농地主型富農'(이들은 뒤에 중국에서 쓰는 용어인 '경영지주經營地主'로도 발전하는 것으로 보았다) 개념을 설정하였다. 이는 이 무렵 연구의 보람 있는 성과의 하나였다.

제IV편의 논문은, 제II편의 〈量案의 硏究〉를 진행하는 가운데, 이 지역들에 광범하게 전개되고 있는 농민층의 농지소유·농민층 분화의 상황은, 이미 잘 알려져 있는 이 시기의 신분제身分制·사회구성社會構成의 변동과 구체적으로 어떻게 관련되는 것일까, 하는 의문을 갖는 데서부터 시작하였다. 이 IV편에 수록한 글들은 이 같은 궁금증을 해명해보고자 한 작업들이었다.

이러한 작업은 제III편의 〈續·量案의 硏究〉에 앞서, 상주尙州 지방의 양안과 호적을 중심으로 분석을 하고, 그 후 대구大邱 지방에 관해서도 앞에서 말한 바 좋은 자료, 즉 〈大邱量案〉이 정석종 교수에 의해서 입수되었으므로, 이를 두 계통 가운데 다른 또 하나의 계통인, 신분제 변동과 관련하여 분석 고찰함으로써 한데 모은 것이다.

조선후기의 대구 지방에서 신분세와 사회구성에 변동이 있었다는 사실은, 일제하의 시카타 히로시四方 博 교수에 의해서, 이미 그곳 호적대장 분석을 통해 밝혀지고 있었다. 그렇지만

시카다 교수가, 그 변동의 의미를 봉건말기·중세말기의 사회변
동으로서 크게 내세우지 않고 있었음은, 의문이고 아쉬운 점이
었다. 아마도 일본 학계의 한국사에 대한 일반적 이해―정체
성·타율성―와 관련, 그의 연구에서는 이와 근본적으로 다른
결과가 나왔지만, 신중을 기하고 말을 아끼는 것이겠구나 생각
하였다.

물론 그도 경성제국대학 교수로서 연구 초기부터, 다른 일본
인 학자와 마찬가지로 한국사에 대한 선입관이 있어서, 이미
그들 총독부의 조사가 조선시기 토지제도의 사적소유권을 확
인하고 있었음에도 불구하고(和田一郎, 《朝鮮ノ土地制度及地稅制度調查
報告書》, 1920, 그 후에는 麻生武龜, 《朝鮮田制考》, 1940), 이를 애써
인정하지 않으려는 경향이 있었다. 이 교수의 연구에서도 객관
적 자세가 아쉬웠다.

이러한 문제에 대한 역사적 평가는 우리 역사학이 해야 할
일이라고 생각하였으며, 그런 점에서, 농업사를 연구하는 나로
서는 그 같은 변동을 그 경제적 배경과 관련해서 고찰했으면
좋겠다고 생각하였다. 신분의 변동은 그 주체가 향촌사회의 주
민이고 농업생산의 주체이기 때문에, 농업사 연구에서는 그것
을 농업변동·농업발전 문제의 일환으로서, 반드시 해명하지 않
으면 아니 되는 중요한 과제가 되는 것이라고 생각하였다.

신분변동의 경제기반을 확인하기 위한 작업에서 이용한 자
료는, 상주 지방에 관해서는 〈尙州中東面·丹東面 肅宗 庚子(46
년, 1720)量案〉과 〈英祖 戊午(14년, 1738)戶籍〉, 대구 지방에 관

해서는 〈大邱府租岩面 肅宗 庚子(46년, 1720) 量案〉과 〈大邱府帳籍 租岩坊 丁卯~丙子(肅宗 13년~高宗 13년, 1687~1876) 戶籍〉, 그리고 영조·정조 연간의 〈夫仁洞洞約〉 등이었다.

작업의 방법은 양안에서 기주起主의 농지소유 상황과 그 신분구성을 살피고, 그들 가운데 호적에서 호주戶主·호구戶口와 일치하는 자의 그 호적상 신분의 변동 상황을 파악하며, 그들에게 신분변동이 있을 경우, 그 경제기반·농지소유 규모가 어느 정도였는지를 확인하는 것이었다.

상주 지방은 경상도 내륙지방의 상업이 발달한 대도시이고 부향富鄕이었으며, 대구 지방은 경상도 감영이 있는 유통경제가 발달한 경제도시이고 행정도시이었다. 양안의 기주起主는 어느 경우에서나 〈量案의 硏究〉에서와 마찬가지로, 양반층의 농지소유가 평민층·천민층의 그것보다 압도적으로 우세했으나, 어느 신분층에서나 부농층富農層에서 소빈농층小貧農層에 이르기까지 그 농민층 분화는 격심하게 전개되고 있었으며, 따라서 평민층·천민층 가운데 부농층·중농층中農層은 그 농지소유의 정도가 양반층의 소빈농층보다 월등히 우세하였다.

이 지역들에서 신분변동은, 상주의 경우 기주와 일치하는 〈英祖 戊午戶籍〉상의 호주戶主와 그 부조父祖·증소曾祖 등의 신분직역身分職役을 살핌으로써 확인되었으므로, 그 변동은 영조 무오년의 호주에서 3, 4세대 소급되는 양난兩亂 이후 시기부터 이미 시작되고 있는 것이었으며, 대구의 경우는 양안을 남기고 있는 조암면租岩面에 관하여, 숙종조 호적에서(17세기) 고종조 호적에(19세기) 이르기까지 호적대장상의 신분구성 변동의 추이를 단계적으로 살핀 것이었다.

전자의 변동은 숙종·영조 연간에 한때 주춤하였으나, 후자의 변동은 숙종조에서 한말에 이르기까지 그대로 지속적으로 전개되고 있는 것이었다. 이 같은 신분변동의 경제기반, 즉 농지소유 규모는 부농층·중농층 등 부유한 자에게 더 많기는 하였으나, 소빈농층에도 그 수가 적지 않았다. 신분변동의 경제배경은 농지소유로부터 수입 외에도 여러 길이 있었음을 의미하는 것이었다.

이러한 변동에 대항해서는 대구 지방에서 이를 저지하려는 운동이 있었음도 살폈다(제3논문). 이는 특히 대구의 부인동夫仁洞에서 있었던 일인데, 이곳 재지在地 지배층은 이 같은 신분변동·사회구성의 변동을 부당한 것으로 보고, 동약洞約·향약鄕約을 시행함으로써 이를 저지하고 체제와 질서를 유지하려 하였었다. 그러나 역사가 발전하는 흐름 속에서 그런 노력은 허사였으며 그 뒤에도 변동은 계속되었다.

②書(저작집 2)는《朝鮮後期農業史硏究》전 3권의 제2부가 되는 연구로서 구상되었다. 모두 Ⅰ, Ⅱ, Ⅲ, Ⅳ의 4편으로 이루어졌는데, 앞의 두 편은 ①書에서 살핀 바 농촌경제·사회변동의 생산기반을 파악하기 위하여, 이 시기 농업사 연구의 다른 중심축이 되는 농업기술·농업생산력의 발전문제를 고찰하였다. 셋째 편은 ①書에서 언급한 사회변동·농촌사회 분화의

구체적 양상으로서, 경영지주經營地主·경영형부농經營型富農 등
이 등장하는 사정을, 농업경영의 변동 측면에서 정리한 것이다.
농촌사회의 분화문제와 관련해서는, 부세賦稅제도의 불합리한
운영(삼정문란三政紊亂)과 관련해서도 고찰하였으나, 이는 근대
농업사 부문의 ④書에 제Ⅱ편으로서 실었고, ⑤書 ⑥書에서도
이를 언급하였다.

　그리고 넷째 편은 《朝鮮後期農業史硏究》 전체(①書와 ②書)
의 총 결론편이 되는 것으로, 이는 두 계통의 농학사상 정치세
력이 이 시기의 농업변동·사회변동·모순구조에 대한 대책, 농
업생산의 발전방향을, 지주전호제地主佃戶制를 축으로 할 것인
지 자경소농제自耕小農制를 축으로 할 것인지를 내세우는 가운
데, 보수와 개혁의 두 농업론農業論이 격돌하는 사정을 고찰한
것이다. 이하에서는 이를 좀더 소상하게 언급하기로 하겠다.

　제Ⅰ편에는 세 편의 논문을 수록하였는데, 이는 농업생산력
農業生産力의 발전, 특히 수전농업水田農業이 발달하는 사정을
수도水稻의 경종법－농법에 변동이 있었음을 중심으로 살폈다.
이는 논벼(水稻)의 직파농법直播農法이 이앙농법移秧農法으로 전
환하게 되었음을 말한다. 그러므로 여기서 다루게 되는 수전농
업의 발전문제는 주로 이앙법(모내기)을 중심으로 하는 것이
되었다.

　조선초기(《農事直說》)에는 논농사(水稻作)는 직파법(부종付種)
으로 하는 경우와 이앙법으로 하는 경우가 있었는데, 중심이

되는 것은 직파법이었고 이앙법은 종적이었다. 직파법은 논에 물이 있으면 수파水播를 하고, 봄철에 가물어서 물이 없으면 건답乾畓을 기경起耕 정지整地한 뒤 건파乾播를 하며, 그 후 비가 와서 논에 물이 고이면 벼가 자연 수전水田에서 자라게 하는 농법이었다. 물과 관련하여 생각하면 이는 안전한 농법이었다. 이앙법은 모판(양묘처養苗處)에 볍씨를 뿌려서(下種) 묘苗를 키운 다음, 그 묘가 한줌(일악一握) 이상 자라면, 이를 발앙拔秧하여 모논(묘종처苗種處)으로 옮겨심기(이식)하는 농법이었다. 남쪽 지방에서 부분적으로 행해졌으나, 봄에 비가 안 오면 모내기(이앙)를 못하고 실농失農을 하게 되는 위험성이 있어서, 국가는 이를 법으로써 금하고 있었다.

그런데 이 두 농법으로 행해지던 수도작水稻作이 조선후기로 넘어오면서는 그 주 종從이 바뀌고 있었다. 농업생산자들은 직파법보다 이앙법으로 농사하는 것을 선호하게 되고, 그래서 이 농법은 점진적으로 전국적으로 확산되어 나갔다. 한말에는 평안도 지방에서도 많은 사람들이 모내기를 하고 있었다. 이앙법은 직파법보다 농업생산 면에서나 농업경영 면에서 크게 유리하였기 때문이었다. 그 장점은 다음과 같았다.

첫째, 이앙법은 직파법보다 제초작업에서 노동력을 절반 이상이나 절감할 수 있었다.
둘째, 모내기(이앙)를 하면 직파를 하는 것보다 소출이 많았다.
셋째, 수도작을 이앙법으로 하면, 그 논(수전水田)에 한 번 더

보리를 파종(종맥種麥)할 수 있어서(두벌농사二毛作), 수
입을 늘릴 수 있었다. 단, 수전종맥水田種麥은 기후관계로
삼남 지방에 한정되고 있었다.

넷째, 감소된 노동력으로는 경영확대經營擴大·겸병광작兼倂廣作
을 할 수 있어서, 의욕적인 농업생산자들은 이로써도 부를
증진시킬 수 있었다.

그러나 이러한 이앙법의 발달이, 모든 농민에게 그 혜택이
돌아가고 있었던 것은 아니었다. 조금이라도 농지를 소유하거
나 차경하는 농민에게는 그 혜택이 돌아가겠지만, 그것이 없는
농민에게는, 농지차경의 상황이 더 어려워졌다.

농지는 일정한데, 어떤 농민이 이 농법을 통해 노동력을 절
약하고 경영확대經營擴大·겸병광작兼倂廣作을 한다면, 그 반면에
는 농지에서 밀려나는 농민이 있게 마련이었다. 이는 농민층
분화의 생산적 측면에서 기초가 되는 것으로, 이러한 현상은
자경농이나 시작농의 어느 경우에도 일어나고 있었다. 시작농
민이 광작을 통한 수입증대에만 열중하는 나머지, 조방적粗放的
인 농업을 할 경우에는, 지주地主도 수입 감소의 손실을 입게
마련이었다.

물론 이앙법이 보급될 수 있으려면, 수리시설이 발달해야 하
논데, 이 시기에는 수리내책이 있기는 하였으나 충분한 것이
아니었다. 그러므로 이앙법의 발달은 동시에 가뭄의 피해(한재
旱災)를 동반하게 되고 있었다. 이 시기 농업생산력 발전의 한

계이었다.

　제II편에서는 농업생산력의 발전, 특히 한전농업旱田農業이 발달하는 사정을 밭농사(전작田作)의 경종법耕種法을 중심으로 살폈다. 먼저 조·속粟, 맥麥, 대두大豆 등 그 주곡작물의 경종법과 그 변동을 검토하고, 다음은 이와 관련해서 맥작기술麥作技術의 발달사정을 좀더 구체적으로 검토하였으며, 셋째는 농기구(목작木斫·메와 소흘라所訖羅·써레)의 이용과 경종법 변동과의 관계를 검토하였다. 그리하여 조선초기에서 조선후기로 넘어오면서는, 밭농사(한전농업旱田農業)에서도 경종법—농법이 크게 변동하고 농업생산력이 발달하며, 따라서 농촌사회가 분화되는 생산기저生産基底를 파악하고 이해하고자 하였다.

　즉, 조선초기《農事直說》의 남부 지방 한전농업에서는, 전무田畝의 정지를 무畝와 무간畝間으로 작성하고, 무畝는 밭이랑(롱壟·휴畦)으로 그 위에 과종科種(괭이나 호미로 작은 구덩이를 파고 점종點種)이나 족종足種(발뒤꿈치로 자국·혈穴을 치고 하종下種)을 하는 것이 일반이었다. 무의 폭은 넓기도 하고 좁기도 하였다. 무간畝間은 무와 무 사이의 공간으로, 파종할 밭고랑(견畎)이 아니라, 배수排水를 위한 얕은 도랑(구溝)이거나 간종間種을 하거나 식토이대간息土而代墾하기 위하여 남겨놓은 공간이었다. 《農事直說》에서는 견畎의 용어는 쓰지 않고 있었다.

　그런데 이 같은 경종법이 조선후기로 넘어오면 전무田畝가 무畝와 견畎으로 작성되는 가운데, 서서히 점진적으로 견畎에다 파종하는 견종법畎種法이 늘어나고 있었다. 과종법科種法이 없어진 것은 아니지만 견종법이 더 널리 보급되고 있는 것이었다. 과종법은 파종할 종자의 곡종穀種은 절약되지만 노력努力·노동력勞動力이 많이 들고, 견종법은 곡종에 낭비가 있기는 하였지만 노동력이 절약되고 소출도 많았기 때문이었다.

견종법畎種法은 소(牛)와 쟁기(犁)를 이용하는 경종법이므로 부농富農들에게 유리하였고, 따라서 이들은 이 농법을 보급시키는 가운데 경영확대를 할 수 있었고, 이로 말미암아 농민층 분화가 더욱 촉진되지 않을 수 없었다.

이 같은 농업기술상의 변동 가운데서도, 자료상 그 기술이 모호하여, 많은 의문이 제기된 것은 보리(麥)의 경종법이었다. 그러므로 이 시기의 맥작기술麥作技術에 관해서는 그 재배법을 경종법·시비법施肥法·제초·수전종맥水田種麥 등에 관하여 좀더 구체적인 고찰을 하였다.

그리고 한전旱田의 정지작업整地作業에서, 조선초기에는 목작木斫(소흘라所訖羅·써레)을 쓰는 것으로 되어 있었으나, 조선후기에는 그렇지 않아서 의문이 많았는데, 나는 이를 이 시기에는 농지의 전무田畝정지법과 경종법에 변화가 있었음에서 말미암는 것으로 파악하였다. 다시 말하면 이 농기구의 이용 여부를 통해서는, 농업기술에 변화가 있고, 농업생산력의 발달에도 일단의 진전이 있었던 것으로 이해하였다.

第Ⅲ편에서는 이 시기에 상품화폐경제가 발달하는 가운데,

경영지주經營地主(지주형부농)·경영형부농이 등장하여, 농업생산을 임노동賃勞動을 이용한 상업적 농업으로서 행하게 되는 사정을 고찰하였다. 여기서는 두 편의 논문을 썼는데, 그 하나는 양반층이 자작경영自作經營으로 농업생산을 할 경우에 관해서이고, 다른 하나는 신분에 관계없이 상·천민도 포함한 경영형부농의 농업생산에 관해서이었다.

전자에 관해서는 두 사례를 들었는데, 먼저 살핀 것은, 17세기 중엽의 경영지주이었던 이씨가李氏家(비교적 부유한 양반관료)의 농업생산 지침(《草廬集》의 〈庭訓〉)을 분석하는 것이었다. 이씨가에서 소유하는 농지는 총 논(畓) 50두락 밭(田) 약 120두락이었는데, 이씨가에서는 이 농지를 일부는 자작경영 일부는 병작경영並作經營으로 하고 있었다. 자작하는 농업생산에는 7명의 노비노동력奴婢勞動力을 이용하되 이들을 철저하게 부렸으며, 축력畜力으로서는 2필의 소를 이용하되 이로써 많은 품앗이 노동력(일종의 고용노동雇傭勞動)을 확보함으로써 농업생산을 쉽게 수행할 수 있었다. 농업생산은 집약적으로 철저하게 하고, 시장만을 목표로 하는 생산은 아니지만 시장을 적절히 이용하며, 양반사대부가이기에 고리대나 토지집적은 삼가는 농업경영을 하고 있었다.

다음으로 살핀 것은 19세기 전반기의 경영형부농이었던 어느 한사寒士(스스로 가난한 양반이라 하였다)의 농업생산 지침(《山林經濟補遺》)을 분석하는 것이었다. 이 한사는 논이 없이 밭만 약 25~30두락(수도작水稻作 기준) 정도 소유하고 밭농사田作

만을 하였는데, 그는 이것을 1노奴 1비婢의 노동력이나 고용인을 거느리고 스스로 주관하는 가운데, 철저하게 시장을 목표로 하는 상업적인 농업으로서 경영하고 있었다.

이 두 자료에 의한 글은, 이 시기 양반층의 농업생산을 개관하면서, 특히 주목되는 경영형태를 사례로서 검토한 것이었다. 이 무렵 나는 허균許筠의 《한정록閑情錄》 치농편治農編을 고찰하고, 그것이 중국 《도주공치부기서陶朱公治富奇書》의 경영지주론經營地主論을 그대로 수용한 것으로 파악한 바 있었다([3]書 참조). 그래서 그러하였다면 조선에도 그러한 부농층이 있어서, 허균은 그 자신의 농업생산을 그러한 부농층을 표본으로 삼았던 것이었겠구나 생각하고, 그 구체적 사례를 찾아 검토한 것이었다.

그런 가운데서도 앞 자료(〈정훈庭訓〉)는, 당시 고 김준석 교수가 그 《초려집草廬集》을 해제하면서 발굴한 것이었다. 김 교수는 내가 하고 있는 작업을 늘 옆에서 묻고 챙기곤 하였는데, 하루는 영인본 《초려집》을 들고 와, 이 가운데 "〈정훈〉 자료가 선생님이 지금 하고 계신 작업과 관련이 있어 보입니다." 하며 내려놓았다. 그래서 이때의 이 글은 어렵지 않게 정리할 수가 있었다. 이 자료를 이용할 수 있었음은 전적으로 김 교수의 도움에 의함이었다.

후자(경영형부농)는 일반 사료에서 볼 수 있는 사실로서, 봉건적인 병작지주竝作地主가 아니면서도, 농업생산에 참여하고 농업경영을 통해서 부를 축적하고 있는 비교적으로 부유한 농민층에 관하여 그 자료를 종합 분석한 것이다.

　이러한 고찰을 통해서 보면, 이들 경영형부농은 그 농업생산에서 소유지이거나 차경지이거나를 가리지 아니하고, 자신의 노동력 이상으로 경영확대(대농경영大農經營)를 하고 있었으며, 따라서 그들은 그 농업생산을 여러 종류의 고용노동력을 이용하여 수행하지 않으면 아니 되는 농민이었다. 그리고 그 농업경영은 부의 축적을 목표로 하는 데서, 그 농업생산은 시장을 대상으로 하는 것이 되지 않을 수 없었고, 따라서 그들은 상업적 농업을 하는 농민이었다.

　그뿐만 아니라 그들은 농업생산 농업경영에 참여하고 있었으므로, 농업기술이나 정부의 농정農政에 관하여 일정한 식견을 갖추지 않으면 아니 되었던, 농촌지식인·명농자明農者이기도 하였다. 더욱이 그들은 향촌사회의 말단 행정조직에 참여하는 등 농촌사회를 움직이는 실질적인 기층세력·유력자가 되고도 있었다. 그러므로 다산茶山과 풍석楓石은, 그들의 신정전론新井田論과 둔전론屯田論으로서 농업개혁·사회개혁의 방안을 연구할 때, 이들의 협력을 얻어야 할 것으로 생각하고, 이들 계층을 권농정책으로서 정치권력에 참여시킬 것을 구상하기도 하였다.

　이 글은 경영형부농의 역사적 중요성을 발견한 이래로 (1963), 이 문제는 중국의 경영지주 및 일본의 호농豪農과도 비교될 수 있고, 조선전기의 농업생산과 조선후기의 농업생산을 구분할 수 있는, 한 기준이 될 수도 있겠구나 생각되어 한편 긴장하고 한편 즐거워하였다. 그러므로 나는 이 글의 원고를 오

랫동안 간직하며, 다시 생각하고 보충하며 다듬는 가운데, 발표
도 학술잡지를 거치지 못하고, ②書를 편찬할 때 여기에 직접
수록하였다. 그런 점에서 이 논문은 다른 몇몇 논문과 함께, 나
에게는 평생의 여러 연구 가운데서도 오랫동안 기억에 남는 글
이 되었다.

　　그러나 이 시기에는 이 농법으로 농업발전이 있기는 하였지
만, 지주가地主家의 농지를 차경하는 작인作人에 따라서는 조방
농업粗放農業으로 광작廣作에만 치중하는 나머지, 집약적인 농
업을 하지 못하는 한계가 있었음도 부언하였다.

　　제Ⅳ편에서는, 지금까지 살핀 바 사정 및 그 밖의 원인(三政紊
亂―④書에서 자세히 다룸)으로 말미암아, 농촌사회가 분해되고
무전농민無田農民이 확대되는 농업문제·농업모순이 발생하고
있었는데, 이 시기의 국왕이나 정치인 그리고 지식인들은 이
문제를 어떻게 해결하려 하였는지, 그들의 농업론을 중심으로
한 정책방향을 3편의 논문으로서 살폈다. 여기서는 《雇工歌》
(〈雇工歌〉와 〈答歌〉)라고 하는 가사歌辭를 역사무대에 등장시킨
것이 좀 색다르고, 한국사 논문에서 중국 역사상의 인물을 정
면으로 다룬 점도 이색적이어서, 많은 질문을 받았다.

　　첫째 논문에서는, 선조조의 《고공가雇工歌》(〈고공가雇工歌〉와
〈답가答歌〉)를 통해서, 이 시기 정부 안에서 대립하고 있었던 두
농업재건론農業再建論을 검토하고, 그 농정사적農政史的 의의를
파악하고자 하였다. 《고공가》는 단순한 가사가 아니라 일종의

권농가勸農歌였으며, 그 가운데 〈고공가〉는 가사의 형식을 빌려서 표현한 특별한 형태의 권농교勸農敎이기도 하였다.

그런데 그 〈고공가〉는 선조가 허전許墺에게 대작代作케 한 임금의 뜻이 담긴 가사로서, 임란壬亂으로 파괴된 농업생산을 견실한 자경농이 고공雇工을 거느리고 그와 협력하여 재건하며, 겸하여 무전농민無田農民으로서 고공도 자경소농층自耕小農層으로 육성해 나가고자 한 가사였다.

그리고 〈답가〉는 당시의 재상이 〈고공가〉에 대하여 답하는 형식으로 지은 가사로서, 선조의 〈고공가〉를 비판하고 자경농과 고공 중심의 농업재건책에 반대하며, 대지주로 하여금 노복奴僕·전호佃戶를 거느리고 농업생산을 하되, 그들을 철저하게 상벌로서 다스리는 가운데 수행할 것을 강조한 가사였다.

그러므로 《고공가》가 권농가로서 보급되는 데 따라서는, 상반된 두 농업재건론이 농민들이 농사할 때 일상적으로 부르는 노래 속에서 대립하고, 따라서 이를 통해서는 그러한 사상思想·의식意識이 농촌사회에 널리 확산되기에 이르렀다.

둘째 논문에서는, 조선왕조의 국정교학國定敎學은 유학儒學, 그 가운데서도 근세유학近世儒學, 특히 주자학이라는 점에서, 남송사회南宋社會에서 주자학의 토지론土地論이 갖는 농정사적農政史的인 의미를 고찰하고, 그런 의미를 갖는 주자학의 토지론이 조선에서 농정의 지도이념이 되고 있는 데 대하여(《農家集成》), 조선유자朝鮮儒者들은 어떻게 생각하고 있었는지를 살폈다.

이는 내가 중국사에 관해서 써보고 싶었던 문제를, 《朝鮮後

期農業史硏究》를 편찬하는 기회를 이용하여, 본서 제Ⅳ편의 주
제에 합당한 문제를 주자朱子로 정하고, 그 토지론을 분석 고찰
한 것이었다. 오랫동안 준비하였고, 부족한 자료는 유럽에 출장
연구를 하였을 때, 파리의 서점과 도서관을 이용하여 구입하고
이용하였다. 집필도 그곳 '씻데'에 기숙하면서 정리를 한 것이
어서 평생 잊혀지지 않는 글이 되었다(이때의 사정은 본서 제1부
제8장에서 상론된다).

주자가 살던 중국 남송시기에는, 당唐대의 균전제均田制가 무
너지고, 대토지 소유·지주전호제가 발달하는 가운데, 정부의
부세제도賦稅制度마저 불합리하여서, 자경농민은 몰락하여 전호
농민이 되고, 전호농민은 지주제의 가혹한 수탈로 생존이 어려
워지고 있었다. 남송 농업의 모순구조의 심화이었다.

그리하여 그 귀결로서, 농민층은 지주地主와 관官에 대하여
항조抗租운동·항세抗稅운동을 하고, 유리사산流離四散하여 군도
群盜(떼도둑)가 되었다. 그리고 마침내는 "균빈부均貧富" "등귀천
等貴賤"의 깃발을 내걸고 거의 매년 농민반란·농민전쟁을 전개
하기에까지 이르렀다. 이는 남송사회가 안고 있는 위기구조 그
것이었다.

국가를 유지하기 위해서는 이러한 상황을 타개하지 않으면
아니 되었으며, 많은 논자들은 당연한 논리로서 대토지 소유
제·지주전호제를 개혁함으로써, 무전농민에게 산업을 주어야
할 것임을 강조하였다.

그러나 주자의 견해는 이와는 달랐다. 당시 지방정부의 장관

이었던 그는, 토지개혁은 역사적 경험으로 보아, 맹자의 견해조차도 부정하는 가운데, 불가능하다고 보았으며, 따라서 그는 현실타개의 방안을 다른 방법으로서 제기하게 되었다. 그것은 자경소농층은 부세제도를 이정釐正함으로써 더 이상 몰락하지 않도록 보호하며, 지주제는 지주와 전호가 서로의 분수分數를 잘 인식하고, 규정된 조건을 철저하게 지키고 협력하는 가운데, 그대로 유지해야 한다는 것이었다. 체제의 변혁이 아니라 현 체제의 유지·운영개선을 통해서 문제를 해결하고자 하는 견해였다. 그는 관인官人이기 때문에 당연하였다.

조선왕조의 정치가·지식인들은 모두 국정교학으로서의 주자학을 공부한 유자儒者였고, 시대 또한 지주제가 발달하고 있는 때였으므로, 조선전기에는 많은 사람들이 주자학의 이 토지론을 그대로 받아들이고 있었다. 소수의 사람들만이 이의를 제기하고 균전론을 주장하고 있었다.

그러나 임란壬亂의 전쟁으로 국가의 농업생산 조직체계가 크게 파괴된 조선후기로 넘어오면서는 사정이 많이 달라지고 있었다. 임란 후에는, 농업재건이 쉽게 이루어지지 못하는 가운데 국가재정이 어려웠음은 말할 것도 없고, 부세불균賦稅不均·농촌사회 분화가 심화되는 가운데 민의 경제사정이 어려워짐에 따라서는, 그리고 고전유학과 주자학의 연구가 심화되는 데 따라서는, 점차 주자학의 토지론을 비판하고 고전유학·공맹학의 정신에 따라 현실타개의 방안을 토지개혁론으로서 주장하는 논자가 늘어나게 되었다. 선조의 자경소농제의 농업 재건론을 이어서, 정전론井田論·기전론箕田論·균전론均田論·한전론限田論 그 밖에 여러 견해가 제론되고 있었다. 그리고 그것은 하나의 시대사조가 되어가고 있었다. 이 문제는 제8, 9장에서 다시 논의되겠다.

셋째 논문은 새로운 소재로 연구한 것은 아니었다. 둘째 논문의 논리와 마찬가지로, 그 이후에도 조선유자들은 반反주자학적 토지론을 더욱 심각하고 철저하게 내세우고 있었으므로, 이를 정리함으로써 사상계의 흐름을 확인 제시하고자 하였다.

③書(저작집 3)는, 농업 농촌의 현실을 다룬 ①書 ②書와는 달리, 조선시기의 농서農書·농학農學 자체를 시대에 따라 면밀히 분석함으로써, 그 농서·농학에서 볼 수 있는 농업기술·농법의 변동 전환 발전의 방향과, 그 농업발전 기타 원인에서 조성된 농업문제·농업모순 타개를 위한 농업론의 흐름을, 농학사상·농학사조의 발전과정으로서 파악·정리코자 한 연구이었다.

이때는 국가정책이 중국문명을 적극 받아들이면서도, 동시에 우리의 고유문명을 또한 적극 개발하고 발전시킬 것을 지향하고 있는 때였다. 그러므로 그 일환으로서는 농학도 전통 농법·농학이 개발 발전되는 가운데, 중국농학의 영향이 시대를 따라 점점 커지지 않을 수 없는 시기이었다.

그런 가운데 이 ③書에서는 그 연구의 구도로서, 크게는 조선전기의 농학과 조선후기의 농학이 어떻게 달라지고 있었는지를 파악하고, 세부적으로는 각 시기의 농학이 단계적으로 어떻게 변동·발전하고 있었는지를 추적하되, 조선후기의 농학에 특히 중점을 두었다.

처음에 나는 《朝鮮後期農業史硏究》를 단행본으로 간행하기 시작하면서(위의 ①書), 이 농학사연구農學史硏究도 장차 이만한 저서로 저술할 수 있으면 좋겠다고 생각하고 의욕적으로 시작하였다. 말하자면 이 ③書는 ①書 ②書와 함께 조선후기 농업사 연구의 제3부작이 되게 하려는 일련의 기획물이었다.

그러나 당시는 중국농서를 보기 어려운 상황이었으므로, 이를 〈朝鮮後期 農學의 發達〉이라는 조그만 논문책자(서울대학교 한국문화연구소, 한국문화연구총서 2, 1970)로 발표하였고, 이를 곧 《朝鮮後期農業史硏究 — 農業變動·農學思潮 — 》(初版本 1971)에 제Ⅲ편의 논문으로 수록하였었다. 그런데 그 뒤 시대사정이 좋아져서 중국농서를 충분히 볼 수 있게 되었으므로, 이를 증보하여 단행본 《朝鮮後期農學史硏究》(初版本 1988, 일조각)로 간행하고, 그 후 이를 더욱 확대 증보하여, 저작집의 《朝鮮後期農學史硏究 — 農書와 農業 관련 文書를 통해 본 農學思潮 — 》(신정증보판 2009, 지식산업사)로 간행하게 된 것이다.

그 제Ⅰ편에서는, 조선전기의 농학을 당시의 조선농서인 《농서집요農書輯要》《농사직설農事直說》《금양잡록衿陽雜錄》《사시찬요초四時纂要抄》 등을 통해서, 그때까지의 조선농업의 전통적인 농업기술 농법과 농정사상을 정리하였다.

《농서집요》는, 중국의 《농상집요農桑輯要》를 우리의 이두吏

讀로 번역한 농서 가운데 하나였다. 그런데 그 역자는 중국의 농법을 그대로 직역하는 것이 아니라, 우리의 관행하는 농법으로서 의역을 하고 있었다. 그리고 그런 가운데 이 농서에서는 중국의 세역歲易농법을 조선의 관행하는 회환回換농법으로서 설명하고 있었다.

《농사직설》은, 모두 아는 바와 같이, 세종의 농정책에 따라, 삼남 지방에서 관행하는 우리의 고유한 농업기술·농법을 채방하고,《농상집요》의 농학체계를 참작하는 가운데 편찬한 것이었다.

그리고《금양잡록》과《사시찬요초》는,《농사직설》이 농서로서 미치지 못한 문제를, 보완할 것을 목표로 하면서 편찬한 농서였다.

이들 농서를 통해서 보면, 이때까지 전해지고 있었던 우리의 전통적 농업은, 수전농업이거나 한전농업이거나 큰 특징을 지니고 있었다. 그것은 신·구 농법이 병존하는 가운데 점진적으로 발전하고 있는 것이었다.

즉, 수전농업의 경우 벼농사가 상경연작常耕連作하는 것이기는 하였으나, 그 벼의 경종법이 물이 있으면 수파水播, 이른 봄에 가물어서(춘한春旱) 물이 없으면 건파乾播를 하며, 이 밖에 삽종揷種을 하는 이앙법이 있었다. 그 가운데 중심이 되는 것은 수파와 건파였고, 이앙은 모내기 때의 한해를 우려하여 경계되고 있었다. 수전水田에는 벼농사와 밭농사를 해를 바꾸어 번갈아 윤작하는 회환농법도 시행되었다. 수도작은 전반적으로, 그

벼 품종이 장구한 세월에 걸쳐 조선의 자연환경에 적응하도록
육성되는 가운데, 조선식朝鮮式 수도농법水稻農法으로 정착하고
재배되고 있었다.

한전농업의 경우에도 그 농작물의 경종법이 조선적인 재배
법으로 확립 발달하고 있었다. 그것은 일면 발달한 근경법根耕
法 ― 1년2작 2년3작의 윤작제輪作制 ― 이 개발되고 있는가 하
면, 아직도 조방적인 화경농법火耕農法이 남아있고, 휴한농법休
閑農法을 극복하는 간종법이 보급되고 있는가 하면, 아직도 무
畝와 무간畝間 정지를 전제로 한 식토이대간息土而代墾하는 조방
적 농법이 남아있는 것이었다. 곡물생산은 잡종·교종으로 재배
되는 가운데, 민民의 양식문제 해결을 최대의 목표로 삼고 있었
으며, 질이 좋고 값이 좋은 상품작물을 재배할 것에는 크게 유
의하지 못하고 있었다.

이 시기의 농정관은 농업생산의 주체를, 양반층의 지주·대농
경영과 일반 민民의 자경·소농경영을 모두 염두에 두는 것이었
지만, 그러나 농서를 통해서 볼 수 있는 그 주체의 중심은 지주
대농경영이었다.

제Ⅱ~Ⅴ편에서는, 조선후기 農學을 임란기의 농업재건의 방
법문제에서 기론하여, 이 시기에 새로이 편찬되는 여러 농서·
농업관련 문서를 분석·고찰함으로써, 조선전기 농학의 특징과
는 크게 달라지고 있는, 이 시기 농학의 특징을 파악하고자 하
였다. 그 대표적인 농서로는 앞에는 《농가집성》이 있고, 뒤에

는《임원경제지林園經濟志》가 있었으며, 그 사이에 제Ⅱ편 제Ⅲ
편 제Ⅳ편 제Ⅴ편에 걸쳐, 단계적으로 여러 농서들이 편찬되고
있었다. 각 단계에서 편찬된 농서로서 이곳에서 이용한 농서는
다음과 같다.

　第Ⅱ편 ；제1단계 ― 壬亂期~17세기 초·중엽
　　　　　　《雇工歌》,《閑情錄》治農編,《農家月令》,《農家集成》
　　　　　　부,《農事直說補》,《東方農事集成》

　第Ⅲ편 ；제2단계 ― 17세기 말~18세기 중엽
　　　　　　《穡經》,《穡經》 增補本,《山林經濟》,《山林經濟補》,
　　　　　　《增補山林經濟》, 《山林經濟(補說)》, 《攷事新書》와
　　　　　　《本史》,《厚生錄》,《民天集說》

　第Ⅳ,Ⅴ편 ；제3단계 ― 18세기 말~19세기 초·중엽
　　　　　　Ⅳ.《應旨進農書》,《北學議》,《課農小抄》,〈應旨論農政
　　　　　　　疏〉와〈田論〉,〈淳昌郡守應旨疏〉,《海東農書》,《千
　　　　　　　一錄》

　　　　　　Ⅴ.《林園經濟志》와《擬上經界策》,《經世遺表》와《牧民
　　　　　　　心書》,《農政要旨》,《農政會要》,《山林經濟補遺》
　　　　　　　부,《農書》

　이렇게 많은 농서를 이용하였지만, 그것은 요컨대 조선전기
농업이 안고 있는 신·구 농법 가운데서, 구농법 조방적인 농법
을 새로운 집약적인 농법으로 전환 발전시킴으로써, 수전농업

이거나 한전농업이거나를 가리지 아니하고 농업생산력을 한층
더 증진시키려는 것이었다.

　이러한 농학의 동향은, 전통적인 농법·농학을 점진적으로 발
전시키는 가운데 목적을 달성하려는 면도 있었지만, 그보다는
중국농학의 앞서가는 농법을 전면 도입하거나, 그것을 우리의
전통 농법과 종합함으로써 목적을 달성하려는 경향이 더 강하
였다. 그러므로 어느 경우로 보거나, 이때의 농법변동·농업생
산의 발전 속도는, 조선전기의 그것에 견주어 급속하였으며, 그
에 따르는 사회적 효과— 사회발전과 농촌사회의 분화 또한
심각하였다.

　즉, 수전농업에서 최대의 변동은, 조선전기에는 수전 직파농
법이 수도작의 중심 농법이었는데, 조선후기로 넘어오면서는
수전 이앙농법이 수도작의 중심 농법이 되고 있었다. 이앙법은
직파법에 비해˙수리시설의 정비가 더욱 절실하였지만, 이때의
농법전환에서는 국가 차원의 근본적이고 대대적인 대책을 세
우지 못하였음에도 불구하고, 농업생산자들은 최소한의 시설을
가지고 이앙법의 확대에 열중하고 있었다.

　이앙법의 급속한 보급 확대는, 중국 강남농법의 도입과 맥을
같이 하는 것으로(본서 제1부 제5장에서 자세히 다루게 된다), 이
는 대농경영·겸병광작을 증대시키고, 주자 〈권농문勸農文〉의
지주전호제적인 농업체제의 강화를 수반하고 있었다. 그리고
그 결과는 생산 면에서 농촌사회의 분화를 촉진시켰다.

　서북 지방에서는 한지농법旱地農法으로서 높은 기술수준을

갖춘, 기동력 있는 수도 건파재배법이 보급되는 가운데, 대농경영이 발달하고 있었다. 농촌사회의 분화는 촉진되고 농업상의 모순구조는 누적되었다.

한전에서도 전무정지법田畝整地法 경종법耕種法이 개량되고, 시비법施肥法이 강화되었으며, 상업적 농업이 강조되고 급속하게 발달하는 가운데, 농촌사회의 분화는 더 한층 촉진되었다.

그뿐만 아니라 이 시기의 불합리한 부세제도 운영·삼정문란은 농민층의 몰락을 더 한층 촉진시키고 있었다.

이 시기의 농학은, 이러한 문제도, 농업개혁론으로서 해결하지 않으면 아니 되었다. 봉건적인 지주전호제의 개혁문제와, 자경소농제를 건설하기 위한 농지의 배분문제가, 집중적으로 논의되었다. 지주전호제냐 자경소농제냐 하는 두 농학사상은, 한쪽은 근세유학·주자학을 그리고 다른 한쪽은 고전유학을 사상적 배경으로 하는 가운데, 이 문제는 농학의 문제로서만이 아니라, 전 사상계·정치계의 문제로서 격렬하게 대립하고 충돌하였다.

정조조의 정부 차원의 조정 노력도 중도에 좌절하였다. 나의 농학사 연구에서는, 이 같은 문제를 봉건말기 체제 변동기의 농학사상의 흐름·농학사조로서, 일목요연하게 파악하여 제시하고자 하였다. 이러한 농학사상의 흐름에 관해서는 본서 제1부의 제III·IV편에서 다시 논의하게 되겠다.

2) 근대화 과정기의 농업

(1) ; 19세기는 민란·농민항쟁의 시기였다. 이는 그에 앞선 조선후기 사회에서 조성된, 농업발전·농업모순 및 사회의 구조적 모순에서 말미암은 부세제도의 불합리가, 농업개혁·사회개혁의 차원에서 해결되지 못하고, 그대로 19세기로 넘어온 까닭이었다. 더욱이 이 시기에는 진보적 정치세력이 정계에서 추방되고, 집권세력의 정치사상이 농업 농촌의 모순구조를 척결하지 못하는 가운데, 그 정치운영마저도 비리로 운영됨으로써, 사회적 모순을 더욱 심화시키고 있었던 때문이었다.

그러한 점에서 이 시기는, 집권세력이 민란·농민항쟁을 정치적 사회 경제적으로 수습하고, 스스로도 숙정하는 가운데, 새로운 사회를 건설하기 위한 대대적인 개혁정치를 수행하지 않으면 아니 되는 시기였다. 그러므로 이 단계의 사회개혁 정치개혁은, 중세사회 안에서도 흔히 볼 수 있는 평범한 개혁이어서는 아니 되었다. 그것은 사회모순을 근본적으로 치유할 수 있는, 철저한 사회개혁론이 아니고서는 아니 되었다.

더욱이 이때에는, 서구문명이 동아시아로 밀려오고, 제국주의 국가가 식민지 확보 침략을 위해서 동진해 오는 때였으므로, 이에 대응하는 개혁은 단순한 중세적 전통적 성격의 개혁이어서는 안 되었다. 그것은 근대화 과정을 받아들일 수 있는, 큰 틀의 체제적 변혁이 되지 않으면 안 되었다. 중세사회 개혁의 논리가, 동시에 근대적 개혁으로 이어질 수 있는, 그러한 변혁이 되지 않으면 안 되었다.

그러나 당시 유교사상으로 무장한 집권세력 안에는, 이러한 시대적 사회적 요청과 아울러 국제정세까지도 인식하고, 이를 종횡으로 조정하고 처리해 나갈 수 있는 유능한 정치인은 흔치 않았다. 그나마 그들은 사분오열이었다. 국왕은 이들을 휘어잡고 끌어 나가야 할 터인데, 그에게는 그럴 만한 탁월한 정치 역량도 없었고, 그러한 시대에 요청되는 절대군주도 되지 못하였다. 당시는 유자儒者는 많았는데, 난세의 국제정세를 꿰뚫고 국왕을 보좌할 수 있는, 뛰어난 지략을 갖춘 대지大知·대용大勇한 인사는 없었다.

이는 국가가 국가보위를 위한 연구와 인재의 양성을 하지 않은 결과였다. 조선왕조는 그 초기에는 그래도 국가의 자주성 문화의 고유성을 지키려는 노력이 뚜렷하였으나, 중국문명의 수용 전환과정이 점점 진행되면서는, 그 중국문명을 과다하게 섭취하고 중독되어, 많은 것 또는 모든 것을 중국의 문물제도에 의존하려는 경향이 현저하여졌다.

나는 이때의 연구에서, 이 같은 정국운영 사상계의 동향이 실로 안타까웠으나, 그러나 나는 그들을 탓하고 꾸짖기 전에 마음을 달래가며, 역사가는 이를 담담하게 관찰하고 정리하는 것이 의무라고 생각하며 작업을 진행하였다.

조선왕조는 준비도 없이, 시행착오를 거듭하면서, 그 같은 전환기의 과정을 밎이했나. 얼상에 대하여 서학西學을 척사斥邪로 배격하고, 쇄국정책을 취했다가 힘에 밀려 개항통상을 하며, 외세를 통해 갑신甲申의 정변을 기도하며, 농민전쟁·농민군農民

軍을 침략세력을 끌어들여 진압하면서 갑오甲午의 개혁을 시도하며, 그리고 그 뒤에는 어려운 국제정세 속에서, 대한제국大韓帝國기 왕실 중심의 광무개혁光武改革으로서 근대화 노선을 추구하고자 하였다. 이는 이 시기에 필요로 하는, 개혁의 목표 이념과 이것을 달성하려는 방법 수단이, 적절하게 어울리지 못하고 있는 것이었다.

(2) ; 나는 이 2)절의 이러한 개혁과정을, 개항을 기준으로 하여, 개항 전의 개혁과정과 개항 후의 개혁과정으로 나누어 작업을 하였다. 개항 전 사회개혁의 전통과 개항 후의 근대적 개혁이 어떻게 다른지 또는 같은지, 그리고 근대적 개혁은 개항 전前 사회개혁의 전통을 어떻게 이어가고 있는 것인지 살피기 위해서였다.

그리고 개항통상開港通商·국교확대國交擴大를 전후한 이 시기의 농업·사회개혁과, 근대화 과정기의 그것에 관해서는, 민란·농민항쟁·농민전쟁 등으로 드러난 농업상의 모순구조와, 이를 타개하기 위하여 제기되고 논의되었던, 이 무렵의 여러 농업개혁론·농업정책의 문제를 집중적으로 고찰하였다.

이 절에서는 이 같은 과정에서 볼 수 있었던, 많은 사람들의 개혁론 및 정부의 부세제도 이정책 등을, 크게 **두 계통**, **세 단계**로 구분하여 정리하였다. 더러는 농업생산·농업경영에 대해서도 고찰하였지만 이는 ⑦書에 수록하였다.

나의 이러한 작업은, 《朝鮮後期農業史硏究》가 어느 정도 마무리되어 가는 1960년대 후반부터, 이와 병행하여 연구

되고 집필하기 시작하였다. 처음에는 이를, 건강사정으로
불충분하나마, 단권의 《韓國近代農業史硏究》(1975, 일조각)
로 간행하였다. 그 뒤 건강이 어느 정도 회복되면서, 여러
편의 논문을 추보하는 가운데, 저작집의 ④ 《韓國近代農業
史硏究Ⅰ─農業改革論·農業政策─》(增補版 1984, 일조각, 新訂
增補版 2004, 지식산업사)과 ⑤ 《韓國近代農業史硏究Ⅱ─農業
改革論·農業政策─》(增補版 1984, 일조각 ; 新訂增補版 2004, 지
식산업사)으로 증보 간행하였으며, 최근에 이르러서는 여기
에다, 앞에서 언급한 바 ⑥ 《韓國近代農業史硏究Ⅲ─轉換期
의 農民運動─》(2001, 지식산업사)을 한 권 더 추가했다.

④書(저작집 4)는 근대농업사 연구 전체(Ⅰ,Ⅱ,Ⅲ)의 **첫 단계**
작업으로서, 개항 전의 이 시기에 관한 농업문제를, **두 계통**, **두**
편으로 나누어 고찰하였다.

제Ⅰ편에서는 실학파의 농업개혁론을 다루었다. 아직 19세기
의 조선후기 사회를 살고 있으면서, 이 시기 농업의 모순구조
를 목도하고 그 개혁의 필요성을 절감하고 있었던, 실학파 학
자들(정약용丁若鏞과 서유구徐有榘)의 농업개혁·사회개혁론(여전론
閭田論·신정전론新井田論·둔전론屯田論)을 긴 논문─〈18, 19世紀의
農業實情과 새로운 農業經營論〉(《大東文化硏究》 9, 1972) ─ 과,
작은 관련논문─〈**茶山과 楓石의 量田論**〉(《韓國史硏究》 11,
1975) ─ 으로서 고찰하였다.

다산茶山과 풍석楓石은 조선말기의 최대의 실학자 사회개혁

론자라는 점에서, 그들의 개혁론에 큰 기대를 가지며 작업을 하였다. 고문서를 통해서 그 농업실정을 분석하였다. 그들은 그 명성에 어울리게 그 연구내용 또한 훌륭하다고 감탄하며 작업을 하였다. 나는 그 뒤 다산과 풍석의 농업개혁 사회개혁론에 관해서, 여러 곳에서 몇 차례 언급하였는데, 그 근거가 된 글은 이때의 이 논문이었다.

이 글은 이우성·강만길·김영호·정석종 교수 등 몇몇 동학과 더불어, '19세기 한국사회'를 이해하기 위환, 공동연구의 하나로서 수행한 작업이었다(대동문화연구원 이우성 원장 주관). 모두 한국사를 발전적으로 이해해야 한다는 입장이었으므로, 열의를 가지고 열심히 작업들을 하였다. 이때 나의 이 연구에 관해서는 본서 제1부의 제9장과 제11장에 다시 언급되므로 여기서는 긴 언급을 생략하겠다.

제Ⅱ편에서는, 제Ⅰ편 실학파의 농업개혁론과 대비되는 연구로서 계획하고 작업을 하였다. 체제를 유지하고 이끌어 나가는 정부·집권세력의 개혁론을 다룬 것이다. 그들은 당시의 사회·경제·농정·부세제도를 마련하고 운영하는 가운데, 그들 스스로 그 불합리를 자행하고 농민수탈을 강행하면서도(삼정문란), 그 부세제도의 개혁의 필요성을 절실히 느끼고, 이를 균부均賦·균세均稅를 지향하는 방향으로 개혁하고 있었는데, 여기서는 이를 고찰하였다.

그런 점에서 이 개혁은 어느 정도 의미있는 일이었다. 정부·

집권세력 나아가서는 전 지배층의 견해를 대변하는 부세제도·
이정책釐正策이 될 수 있는 개혁으로서, 정부와 지배층의 사회
개혁의 방략·방향을 보여주는 정책이었다. 주자의 부세제도·이
정론釐正論과 논리적으로 같은 것이었다. 여러 편의 논문으로
그 제도의 역사적 고찰을 하였으되, 이를 다시 한 편의 긴 논문
으로 종합하였다.

그리고 이와 아울러서 부수되는 문제로서 민란의 결과 〈삼
정이정책三政釐整策〉이 등장하게 되는 사정을 고찰한 논문도 첨
부하였다.

부세제도의 문제는 연구자들에게는 진부하고 속상하고 매력
없는 문제이지만, 농업사 연구에서는 이를 정밀히 분석 검토하
지 않으면 안 되었다. 농촌사회의 파탄 분화는 여러 가지 요인
에서 말미암고 있었지만, 이 제도의 불합리와 그 운영의 불합
리는, 그 가운데서도 중요한 요인의 하나가 되고 있었기 때문
이다. 그러한 점에서 나는 이 주제에 대해서도, 그 개혁의 의미
를 정밀히 추적하기에 노력하였다.

위 두 계통(제Ⅰ편, 제Ⅱ편)의 논문은, 이 시기 두 계통 정치
세력 지식인의 개혁사상·개혁방안을 비교 고찰한 것으로, 전자
는 농민적 입장의 개혁을 지향하고, 후자는 지주적 입장의 개
혁을 지향하는 것이었다. 내가 이 같은 작업을 시도한 것은, 근
대화를 위한 개혁운동은 일제가 강요한 데서 비로소 시작한 것
도 아니고, 서양사상을 도입하는 데서 비로소 시작되는 것도
아니며, 그 이전부터 사회모순 타개를 위한 방안으로서 제기되

고 있었던 사회개혁의 방안·노선이 이미 내재하고, 그러한 위에 서양사상이 수용되어, 그것이 입장이 같은 구래의 개혁사상·개혁방안·개혁노선과 연결되는 가운데, 전개되는 것이라고 보았기 때문이었다.

⑤書(저작집 5)는 근대농업사 연구 전체(Ⅰ,Ⅱ,Ⅲ)의 **둘째, 셋째 단계** 작업으로서, 개항 후 주로 고종조에 있었던 개혁론의 연구를 수록하였다.

그 **둘째 단계** 즉 **제Ⅲ편**에서는, 민란·농민전쟁이 전개되는 가운데, 제기되고 있었던, 여러 계통의 여론·농업개혁론(정전론·균전론·한전론·감전론減租論 등)을, 개혁기의 농업론으로서 정리 고찰하였다. 이 시기는 농민항쟁·농민전쟁의 시기였으므로, 그것을 수습하기 위한 방안은, 많은 경우 전통적 농민적 입장의 개혁론으로서 제기되고 있었다. 이는 이 시기의 시대사조였다고 하겠다. 여기서는 그 전체를 〈**韓末 高宗朝의 土地改革論**〉으로서 개괄적으로 종합 정리하고, 그 가운데 조금은 새로운 개혁론임을 표방하는 견해를 한두 편 별도로 더 고찰하였다.

그 하나는, 이 시기에는 개화파 인사들이 일본의 근대화 과정의 영향을 받아, 지대地代의 경감을 표방하는 가운데 지주제地主制를 유지하려는 개혁론을 제기하고 있었는데, 나는 이를 새로운 경향의 토지개혁론으로 보고 그것을 일괄 정리하여 살폈다. 일본은 지주제를 축으로 메이지유신明治維新의 농업 근대화(영주제領主制의 해체와 지주제의 성립)를 수행하였기 때문이었다.

개화파는 흔히 실학파와 연계되는 것으로 이해되었고, 그러한 점에서 그 정치사상은 높이 평가되고 있었지만, 그러나 그 농업론·경제사상을 통해서 볼 때 그 연계성은 미미하였다. 그들의 농업에 대한 이해는 지주제를 축으로 하고 있었으며, 따라서 소농경제小農經濟를 축으로 삼으려는, 실학파의 그것과는 입지조건을 달리하고 있었다. 그들은 지대의 경감을 열성으로 표방하였으면서도(유길준의 경우), 그들이 이를 실현할 수 있는 절호의 기회였던, 갑오개혁甲午改革에서조차도 이를 추구하고 개혁하여 제도화하지 못하고 있었다.

나는 이때 이러한 사정을 조심스럽게 글로 써서, 문제제기를 하였는데. 이렇게 정리한 것이 〈甲申·甲午改革期 開化派의 農業論〉(《東方學志》 15, 1974. 12)이었다.

다른 하나는, 이 무렵에는 문명개화文明開化·근대화를 생각하면서도 일제에 의존하는 개화파와는 달리, 전통적 실학파 개혁론을 바탕으로 하면서 개화 개혁론─근대화론도 받아들여, 이 시기에 시행할 수 있고 시행해야 할, 제3의 절충적 그러나 자주적 개혁론을 제기하는 논자들이 있어서 주목되었다. 나는 이러한 개혁론이, 대한제국 광무개혁의 이념과 한 계열의 개혁사상으로서 연계되는 것으로 보고, 이때 양무감리量務監理를 지낸 초정草亭 김성규金星圭의 사상을 한 사례로서 고찰하였다. 이 인물에게는 그의 문집 《초정집草亭集》이 있어서 연구를 어렵지 않게 할 수 있었다.

이때 이 자료를 제공해 준 것은 초정의 손자 언어학과의 김 방한 교수였다. 김 교수는 내가 〈光武年間의 量田·地契事業〉 (1968)을 연구한 것을 보고, 그 할아버지의 문집이 나의 연구에 도움이 될 것이라고 하며, 일부러 내 연구실까지 들려 이를 건 네주며, 자기 가문 자기 할아버지 이야기를 들려주었다. 그는 전라감사 김학진의 '총서總書'로서, 농민전쟁 중의 전주화약 시 절에는 농민군대장 전봉준과 맞수가 되어, 폐정개혁안을 유도 해낸 인물이기도 하였다. 나는 김 교수의 호의에 감사하며, 이 를 차근차근 검토해 나갔다. 〈光武改革期의 量務監理 金星圭의 社會經濟論〉(《亞細亞研究》 48, 1972)은 이렇게 해서 이루어졌다.

그리고 이와는 또 다른 입장의 수구적 정치사상이, 시세에 밀리고 역사에 밀리면서도 조선왕조 대한제국 정치권력에 대 하여, 수구적 입장 전통적 유가적 입장에서의 개혁론을 제기하 고 있음도 살폈다. 황매천黃梅泉은 그러한 인물이었다. 그는 이 시기를 농민항쟁 일제 침략으로 말미암아 조선왕조의 망국과 정으로 보고, 이를 막기 위해서는 근대화를 위한 개혁이 그가 생각하는 바와 같이 되어야 할 것임을 강조하였다. 그는 조선 왕조의 마지막 유가적 사가史家였고, 그래서 정성을 다하여 그 방안을 마련하고 제론하였으며, 그렇게 되지 못하고 그가 충성 하던 왕조가 멸망하자, 그 자신도 자진하여 그 국가와 더불어 운명을 같이 하였다. 〈梅泉 黃玹의 農民戰爭 收拾策〉(《高柄翊博士 華甲紀念史學論叢》, 1984)은 이런 사정을 정리한 것이었다.

　그 **셋째 단계** 즉 **제Ⅳ편**에서는, 일제가 청일전쟁을 통해 조선
과 만주를 장악하려다 3국 개입 조선의 저항으로 좌초하자, 일
제에 의존하여 갑오농민전쟁을 진압하고 갑오개혁을 시도하던
개화파 정권도 몰락하고, 조선에서는 열강의 침략경쟁 속에서
대한제국이 새롭게 등장하여, 국가 중심 황실 중심의 근대화
정책을 추진하는 사정을 살폈다. 나는 이를 광무개혁(광무원
년·1897~광무8년·1904)이라 하였는데, 이는 이 무렵의 시대사조
를 반영하여, 전통적 개혁사상을 바탕으로 그 개혁을 자주적으
로 수행하려는 것이었다. 그러므로 대한제국의 광무개혁의 이
념은, 한마디로 구본신참舊本新參의 정신으로, 국가개혁을 추구
하는 것이 되지 않을 수 없었다.

　따라서 그 농업개혁의 정신도 그러하였다. 나는 이 같은 광
무개혁의 농업정책을 다음과 같이 세 편의 논문으로서 고찰하
였다. 앞의 두 논문은 정부의 정책이고, 셋째 논문은 왕실의 정
책이었다.

　① 〈光武年間의 量田·地契事業〉(《亞細亞硏究》 31, 1968)
　② 〈韓末에 있어서의 中畓主와 驛屯土地主制〉(《東方學志》 20, 1978)
　③ 〈高宗朝 王室의 均田收賭問題〉(《東亞文化》 8, 1968)

　①의 논문은 나의 일련의 양전量田·양안量案의 연구와 하나
로 연계되는 작업으로서, 앞에서 이미 언급한 바 〈量案의 硏
究〉를 이어서, 조선왕조 최말기 대한제국기의 농업의 실태 농

업개혁의 성격을 파악하고자 한 것이었다. 이 사업은 러일전쟁 일제의 한국강점 정치개입(특히 을사조약 이후) 등의 사정으로 중단되었지만, 일제가 한국을 '합방'하고 시행한 토지조사사업과 비교될 수 있고, 한국에는 토지의 사적소유私的所有가 없다고 하는 그들의 편견에 대해서도 대항할 수 있는 사업이어서, 나는 이를 의욕적으로 조사 정리하였다.

이 연구를 위해서 나는 그 논문의 구도를 넓게 잡고 작업을 하였다. 양전·지계사업이 있게 되는 배경으로서 전정이정책田政釐正策(종래 부세제도 이정책 중의 전정田政), 양전론量田論의 추이, 이 사업을 있게 하는 데 기여한 해학海鶴 이기李沂의 토지론·양전론, 정부의 양전을 위한 기구와 양전 원칙, 결부제結負制 도량형의 근대적 개혁(미터법을 이용한 헥타르제=신결부제 제정)을 위한 사정, 지계地契(토지소유권증서) 발행을 위한 기구와 지계 발행의 원칙, 이때의 양안을 통해서 볼 수 있는 농민층의 토지소유·토지차경의 실태, 및 일본인의 토지매입과 토지소유 실태 등을 파악하는 것 등등은 그 구도였다.

이때는 토지소유의 실태를 파악하기 위하여 양안을 광범하게 이용하였는데, 그것은 다음과 같았다.

《廣州郡 草阜面量案》

《水原郡 土津面量案》

《安城郡 見乃面·其佐面·奇村面·晚谷面量案》

《溫陽郡 東上面量案》

《連山郡 外城面量案》

《石城郡 院北面量案》

이때의 양전 양안에서는 토지의 소유주뿐만 아니라, 시작時
作까지도 그 성명을 기재하고 있어서, 그들의 농지소유와 농지
차경의 실태를 파악하는 데 편하였다.

그러나 이때에는, 외국인의 토지소유가 국법으로 허용되지
않았음에도 불구하고, 일본인들은 장차 한국을 침략 강점할 것
을 전망하면서, 토지를 잠매潛買하여 소유하고 있었으므로, 정
부에서는 이를 별도로 조사 정리하고 있었다. 그러므로 나는
한정된 지역에 관해서이기는 하였지만, 이 연구에서 이 자료를
또한 이용하여, 그들의 토지매점土地買占 실태를 소상하게 밝히
고자 하였다. 그 조사 자료는 다음과 같았다.

《慶尙南道東萊府絶影島山麓·草場·家垈·田畓·人口區別成冊》(光武
7年6月)

《全羅北道臨陂·全州·金堤·萬頃·沃溝·益山·咸悅·龍安·扶安·古阜·
礪山等十一郡 公私田土·山麓 外國人處潛賣實數査檢成冊》(光武8年
6月 日)

이상과 같이 ① 논문이 연구를 통해서 얻은 결과를, 이곳에
서 다시 장황하게 언급할 필요는 없겠다. 그러나 이 양전·지계
사업의 성격에 관해서는 좀더 확인하고 넘어가는 것이 좋겠다.

그것은 이 사업이 근대화를 위한 개혁사업으로서 시작되었으면서도, 종래의 부세제도·이정책, 즉 주자 토지론의 연장선 위에서 추구되고, 따라서 그 결과는 양반 지주층 입장의 농업개혁으로 되었기 때문이다. 구래의 토지소유권이, 그대로 광무개혁의 소유권으로 재확인되고, 그 토지소유권에 대하여 대한제국지계大韓帝國地契가 발급되었다.

양전·지계사업의 필요성을 제론한 논자들의 의도가, 당시의 농업문제를 해결하고자 하는 데 있었음을 고려하면(이기李沂와 김성규金星圭 등의 견해 참조), 이때의 사업은 최소한 농민적 입장도 고려한 제3의 절충적 농업개혁(지대경감地代輕減 — 감조減租)이 되어야 했으나, 그러나 사업의 결과는 그렇게 되지 못하였다. 이때의 사업은 그 사업이 다 마치기도 전에 중단되었고, 그 뒤 한·일협약 등 몇몇 조약 이후에는 일제의 지배를 받게 되었으므로(고문정치·통감정치·재정정리), 대한제국의 뜻대로 사업을 추진할 수도 없었지만, 그러나 대한제국의 정부 황실에는 애초부터 그러한 개혁에 대하여 의욕이 부족하였다.

더욱이 장차 조선에서 일본인이 대지주가 되어, 조선농업 조선농민을 지주제로서 지배코자 하는 일제에게는, 지대를 경감하는 농업개혁은 바람직한 일이 아니었다. 일제에게 그것은 여러 가지 구실을 내세워 막아야 할 대상이었다.

그러한 가운데 이 사업이 확정한 토지소유권에 대한 법적 제도적 규정은, 일제하의 토지조사사업에 그대로 이어지고 있었다. 일본인들이 잠매하여 소유하고 있는 토지도 그 안에 있었다. 일제의 토지조사사업은, 한말 대한제국의 토지소유권을 그들 일본자본주의의 소유권으로 재확인하고, 이를 일본자본주의 농업기구에 편제하는 사업이 되었다.

② 논문은 양전·지계사업과는 별도로, 정부가 국유의 역토驛土·둔토屯土·목토牧土 뒤에는 궁장토宮庄土까지 포함한 전 국유지의 지주제를, 역둔토지주제驛屯土地主制로 재편성하여 이를 근대적인 지주제로 개혁하고 재정리하는 사업이었다. 중세국가의 지주제를 근대국가의 지주제로 개혁하되, 이를 농민적 입장이 아니라, 지주적 입장에서 개혁 정리하는 것이었다.

이 재편성·재정리 과정은, 갑오개혁에서 위의 광무 8년 무렵까지와, 그 후 일제가 사실상 개혁의 주도권을 장악한 시기의, 두 단계에 걸치면서 진행되었다. 앞 단계에서는 지주제 내의 중답주中畓主 등 구조를 조정하는 문제가 순탄치 않아서, 그 재정리사업이 지지부진하였으나, 후 단계에서는 그것이 일제의 강권으로 일사천리로 처리되었다.

그 사업의 목표는, 지주제가 안고 있는 농업문제의 모순구조를 타개하려는 데보다는, 국가의 재정정리 차원에서, 지주제의 경영내용을 강화하고 지대수입을 늘리려는 데 있었다. 그러므로 그 방법은, 지주와 실제 시작농민 사이에 존재하던 중답주를 제거하고, 그가 차지하던 몫을 지주에게 귀속시키며, 이런저런 사정을 정리하는 가운데 지대를 늘리는 것이 되었다. ① 논문에서 볼 수 있었던 농업개혁의 자세와 일맥상통하는 것이었다.

③ 논문에서 다룬 주제는 광무개혁 자체는 아니지만, 광무개혁의 성격을 이해하는 데 필요한 일이라고 생각되어, 이를 연구하였고 또 본서의 '광무개혁의 농업정책' 편에 수록하였다. 광무개혁은 조선왕조가 대한제국으로 변신하여 의욕적으로 추진하는 사업이었으므로, 그 사업의 주체는 그 주권자인 고종황제와 그 정부인데, ③ 논문의 균전수도均田收賭 문제는 그 고종왕실·황실의 사업이기 때문이었다.

균전수도 사업이 있었던 지역은 전라북도 북단 서해안의 김제 등 평야지대이었다. 이 지역은 고종 10년대에서 20년대에 걸치면서, 여러 차례의 한재旱災·수재水災·조상早霜을 당함으로써, 진전화陳田化한 농지가 많았다. 그러나 정부재정 때문에, 이를 모두 면세免稅할 수는 없었고, 징세를 하게 됨으로써 문제가 되었다.

이때에는 진전화한 농지가 너무 많았기 때문에, 정부에서는 〈농무규칙農務規則〉이라고 하는 일종의 특별규정을 마련하여, 진전개간陳田開墾을 장려하였다. 진황불경전陳荒不耕田으로 폐기상태에 있는 농지는, 무주전無主田이나 다름없으므로, 이를 개간하는 자를 지주地主, 즉 토지 소유권자로 인정한다는 것이었다. 무리한 조치이었다. 그러나 이 지역의 진황전陳荒田은 그 규모가 너무 컸기 때문에, 그 개간과 복원은 개인사업으로는 어려웠고, 정부사업으로나 할 수 있는 일이었다. 정부에서도 갑자기 막대한 자금을 마련하는 것은 쉬운 일이 아니었다.

그러므로 그것을 맡고 나선 것은 왕실이었다. 왕실에서는 이

를 장토庄土수입이라고 하는 일종의 영리사업으로서 자원하였
다. 불순세력도 개입하였다. 왕실에서는 막대한 자금을 출자하
여, 고종 28년부터 이 지역의 진전 개간사업에 착수하였고, 농
민전쟁으로 이 사업이 중단될 때까지 만 3년 동안 진행하였다.
왕실에서는 이 사업을 균전均田사업이라 하였고, 이 사업으로
개간된 농지를《균전양안均田量案》에 수록하였다. 농민들의 양
전良田·정전正田도 부당하게 편입하였다. 균전의 규모는 3천여
석락石落이나 되었고, 매년 징수하는 도조賭租·균도均賭(도세賭
稅·균조均租·균세均稅)는 1만 석이나 되었다.

균전수도 사업이 순수하게 농민구제를 위해서 시행되었다면,
고종高宗은 역사적으로 남을 수 있는 성군聖君도 되었을 것이
다. 그러나 이 사업은 여러 가지 면에서 문제점을 안고 있었으
며, 농정운영에서 농민수탈 농업문제를 막고 해결해야 할 국왕
이, 오히려 권력 금력으로 이를 자행하는 사업이 되었다. 농민
들은 항쟁하였고, 그 농지를 일본인에게 잠매하기도 하였다.

고종은 다른 일과 관련하여 일제에 의해 황제의 자리에서 밀
려났고, 균전수도 문제는 내각의 회의에서 혁파되었다. 일본인
이 잠매한 토지는 합법화되고, 그것은 그들이 내륙에 토지를
매입하여, 농장지주제를 개설할 수 있는 근거를 마련해주는 바
가 되었다.

광무개혁은 일면 긍정적이기도 하였으나, 이 시기의 농업정
책으로서 왕실의 진전개간 균전수도 사업은, 한심하기 그지없
는 정책이었다.

이때의 농업·근대화정책에 관해서는 구래의 결부제結負制를, 미터법·헥타르제를 도입하여 신新결부제로 개혁하는 사정에 관해서도 더 고찰해야 하였으나, 이곳에서는 그 요점만을 기술하고, 구체적인 장문의 연구는 뒤에 언급하는 ⑧書에 수록하였다.

⑥書(저작집 6)는 위에서와 같은 여러 계통의 농업개혁론·정부의 농업정책이 나올 수밖에 없도록 한, 철종조哲宗朝의 진주민란·삼남민란과 갑오년의 동학란·농민전쟁 그 자체를 분석 고찰한 것이다. 앞에서 언급한 바와 같이, 대학원 시절의 석사논문을 중심으로 이를 증보 확대하여 정리한 것이다.

여기서는 조선후기의 농업문제와 실학의 관계를 도론導論으로 하고, 안핵사按覈使 박규수朴珪壽의 진주민란 안핵문건按覈文件을 분석함으로써 그 민란의 성격을 파악하며, 고부민란古阜民亂을 이해하기 위하여 당시의 이 고장 사회경제 사정과 고부지역의 지적知的인 환경을 조사한 위에서, 갑오정권의 재판문서인 〈전봉준 공초〉를 분석 고찰함으로써, 민란과 농민전쟁의 성격을 농민적 입장에서 파악하고자 하였다.

다시 말하면 조선후기 이래의 농업 상의 모순구조가 타개되지 못하였을 때, 그 결과는 결국 민民의 반란·농민전쟁으로까지 귀결하였는데, 이 같은 과정에서 농민들은 여하히 그들이 지향하는 농민적 입장의 농업개혁·농업혁명을 달성하고자 하였는지를 살핀 것이었다. 민란이나 동학란·농민전쟁은 단순히 삼정문란에서 그리고 피동적으로 전개되는 것이 아니라, 민民

의 사회의식·반체제의식(사란思亂의식)이 역사적으로 성장하는
가운데, 그들이 이 시기 농업체제의 구조적 모순을 심각하게
의식하고, 따라서 그들의 봉기를 그 모순 타개와 관련하여, 주
체적으로 전개하고 있었던 농민운동·혁명운동이란 각도에서
살핀 것이다.

3) 근현대 사회 성립기의 농업

우리나라의 근현대는 일제의 침략으로 말미암아 역사의 흐
름에 굴절이 생기는 시기였다. 농업에서도 그러하였다. 그러므
로 근현대 사회 성립기의 나의 농업사 연구는, 전통적인 농업
론·농업정책의 흐름과 일제가 한국을 침략하고 강점함으로써
있게 되는 농업상의 변동을, 연계시켜 고찰하지 않으면 아니
되었다. 나는 이 같은 작업을 1970년대 초부터 앞에서 언급한
여러 연구들과 병행하여 틈틈이 조금씩 진행하였다.

농업생산·농업경영에 관한 사례를 찾아 연구를 하려는 데서,
그리고 일제하의 농업사는 그 굴절문제와도 관련 지금까지와
는 다른 연구를 두루 검토해야 했으므로, 세월이 많이 흘렀다.
겨우 1990년대에 들어와서야 단행본으로 묶을 수가 있었다.

처음에 이 책은《韓國近現代農業史硏究 ― 韓末·日帝下의 地
主制와 農業問題 ― 》(初版本 1992, 일조각)로 간행하였고, 저작
집본을 내면서 그리고 일본에서 일억본을 내게 되면서는, 여기
에다 자질구레한 보완을 하여, ⑦《韓國近現代農業史硏究 ―
韓末·日帝下의 地主制와 農業問題 ― 》(增補版 2000, 지식산업사)

로 간행하였다.

이 ⑦書(저작집 7)는 전 3편으로 구성되는데, 여기서는 현대 한국의 남북한 농업(해방 후의 농업개혁)의 역사적 연원, 성립배경, 농촌적 기원을 찾고, 그 계통을 세울 것에 유의하면서 작업을 하였다. 그 내용은 다음과 같이 구성되었다.

제Ⅰ편 '근대화와 지주제'는 본서의 도론으로서, 일제강점기에 일본자본주의의 지주제地主制가 성립되는 배경을 이해하기 위하여, 조선후기 이래 두 계열의 농업론·사회개혁론 및 근대화론의 추이, 및 한말韓末에 일제의 한국에 대한 농업식민책農業殖民策이 지주제를 중심으로 전개되는 사정을 살폈다.

제Ⅱ편 '지주경영의 성장과 변동'에서는, 일제강점기에 있게 되는 지주제·지주경영상의 변동을, 지주층의 경영문서를 중심으로 그 경영사례를 몇몇 유형으로 살폈다. ① 강화 김씨가의 지주경영地主經營 , ② 나주 이씨가의 지주경영, ③ 고부 김씨가의 지주경영, ④ 재령 동척농장東拓農場(구 왕실장토)의 농장경영農場經營, ⑤ 조선신탁朝鮮信託의 농장경영 등을 사례로서 다루었다.

이 시기에 한국의 지식인·지주층 가운데서도 선두주자는, 개항통상 이후의 미곡무역을 통해 대지주로 성장하고, 자본가적인 지주제를 성립시키거나 지주자본地主資本을 전환하여 산업자본주의를 성립시키려 하였으나, 곧 이어서 일본자본주의에 편입되고 종속되는 사정을 살피게 되었다.

여기서 ④ ⑤의 연구는 공개된 자료를 이용하였으나, ① ②
③의 연구는 새로운 자료를 발굴하여 이용하였다. ①의 자료는
통문관通文館에서 이겸로 선생의 호의로 구입하여 이용하였고,
②의 자료는 이재룡 교수의 호의로 이 교수 댁의 문서를 이용
하였다. 이 교수는 진단학회의 임원으로 있으면서, 그 논문이
완성되었을 때, 그것을 《진단학보》에 게재할 것을 희망하고 주
선하기도 하였다. 그리고 ③의 자료는 강만길 교수의 도움으로
고려대학교 도서관 소장의 미등록 자료를 이용하여 작성한 연
구이다. 자료를 이용할 수 있도록 도와준 분들과 학교당국에
고맙게 생각하는 바이다.

　제Ⅲ편 '地主制의 矛盾 ― 農民運動의 指向과 對策'에서는, 이
시기 지주제의 성격을 좀더 포괄적으로 이해하기 위한 작업을
하였다. 즉 한말과 일제강점기의 지주층과 농민층의 대항관계
對抗關係(항조抗租·민란·농민전쟁·소작쟁의·농민조합운동)와,　이에
대한 여러 계통 지식인들의 대책·개혁방안을 살핌으로써, 그들
이 지향하고자 하는 바가 어떠한 것이었는지를 살폈다. 그리하
여 이를 통해서 이 시기 지주제의 역사적 성격과 역할을 이해
하고자 하였다.

　요컨대 이 시기 '地主制와 農業問題'(⑦書의 부제)를 이상과
같이 고찰한 결과로서, 다음과 같은 결론에 도달할 수 있었다.
　즉, 일제 일본자본주의의 한국 강점과 이에 대한 농업정책
은, 구래의 한국인이 중심이 되고 지주제를 축으로 하였던 한

국농업을, 일본인이 중심이 되고 일본자본주의의 지주제를 축으로 한 농업으로 재편성하는 것이었다. 따라서 이로 말미암아서는 구래의 지주제가 확대 강화되고, 점차 '일본자본주의' 방식으로 경영하지 않으면 아니 되게 되었다. 지주제가 자본주의의 이름으로 강화되었다.

그리고 이로 말미암아서는, 구래의 봉건적인 지주제를 중심으로 하여 발생하고 있었던 다분히 중세적 성격을 지녔던 모순구조·농업문제가, 이제는 자본주의적인 모순구조 농업문제로 질적인 변동을 보이면서 심화되고 있었다. 그러므로 그 모순구조의 귀결점으로서 소작농민의 항쟁, 즉 소작쟁의小作爭議는 당연히 반反제국주의적이고 반자본주의적인 민족주의운동과 사회주의운동의 성격을 지니게 되고 있었다.

따라서 이 같은 모순구조를 타개하려는 농업개혁의 방안도, 당연히 반봉건적·반지주제적이고 반자본주의적·반지주제적이며, 따라서 나아가서는 반봉건·반자본주의적 자경소농제의 농업체제와, 이 소농경제小農經濟의 단계를 거쳐 반제국주의·반자본주의적 사회주의 협동농업의 체제를 지향하는 것이 되지 않을 수 없었다.

그리하여 이 작업에서는, 이 같은 역사적 사실이, 어떻게 해방 뒤 남북한의 농업개혁으로 이어지는지를 결론으로서 정리하였다.

4. 조선후기에 선행하는 고대 중세 농업사의 고찰

나는 주로 조선후기에서 해방 후에 이르는 시기의 농업사를 연구하였지만, 다른 한편으로는 그 관심이 늘 고대 중세의 농업사에 가 있기도 하였다. 그것은 두 가지 관심에서였다.

그 하나는, 내가 조선후기의 농업사 농업기술을 옳게 파악하고 체계화하기 위해서는, 그에 앞선 시대의 농업사·농업정책을, 배경으로서 옳게 이해해야 한다는 필요성에서였다. 즉 조선후기 농업사의 출발점으로서 고찰하고 있는, 조선초기의 농업개발을 위한 정부 정책은 어떠한 것이었는가, 그리고 그것은 우리 농업사 전체의 어떠한 발전과정 위에서 수행된 것이었는가 하는 점이었다.

다시 말하면 내가 다루고 있는 것은 조선후기 농업사이지만, 그것은 우리 농업사 전체의 기본 체계와 밀접하게 연계되면서, 그 발전과정의 연장으로서 파악되고 체계화되어야 한다는 점에서였다.

그리고 다른 하나는, 우리나라의 농업은 중국이나 일본의 그것과 여러 가지 면에서 다른 점이 있었는데, 그러한 차이점을 염두에 두면서, 우리 농업사의 특징이나 개별성을 중국·일본의 그것과, 연원에서부터 비교 고찰할 수는 없을까 하는 관심에서였다. 이러한 관심은 나의 조선시기 농업사 연구가 심화되면 될수록 더 커지고 필요한 것으로 여겨졌다.

특히 이 점은, 젊을 때 공부한 책 세계적으로도 권위 있는

에드윈 O. 라이샤워, 존 K. 페어뱅크의 번역본《東洋文化史》
(을유문화사)가, 한국 문화의 전통을 중국 문화와 비교하여 그
"한 變型"이라고 표현하고 있어서, 적절한 파악이 아니라고 생
각하였으며, 따라서 내가 연구하는 농업사 분야에서만이라도
우리 문화의 특성을 밝히는 일이 필요하겠구나 생각하였다.

우리 농업사의 특징이나 개별성을 잘 표현하고 있는 부분은,
농업사 가운데서도 여러 가지 문제를 중심으로 들 수 있겠지
만, 나의 농업사 연구에서는 그것을 ① 결부結負 양전제量田制
로 운영되는 토지제도와, ② 그 바탕 위에서 전개되는 농업개
발정책 농업기술의 발전방식 등이라고 생각하였다. 그러므로
이 문제는 이를 중심으로 작업을 하였다.

1) ⑧書(저작집 8)의 개요

(1) ; 나는 이 같은 문제에 관하여 1970년대로부터 1990년
대에 이르기까지 틈나는 대로 몇 편의 논문을 작성할 수 있었
다. 그리고 이를 묶어서 ⑧《韓國中世農業史硏究 ― 土地制度
와 農業開發政策 ―》(初版本 2000, 지식산업사)으로 간행하였다.

이 책에 수록한 논문들은 동일한 목표를 갖는 주제이기는 하
였으나, 여러 계통의 특정한 문제를 다루었기 때문에, 나의 다
른 단행본에 비해 하나의 저술로서 짜임새가 없음이 흠이 되겠
다. 그러나 조선후기 농업사의 전사前史로서 여러 논문을 모은
논총이라고 생각하고 간행하였다. 책의 분량에 비해 시간이 많
이 걸린 작업이었으나, 결부제結負制에 관해서는 많이 생각해야

했고 기왕의 연구를 확인해야 했으며, 무엇보다도 중국의 척도
(자)와 연구문헌을 수집 검토해야 했기 때문이었다. 8書 전체
의 구성은 다음과 같다.

Ⅰ. 土地制度 槪觀 ; 1. 土地制度의 史的 推移

Ⅱ. 結負·量田制 ; 2. 高麗時期의 量田制

  3. 高麗前期의 田品制

  4. 結負制의 展開過程

Ⅲ. 農業開發政策 ; 1. 朝鮮初期의 勸農政策

  2. 世宗朝의 農業技術

附論 ; 高麗刻本 《元朝正本農桑輯要》를 통해서 본 《農桑輯要》의
  撰者와 資料

여기서 제Ⅰ편과 제Ⅱ편은, 앞에서 언급한 ① 결부 양전제
로 운영되는 토지제도를 다룬 것으로, 그 2, 3논문에서는 고려
시기 결부 양전제를 구체적으로 세밀하게 고찰하였으며, 1, 4
논문에서는, 그것과 나의 조선시기 양안 양전관계 연구 등을
바탕으로 그리고 여러 학자들의 고대사회의 농업 농촌관계 연
구도 참고함으로써, 우리나라 결부 양전제와 그 토지제도를 통
시대적으로 정리한 것이었다. 연구의 순서를 이렇게 함으로써,
조금은 새로운 통시대적인 정리가 가능하였나.

그리고 제Ⅲ편과 부론은 앞에서 언급한 ② 그 바탕 위에서
전개되는 농업개발정책·농업기술의 발전發展방식을 고찰한 것

이었다.

(2) ; 제Ⅰ편에서는 〈土地制度의 史的 推移〉라고 거창한 제목을 내세웠으나, 실은 신국판 50면에 불과한 짤막한 글이었다. 우리나라 토지제도 농업제도 전체의 기본체계 기본골격을, 시기별로 정리한 강요綱要·개요槪要 격의 글이다. 우리나라 토지제도 농업제도의 핵심을 수조권收租權과 소유권所有權을 축으로 그 특징이 드러나도록 기술한 글이었다.

고대 중세의 시대구분 ; 그런데 여기서 독자들은 내가 서술한 내용보다, 그 토지제도의 발전과정을 단계 구분한, 시대구분에 더 관심이 가리라 생각된다. 그러므로 여기서는 이를 언급해두는 것이 좋겠다. 나는 당시까지 내가 공부하고 도달한, 우리나라 고대 중세의 농업의 발달과정을 중심으로, 고조선시대를 염두에 두면서, 시대구분을 통설과는 좀 다르게 하고 작업을 하고 있었기 때문이다. 그 구분은 다음과 같았다.

1) 고대의 토지 농업제도
2) 고대 중세 전환기의 토지 농업제도
3) 중세의 토지 농업제도

여기서 1) 고대는 《삼국유사三國遺事》의 고조선 시기, 2) 고대에서 중세로의 전환기는, 고조선의 한漢에 의한 멸망·고조선 유민의 3국 수립에서 3국의 통일전쟁까지의 3국시기, 3) 중세는 신라통일기 이후를 말한다. 그러므로 2)의 3국시기는 고대

의 연장선 위에 있으면서, 그 가운데서 중세가 시작되고 성장
해 나가는 시기라고 이해하였다.

나는 젊은 시절 단군조선·기자조선이 포함된 우리 역사의
고대사를, 주로 최남선의 증보《삼국유사》를 포함한 저술과,
신채호·정인보·안재홍 등 전통적 민족주의 역사학 계열 학자
들의 저서를 통해서 공부하였다. 공부의 방법은 그 저서들을
근대역사학의 선구인 이병도·백남운의 저서와 대조하기도 하
고, 이를 종합하고자 한 손진태의 저서와도 대비하며 읽는 것
이었다.

그 결과 나는 그 개국설화가 문자 그대로는 인정될 수 없다
하더라도, 이것이 부정되거나 단순한 신화神話로 돌려져서는 아
니 된다고 생각하였다. 설사 신화로 돌린다 하더라도, 그 신화
는 단순한 이야깃거리가 아니라, 고조선의 사회현실을 반영하
는 것으로 보아야 한다고 생각하였다. 교양과목인 '한국문화사'
의 강의도 그렇게 하였다. 사서史書에 기록된 자료를 간단하게
부정하는 것은 역사가의 학문적 자세가 아니라고 생각하였다.

다만 그 고조선은 말기의 사정 외에는, 사서의 기록을 통해
서, 그 역사의 전 과정을 확인할 수 없음이 아쉬울 따름이었다.
그렇다면 이 문제는 좀더 진지하세 그것을 확인할 수 있는 방
법을 찾아야 할 것으로 생각하였다.

(3) ; 고대가 있으면 중세가 있게 마련인데, 나는 고조선의
멸망과 그 문명의 중국(漢)문명으로의 전환은, 그것이 고대세
계에서 중세세계로의 이행이 되는 것이라고 생각하였다. 이 경

우 나는 중국사에서 한대漢代 이후는 중세사회라고 인식하고, 우리 역사를 이와 대비하는 가운데 정리하였다. 그러므로 고조선 이후 고조선의 유민들에 의해서 수립되고 등장하는 고구려·백제·신라의 3국은, 한漢문명과도 관련 시야를 좀 넓혀서 긴 안목으로 보면, 중세의 시작이 되는 것이라고 생각하였다.

그러나 고조선 말기와 3국시기 초의 국가체제 사회사정은, 아직 중세사회로 넘어갈 준비가 되어 있지 않았다. 선진지역과 후진지역 사이에 큰 차이도 있었다. 고대적 질서를 중세적 질서로 재편성하는 데는 시간이 좀더 필요하였다. 3국은 그 통일전쟁을 거치면서 그러한 질서를 서서히 확립해 나갔으며, 신라통일의 단계에 들어가서는 3국 전체를 하나로 통합한 그러한 질서가 제도적으로 확립되고, 3국의 민을 하나로 묶어서 통치하는 제민적齊民的 통치가 가능하게 되는 것이라고 생각하였다.

그러므로 나는 3국시기, 특히 6세기 초까지를 단순한 중세국가 중세사회가 아니라, 고대체제에서 중세체제로 넘어가는 전환기 이행기가 되는 것이라고 생각하였다.

이 글은 처음에 그 무렵에 작고한 이해영 교수의 추모논총에 싣기 위하여, 토지제도사에 관한 특강용으로 작성하였던 글을, 다듬고 정리하여 논문의 형식으로 갖춘 것이었다. 그러나 그때 이 글은 주註도 많이 달지 못하고 너무 개괄적이어서 차마 내지 못하였다. 그래도 버리기 아까워서 틈틈이 보완하고 주도 달고 하여 방기중 원생에게 정서하도록 하였던 바, 학생들은 이를 컴퓨터로 타자하여 복사본을 만들어 돌려보기도 하였다.

그 뒤 학술원에서는 《韓國學入門》을 계획하면서, 여러 교수들에게 과제를 배정하였는데, 나에게는 조기준 교수를 통해 〈전근대의 토지제도〉를 쓰도록 하였으므로(1983), 나는 이 글을 이 주제에 맞게 조정하여 제출하였다(본서 제1부 제11장 참조).

그리고 그 후 당분간 이 초고본은 잊혀진 채 사장되었다. 그런데 이번에 이 초고본과 관련되는 일련의 글들을 모아(제II편), 《中世農業史硏究》를 간행하게 되었으므로, 나는 이를 기회 삼아 초고본 〈토지제도의 사적 추이〉(미발표논문 1981 작성)를 다시 다듬고 보완하여 권두에 도론으로 싣기로 하였다.

(4) ; 제II편에는 세 편의 논문을 실었는데, 이는 모두 앞에서 언급한 소유권·수조권과 관련되고, 따라서 이는 모두 우리나라 토지제도의 최대 특징인, 결부제와 관련되는 것이었다. 그것을 여기서는 그 기층제도로서 양전제量田制와 전품제田品制를 구체적으로 분석 검토하고, 그 결부제가 전 역사과정에 걸쳐 변동 발전하는 전개과정을 정리한 것이었다.

세 편의 논문 가운데에서도, 내가 이 제II편의 연구에서 궁극 목표로 삼고 추구하였던 것은, ③ 〈결부제의 전개과정〉(미발표 1998 완고)이었다. 그러나 이 논문은 제I편의 〈토지제도의 사적 추이〉도 그러하였지만, ① 〈고려시기의 양전제〉(1975)와 그 한 부분의 핵심문제인 ② 〈고려전기의 전품제〉(1981)를 집중적으로 고찰한 데서, 얻을 수 있었던 결과이었다. 그러므로 이때 이 문제를 추구하였던 문제의식 기본정신은, ①의 논문에서부터 이미 시작되었던 것이라고 하겠다.

고려시기의 양전제에 관한 연구는, 내가 조선후기의 〈양안의 연구〉(1960)를 발표했을 때부터, 이미 앞으로 수행해야 할 하나의 과제 연구주제가 되고 있었다. 〈양안의 연구〉는 힘들게 쓴 글이었지만, 이 글을 쓰고 난 다음에는, 앞으로의 연구 방향의 길이 환히 보이고, 연구에 대한 어떤 확신을 갖게 되었었다. 그래서 그 뒤에는 앞에서 이미 언급한 바와 같이, 한말로 내려와, 〈광무연간의 양전·지계사업〉(1968)도 정리하였던 것이다.

그런데 이렇게 되자, 이제는 고려시기의 문제도 정리하라는 주위 인사들의 주문이 있게 되었다.

이 두 논문을 발표하자, 이를 본 선배선생 한 분 이동윤 교수는 "김 선생 이것 좀 보시오." 하며, 마에마 교사쿠前間恭作의 고려 초기 〈若木郡 石塔記의 解讀〉(《東洋學報》에 발표하기 이전의 등사판인쇄 별쇄본) 한 부를 나에게 건네주며, "내게 이런 것이 있는데, 이게 김 선생이 연구하고 있는 양전 양안과 관계가 있어 보여, 그러니 조선후기에만 매달리지 말고 기회가 되면 이것도 한번 연구해 보시오." 하는 것이었다.

그때는 자료와 연구성과를 얻어 보기 어려운 때였으므로, 나는 이 교수의 호의에 감사하고 또 격려되면서, 그 뒤 양전 양안 결부제에 관한 역사적 발전과정을, 앞으로 연구할 과제로 설정하고 그 구도를 구상하게 되었다. 그리고 자료를 충실히 모아 글을 쓰게 된 것이, 위의 ① ② ③의 논문이었다.

③의 논문은, 결부제의 발생 기원에서부터 기론하여, 고대

중세의 결부제를 거쳐, 한말 근대화 과정에서 이것이 근대적인 '신新결부제'로 개혁(미터법·헥타르제)되기까지, 전 과정을 통시대적으로 다룬 것이었다. 그런 가운데 이를 시기별 단계별로 그 변동 발전과정의 특징을 파악코자 한 것이 그 목표였다. 장문의 논문으로서 오랜 세월에 걸쳐 다듬고 보완한 글이었다. 따라서 이 글은 다른 몇몇 논문과 마찬가지로, 학술지에도 게재하지 못하고 이번 8書에 수록하게 되었다.

　이러한 고찰을 통해서, 결부제는 경무법頃畝法이라고 하는 중국제도에서 분화되었거나 중국문화에 동화되지도 않은, 우리의 고유한 관행이고 제도라는 것을 확인할 수 있었다. 일본의 정보법町步法과 다른 것은 말할 것도 없고, 석고제·고쿠다카세이 石高制와도 일정한 차이가 있었다. 그러므로 이를 기반으로 하는 농업체제·국가체제가 중국이나 일본과 다를 것임은 말할 것도 없었다. 아마도 그 생명력이 그같이 강인하였던 것은, 그 기원이 중국문명과 다른 계열의 문명이었던, 우리 고유의 고조선 문명에 연유하는 것이었음에서, 기인하는 것으로 나는 생각하였다.

　결부제의 연구에 관해서는, 선학의 연구가 이미 있었으므로 (박시형,〈결부結負 제도의 발생과 발전〉,《과학원 창립 5주년 기념논문집》, 1957), 새로 결부제를 연구하고 글을 쓰기 위해서는, 이를 참고하지 않으년 안 되었다. 그러나 국내에서는 이를 구해 볼 길이 없었다. 나는 이 문제를 유럽에 출장연구하면서, 그곳에 유학중인 여러 유학생 교수의 도움을 받아, 런던대학의 소아즈대학SOAS 도서관을 통해 복사함으로써 해결할 수가 있었다. 고마운 일이었다.

이를 참고한 뒤에는 나는 내 관점에서 이 문제를 추구해나갔다. 이때의 이 일은 유럽 출장연구시의 큰 성과의 하나였으며, 따라서 이 일은 오래도록 기억에 남는 일이 되었다.

(5) ; 제Ⅲ편에는 고려말년에서 조선초기에 이르는 사이의, 농업개발정책과 관련되는 세 편의 논문을 실었다.

첫째 논문은 조선초기의 정부의 권농정책·농업정책의 전체상을 개관할 수 있도록 평이하게 기술한 것이었고, 둘째 논문은 고려말년의 농업에서 기론하여, 세종조의 농업기술정책·농업개발정책을, 총괄적으로 파악할 것을 목표로 정리한 글이었다. 그리고 셋째 논문은 참고용 부론으로서, 이와 관련되는 고려각본《농상집요》에 대한 해제를 겸한 고증적 작업이었다. 모두 이 시기의 농업개발정책을 이해하기 위한 점에 초점을 맞춘 작업이었다.

이런 가운데 첫째의 논문은 내가 기한 안에 이를 완성하느라고 진땀을 흘린 글이었다. 그것은 연세대학 국학연구원이 문교부의 지원을 받아, 여러 교수가 조선초기의 문제를 공동연구로 하고 있었는데, 시간이 많이 흐른 뒤에 한 분 교수가 공적인 일에 차출됨으로써, 그 빈자리를 메우기 위해 내가 대타자로 동원되어 글을 써야 했기 때문이었다. 나는 이때 이 공동연구와 관계가 없는 나의 작업을 하고 있었는데, 한정된 시간 안에 두 편의 논문을 완성하지 않으면 아니 되었다. 나는 연구주제를

나의 제목으로 바꾸고, 이경식 교수의 자료상의 도움을 받아가
며, 겨우 기한에 맞추어 책임을 완수할 수 있었다. 그래서 이
논문도 두고두고 기억에 남는 글이 되었다.

둘째 논문은 세종조의 농업기술 전반을, 《세종문화사대계》
2, 과학 역사 지리편의 편찬취지에 맞추어, 개괄적으로 정리한
것이었다. 그러므로 이 글은 이곳에서 처음으로 새로 개발하여
쓴 글이 아니라, 다른 논문에서 이미 다룬 여러 문제를 종합하
고 재정리하는 글이 되었다. 그러면서도 세세하게 자료를 분석
정리함으로써, 이 시기 농업 농학의 특징을 파악하는 데 참고
가 되도록 하였다.

이 글에서는 특히 우리의 전통적인 고유농법을 발견하는 데
유의하였다. 그것을 당시 농서에 기록된 농법과 근현대의 내가
경험한 농법을 비교하는 가운데 찾기도 하고, 당시의 농법과
중국농서의 농법을 비교하는 가운데 찾기도 하였다. 그런 가운
데 조선초기 세종조의 농업개발정책은, 문명전환과 관련 중국
농업 농학의 수용에 열성이면서도, 우리의 고유농법을 또한 개
발 육성하고자 하는 자세가 뚜렷하였던 것으로 이해하였다.

셋째 논문에서 다룬 고려각본 《원조정본농상집요元朝正本農
桑輯要》 해제는, 그 원본이 몽골 원元제국의 농서로서, 조선농
서는 아니지만, 조선초기의 농업을 이해하기 위해서는 반드시
검토하지 않으면 아니 되는 귀한 자료였다. 그것은 조선농서
《농사직설》이 편찬되기 전에는, 고려말년과 조선초기에 이 농
서를 복각도 하고, 중요한 부분을 발췌하여 이두로 번역도 하

여서 이용하였기 때문이었다.

뿐만 아니라 원대元代에는 《농상집요》가 여러 종류 판각 간
행되었지만, 대부분 그 찬자를 명시하고 있지 않아서, 학계가
이를 궁금하게 여겨왔다. 중국에서는 근년에 대자본大字本의 원
각본元刻本 《농상집요》가 새로 발굴되어, 호화판으로 영인 간
행되었는데(1979 上海圖書館), 이 영인본에도 찬자의 이름은 보이
지 않는다. 이 자료는 박영재 교수를 통해서 어렵게 구입하여
볼 수 있었다. 그런데 고려각본에는 그 찬자가 명시되어 있는
것으로, 일제하에서부터 알려져 왔기 때문이었다.

그러므로 이 셋째 논문을 통해서는, 이러한 귀한 자료를 검
토함으로써, 조선초기 농업 농학의 기초를 확인할 수 있어서
즐거웠다. 그러나 이 자료는 내가 발굴한 것이 아니었다. 이 자
료는 전 경북대학 허흥식 교수가 발굴하여, 필자에게 글을 쓸
기회를 준 것이었으며, 따라서 이 자료가 학계에 공개될 수 있
었던 것은, 전적으로 허 교수의 공로였다고 하겠다. 참으로 고
마운 일이었다.

2) ⑧書를 통해서 본 우리 문화의 특성

이같이 구성된 ⑧書 전체의 작업에서, 나는 이때 이 문제들
이 우리 농업의 특성을 파악할 수 있는, 첩경이 될 것으로 생각
하며 작업을 하였다 하였거니와, 작업의 결과가 과연 그러하였
는지 좀더 살피고 확인하는 것이 필요하겠다. 여기서는 그것을
다음과 같은 몇몇 점에 관하여 언급하고자 한다.

첫째, 우리나라 중세의 토지제도에는 소유권과 수조권에 의한 전제田制가 병존하고 있었으나, 고려사에서 볼 수 있는 국가의 전정田政 운영·관료체제 운영은 수조권을 분급하는 것이 중심이었다. 그리고 국가의 이 전정 운영에서는, 수조권자를 '전주田主' 그 수조지를 '사전私田'이라 하고, 조세 수납자(토지 소유권자)를 '전객佃客'이라 하였으며, 그렇게 운영되는 토지제도를 '균전均田'이라 하였다. 그러므로 연구자들은 그 수조권 분급을 국가의 국유지 소유권 분급, 따라서 조租=지대地代의 분급分給으로 이해하고 있었다는 점이다.

이러한 사정에서 우리나라 중세의 토지제도는 토지 국유제·토지 국유론으로 이해되는 것이 일반이었으며, 이는 앞에서도 지적한 바와 같이 우리 역사의 정체성론停滯性論의 근거로 이어지고 있었다.

그러나 고려시기의 사료를 면밀히 검토하는 것만으로도, 수조권 분급이, 토지소유권 즉 지대地代의 수취권 분급이 되기는 어려웠다. 고려시기의 국가의 조세는 '십일제什一制'였기 때문이다. 나의 생각으로는 국가의 수조권 분급제는, 국가가 백성·민民에게서 수취하는 조세를 중심으로 운영하는 제도, 더 정확하게 말하면 국가가 백성·민이 소유하는 사유지에서 조세를 수취할 때의 제도였다. 이는 이 시기의 양전제를 분석하는 것으로서 해명될 수 있었다.

국가의 관료 지배층에 대한 수조권 분급제, 전정의 운영방식을 이같이 정리하고 보면, 이는 중국이나 일본의 국가운영 방

식과 적잖이 차이가 있는 것이었다고 하겠다. 그리고 그런 점
에서 우리나라 중세국가의 국가운영상의 개별성·특성도 지적
될 수 있는 것이라고 생각하였다.

즉, 이 제도를 좀더 깊이 천착하면, 이는 우리나라 중세국가
의 집권적 국가체제·관료체제가, 수조권 분급제를 매개로, 고
조선의 국가운영 체제(사출도四出道)를 중국의 고대 봉건제의 원
리(십일세十一稅·요순지도堯舜之道)와도 결합하여, 운영하고 있음
이었다고 이해되었다. 다시 말하면 우리나라 중세국가는 집권
적 봉건제의 국가체제로서 운영되었다는 것이다.

그리고 보면 중국·한국·일본의 동아시아 3국은 같은 유교국
가이면서도, 그 나라의 입지조건과 문화전통에 따라 시차를 두
고 고대에서 중세로 이행하였으되, 국가체제를 달리하게 되었
던 것이라고 하겠다.

다시 말하면, **중국**은 문사文士의 문화가 발달한 선진국가로
서, 고대 봉건제를 청산하였다고는 하나 그 전통을 유제遺制로
남기면서, 강대한 집권관료체제의 국가로 발전하였고, **한국**은
고대·고조선 말기에, 중국의 군사력에 밀리고 해체되며 중국의
중세(한漢)문화로 문명전환이 있게 되는 가운데서도, 고조선의
문화전통과 중국고대 봉건의 원리를 결합하고 살려서, 집권적
봉건제의 국가로 발전하였으며, **일본**은 주변에 외세의 제약이
없는 가운데, 그 무사武士문화의 전통에 따라 분권적 봉건제의
국가로 발전하였던 것이라고 비교되었다.

둘째, 위의 수조권 분급 문제와도 관련되는 것으로, 우리나라

의 양전제는 중국이나 일본의 그것(경무법頃畝法·정보법町步法)과
는 다른, 결부법 양전제였다는 점이다.

결부제는 역사의 기록에서는, 그 제도로서의 원리상의 불합
리성(군총제郡摠制) 때문에, 그리고 그 운영이 현실적으로 수탈
성을 수반한다는 점에서 비판을 받기도 하였지만, 그러나 이는
우리나라 특유의 토지파악·소출파악·조세부과를 위한 기층적
인 제도로서, 중세국가의 집권적 봉건제의 관료체제를 운영하
기 위해서는, 대단히 편리하고 합리적인 제도였다. 조세 부담자
의 사정을 고려한 제도가 아니라, 수조권자收租權者 곧 국가와
관료지배층의 조세징수의 편이·조세징수권 보장을 주로 생각
한 제도였다.

그러나 그렇기 때문에, 이 제도는 농업발전·사회발전이 있게
되면 이와 관련하여 변동될 수 있는 것이었으며, 실제로 역사
상 결부제의 변동은 여러 차례 있었다. 그뿐만 아니라 이 제도
는 원리상으로도 변동 조정될 수 있는 융통성이 있는 것이어
서, 중세국가가 근대국가로 변동 이행하듯이, 국가의 체제가 질
적으로 바뀌는 데 따라서는, 이 제도도 중세적 결부제(지적地積·
소출·조세를 조합한 제도)에서 근대적 '신新결부제'(지적만을 파악
하는 제도) 1등전等田 1결結을 중심으로 양전척量田尺 1척尺을 1
미터, 1결結을 1헥타르가 되게 조정한 결부제로 개혁·법제화
되고, 따라서 근대적인 토지조사 지적地積 파악도 이 '신결부
제'로써 자연스럽게 행해질 수 있는 것이었다.

셋째, 농업기술상의 문제로서, 역사기록에서는 왕왕 우리의

농업이 중국농업에 견주어 대단히 낙후한 것으로 지적되고, 따라서 위정자·식자층은 이를 농민층의 빈곤 나태함에서 말미암은 것으로 보고 크게 탄식하고 있었다는 점이다.

사실 역사적으로 보면, 우리나라에서는 지식인들이 중국의 농업기술을 받아들이기 위하여 그 농서를 구입하여 참고하거나, 이를 판각 간행하여 보급시키기도 하고, 또는 농서를 편찬할 때 이를 크게 이용하기도 하였다. 그러나 그럼에도 농민들이 중국의 농업기술을 수용하는 데는 제한적이어서, 식자층이 농서에서 극구 찬양한 외국의 농업기술도, 우리 농촌의 현지에서는 제대로 보급되지 못하고 있는 것이 실정이었다. 그러므로 식자층이 탄식하는 것은 무리가 아니었다.

그러나 이 같은 사실은 우리나라의 농업환경의 특징을 반영하는 것, 우리 농업기술의 중국 농업기술에 대한 차이성을 반영하는 것 이외의 아무것도 아니었다. 그 근본 원인은 우리나라의 자연조건이, 특히 남부 지방의 경우 중국 화북 지방(황하 유역)의 그것과 다르고, 중부이북 지방의 경우 중국 강남 지방의 그것과 크게 다른 데서 말미암은 것이었다. 조선에서는 그것을 풍토부동風土不同론으로 기술하고 있었다. 그러므로 그 농법·농업기술은 중국농서의 그것과 같을 수 없고, 따라서 그것은 우리의 농업환경에 맞는 것으로서 개발되고 발전되지 않을 수 없었다.

그리고 이를 좀더 소급하여 그 연원을 생각하면, 이 문제는 북방민족인 우리 한민족이 그 태반문명을 중국문명으로 전환시키고 있으면서도, 그 전환정책을 모든 분야에서 획일적 정합적으로 추진하고 있지 못한 데서 오는 현상이기도 하였다. 그렇지만 이러한 문제는 농민들이 할 수 있는 일이 아니었으며, 국가와 지적활동을 하는 전문가들이 평생에 걸쳐 그리고 대代를 이어가며 계속해서 연구 개발할 때, 그 성과를 기대할 수 있는 일이었다고 하겠다.

그러나 그러한 가운데서도 우리의 농법 농업기술은 다양하게 발전하고, 그 기술수준도 절정에 달하고 있었다. 시대가 흐름에 따라 우리 풍토 우리 농업환경에 맞도록 개발된 수도水稻의 건파乾播재배·건답乾畓재배 기술이나, 수전水田에서 회환回換 농법이 널리 보급 발전하고 있었음은 그 한두 예가 되겠다. 이는 요컨대 전근대사회에서 중국·일본의 농업과 우리 농업의 차이성·개별성을 보여주는 것이 아닐 수 없었다. 이 ⑧書에서는 그 같은 문제들을, 한 시기 또는 통시대적인 문제로서, 파악해 보고자 유의하였다.

5. 나머지 말 ― 역사발전 정치사상에 대한 사평史評

나는 평생 농업사에 관한 기초적인 연구를 하였을 뿐인데, 연구의 회고담을 말하지 않으면 아니 되게 되었다. 그리고 이어서는 70대의 마루턱을 오르고 있으니, 그간의 연구를 되돌아보고, 후진들을 위해서 남길 만한 말을 글로서 남겨달라는 부탁을 받기도 하였다. 나는 평범한 역사학자에 지나지 아니하고,

그것도 지금은 사양산업으로 밀리고 있는 농업사를 연구하였
으니, 남길 만하고 도움이 될 만한 말이 있을 리 없다. 그래서
결국은 앞에서와 같이 나 개인의 연구사를, 회고담으로서 말하
는 것으로 그쳤고, 이로써 면책되기를 바랐다.

　그런데 새로 부임한 이 학회의 이태진 회장은 회고담을 말할
때, 마지막 부분에서 내가 언급한 말까지도 더 첨부해 달라고 한
다. 하기야 농업은 인간의 생존을 위해서 필수불가결한 중요 산
업이니, 현재는 사양산업으로 밀리고 있다 하더라도, 과거 역사
의 연구에서 그 시대의 정치가와 그 사상에 볼멘소리가 없을 수
없겠다. 이 회장의 주문은 바로 그것을 말해 달라는 것이었다.

　그것은 나의 연구분야에서 볼 수 있는 우리나라 역사발전의
특질特質에 관한 것, 당시의 시대상황과 관련하여, 역사를 추진
하고 있었던 여러 계통 인물들의 정치사상 정치적 자세에 대한
총괄적인 논찬論贊·사평史評에 속할 수 있는 것이었다.

　그러므로 이곳에서는 내가 수행한 구체적인 연구 작업은 아
니지만, 앞에서와 같은 농업사 연구의 작업을 하는 가운데, 사
상계의 지도층 정부집권층 정치지배층으로부터 내가 받은 소
감 몇 가지를 나머지 말로서 부연하기로 하겠다.

　첫째, 우리는 작은 나라이지만, 그 역사는 이웃나라 역사의
발전과정과 비교하여, 그리고 세계 여러 나라 역사의 발전과정
에 견주어 보아도, 지극히 정상적이며 보편성과 강한 개별성을
갖춘 발전과정을 거치고 있었다.

그러나 우리 역사는, 외적으로 중화제국의 팽창주의 동진정책으로 한반도로 밀린 이래, 중국이나 서구 강대국가들의 그것과 비교하여, 그 발전이 서서히 점진적으로 진행되었다. 잃었던 고토의 일부를 회복하였을 뿐, 대외로 웅비하는 발전정책 정복사업은 없었다. 국내정치도 선이 굵고 기복이 심한 사회개혁 체제변혁 왕조교체와 같은 큰 정치적 변혁과정은 적었다. 우리 역사는 국가가 소국으로 정착하는 가운데, 외세의 침략 속에서 나라를 유지하고, 우리 문화를 개별성이 강한 문화로 발전시키고자 하는 것이 전부이고 그 특징이 되었다.

여기서 개별성이 강한 발전이란, 두 가지 사정에서 연유하고 있었다. 그 하나는, 우리 역사는 북방민족으로서의 고조선 그리고 그 후에는 고구려마저도 중국의 침략으로 해체 멸망하고, 그 후예 국가들이 그들의 고유문명 — 고조선문명을 중국문명으로 문명전환하여 동아시아 문명권의 일원이 되면서도, 그들 문명의 고유성을 완전히 상실하고 중국화하는 것을 막기 위하여, 중국문명을 점진적 단계적으로 수용하는 가운데, 우리의 고유문명을 또한 연구 개발하여 이 양자를 통합문명으로 발전시키고 있었던 까닭이었다.

그리고 다른 하나는, 한 지역사회에 산업 문화 등 문명이 형성되면, 국가는 그 문명을 바탕으로 그 바탕에 상응하는 발전과정을 서치게 마련인데, 이때 우리의 문명은 위에서와 같이 복합문명 통합문명이었다. 그러므로 우리 역사상의 국가들은, 이 양자를 조화시키는 가운데, 그 발전을 추구하지 않으면 아니 되었다. 양자의 조화 조정이 잘 안 되면 어려운 상황이 오곤 하였다. 주변 정세가 격변하는 가운데, 우리의 국가와 문명이 살아남기 위해서는 이 조정을 잘 해야만 하였다.

이러한 사정은 일견 정치적으로 평온이 유지되고, 활력이 없는 침체된 역사발전과 같이 보이기도 한다. 그러나 그러면서도 그 역사는 내적으로, 산업이 발달하고 모순구조의 조성과 진통이 거듭되며, 당쟁黨爭·반정反正(쿠데타) 등 정권교체의 시도도 수시로 발생하는, 지극히 정상적인 인간사회의 발전이었다. 물론 이도 쉬운 일은 아니었다. 이는 체제를 유지하려는 집권세력이 다수이고, 국가경영을 위한 정치사상·국정교학國定敎學이 거대하며, 민을 지배하는 통치사상이 강대하였던 탓이라고 생각된다.

이 시기 조선왕조의 정치가, 그 민 백성을 편하게 살 수 있고 최소한으로나마 경제생활을 보장해 준다면, 그들이 구태여 왕조교체 역성혁명을 바랄 필요는 없었다. 그렇지 못할 경우 그들은 당시의 집권세력을 축출하는 정도의 반정으로서도 족하였다. 건전한 정치발전을 위해서는 당쟁도 필요하였다. 당쟁은 의회정치로 가는 한 과정으로 살려나갈 수 있기 때문이다. 다만, 이 경우에는 정치사상에 변화가 수반되지 않으면 안 되었다.

그러한 점에서 조선왕조는 그 정치·경제·사회체제가 바로 세워지고, 그 신료들이 정치를 바르게 하고 민 백성을 위한 정치를 하며, 사회 내부에 큰 모순 갈등이 조성되지 않도록 하는 한, 그 왕조체제를 유지하는 데 문제될 것이 없어 보였다.

조선왕조의 정치구도, 즉 왕권·신권·백성 등의 정치 사회세력이 하나의 국가를 형성하고 있는 구도 속에서, 그러한 문제를 조정해 나갈 수 있는 것은, 변화를 주도할 수 있는 정치사상과 그 정치세력 및 뛰어난 참모를 거느린 능력 있는 국왕권력이었다. 사회는 역사와 더불어 변하고 있으므로, 국가는 이를 누르고 통제하는 것만으로서, 자신을 유지할 수 있는 것이 아니었다.

둘째, 그러나 이 시기, 즉, 조선후기~말기에는 그러한 평온은 기대할 수 없었다. 무엇보다도 국정교학 유교사상 안에서, 고전유학과 주자학의 균형이 무너지고, 주자학이 강성해지고 있었다. 이에 대응할 수 있는 정치사상 견제세력이 정계에서 배제되고 구축되고 있었다. 지배층 내에서 사상투쟁-당쟁이 격렬하게 전개되고, 신료들의 바른 정치는 실종되었으며, 지배층의 수탈이 도를 넘는 가운데, 민 백성은 사란思亂을 꾀하게 되었다. 이를 계기로 외세침략도 노골화하였다.

이는 조선왕조 체제의 말기적 현상으로서, 국가가 국권을 유지하기 위해서는, 이러한 큰 혼란과 위기상황을 타개하지 않으면 아니 되었나. 그 방법은 분명하였다. 이 상황은 변화를 요구하는 상황이므로, 변화를 추구하는 탁월한 정치역량을 갖춘 정치가와 현명한 군주의 등장이 요구되었다. 최소한 부패세력을 일소하는 정권교체·반정만이라도 필요하였다. 그리고 이 정국을 포괄적으로 이끌어나갈 대大타협의 변혁적 정치사상이 요청되었다.

그러나 이 시기의 국왕 정치인들은 민 백성의 사란의식을 제대로 인식하지 못하였고, 뿐만 아니라 그것을 외세를 끌어들여 진압하는 과오까지도 범하고 있었다. 민 백성의 항쟁을 기회로, 그것을 국민통합 근대민족 형성이라고 하는 전향적 방향으로 활용하지 못하고 있었다. 국왕에게는 그의 신료와 민 백성을 동격으로 다루고 이들을 조정할 수 있는 식견과 지혜가 부족하였다. 난세를 돌파할 수 있는 지략이 뛰어난 책사 참모도 거느리지 못하였다.

그러므로 그들은 외세를 통해서 민 백성과의 항쟁에서 승리할 수는 있었으나, 그것은 외세에게 국권을 내주는 계기를 마련하는 바가 되지 않을 수 없었다. 수백 년의 정치적 경험을 쌓은 조선왕조의 정치인들이 어찌하여 이렇게 되었는가?

셋째, 그 원인은, 이 시기의 정치사상 국정교학의 융통성이 부족한 성격과, 깊은 관련이 있었던 것으로 이해된다. 중세의 유교 정치사상, 특히 주자학은 그 특징이 사회를 상하관계로 질서화하고 지배층이 백성을 교화하고 지배하는 체제유지의 사상이었다. 그것은 지배층 위주의 정치사상이며 통치자의 백성지배를 위한 사상이었다. 조선시기에는 그 같은 사상을 고전유학과 더불어 조화를 이루며 국정교학으로 삼았고, 식자들은 그 사상의 가르침을 그대로 따랐다.

그러므로 처음에는 그 정치사상이 국가의 체제와 사회질서를 확립하는 데 큰 기여를 하였다. 조선왕조는 바로 이 정치사상에 의해서 국가기반이 확립되고, 그 뒤에는 그 체제를 유지할 수 있었던 것이라고 해도 좋겠다. 농정이념도 이로써 확립하고 이끌어 나갔으며, 부족한 부분은 고전유학의 정신으로 이를 보완하고 있었다.

그러나 현실 사회는 변동 발전하는데, 그 사상은 그대로 지속되고 있었으므로, 그 사상이 변동 발전하는 역사 속에서 수백 년씩 지도이념으로서 유효하기는 어려웠다. 이럴 경우에는 그 정치사상 쪽에도 자기 변신이 있어야만 하였다. 국가와 사회를 이끄는 정치 사회사상은, 최소한 그 시대 그 사회의 발전정도 발전수준에 상응하거나, 앞서가는 것이 되어야만 하기 때문이다.

하지만 이 시기의 국가와 지배층은, 사회가 발전하는 데 따라 요청되는, 지배층과 민 백성이 공유할 수 있고 평등을 지향하는 새로운 정치사상을 수용하거나, 그러한 정치사상을 권위 있는 국가기관을 통해 공적으로 연구함으로써, 변화하는 시대에 대응할 수 있는 정치사상을 창조하여 정착시키고 있지 못하였다. 그러므로 후대로 내려오면 올수록 정부지배층의 정치이념과 사란을 쇠하는 민 백성의 사회의식은 평행선을 달릴 수밖에 없었다.

넷째, 물론 변화가 전혀 없었던 것은 아니었다. 조선후기로 넘어오면서 국왕(선조宣祖)은 자경농민自耕農民을 중심으로 한 농업재건을 구상하고, 18, 19세기에는 사회모순 사회변동에 따라 유교사상의 고전유학 양명학의 이념에 기초하여 민民의 입장에서 현실의 사회모순을 타개하고, 왕권과 민을 결합하는 가운데 평등사회를 지향하는 국가개혁 사회개혁을 추구하는 사람들이 등장하고 있었다. 그러나 그들은 그 사상을 펴나갈 만한 위치에 있지 못하였다.

집권세력 내부에도, 민民·백성百姓·민국民國의 중요성을 강조하고 국가권력을 민과 결합시키려는 경향이 늘어났으며, 주자학에서 이탈하는 주자학자도 있었다. 정부의 사회정책에 민의 권리를 인정하려는 정책이 더러 법제화되고, 신분제의 부분적 해체를 추구하는 경향도 늘어났다. 그러나 그것도 전통적 정치사상 안에서의 일이었으며, 진보적 지식인의 개혁사상까지 수렴하여, 이를 새로운 정치사상 새로운 국가론으로까지 재창출시키고 있는 것은 아니었다.

이 시기의 국가와 정치인들은 국권유지를 강조하기는 하였으나, 그 방법을 사회 내부의 모순구조를 타개하는 가운데, 민의 고양된 힘을 통해서, 사민평등四民平等의 근대민족近代民族을 형성하고자 하는 탄력성 있는 정책은 생각지 못하고 있었다. 종래의 정치사상의 한계를 인식하고, 이를 새로운 정치사상으로, 재창조할 것에 대해서는 더욱 그러하였다. 구舊 정치사상(주자학)의 거대함에 눌려, 그러한 발상을 하는 사람은 극히 적었다.

그들은 시효가 지난 12~13세기 중국 남송의 정치사상, 남송 자신의 혼란도 수습하지 못한 정치사상으로서, 18~19세기 조선사회의 모순을 해결하고 체제를 유지하려 하고 있었다. 그들은 서양사상이 들어오기 전에, 그것을 현실 타개를 위한 정치사상으로 융통성 있게 조율하지 못하였으며, 천년 이천년 지속해온 문명전환 문명수용의 취지를 살리지 못하고, 지난 시기의 중국사상의 가치만을 절대시하고 존중하고 있었다. 그것은 거의 중독中毒이었다.

다섯째, 이는 그 근본 원인이 어디에 있었는가? 이는 이 시기 조선왕조의 학술 문화정책의 획일성에서 연유하는 것이기도 하고, 국가와 학자들이 중국으로부터 받아들인 주자학 사상을, 절대적으로 신봉하고 따르기만 하는 학문적 자세에서도 말미암은 것이었다고 하겠다. 조선왕조의 학술·문화정책은 중국 문명을 배우고 수용하는 것을 학문이라 생각하였고, 자기 자신의 고유문명 정체성을 살려나가는, 새로운 정치사상을 스스로 연구 개발할 것은 생각지도 못하고 있었다.

그러힌 정치사상을 창출할 수 있는 소지는, 가령 세종조나 정조조의 정치에서 볼 수 있었듯이, 정치적 결단이 어려울 때 국왕이 구언교求言敎를 내리고 여론조사를 하는 관행으로서, 이미 조선왕조의 정치운영 속에 내재하고 있었다. 그리고 국왕이 정치를 잘못하여 민이 굶주리게 되었을 때는, 부족집단의 장들이 회의를 통해 그 왕에게 책임을 묻고 그를 교체하고 있었던 정치관행도, 이미 조선시기의 반정反正관행에 앞서, 고조선 이래의 역사적 전통으로서 잘 알려지고 있었다.

이때에는 이러한 전통적 정치관행이, 우리의 고유한 정치사상으로서 의회정치의 사상으로 재창조되고, 새로운 시대를 이끌어나갈 근대 정치사상이 될 만도 하였다. 그러나 조선왕조와 그 정치인·철학자·지식인들은 그렇게 하지 못하였다. 문명전환 이후 조선왕조 초기까지는 그래도 우리 자신의 정체성을 지키려고 노력하였으나, 그 뒤 중국문명을 대폭으로 받아들이면서는 문명전환의 목표 의미는 실종되고, 그 사상에 도취하고 그 사상을 예찬하고만 있었다.

그 후 시간이 많이 흐르고 민 백성의 저항을 호되게 치른 뒤에야, 그리고 서울시민의 근대화운동에 직면하고서야, 국가는 겨우 전통적 정치사상의 바탕 위에, 민권사상까지도 포함한 서양사상을 수용하고 참작하는 가운데, 정치사상의 변화를 시도하였다. 그러나 정치개혁 사회개혁은 적시에 수행해야 목적을 달성할 수 있는 것이다. 이때 조선왕조의 개혁의 시도는, 그 시기가 너무나 늦었고, 그런 점에서 효과를 거두기 어려웠다.

한말에 있었던 왕실 주도 정부 주도의 정치개혁 근대화 과정은, 그러한 제한된 범위 안에서 진행되는 것이었다. 그러므로 이때 조선왕조 대한제국과 그 정치인들이 수행하는, 정치개혁 사회개혁에는 한계가 있을 수밖에 없었다. 그들은 제국주의 열강의 침략 앞에서, 시대상황은 급한데, 그 개혁의 방략이 적절하지 못하였고 신념도 부족한 가운데 더디기만 하였다.

  이러한 점에서, 조선왕조는 중국문명을 수용하고 배우는 데
서 한때 발전할 수 있었으나, 그것을 과도하게 섭취하고 자신
의 정체성마저 잃는 가운데, 마침내는 방향감각을 상실하고, 중
국사상의 대해大海 속에서 그리고 격동하는 세계사의 흐름 속
에서 표류하게 되었던 것이라고 하겠다. 한 나라의 학술 문화
정책은, 남의 것을 부러워하기만 하여서는 아니 되고, 자신의
정체성 장점을 개발 육성해나가는 자주성이 있어야 하는 것이
라고 생각하였다.

제 III 편

농업사에 관한 자료를 찾아서
; 농서

역사학은 자료를 통해서 인간사회의 정치·경제·사회·사상 따라서 국가체제 전반의 발전과정을 추구하고 정리하는 학문이다. 그러므로 역사연구는 자료와 더불어 진행되는 학문이며, 자료가 없으면 그 발전과정을 추적하기 어려운 학문이다. 그럴 경우에는 자료가 발견될 때까지 기다리거나, 아니면 필요한 자료를 찾아 나서야 한다. 역사학에서는 자료가 많아도 문제이다. 그럴 경우에는 그 자료에 대한 사료가치 사료로서의 진위와 신빙성 여부가 문제된다.

그러므로 역사학에서는 자료 선정이 중요한 문제가 된다. 특히 역사 일반에 관한 문제가 아니라, 특정 분야의 문제를 주제로 다루고 있는 연구에서는, 연대기적인 일반자료로서는 해결이 안 되기도 한다. 그럴 경우에는 일반자료 외에도, 연구주제와 직접 관련되는, 근본자료 일차사료를 더 중요시하고 요구하게 된다. 그러한 점에서 예나 지금이나, 역사적인 문제에 관하여 그 주제를 해명하고자 하는 학자들은, 누구나 그것에 가장 가깝고 적합한 자료를 수집하고 이용하려고 노력한다.

이 제Ⅲ편에서는 나의 연구주제, 즉 농업사 연구를 위한 자

료 수집을, 먼저 농서農書에 관하여 회상되는 대로 언급하기로
하겠다. 농업사 가운데서도 정치·경제·사회·사상과 관련되는
자료는, 그 대부분이 규장각도서나 각 대학의 고도서를 이용하
는 것으로서 해결되었지만, 그렇지 못한 자료는 수집을 위해서
공을 들이지 않으면 아니 되었다. 이곳에서는 그 가운데서도
중요하게 생각되는 문제를 몇 계통으로 정리해 보았다.

　이 같은 작업을 위해서는 기억력에 의존해야 하는 어려움이
있지만, 나는 노년기에 들면서 근 10여 년간 나 자신의 농업사
연구에 관한 저작집을 편찬하는 일에 종사하였으므로, 나의 기
억에 젊은 시절의 연구과정이 재생되어 있어서 이를 어렵지 않
게 정리할 수 있었다.

　제4장에서는, 나의 연구주제가 우리의 역사 농업사 연구이었
으므로, 무엇보다 먼저 알아야 할 일은, 지난 세월에 우리의 조
상들은 우리의 농업에 관하여 어떠한 농서를 편찬하였고, 이를
통해서 그 농업을 어떻게 발전시키려 하였는지부터 확인해야
했다. 그래서 농서를 수집하는 일은 평생의 관심사가 되었다.
그러므로 여기서는 그 수집과정을 회상되는 대로 포괄적으로
정리해보았다.

　농사하는 일은 농민들이 다 잘 아는데, 농서는 무슨 필요가
있었겠는가 하는 사람도 있을 수 있지만, 역사적 사실은 그렇
지가 않았다. 전근대 사회에서는, 어느 시기에나 농업은 국가의
경제기반 민의 양식자원이 되는 중요한 산업이었으므로, 국가

는 농서를 이용하여 권농정책을 펴고 농업을 개발 발전시키지 않으면 안 되었다. 그러므로 나의 연구도 우리의 옛 농서를 확인하고 수집하는 데서부터 시작하지 않으면 아니 되었다.

그동안 국가가 외세의 침략을 받지 않고 정상적으로 유지되었다면, 이러한 자료들은 그 전문기관에 잘 보존되어 있겠지만, 그러나 현실은 그렇지가 못하였으므로, 지금 우리들은 그 일까지도 수행하지 않으면 안 되게 되었다. 옛 농서의 수집 정리는 농업사 연구 전체의 기초 작업이 되며, 따라서 이것이 확인되지 않으면, 농업사 연구는 일면적인 것이 될 수밖에 없을 것이라고 생각하며 작업을 하였다.

제5장에서는, 조선의 학자들이 중국농서를 수집하노라고 노력하던 문제, 특히 조선 수전水田농업의 발전 농법전환과 깊은 관련이 있고 많은 영향을 주고 있어서, 나의 평소의 연구에서 주목하였던 일련의 역사적 사실을 회상하며 정리하였다. 중국 농서 일반의 수집에 관해서는 앞에서 이미 언급하였으므로(본서 제Ⅰ부 제2장), 이곳에서는 원元·명明시기의 중국농서로서, 특히 조선의 농법전환(직파농법에서 이앙농법으로) 문제와 깊은 관련이 있는 자료를 다루었다. 그러므로 여기서는 중국농서와 조선농서를 두루 언급하게 되었다.

제6장에서는, 제4장의 여러 농서들 가운데서도 우리 수도작 水稻作의 전통적 고유농법 ― 직파直播에 의한 건답乾畓 건파乾播

재배법과 윤답輪畓 회환回換농법 — 에 관해서는, 어떠한 자료가
남아 있을까 하는 것이 궁금하였고 관심사여서 이를 정리하였
다.

　나는 수도작의 발전과정을 주로는 문명전환 농법전환 — 직
파법에서 이앙법으로 — 과도 관련, 이앙법을 중심으로 그 변동
발전하는 사정을 연구하였다. 그러면서도 나는 다른 한편으로
우리의 전통적인 농법에 대해서도 관심을 놓칠 수가 없었다.
우리 벼농사의 역사적 특징은, 시대를 거슬러 올라가면 갈수록,
바로 그 고유농법 전통적인 농법에 있을 것이기 때문이었다.
그리고 벼농사 일반을 말한다면 중국이나 조선의 그것이 크게
다르지 않기 때문이었다.

　제7장에서는, 특히 농업노동 계층에 관하여 정리하였다. 조
선시기에는 많은 경우 농업생산의 주체가 되지 못하면서도, 타
인을 위하여 많은 농업생산을 담당해야 하는 용작인傭作人 계
층, 그 가운데서도 고공雇工과 고지노동자雇只勞動者 계층이 있
었는데, 이들에 관하여는 어떠한 농서 어떠한 자료가 남아 있
을까 하여 이를 추적하였던 일이 있으므로 이를 정리하였다.

　고공雇工에 관해서는 고공 자체에 대한 자료는 아니었지만,
《고공가雇工歌》라고 하는 일종의 권농가勸農歌로서의 특수농서
가 있어서, 이를 중심으로 한 이 시기의 농업생산 체제를 대립
구도로서 살필 수 있었다.

　그리고 고지노동雇只勞動에 관해서는 이 문제를 다룬 농서를

찾기 어려웠으나, 《산림경제山林經濟(보설補說)》을 통해서 용작지법傭作之法을 발견함으로써, 그 실체를 확인하고 농업생산에 관한 자료로서 이용할 수 있었다. 고지노동은 그 성격이 근대적인 노동제도와 같다는 점에서, 일제하에는 이 제도의 기원을 일제의 침략 영향 아래서의 일일 것으로 보고, 조선시기 발생설을 애써 부정하는 학자가 있었던 농업관행이었다.

제4장 조선의 옛 농서를 찾아서

1. 1960년대 연구에서 옛 농서 이용을 시작

나의 농업사 연구는 그 다루는 주제의 범위가 넓었고, 따라서 연구의 순서는 농업사에서도 가장 중심이 되는 문제, 자료가 입수되는 문제로부터 시작하였다. 그런 가운데 나는 1960년대에는 주로 농민경제·농촌사회 변동의 실태 및 농업생산력의 발전문제를 다루었다. 전자에서는 양안量案·호적대장戶籍臺帳 등을 주 자료로 써 분석 이용하였고(《朝鮮後期農業史硏究》Ⅰ), 후자에서는 《조선왕조실록》《일성록日省錄》《비변사등록備邊司謄錄》 기타 여러 가지 자료를, 그때까지 공개되었거나 간행된 여러 옛 농서와 대조함으로써, 문제를 풀어나갔다(《朝鮮後期農業史硏究》Ⅱ).

농업생산력의 발전문제는 여러 가지가 논의되어야 하겠지만,

이때 내가 주목한 것은, 수전농업의 경종법耕種法이 직파농법 중심에서 이앙법 중심으로 변동 보급되어 나가고 있는 현상이었다. 나는《농사직설》의 벼농사의 경종법이 어떠한 것이었음을 잘 알고 있었으므로(이 농서에서는 벼농사는 직파로 하되 "유수경有水耕 유건경有乾耕"하고, 이앙은 "우유삽종又有揷種"이라고 표현하였다), 이러한 전환에 큰 흥미와 긴장을 느끼면서, 여러 계통의 서적에서 이앙법에 관한 자료를 발췌하고, 이를 중심으로 3편의 논문을 작성하였다.

. 그리고 좀 뒤에는 한전旱田농업의 경종법耕種法을 견종법畎種法의 보급을 중심으로 살폈으며, 이러한 농법 변동들과 관련해서는 농업경영에도 변동이 일어나고 있었음을 고찰하였다. 그리고 1980년대에 들어와서는 한전농업에 관하여 2편의 논문을 더 작성하여 추가하였다.

여기서 언급하고자 하는 것은 1960년대의 사정이므로, 이때 내가 옛 농서를 이용하여 연구한, 농업생산 관계 논문의 제목을 열거하면 다음과 같다(《朝鮮後期農業史硏究 ― 農業變動·農學思潮 ―》, 1971, 일조각).

朝鮮後期의 水稻作技術 ― 移秧法의 普及에 대하여 ―, 1964

朝鮮後期의 水稻作技術 ― 稻·麥 二毛作의 普及에 대하여 ―, 1964

朝鮮後期의 水稻作技術 ― 移秧과 水利問題 ―, 1965

朝鮮後期의 田作技術 ― 畎種法의 普及에 대하여 ―, 1969

朝鮮後期의 經營型富農과 商業的農業, 1969 초고

이때의 연구에서 내가 참고한 이미 간행된 옛 농서는, 수도 작기술의 이앙법을 연구할 때까지는,《북학의北學議》가 국사편 찬위원회 발행의 한국사료총서 제12 《정유집貞蕤集》의 부록으로 간행되고(1961), 《성소부부고惺所覆瓿藁》(《한정록閑情錄》 포함)가 성균관대학교 대동문화연구원에서 간행되었을 뿐(1961), 다른 농서들은 아직 간행된 것이 없었다. 나는 고서古書 그대로를 살피지 않으면 안 되었다.

서울대학교 고전간행회에서 《임원십육지林園十六志》를 전 6권의 현대식 양장본으로 영인 간행하고(1966), 경희출판사에서 《연암집燕巖集》의 일부로 《과농소초課農小抄》를 간행한 것은 (1966) 그 뒤의 일이었다. 물론 이 《연암집》은 일제하(1932)에 단권의 문집으로 간행되었던 것을 다시 영인한 것이다. 그리고 소계학인小溪學人이 해제를 한,《색경穡經》이 80부 한정의 등사 판본으로 고서점에 선을 보인 것도 이 무렵이었다(1967). 명지 대학교 한국전통문화연구소에서 《농가월령가》를 영인 출판하고(1970), 경인문화사에서 《산림경제山林經濟》를 영인 출판한 것은 더 뒤의 일이었다(1973). 그러므로 이때의 나의 연구는 구식 작업으로 힘들게 진행하지 않으면 안 되었다.

그러나 그러면서도 나는 이때 이들 작업을 통해서, 앞에서 언급한 바 사회변동 문제와도 아울러, 우리 농업의 변동 발전 과정에 대한 밝은 전망을 가질 수 있게 되었다. 그리고 이러한 농서를 한 20종 또는 30종쯤 발굴해서, 이를 시대를 따라 그 농업기술 농학사상의 흐름을 정리하면, 막연하게나마 생각만

해오던 농학의 발달, 농학사 연구도 그 체계화가 가능할 수 있 겠구나 생각하였다. 자료도 속속 간행되는 추세였으므로 앞으 로는 자료 때문에 고생하는 일도 적어질 것으로 예상했다.

그래서 나는 이때 이를, 꿈같은 이야기였지만, 현실 농업 농 촌을 연구하는 문제와는 별도로, 옛 농서 자체를 자료로 삼아 이를 분석 종합함으로써, 전근대사회의 농학農學사상 농정農政 사상의 발달과정을 추구하는 '농학사 연구農學史研究'를 계획하 고 구상하게 되었다. 그리고 이 작업을 위해서 필요한 부수되 는 연구도 진행시켜나갔다.

2. 옛 농서의 수집 과정

그러므로 그 뒤 나는 옛 농서를 발굴 정리하는 일이 시급하다 고 생각하고, 오랜 세월에 걸쳐 이에 유의하며 작업을 하였다.

농서는 시기를 따라 구분하고(Ⅰ~Ⅴ), 그 발굴 정리과정은 나의 농서 농학사 연구의 진전과 더불어 단계를 구분하였다 (1970 〈朝鮮後期 農學의 發達〉, 1981 〈農書小史〉, 1988·2009 《朝鮮後期 農學史研究》). 아래에 제시한 〈농서일람〉은 그것이다.

다만, 고려말년과 조선전기에는, 이들 농서 외에도 중국농서 로서 복각 이용된 농서가 더 있었지만(《농상집요農桑輯要》《사시 찬요四時纂要》 등), 이는 중국농서 그대로이므로 이 일람에 포함 시키지 않았다.

〈농서일람〉

농서 번호	농서명	1. 농학의 발달 1970	2. 농서소사 1981	3. 농학사 연구 1988	2009
Ⅰ 1	《農書》				▲
2	《農書輯要》			◆	
3	《農事直說》	★	●		
4	《衿陽雜錄》	★	●		
5	《四時纂要抄》		●		
6	《農事直說補》				▲
Ⅱ 7	《雇工歌》			◆	
8	《閑情錄》治農編	★	●		
9	《農家月令》			◆	
10	《農家集成》 (《農事直說》《衿陽 雜錄》《四時纂要抄》 朱子〈勸農文〉)	★	●		
11	《東方農事集成》				▲
Ⅲ 12	《穡經》	★	●		
13	《穡經增集》			◆	
14	《山林經濟》	★	●		
15	《山林經濟補》			◆	
16	《增補山林經濟》	★	●		
17	《山林經濟(補說)》			◆	

18《攷事新書》 農圃·牧羊門	★	●	
19《本史》			◆
20《厚生錄》			◆
21《民天集說》			◆
Ⅳ 22《應旨進農書》	★	●	
23《北學議》	★	●	
24《課農小抄》	★	●	
25《海東農書》	★	●	
26《千一錄》		●	
27《農書纂要》			◆
Ⅴ 28《農策 應旨論農政疏 田論 經世遺表 牧民心書》	★	●	
29《農對 淳昌郡守應旨疏 杏蒲志 林園經濟志 擬上經界策 種藷譜》	★	○	
30《農政要志》			◆
31《農政會要》		●	
32《農家月令歌》			◆
33《山林經濟補遺》			◆
34 洪吉周《農書》			▲
35《農政纂要》			◆

* 확인된 농서는 혼동을 피하기 위하여, 단계별로 기호의 모양을 달리했다.

3. 옛 농서의 연구와 정리

1) 1970년의 〈朝鮮後期 農學의 發達〉

1960년대 우리 사회에는, 4·19, 5·16, 한일회담 등 정치적으로 큰 소용돌이가 있었으며, 이는 학계에도 적지 않은 충격을 주고 있었다. 특히 한일회담의 진행은, 새삼 역사학자들에게 일제 침략의 망령을 상기시켰고, 그들의 새로운 형태의 내습에 대비해야 한다는 분위기와 여론을 일게 하였다. 남북분단이 더 고착화하고 통일이 더 멀어질 것이라고도 전망하였다. 학자들은 학회 단위 또는 개인적으로, 한일회담에 반대하는 성명을 내기도 하고 글을 쓰기도 하였다. 학계는 분열되고 학회는 재편성되었다.

이런 가운데 한국 사학자들은 시국 진전의 추세로 보아, 앞으로 우리의 학문은 결국 일본과도 다시 교류하는 가운데 연구하게 될 것으로 판단했으며, 그러한 새로운 시대에 우리의 연구가 일본의 그것에 종속되어서는 안 된다고 생각하였다.

물론 일제의 침략 지배 아래, 우리는 정상적으로 대학교육을 받지 못하였고 많은 역사학자를 양성하지 못하였으므로, 우리 역사학이 질과 양 공히 일본의 그것에 미치지 못하는 것은 사실이었다. 그리고 그때까지도 그 문화에 많은 영향을 받고 있는 것도 사실이었다. 그렇지만 앞으로 다시 과거와 같은 사태를 되풀이해서는 안 된다고 생각하였다.

이러한 실정을 극복하기 위해서는 역사학자와 역사연구의

인력을 더욱 많이 양성 확보하고, 기성의 역사학자들이 과거
제국주의 국가에게서 받은 식민주의 역사관을 청산하는 가운
데, 바른 연구를 활성화하며, 일제 관학자들이 왜곡한 우리 역
사의 체계를 바로 세워야 할 것으로 생각하였다.

　그리하여 서울대학에서는 사학과를 국사학과·동양사학과·서
양사학과의 3과로 분과 설치하고, '한국문화연구소韓國文化硏究
所'도 설치하는 가운데(1969, 소장 한우근 교수) 계획적인 연구사
업을 하게 되었다. 그 연구사업은 제1차년도의 사업이 1969년
도부터 시작되었는데, 이때 나에게는 그간 숙제로만 미루어오
던, 옛 농서의 분석을 통한 농학사상의 발달 농학사農學史에 관
한 연구를 수행하도록 위촉되었다.

　그러나 이때 이 연구소의 연구계획은, 1년 동안의 단기간에
한 편의 연구주제를 완결해야 하는, 일반 연구비 지원에서와
같은 것이었다. 그러므로 나의 농학사 연구의 구상도 이 계획
에 맞추어 축소되지 않으면 안 되었다. 나는 그것을 17세기에
서 19세기(개항)에 이르는 시기를 연구대상 기간으로 정하고,
이 기간에 편찬된 농서를 중심으로 그 농학이 이 시기의 사회
변동 실학사상과 어떻게 관련되면서, 단계적으로 발전하고 있
었는지를 시대사조로서 파악하는 데 그치기로 하였다. 그리고
그 결과는 작은 논문책자〈朝鮮後期 農學의 發達〉(1970)로 정
리될 수 있었다. 더 많은 자료를 발굴하여, 더 충실한 내용의
두툼한 저술을 내는 문제는, 후일로 미루는 수밖에 없었다.

　이때의 연구성과는 작은 책자로 묶었지만, 이용한 농서는 위

의 〈농서일람〉에서, ★표로 표시한 제1단계 연구에서의 여러 농서이었다.

이러한 옛 농서를 이용하는데서 특히 기억되는 것은 두 가지가 있는데, 그 하나는 농서번호 22의 《응지진농서應旨進農書》를 발굴하여 활용한 점이었다. 국왕 정조正祖가 그의 말년에 농업문제 타개를 위해서, 정부관료 농촌지식인들에게 그 방안 여론을 물은 데 대하여, 그들이 응지상소應旨上疏한 방략들이었다. 정조는 의욕적으로 여론을 조사하기는 하였으나, 그것은 그의 정치생명을 건, 따라서 조선의 운명을 또한 결정하는 사업일 수 있었으므로, 그가 이를 마무리하지 못하고 사망한 것은 새삼 안타까운 일이었다.

다른 하나는 이 무렵의 나의 연구는, 농학을 농업기술로서만 고찰하는 단선적인 작업에 그치지 않고, 이와 관련되는 **농업경영, 농정문제, 농업개혁**의 연구도 하나의 구도 속에서 진행시키고 있었다는 점이다(앞에 제시한 경영형부농, 1969稿, 1971刊. 및 18, 19세기의 농업실정과 새로운 농업경영론, 1972刊). 나로서는 농업사가 농업체제의 역사이고 발전과정이듯이, 그 안에서의 농학農學은 농업기술 농업생산학으로서의 농학만으로 그쳐서는 아니 되며, 그것을 포함한 농업체제의 학으로써 체계화해야 할 것으로 보는 것이었다.

이러힌 관짐에서, 이때는 나의 농학사 연구의 방향 성격이 구체화하는 시기였다고 하겠다.

2) 1981년의 〈農書小史〉─《農書》解題에 부쳐서─

농학사를 본격적으로 연구하기 위해서는 옛 농서의 발굴을 더 열심히 할 필요가 있었다. 그러나 박봉의 교수들이 옛 농서 특히 귀중본을 구입한다는 것은 바랄 수 없는 일이었다. 옛 농서가 어디에 소장되어 있는가를 확인하거나, 학술계·문화계·출판계·영인업계의 동향을 살피는 가운데, 새로이 발굴되는 바가 있으면 이를 구입하여 참고하는 것이 고작이었다. 그러므로 옛 농서의 수집과정은 시간이 많이 걸렸다.

다행히 그 뒤 1970년대 1980년대에는 학계의 우리 문화 연구 진흥의 분위기와도 관련, 우리의 고도서를 영인 출판하거나 번역 출판하는 기관이 늘어나고 있었다. 그런 가운데 옛 농서가 간행되는 바도 활발해지고 있어서 나의 자료 수집도 훨씬 쉬워졌다.

영인출판업계가 활발해지고 많은 고서들이 양장본으로 영인 제본되어 학자들에게 주문 판매되었다. 출판업은 기업으로서 작은 시장 안에서 그들 상호간의 경쟁도 치열해졌다. 영인출판물은 사의 규모에 따라, 일서日書 중국서中國書 우리의 북쪽 학계의 출판물 그리고 우리의 고전 등 다양하였다. 이런 분위기 속에 몇몇 인사들은, 영리를 떠난 문화사업으로서 회사를 설립하고, 활발하게 사업을 하였다.

그런 가운데 우리의 고전古典을 기획적·조직적·대대적으로 영인 출판하는 기관이 출현하게 되었다. 1972년에 설립된 아세아문화사亞細亞文化社(사장 이창세 선생)는 그 하나였다. 이 회사는 처음에는 작은 출판사로 출발하였으나 점차 그 규모가 커졌고, 순 학구적인 우리의 고전을 발굴·영인·보급함으로써, 학계에 기여할 것을 회사의 목표 사시社是로 내세우게 되었다.

대학교수들을 영입하여 각 전문분야별 편집위원으로 위촉하였으며, 그들로 하여금 회의를 통해 그 분야의 사업계획을 짜도록 의뢰하였다. 학계에서는 대환영이었으나, 이 어려운 때에 이 같은 사업을 하는 독지가도 있구나 하고 의아해 하였다.

여러 전문분야가 있는 가운데, 1978년에는 '한국근세사회경제사료총서韓國近世社會經濟史料叢書'의 연차발간 계획이 세워지고, 그 분야에는 강만길·정석종·정창렬 교수가 편집위원으로 위촉되었다. 동 위원회에서는 사회경제 관계자료 16개종을 간행할 도서로 선정하였다. 파격적인 계획이었다. 그 선정도서 가운데는 옛 농서도 포함되었다(《韓國學文獻硏究의 現況과 展望》, 1983, 亞細亞文化社).

이창세 사장은 나에게도, 아세아문화사의 사업 취지를 설명하고, 옛 농서의 선정과 그 해제를 써줄 것을 요청했다. 편집의 실무는 그때 대학원생이었던 임병훈 교수가 맡도록 위촉되었다. 이 같은 자료정리의 사업은 학술발전을 위해서 필요한 일이고, 후진들의 연구를 위해서 반드시 있어야 할 일이었으나, 이를 학자들이 직접 할 수 있는 일은 아니었다. 그러므로 나는 이창세 사장의 사업계획에 찬동하였고, 새로 편찬될 《농서農書》(이것만으로도 총서였다)에 대한 해제 집필의 요청을 수락하였다. 앞에 제시한 2)의 '1981년의 〈農書小史〉─《農書》解題

에 부쳐서'는 이렇게 해서 쓰여지게 되었다.

옛 농서의 선정은 그때까지 필자가 참고하고, 공공기관에 소장되어 있어서 세상에 널리 알려진 것을 우선으로 하였다. 이 방면 연구에서는 귀한 자료이면서도 여러 기관에 분산되어 있어서, 연구하는 사람이 이를 참고하려면 일일이 찾아다녀야 하는 불편함을, 이 《농서》(총서)에 모음으로써 연구자에게 도움이 되게 할 것을 목표로 하였다. 이 밖에 옛 농서는 개인이나 기관이 소장한, 조선초기의 《농사직설》《금양잡록》 등 귀중본이 있지만, 이는 이 두 농서를 《농사직설》의 이름으로 합간合刊한 선조 14년(만력 9년, 1581)의 내사본으로써 대신하였다. 출판사가 아쉬운 부탁을 하지 않아도 되었기 때문이다.

이렇게 해서 영인 간행할 수 있었던 옛 농서는, 위 〈농서일람〉에 제2단계 자료정리로 기술한 〈농서소사〉 가운데, ●표로 표시한 여러 농서들이었다. '한국근세사회경제사료총서'로서 기본이 되는 것은 다 모을 수가 있었다고 생각하였다. 농서는 이것이 전부가 아니지만, 이는 앞으로 더 수집하여, 2차 3차로 간행하면 될 것으로 생각하였다.

그러나 이 〈농서일람〉에 의해서 영인 사업을 추진하던, 아세아문화사의 《농서》(총서) 간행계획은, 순탄하게만 진행되지 않았다. 큰 차질을 맞게 되었다. 그것은 이 사료총서가 다 간행되기도 전에, 이 총서의 핵심이라고 할 수 있는, ○표의 《임원경제지》만을 《풍석전집楓石全集》과 함께, 모 문화사가 호화판으로 영인 출판하여 판매하게 된 까닭이었다. 두 회사는 서로 잘 아는 사이이고,《농서》(총서)의 간행계획을 세울 때는 서로 의논이 있었던 것으로 알고 있는데, 이렇게 되고 있었다.

옛 농서를 총서로서 가질 수 있기를 기대했던 학계는 어이가 없어했다. 해제를 쓴 사람으로서는 아쉽기 한이 없었다. 아세아 문화사로서는 이 문제를 장기적 안목으로 대책을 세우지 않으면 아니 되었다. 그동안에 같은《임원경제지》라도, 뜻있는 선본善本을 발굴하여 간행하면, 그 또한 의미 있는 일이 될 것이라고 생각하였다.

3) 1988 · 2009년의《朝鮮後期農學史硏究》

이 일이 있은 뒤 나는 유럽에 1년간 출장연구를 다녀왔다. 그곳에서 나의 농업사 연구 농학사 연구와 관련되는 우리농서 중국농서에 관한 많은 자료를 수집하였다. 돌아와서도 계속 자료를 수집하는 가운데, 농서 농학의 발전과정을 추구하는 글을 부지런히 썼다. 그리하여 1970년의〈朝鮮後期 農學의 發達〉을 확대 발전시켜, 1988년에는《朝鮮後期農學史硏究》(일조각)를 간행하였고, 2009년에는 이를 더욱 신정 증보하여 저작집본 《朝鮮後期農學史硏究》(지식산업사)로 간행할 수 있었다. 이는 필자의 농학사 연구의 제3단계·마지막 단계가 되는데, 그동안 많은 옛 농서와 관련자료를 발굴하여 이용할 수 있었기 때문에, 그 확대 연구와 산행이 가능하였다.

이때의 연구에서 이용한 자료는,〈농서일람〉에 소개된 기본 자료 모두이지만, 특히 제2단계 자료정리 이후 제3단계 연구까지 사이에, 새로 발굴하여 이용한 것은 ◆표로 표시한 농서들이다. 그리고 농서 자체를 보지는 못했지만, 간접적으로 확인할 수 있었던, ▲표로 표시한 농서도 도움이 되었다. 그 농서들은 각각의 특징을 지니고 있었다.

그런 가운데서도, 2의《농서집요農書輯要》30의《농정요지農政要志》7의《고공가雇工歌》17의《산림경제(보설)》등은, 특히 그 농서로서의 특징 수록내용의 희귀성으로 말미암아, 그것을 수집해서 글을 썼을 때는 기쁨이 유별났다. 그래서 그것은 다른 농서에 비해 오래도록 기억에 남는 것이 되었다.

4. 옛 농서를 통해 본 농업·농학의 발달

이같이 내가 이용한 옛 농서를 〈농서일람〉으로 정리하고 보면, 여기에 제시된 여러 농서들은 큰 흐름으로 볼 때, 조선전기에서 조선후기에 이르면서, 농업 농학의 시대사조를 반영하는 몇 가지 특징을 드러내고 있었다. 나의 농학사 연구에서는, 농업 농학의 발전이란 관점에서, 이 같은 몇 가지 점에 특히 주목하며 작업을 하였다. 그러므로 이곳에서는 그 요점을 이 부분의 결론으로서 기술해 두기로 하겠다.

첫째, 우리 농업의 고유농법·전통적인 경종법은 조선초기의《농사직설》에 담겨 있었는데, 그것이 조선초기 중국문명으로 급격한 문명전환 정책과도 관련하여, 조선후기에는 한편 중국 농업의 농법·경종법을 수용하여 그것을 우리의 고유농법 전통적인 경종법과 종합하면서도(10의 《농가집성》, 14의 《산림경제》, 기타), 다른 한편으로는 우리의 고유농법을 더욱 개발 발전시켜 나가는 또 다른 일면이 있었다(2의 《농서집요》, 30의 《농정요지》). 이는 양자를 모두 우리의 것으로 통합해 나가려는 종전 보다도 더 큰 틀의 정책이었다.

둘째, 조선전기의 옛 농서·농학을 대표하는 것은 《농사직설》이고, 조선후기의 옛 농서·농학을 새롭게 개척한 것은 《산림경제》라고 하겠는데 — 이를 계승 발전시켜 조선후기 농서·농학을 완성시키는 것은 《임원경제지》이었다 — , 후자 즉 《산림경제》는 전자의 농업생산 체계를 분리 해체하여, 자기 농서의 농업생산 체계로 재구성하고 있었다. 이는 조선전기의 농업·농서·농학이 국왕 세종의 권위 권력으로 유지되던 바를 부정하고, 조선후기에는 농업·농서·농학을 하나의 과학 학문으로서 객관화하게 되었음을 반영하는 것이었다고 하겠다.

셋째, 그런 가운데 조선후기 농서와 농학은, 그 구도 기술내용 등 여러 가지 점에서, 조선전기 농서 농학의 그것과 달라지고 있었다. 이는 농서 농학을 보는 농학자들의 시각 인식이 크게 변동하고 있음을 반영하는 것이며, 동시에 조선전기 농업과 조선후기 농업의 차이점, 변화를 분명하게 파악한 데서 오는 결과이었다고도 하겠다. 그것을 우리는 다음과 같은 점으로써 지직할 수 있을 것이다.

① 조선후기 농학에서는, 외적外的으로 조선전기 《농사직설》의 농학에 견주어, 중국농학·중국농법의 수용을 과감하게 내세

우고 있었다. 수전농업의 농법전환과 관련해서는 더욱 그러하
였다. 조선전기의《농사직설》의 농학이 조선의 풍토와도 관련,
우리의 고유농법을 지키려는 신중한 경향을 지니고 있었다면,
조선후기의 많은 농서들은 문호를 개방하고, 중국농서 중국농
법을 도입하는 가운데 농업의 변화 발전을 추구하고 있었다.
이러한 점은 다음의 제5장에서 다시 논하겠다.

　② 조선후기 농학에서는, 내적內的으로 조선전기의 국정농서
《농사직설》이 지시하였던 바 수전농업의 경종법, 즉 직파·건
파 중심의 농법을, 농업생산자들이 이앙법 중심의 농법으로 전
환하고 있는 것을 당연시하고 있었다. 이는 수전농업의 경종법
에 대한 사회적 요청이 그러하였음에서이기도 하였지만, 식물
재배의 원리상 이식재배, 즉 이앙법은 직파·건파법보다 유리한
것으로 이해함에서이었다.

　③ 조선후기 농학에서는, 조선전기의 농학이 내세우지 않았
던 상업적 농업을, 농업경영의 문제로서 강조하는 농서가 점점
늘어나고 있었다. 영세농민층도 농업생산을 자급자족으로 그치
지 말고, 시장을 대상으로 한 상품생산을 함으로써, 부를 늘려
나갈 것을 권장하는 것이었다. 물론 조선전기에도 현실적으로
농민층의 상업적 농업이 전개되고 있었지만, 이를 국가가 농서
를 통해 농업정책으로서 권농하지는 않고 있었다.

　④ 조선후기 농학에서는, 농업생산과 관련하여, 이런저런 노
동력에 관심이 많았다. 이 시기에는 농법의 전환, 상업적 농업
의 발달, 삼정三政운영의 불합리, 신분제의 동요 등으로, 농촌사

회가 크게 분화 재편성되고 있었으며, 따라서 농업생산에서 대
농경영을 하는 경영지주·경영형부농이 등장하는가 하면, 몰락
하여 농지에서 배제되고 차지경쟁에서도 밀려나는 임노동층이
또한 등장하고 있었다. 그러므로 농학에서는 노동력이 부족한
농업생산자들이 노동력을 적절하게 이용할 것을 권장하고 있
었다. 이 문제는 뒤에 제7장에서 다시 더 논하게 되겠다.

⑤ 조선후기 농학에서는, 모든 농서가 다 그러하였던 것은
아니지만, 그 농학의 목표를 농작물재배 농업기술의 발전문제
이외에도, 국가의 농정책 토지문제를 비판적으로 논하는 농서
가 늘어나고 있었다. 농서에서 논하지 않더라도 별도의 글로서
발언하는 논자는 더욱 많았다. 농정가나 양란兩亂 뒤의 국가재
조國家再造를 연구하는 학자들은, 누구나 국가의 농정책 농업문
제를 논하고 있었으므로, 농학을 연구하는 학자들이 농정문제
농업문제를 논하는 것은 오히려 자연스러운 일이었다.

⑥ 조선후기 농학에서는, 이 시기의 농업발전 농정운영에서
배태된 농업문제·농업모순을 타개하기 위하여, 그 개혁방안을
제론하는 논자가 늘어나고 있었다. 그것은 사회개혁의 방안으
로까지 확대 발전하고 있었다. 따라서 이 시기에는 이 같은 방
안을 놓고, 농학자들 사이에서뿐만 아니라, 권력의 정상에 있는
국왕 정치가들(《고공가》), 그리고 사상계 전체에서, 신·구사상
사이의 대립 갈등이 심각하게 전개되지 않을 수 없었다. 시대
의 발전은 사회 경제의 변동 변혁을 요구하고 있었다. 이 문제
는 뒤에 제9장에서 더 논하게 되겠다.

제5장 조선농학이 추구한 중국농서를 찾아서 ; 화북농서에서 강남농서로

― 원·명시기 조선 수도작의 농법전환과 참고자료

1. 조선의 문명전환과 농법전환 문제

(1) ; 조선시기에는 중국문명을 대대적으로 받아들이면서도, 우리의 고유문명을 또한 개발 육성하고 있었음이, 그 문명전환 과정의 한 특징이었다. 이 시기는 이 두 흐름의 완급을 조정 절충함으로써 국가위기도 면해 나가는 일면이 있었다. 그러한 한 에서는 사회모순에 대처하는 개혁적인 변화의 자세가 부족할 수도 있었다. 그러한 현상은 농학에서도 마찬가지였다.

그러나 그러면서도 문명발전의 방향과 진로가 정해지면, 세 상이 변동하는 소란 속에서도, 그것을 추구하여 고유문명과 통 합하고 조화를 이루는 지혜로운 일면도 있었다. 나는 이 시기 의 농학사를 연구하면서 특히 이러한 점에 강한 인상을 받기도 하였다.

그러므로 이 글에서는 좀 장황한 이야기가 되었지만, 이 시기 학자들이 수도작의 농법전환을 위하여, 오랜 세월에 걸쳐 새로운 중국농서=강남江南농서를 수집 연구하고 있었음을, 나도 그 발자취를 뒤따라가면서, 장기간에 걸쳐 학문적으로 그 행로를 추적해보았던 일을 회고담으로서 정리하였다.

이 글에서는 그러한 예를, 조선시기의 학자들이 그 초기에 《농상집요農桑輯要》를 이용하는 데서부터 출발하여, 수도작水稻作의 농법전환을 위해 오랫동안 가장 적합한 자료를 찾고자 노력하였던 일, 그래서 나에게도 그들의 그런 노력이 오랫동안 기억에 남아있는 바를, 하나의 사례로서 정리하였다.

(2) ; 여기서 농법전환이란 수도작에서 직파농법으로 농사하던 경종법을, 이앙(모내기)농법으로 전환 발전시키고자 하였음을 뜻한다. 이앙법은 직파법에 견주어 소요되는 노동력, 벼의 소출, 수전종맥水田種麥·종소種蔬(두벌경작) 등 여러 가지 면에서 유리하였기 때문에, 농업생산자들은 되도록이면 수도작을 이앙법으로 수행하고자 하였다. 그러나 이앙법으로 벼를 재배하기 위해서는, 우리나라의 경우 천수天水에만 의존하는 것으로는 부족하고, 반드시 수리시설이 충분히 갖추어져야 안심하고 그 수확을 기대할 수 있었다.

그러므로 수리시설이 잘 갖추어지지 못한 조건에서는, 수도작을 전적으로 이앙법만으로 시행하기는 사실상 어려웠다. 조선초기는 그러한 시기였으며, 그 뒤에도 사정이 좀 나아지기는 하였으나, 그러나 근본적으로는 마찬가지였다. 조선초기의《농사직설》에서 직파농법(수파水播·건파乾播)을 중심으로 하고, 이 앙농법을 부수적인 것으로 기술하되, 그러면서도 한재旱災를 경계하고 직파농법을 장려하고 있었음은 그 때문이었다. 그뿐만 아니라 경우에 따라서는 정부에서 이앙법 금령을 내리기도 하였다. 이것이 우리의 전통적 수전농업水田農業과 그 농법이 이 시기까지 도달하고 있는 단계이었다.

그러나 농업생산자의 처지에서 볼 때, 유리한 농법을 버리고, 불리하고 힘든 농법을 택하는 것은 쉬운 일이 아니었다. 그래서 혹 농자에 따라서는, 금년에는 비가 오겠지 하는 행여 하는 기대를 가지고, 이앙법을 강행하였다가 한발(가뭄)의 재해를 당하는 경우가 적지 않았다. 이는 국가가 해결해야 할 거대한 수리사업이 없었기 때문이었다. 당시의 과학기술 조건으로는 국가의 힘으로도 그렇게 하기 어려웠다. 국가는 늘 신중하였으며, 절충안으로 문제를 해결하려 하였다.

(3) ; 조선시기에는 중국문명을 대폭으로 수용하는 가운데, 우리의 고유문명을 급속히 전환해 나가고 있었다. 그 가운데는 농업기술 농업생산의 문제도 포함되어야만 하였다. 그러나 농업생산은 농민과 국가의 생존의 문제였으므로, 문화 일반의 수용이 적극적이었던 데 견주면, 농업기술 농법의 수용은 소극적 점진적이었으며 신중하였다. 고유문명의 유지 발전도 중요한 일이었으므로, 이 문제는 풍토부동風土不同의 논리로 내세워지기도 하였다.

조선시기 조선 수전농업의 중심지는 남부 지방이었으므로,

그곳에서는 중국 강남 지방의 수전 이앙농법의 수용이 쉬울 것
같기도 하였다. 그러나 중국과 조선의 여러 가지 여건의 차이
— 특히 수리조건의 차이는, 남부 지방에서도 전적으로 그렇게
전환하기 어렵게 하였다. 《농사직설》이 남부 지방 농서이면서
도, 그 경종법과 정책이 앞에서와 같았음은 그 때문이었다.

더욱이 우리의 문명은 그 기원이 고조선문명에 있었으므로,
중국문명과 교섭은 고래로 화북 지방 중국문명과의 그것이 익
숙하였다. 뿐만 아니라 이때의 중국문명 수용은, 몽골·원元제국
을 매개로 해서, 몽골 방식으로 추진되고 있었다. 그러므로 고
려에서도 그러하였지만 조선에서도, 원제국·화북 지방의 농서·
농법을 도입하여 문명전환 농업발전의 문제를 해결하려 하였
다. 그 농서는 앞에서 든 원대元代 초기에 편찬 간행된 《농상집
요》이었다. 그러한 한에서는 조선 수도작의 직파법을, 그 다음
발전단계인 이앙법으로 전환해 나가기 어려웠다. 이 농서에서
는 강남 지방의 이앙농법에 대하여 기술하고 있지 않았다.

(4) ; 그러므로 조선의 이앙법 보급과 농법전환이 현실적으
로 진행 확대되고, 농서상에서도 직파농법과 이앙농법의 주·종
관계가 도치되기까지에는 세월이 많이 걸렸다. 정부의 농업정
책도 가뭄에 대비하는 문제 및 이 시기의 국제정세와 관련하여
신중하였다. 그리하여 그러한 변화가 농서의 기술로까지 나타
나게 되는 것은, 새로운 중국농서를 이용하게 되는, 양란기의
《한정록》치농편 및 《농가집성》단계에 이르러서였다.

이때에는 두 차례의 외세침략(왜란·호란)으로 농업생산이 크

게 파괴되었고, 따라서 농민경제와 국가재정이 파탄상태에 이
르렀다. 이때에는 농민경제와 국가재정을 충실히 하는 문제가
시급하였고, 그러기 위해서는 농업생산력을 증진시키는 문제가
시급히 강구되지 않으면 안 되었다. 당시의 학자들은 이러한
문제를 해결하기 위하여, 안으로는《농사직설》중심의 국내 농
학에 대하여 깊이 성찰하는 한편, 밖으로는 새로운 자료를 원·
명시기의 중국 강남농서에서 찾기에 열중하였다.

이 글에서는 이 같은 문명전환과 수도작의 농법전환 문제를,
하나의 문제로 인식하고, 그들이 수집하고 이용한 새로운 중국
농서 중국농법이 어떠한 것이었는지, 우리도 뒤따라 추적하며
찾아보기로 하였다. 강남 지방의 귀한 농서 및 이와 관련되는
원대 농서를 수집하여 참고하는 데는, 황원구黃元九, 쓰루조노
유타카鶴園 裕, 정창렬鄭昌烈, 박영재朴英宰, 이경식李景植 교수
등 여러분 교수의 도움이 있었다. 고맙게 생각하는 바이다.

2. 원대 편찬《농상집요》의 농서로서 미비점

(1) ;《농상집요農桑輯要》는 중국 화북 지방 농법을 수록하
고 있는 농서로서, 원元 세조조에 권농정책의 일환으로 그 대사
농사大司農司에서 편찬 간행하였으며(1273), 그 뒤 여러 차례 판
을 거듭하는 가운데 널리 간행 보급된 원의 국정농서國定農書였
다. 이때 원은 아직 중국을 완전 정복하지 못하였으며, 이를 완
수하기 위해서는 국가재정의 충실, 정복지역 농민경제와 민심

의 안정이, 절대적으로 필요하였다. 따라서 원 세조는 이 농서를 편찬 간행함으로써 농업생산의 증진을 적극 추구하였다.

그리고 남송을 정복한 뒤에도 국가경영의 필요성에서 그 같은 권농정책은 그대로 계속되었다. 그러므로 《농상집요》는 당시의 중국농업의 실상을 이해하기 위해서, 반드시 참고하지 않으면 아니 되는 중요한 자료가 되는 것이라고 하겠다.

그런데 《농상집요》는 이같이 중요한 자료이면서도, 두 가지 점에서 농서로서의 큰 미비점·결점을 지니고 있었다.

그 하나는 이 농서가 국정의 농서이기 때문에 그렇게도 되었겠지만, 그 찬자의 성명을 명시하고 있지 않은 점이었다. 이는 납득하기 어렵고 부자연스러운 일이 아닐 수 없었다. 중국에서는 이를 간행하고 있었던 원대에도 그 찬자의 이름을 밝히지 않았지만, 현재 볼 수 있는 《농상집요》에서도, 가령 《제민요술 齊民要術》이나 《농정전서農政全書》에서와 같은, 그 찬자의 성명을 찾을 수가 없다.

이 농서가 대사농사에서 나온 것은 확실하지만, 이 대사농사에는 그 책임자인 대사농경大司農卿 휘하에 순행권농사巡行勸農使와 순행권농부사가 각 4명씩이나 있었는데, 이 농서는 이들이 공동으로 편찬한 것인지, 아니면 그 가운데 어느 특정인이 전담하여 편찬한 것인지 분명히 하고 있지 않았다. 아마도 그들이 직무가 한 지방씩 분담하여 순행 근부하는 것이었음을 고려하면, 그 편찬은 여러 권농사들 가운데서 한 사람을 선정하여 그에게 그것을 위촉하였을 가능성이 큰데, 우리가 보고 있는 농서에는 이러한 점에 관하여 아무 설명도 없었다.

그리고 이 농서의 초판본 왕반王磐 서序에서는 농사 제공諸公이 이를 편찬한 것으로 찬양하였지만, 정부에서는 이 농서의 초판본을 간행한 뒤에도 이를 반포하지 않고 있다가 세월이 좀 지난 뒤에야 이를 반포하되(1286), 그것을 반포하는 황제의 조詔에서는 이 농서를 가리켜 '대사농사 소찬所撰 《농상집요》'라 하지 않고 이를 '대사농사 소정所定 《농상집요》'라 애매하게 표현하고 있었다. 이로써 보면 대사농사 제공들이 이 농서를 공동으로 편찬하였던 것이 아니라, 다만 어느 특정 인물이 편찬한 농서를 대사농사의 농서로서 반포해도 되겠는지, 최종적으로 심의 검토하는 인준과정에만 참석하였던 것으로 생각된다. 그런데 여기서도 그 찬자에 관해서는 언급이 없었다.

(2) ; 《농상집요》에 그 찬자가 명시되지 않았다는 사실은 농업사를 연구하는 사람들에게는 아쉬운 일이 아닐 수 없었다. 그러나 오늘날의 학자들이 이 농서의 찬자가 누구라는 사실을 전혀 짐작도 못하고 있는 것은 아니었다. 학자들은 이 농서의 내용을 검토함으로써 그것이 순행권농부사 맹기孟祺의 편찬일 것이라고 추정하는 바가 많았다. 더욱이 명대明代의 서광계徐光啓는 이미 그의 《농정전서農政全書》에서 그 찬자를 분명히 '맹기'로 명기하고 있었다. 그러나 어느 경우도 그것이 확실한 전거를 전제로 하고 있는 것은 아니었다.

그러므로 중국에서도 그렇고 일본의 중국 농업사 연구에서도 그러하였지만, 학자들은 그 찬자가 누구라는 좀더 명확한 자료가 나오기를 고대하였다. 그리고 그것은 우리나라에서 가능할 것으로 기대하였다. 우리나라에서는 고려 공민왕 21년에, 중국에서는 잘 알려지지 않은 판본(辰州路總管府 重刊本, 1336)을 저본으로, 이 농서를 복각 간행하였는데(1372), 거기에는 다른 현존 《농상집요》에서는 볼 수 없는, 초간 때의 맹기 후서後序를 수록하고 있었기 때문이었다.

이러한 사실은 오래 전에 고 송석하宋錫夏 씨 소장본이 서지적인 해제로 학계에 널리 알려졌으므로(三木 榮, 《朝鮮醫書誌》), 학자들은 이를 통해 이 농서의 찬자를 확인할 수 있을 것으로 기대하는 것이었다. 그리하여 이 일은 결국 우리 학계에 부과된 과제로 되었다.

그렇지만 고려각본의 《농상집요》는 국내에서도 얻어 보기 어려웠다. 이 각본이 국내에 몇 부나 보존되어 있는지도 알 수 없지만, 고 송석하 씨 소장본도 6·25전쟁 뒤의 혼란 속에서 그 행방이 묘연해지고 있었다. 혹은 전화戰禍로 인멸되었을 것이라고도 하고, 혹은 모 고등학교 교장실에 비장되어 있으되 공개하지 않는다고도 하나, 모두 확인된 것은 아니었다. 나와 같이 농서를 연구자료로서 이용하고 있는 사람으로서는 아쉽기 한이 없었다.

그런데 세월이 많이 지난 후에 고려각본 《농상집요》는 전 경북대학교 허흥식許興植 교수에 의해서 새로운 것이 발굴되었다. 그곳 모 교수가 수집한 것이라고 한다. 필자는 이를 차람借覽하고 글도 쓸 수 있어서 참으로 반갑고 고마웠다. 각권各卷의

권말에 붙인 제목에 따르면 그 책제는 《원조정본농상집요》로
서, 전반부는 표지를 포함해서 낙장 되고 후반부만 남아있는
파본이었다. 그러나 학계에서 특히 관심을 갖고 있는 맹기 후
서는 이 후반부의 끝 부분에 온전한 상태로 남아있었다. 다행
한 일이었다.

　맹기 후서를 검토하면 여러 학자들이 추정한 바와 같이, 《農
桑輯要》는 대사농사 제공諸公의 공동작업으로서가 아니라, 맹
기가 그 편찬작업을 위촉받아 그것도 그의 기존의 저술을 기초
로 완성한 것이었다고 생각된다. 그것은 비교적 큰 분량의 이
농서를 단시일 내에 완성하고 있었다는 점, 그의 대사농사 안
에서 직급은 후서를 쓸 수 있는 지위가 아니었는데도 이를 쓰
되, 그 서술방식이 황제의 권농의 뜻에 따라 그 자신이 이를 수
행한 것으로 기술하고 있었다는 점, 그 작업을 대사농사 제공
과 공동으로 수행했다고 하는 말을 하고 있지 않았다는 점, 그
리고 그 농서의 서를 대사농경이 아니라 농사와 직접 관련이
없는 그의 친지 왕반이 쓰고 있었다는 점 등에서 그와 같이 이
해된다.

　그러나 《농상집요》의 편찬에 관한 맹기의 이 같은 기술이
사실이었다 하더라도, 이를 후서로 하여 농서를 간행하였다는
사실은 정치적으로 간단한 문제가 아니었을 것이다. 이는 이
농서에서 찬자의 이름이 탈락하게 되는 한 원인이 되었을 것으
로 생각된다. 맹기를 보호하려는 왕반의 서序도 별로 효과가 없
었다. 이로 말미암아서는 대사농사 내부에 갈등이 조성되고, 황

제의 노여움을 샀을 것이며, 따라서 그의 농서는 어려운 처지
에 놓이게 되었을 것이다.

처음에 이 농서가 간행되고서도 10여 년이나 반포되지 못하
고 있었던 일, 그 뒤 대부분의 판본에서는 초간 때에는 수록하
였던 맹기 후서를 삭제하고 간행하였던 일, 맹기는 이 농서를
편찬하였지만 공적으로 찬자로서 인정되지 못하고, 이는 '대사
농사 소정《농상집요》'로 통하였던 일 등등은 그 단적인 표현
이었다.

맹기는 그의 고지식한 후서로 말미암아 정치적으로 그 찬자
로서의 권리와 영예를 잃은 셈이었다. 그가 그 영예를 다소나
마 되찾을 수 있었던 것은, 그의 사후 맹기 후서를 수록한 원
말의 진주로총관부 중간본, 특히 고려각본을 통해서였다. 고려
인들은 이를《원조정본농상집요》의 이름으로 간행함으로써,
역사적으로나마 맹기에게 그 저작권을 회복시켜 주고 있었다.
그리고 그러한 점에서 고려각본은 오늘날의 학계의 숙제도 해
결해주는 바가 되었다.

(3) ;《농상집요》의 **다른 또 하나의** 미비점 결점은, 이 농서
에서는 수전농업에 관하여,《제민요술》을 통해서 그 계통의 화
북 지방 직파농법에 관해서만 기술하고, 강남 지방의 수전농업
-이앙농법에 관해서는 다루고 있지 않았다는 점이다.《농상집
요》는 중국의 농학사에 남을 수 있는 훌륭한 농서로 평가되고
있으므로, 이 점은 지극히 아쉬운 일이 아닐 수 없으며, 또 왜
그렇게 되었는지 매우 궁금하게 여겨지는 바가 아닐 수 없다.

그것은 원제국이 앞으로 곧 강남지역의 남송까지도 정복하게 될 경우(1279), 이곳에 대해서도 권농정책을 펼 수 있는 농서가 필요할 터인데, 《농상집요》는 원제국이 화북 강남을 가리지 아니하고, 전 중국(원元)인이 이를 참고하고 이용할 수 있도록 편찬한 농서가 되지 못하고 있었기 때문이다. 이는 농서로서의 효용가치, 농학으로서의 학문적 수명을 단축시키는, 결함이 아닐 수 없었다.

우리는 화북농업 강남농업을 누누이 말하고 있으므로, 그 두 지역의 역사적 배경에 관해서도 잠시 언급해두는 것이 좋겠다.

중국의 농업은 옛적부터, 우리나라 농업이 남부 지방과 북부 지방 사이에 차이가 있었듯이, 화북 지방과 강남 지방 사이에 큰 차이가 있었다. 그 두 지역은 기후·토성土性 등 자연조건에 차이가 있고, 그곳에 살면서 농사를 짓는 농민들에게는, 종족 및 농업관행상의 차이가 있었던 까닭이었다. 화북 지방에서는 한전旱田농업 강남 지방에서는 수전농업이 특히 발달한 것은 당연하였고, 수전농업의 경종법도 전자에서는 직파농법 후자에서는 이앙농법이 발달하고 있었다. 강남 지방은 이앙농법의 기원이 오래어서, 한대漢代에 이미 그것이 있었던 것으로 이해되고 있었다.

그러면서도 고대에는 화북 지방의 농업과 산업이 발달하여, 중국의 고대문명·고대제국은 이곳에서 형성되어 천하를 통일하였다. 시대가 아래로 내려와 송·원·명대가 되면, 중국의 농업 그 가운데서도 특히 수전농업은, 강남 지방의 이앙농법이

크게 발달하는 가운데 화북농업을 능가하게 되고 있었다. 화북
지방은 직파농법이 여전히 중심이었는데, 강남 지방은 이앙농
법이 중심적인 것으로 발전하고 있는 것이었다. 그러므로 앞으
로 중국농업의 발전을 위해서는, 강남 지방의 농업을 빼놓고
논할 수가 없는 것이었다고 하겠다.

그런데 《농상집요》의 찬자 맹기는 그의 농서를 화북 지방
중심의 농서로서만 편찬하고 있었다. 강남 지방에 관해서는 그
농법을 언급하고 있지 않았다. 그는 어찌하여 그의 농서를 이
렇게 편찬하였을까?

거기에는 여러 가지 이유가 있었겠지만, 무엇보다 먼저 생각
되는 것은 《농상집요》는 명의상 원제국의 정부 편찬물로 나가
는 것이므로, 그는 아주 단순하게 원제국이 처음에 정복하고
있는, 화북 지방의 농업기술만을 대상으로 삼았을 수도 있겠다
는 점이다. 가령 요遼·금金이 중국의 일부를 정복하고 있었으
나, 그 역사인 《요사遼史》《금사金史》에서는, 정복지역의 사실
만을 그 역사로서 다루었음과 같은 것이다. 그러나 《농상집요》
의 경우는 이와 같을 수 없다고 생각된다. 이때는 전쟁이 진행
중이었으므로, 원제국의 국경선은 예측불허로 변동 확대될 수
있고, 실세로 6년 뒤에는 남송이 멸망하고 그 지역은 원제국의
지배 아래 들어갔다.

다음은, 혹 그는 강남 지방의 농업사정을 원론적으로 상세히
기술한, 진부陳旉의 《농서》를 보지 못하고 따라서 모르고 있었
던 것이 아닐까 생각되기도 한다. 그러나 진부 《농서》는 남송

초 고종高宗－소흥紹興 연간에 편찬 간행되고(1149, 1154), 그 뒤
영종寧宗－가정嘉定 연간에(1214) 다시 간행됨으로써 세상에 널
리 알려지고 유포되었으므로, 60년이 지나기는 하였지만 화북
지방의 원나라에서 국가사업으로 농서를 편찬하려 하면서, 이
를 구해보지 못했을 리가 없다고 생각된다. 만일 그 책을 구하
지 못했다면, 수도작의 이앙법 관행을 견문으로서라도 수집하
여, 다른 남방南方작물을 그렇게 하였듯이, '신첨新添'으로라도
부연할 수 있는 것이 아니었을까 생각되는 것이다. 그런데 그
는 그렇게도 하지 않았다.

그뿐만 아니라 원·몽골제국은 중국문명·중국사상을 받아들
이면서, 즉, 문명전환 하면서, 그 중심에는 주자사상을 국정교
학으로까지 삼았으므로, 그 권농문을 통해서는 남송지역의 이
앙농법을 알았다고 보아야 하겠다. 그런데 맹기는 이 권농문도
언급하지 않았다.

셋째는, 그는 원·몽골 정부의 관리이면서도 한족이었으므로,
개인적으로 원제국이 남송지역을 정복하는 데 더 이상 협력 찬
양하고 싶지 않은, 어떤 사정 ― 남송이 살아남았으면 하는 심
경의 변화가 있었던 것이 아닐까 추측되기도 한다. 특히 그의
《농상집요》는 그 농정적農政的 자세가 소농경제를 보호하는 입
장이었는데, 남송지역의 농업은 지주제가 발달하고, 그들이 농
업생산을 주도하고 농민을 통제하고 있었으므로, 그는 그들을
위해서 그 경종법 기술을 다루고 싶지 않았는지도 모르겠다는
점이다. 그러나 그의 고민을 이해할 수는 있지만, 중국농서를

편찬하면서 그 절반이나 되는 지역에서 발달하고 있는, 새로운 수도작 농법을 사실대로 기술하지 않은 것은 납득할 수 없는 일이었다고 하겠다.

3. 원·명대의 신新농서 편찬과 《농상집요》의 보완

(1) ; 그러므로 원제국의 황제 세조世祖는, 대사농사에서 편찬한 《농상집요》를 반포하기는 해야겠는데, 그 편찬자가 실질적으로 대사농사의 말석에 있었던 맹기였다는 사실과 아울러, 그 농서의 내용이 강남 지방의 수도작 경종법을 결하고 있다는 사실 때문에, 고민했을 것으로 짐작된다. 그 편찬 간행 이후에도 10여 년 동안이나 반포를 미루어 오다가, 세조 지원至元 23년(1286)에 이르러서야 마지못해 이를 반포하되, '대사농사 소찬所撰 《농상집요》'라고 자신 있게 내세우지 못하고, '대사농사 소정所定 《농상집요》'라고 하여, 어딘가 책임을 회피하는 듯한 표현을 하였던 것은 그 때문이었을 것으로 이해된다.

더욱이 이 농서를 반포하였을 때는, 남송은 이미 정복되고 이 지역도 원의 황제가 통치하게 되었으므로, 황제는 이 농서를 통해서 전화에 시달린 이 지역 민民을 구휼하고 그 수전농업에 대하여 권농정책을 펴나가지 않으면 아니 되었다. 그런데 《농상집요》는 남송지역·강남지역 수전농업을 권농하기에는 이미 적합한 농서가 아니었다. 이 지역 농민들 가운데서도 직파농업을 하는 사람들은 별로 불만이 없었겠지만, 이앙농업을 하는 발달된 농업지대의 사람들은 이 농서의 수도작 직파농법을 보았을 때, 거꾸로 가는 정책이라고 비판하고 냉담한 반응을 보였을 것이다.

(2) ; 원제국의 정부가 이 지역의 수전농업을 권농하고 발전시키기 위해서는, 화북농서로서의 《농상집요》 그대로는 아니되었다. 아마도 수도작의 경종법에 관해서라면, 아래 언급하는 노명선魯明善 《농상촬요農桑撮要》의 이앙법 기술 정도의 잘 정리된 보충설명서를, 《농상집요》의 부록으로라도 작성하여 이용하지 않으면 안 되었을 것이다. 그리고 그러하였다면, 노명선은 뒤에 그가 편찬하고 정부가 간행하는 그의 《농상촬요》에, 이것을 자연스럽게 그대로 수록할 수 있었을 것으로 생각된다.

뿐만 아니라 더 좋은 방법으로는, 전 중국을 통치하게 된 원제국과 그 지식인이, 화북 지방과 강남 지방 전체를 권농할 수 있는 새로운 농서를 편찬 보급하는 일이었다. 그리하여 그 뒤의 원대에는, 실제로 왕정王禎의 《농서農書》(1313)와 앞에 든 노명선의 《농상촬요》(《농상의식촬요農桑衣食撮要》 1330)가 등장하게 되었다. 전자는 중국의 남·북농업 농법을 하나의 체계로 통합 저술한 농서이었고, 후자는 그 가운데서 강남농업의 특성을 당당하게 강조하고 있는 농서이었다. 그리고 명대明代가 되면 이를 계승해서 더 많은 농서가 저술 간행되었다.

왕정의 《농서》는 일반농서로서 남·북지역의 농업·농법·잠상을 모두 소개하였고, 농기구·관개시설 등도 다수 기술 소개함으로써, 질質에서나 양量에서 드물게 보는 대형大型의 농서가 되고 있었다.

노명선의 《농상촬요》는 정부가 이미 간행 보급하고 있는, 맹기의 《농상집요》를 보완(음보陰補)하고, 남북으로 짝이 되게 할 것을 목표로 하고 있는 농서였다. 권농을 위한 월령月令식의 간결한 촬요撮要농서이었다. 《농상집요》 권7의 세용잡사歲用雜事를 농경農耕·농사農事로 압축하고 발전시킨 것이었다고 한다. 수도작에 관해서는 《농상집요》에서 언급하지 않은 강남지역의 이앙농법만을 수록하였다. 강남 지방에 대한 권농勸農용의 농서로서 편찬된 것이었으며, 이앙법이 화북 지방으로도 전파되고 확산될 때, 긴하게 이용될 수 있도록 편찬한 것이었다. 농서의 내용이 잘 정리된 촬요농서였기 때문에, 명·청대에 이르기까지, 여러 지방에서 여러 차례 간행되고 보급되었다.

(3) ; 우리는 여기에서 이 《농상촬요》의 수도작 농업기술 이앙농법에 특히 주목하게 된다. 노명선의 농서를 보면, 그는 정부의 농업정책을 변호하고 대변하며 강남지역 농민을 달래가면서, 무리 없이 그들의 농업을 성취시키고자 하였던 것으로 이해된다. 그 이앙법 조항을 발췌하면, 그 분량은 얼마 안 되지만, 그 내용은 이앙법의 핵심을 간결하고 명확하게 기술하고 있음을 볼 수 있다.

三月

犁秧田 ; 其田須犁把三四遍 用靑草厚鋪於內 盒爛打平方可撒種 爛

草與灰糞一同 則秧肥旺

浸稻種 ; 早稻淸明節前浸 晚稻穀雨前後浸 其種用稻草包裹 每裹包

一斗或斗五 投於池塘水內

浸不用長 流水難得生芽 浸三四日 微見白芽如鍼尖大 然後

取出擔歸家 於陰處陰乾

密撒於秧田內 候八九日秧靑 放水浸之. 糯稻出芽較遲 可浸

八九日 如前微見白芽出時 方可種.

或於缸甕內用水 浸數日 撈出以草盒生芽 依前法 撒種 候

芒種前後揷秧

五月

揷稻秧 ; 芒種前後揷之 拔秧時 輕手拔出 就水洗根去泥 約八九十根

每作一小束 却於犁熟 水田內 揷栽

每四五根爲一叢 約離五六寸 揷一叢 脚不宜頻那 舒手只揷

六叢 却那一遍 再揷六叢 再那一遍 逐旋揷去 務要窠行整

直

壅田 ; 以靑草 踏於泥內 則地肥秧窠旺 與灰糞同

六月

耘稻 ; 稻苗旺時 放去水乾 將亂草 用脚踏入泥中 則四畔潔淨 用灰

糞麻秕相和 撒入田內

曬四五日 土乾裂時 放水淺浸稻秧 謂之戽田 此月正宜加力

六月一次 七月一次 依上耘

(4) ; **원대**에는 국정농서로서 《농상집요》를 편찬하고, 이를
통해서 전국의 농업생산력을 증진시키려 하였다. 그러므로 원

이 남송지역까지도 정복한 뒤에는, 수전농업의 경우, 그 목표를 달성하는 데 잔잔한 파문이 있을 수 있었다. 그것은 강남 지방의 수전농업을 수록하지 않은, 《농상집요》의 농서로서의 결함 때문이었다, 원제국은 이앙농법이 이미 크게 발달하고 있는 강남 지방에, 직파농법을 위주로 하는 화북농업의 지침서를 내놓았으므로, 그곳 민의 저항을 받게 됨은 어쩌면 당연하였다.

그래도 중국에는 대체할 수 있는 농서가 많았고 정책도 유연하였으므로, 이 문제는 강남지역의 농업생산에 큰 장애가 될 수 없었다. 원제국의 정복지 지배정책 통치정책은, 그 지역의 전통 관습을 존중하고 그대로 따르는 것이었으므로, 《농상집요》의 농법을 현지 농법으로 대체하고 보충하면 되었다. 아마도 노명선이 앞에 예시한 그의 《농상촬요》에 수록한 수도·이앙농법은, 이 농서가 원元의 '학궁學宮'에서 간행되었던 점으로 보아, 이때 정부에서 권농용으로 보충하여 이용하고 있었던 강남 지방의 농법이었던 것으로 보아도 좋겠다.

원대에 확립된 중국농서의 편찬체계 편찬원칙은 그 뒤 명대에도 그대로 이어졌다. 왕정의 《농서》를 이어서는, 서광계의 《농정전서》가 남·북농업을 종합하는 새로운 통합적 체계로 훨씬 더 세련되게 편찬되었으며, 그 체계 안에서, 노명선의 《농상촬요》를 이어서는 명 태조의 제17자子 주권朱權의 《신은神隱》(《구선신은서臞仙神隱書》) 및 그 밖의 여러 농서가 편찬되었다. 그런데 《신은》도 월령식의 농서로서, 수도 경종법을 《농상촬요》가 제시하고 있는 위의 농법을, 그대로 전재하고 있었다.

강남 지방의 수도 경종법은 시기와 지역에 따라 다양하게 발달하고 있었는데, 명대에 강남 지방에서 널리 간행 보급된《편민도찬便民圖纂》에 따르면, 이 지방의 이앙농법에는 탕도법揚稻法수전종맥법水田種麥法(종대맥種大麥)이 더 추가되고 있었다.

이는 중국의 농서편찬·농학이, 원제국·원대를 거쳐, 명대로 계승 발전하고 있음이었다. 그리고 원대의 농학이 남·북농업의 통합체계를 세운 가운데, 그 뒤 중국농업 안에서의 강남 지방 농업의 위상을, 더욱 분명하게 드러내고 있음이었다. 몽골·원 제국은 중국을 정복하였으나, 중국문명을 수용하여 자기 자신도 이 문명으로 문명전환을 하고, 그 문명·농학·농법으로서 중국농업을 개발 육성하고 있는 것이었다.

(5) ; 그러므로 이때의 시대사조 학풍을 이해하기 위해서는, 원대元代를 전후한 시기의 중국농서·강남농서에 관하여, 그 주요 서목이나마 파악해두는 것이 필요하리라 생각된다. 참고문헌은 다음과 같다.

徐有榘,《林園十六志》(一) 引用書目(1966刊, 서울大學校古典刊行會)
影印《文淵閣四庫全書 目錄》, 子部 農家類(1986刊, 臺灣商務印書館)
王毓瑚,《中國農學書錄》(1964刊, 農業出版社 ; 1975復刻, 龍溪書舍 ; 1981刊, 1988版, 明文書局)
天野元之助,《中國古農書考》(1975刊, 龍溪書舍)

1. 陳旉《農書》; 北宋~南宋代의 농서

　　　　　　　　江南농법一秧田育苗‧ 移秧농법, 經營地主의 사상

2. 朱子《勸農文》; 南宋代의 권농문‧농서

　　　　　　　　江南농법 — 移秧농법, 지주제 강조

3. 元刻本《農桑輯要》; 元代의 농서

　　　　　　　　華北농법 — 直播농법

4. 王禎《農書》; 元代의 농서

　　　　　　　　華北농법 + 江南농법 — 移秧농법

5. 魯明善《農桑撮要》; 元代의 농서

　　　　　　　　江南농법 — 移秧농법

6. 朱權《神隱》(《臞仙神隱書》); 明代의 농서

　　　　　　　　　　江南농법 — 移秧농법

7. 撰人未詳《便民圖纂》; 明代의 농서

　　　　　　　　江南농법 — 移秧농법

8. 馬一龍《農說》; 明代의 농서

　　　　　　　　江南농법 — 移秧농법

9. 徐光啓《農政全書》; 明代의 농서

　　　　　　　　華北농법 + 江南농법 — 移秧농법

10.《陶朱公致富奇書》(《致富奇書》); 明代의 농서

　　　　　　　　　　江南농법 — 移秧농법,

　　　　　　　　　　經營地主의 농업경영

11.《沈氏農書》《補農書》; 明末‧淸初의 농서

　　　　　　　　江南농법 — 移秧농법,

　　　　　　　　經營地主의 농업경영

4. 조선시기의 농서편찬과 농학의 지향

(1) ; 이 시기의 농서편찬 사정이, 조선의 경우는 좀더 복잡했다. 몽골 방식으로 문명전환을 하려 하였던 조선에서는, 농업·농학의 경우 그 지침서를 《농상집요》에 의존하고 있었으므로, 전통적 농업(북방농업)이 직파·건파농업으로 가려는 방향은 《농상집요》의 직파농업과 방향이 같았으나, 가령 삼남 지방에서 농업생산자들이 이앙법을 개발하고 그쪽으로 가고 있었던 방향은, 전통적 농업 가운데 직파농법이나 《농상집요》의 직파농법의 방향과 상충하는 것이 되었다. 조선의 경우는 정책적으로 원元보다 더 세심한 대책이 필요하였다.

조선에서는 삼남 지방의 경우에도, 그것을 어느 한 쪽만을 위주로 하는 대책이 아니라, 양쪽을 다 살려나가는 절충안으로서, 문제를 해결하려 하였다. 전통적인 직파농법으로 농사를 해야 할 곳은 그렇게 하고, 이앙농법으로 농사를 할 수 있는 곳, 즉 수원水源이 풍부한 곳은 또한 그렇게 하라는 것이었다. 중부 지방으로 올라오면서는 더욱 말할 것이 없었다. 조선초기의 농업정책은 그러한 것이었다.

그러면서도 조선농업이 직파농법을 이앙농법으로 전환할 것을, 궁극적인 목표로 삼고 있었다면, 이 정책은 시간이 많이 걸리는 점진적인 방안이 되는 것이었다고 하겠다. 사실 이 문제를 역사발전 농업발전의 결과에서 보면, 그리고 문명전환의 한 분야라고 하는 관점에서 보면, 당시 수전농업이 직파농법에서 이앙농법으로 전환하고 있었음은 조선농업의 올바른 선택이었 다고 하겠다. 그렇지만 그러한 전환이 이루어지려면, 반드시 수 리시설이 따라야 한다는 점에서, 당시의 조선농업은 한동안 활 기찬 발전을 하기 어려운, 요인을 내포하고 있는 것이었다고도 하겠다.

그러나 그렇더라도 그 방향으로 가기 위해서는, 조선왕조는 그 방법을 찾고 연구하지 않으면 아니 되었다. 이앙법의 합리 성을 직파법과 비교 연구하고, 그것을 시행할 수 있는 기반시 설·수리시설을 마련해야 했다. 그리고 그 방향으로 갈 수 있는 농학을 연구하고 농서를 편찬 확보해야 했다. 전통적인 수전농 업·이앙농법을 연구 개발하고 발전시켜야 함은 말할 것도 없 고, 세월이 많이 걸리겠지만, 그동안에 중국 강남농업 농서를 많이 참고 열람하는 가운데, 되도록 많은 농학자를 양성하지 않으면 안 되었다.

이러한 사정은 임란·호란을 겪으면서, 즉 국가위기에 직면하 게 되면서, 새삼 절실히 요청되었다. 전란이 몰고 온 농업생산 의 파탄은 농민경제 국가재정의 파탄 그것이었다. 농업생산의 재건 증진은 시급하고도 절실한 문제였다. 그리하여 이 방면에 대한 연구가 절실히 요청되었다. 아마도 원대에 편찬된 왕정의 《농서》와 노명선의 《농상촬요》는, 이미 들어와 있었을 것이므 로 — 전자는 중中조ㅗ朝에 산행계획도 있었다 — 이 두 농서 는 이때의 농서·농학연구에서 길잡이가 되었을 것이다. 조선후 기로 넘어오면서 학자들의 연구는 몇 계통에 걸치면서 심도 있게 연구되고 진행되었다.

(2) ; 그 한 계통은 《한정록閑情錄》치농편治農編과 《농가집성農家集成》의 편찬이었다. 이는 17세기 초·중엽에 편찬된 농서로서, 전자는 임진왜란 후에 허균許筠이 편찬하였고(광해군 10년 1618), 후자는 병자호란 후에 신속申洬이 편찬하였다(효종 6년 1655). 어느 경우나 양란기에 파괴된 농업생산을 재건하기 위해서 그리고 국가를 재조再造하기 위해서였다.

그런데 전자는 그것을 중국의 《도주공치부기서陶朱公致富奇書》(《치부기서致富奇書》)를 거의 그대로 전사함으로써 편찬하였고, 후자는 종래의 여러 농서를 집성하되, 《농사직설》의 전통적인 이앙농법에 많은 것을 수정 증보하면서도, 그 집성하는 농서들 가운데 주자 〈권농문勸農文〉을 그대로 한 편의 농서로서 수록하고 있었다. 이때에는 세종世宗의 농정이념을 계승 발전시키고자 하는 《농가집성》조차도 이렇게 하고 있었다. 이때에는 농업생산력을 증진시키는 문제가 그만큼 시급했다. 그러므로 위의 《한정록》치농편과 《농가집성》의 농업기술상의 역사적 의미를 이해하기 위해서는, 그 편자들이 이용한 중국농서 《도주공치부기서》와 주자 〈권농문〉이, 중국농업의 발전과정에서 어떠한 위치에 있었던 것인지 알아야 한다고 하겠다.

《도주공치부기서》는 명대明代 간본刊本으로서, 농업 일반에 관해서는 왕정 《농서》의 지침을 따르고, 강남 지방의 수전농업에 관해서는 《편민도찬便民圖纂》의 발달된 이앙농법·기술을 그대로 수록함으로써, 이 농서 또한 강남지역 농업에 관한 대표적인 한 농서가 되고 있었다. 농업생산에 관해서는 상업적 농업을 전제로 한 경영지주經營地主를 지향하고 있었다.

주자 〈권농문〉은 주자가 남송시기 지방장관이었을 때(지남강군知南康軍 지장주知漳州)의 권농문으로서, 그의 문집에 수록된 바를 발췌하여 《농가집성》에 전재한 것이었다. 그러므로 거기에 담긴 수전농업의 경종법은 말할 것도 없이 강남 지방의 이앙농법이었다. 권농문은 그 글의 뜻이 농민들에게 농업기술을 교육하는 데 일차적인 목표가 있는 것이므로, 주자 〈권농문〉은 중국농서로서는 드물게 보는 강남농업에 관한 교과서적인 농서가 되고 있었다.

그러나 주자 〈권농문〉의 목표가 이에서 그치는 것은 아니었다. 주자는 그 권농문에서, 농업생산에 관하여 전호佃戶농민이 봉건적인 지주전호제의 생산관계를 준수하도록 권유하고, 국가에 대해서는 전호농민이거나 자경自耕농민이거나 효제충신孝悌忠信하는 유교적 농정이념을 준수하는 민이 되도록 계도하고 있었다.

허균과 신속은 말하자면 그들이 당면하고 있는 자기 시대의 농법전환 문제를, 중국의 강남농법을 그들의 농서에 도입 수용함으로써, 해결하고자 하는 것이었다. 그 가운데서도 허균은 그것을 경영지주의 농업생산을 중심으로 추구하고, 신속은 그것을 지주전호제를 축으로 한 농업생산을 중심으로 추구하고 있었다.

(3) ; 그뿐만 아니라 이 시기에는 다른 농서 편찬자들도, 그

들의 농서를 시대사조에 맞추어 새로운 농서로서 편찬하고자 하였다. 그러기 위해서 그들은 여러 가지 중국농서를 참고하고 이용하고 있었다. 그리고 그것은 문명전환으로서의 하나의 시대사조, 조선후기 농학에서 볼 수 있는 새로운 학풍이 되고 있었다.

그 가운데서도 우리가 이곳에서 주목하게 되는 것은 박세당 朴世堂이 편찬한 《색경穡經》이다. 이 농서는 《농가집성農家集成》 이후의 17세기 70년대에서 80년대에 걸치면서 편찬되었는데, 《농사직설》 이래로 조선의 농서가 남부 지방 농업을 중심으로 하고 있었음과는 달리, 그는 중부 이북 지역의 농업도 발전시켜야 한다는 생각에서 이 농서를 편찬하고 있었다. 물론 남부 지방 농업이 이 농서에 따라서 행해지는 것을 거부하는 것은 아니었다.

《색경》이 의존한 자료는, 수전농업과 관련해서는, 《농상집요》와 《농상촬요》이었다. 이 두 농서는 원대元代에 전 중국의 농업생산을 증진시키기 위해서, 시기를 선후해서, 서로 보완관계가 되도록 편찬한 것이었다. 전자는 수전농업을 중국 화북지방의 직파농법으로서 행하려는 것이었고, 후자는 앞에서 논한 바와 같이 그 수전농업을 강남 지방의 이앙농법으로서 행하려는 것이었다. 말하자면 원제국은 이 두 농서를 통해서, 중국 남·북의 수전의 농업생산을 성공적으로 완수하려는 것이었다. 그러므로 박세당은 이 두 농서의 두 농법을, 《색경》의 한 곳에 모아 한 편의 수도水稻조항으로 편성함으로써, 조선 남북의 농업생산도 중국에서와 같이, 지역에 따라 다양하게 수행케 하려는 것이었다고 하겠다.

그리고 보면 박세당의 《색경》은, 중국농서를 통해서 중국의 농업기술 농법을 도입하고 있었다는 점에서, 허균이나 신속의 《한정록》 치농편과 《농가집성》, 특히 주자 〈권농문〉의 그것과 마찬가지이었다. 그러나 그의 중국농학 수용의 사상적 기저, 농업생산의 주체에 대한 이해는, 신속이나 허균의 그것과 달랐다. 그는 농민은 무전자無田者로서 전호佃戶농민이어서는 아니 되며, 항산恒産을 가진 자경自耕농민이어야 할 것임을 강조하고 있었다. 그는 조선의 농업생산을 자경 소농경제의 기반 위에서 발전시킬 것을 구상하고 있는 것이었다. 이는 그의 사상이 반反주자적 정치사상·농정사상이었음을 말해주는 것으로, 《농가집성》 즉 주자 〈권농문〉의 그것과는 근본적으로 다른 것이었다고 하겠다.

(4) ; 끝으로 들 수 있는 그러나 당시 학계에서 중심적이었던 학풍은, 중국농서 중국농학을 받아들여 농서를 편찬하되, 이를 그것만으로서 이용하려는 것이 아니라, 전통적인 조선의 수도작 경종법과 결합하는 가운데, 이를 더욱 새로운 체제로 발전시키려는 학풍이었다. 많은 사람들이 이 같은 입장에서 연구를 하고 농서를 편찬하였다.

고상안高尙顔의 《농가월령農家月令》은 그러한 농서의 한 예가 되겠다. 이 농서는 허균의 《한정록》 치농편과 같은 시기 — 한 해 늦게 — 에 편찬된 월령식 농서였다. 중국의 원·명 시기에는 권농용 농서로서 《농상촬요》나 《신은》이 월령식 농서로서 널리 보급되고 있었는데, 고상안은 그러한 시대적 분위기 속에서, 그 원리를 조선의 경상도 지역에 맞는 교과요목과 같이 꽉 짜인 간결한 농서로서 마련하고 있었다.

그러한 가운데서도, 이 시기의 시대사조를 반영하는 새로운 대표적인 농서로 볼 수 있는 것은, 홍만선洪萬選이 편찬한《산림경제山林經濟》이었다. 그 편찬은 17세기 말 18세기 초의 일로서, 박세당의 《색경》이나 신속의 《농가집성》이 편찬되고서도, 세월이 좀 지난 후의 일이었다. 그는 지방관이었으므로, 정부 편찬의 《농가집성》을 가지고 농민들에게 권농勸農을 해야 했으나, 그렇게 하지 않고 그 자신의 농서를 편찬하고 있었다. 그는 권농관勸農官으로서, 《농가집성》을 권농용 농서로서 만족하지 못하고 있는 것이었으며, 그 나름의 새로운 농서를 편찬하고 있음이었다. 《색경》의 경우에 대해서도 마찬가지였다.

《농가집성》은 당시로서는 국정의 농서였으나, 이는 여러 농서를 집성한 농서였으므로 참고문헌은 될 수 있었으나, 논리가 일관되고 단순 명쾌해야 하는 교과서가 되기는 어려웠다. 무엇보다도 참고에 불편하였다. 더욱이 그《농사직설》에는 많은 증보를 하였는데, 주자〈권농문〉이 또한 한 편의 농서로서 추가되고 있어서, 농서로서의 체제도 매끄럽지 못하였다. 여기에 수록된 여러 농서 사이에는 농업생산의 주체—농정이념—를 놓고 큰 견해차가 있기도 하였다. 그러므로 권농관·농업교사로서 지방수령들은, 농민들에게 농업생산 농정이념을 교도하는 데, 혼선이 생길 수도 있었다.

홍만선이 새로운 농서를 편찬하였다고 하는 것은, 그의 농서가 《농가집성》, 즉 주자 〈권농문〉의 지주전호제 중심의 농업생산 농학체계를 그대로 따르지 않은 것은 말할 것도 없고, 《농가집성》을 구성하는 여러 집성서集成書(《농사직설》《금양잡록》《사시찬요초》)의 기술내용을 분해 해체하여, 그 자신의《산림경제》로 재구성하였음을 말한다. 그런 가운데서도 우리가 특히 주목하게 되는 것은,《농사직설》의 농업생산 체계도 분해하고 해체하여 그것을 바탕으로 하기는 하였으나, 그 자신의 자경농自耕農 중심의 새로운 농업생산 체계로 종합하고 확대 발전시키고 있는 점이다. 물론 이를 위해서는 자료로서 명나라 왕자의《신은》등을 대폭으로 인용하고 있었다.

이러한 농서의 편찬은《농사직설》시대의 종언을 뜻함이었다.《농사직설》은 세종의 농정이념이 담기고, 세종의 명命에 따라 편찬된 당시의 국정농서이었으므로, 좀처럼 그렇게 하기 어려웠을 터인데, 그는 그렇게 하고 있었다. 그는 훌륭한 학자일 뿐만 아니라 용기 있는 학자였다. 그의 시대는 세종의 시기로부터 세월이 많이 흘렀고, 외세침략으로 국가위기를 두 번씩이나 겪은 후였으므로, 그리고 당시의 국제정세·시대상황과도 관련하여 이 일은 가능하였던 것으로 생각된다.

그가 농서를 편찬하던 시기의 국제정세는, 대륙에 명·청이 교체되는 격변이 있기는 하였지만, 학문적으로는 중국문명을 계속 수용하지 않을 수 없는 때였다. 그러므로 그도 당시의 대부분의 학자들이 그러했듯이, 중국 원·명 시기의 농서를 참고하면서, 그의 《산림경제》를 편찬하였다. 수전농업·이앙법과 관련하여, 그가 참고한 중국농서는 주로 주권朱權의 《신은》, 《한정록》 치농편을 통해서 본 《도주공치부기서》, 그리고 《농사직설보農事直說補》를 통해서 본 노명선의 《농상촬요》 또는 《신은》이었다. 우리가 문명을·받아들이고 있는 중국에서도 최신최선의 농서를 참고하고 있는 셈이었다.

여기서 가장 흔하게 볼 수 있었을 노명선의 《농상촬요》가 크게 내세워지지 않은 점이 마음에 걸리나, 이는 그가 이 농서를 보지 못한 데서가 아니라, 《신은》(이 농서의 수도작 농법은 《농상촬요》의 그것을 그대로 수록하고 있어서 같았다)을 특히 강조하고 있었던 점으로 보아, 숭명崇明의 문제 및 《농사직설》 해체의 문제와도 관련하여, 있을 수 있는 국내의 여론을 의식한 탓이었으리라 여겨진다. 또한 이는 박세당이 이미 크게 이용하였으므로, 그는 원간元刊의 오래된 농서를 피하고, 명간明刊의 최신농서를 자료로서 선정하였음이라고 이해할 수도 있겠다.

《산림경제》는 당시로서는 최선의 농서였으나, 간행되지 못하였고 필사본으로 유포되었기 때문에, 세상에 전하는 책은 모두 탈자脫字·오자誤字·착편錯編된 바가 많았다. 그래도 이만한 창의성 있는 농서를 저술하기는 쉽지 않았으므로, 그 뒤 학계에서는 이 농서에다 다소의 증보를 가하여, 여러 종류의 《산림경제》 증보본을 편찬하는 것이 한 시대를 풍미하였다. 많은 첨삭이 가해지기는 하였지만, 정부 편찬의 《고사신서攷事新書》에 한 부문으로 수록되기도 하였다.

그리고 조선후기 농서의 완결편이라고 할 수 있는 서유구徐有榘의 《임원경제지林園經濟志》도, 앞에 제시한 농서목록은 말할 것도 없고, 그 밖의 많은 중국농서와 문헌을 통해(《임원십육지林園十六志》 인용서목) 수정·보완·조정을 하기는 하였지만, 이 《산림경제》가 있으므로 이를 기초로 하여 그의 학문을 확대·발전·완성할 수가 있었던 것이라고 하겠다.

5. 결 ― 조선의 내·외농학 종합과 신농서 편찬

원·몽골제국이 천하를 지배하는 시기는, 수전농업을 중심으로 한 중국의 농업·농학이, 새로운 단계로 한 단계 비약하는 시기였다고 하겠다. 그 이전에는 남북의 농업·농학이 각각 개별적으로 개발 발전하고 있었는데, 이때에 이르러서는 농학자가 전국의 농업·농학을 하나의 틀 하나의 체계로 묶어서 정리하고, 그 안에서 남북의 농업·농학의 특성을 명확하게 파악하여 제시하도록 하고 있었다. 원대의 3대 농서인 왕정의 《농서》, 맹기의 《농상집요》, 노명선의 《농상촬요》가 바로 그것이었다. 그 같은 학문 체계화의 전통은, 그 뒤 명·청대로 이어졌으며, 이에 따라 많은 농서가 편찬되었다.

고려·조선에서는 중국문명을 수용하는 가운데, 몽골 방식으로 문명전환을 하고 있었으므로, 이때 중국의 농학·농업의 발달은 조선에도 긍정적인 영향을 줄 수 있었다. 그러나 그 사이에 고려·조선인들은 몽골·원제국도 멸망하는 것을 보고 있었으므로, 국가와 고유문명 유지의 중요성을 새삼 실감하지 않을 수 없었다.

그리하여 세종조의《농사직설》의 농학이 정착한 뒤에는, 당분간 그 체계에 따라서 농업생산을 추진하였고, 농업 생산체계의 변동을 추구하지는 않았다. 조선의 정치인들은《농사직설》의 농업생산 면에서 부족한 부분을,《금양잡록》과《사시찬요초》를 편찬하여 보완하는 것으로서 해결하려 하였다.

그러나 그 뒤 조선에서는, 임란·호란 등 두 차례의 전쟁을 치르는 가운데, 그 자체도 국가위기였지만, 그로 말미암아 농업생산이 파괴되고 농민경제 국가재정이 파탄되는 등 위기상황을 맞고 있었다. 국제정세도 명明이 청淸에 의해 멸망하는 등 더욱 심각해졌다. 살아남는 방법은 농업생산을 재건하고 증진하여 국력을 키우는 길뿐이었다.

그러므로 조선의 지식인들은, 그동안 '성역'시 되어온《농사직설》의 농업기술 농업생산 체계에 가필 증보할 것을 생각하게 되고, 나아가서는 원·명 시기에 중국 강남 지방에서 발달한 수전농업을 중심으로 한 농학·농서를 다시 주목하게 되었다. 내외의 농학을 유용하게 활용함으로써 농업생산을 증진하고 빈사 상태의 조선농업을 재건하려는 것이었다.

농학자들은 여러 계통으로, 원·명 시기 강남 지방의 농학·농서를 구입하여, 이를 근거로 수전농업·이앙농법에 관한 그들의 농서를 편찬하고 있었다. 이렇게 하면 직파농법보다 농업생산이 조금은 더 증진하리라 생각하는 것이었다.

그런 가운데서도 그러한 학풍의 주류를 이루는 것은, 국내 농학과 중국농학을 종합하고 통합하여, 종래의 농업생산 체계를 획기적으로 변화시키려는 경향이었다. 물론 그렇더라도 전통적으로 내려오는 조선의 고유한 농법은 계승 발전시켜 나가려는 것이 그들 대부분 인사의 뜻이었다. 수전농업의 직파농법에서 이앙농법으로의 전환문제도, 중국에서는 이렇게 발달하고 있다는 것을 자료로서 제시함으로써, 정부당국과 반대여론을 무마하고 이앙법의 보급을 자신 있게 유도하려는 것이었다. 이 문제는 수리시설 없이 단시일 안에 전면적으로 변화가 일어나게 할 수 있는 일이 아니었다. 실제로 조선후기의 수전농업에서는 그 농법전환이 서서히 진행되고 있었다.

여러 사람이 이 방향을 추구하는 가운데, 홍만선洪萬選의 《산림경제山林經濟》 편찬은 특히 그 의미가 두드러진 바 있었다. 그는 조선전기 이래의 국정농서인《농사직설》《농가집성》의 기술체계 생산체계를 분해 해체하고, 이를 중국 강남농서·강남농법을 참고하는 가운데, 그의 새로운 농서의 농업생산 체계로 재구성하고 있었다.

그러한 점에서 그의 작업은 조선의 농학계에 신선한 충격을 주는 바가 되고 있었다. 많은 사람들이 이에 찬동하였고, 그들의 건해를 보태어《산림경세》 승보본을 편찬하였다. 전통적 농업을 개혁 개발하여, 그것을 새로운 시대의 합리적 농업으로 전환시키려는 서유구의《임원경제지》도, 이 농서를 기점으로 해서 출발하고 있었다. 그러한 점에서 원·명 시기의 농학·농서가 조선 농학에 미친 영향은 적지 않았다고 하겠다.

제6장 조선 수도작의 고유농법의 자료를 찾아서
— 평안도 건답 · 건파재배법과 함경도 윤답 · 회환농법

1. 《농사직설》의 조선 고유농법

나는 젊은 시절에 《농사직설》을 처음 공부할 때는, 흔히 볼 수 있는 《농가집성》을 이용하였다. 그리고 연구를 하면서는 선조宣祖조의 내사본 《농사직설》(《금양잡록》과 합간)을 이용하였다. 영인 복사기계가 나온 뒤에는 이들 농서를 복사하여 볼 수 있어서 편하였다. 《농사직설》만을 단권으로 편찬 간행한 세종조의 간본은, 귀중본이어서 영인기가 나온 뒤에야, 이를 복사하여 원본·귀중본을 대하듯 하며 참고하였다. 영인 복사본을 이미 갖게 된 뒤에도, 다른 곳에 《농사직설》이 또 있어서 이를 복사할 수 있으면, 이 또한 복사하여 원본만큼이나 소중하게 대하며 다른 본과 대조 참고하였다. 영인기계는 참으로 편리한 이기였다.

《농사직설》을 공부하면서 나는 그 내용에, 나의 상식으로는
이해가 안 가는 점이 있어서, 옛날 농업은 지금과 많이 달랐구
나 하고 생각하였다. 가령 벼농사(수도작水稻作)의 중심이 이앙
법·삽종揷種이 아니라 직파直播인데다, 그것도 수경水耕·수파水
播만이 아니라 건경乾耕·건파乾播도 하는 것이어서 신기했다.
중국 북방北方농서인 《제민요술》《농상집요》에는 벼농사의 건
경·건파는 없었다. 그리고 중국농서에서는, 벼는 논을 세역歲易
하며 재배하는 것이 좋다고 하였는데, 이때 조선에서는 이 세
역을 조선에서 관행하는 회환농법으로 번역하고 있었다.

나는 젊을 때 서울대학교 사범대학에 근무하였는데, 이때 이
대학의 지리과에는 견문이 넓고 미국유학을 한 선배 선생님 이
찬李燦 교수가 계셔서, 이 건경·건파 문제를 가지고 여러 차례
이야기를 나누었다. 이 교수 말씀은 그것은 조금도 이상할 것
이 없으며, 《농사직설》의 기록과 같이 봄가뭄(춘한春旱)으로 물
이 없는 지역에서는, 김매기에 악전고투해야 하는 어려움이 있
기는 하지만, 그렇게 할 수밖에 없으며, 지금도 건파를 하는 곳
이 있다는 것이었다. 더욱이 미국에서는 근대 농학으로서 이
농법을 실험하기도 하였는데, 일반 수도水稻재배와 큰 차이가
나지 않았다는 것이었다.

나는 이러한 말씀을 들으면서, 이 농법이 우리나라 수도작의
전통적인 한 고유농법이 될 수 있겠구나 생각하며, 더욱 많은
관심을 갖게 되었다.

밭농사는 위의 중국농서 《제민요술》《농상집요》에서는 그

경종법이 밭을 견畝과 무畝로 정지整地하고, 견畝에 파종을 하
는 것이었는데,《농사직설》에서는 양식작물을 많은 경우 무畝
(밭이랑)와 무간畝間으로 정지하고, 무에다 파종을 하고 있었다.
무간은 식토息土하였다가 지력이 회복된 뒤 그곳에 간종間種을
하고 있었다. 간종법間種法은 조선농업의 특징이었다.

이는 요컨대《농사직설》의 이들 경종법은 시대적으로 전근
대前近代의 농법이며, 외적·횡적으로 중국과 다른 조선의 고유
한 농법이었다고 하겠다. 그러므로 우리 농업의 역사적 전통이
나 특징을 이해하기 위해서는, 이들 고유농법의 발전과정을 또
한 추적해야 할 것으로 생각하였다. 여기서는 그러한 문제를,
조선시기의 농학이 이를 어떻게 인식하고 발전시켰는지, 수도
작의 건파乾播재배에 관해서 가졌던 의문 아쉬움, 세역歲易이
회환回換이었음을 발견했을 때의 기쁨을 회상되는 대로 적어보
기로 하겠다.

2. 평안도 건답·건파재배법 ;《농정요지農政要志》

(1) ;《농사직설》의 간행 이후에는 실로 많은 농서가 편찬
되었다(〈농서일람〉참조). 그러나 조선시기의 농서에서 벼의 건
파乾播재배법이 발달 성장하는 사정을 찾아보기는 쉽지 않았다.
많은 농서들은 건파법乾播法의 어려움을 극복하기 위해서, 건앙
법乾秧法을 개발 보급하고 있었음은 말하였지만, 그 밖에 다른
방법으로 건파법을 비약적으로 발전시키고 있었음을 기술한

농서는 없었던 것 같다. 대부분의 농서에서는 수도작을 논하는 가운데, 《농사직설》에서와 마찬가지로, 그 일부로서 건파·건앙을 기술하는 것이 고작이었다.

나는 그것이 의문이고 아쉬운 일이라고 생각하였다. 한말 일제하의 평안도 지방의 건답재배에 대한 일본인 관리 학자들의 보고서를 보면, 이 지방의 건답재배법은, 조선초기 《농사직설》의 그것과 비교할 수 없을 만큼 큰 차이가 있었기 때문이다. 이렇게 건답재배의 농법이 발달할 수 있으려면, 이 농법을 그렇게 발달시킬 수 있는, 어떤 형태의 기록이나 농서가 있어야 하지 않았을까 생각되었다. 그래서 나는 그 뒤 이 같은 자료를 찾는 것이 관심사가 되었다.

우리는 먼저 평안도 지방의 그러한 농법을 기술한, 보고서에 관해서 살피는 것이 필요하겠다. 그 보고서와 연구서를 열거해 보면 다음과 같다.

① 日本農商務省,《韓國土地農産調査報告》平安道, 1906

② 武田總七郎,〈學理上에서 본 乾畓栽培法〉(《朝鮮彙報》5-4, 1916) ; (《朝鮮農會報》11-5, 1937)

③ 武田總七郎,《實驗麥作新說》, 附錄,〈平安南北道에 있어서의 乾稻栽培法〉, 1929刊, 1935 訂正版

④ 平安北道種苗場彙報 2,《平安北道에 있어서의 乾畓의 調査》, 1923

⑤ 朝鮮總督府勸業模範場,《平安南道에 있어서의 乾畓》, 1928

⑥ 朝鮮總督府勸業模範場,《朝鮮의 在來農具》, 1925

⑦ 盛永俊太郎,《日本の稻 — 改良小史 — 》(1957刊, 養賢堂)

⑧ 盛永俊太郎 編,《稻の日本史》上,下(1969刊, 1970版, 筑摩書房)

(2) ; 위에서 ①의 보고서는 일본제국이 러·일전쟁에서 승리한 뒤, 대한제국을 강점하고 수탈하기 위한 방법 정책으로서, 그 농상무성으로 하여금 한국농업의 실태를 조사케 한 보고서였다. 일본 농상무성에서는, 한국농업을 일본제국 일본인이 장악하고 지배하기 위한 사전 작업으로, 전문학자들을 파견하여 도道 단위로 한국의 농산업에 대한 전면적인 기초조사를 하였다. 평안도 황해도 함경도에는, 도쿄제국대학 교수 혼다 고노스케本田幸介를 비롯한 농사시험장 기사 등이 파견되어, 근대 학문으로서의 농업과학으로서 이 일을 수행하였다.

그런 가운데 그들은, 평안도에는 벼의 건답재배 지역이 있다는 사실에 크게 주목하였으며, 그 이후 이 지역의 건답재배법은 그들의 집중적인 연구대상이 되었다. 이때의 보고를 간추리면 다음과 같다.

水稻 ; 재배법의 대요大要는 황해도에서 기술한 바와 같다. 이식移植(이앙移秧 — 필자)이 있고 직파直播가 있다. 산전山田은 모두 직파라고 해도 지나친 말이 이니다. 각 도에 관해서 특론한다면, 남도南道평야는 직파가 반은 될 것이고, 북도北道평야는 대략 이식移植으로서 북으로 가면 갈수록 직파가 늘고 이식이

드물다.

그런데 이 도의 중앙 이북에는 타도에서 볼 수 없는 특수한 재배법이 있다. …… 특수한 재배법이란 건답을 기경 정지하고 여기(파종구播種溝 — 필자)에 조파條播를 하는 것이다. 관수灌水가 안 되기 때문이다. 한전旱田에 파종하는 것과 같다. 중경제초中耕除草를 하고 배토培土를 한다. 즉 휴반畦畔(논두렁 밭두렁의 두렁 — 필자)이 있는 육전陸田(밭 — 필자)으로 볼 수 있을 것이다. 휴폭畦幅(파종구와 그 사이의 이랑)은 2척 전후, 중경제초는 2, 3회, 그때마다 솎아내기를 한다. 파종 시기는 보통 수전水田보다 좀 늦고, 비료는 특별함이 없고 회분灰糞 퇴비堆肥를 쓰며 이밖에 초비草肥도 쓴다.

이 건답은 전적으로 천수天水에 의존하는 것으로, 연 강우가 많으면 수확이 많고 강우가 적으면 수확도 적다. …… 이 지방 농가의 말에 따르면, 수전水田과 건답乾畓의 수확의 차이는, 수전 1에 대해 건답 0.8 정도일 것이라고 한다.

여기서 말하는 특수한 재배법은, 그 뒤 이 문제를 집중적으로 조사 연구하는 일본인 관료 학자들이, 평안도 건답재배 평안도 건도乾稻재배라고 명명한 재배법이었다. 일본에는 이러한 재배법이 없었기 때문에, 조사단은 이 재배법에 주목하면서도, 이를 특수한 재배법으로 기술했던 것이다. 그리고 조사단은 《농사직설》등의 조선농서를 사전에 면밀히 검토하였을 것임에도 불구하고, 평안도의 특수한 재배법 — 건답재배 농법 —

을,《농사직설》의 건경·건파농법과는 같은 것으로 보지 않았
고, 다른 도에서 볼 수 없는 특수한 재배법이라고 하였다.

  (3) ; 그러면 그 평안도 건답재배 농법은,《농사직설》의 건
경·건파농법과 구체적으로 얼마나 다른 것이었는가? 위의 ②
③④⑤ 등의 보고서를 통해서 보면, 그 두 농법은 구한救旱·경
작법耕作法이라는 점 건파를 한다는 점에서는 같았으나, 그 밖
의 경종법의 여러 면은 근본적으로 서로 다른 점이 있었다. 그
런 가운데서도 최대의 차이점이라고 말할 수 있는 것은 다음의
두세 가지 점이 되겠다.

  첫째, 무엇보다도 주목되는 것은 정지整地 파종의 방법이 크
게 달랐다.《농사직설》에서는 건전乾田을 기경起耕·쇄토碎土하
고 평면이 된 전면田面에 족종足種(따라서 과종科種·점종點種)을
하는 것이었는데, 평안도 건답재배에서는 2척 넓이의 전면에,
쟁기로 넓이 4촌寸 깊이 3, 4촌 정도의 파종구를 가르고, 거기
에 뒤 따라가며 곧 파종을 하되 판상板狀의 조파條播로 하는 것
이었다. 후자는 전자에 견주어 노동력을 절약할 수 있었고, 구
한의 원리를 더 잘 살리고 있었다.

  둘째, 파종 뒤의 복토覆土·제초除草·중경배토中耕培土 작업이
달랐다.《농사직설》에서는 족종足種을 하였으므로, 이를 사람
이 수작업으로 일일이 공을 들여서 해야 했으나 — 노동력 과
다 —, 평안도 건답재배에서는 핀싱의 조파로 하였고, 이를 축
력畜力(소)을 이용한 '후치' 또는 '살번지' '매번지'라고 하는 특
별한 농구를 이용하여 하고 있었으므로, 기동성이 있고 노동력

이 크게 절약되었다. 특히 전자에는 중경배토 작업이 없었는데, 후자에서는 이 작업을 몇 차례 유용하게 활용하고 있었다.

그리하여 우계雨季에 들어 이 작업이 끝나면, 본시 파종구였던 판상의 벼의 묘열은 낮은 무畝가 되고, 그 옆의 본시 무였던 공지는 깊지 않은 구溝가 되는 가운데, 적은 빗물이라도 고이게 할 수 있었다. 그러한 점에서 평안도 건답재배법은, 《농사직설》의 건경·건파농법에 견주어, 한지早地농법으로서 한층 더 발달한 농법이었다고 하겠다.

셋째, 뿐만 아니라 《농사직설》의 건경·건파농법에서는 회환농법을 언급하지 않았는데, 평안도 건답지대의 좀 건조한 곳에서는 3, 4년에 한 차례씩, 건답을 밭(한전旱田)으로 번작 정지하여, 맥麥·속粟·대두大豆·소두小豆 등의 밭작물과 회환回換경작(윤작輪作)을 하고 있었다. 지력地力을 균형 있게 유지하기 위해서였다. 밭작물을 경작하는 동안에는 간종경작을 병행하기도 하였다. 그러한 점에서 평안도 건답지대의 농작물 재배는, 자연조건 자연환경에 철저하게 적응하고, 이를 적절히 이용한 농법이었다고 하겠다.

이 같은 몇 가지 점만 보더라도, 평안도 건답乾畓지대의 건도乾稻재배 농법은 지극히 합리적이고, 전근대의 한지농업으로서는 대단히 발달한 농법이었다고 하겠다. 그러한 점에서 위 ③서의 저자는, 이곳의 건도재배법을 일본농업이 세계에 자랑할 수 있는 경종법이라고까지 하였다. 다른 보고서들도 표현을 하지는 않았지만, 그 합리성을 인정하고, ③서의 평가에 동의하는 분위기였다.

그렇더라도 그들은 모든 한국농업을, 일본농업으로 편입하고 개량할 것을 목표로 하고 있었으므로, 평안도 건답지대의 전통 농업을 계속해서 발전시켜 나가고자 하는 것은 아니었다.

물론 이 보고서들은 일본인 관료 학자들이 한말 일제초기에 기술한 것이지만, 그 내용은 그들이 개발 육성한 것이 아니라, 조선시기 이래로 전해오는 전통적인 평안도 건답재배의 농법을, 학리學理상으로 과학적으로 조사하고 평가한 것이었다. 말하자면 조선시기 이래로 이 지역 농업생산자들은, 물이 없는 조건 천수天水에만 의존하는 조건에서, 그 농법 농업기술의 수준을 이런 정도로까지 발전시키고 있는 것이었다.

(4) ; 그런데 조선시기의 일반농서에서는 이 같은 이 지역의 농법을 기술하고 있지 않았다. 이 농서들은 대체로 남부 지방 사람들이, 그 체계를 《농사직설》의 체제를 따라, 남부 지방 농업을 중심으로 편찬하고 있었다. 중부 이북 특히 북부 지방에 대해서는 관심이 적었다. 《농사직설》의 농법을 지역조건에 맞게 적절히 활용하면 될 것으로 생각하였다. 북부 지방 농업을 중심으로 농서를 편찬하는 사람도 있었으나, 그 경우는 중국농업을 통해, 그곳 낙후한 농업을 개량하려는 데 목표를 두고 있었다. 이 경우는 농업현실을 있는 그대로 기록하는 자세가 아쉬웠다.

그러나 이러한 사정이, 곧 평안도 건답재배의 농법을 기술한 농서가 없었음을, 반영하는 것이라고는 할 수 없겠다.

나는 물이 없는 한지에서 이만큼 발달한 농법 농업기술이 형성되려면, 오랜 세월에 걸친 농업전통과 전문가의 연구 지도가 있어야 가능할 것으로 생각하였다. 그러려면 그 농법 농업기술을 기록한 특수농서가 있지 않으면 안 되었을 것으로 보았다. 나는 그러한 자료를 수소문하였고, 그 한 예를 국사편찬위원회 소장 문집에서 찾을 수가 있었다. 이 절의 표제에 제시된 《농정요지》가 그것이다(앞에 제시한 〈농서일람〉의 30 참조).

《농정요지》는 19세기의 헌종 4년(1838)에, 정부의 우상右相이었던 이지연李止淵이 당시의 한재旱災를 극복하기 위한 방안으로, 즉 구한救旱농법으로서 수도水稻 건답乾播재배법으로 편찬한 특수농서이었다. 그런데 이 농서의 편찬에서 그가 표본으로 삼은 농법자료는, 《농사직설》의 건경·건파재배법이 아니라, 평안도 건답지대의 건파재배법이었다. 그 해설도 그렇고, 정지·파종·복종·제초·중경배토 등의 방법 원리가, 기본적으로 평안도의 그것과 모두 같았다. 다만 그 명칭을 한자로 표기하고 있는 점이 다를 뿐이었다. 아마도 그는 고래로 전래하는 이 농법에 관한 어떤 자료를 참고하였거나, 아니면 이 농법으로 오랜 동안 농사를 해서 전문적인 식견을 지닌, 명농자明農者와 토의를 하는 가운데 편찬하였을 것으로 생각되었다.

이러한 과정을 통해서 나는 우리의 고유농법 전통농법 가운데서도, 건답·건파재배법은 지역에 따라 그 재배법에 차이가 있었지만, 기후 토성 등의 조건과도 관련, 한지농법으로서 건답·건파재배법이 가장 잘 발달한 곳은, 평안도 건답지대일 것이라고 생각하였다. 그래서 이 농서 이 농법을 발굴할 수 있었을 때, 이것이 아주 오래된 농서는 아니지만, 나는 참으로 흐뭇하였다. 나는 즐거운 마음으로 이 농서에 대한 글을 썼고, 이를 손보기 선생님 정년논총에 실었다.

3. 함경도 윤답·회환농법 ;《농서집요農書輯要》

(1) ; 평안도 서해안 평야지대에 건답·건파재배법이 발달하고 있을 때, 함경도 길주군吉州郡 중심부에는 윤답輪畓농법이 발달하고 있었다. 이는 하나의 농지에 한전旱田작물(보리, 조, 콩·팥, 수수 등)과 수도水稻를 해갈이로 번갈아 경작하는, 우리 전통적 농법의 하나인 회환농법·회환답(줄이면 환답換畓)이었다. 그러한 점에서, 길주 지방에서는 윤답을 환답이라고도 한다 하였는데, 이 환답은 곧 고래로 내려오는 회환답을 가리키는 용어였다고 하겠다.

그러나 《농사직설》에서는 이 회환농법에 관해서 언급하지 않았다. 회환농법으로 벼를 재배하더라도, 그 벼의 경종법 자체만을 보면, 그것은 《농사직설》의 그것과 다르지 않았기 때문이었을 것이다. 그뿐만 아니라 회환농법은 널리 관행하였던 것으로 보이나, 이 농법으로 수도와 밭작물을 번갈아 재배하는 농지는 수진水田도 아니고 한전旱田도 아님에서, 《농사직설》의 농작물재배 편제에서는 어디 끼어들어 갈 자리가 없었다. 《농사직설》에 반영된 조선왕조의 농업정책은, 농지를 통상적으로 수

전과 한전으로 구분하고, 거기에 각각 수도水稻와 밭작물만을
재배할 것을 기본전제로 하는 것이었다.

회환농법은 수전·한전 겸용의 농법이었으므로, 정상적인 수·
한전에서 정상적인 수·한전 작물 재배법만을 교과서처럼 다루
고 있는, 《농사직설》이나 그 이후의 농서들에서는 주목 받을
수가 없었다. 초선시기에는 수도작을 중요시하면서도, 국가정
책으로서 수도작의 새로운 재배법을 개발하고, 발전시켜 나가
려는 관심과 정책은 부족하였다.

회환농법은 중국에서는, 좀 특수한 경우로서 목면木綿과 수
도水稻를 회환 경작하는 예는 있었으나(서광계,《농정전서》), 일
반 밭작물과 수도를 회환 경작하는 재배법은 흔치 않았던 것
같다. 중국에는 수전水田 이작裏作이 발달해 있었기 때문이었을
것이다. 그러한 사정은 일본의 경우도 마찬가지이었다. 일본에
서도 이모작二毛作이 일찍부터 발달해 있었던 것이다. 그래서
앞에 언급한 일본 농상무성의 《한국토지농산조사보고韓國土地
農産調査報告》에서는, 한국 수도작의 조사 대상을, 도 단위로 직
파로 재배되는 농지와 이앙으로 재배되는 농지에 관해서만 유
의하고, 회환농법으로 재배되는 농지에 관해서는 주목하지 않
았다.

(2) ; 그러므로 우리는 먼저 함경도 길주 지방의 윤답농법
이, 구체적으로 어떠한 것이었는지, 어떻게 형성되었는지부터
파악하는 것이 필요하겠다.

일제 아래 근대농학으로 한국농업을 연구하는 학자들은, 평

안도 건답·건파재배를 연구하는 일환으로, 이 재배법 관행의
학리學理상의 중요성 합리성을 인식하고 연구하였으며, 이어서
는 함경도 길주 지방의 윤답농법도 조사 연구함으로써, 윤답농
법은 새삼 널리 알려지게 되었다. 다음의 두 연구는 그 예이다.

① 武田總七郞, 《實驗麥作新說》, 附錄, 〈平安南北道에 있어서의
乾稻栽培法〉, 1929刊, 1935 訂正版
② 池泳鱗, 〈咸鏡北道 吉州지방의 輪畓에 關한 調査, 附 畑作灌水
에 關한 調査〉(《朝鮮農會報》 9-9, 1935)

①書는 앞에서 이미 소개한 연구이다. 그 저자는 평안도 건
답·건파재배에 관한 초기 연구를 더 다듬어서, 좀 뒤에 이를
일본농업이 세계에 내놓을 수 있는 자랑거리라고 하며, 그 재
배법의 내용을 소개하였다. 그런데 그 가운데서, 그는 이 지방
에서도 비교적 건조한 토지에서는, 건도乾稻와 밭작물을 윤재輪
栽한다고 하였다. 밭작물 상호간의 윤작輪作과 구분함이었다.
그가 말하는 윤재란 우리의 전통적인 회환농법이었다. 이 지
방에서는 건답·건도재배를 위주로 하면서, 3, 4년마다 한 차례
씩, 보리·콩·팥·조·참외를 재배한다고 하였다. 콩·팥·조·참외
를 재배하기 위해서는, 건답에 광폭廣幅의 이랑(무畝)을 만들고,
일반 밭에 그것을 재배하듯 하였다. 이 지방의 전통적 건답재
배는, 윤재·회환까지도 병행하며, 농지를 최대한 합리적으로
이용하는 것이었다.

②의 논문은 지 교수의 젊은 시절의 연구로서, 함경북도 길주 지방의 전통적인 수도작 관행을, 현지조사를 거쳐 윤답농법의 개념으로 정리한 글이다. 단지 현황으로서의 윤답농법이 아니라, 길주 지방 윤답농법의 역사적 기원을, 그 고장에 전해오는 설說에 따라 290여 년쯤 전이라는 점도 제시하였다. 지 교수는 길주농업학교 교사로도 근무하였으므로, 이런저런 자료를 수집하고 고로古老들의 이야기도 듣는 가운데, 그 연원을 추적하였을 것이다.

그 시기를, 지 교수의 논문 집필의 시점을 기준으로 계산하면, 조선왕조에서는 양란기의 혼란 속에, 조선전기의 농업·농학이 충격을 받고 변화가 일어나게 되는 시점이었다. 그것은 이 시기 농학계의 사정이, 짧은 기간에 《고공가》《한정록》《농가월령》《농가집성》 등의 농서가, 등장하였던 것으로서 짐작할 수 있다. 《농사직설》의 체계가 서서히 부정되고 있었다. 수전농업을 발전시키되, 직파법을 이앙농법으로 전환하고, 수전水田이 점점 늘어나고, 한전旱田을 수전으로 번작하는 번답反畓 현상도 이미 등장하는 시기였다. 길주 지방의 지리적·사회적 조건으로 보아, 그 군민이 윤답농법을 도입 보급하는 것은, 자연스러운 일이었다.

(3) ; 길주군은, 마운령 산맥의 장백산에서 동으로 뻗은 산줄기와 동남으로 뻗은 산줄기 사이의 협곡이, 동해에 이르기까지 전개되는 넓은 공간에 자리 잡고 있다. 이 협곡에는 장백산 설령雪嶺에서 발원하는 물줄기 부서천浮瑞川에, 사발령沙鉢嶺에

서 발원하는 물줄기 사하동천斜下洞川과, 응봉령鷹峯嶺에서 발원
하여 농사평農事坪을 경유하며 흐르는 물줄기 탑평천塔坪川 및
그 밖의 여러 물줄기들이 합류해서, 큰 부서천(남대천南大川)을
이루고 군郡의 중심부를 거치면서 동해로 흘러든다(《대동지지大
東地志》).

부서천의 중반 아래로는, 천변 산록과 구릉지의 경사가 완만
하고 평야가 발달해서, 한전농업과 수전농업이 모두 시행되고
있었으나, 특히 한전농업이 발달하였다.

이 군은 7개 사社(면面)로 구성되었는데, 그 민호民戶는 총
5,810호 남 15,004구口 여 16,737구, 전결田結은 한전旱田·원전
元田 4,011결結 62부負4속束 속가전續加田 1,083결 35부7속, 수
전水田 281결 59부3속이었다(《여지도서輿地圖書》하). 이 지역의
여러 군에는 속전續田이 많았던 점으로 보아, 양란으로 황폐했
던 농지가, 그 뒤 계속 개발되고 있었던 것이라고 하겠다.

이 군에서는 이렇게 속전을 개발하면서도, 한전에 견주어 수
전이 압도적으로 적었으므로, 그 주민들은 수전을 갖는 것이
소원이었을 것으로 생각된다. 그럴 경우 이 지역은 속전이 개
발되고 있으면서, 부서천(남대천)이 흐르고 있는 지역이라는 점
에서, 그것을 직접 수전으로 개발할 수도 있었을 것이나 그렇
게 하지 못하였다. 그 물에는 한계가 있었으므로, 수리 이용을
둘러싸고는 분쟁이 있었기 때문이었다. 천川 하류의 기존의 수
전시대(천 하구 — 다초사多初社·동해면東海面)와의 관계를 고려해
서, 그들은 그것을 직접 수전지대로 개발하기보다는 우선은 윤

답지대로 개발할 것을 구상했을 것이다. 군민郡民들은 회의도 하고 실험도 하였을 것이다. 아마도 탑평천의 천변에 자리 잡은 농사평(뒤의 덕산면 지역)은, 그 명칭으로 보아, 그러한 곳이 아니었을까(《대동여지도》) 짐작된다.

이곳 주민들은 이 같은 환경에서, 윤답을 조성하기 위해서, 두 가지 시설을 하였다. 그 하나는 부서천(남대천)의 본류나 지류의 먼 위쪽에서부터, 윤답의 논이 조성되는 곳까지 수로를 이끄는 대공사이었다. 다른 하나는 그 논을 조성하되, 2~10도 내외의 완만한 경사가 있는 산록이나 구릉지를, 경사선이 흐르는 방향으로 직각이 되게 논두렁을 조성하고, 폭이 좁은 계단식 다락논·다락밭을 조성하는 일이었다. 사(면) 단위로 작업이 진행되었을 것이다. 수전으로 조성하기는 했지만, 수로가 없으면, 한전이 더 어울리는 농지였다. 그 지역 안에서, 이미 한전으로 이용되었던 농지는, 자동적으로 윤답이 되었을 것이다.

이같이 해서 조성된 윤답지대는, 부서천 중류 이하 지역의 덕산면德山面·장백면長白面·웅평면雄坪面·영북면英北面(길주읍) 등지였다. 그 하류의 동해면東海面에는 일반 수전이 발달하였다. 윤답으로 재배되는 농지의 총 면적은, 당시의 단위로 약 1,000정보, 군郡 내 수도작 면적의 약 7할이나 되었다고 한다. 이는 이 고장 윤답이 조선후기 이래로, 오랜 세월에 걸쳐 점진적으로 발달해 왔음을 의미하고, 이 지역민의 각고의 노력의 산물이었음을 의미한다고 하겠다.

이것은 한말 일제초기의 사정을 기록한 것이지만, 그렇더라

도 이렇게 넓은 농지가, 회환농법으로 경작되고 있었다는 사실
은, 놀라운 일이 아닐 수 없다. 우리는 이에 관하여 좀더 살필
필요가 있겠다. 지 교수의 조사한 바에 따르면, 그 회환농법의
경종방식에는 5년식과 4년식이 있었는데, 5년식의 경우를 예로
서 들면 다음과 같다.

〈길주 지방 윤답·회환농법의 5년 경종식〉

年次＼畓區	1구	2구	3구	4구	5구
제1년	粟	大麥 大豆	蜀黍	水稻	水稻
제2년	大麥 大豆	蜀黍	水稻	水稻	粟
제3년	蜀黍	水稻	水稻	粟	大麥 大豆
제4년	水稻	水稻	粟	大麥 大豆	蜀黍
제5년	水稻	粟	大麥 大豆	蜀黍	水稻

이 경종식을 좀더 분석 정리해 보면, 그 경종식은 단순한 것
이 아니었다. 이 지방의 윤답농법, 즉 회환농법은 3중의 경종방
식이 복합된 것이었다고 하겠다.

첫째, 이때 이 경종식을 구성하는 농작물은, 조(粟), 보리(大

麥)와 콩(大豆), 수수(蜀黍), 논벼(水稻) 등이 잘 결합된 한 조를
이루는데 ― 논벼는 2년을 연작 ― , 이 한 조의 농작물은 답구
畓區와 연차年次에 따라 그 경종 순서를 달리하고 있었다. 즉 한
조의 농작물은, 그 전체가 하나의 조합으로서, 답구별로 연차별
로 윤재되는 것이었다.

둘째, 이 농법은 밭작물과 논벼를 해를 바꾸어 윤재輪栽하는
것인데, 따라서 그 명칭이 윤답농법인데, 이곳에서는 위의 첫째
의 경우와도 관련, 그 윤재 순서를 답구마다 연차마다 다르게
조합하고 있었다. 그래서 이 경종식에서는 윤재를 하더라도, 5
개의 답구를 가진 사람이면, 매년 이 밭작물과 수도를 모두 재
배할 수가 있었다.

셋째, 이 농법에서는 밭작물을 논벼와 윤재를 하면서도, 그
안에서 밭작물만의 상호간 윤작을, 또한 1년 단위로 행하고 있
었다. 밭작물의 상호 윤작은, 근경根耕 간종間種법 등을 중심으
로《농사직설》에 이미 보이는 경종법이었으므로, 길주 지방의
윤작·윤재 방식은, 이를 중심으로 형성 발전하였던 것이라고
하겠다.

이 지방 이 농업지대에서 농사를 하는 사람들은, 이러한 경
종식을 철저하게 지켰을 것으로 생각된다. 이는 윤답에서이거
나 일반 수전에서 논벼를 재배하려면, 이곳 농업지대의 공동의
수리시설로부터, 물의 공급을 받아야 했기 때문이다. 그리고 이
윤답지대의 농업생산자들은, 그들의 공동의 이익을 위해서, 이
농업지대의 지력을 균형 있게 유지할 필요가 있었을 것이기 때

문이다.

여기서 이 경종식에 보이지 않아서 신경이 쓰이는 것은, 이 고장 밭작물의 주종의 하나인 감자가 보이지 않는 점인데, 이 는 윤답이 아닌 일반 한전에서 재배되고 있었다. 그 밖에 농작 물의 재배법 일반은, 일반 전답에서의 그것과 같았다.

(4) ; 이러한 여러 가지 점에서, 나는 함경도 길주 지방의 윤답·회환농법은, 평안도 건답·건파재배법이 그러하였듯이, 우리나라 회환농법으로서는 가장 발달한 한 예가 될 것이라고 생 각하였다. 거기에는 그 농업지대가 형성 발전되어온 역사적 기 록이 있었을 것이고, 그 윤답·회환농법을 조직적 자율적으로 운영한 규약 지침서 등이 있었을 것이라고 생각하였다.

그러나 그러한 자료를 이 시점의 서울에서 수집하는 것은 어 려운 일이고, 그뿐만 아니라 이 지방의 이 농법은 일반농서에 도 수록되어 있지 않으므로, 나는 최소한 이 농법의 발생 발전 을 이해하는 데 도움이 될 만한, 조선시기의 확실한 회환농법 자료를 찾을 수 있으면 좋겠다고 생각하였다. 그래서 막연하지 만 이를 목표로 자료를 수소문하였다.

그런데 이 목표는 의외로 쉽게 달성되었다. 그러한 문제를 다룬 중국농서의 번역서를 볼 수 있게 된 것이다. 이 절의 표제 에 제시한 《농서집요農書輯要》가 그것이다(앞에 제시한 〈농서일 람〉의 2서 참소).

《농서집요》는 서지가書誌家 박영돈朴永弴 선생에 의해서 발 굴되었다. 어느 날 박 선생으로부터 전화가 왔는데, "일반농서

와 좀 다른《농서집요》라는 옛 농서를 수집하였는데, 보시겠습
니까?"하는 내용이었다. 그래서 나는 그 수집 경위를 물었고,
그 복사본도 한 부 기증받았다.《농서집요》의 발굴은 전적으로
박 선생의 공로이었다. 나는 감사하였고, 자료를 면밀히 검토해
나갔다.

 이 농서는 태종조의 농서 편찬사업과 관련이 있었다. 이때에
는 중국의《농상집요》에서 긴요한 대목을 발췌하고, 이를 우리
의 농업 현실에 맞는 농서로 편찬하기 위하여, 이두吏讀로 번역
하는 사업이 진행되었는데,《농서집요》는 이 사업과 그 편찬원
칙이 같았다. 세종 21년에는 정부에서 진맥陳麥을 파종하는 문
제로,《농서집요農書緝要》등을 참고하고 있었는데, 이는 여기
서 말하는《농서집요》와 같은 책이었을 것으로 생각되었다.

 《농서집요》는 안동부安東府에 오랜 동안 보존되어 있었으나,
중종조의 안동부사 이우李堣가, 그 하종법下種法 운자법転耔法에
주목하여 이를 간행하려 함으로써, 세상에 널리 공개케 되었다.

 우리의 관심사인 회환농법은, 이 농서의 편찬자가《농상집
요》의 수도작 농법(《제민요술》에서 인용)을 번역하는 과정에서,
이를 직역으로 하지 않고 우리의 현행 농법으로 의역함으로써
드러나게 되었다.《농서집요》의 찬자가《농상집요》를 의역하
고 있었다는 사실은, 가령 중국의 정지 쇄토용 농구인 녹노礰
礰·녹축礰軸(일종의 롤러) 및 목작木斫(메) 등을 모두 우리의 소
흘라(써레)로 번역하고, 중국 북토北土 고원지대의 발이재지拔而
栽之 농법을 우리의 이묘移苗(이앙)로 번역하고 있었던 것으로

알 수 있다.

그리고 그는 또한, 중국 수도작의 "논농사는 밭농사에서와 같이, 전작 후작으로 연계되는 바가 없다. 오직 그 논을 해를 바꾸어 경종하는 것이 좋다(稻無所緣 唯歲易爲良)"(《제민요술》《농상집요》)라고 한 세역歲易농법의 원칙을, 휴한농법으로 보지 않고, 우리 농업에서 관행하는 회환농법으로 번역하고 있었다. 중국 고대의 세역농법은 지력의 회복 균형 있는 유지를 위해서 하는 것이었는데, 조선에서는 이때 그 기능을 방법이 다르지만 회환농법으로서 대체하고 있었기 때문이었다.

뿐만 아니라 회환농법을 더 분명히 하기 위해서, 다음과 같이 그 회환답回換畓의 작성요령까지도 기술하였다. 안동부사 이우가, 그 하종법에 주목하였던 부분은, 특히 이 회환답의 작성 정지작업을 포함한 경종법이었을 것으로 생각된다.

① 色吐連處田地亦 ② 或田或畓互相耕作爲良 量地品一樣田地乙良
③ 每年回換 水稻畊作爲乎矣 ……

이 기술에 따르면, 회환농법은 ① 식토 또는 미간지로서 기경하였을 때의 투성土性·토질土質이 균일하게 이어지는 전지田地에, ② 한 해는 밭으로 경작하고 한 해는 논으로 바꾸어 경작하여, 그 토성·토질이 전곡田穀과 답곡畓穀에 모두 좋은 것으로 판단되면, ③ 그 전지에 매년 해를 바꾸어 수도·논벼를 (전곡田穀과) 회환경작(돌려가며 바꾸어 경작) 하라는 것이었다.

《농서집요》에서 말하는 회환농법은, 곧 후대의 윤재·윤답농법 그것이었다. 후대의 윤재·윤답농법의 기원은 고려 말 조선 초기의 회환농법에 있었던 것이라고 하겠다. 여기서는 회환농법에 관하여 더 이상 구체적인 설명을 하지 않았지만, 이러한 농법이 그 후 수백 년에 걸쳐 발달하면, 지역적 조건에 따라, 함경도 길주 지방의 윤답농법과 같은 조직적 체계적인 경종식도, 성립될 수 있는 것이라고 생각하였다.

나는 이렇게 우리의 고유한 전통 농법을 찾아내면서, 일반농서에 이러한 사실이 기록되어 있지 않음을 아쉽게 생각하였다. 이는 우리 농서의 편찬방식이, 전국의 농업관행을 조사 연구한 결과를 가지고 행하는 것이 아니라, 주로 남부 지방의 관행을 주 표본으로 삼은 탓이기도 하고, 더 근원적으로는, 농서 편찬에서 저본을 주로 중국농서 특히 그 체계에 의존하고 있었던 탓이라고도 생각하였다. 이는 이 시기 농학 농업정책의 아쉬운 점이 아닐 수 없다.

제7장 조선시기의 고공과 고지노동의 자료를 찾아서
—《고공가》와 《산림경제(보설)》

1. 농업생산의 시대성과 용작계층

(1) ; 조선후기에는 농민·농촌사회가 분화 재편성되는 가운데, 농업생산은 여러 계층의 농업자 농민이, 여러 가지 형태로 참여하여 이를 수행하고 있었다. 그러나 그것을 크게 나누면, 자기 경영을 가지고 이를 수행하는 생산주체와, 그것을 갖지 못하고, 생산과정에 노동력만으로서 참여하는 노동농민으로 구분된다고 하겠다.

농업생산에 참여하는 생산주체는 여러 사회계층으로 구성되고 있었다. 지주층은 토지를 소유하고 대여하는 생산주체 지배자로서 참여하고, 자경농민은 토지를 소유하고 스스로 경작하는 생산주체로서 참여하며, 시작時作·전호佃戶농민은 지주와 자경농민들로부터 농지를 차경하는 생산주체로서 참여하였다.

이러한 생산주체는 경제적 사회계층으로서 그 생산규모는 다양하였다. 양안量案·추수기秋收記 등에 따르면, 지주층은 대지주에서 중소지주에 이르기까지, 자경농은 대농층에서 중농층 소·빈농층에 이르기까지 광범하게 분포되고 있었다. 그리고 시작농민도 여러 명의 토지소유자로부터 차경을 하거나, 농법의 변동에 따라 겸병광작兼竝廣作을 함으로써, 부농에서 극빈의 영세농에 이르기까지 다양했다. 자경농민이 시작지時作地를 겸영하면 생산의 규모가 커지고 부농이 되는 경우가 많았다. 이러한 상황에서 이 시기에는 경영지주와 경영형부농이 등장할 수 있었다.

이에 견주어 자기 경영을 갖지 못하면서, 따라서 농업생산의 주체가 되지 못하면서 농업생산에 참여하는 농민은, 농민층 분화과정에서 토지소유와 농지차경에서 모두 배제된 경제적으로 최저의 밑바닥 계층이었다. 그들은 노동력 제공자 피彼 사역자로서 농업생산에 참여하는 것이었다.

이 같은 경제적 사회계층은, 신분적으로는, 어느 경우나 양반, 상민, 천민·노비 등의 신분층으로 구성되고 있었다.

지주층은 주로 양반층이 중심이 되는 가운데 상·천민도 중소지주로서 그 구성원이 되며, 자경농은 주로 상민층과 천민층이 중심이 되는 가운데 많은 수의 양반층도 소토지 소유자로서 그 구성원이 되고 있었다. 그리고 시작·전호농민은 천민층과 상민층이 중심이 되지만 적지 않은 수의 몰락양반층도 이 계층으로서 살아갔다. 용작계층은 일반 농민이 몰락하여 이를 이루

지만, 양반층이 몰락하였으되 시작농도 되지 못하면, 용작농민
이 되었다.

이 시기의 농촌사회는 신분제가 동요 해체되는 가운데, 현실
적으로 점차 경제적 사회계층이, 농촌사회의 계급구성을 구분
하는 기준이 되어가고 있었다. 이는 이 시기가 체제 변동기임
을 반영하는 한 표현이기도 하였다.

(2) ; 농업생산에 노동력으로 참여하는 피 사역농민도 여러
계층으로 구성되고 있었다. 노비奴婢·고공雇工·용작傭作 등의
계층은 그 대표적인 노동농민이었다.

노비奴婢층은 신분이 천민賤民이므로, 많은 경우 양반·관·지
주층에게 소유되면서, 그 주인을 위해서 농사를 하였다. 자기
토지를 소유하고 자기 경영을 하는 노비도 적지 않았지만, 이
때에는 아직 신분제가 유지되고 양반층이 존재하고 있었으므
로, 그 정도만큼 반비례로 그렇지 못한 노비도 많았다. 고공雇
工층은 신분이 상민常民으로서, 노비를 소유하지 못한 가난한
양반이 일정기간 고용하기도 하나, 일반적으로는 좀 부유한 상
민층의 지주 부민이 이들을 거느리고 농사를 하였다. 타인의
노비이면서 남의 고공이 되는 경우는 고노雇奴라고 하였다.

용작傭作계층은 이 시기의 농촌사회가 분화되는 가운데, 농
지에서 대량으로 배제된 상천민常賤民으로서 몰락농민이거나,
영세농민층, 또는 가난한 몰락양반층이, 일정한 기간 임금을 받
고 고용되어 일정 범위의 농사일을 하는 사회계층이었다. 그
가운데서도 이 글에서 특히 관심을 갖는 것은 고지노동제雇只勞

動制의 성립에 관해서이다.

그것은 농업사 연구에서, 농업생산의 주체가 되지 못하면서 그 농업생산에 직접 참여하고 있는 노동농민이, 어떠한 조건으로 그 생산활동에 참여하고 있는가를 밝히는 것은, 그 농업생산의 **시대적 성격**을 이해하는 중요한 요소가 되기 때문이다. 따라서 그들의 사회적 존재 형태, 사회경제적 지위를 밝히는 것은 농업사 연구의 하나의 과제가 된다.

(3) ; 그러나 일반적으로 우리의 전통적인 옛 농서에서는 이들 계층에 관해서 언급하지 않는다. 그 농서들의 편찬체계는 그들을 그 안에서 언급하도록 되어 있지 않았다.

농업·농산업 운영의 성격을 전체로서 이해하기 위해서는, 농업생산에 관한 농업기술적인 문제와 농업생산의 주체 및 그 생산노동을 담당하는 노동농민 등에 관한 사회적·경제적 농정책의 문제를, 모두 이해해야 하는데(광의의 농서·농학), 우리의 농서·농학은 많은 경우 농업기술 문제만을 다루는 것을 목표로 하고 있었다(협의의 농서·농학). 생산노동에 참여하는 노동농민계층에 대한 사회적·경제적 문제는, 국가의 농업정책 문제로서, 다른 계통의 학문과 정부 고위층에서 논의하는 것으로 이해하였다. 이는 중세 봉건국가의 농학·농서 편찬의 기본 방침이었다.

사실 국가와 체제를 운영하는 지배층의 입장에서는, 중세국가의 불평등 사회체제 속에서 생산계층 피지배층은 통제하고 지배하면 되는 것이지, 특히 정책적으로 민감한 소외계층을 일

반농서에 등장시켜 논하고, 이를 농민대중에게 보급하는 것은
바람직한 일이 아니라고 보았을 것이다. 이는 결과적으로 체제
를 유지하는 데 저해요인이 될 수도 있을 것이기 때문이었다.

그러나 역사가 발전하고 사회경제가 변동하는 데 따라서는,
그 피지배층을 통제하고 지배하는 것만으로서, 그 국가 그 사
회의 질서 체제를 유지하고 운영해 나가기는 어려울 것이다.
정치는 시세를 따라 유연하게 운영되어야 하는 것이다. 사회의
모순구조가 심화되고, 그 개혁의 필요성이 고조되면, 거기에 적
절히 대응하고 상응하는 정책을 펴야 하는 것이 정치이다.

그러므로 조선후기로 넘어오면서 사회 경제적으로 많은 변
화가 있게 되면서는, 국가적으로도 정부 지배층이 농정문제와
농업생산문제를 연계하여 논하게 되지만, 농서 편찬자들도 국
가적 차원의 농정문제를 농서·농학의 대상으로 간주하고, 이를
그들의 농서·농학에서 논하는 바가 늘어나게 되었다. 농서·농
학은 변하고 있었다.

(4) ; 나는 여러 농서를 섭렵하면서, 그러한 논의를 하는 농
서·농학에 많은 관심이 갔다. 그러한 논의의 귀착점은 결국 사
회개혁론으로 가는 것이 되기 때문이었다(예컨대 풍석楓石·다산
茶山의 경우는 그 좋은 예가 되겠다). 그러한 가운데서도 나는 고
공雇工·용작인傭作人·고지노동자雇只勞動者 등 최저 소외계층을
다루고 있는 농서에 특히 주목하였다. 나의 농업사 연구에서는
아직 그러한 문제를 주제로 하거나 주 자료로 이용한 글을 쓰
지 못하고 있었기 때문이었다.

그러므로 나는 이러한 문제를 다루고 있는 농서를 수소문하였다. 그리고 그 하나를 특수농서이고 권농가라고 할 수 있는 《고공가》에서 발견하고, 다른 하나를 《산림경제》를 증보한 《산림경제(보설)》을 입수함으로써 발견할 수 있었다. 그리하여 나는 내 연구에서 추구하는 농업·농학의 발전문제, 최저계층과 관련되는 농정책의 문제를, 이들 농서의 자료를 통해서, 어느 정도 해결하고 보완할 수 있었다. 그러므로 이곳에서는 이 두 농서를 중심으로, 자료를 찾고, 글을 쓰던 때의 일을 회상되는 대로 적어보았다.

2. 양란기 고공의 지위와 《고공가》

(1) ; 《고공가雇工歌》는, 그 안에 〈고공가雇工歌〉와 〈답가答歌〉의 상·하 두 편을 담아서, 짝이 되게 한 가사집이다. 원문은 《잡가雜歌》라고 하는 옛 가사집에 앞뒤 편으로 수록되어 있다. 임란 시기에 국왕 선조宣祖와 재상 이원익李元翼이 작사한 것으로 알려진 가사이다. 이는 흔히 문학작품으로서 우의적 가사로 알려지기도 하였으나(발문跋文), 그렇게 단순한 것은 아니며, 그것은 역사적 성립배경에서 가사의 내용을 사실 그대로 읽어야 할 것으로 생각되었다. 즉 이는 전란으로 파괴된 농업생산을 수복 재건하기 위한, 다시 말하면 국가의 농업체제를 재건하기 위한, 일종의 현실적 정책적 의미를 담은 권농용의 가사 서사시라고 생각되었다.

그러므로 이 가사는 정치성 사회성을 지닌 가사였다고 하겠
으며, 그러한 점에서, 나는 이 가사를 내 연구에서 농정사農政
史·농정책農政策의 문제로서도 고찰할 수 있겠구나 생각하였다.
그러나 이 가사를 통해서 글을 쓰기까지는 세월이 많이 흘렀
다. 그 이유는 두 가지이었다.

첫째는, 그동안은 나의 농업사·농학사에 관한 일련의 계획된
연구를 마무리하지 않으면 아니 되었다. 이는《고공가》를 농정
사·농정책으로서 연구할 경우의 준비과정이 되는 것이기도 하
였다. 그러한 점에서 나의《고공가》연구는, 나의 다른 연구들
과 병행해서 진행된 것이 아니었다. 그것은, 그 다른 연구들이
나중에 참여할《고공가》연구를 염두에 두면서 거의 완결된
다음, 그것을 토대로 하면서 완성하였던 것이라고 하겠다.

그리고 다음은, 무엇보다도 문학작품을 역사연구 자료로서
도입하는 것이 타당한가 하는 부담 때문이었다. 그러나 나는
결국 이《고공가》가 다른 일반 사료와 마찬가지로, 현실 문제
를 중심으로 시대성 사회성을 잘 반영하고 있는 것이라면, 그
리고 난중이라고 하는 짧은 기간의 사정을 정확하게 기술하고
표현하고 있는 것이라면, 이 가사를 자료로서 이용하여도 무방
하지 않은가라고 판단하였다.

그리하여 나는 이 가사의 구도를 내 연구에 유용하게 활용하
기로 히였디. 그리고 오랫동안 준비과성을 거치면서, 나의 농업
사 연구에서 꼭 있어야 할 시기의 꼭 필요한 주제로, 충실한 글
을 쓰기로 하였다.

그렇더라도 가사의 제목이, 왜 하필 특정 계층을 지목한 《고공가》냐 하는 의문이 없지 않았다. 그러나 이는 이 가사 특히 그 상편 〈고공가〉 작사자의 사회성을 띤 농정관農政觀을 반영하는 것이라고 생각하였다. 고공雇工(머슴)은 몰락농민·무전농민·빈곤계층의 상징으로서, 구제의 대상 비하卑下의 대상이 되는 사회계층(용개층傭丐層)이면서도, 동시에 이 전란시기에는 전 농업생산 과정을 담당 수행하는, 중심 계층이고 귀한 존재이었다. 일반 장정들은 군에 동원되었으나, 고공들은 자경농민의 솔정率丁으로서, 농업생산에 종사하며 후방군 지역단위 자위대에 동원되고 있는 농군農軍이었다.

난중의 농업생산이, 장정의 노동력이 없어서 남녀노소를 모두 동원하여 농사를 했다고 하면, 더 실감이 났겠지만, 그렇게 하면 그것은 사회성을 지닌 농정관이 되기 어려웠을 것이다. 그것은 범시대적인 일반 현상일 수 있기 때문이다. 나는 〈고공가〉의 작사자 선조가 그 가사의 제목을 그같이 붙인 데는, 그의 사회정책 정치사상과 관련된 깊은 사려가 있었던 것으로 생각하였다.

(2) ; 그러나 이 가사는 내가 발굴하여 연구한 것이 아니었다. 이 가사를 처음 발굴한 것은 국문학자 김동욱金東旭 교수였으며, 따라서 이 자료를 학계에 소개한 공로는 전적으로 김 교수의 몫이 되는 것이다. 나는 이를 역사학의 입장에서 활용하였을 뿐이었다.

나는 연세대학으로 전근한 뒤, 김 교수와 가끔 만나서 이런

저런 이야기를 나누었다. 화제는 주로 그 무렵에 다루고 있는
각자의 연구주제에 관해서였다. 그러면서도 나는 주로 김 교수
의 말씀을 듣는 쪽이었다.

하루는 김 교수의 연구실에 초청되었는데, 김 교수는《고공
가》에 관한 논문 별쇄본을 한 부 내놓으며(〈〈雇工歌〉 및 〈雇工答
主人歌〉에 대하여〉,《陶南趙潤濟博士回甲紀念論文集》, 1964), 이 가사의
수집 경위에서부터 논문을 쓰고 발표하기까지 과정을 자랑스
럽게 들려주었다. 김 교수 평생의 업적 가운데서도 중요한 업
적의 하나가 되는 것이었다. 도서관 자료에만 의존하며 연구를
하는 나에게, 새로운 고문서를 발굴해야 한다는, 충고의 말씀으
로 들렸다. 그것을 모르는 바는 아니었으나 그것은 재력이 따
라야 하는 문제였다. 나는 그 이야기를 감명 깊게 들으며, 연구
자 학자의 낙이 이러한 점에도 있구나 생각하였다.

나는 젊었을 때는 서울대학에 재직하였고, 그래서 규장각도
서를 자유로이 이용하면서 연구를 하였으므로, 고문서 자료수
집에 대한 소중함 즐거움을 절실히 느끼지 못해왔다. 나는 그
범위 안에서 작업을 하고 있었다. 연세대학으로 자리를 옮긴
뒤에도, 나는 주로 몇몇 대학의 도서관 자료를 이용하며, 연구
를 하였다. 김 교수 말씀을 들으면서, 한편으로 규장각도서 각
대학 고도서가 우리에게 있음이 새삼 고마웠으나, 다른 한편으
로 그것에만 의존하여 연구를 해온 좁은 시야도 벗어나야 한다
는 점을 실감하였다. 규장각과 각 대학의 문서로서도 해결이
안 되는 역사적인 문제는, 해결되는 문제보다 더 많은 것이다.

나는 김 교수의 이 가사 연구를 이미 알고 있었고 읽기도 하였다. 내 농업사 연구에서도 고공雇工문제를 한번은 다루어야 했으므로, 김 교수의 연구는 나에게 각별하게 다가왔다. 김 교수의 연구 이후 국문학계에서는 이에 관한 많은 연구가 속출하였으며, 《고공가》는 우리나라 가사문학사에서 한 자리를 차지하게까지 되고 있었다. 이들 국문학자들의 연구 분위기는 신선하였고, 역사학에서 고공을 다루는 분위기와는 달랐다. 그러나 그 연구는 국문학의 가사연구라는 점에서, 그 관심의 초점이 역사연구의 관심사와는 거리가 있었다.

그래서 나는 김 교수의 연구와 그 이후의 여러 연구에 자극되고 격려되면서, 앞에서 언급한 바와 같이, 이 가사를 우리의 역사연구 농업사 연구와 연계하여 연구할 것을 구상하였다. 그리고 오랜 준비과정을 거친 끝에, 그것도 노년에 이르러서 이를 실천에 옮겼다. 이렇게 해서 쓰게 된 글이 장문의 〈宣祖朝《雇工歌》의 農政史的 意義〉(《學術院論文集》 人文·社會科學 篇 42, 2003 ; 신정 증보판 《朝鮮後期農業史硏究》 Ⅱ, 2007, 지식산업사)이고, 이를 농정사農政史 입장으로 축소한 〈《雇工歌》의 農政觀〉(신정 증보판 《朝鮮後期農學史硏究》, 2009, 지식산업사)이었다.

(3) ; 《고공가》의 구도는, 임란중에 민民은 사망 도산하고 가옥과 농업생산은 파괴된 상황에서, 즉 국가 흥망의 위기상황에서, 그 국가의 최정상 정치인이었던 국왕 선조와 재상 이원익이, 파괴된 농업생산의 재건방략을 놓고 주고받은 내용을, 가사형식 문답형식으로 구성한 것이다. 선조는 선전관宣傳官 허전

許墺으로 하여금 대작케 한 〈고공가〉를 그 방략으로 내놓았고,
이원익은 그것을 비판하고 그의 의견을 담아 작성한 〈답가〉로
서 그 방략을 제시했다.

〈고공가〉에서 제시한 농업생산 재건의 표본은, 농업생산의
한 주체인 건실한 자경농민 고주雇主가 2명의 고공을 거느리고
그들을 잘 대우하며 성실하게 농사를 함으로써, 그 가산을 재
건하는 것이었다. 그리고 〈답가〉에서 제시한 표본은, 농업생산
의 다른 또 하나의 주체인 전국적으로도 그 명성이 잘 알려진
대지주가, 전쟁에서 살아남은 노복·관리인·전호농민을 철저하
게 상벌하고 통제하는 가운데, 그 가산을 재건하는 것이었다.
두 방안은 신분 계급적인 이해관계를 달리하고 있었다.

이 두 농업생산 재건방략은, 그들이 창검만 들지 않았을 뿐
이지, 생명을 건 결투이고 전쟁이었다. 그것은 그들이 대변하는
신분 계급이 각각 다르고, 앞으로 국가의 농업체제가 각각 다
르게 발전하게 될 것임을 뜻하기 때문이었다. 그런 가운데서도
〈고공가〉의 자경·소농층 위주의 농업재건 방략은, 종래의 지주
층 위주의 농업생산 농업체제를, 이번 전란 극복을 계기로 소
리 없이 개혁하려는 변혁론의 성격을 띠고 있었다.

이러한 대립구도는, 중세 봉건국가 안에서, 국왕권國王權과
신권臣權·양반지배층兩班支配層과의 국가운영권 농업체제 지배
권 장악을 위한 대결이기도 하였다. 전자가 국왕권이 자경소농
층·무전농민無田農民·고공층雇工層을 농업생산 농업체제 운영의
기반계층 중심계층으로 삼고 국가를 안정적으로 운영하려는

것이었음과는 달리, 후자는 양반지배층·지주층이 노비·전호농민·시작농민을 철저하게 장악하고 지배하며 농업체제와 국가운영의 주도권을 그들이 장악하려는 것, 즉 기득권을 그대로 유지해 나가려는 것이었다.

이 두 사회계층 정치세력의 갈등은 국초 이래로 있어온 것이지만, 그들은 이번 전란 극복을 계기로, 각각 농업체제와 국가운영의 주도권을 각자에게 유리한 방향으로 전환시키려는 것이었다.

자경소농층 위주냐 지주전호제 위주냐, 개혁노선이냐 보수노선이냐 하는 갈등구조 속에서, 항상 공세적 입장에 있는 것은 전자이고, 수세적 입장에 있는 것은 후자이었다. 당시의 경제사정은, 호세가豪勢家·지주층의 토지집적의 확대로 사회모순이 심화되는 가운데, 개혁을 추구하는 사회적 정치적 요청이 끊임없이 제기되고 있었기 때문이었다. 우리는 그러한 예를 몇몇 사례로서 살필 수 있다.

가령 고려말 조선초에 수조권收租權 제도인 과전법科田法은 개혁하였으되, 소유권 제도인 토지제도는 개혁하지 않았음에서, 농민경제의 불안정이 심각해지자, 세종조에 이르러서는 균전제均田制의 시행이 정부에 요청되었다. 세종조의 정부에서 지주·대농 위주의《농사직설》을 편찬하자, 세조·성종조에는 정부 요직의 일원이었던 강희맹姜希孟이 이를 보완하기 위하여 소농小農 위주의《금양잡록》을 편찬하였다. 중종조에 이르러서는 토지집적이 심해져서 "한 사람이 소유하는 농지가 수백 결

(一人有田數百餘結)"에나 이르게 되자, 정부 내에서 균전론均田論을 제기하고 불철저하기는 하였지만 상한 50결의 한전제限田制·한전책限田策을 시행하였다. 그리고 선조조에 이르러서는 임란 직전에 세종조의《농사직설》에《금양잡록》을 합본하여 내사본內賜本《농사직설》로서 간행하였는데, 이러한 일련의 사실들은 그 예이었다. 선조의〈고공가〉는 그 연장선 위에서, 개혁적인 의미를 지니면서 작사한 것이었다고 하겠다.

(4) ;《고공가》를 농정사·농업정책의 문제로서 연구하고자 하였을 때, 나는 그 대결구도에 비상한 관심이 갔다. 이는 단순히 가사의 흥미를 돋우기 위한 표현이거나, 이해관계로서의 정책의 대립이 아니라, 정치사상의 대립이라고 생각되었다.《고공가》에서는 정치사상을 논하지 않았지만, 그것은 그 개혁논의 전통과도 관련하여, 한쪽은 현재의 농업생산 농업체제를 개혁하려는 정치사상이고, 다른 한쪽은 그 개혁사상을 반대하고 현재의 체제를 강화하고 유지하려는 정치사상이라고 생각하였다. 이는 변혁이냐 전통이냐의 구도인 셈이었다. 그것은 그 가사의 내용으로 보아 너무나도 분명하였다.

그러므로 나의《고공가》연구에서는, 그 작사자들의 정치사상이 어떠한 것이었는지, 밝혀내지 않으면 아니 되었다. 나는 그것을 조선왕조의 국정교학國定敎學과 관련하여 찾아야 할 것으로 생각하였다. 그들은 조선왕조의 정치를 운영하는 최정상의 정치인이기 때문이었다. 그 국정교학은 공맹孔孟으로 대표되는 유교사상이었고, 그 사상의 지침서가 되는 경전은 사서四

書 삼경三經이 중심이었다.

그러나 그 유교사상은 중국역사의 오랜 발전과정에서, 송대宋代에 이르러서는 고전유학과 송학宋學·근세유학·신新유학·주자학으로 분화 발전하였고, 그 주자학은 중국을 정복한 몽골·원제국의 국정교학으로 수용되어, 중국을 통치하기 위한 지배정책에 활용되고 있었다.

그러한 시기에, 뒤에 조선왕조를 건국하게 되는 고려말년의 한 정치세력은, 몽골·원제국에 유학을 하고 그곳으로부터 주자학을 도입하였으며, 신왕조를 건국한 뒤에는 그것을 국정교학으로 삼아 국가를 운영하게 되었다. 주자가 집주한 경전과 문집 등 모든 저술이 연구되고 이용되었다. 그러므로 조선에서는, 공맹의 유교사상이 이미 오래 전부터 수용되어 발달하고 있는 위에, 이제 송학·주자학이 새로 수용됨으로써, 그 국정교학으로서 유교사상은 신·구사상으로서 폭이 넓어지고 심화되게 되었다.

이는 학문 사상의 발달이라는 관점에서 바람직한 일이었다. 그러나 이는 동시에 유교사상 내부에 갈등구조를 조성하는 원인이 되기도 하였다. 사상계는 신·구유학이 중첩 복합되는 가운데, 구舊정치세력이 신新세력에 의해서 서서히 교체되어 나갔다. 그러나 구유학·고전유학을 축출할 수는 없었다. 신유학·근세유학은 구유학·고전유학의 바탕 위에 성립되고 있었기 때문이었다. 신·구유학의 갈등은 지속되었으며, 이는 조정되지 않으면 아니 되었다. 그리하여 고전유학은 국정교학으로서 상

징적인 정치사상으로 존중 추대되고, 근세유학·신유학·주자학
은 국정교학을 대표하고 이끌어 나가는 실질적인 정치사상이
되었다.

그러면 고전유학과 근세유학·신유학·주자학의 정치사상, 특
히 그 가운데서도 농업·농정문제를 중심으로 한 정치사상은 어
떻게 다른가. 어떠한 차이가 있었는가. 이 점에서 두 정치사상
은 너무나 큰 차이가 있었다.

고전유학의 농업 농정문제에 대한 기본 특징은 이른바 정전
론井田論으로 집약된다. 그것은《맹자》등에 잘 기술되어 있다.
전국의 토지 농지는 국가 관리하에 모든 농민들에게 일정하게
배분되며, 권세가도 대토지를 소유할 수 없다. 농민들이 국가로
부터 농지를 받아 경작하면, 그에 대한 대가, 즉 국가에 상납할
조세로서 십일세什一稅를 바친다. 그것은 지대가 아니라 조세이
었다. 이렇게 국가를 운영하는 것을 '요순지도堯舜之道'라고 하
였다. 대토지 소유자가 없기 때문에 아직 지대로서 반타작을
하는 지주도 없었다. 이러한 농업체제를 후대의 개념 용어로
표현하면 자경 소농제의 농업체제라고 표현할 수 있다.

그러므로 선조宣祖가〈고공가〉를 통해서, 점진적으로나마 **현
실 농업문제**를 **타개**하고자 하였다면, 그것은 이러한 농정사상·
농정이념을 목표로 삼고, 그 방향으로 가고자 하는 것이었다고
하셨다.

주자학의 농정사상은 이와는 정반대이었다. 중국에서 주周나
라 이후가 되면 고전유학에서 말하는 정전론井田論적인 농업체

제는 무너지고, 토지의 사적소유가 발생 발전하는 가운데, 토지를 집적하는 대토지 소유자가 등장하고 지주제가 발전하였다. 자경 소농층도 광범하게 존재했으나 무전농민은 더 많았다. 그들은 지주층의 농지를 차경하는 전호농민이 되었고, 그 대가로서 수확의 2분의 1을 지대로서 바쳤다. 이른바 중세사회의 지주 전호제로서, 중국 중세사회의 농업문제 농업모순의 진원은 여기에 있었다. 그래서 역사상 이를 타개하고자 많은 학자들이 정전론·균전론·한전론 등을 무수히 제기하였다. 근세유학 안에서도 그러한 주장을 하는 학자가 적지 않았다.

그러나 주자는 토지개혁론에 찬성하지 않았다. 그것은 불가능한 일이라고 보았으며, 따라서 지주전호제는 철저하게 유지하는 가운데, 부세제도를 바로잡음(이정釐整)으로써 농업문제를 해결하려 하였다. 그것은 주자 〈권농문〉《주자어록朱子語錄》 등에 잘 나타나 있다.

이원익李元翼이 〈답가〉의 방식으로 임란 이후의 농업재건을 기도한 것은, 조선왕조의 현실 농업체제가 그러하였음에서이기도 하였지만, 정치사상적으로는 바로 주자학의 이러한 사상을 바탕으로 하였음에 말미암았다고 하겠다.

〈고공가〉와 〈답가〉를 통해서 볼 수 있는, 정치인들의 정치사상 대결구도는, 이 가사로서 일회용으로 그치지 않았다. 그 뒤에도 이 같은 대결구도는 여러 계통에서, 여러 명목으로 여러 차례 일어나고 있었다. 이른바 조선후기 실학사상은 그 한가운

데 있었다. 그러한 점에서《고공가》는, 조선전기에서 조선후기
로 넘어가는 마루턱에 서서, 이 시기 농업문제 타개를 위한 정
치사상 등장의 촉매제 구실을 하였다고 하겠다.

3. 18세기 용작법 고지노동과《산림경제(보설)》

(1) ; 용작법傭作法이나 고지노동雇只勞動은《고공가》와는 달
리, 현실적으로 진행되는 농업생산과정 ─ 주로 수전농업 ─ 에
서, 용작인傭作人이나 고지노동자가 생산노동자로서 참여하는
농업관행을 말한다. 용작법에는 일반 임노동賃勞動·고공노동雇
工勞動·고지노동雇只勞動 등 여러 종류가 포함되고, 따라서 고지
노동은 그 하나가 되지만, 농업생산의 역사적 발전문제와 관련
하여, 조선후기 용작법의 성격을 가장 두드러지게 드러내는 것
은 고지노동이었다. 그것은 흡사 근대 자본주의적인 농업생산
노동제도의 성격을 지녔기 때문이었다.

그리고 이 제도는 일제하까지도 관행되는 가운데, 평안도의
건답·건파재배법 함경도의 윤답·회환농법과 같이, 학문적으로
도 조선의 노동제도로서 그 역사적 성격이 크게 논의되었기 때
문이었다.

그러므로 나는 이 노동제도에 많은 관심을 갖지 않을 수 없
었고, ㄱ 자료를 수소문하지 않을 수 없었다. 그리고 그것을
《산림경제(보설)》에서 발견할 수 있었다. 그러나 이 자료를 찾
는 일은《고공가》와 같이 그렇게 쉽지 않았다. 이를 찾는 데까

지는 시간이 많이 걸렸고, 그 사이에는 이런저런 사연도 있었다. 그러므로 이곳에서는 주로 이를 중심으로 언급하게 되겠다.

(2) ; 먼저 우리는 일제하에 이 노동제도가 널리 알려지게 된 사정부터 살피는 것이 필요하겠다. 일제는 조선왕조·대한제국을 침략한 후, 그 농업을 일본자본주의·일본제국주의의 농업기구에 편입시키고, 이를 효과적으로 수탈하기 위하여 여러 가지 조사를 하였다. 그 가운데는 소작관행小作慣行 조사도 있었다. 한말 이래로 일본자본주의의 농장지주제農場地主制가 형성·강화되는 데 따라서는, 구래 조선농업의 지주시작제地主時作制에 새로운 일본농업의 지주소작제가 복합되는 가운데, 그 구조적 모순도 두 시기의 것이 중첩 심화되고 있었다. 그러므로 일제 통치당국은 이를 어느 정도 개선하지 않고서는, 앞으로 지주소작제의 농업생산 자체도 어렵게 되리라고 판단하였다.

그리하여 조선총독부에서는 1927년에서 1932년까지, 지방에서는 각 도·부府·군도郡島·면面의 행정력을 동원하여 문서자료와 농업관행을 조사하고, 중앙에서는 총독부 농림국 농무과(시오다 마사히로鹽田正洪·요시다 마사히로吉田正廣 담당)에서 각급 기관에 보존되어 있는 자료를 조사하면서, 지방관청에서 조사하여 중앙에 보고한 바도 망라하여, 당시의 지주소작제의 전체상을 연구 정리하였다. 그리고 그것을

① 朝鮮總督府, 《朝鮮ノ小作慣行》 上,下卷(前編 附錄, 後編, 續編 參考編으로 구성, 1932)

이라고 하는 방대한 조사자료로 편찬 간행하였다. 전국 모든
지방의 지주소작제가 구체적인 자료를 통해서 파악되었으며,
이와 관련해서는, 각 지방의 지주소작제와 관련되는 특수한 농
업관행이 또한 세세하게 수집 수록되었다.

그 가운데는 고지노동제도, 그 상권 전편의 제20장 〈請負(委
託)耕作〉과, 하권 속편의 제2장 제4절 〈小作人(又自作人)ガ 耕作上
ノ作業二 自ラ從事セズ 之ヲ請負ハシムル 慣例〉로서 상세하게 기술
하고 있었다. 나는 젊은 시절 일제하 지주소작제에 관한 자료
를 조사하고 연구하면서, 이 조사자료에 수록된 고지노동제에
관하여 큰 관심을 가졌고, 이를 면밀히 검토하며 공부를 하였
었다.

그런데 이때에는, 지주소작제 농업생산의 수탈구조로 말미암
아 무수히 많은 소작쟁의·농민운동이 발생하고 있었는데, 조선
총독부에서는 지주소작제 운영에서 발생하는 이 쟁의를 조정
해결하기 위하여, 농업전문가 학자를 소작관小作官으로 임명하
여 이를 연구케 하고도 있었다. 그리고 그들 가운데는 이 고지
노동에 비상한 관심을 가지고, 그 성격을 본격적으로 연구하는
학자가 있게 되었다. 그 대표적인 연구로서는,

② 久間健一, 《朝鮮農業の近代的樣相》, 第7編 勞動隊制度と雇只
隊制度(西ヶ原刊行會, 1935)

를 들 수 있을 것이다. 그는 위의 자료조사에서 지방관청(전

라북도)이 조사한 자료를, 조선총독부 농림국과 함께 같이 이용
하면서, 그의 개인적인 방대한 논문을 작성하고 있었다. 논문이
완성된 것은 1932년이었고(《水原高等農林學校創立25周年紀念論文
集》), 이것이 위의 저서에 수록되어 간행된 것은 1935년이었다.

나는 젊은 시절 처음 용작법 고지노동 연구를 구상하고 계획
할 때는, 위의 ①書의 글과 함께 이 ②書의 글도 같이 읽을 수
있었다. 그런데 그 두 글의 내용은, 고지노동의 발생 기원에 관
하여, 큰 견해차를 보이고 있었다. 그것은 우리 역사의 기본성
격으로서, 흔히 논의되는 내재적발전론內在的發展論·타율성론他
律性論과도, 관련되는 것으로 생각되었다. 그러므로 나는 이 문
제에 관하여, 이는 일제 침략 이전·개항 이전의 조선시기까지
올라가서, 좀더 근본적이고 구체적인 자료의 수집과 당시의 경
제사정에 대한 연구가 있어야 하겠구나, 그리고 그것은 조선후
기 농업사를 연구하는 내가 해야 할 일이겠구나 생각하였다.

(3) ; 그러한 목표와도 관련하여, 후일 우리가 발견한 용작
법 고지노동제를 일제하의 조사자료 및 히사마 교수의 연구와
대비하기 위해서는, 먼저 이들 ①書의 조사자료와 ②書의 연구
를 통해서 볼 수 있었던, 당시 관행하고 있었던 고지노동제와
그 기원설이 구체적으로 어떠한 것이었는지, 그리고 어떻게 달
랐는지부터, 알아보는 것이 순서가 되어야 했다.

고지노동제는 개인고지個人雇只-고지와 단체고지團體雇只-고
지대雇只隊로 구분되고 있었는데, 특히 문제가 된 것은 후자의
경우였다.

①書에서는 그것을, 중앙·지방의 각급 관청에 보존되어 있는 고문서와 지방관청에서 조사한 바 농업관행 자료에 의거하여, 비교적 객관적으로 정리 해설하고 있었다. 그것은 자료에 충실한 정리였다. 그 내용을 압축하면 다음과 같다.

경작지 작업의 청부請負 관례 …… 소작인小作人 또는 자작인自作人 중에는 소작지 또는 자작지의 일부 혹은 전부를, 미리 계약에 의해(예액豫約) 그 경작상의 한 작업 또는 수종 작업을, 일괄적으로 타인으로서의 개인 혹은 단체원에게 청부를 주어 경작케 하는 예가 각 도에 있다 …… 이 관행을 일반적으로 고지雇只 또는 고지관행雇只慣行이라고 한다.

고지관행은 …… 고지의 주문자注文者를 고지주인雇只主人이라 하고, 청부인은 이를 고지군雇只軍이라 한다. 고지군은 대부분 그 지방의 무산자로서 정주성定住性을 결하는 개인일 경우도 있지만 — 이는 개인고지이다 —, 일반적으로는 단독으로 농작을 청부시키는 일은 적고, 2, 3인…… 4, 50인의 다수에게 공동청부를 시킨다. 이는 단체고지이다.

단체고지에는 그 단체의 대표가 있어서 이를 통수統首·두목頭目이라 한다. 통수·두목은 고지군을 대표하여 농작업 청부계약의 당사자가 되고, 의무이행을 함에 있어서는 고지군을 지휘한다. 청부계약에는, 그 청부한 작업과정의 정노 분량(1~6고지)에 따라, 단고지短雇只·장고지長雇只의 구분이 있다. 그리고 그 작업일에 주식酒食을 제공하는가 아닌가에 따라 순고지純雇只 식고지食雇只의 구별이 있다. 이러한 청부계약은 보통 구정舊正 전 또는 1, 2, 3월에 예약하며, 고지군에 대한 보수는 이때 선불로서 한다.

고지관행에서 임금은 당시의 보통 노동임금보다 저렴하며, 따라서 청부자 ― 고지군보다는 주문자 ― 고지주인에게 유리함이 보통이다.

고지관행이 성행한 곳…… 전북 전남 충남 충북 경기 경북 경남 황해 제도의 평야부平野部에서는, 이를 농사철에 임박하여 임기로 편의 청부를 주는 외에도, 지방에 따라서는, 상습적으로 미리 계약-예약에 따라 이를 청부 주는 예가 있다. 취중 전라북도(특히 평야부平野部)는 그 관행의 중심이 되며, 고래古來로 이를 성행하여 왔다.

고지관행의 기원…… 그 기원은 근세 소작지 발생이 증가한 함북에서는 1927년경 이후 이것이 발생했다고 하지만, 기타의 도道에서는 각 도 모두 고래로부터 행하여왔다. 발생연대 불명이라고 하지만, 상습적으로 경작을 청부시키는 관행의 발생에 관해서는, 전북에서는 대략 3백 년 전 이래로 행해져왔던 것으로 구비되고 있다.

②書의 연구자는, ①書의 정리 편찬 간행의 진행과정과 때를 같이 하면서, 그의 글을 쓰고 있었다. 그들이 조사자료를 공유하면서 글을 쓰고 있었음은 앞에서 언급한 바와 같다. 그러므로 한말 일제하의 고지관행雇只慣行에 관하여 설명한 내용은 두

저술이 대체로 같았다. 다른 점은 그 고지관행 가운데서도, 단체고지團體雇只-고지대雇只隊 발생의 역사적 연원을 이해하는데, 시각의 차이가 있음이었다.

그러면 그 시각의 차이는 어떠한 것이었는가. ①書에서는 그들 자신이 발굴한 고문서, 지방관청으로 하여금 관행하는 농법을 일정한 규격으로 조사케 한 조사자료를, 그대로 믿고 충실히 정리하고 있었다. 그런데 ②書에서는 그 연구자가 조사의 주체 당사자(일제)의 일원이었으면서도, 그것을 그대로 믿지 않고 경제사의 발전논리와 연계하여 부정하고 있었다. 즉 고지대와 같은 근대적 노동제도는, 자본주의 경제가 발달한 가운데서나 발생할 수 있는 것이라는 관점에서, 고지관행-고지대의 고래로부터 발생설을 부정적 비판적으로 보고 신뢰하지 않고 있었다.

그는 그것을 증명하기 위하여, 그의 고지대 연구를, 19세기 영국의 노동대勞動隊와 한말 일제하의 고지대雇只隊를, 비교 연구하는 방법으로서 수행하고 있었다. 그래서 가령 한말 일제하 이전에 고지대와 유사한 제도가 있었다 하더라도, ─ 그는 그것을 고지대가 아니라 그 전신으로서의 농사農社·농계農契와 같은 협동조직일 수 있을 것으로 보았으며 ─, 그것이 일본자본주의 일본제국주의가 한국을 지배하게 되면서 그 경제발전 속에서, 근대적 노동제도·근대적 고지대로 변동 선환하게 되었을 것이라고 추정하였다.

그의 논리는 정연하였고 합리성이 있어 보였다. 그러나 그 논리는 역사학의 논리는 아니었다. 그것은 그들 자신이 조사한 역사적 사실기록도, 그의 선입관(타율성 논리)에 비추어, 부정하는 것이었다. 역사학은 사료에 충실해야 하고, 자료를 통해서 역사발전을 추적해야 하는 것이다.

(4) ; 나는 이 두 정리와 연구를 보면서 자료조사의 시급함을 새삼 절감하지 않을 수 없었다. 전라북도 지방에, 그곳 고지 관행의 기원이 3백 년 전으로 구비되고 있었다면, 그 흔적이 조선후기의 농서나 문서에 어떤 형태로건 남아있을 것으로 생각되었다. 그러나 이 자료를 찾는 일은 이때는 참으로 막막하였다.

그 단서를 제공해준 것은 허종호 교수의 《조선 봉건말기의 소작제연구》(1965) 였다. 여기서는 고지관행을 《후생록厚生錄》 용고지법傭雇之法 조항의 관행하는 '근법近法'으로서 설명하고 있었다. 《후생록》은 18세기 중엽의 신돈복辛敦復의 농서로서, 상·하권으로 되어있는데, 용고지법은 그 상권에 수록된 듯하다. 나는 허 교수의 저서를 늦게야, 표지도 간기도 없는 복사물로 얻어 보고, '그러면 그렇지' 하고 감사하였다. 《후생록》은 연세대학에도 소장되어 있는데, 하권뿐이고, 따라서 여기에는 용고지법으로서의 근법은 수록되어 있지 않았다.

《후생록》에 용고지법이 수록되어 있다면, 내 작업에서도, 이 농서를 이용하면 되겠구나 생각하였다. 그러나 그 《후생록》을 당시 서울에서는 찾을 길이 없었다. 유럽에 출장연구를 나갔을 때, 그곳 니덤 연구소에서, 평양 농업출판사에서 간행한 번역본

《후생록》(1965)을 볼 수 있었으나, 이는 선대역選對譯이었음에
서인지 이 조항이 수록되어 있지 않았다. 그러므로 나는 고지
관계 자료를 다른 계통으로 찾지 않으면 안 되었다.

어느날 연세대학 도서관의 고서실에서 여러 고서목록을 뒤
적뒤적 하는 가운데, 오사카부립도서관 한본목록韓本目錄에서,
찬자 또는 증보자의 이름이나 서지적 소개도 없는, "《산림경
제》 사본 5권 10책"이라고만 쓰여 있는, 소개가 좀 불친절하고
성의 없어 보이는 도서명을 발견하였다. 이것이 홍만선洪萬選의
《산림경제》와 관계가 있는 것이라면, 그 분량이 웬 10책씩이나
될까 하고 이상하게 생각하였다. 그래도 그때 나는, 낯선 농서
는 실제로 이를 찾아보는 습성이 붙은 때이었고, 《산림경제》에
는 특히 많은 관심을 가지고 있는 때였으므로, 이를 구해보기
로 하였다. 그곳에 유학을 나가 있는 김영호金泳鎬 교수에게, 사
연을 이야기하고, 그것을 복사할 수 있으면 복사를 해달라고
부탁하였다.

(5) ; 김 교수가 보내온 복사물은 《산림경제》 증보본의 일
종이었다. 그 책의 증보본은 여러 종류가 있으므로, 이 책에는
《산림경제(보설)》이라는 이름을 주기로 하였다.

이 증보의 내용은 관행하는 '근법'을 많이 수록하고 있다는
점에서, 다른 증보본들과 적잖은 차이가 있었다. 그런데 무엇보
다도 놀라운 것은 그 치농편의 증보사항 가운데, '용작지법傭作
之法'이라고 하는 조항이 한 조항 더 증보되고 있는 점이었다.
나는 내 눈을 의심했고, 재삼 그 부분을 읽고 확인하였다. 틀림

없이 '용작지법'이었다. 《후생록》의 '용고지법傭雇之法'과 명칭이 좀 다르지만, 같은 내용이었다.

우리 역사에 관한 소중한 자료를 발굴하는 데, 김 교수가 1등 공신이구나 생각하며 감사하였다.

《산림경제(보설)》에는 찬자의 이름이 기록되어 있지는 않지만, 그 근법이 《후생록》의 그것과 대체로 같은 점으로 보아, 그 찬자는 《후생록》의 찬자와 동일 인물인 신돈복일 것으로 보았다. 근법의 상한은 17세기까지 올라갈 수 있는 것으로 판단하였다. 그는 《후생록》을 편찬한 뒤, 이에 만족하지 않고 그 용어 내용을 더욱 다듬어서, 《산림경제》의 체계를 따라, 그의 농학을 새롭게 체계화하고자 하였던 것으로 생각하였다. 그는 88세의 장수를 누렸고, 많은 저술을 남긴 것으로 알려져 있다.

용작지법은 자경농민 또는 시작농민이, 임금을 주고 노동력을 사서, 그의 농지를 경작시키는 농업관행을 말한다. 그러한 가운데서도 고지관행은, 전다인과田多人寡(농지는 많으나 식구·노동력이 적은)한 여유 있는 사람들이 모내기 김매기 등 농번기의 화급을 다투는 농작을, 세전歲前 또는 춘간春間에 미리 선금을 주고 예약을 하여, 일정 부분의 경작노동을 책임 수행케 하는 노동제도를 말한다. 반대로 무전無田·무전無佃(전佃은 시작지時作地)의 농민·영세농민이 여유 있는 농민으로부터 빚을 지고, 청부 형식으로 일정 부분의 경작노동을 수행하는 것으로서 보상하는 경우도 있었다.

《산림경제(보설)》에서는 이 같은 용작지법을 경기·충청·황해도 등의 예로서 제시하였는데, 그 예로서 제시한 바는, 일제 하의 소작관행 조사에서 파악한 고지관행과 그 기본이 같았다.

이러한 고지관행에는 개인고지個人雇只·단체고지團體雇只가 있었으며, 특히 후자는 근대사회의 노동제도와 흡사하였다. 그 래서 일제하에는 그 역사적 성격, 그 발생기원의 파악에 관하 여 이를 애써 부정하는 혼선이 일어나기도 하였다.

나는 이 용작지법-고지관행 노동제도의 자료를 통해서, 조 선후기의 농업·농학이 발달하는 사정을, 두 계통으로 글을 썼 다. 그 하나는 이미 간행한 저서 가운데 한 논문, 〈朝鮮後期의 經營型 富農과 商業的 農業〉에서, 이 자료를 찾지 못하고 이용 하지 못하여 아쉬웠던 부분을 증보하는 것이었다(增補版《朝鮮後 期農業史硏究》 II, 1890 ; 신정증보판《朝鮮後期農業史硏究》 II, 2007). 그리고 다른 하나는 여러 농서를 시기별로 배열 분석함으로써, 농학의 발달과정을 역사적 체계적으로 정리하고자 한《朝鮮後 期農學史硏究》(1988 ; 신정증보판 2009)에, 이 자료를 수록하고 있는 이《산림경제(보설)》의 농학을, 조선후기 농학의 한 흐름 한 항목으로서 설정하는 것이었다. 그러므로 고지관행 노동제 도에 관해서, 그 자료를 찾고 글을 쓰는 일은, 나의 평생 작업 의 하나가 된 셈이었다.

옆에서 이러한 나의 작업과정을 보는 사람들은 말하기를, 한 말 일제하의 소작관행 조사를 이용하면 쉽게 해결될 수 있는 문제를, 왜 그렇게 어렵게 가는가라고 말한다. 그러나 나는 역

사학은 가능한 한 정확을 기해야 하며, 자료의 이용에 엄격해
야 한다고 답한다. 엄연한 역사적 사실이라 하더라도, 자료 부
족으로 사람들이 이를 인정하지 않을 경우에는, 좋은 자료를
찾아내서 인정하도록 하는 것이 역사학이라고도 말한다.

제IV편

농업사에 관한 자료를 찾아서
; 농정서

（1）; 농업사에 관한 자료를 찾는 문제는 농서에만 그치지 않았다. 한 나라의 농업을 움직이는 중핵은, 농정사상農政思想과 그것에 따라서 운영되는 농업정책農業政策이기 때문이다. 조선왕조는 유교국가이고 특히 주자학朱子學을 국정교학으로 삼고 있는 나라였다. 그러므로 여기서 말하는 농정사상은 유교적 주자학적 농정사상을 말한다. 그런데 유교사상은, 공맹孔孟의 사상을 중심으로 하는 고전유학古典儒學과 송학宋學 특히 주자학을 중심으로 하는 근세유학近世儒學·신유학新儒學으로 대별되며, 이 두 사상은 현실 경제문제 농업문제에 관하여 인식을 달리하고 있었다.

그러므로 유교국가를 표방하는 조선왕조는, 외형상 사상의 갈등 같은 것은 없을 것으로 보였으나, 그러나 이 나라는 출발부터, 그 내부에 농정사상의 근원적인 대립구도를 안고 있었다. 고전유학과 근세유학·신유학의 농정사상의 대립 갈등이었다. 전자는 자경 소농경제의 안정 확립을 지향하는 것임에 대하여, 후자는 지주전호제적인 현실의 농업체제 유지와 농민지배를 지향하고 있었다. 양식 있는 정치인들은 중국에서와 같이 절충안을 마련하여, 대지주와 향촌 중소지주를 구분하고 대지주를 견제하려 하였으나, 그 실현이 그리 쉬울 수는 없었다.

유학을 공부하는 사람들의 교과서는 《맹자》를 포함한 《사서》인데, 그 집주본을 편찬한 주자는, 그 안에서 고전유학의 농정사상을 체계화하고 있는 맹자설孟子說을 부정하고 있었다. 《맹자》를 가지고 공부하는 사람들은 혼란을 일으키지 않을 수 없었다. 대개는 훈장이 주자설朱子說을 강조하고 맹자설을 부정함으로써 넘어가려 하지만, 그러나 그것으로서 문제가 해결될 수 있는 것은 아니었다.

따라서 맹자설-주자설, 고전유학-근세유학의 사상의 갈등은 시간이 가면 갈수록 내연하며, 사회모순이 심화되면 될수록 깊어지고 확산되지 않을 수 없었다. 이 같은 현상은 중국에서는 주자가 살았던 송대宋代에, 이미 발생 전개되고 있었지만, 조선에서는 그 후기에 이르면서 그 사상적 대립구도가 표면화하고 심각해지고 있었다. 당시의 조선농업의 시대적 특성은 이 사상적 대립구도 속에 잘 반영되고 있었다.

(2) ; 나의 농업사 연구는 바로 이 같은 시기의 농업사를 연구하는 것이었다. 그러므로 그 연구에서는, 농업생산에서 모순구조의 문제와 함께 농정사상의 대립구도의 문제에 관해서도, 이를 철저하게 추구하지 않으면 안 되었다.

나는 그것을 조선후기 농업사에 관해서는, 〈朱子의 土地論과 朝鮮後期 儒者〉등 몇 편의 글로서 발표하였고, 근대화 과정기의 농업사 연구에서는, 〈18, 19世紀의 農業實情과 새로운 農業

經營論〉 등으로 발표하였다. 특히 이 후자는 단순한 대립구도
의 제시가 아니라, 주자 농정사상을 부정하고 극복하려는, 농업
개혁·사회개혁·정치개혁론으로서 의미가 있는 것으로까지 고
찰한 것이었다.

그러므로 이 제IV편에서는, 이 시기 농업의 특성 역사의 본
질문제를 다룬, 이들 두 논문의 작성과 관련하여, 회상되는 일
들을 정리하기로 하겠다.

제8장에서는, 위와 같은 사상계의 동향 속에서, 나의 농업
사·농학사 연구에서는,《농가집성農家集成》에 수록된 주자〈권
농문勸農文〉의 농정사상의 본질을 파악하지 않으면 아니 되었
으므로, 나로서는 어려운 작업이었지만 보람 있는 작업이기도
하였으므로, 피해가지 않고 정면으로 돌파해 나갔던 사정을 기
술하였다.

나는 이때 중국사 전공이 아니면서 관련 중국사 자료를 찾
고, 조선학계의 유자들의 동향을 살피며, 한·중·일의 관련 연
구성과도 검토하지 않으면 아니 되었다. 그러므로 이 글을 쓸
때는 이런저런 회상되는 사연이 많았다. 여기서는 이때의 일들
을 정리하였다.

제9장에서는, 그 같은 주자의 농정사상·농업정책론이,《농가
집성》의 주자〈권농문〉을 중심으로 지배적인 시대사조가 되고
있을 때, 나는 그것에 이의를 제기하고 일련의 농업개혁론-논

論·책策을 제기하고 있는 조선유자들의 동향에 비상한 관심을 가졌다. 이는 주자학·주자 농정사상을 극복해 나가려는 새로운 흐름이라고 보았기 때문이었다.

나는 그것을 정약용丁若鏞과 서유구徐有榘의 농업개혁론에 이어지는 것으로 보고, 그 흐름을, 이 두 인물에 초점을 맞추면서 자료를 모으고 연구를 하였다. 이때는 우리 역사가 중세에서 근대로 넘어가는 중요한 시점이었으므로, 나는 그 주인공들과 더불어, 역사가답지 않게, 공감하고 실망하고 아쉬워하며 연구를 하였으므로, 이때의 일들은 오래토록 기억에 남았다.

(3) ; 제10장에서는, 위의 농정사상의 문제와는 달리, 삼정 문란 등 농정운영에 관한 자료, 특히 군정軍政에 관한 자료를 찾던 일을 다루었다.

이 문제는 농업사의 또 다른 중요한 일면이므로, 나의 농업사 연구에서는 이를 농정사의 문제로서 밀도 있게 연구하고 정리하지 않으면 안 되었다. 그리하여 나는 정부의 부세제도賦稅制度 이정책釐正策을 연구하면서, 국내에서는 볼 수 없었던 군정의 이정에 관한 자료〈호포절목戶布節目〉을 일본에서 구할 수 있었으므로, 이를 이용하여 연구도 하고, 또 규장각의 요청에 따라 해제解題도 쓴 바가 있었다(1982).

이때의 이 일은, 나의 연구를 위해서 지료를 찾던 일이었으므로, 여기서는 당시의 일을 회상하며 그 글을 다시 소개하기로 하였다.

제8장 주자 농정사상의 자료와 관련연구를 찾아서
― 주자 〈권농문〉을 중심으로

1. 주자 농정사상 연구의 필요성

(1) ; 조선왕조는 중국의 주자학朱子學을 받아들였으면서, 중국에서보다 더 주자학을 숭상하고 떠받들었다. 이는 조선왕조의 체제유지에 득이 되기도 하였지만 해가 되기도 하였다. 조선왕조 지식인들의 일부에서는 이를 절대 신봉하였고, 다른 것은 보지 않으려 하였으며, 끝내 그 틀에서 벗어나지 못하였다. 정치사상으로서 유연성이 부족하였다. 그 정도만큼 반反주자학의 반작용도 점점 더 심화되고 확대되었다. 나의 주자 농정사상 연구는 이러한 과정을 객관적으로 담담하게 정리하지 않으면 안 되었다.

주자학에 대한 역사적 본질을 추구하는 문제, 사회경제사상 측면의 연구는 반드시 수행되지 않으면 안 되었다. 그것은 조선전기에는 그래도 정부가 고전유학과 근세유학을 조화시키고, 주자의 농정이념을 정책의 최전면에 직접 내세우지는 않았는데, 조선후기로 넘어와서는 지방관청, 따라서 정부가 그 간행물인 《농가집성》에 주자의 〈권농문〉을 수록하여, 이를 국정 농서로서 보급시키고 있었기 때문이었다. 이는 조선의 농업 농민을, 주자 〈권농문〉의 지주전호제 중심의 농정이념 농업체제로, 이끌어가려는 것임을 뜻하는 것이었다.

그러나 지금까지 우리나라에서는, 주자학은 많이 연구되었지만, 그 주자학을 그 역사적 본질 사회경제사상으로서 연구하는 바는 별로 없었던 것 같다. 그 사상의 역사적 성격을 중세 봉건사회의 사상으로서 해명하고, 이를 비판적으로 보는 연구는 더욱 그러하였다. 아마도 주자학은 조선왕조를 건국하고 지탱한 사상임에 틀림없고, 인맥 학맥상으로도 아직 그 영향력이 잠재하며, 일반 역사학의 통사에서는 조선시기를 '근세近世'로 보고 있음과도 관련이 있어 보인다. 그러나 주자의 농정사상은 지주전호제를 축으로 하는데, 중국에서 이 농업제도의 기원은 오래고, 그것을 역사적으로는 중세 봉건사회의 경제제도로 보아왔다.

나는 앞에 든 글을 통해 주자의 농정사상을 연구하면서, 이를 조선만의 사상으로서 다루어서는 아니 되며, 동아시아 3국은 모두 오랜 동안 유교국가이었으므로, 중국·일본의 주자연구도 함께 살펴야 한다고 생각하였다. 그 나라들의 내부사정에 따라서는 주자학이 그 국가 사회에 기능한 바도 다를 수 있기 때문이었다.

더욱이 주자는 중국 사람이고 남송南宋의 관인이며 중국의 사상가로서, 중국의 농정을 위해서 글을 썼으므로, 그에 대한 연구는 무엇보다 먼저 중국의 역사 사회현실과 관련하여 고찰되어야 한다고 생각하였다. 그리고 그렇게 시도하였다.

(2) ; 나는 주자 농정사상 연구에 대한 글을 오랫동안 생각하고 준비하였으며, 자료도 기본적인 것은 어지간히 수집하였으면서도, 중국 학계의 새로운 성과를 보지 못하였으므로 바로 착수하지 못하고 있었다. 중국에는 자료가 무궁무진한 것으로 알고 있었으며, 해방 이후에는 모든 분야에서 고증학적인 자료 정리를 하고 있으므로, 주자의 농정사상에 관해서도 혹 새로운 자료가 나올 수 있지 않을까 생각한 데서였다.

그런 가운데, 내가 재직하고 있었던 연세대학에서는 한태동 교수의 대학원장 재임중, 창립 100주년 기념논총의 간행을 계획하게 되었는데(1985), 나는 이 논총에 이 글을 싣기 위하여 서둘러 글을 쓰기로 하였다. 그리고 이때 나는 1년간 연구년을 얻어, 유럽에一 파리 제7대학 一출장연구를 하게 되었으므로, 부족한 자료와 중국 학계의 연구성과는 그곳에서 수집하여 참고하기로 하였다.

이때는 연구년 제도가 아직 제도적으로 정착하지 않았을 때였는데, 이때 이렇게 1년간이나 나갈 수 있었던 것은, 전적으로 동료교수 고성환 선생의 주선에 의해서였다. 하루는 고 교수가 내 방에 들러 "김선생 지금 우리들 나이가 지나면 외국에 나가려 하여도 힘들어서 못 나가니, 내가 길을 만들어 줄 터이니, 김 선생 가보고 싶은 데 있으면 한 1년간 다녀오시오." 하며, 학교 당국과 교섭하여 이 일을 성사시키고 있었다. 나는 고 교수의 동료애에 감사하며, 출장연구의 1년간을 효과적으로 활용하기로 하였다.

불어불문학과의 김근택 교수로부터는 프랑스에 관한 이런저런 이야기도 듣고, 파리 제7대학에 내는 서류의 작성에도 도움을 받았다. 그리고 이때 그곳 파리에는, 고故 이옥李玉 교수가 파리 제7대학의 교수로 재임 중이었으므로, 나는 이 교수의 주선으로 이 대학의 방문교수로 어렵지 않게 초청될 수 있었다. 이런 사정으로 파리에 체류하는 동안에는, 이 교수의 신세를 많이 졌다. 뿐만 아니라 이때 이곳에는, 연세대학 사학과 출신의 한창균·전수연·주용립 교수, 사회학과 출신의 민문홍·정수복 교수 등, 여러 사람이 박사과정 유학생으로 와 있어서 많은 도움을 받았다.

파리에서는 외국인 유학생 교수들이 유숙할 수 있는 국제학사(씻데)에 기숙하면서, 서울에서 간행하는 기념논총의 편집기일에 맞추어, 논문을 3~4개월 동안에 집중적으로 썼다. 제목은 앞에서 든 바와 같이 〈朱子의 土地論과 朝鮮後期 儒者〉라고 하였다.*

---

* 그런데 그 후 파리에서 받은 간행된 논총에는, '유자儒者'가 '유학儒學'으로 되어 있어서, 남의 논문제목을 말도 없이 고치는구나 하고 긴장하였다. 돌아와서 알아본 결과, 단순한 교정 착오였다고 해서 교정을 본 방기중 군과 둘이 웃고, 이를 증보판 《朝鮮後期農業史硏究 Ⅱ》(1990)에 넣으면서 원문대로 바로잡았다.

글을 쓰는 동안에는 학교에서 정법대학의 양승두 교수가 다녀갔다. 외지에 나가 있는 교수를 격려하는 뜻으로 알고 감사하였다.

자료는 서울에서 복사해서 가져간 것을 중심으로 하였고, 그 밖에 필요한 자료는, 그곳 고등연구 교육기관인 '꼴레쥬 드 프랑스' 도서실의 중국 신간자료와, 국립도서관의 한적漢籍 도서를 이용하였다. 이 도서관에서는 오래된 한적(《전한기前漢紀》)의 열람을 신청하였더니, 담당 직원이 그것을 한자漢字이어서 찾지 못하고, 나를 그 고서실까지 안내하며 직접 찾아보라고 하는 친절을 보여줘서 고마웠다. 덕분에 프랑스 국립도서관의 고서실을 관람할 수 있었다. 중국의 최신간의 연구서는 중국서점을 순례하며 구입하였다.

2. 남송의 농업과 주자의 농정사상

(1) ; 주자의 농정사상은, 한마디로 그의 문집에 수록된, 〈권농문〉에 집약되어 있다고 하겠다. 이것은 그가 남송의 지방장관으로 있으면서, 그가 통치하는 관내의 농민들에게 농업을 부지런히 할 것을 교육하고 지시하며, 그의 농정사상으로서 그들이 효제충신하는 농민 백성이 되도록 교화시키는 내용이었다.

그러므로 그의 농정사상 농정관을 이해하기 위해서는, 먼저 이 자료를 중심으로 〈경계장經界狀〉 등 문집 안에서 자료를 찾고,《주자어류朱子語類》 등 그의 다른 저술에서도 관련 자료를 모아, 그가 통치하는 남송 농촌의 실정을 중심으로, 그 안에서 농민지도 농민교화의 실상을 파악하지 않으면 아니 된다고 보았다. 다시 말하면 남송의 농업현실 속에서, 이를 그의 〈권농문〉과 관련하여, 그 농정사상을 도출해야 할 것으로 생각하였다.

주자의 문집은 여러 종류가 있는데, 조선간본刊本으로는《주자대전朱子大全》(《주자문집대전朱子文集大全》《주자대전속집朱子大全續集》《주자대전별집朱子大全別集》《주자대전유집朱子大全遺集》《주자대전부록朱子大全附錄》, 1771完營刊, 1977影印版)을 이용하였다. 조선에서는 이때《주자어류대전朱子語類大全》도 간행하여(1771嶺營刊) 널리 반포하고, 중국의 원본《주자어류》도 들어와 있어서 쉽게 볼 수 있었다. 중국본으로는 본래의 원본 외에도,《주자어류》全8冊(1986, 北京 中華書局 刊)이 근년에 신판으로 간행되고,《주자전서朱子全書》共27冊(여기에는《주자어류》도 포함되어 있다. 2002, 上海古籍出版社 安徽敎育出版社 刊)이, 근년에 호화판으로 편찬 간행되었으므로, 내 저작집에서 주자에 관한 글을 마지막으로 정리할 때는, 이 전서본全書本으로 대조할 수 있었다.

(2) ; 남송시기의 농업과 농촌에 관해서는,《송사宋史》《송회요집고宋會要輯稿》《문헌통고文獻通考》등 몇몇 자료와, 당대 학자들의 문집을 통해서, 그리고 주자와 송대 사회를 전공한 한·중·일 학자들의 관련연구를 참고함으로써, 그 특징이 잘 파악되었다. 그 저술을 들면 다음과 같다.

1. 申採湜, 《宋代官僚制研究》(1981刊, 三英社)

2. 周采赫, 《元朝 官人層 研究》(1986刊, 正音社)

3. 吳金成, 《中國近世社會經濟史研究 ― 明代 紳士層의 形成과 社 會經濟的 役割 ―》(1986刊, 一潮閣)

4. 何炳棣 著, 曹永祿 外譯, 《中國科擧制度의 社會史的 研究》 (1987刊, 東國大學校出版部)

5. 서울大學校東洋史學研究室 編, 《講座中國史》III, 士大夫社會와 蒙古帝國(1989刊, 지식산업사)

6. 仁井田 陞, 《中國法制史》(1952刊, 1967增訂版, 岩波書店)

7. 加藤 繁, 《支那經濟史考證》 下(1952刊, 1974版, 東洋文庫)

8. 周藤吉之, 《中國土地制度史研究》(1954刊, 東京大學出版會)

9. 周藤吉之, 《宋代經濟史研究》(1962刊, 東京大學出版會)

10. 周藤吉之, 《唐宋社會經濟史研究》(1965刊, 東京大學出版會)

11. 周藤吉之, 《宋代史研究》(1969刊, 東洋文庫)

12. 曾我部靜雄, 《宋代政經史の研究》(1974刊, 吉川弘文館)

13. 東洋文庫宋代史研究室內 編, 《青山博士古稀紀念 宋代史論叢》 (1974刊, 省心書房)

14. 柳田節子, 《宋元鄉村制の研究》(1986刊, 創文社)

15. 天野元之助, 《中國農業史研究》(1962刊, 1979增補版, 御茶の水 書房)

16. 朱子學大系 1, 《朱子學入門》(1974刊, 明德出版社)

17. 陽明學大系 1, 《陽明學入門》(1971刊, 明德出版社)

18. 守本順一郎, 《東洋政治思想史研究》(1967刊, 未來社)

19. 宇野精一・中村 元・玉城康四郎 編, 講座東洋思想 第2卷,《中國思想 Ⅰ 儒家思想》(1967, 東京大學出版會)

20. 錢 穆,《朱子新學案》(1971刊, 三民書局)

21. 張立文 著,《朱熹思想硏究》(1981刊, 中國社會科學出版社)

22. 胡寄窓 著,《中國經濟思想史》上,中,下(1962, 1963, 1981刊, 上海人民出版社)

23. 呂振羽 著,《中國政治思想史》上,下冊(1949刊, 1981版, 人民出版社)

24. 梁方仲 編著,《中國歷代戶口,田地,田賦統計》(1980刊, 上海人民出版社)

25. 趙 岡・陳鍾毅 著,《中國土地制度史》(1982刊, 聯經出版事業公司)

26. 華 山,《宋史論集》(1982刊, 齊魯書社)

27. 朱瑞熙,《宋代社會硏究》(1983刊, 中州書畵社)

28. 梁庚堯 著,《南宋的農村經濟》(1984刊, 聯經出版事業公司)

29. 殷崇浩,〈宋代官戶免役的演變與品官限田〉(《中國史硏究》 1984의 2)

여기서 주목되는 것은 일본에서도 그렇고 중국에서도 그러하였지만, 주자사상 자체를 논하는 연구와 그 사상의 역사적 성격을 파악하려는 연구외 자세가, 그게 다른 점이었다. 가령 일본에서 주자학대계 1권 《주자학입문朱子學入門》과 모리모토 준이치로守本順一郞의 《동양정치사상사연구東洋政治思想史硏究》

의 경우, 그리고 중국에서 첸무錢穆의 《주자신학안朱子新學案》
과 장리원張立文의 《주희사상연구朱熹思想硏究》 및 후지촹胡寄窓
의 《중국경제사상사中國經濟思想史》의 경우는 그 예이다. 역사
학에서는 아무리 위대한 인물이나 사상이라 하더라도, 그 역사
적 성격이 논의되지 않으면, 그 진정한 위대성을 인정하기 어
려운 것이 아닌가 생각하였다.

그런 가운데 나는, 장리원의 《주희사상연구》와 후지촹의
《중국경제사상사》를 중국 서점에서 사 가지고는, 출장연구를
나온 보람이 있구나 하며 즐거워하였고, 며칠 동안을 밤새워
읽었던 일이 기억에 남는다.

(3) ; 이러한 자료와 연구를 통해서 파악된 남송농업의 특징
은, 다음과 같이 몇몇 국면으로 요약할 수 있었다.

① 주자가 살았던 남송시기의 농업 농촌은, 귀족·관료·향촌유력
자(상호上戶) 등의 토지겸병으로 대토지 소유제·지주제가 발달
하고, 농민들은 몰락하여 그 전호농민이 되거나, 무전無田·무전
無佃의 빈민이 되는 자가 많았다.

② 부세제도賦稅制度가 불합리해서 권귀權貴는 탈세하고, 그것
은 중소토지 소유자에게 전가되어 그들의 몰락을 촉진시켰으며,
몰락농민은 토지를 이미 상실하였음에도 불구하고, 그 세稅를
여전히 부담해야만 하였다(산거세존産去稅存).

③ 남송시기는 문화가 크게 발달한 것으로 운위되지만, 향촌사
회는 극빈의 농민층(객호客戶·하호下戶)으로 가득하고, 부富의

배분이라는 경제정책 사회정책의 측면에서도, 중세 봉건사회로
서의 궤도를 일탈하고 균형을 잃은 것으로 보였다.

④ 이 같은 농촌사회의 구조적 불합리는, 농촌사회를 안정적 방
향으로가 아니라, 몰락농민을 극렬한 항쟁·투쟁의 대열로 내몰
았다. 그들은 '균빈부均貧富' '등귀천等貴賤'의 체제 부정적 구호
를 내걸고 민란 농민전쟁을 전개하였다.

농촌사회 농촌경제가 이러고서는 국가가 유지될 수 없었다.
국가가 유지되기 위해서는 특단의 대책이 필요하였다. 그 대책
은 대체로 세 방향으로 여론화되고 있었다.

① 현실적으로 전개되고 있는 경제질서, 토지제도, 지배층의 이
권을 그대로 유지하며, 몰락농민의 항쟁은 단호하게 막는다. 이
는 어느 시대 어느 사회에서나 그러하였듯이, 정부 권귀 대부분
의 지배층들이 갖는 생각이었다.

② 부세제도의 이정釐正을 통해서, 대토지 소유자·지주층을 일
정하게 견제하고, 중소 지주층과 자경 소농층을 일정하게 보호
한다. 이는 최소한의 양식 있는 정치인 지도층이면 누구나 지닐
수 있는 절충적인 방안이었다.

③ 부세제도는 말할 것도 없고 토지제도 자체까지도 개혁함으로
써, 대토지 소유제와 지주제를 해제하며, 소농경제를 안정시키고
민民의 균산화均産化를 기한다. 이는 소수의 진보적인 지식인과
농민대중이 생각하는 근본적 변혁적인 방안이었다.

(4) ; 이 같은 남송사회의 농업실정 농정사상의 동향 속에서, 주자는 향촌사회를 다스리는 지방장관으로서, 그리고 세상 만사의 운행원리를 통달하고 있는 대철학자로서, 이 시기의 농업문제를 타개하고 사회를 안정시킬 수 있는 어떤 방안을 지니고 있었을까?

그의 남송 농촌사회·농촌경제 안정방안은 특별한 것이 아니었다. 그것은 결국 주자 〈권농문〉으로 표현된 내용 그것이었다. 그것은 경계책經界策을 시행함으로써 불합리한 부세제도를 바로잡고, 사창제社倉制 등 현행의 중세적 사회제도를 제대로 운영함으로써 사회안정을 기하며, 지주와 전호층이 그들의 분수와 그 생산관계를 충실히 지킴으로써, 지주전호제의 중세적 경제제도 향촌 질서를 안정적으로 유지하며, 그렇게 함으로써 더 이상 농민층이 몰락하지 않게 하고 농민항쟁도 종식케 하려는 것이었다.

결국 주자 〈권농문〉으로 표현된, 그의 남송 농업문제 타개책은, 모순구조의 변혁논리가 아니라 개량 유지의 논리였다. 위의 여론과 대비하면, 이 시기 세론世論 가운데 ②의 동향과 같은 것이었다. 주자는 이 같은 입장에서 남송의 현 체제를 유지하려 하였으며, 그러기 위해서는 관내 농민들을, 효제충신의 윤리 도덕으로 열심히 교육하고 교화시키지 않으면 안 되었다.

· 그러나 그의 그러한 노력에도 불구하고, 그는 그 자신의 방안으로서, 남송의 농업문제를 해결할 수 없었다. 그리고 남송은 마침내 몽골·원제국에 정복되었다.

3. 조선의 농업과 주자의 농정사상

(1) ; 조선왕조는 중국 역대의 어느 나라보다도 더 주자학적인 나라였다. 그 주자학자들은 그들의 학문으로서 모든 문제가 해결될 수 있을 것으로 확신하였다.

그러므로 앞에서 들었듯이, 조선후기에는《농가집성》편찬자들이(송시열宋時烈과 신속申洬), 주자의〈권농문〉전체를《농가집성》에 수록하여, 농업생산자들이 이를 보고 배우며 농사를 하도록 지도하고 있었다. 이는 마치 주자가 그의 관내 농민들에게 그〈권농문〉을 방시榜示하였듯이, 주자학을 국정교학으로 삼고 있는 조선에서, 국가가 그〈권농문〉을《농가집성》의 이름으로, 전국의 농민들에게 반포하고 교육하며 교화시키고 있는 것이나 다름없었다.

그러한 점에서 주자〈권농문〉의 농정사상·농정관으로서 기능과 의의는, 주자 당시의 남송에서나, 그로부터 500년 뒤의 조선후기에서나 같은 것이었다고 하겠다. 그리고 그러한 점에서 조선에서도 주자의 농정사상·농정관을 이해하기 위해서는, 남송사회에서 그러하였듯이, 이〈권농문〉의 농정사상, 즉 지주전호제론地主佃戶制論을 중심으로 살펴 나가는 것이 필요하다고 생각하였다.

이 같은 주자〈권농문〉은 단순한 농업기술서이거나, 농민들에게 농사를 열심히 하라고 장려하는, 문인들의 관념적인 미사여구를 나열한 글이 아니었다. 이〈권농문〉은 주자가 관내 농

민들에게, 유교적 중세적 윤리도덕과 농업생산을 결합하여, 이
로써 지방장관과 지배층의 입장에서 권농을 솔직하고 진지하
게 말하고, 이로써 농민의 몰락과 농민항쟁도 종식시키며, 이로
써 남송사회의 사회적 경제적 질서를 유지하고, 남송의 국가체
제도 유지하려는 것이었다.

그러한 점에서 그의 〈권농문〉은, 그의 관내 농민들에게 방시
한 좁은 범위의 글이기는 하였지만, 남송이라고 하는 중국 역
사의 한 시대의 농정사상을 담고 있는, 대표적인 농업지침서가
되는 것이었다고 하겠다. 그리고 그것은 나아가서 동아시아 역
사상의 중中·조朝·일日 3국이, 같은 유교국가의 중세 봉건사회,
지주전호제를 축으로 한 농업사회에서, 지배층 입장에서 더불
어 원용할 수 있는 농정사상 권농방안이 될 수 있었던 것이라
고 하겠다.

(2) ; 그러면 당시 조선의 농업실정은 어떠하였는가. 그것은
두 가지 점에서 흡사 남송시기 중국의 그것과 같았다.

그 하나는 고려시기의 수조권에 입각한 과전법科田法이 개혁
된 이래로, 지배층 권세가에 의한 소유권에 입각한 토지겸병이
성행하고, 대토지 소유제·지주전호제가 발달하고 있는 점이었
다. 그것은 가령 세종조에 《농사직설》을 간행했을 무렵의, 강
원도 민호民戶의 호적정식戶籍定式상의 계급구성에, 잘 반영되
어 있다고 하겠다. 이때에는 무전無田농민이 거의 10분의 3이나
된다고 하였는데, 이들은 호적정식에는 들지도 못하고 있었다.
그러므로 이들까지 호적정식에 포함시켜 그 계급구성을 정리

하면, 대략 다음과 같이 된다.

① 大土地·中土地 所有者	大·中·小戶 戶數	10%強		所有土地	41%強
② 小土地 所有 自耕農	殘戶 戶數	12%強		所有土地	24%強
	殘殘戶 戶數	47%強		所有土地	34%強
③ 無田 農民	等外戶 戶數	30%內外	所有土地	0%

　여기서 ①의 대호大戶는 대토지 소유자·대지주인데 그 수가 불과 10호이었지만, 대·중·소호戶의 지주층 전체를 합하면 호수 전체의 10퍼센트 강强이었는데, 그들이 소유한 토지는 전 토지의 41퍼센트 강이나 되었다. 이 도道에서는 소수의 지주층이 많은 토지를 소유하고 있었다. ②의 잔호殘戶는 견실한 자경 대농自耕大農·중농中農인데 그 수가 불과 12퍼센트 강 정도로 소수이었다. 그 잔잔호殘殘戶는 자경영세농自耕零細農으로 그 호戶의 비율이 전체 호의 47퍼센트나 되었는데, 그 가운데는 살기 어려운 빈농층이 많았다. 더욱이 극빈의 농민으로 말하면, 이밖에도 ③의 호적정식에도 들지 못한 등외호 무전농민이, 또한 전 호수의 30퍼센트나 되는 것으로 추정되었다.

　그러므로 강원도는, ①의 대지주층이 적었다는 점 ②의 자경 대농·중농이 적었다는 점과도 아울러, ②의 잔잔호 빈농층과 ③의 등외호 무전농민이 많았다는 점을 합하여 생각하면, 타도에 비해 도세道勢가 지극히 빈약하였다고 하겠다. 이들 무전농민과 빈농층은, ①의 대·중·소호 지주층 또는 ②의 잔호 자경

대농층의 전호농민이 되거나, 용고층傭雇層으로서 살았을 것이다. 그렇게도 할 수 없는 농민들은, 어로·수렵·목축·벌목·시탄업·상업 등에 종사하며 살아갔을 것이다.

이 같은 농업실정은 지역에 따라 다소간의 편차가 있었겠지만, 그러나 이는 토지겸병에 의해서 형성되는 현상이었으므로, 어느 지방에서나 대체로 비슷했을 것이라고 생각된다. 그런 가운데서도 농지가 비옥한 삼남 지방의 경우는, 토지겸병에 따른 대토지소유·대지주층이 한층 더 발달했다. 이 지방에는 부자가 많았다. 그리고 세월이 흐름에 따라서는, 어느 지역에서나, 토지겸병이 한층 더 심화되었다. 중종조中宗朝에 이르면 앞에서 들었듯이 한 고을(읍邑)에, "한 사람이 소유하는 농지가 수백 결(一人有田數百餘結)"씩이나 되는 현상도 생기고, 그 이후에는 토지를 소유한 것은 사족士族(양반지배층)이고, 일반 백성들은 척촌尺寸의 땅도 갖지 못했으며, 사족의 전장田庄에서 병작竝作하는 전호농민이 되었다.

이는 주자가 다스리던 남송의 농업사정과 너무나도 같았다. 주자학을 공부한 유자儒者들이, 이러한 농촌을 다스리는 관인이 되거나 농촌지도자가 된다고 했을 때, 무엇보다 먼저 생각할 것은 우암 송시열이 그러했듯이 그 〈권농문〉이었을 것이다.

(3) ; 다른 하나는 임란壬亂을 거치는 가운데, 농업생산이 크게 파괴된 일이었다. 전란으로 노동 인구는 유리사산 감소하고, 농지는 황폐하여, 조세원租稅源 시기결時起結이 광해군 초기까지도 아직 평시 전결의 3분의 1로 축소되고 있는 상태이었다.

전시와 그 뒤의 혼란기에 조세제도의 운영이 정상적일 수는 없
었다. 거기에는 불합리와 수탈이 자행되었다. 이때는 농업생산
의 파괴가 곧 국가의 대혼란과 위기를 몰고 온 시기이었다. 이
는 중국에서 북방민족 금金과 몽골·원제국의 남하로, 북송이
남송으로 밀리면서, 농촌사회에 대혼란이 일어나고 있었음과
시대상황이 비슷하였다.

그러므로 이때에는 농업생산을 재건하는 문제가, 국가 정책
의 최대 과제가 되었고, 향촌에서는 실제로 그 재건사업이 활
발하게 전개되었다. 그러나 그럴 경우, 국가가 그 재건방략을
일정한 통제규정으로써 확립하고 있지 않을 경우, 그 농업재건
은 권력층 향촌유력자들에 의한 토지겸병을 초래하지 않을 수
없었다. 그러므로 정치권력의 최정상에서는 이 문제의 방법을
놓고 심각하게 대립하고도 있었다. 앞에서 언급한 바《고공가》
의 대립구도는 바로 이 문제를 다룬 것이었다.

이는 이미 자세히 다룬 바이지만, 여기서 우리는 이를 다시
상기해 보는 것도 좋겠다. 국왕은 농업재건을 자경농민과 무전
無田 고공층雇工層을 결합한 중소토지 소유자층 광범한 자경소
농층自耕小農層을 중심으로서 추진하려는 것이었음에 대하여,
신료와 양반지주층을 대표하는 재상은 대지주층의 강력한 지
주전호제적인 지배체제를 중심으로 이를 추진하려는 것이었다.
농업생산이 재건된 뒤에도 그늘이 농업생산의 주체가 될 것임
을 전제로 하는 것이었다.

이 경우 전자는 고전유학古典儒學·공맹학孔孟學의 농정사상을

이론적 근거로 하고, 후자는 당시의 국정교학國定敎學·주자학朱
子學의 농정사상을 이론적 근거로 한 것이었다. 물론 이러한 대
립은, 파괴된 농업생산을 재건하기 위한 방법문제가 계기가 되
었지만, 그러나 그것은 근원적으로는 그들의 현실 농업문제에
대한 사상 인식의 차이, 이해관계의 차이에서 말미암고 있었다.
그러므로 그들의 대립 격돌은, 한시적인 것으로 그치지 않았고,
그 후 지속적으로 다양하게 전개되었다.

(4) ; 조선에서 주자학자들이, 주자학의 농정사상 ― 주자
〈권농문〉― 을 크게 내세우게 된 것은, 임란기에 파괴된 농업
생산을 재건하려는 문제와 깊은 관계가 있었다. 그들은 이때를
국가존망의 위기상황이라고 보고, 이를 극복할 수 있는 것은,
재력을 갖춘 양반지주층이 아니면 안 된다고 생각하였다. 일리
있는 말이었다.

그러나 광범한 자경소농층·무전농민층을, 농업생산의 주체
로 한 〈고공가〉의 농업재건론을, 〈답가〉로서 부정한 것은 독선
이고 무리한 이론이었다. 농업생산은 어떠한 경우에서나 이들
농민층이 담당 수행하는 산업이기 때문이다. 더욱이 이때 농업
재건을 해야 하는 이유는, 국가와 더불어 민·백성을 살리기 위
해서이었다.

물론 주자학을 신봉하는 논자들의 내면에는, 그들이 내세운
표면상의 이유와는 달리, 사회적 경제적 기득권의 상실을 염려
하는 바가 많았다. 기득권에는 사상적 주도권, 따라서 정치적
주도권까지도 포함된다고 보아야 하겠다. 그리하여 그들은 주

자학에 더욱 깊이 의존하고 이를 연구하였으며, 주자의 지주전
호제를 축으로 한 농정사상을 더욱 강조하고 내세우게 되었다.

임란기 농업재건문제—《고공가》를 둘러싼 대립 격돌에서,
주자학 측의 논자들은 고전유학 측의 주장을 일단은 차단할 수
있었다. 그러나 그것은 그 뒤 전개될 일련의 대립 격돌과정의
서막일 뿐이었다. 지식인 사회의 세론이나 농촌사회의 여론은,
반드시 그들에게 유리한 것이 아니었다. 국가의 농정책이 농촌
사회의 경제현실을 어렵게 하고, 민民을 살 수 없게 하여 그들
의 불만이 고조됨에 따라서는, 반反주자학적인 지식인들의 반
주자학적 농정사상 토지개혁론을 자극하게 되었다. 그리고 이
는 조선의 주자학자와 반反주자학자·고전유학자들 사이에, 17
세기 내내, 주자의 농정사상을 중심으로 사상계를 토론의 마당
으로 몰아갔다.

(5) ; 먼저 문제를 제기한 것은 구암久菴 한백겸韓百謙이었
다. 그는 〈기전유제설箕田遺制說〉(선조 40년~, 1607~)을 저술함
으로써, 주자의 농정사상·토지론을, 근원적 비판적으로 연구하
였다. 주자가 정전井田을 시행하려면 "구·혁의 도랑·수로를 다
시 시설함으로써 인력을 많이 들여야(改治溝洫 多費人力) 하는데,
삼대三代의 정치에서 그렇게 했겠느냐"고 말하고, 맹자孟子의
정전론井田論을 부정한 데 대해서도, 이를 "주자의 이 설은, 문
인 제자들과 한때의 문답에서 나온 말이지, 그의 평생의 정론
이 아닐 것이라(朱子此說 或出於一時門人問答 而非平生之定論也)"는 의
문을 제기하고, 주자의 농정사상을 이같이 유도한 것은, 그 문

인에게 책임이 있는 것이라고, 주자를 변론하였다.

사실 주자는 정전井田을 "행할 수 있는(可行)" 듯이 말하기도 하고, "큰 전란이 일어나 사람이 많이 죽은 뒤가 아니면 시행할 수 없는(非大亂之後 不可行)" 것으로도 말하였는데, 주자학에서는 후자를 주자의 뜻으로 규정하고 있어서 혼란이 없지 않았다. 구암은 그 같은 고대 정전을 기전箕田을 통해서 실증적으로 제시하고자 하였다. 그 기전의 요점은 다음과 같았다.

평양성의 함구문含毬門과 정양문正陽門 밖에는, 이른바 기전으로 알려진 정전의 유제遺制가 있는데, 이는 그 구획이 정자井字형의 100무畝의 전田 9구區가 아니라, 전자田字형으로 된 70무의 전 4구가 한 단위가 된다는 것이며, 이는 기자가 은나라 사람이기에 전자형의 은나라 정전제를 시행한 것이라고 추정하였다. 이 연구에는 여러 학자들이 후어後語·서후書後·속설續說의 형식으로 참여하였고(유근柳根·허성許筬·이익李瀷), 이는 이가환李家煥·이의준李義駿에 의해서 《기전고箕田攷》로 편찬되어 널리 읽혀졌다.

반계磻溪 유형원柳馨遠은 이러한 연구를 바탕으로, 실제로 국가개혁 국가재조를 위한 제도적 연구를, 《반계수록磻溪隨錄》으로서 수행하였다. 그 가운데는 토지제도를 개혁하려는 방안도 들어 있었는데, 그것은 요컨대 주자의 농정사상, 즉 지주전호제를 축으로 한 농업체제를 부정하고, 이를 불완전하지만 신분을 전제로 한 중소지주 소농경제체제로 변혁하려는 것이었다. 정부에서는 이 연구에 관심이 많았고, 뒤에 영조英祖는 경상감영

慶尙監營으로 하여금 이를 간행케 하였다.

반反주자학자·고전유학자들의 이러한 동향에 대하여, 당시 주자학계의 영수인 송시열은, 이러한 현상은 주자학을 잘 이해하지 못한 데서 말미암는다고 보고, 두 방향으로 일련의 대응 논리를 세우게 되었다.

그 하나는 앞에서 이미 언급한 바와 같이, 송시열이 공주목사公州牧使 신속申洬과 더불어 《농가집성》을 편찬하면서, 거기에 주자 〈권농문〉을 수록하고, 그 〈권농문〉에 담긴 주자의 지주전호제 중심의 농정사상을, 유교적 윤리 도덕과 결합하여 농민을 교화시키려 한 점이었다. 농업의 모순문제는 부세제도의 이정釐正을 통해서 조정하면 된다고 생각하였다. 주자가 남송에서 그러했듯이, 그는 조선에서도 토지개혁은 어렵다는 '정전난행설井田難行說'을 말하고, 지주전호제를 축으로 한, 현행 농업체제를 그대로 유지하고자 하였다.

다른 하나는 주자의 저술을 면밀히 분류 정리함으로써, 중국이나 조선에서 이해하고 있는 주자의 농정사상에, 착오가 없음을 확인하고 널리 주지시키려 한 점이었다. 그는 이 사업으로서, 주자에 앞서는 이정자二程子의 저술을 《정서분류程書分類》로서 정리하고, 《주서분류朱書分類》와 《주자언론동이고朱子言論同異攷》의 정리 편찬도 계획하였다.

이 두 저서는 그 후계자들에 의해서 완성되었다. 그런데 우리의 관심사와 관련하여 주목되는 것은, 그 가운데서도 《주자언론동이고》였다. 주자는 정전에 관한 언론 가운데서, 한편 이를 "행할 수 있는" 듯이 말하고, 다른·한편 이를 "큰 전란 뒤가 아니면 행할 수 없는 것"이라고 하였는데, 여기서는 주자의 농정사상·토지론의 기본자세를 판정할 것이기 때문이었다. 그런데 이 작업을 담당하였던 남당南塘 한원진韓元震은 이 문제를 연구 정리하면서, 결론적으로 주자의 본심을 "행할 수 없는 것 (不可行)"으로 판단하고, 종전부터 있어온 정전난행설을 주자 토지론의 정론으로 삼았다.

그러나 그러면서도 남당이 이때의 농업체제에 불합리가 없다고 보는 것은 아니었다. 그는 그것을 겸병에 의한 '대토지 소유'라 보고, 이 문제는 토지소유 상한제(사대부 10결, 소민小民 5결)를 설정함으로써, 조정 해결하면 될 것으로 말하였다. 이는 일면 주자학의 설을 따라 지주제를 중소지주제로 유지하면서도, 다른 일면 반反주자학·고전유학의 주장을 따라 대지주는 해체하고 중소지주는 보호하는, 절충안을 마련하고 있는 것이었다고 하겠다.

남당의 조정안은 불철저하다는 점에서 불만인 사람도 있었겠지만, 주자학자가 주자도 따르지 않고 우암도 따르지 않았으며, 세상이 필요로 하는 바를 그 자신의 판단에 따라 이같이 판정한 것은 의미 있는 일이었다고 하겠다. 더욱이 그의 상한上限 10결은, 중종조中宗朝에 있었던 한전제限田制의 상한이 50결이었음과 비교할 때, 토지개혁론으로서 큰 발전이었다고 하겠다.

이는 주자가 남송에서 하지 못한 결단을, 그를 신봉하는 조

선의 주자학자가, 조선에서 결단하고 있음이었다. 이는 중국과
조선의 역사현실 농업현실 자체의, 시간적 공간적 차이에서 연
유함이었다. 그리고 이는 조선의 농업현실이, 주자학자가 주자
학의 가르침에서 이탈할 만큼, 심각해지고 있었음을 반영하는
것이기도 하였다.

그러한 점에서, 이는 주자 농정사상 봉건적 지주전호제의 토
지론이, 시효가 다 되었다고 학문적으로 파탄하였음을 의미하
는 것이기도 하였다. 그러므로 조선에서는 이제 언제 어떠한
방법으로, 그 농정사상과 그것으로 운영되는 지주전호제를, 개
혁할 것인가 하는 문제만이 남은 것이라고 하겠다. 그것은 정
부와 정치인들의 몫이 되는 것이었다.

제9장 조선후기 농업문제 타개를 위한 자료를 찾아서
— 주자 농정사상 극복을 위한 논·책을 중심으로

1. 주자 농정사상 극복을 위한 논·책의 제기

(1) ; 조선후기 사상계에서는 앞에서 살핀 바와 같이, 《고공가雇工歌》와 《기전유제설箕田遺制說》이 제기된 이래로, 농정이념상의 갈등 대립이 표면화하고 있었다. 이는 임란 뒤의 농업생산 재건론再建論이 보여준 상이한 두 농업론을 계승하면서, 조선후기 농업의 발전방향을, 지주전호제를 축으로 한 현행의 농업체제를 그대로 유지하며 나갈 것인지, 아니면 현행 농업체제가 안고 있는 농업의 모순구조를 타개하고, 이를 자경농自耕農을 축으로 하는 자경소농제自耕小農制로 개혁 전환시켜 나갈 것인지를 묻는 문제였다.

그리고 이는 주자학적인 농정이념, 《농가집성》의 주자 〈권농문〉을 그대로 따를 것인지, 아니면 반反주자학·고전유학적인 농정이념으로 방향전환을 할 것인지를 묻는 문제이기도 하였다. 후자의 노선에는 도가道家적인 학풍과 양명학陽明學이 가세하고 있었다.

말하자면 이때의 사상계의 갈등 대립은, 요컨대 주자학적인 농정사상 지주전호제를 축으로 하는 농정사상을 극복하려는, 반주자학적인 정치인 지식인들의 개혁론의 제기로서 조성되고 있었다. 그들은 그것을 여러 가지 형태의 논論·책策으로서 제기하고 있었다.

이 문제는 농정이념상의 문제로서만 대립하고 있는 것이 아니었다. 《농가집성》은 여러 농서를 모아 놓은 집성본集成本이어서 농서 농학으로서 일정한 체계가 없었다. 그뿐만 아니라 여기 수록된 농서들은, 주자 〈권농문〉은 중국 남송 때, 그리고 《농사직설農事直說》을 비롯한 조선농서들은 모두 조선초기에 편찬된 것이어서, 그 농업기술 농학이 조선후기에는 시대에 뒤떨어지고 있었다.

농업기술에 관해서라면 시세에 맞는 다른 더 유용한 농서가 필요하였다. 《색경穡經》과 《산림경제山林經濟》 및 그 계통의 증보본 농서들, 그리고 그 총괄적 정리로서 《임원경제지林園經濟志》는 그러한 농서의 표본이었다. 이들 농서들은 궁극적으로, 주자 〈권농문〉을 수록한 《농가집성》의 농학을 넘어서, 새로운 농학의 수립을 지향하고 있었다.

(2) ; 이 시기는 정치운영이 서인西人·노론老論계에 의해서 주도되는, 주자학자들의 시대였음에도, 농정이념 농업기술 문

제에 대한 지식인들의 이해에는, 이같이 변화가 일어나고 있었다. 그것은 농업 농촌이 안고 있는 모순구조, 즉 농업문제가 그만큼 심각하였음에서 말미암은 것이었다.

이 같은 모순구조 농업문제의 심화 속에서, 반주자학적인 지식인들은 국가가 살고 농민이 살기 위해서는, 이를 타개하지 않으면 아니 될 것으로 생각하고, 기회가 있는 대로 그 개혁방안을 논·책으로서 제기하였다. 이는 정계의 파열음을 한층 더 자극하는 바가 되지 않을 수 없었다. 따라서 이때 반주자학적 농정이념을 지닌 개혁방안은, 사회정책적인 의미를 지닌 농업개혁 사회개혁, 나아가서는 정치개혁의 성격까지도 지니게 되는 것이라고 생각하였다.

그러므로 나는 이 시기의 농업사를 연구하면서, 내가 마치 당시의 농업정책 입안자, 논·책 집필자나 된 듯이 공감하고 안타까워하며, 이를 여러 논문에 걸쳐, 여러 계통으로 충실히 자료를 모아 연구를 하고 그 성격을 해명하고자 하였다. 이때에는 학계에서 실학實學에 관한 논의가 많았는데, 내 연구가 충실하게 이루어지면, '조선후기 실학'의 개념이 좀더 분명해질 것이라고 생각하며 작업을 하였다.

이 같은 연구는 결국 이 시기 농업사에 대한 농정사農政史적인 측면의 연구, 농업정책에 대한 개혁적인 측면의 연구가 되겠는데, 이러한 연구는 그 문제의 성격상 근대화 과정기의 농업사 연구에까지 이어지지 않을 수 없었다. 근대화 과정은 국가체제 전반의 개혁과정이기 때문이었다. 그러나 이 글에서는

그 다루는 범위의 초점을, 19세기 전반 주자 농정사상 극복과
정의 일단의 분수령이 되는, 다산茶山과 풍석楓石의 농업개혁론
까지로 하였다.

2. 조선후기 농업문제·모순구조의 자료와 구도

(1) ; 이 시기에는 농업개혁에 관한 논·책이 많은 사람에 의
해서 제기되고 있었다. 나는 이를 당시의 농업생산자 농촌사회
의 민이 살아가기 어렵게 되고 있는 사정, 즉 농업체제의 모순
구조 ― 농업문제가 심화되고 있는 데서 말미암은 것으로 생각
하였다. 농민층까지도 다 잘 살고 있었다면, 그러한 개혁론이
나올 리가 없었을 것이기 때문이다. 그러므로 이 제9장의 주제
와 관련된 나의 연구에서는, 이 시기에 이같이 농업개혁론이
나오게 된 배경으로서 그 농업문제는, 구체적으로 어떠한 것이
었는지 먼저 파악하지 않으면 아니 되었다.

이 시기의 농업 농업문제와 관련하여, 당시 일반적으로 이해
되고 있는 바는, 이앙법移秧法을 통한 겸병광작兼並廣作, 부세제
도賦稅制度로서 삼정문란三政紊亂이었다. 그러나 이는 그 일부
표면상의 일일 뿐 전부가 아니었다. 농업문제의 근론은 농업의
바탕인 토지소유 관계, 토지제도에서부터 기론해야 하며, 농업
의 발전과정과 관련, 좀더 포괄적으로 파악해야 할 것으로 생
각하였다.

그러기 위해서는, ① 농촌사회에서의 토지소유 관계의 실태,

② 농촌 지식인의 농업문제에 대한 이해, ③ 농업기술의 발달에 따른 생산계층의 동향 사회변동, ④ 부세제도 운영의 불합리성, ⑤ 농촌사회의 분화와 관련되는 농정農政운영상의 이런저런 자료 등이, 구체적으로 파악되어야 할 것으로 생각하였다.

나는 이러한 문제와 관련, ①의 문제는 양안量案·추수기秋收記 등을 통해서 그 실태를 파악하는 작업을 하였고, ②의 문제는 《응지진농서應旨進農書》《응지삼정소應旨三政疏》 등의 분석을 통해서 그 여론을 파악하였으며, ③의 문제는 농서를 통해서 농업기술의 발달·농학의 흐름을 파악함으로써 확인하였으며, ④의 문제는 정부의 부세제도 이정책釐正策을 고찰함으로써 확인하였다.

그리고 ⑤의 문제는 앞의 여러 계통의 연구성과를 원용함과 아울러, 조선후기의 농업문제를 개괄적 총괄적으로 파악하고자 한 글(〈18世紀 農村知識人의 農業觀 — 正祖 末年의 《應旨進農書》의 分析〉) 및 실학파實學派의 농업개혁론으로서 연구한 글(〈18, 19世紀의 農業實情과 새로운 農業經營論〉, 〈茶山과 楓石의 量田論〉)과 이와 대비 정부의 부세제도 이정책으로 연구한 글(〈朝鮮後期의 賦稅制度 釐正策〉, 〈哲宗朝의 應旨三政疏와 《三政釐整策》〉) 등을 정리하는 가운데, 그리고 앞 장의 주자 농정사상을 다룬 글 등등과 관련하여 연구한 글(〈朱子의 土地論과 朝鮮後期 儒者〉, 〈朝鮮後期 土地改革論의 推移〉) 등을 정리하는 가운데, 그 자료를 집중적으로 수집하고 고찰하였다.

(2) ; 그렇지만 이 시기의 그 같은 농업문제 자료를 수집하

고 고찰하기 위해서는, 전제조건으로서 이 시기 농촌사회의 구
조와 농정운영의 체계를, 미리 파악하고 이해해두는 준비과정
이 필요하다고 생각하였다. 나는 그것을 학생시절부터 농업사
공부의 일환으로, 지방수령의 농촌사회에 대한 행정 지침서라
고 할 수 있는, 《朝鮮民政資料 牧民篇》을 가지고 공부하였으므
로, 이로써 그 준비과정을 대체할 수 있었다. 그 일부는 교수가
된 뒤 더욱 검토하면서 강독교재로도 활용하였다.

이 민정자료는 나이토 요시노스케內藤吉之助 교수가, 〈治郡要
訣〉〈政要〉(1, 2, 3, 4, 抄)〈治郡要法〉〈利川府使韓咸之書〉〈用
中錄〉〈牧民大方〉〈先覺〉〈居官大要〉〈麾事撮要〉 등의 한적본
자료를, 활자본으로 집성 정리 편찬 간행한 것으로, 농촌사회
농정운영을 이해하기 위해서는 필수적으로 거쳐야 하는 편리
한 자료집이었다.

그리고 그 뒤에는 나이토 교수가 "위대한"이라고 표현한, 다
산의 《목민심서牧民心書》를 참고하고 유용하게 활용하였다. 다
산은 이에 앞서서는 〈종정요람從政要覽〉도 편찬하였고, 이를 기
초로 《목민심서》를 편찬하였는데, 좀 뒤에는 이도 살필 수 있
었다.

이 같은 준비과정을 거치고 농정운영의 체계를 이해하게 된
위에서, 나는 앞에 제시한 논문, 특히 실학파 농업개혁론의 연
구를 준비하면서는 그 문제의 중요성과도 관련하여, 이 시기
농업체제의 모순구조, 농업문제에 관한 자료를 널리 수집하지
않으면 아니 되었다. 이 시기 농업문제의 구조의 핵심을, 그동

안의 농업사 연구의 과정을 거치면서, 농촌사회가 여러 가지 요인에 따라 분화되는 데 있는 것으로 보고, 그 자료를 집중적으로 추적하였다.

(3) ; 그 자료는 농정에 관한 일반 책자에 수록되어 있기도 하였지만, 많은 경우는 낱장의 고문서로서, 책으로 편찬되지 못한 미정리 상태의 문서로 남아 있는 것이 더 많았다. 이러한 고문서 자료는 주로 규장각도서를 이용하여 수집하였으며, 더러는 국립도서관의 고문서에서 이를 찾기도 하였다. 이러한 자료는 예전에는 정리가 안 된 상태였으므로, 논문을 구상할 때는 자료의 분포를 사전에 확인하고, 기회 있을 때마다 미리미리 그것을 수집하곤 하였다.

나는 이렇게 해서 수집된 자료를 분석함으로써, 이 시기 농업문제의 구도를 다음과 같이 설정하고, 작업을 진행하였다.

〈농업문제의 구도〉

① 농민층 분화와 양반작인兩班作人의 확대

　　a. 여러 요인에 의한 분화의 추세

　　b. 양반작인의 확대

　　c. 삼정문란과 분화(별고에서 상론)

② 시작농민時作農民의 동향과 지주의 대책

　　a. 항조抗租

　　b. 차지借地 경쟁

　　c. 이작移作

③ 농민항쟁 — 농업문제 타개의 과제

이렇게 정리하고 보면, 이 시기의 농촌사회 농업생산에서는, 구조적으로 많은 문제점을 안고 있었다. 이 시기의 농촌사회는, 중세 봉건사회의 신분제가 서서히 그러나 전면적으로 해체되어 나가는 가운데, 어느 지역에서나 소수의 지주·부민富民층에 의해서 다수의 농지가 소유되고 있었다. 적지 않은 수의 넉넉한 자경농민이 소농층으로서 존재하고는 있었으나, 다수의 영세 소농층과 무전無田농민들이 타인의 농지를 차경하는 전호佃戶농민 시작時作농민으로서 살아가고 있었다. 이 밖에 극빈의 소농층이나 무전無田·무전無佃의 빈민층이 용고傭雇층·임노동賃勞動층으로서 살아가는 것이, 이 시기 농촌사회의 계급구성이었다.

(4) ; 이런 가운데 역사의 발전은, 농업생산 수도작에서 농법전환 — 이앙법을 확대 발전시키고, 농법전환이 확산되는 데 따라서는 농지의 경영확대·겸병광작이 발생하였으며, 유통경제가 발달하는 가운데 상업적 농업을 발전시키고 있었다. 그러면서도 삼정三政의 부세제도는 여전히 불합리하게 운영되고 있었다. 그러므로 이러한 상황에서, 농촌사회는 소수의 지주·부농층과 다수의 빈민·용고층으로 분화가 더욱 촉진되었다. 자경농민층은 쉽게 몰락하여 시작농민이 되고, 시작농민층이 차지 경쟁에서 밀리면, 임노동층으로 전락하곤 하였다. 가난한 농민들은 농지소유는 말할 것도 없고, 시작지時作地조차 얻기 어려운

때가 되고 있었다.

그러므로 이 시기의 자경농민은 정부와 지방관청의 불합리한 농정운영이 불만이고, 시작농은 벼랑 끝에 선 농업생산자로서 지주와의 관계가 원만할 수 없었다. 그들 사이에는 크고 작은 분쟁이 항상적으로 발생하였다. 시작농민층 상호간에도 농지의 차경문제로 경쟁과 대립은 항상적으로 일어났다. 영세 소농층과 빈농층은 농업자금·농우農牛·농구農具 등이 없어서, 부민들에게서 빌려 써야 했고, 그래서 농시를 놓치고 실농을 하게 되는 경우가 적지 않았다. 농업생산의 주체에서 밀려난 임노동층은 고주雇主와의 관계에서 계급의식을 드러내고 있었다.

이러한 농업사정은, 결국 국가의 농정운영이 농업문제를 제대로 해결하지 못하고 있음을 뜻하는 것이었다. 따라서 농촌사회의 민民은 이러한 사정이 누적되는 가운데, 그 책임이 국가에 있는 것으로 보고, 국가에 대하여 '사란思亂'을 생각하게 되고 있었다. 그리고 그 생각은 세월이 좀 흐르면서, 국가의 존망을 가늠하는 농민항쟁·농민전쟁으로 이어졌다.

요컨대 위와 같이 정리한 **농업문제의 구도**를 통해서 보면, 이 시기 농정운영에서는, 이 같은 농업문제를 어떻게 해결할 것인가 하는 것이 과제가 되지 않을 수 없었다. 무전無田농민에게는 농지를 줄 수 있는 방법을 찾아야 했고, 시작時作농민의 겸병광작은 조정해야 했으며, 소·빈농층에게는 농업생산에 지장이 없도록 협동의 방법을 제시해야 했다. 그리고서도 농업은 발전시켜야 했다. 이는 어느 하나를 해결한다고 해서 해결될 문제가 아니며, 전체를 하나의 과제로서 해결해야 타개될 수 있는 문제였다.

3. 농업개혁론의 전통
— 논·책 제기의 확산과 그 농정사상

(1) ; 농업사정이 이와 같을 때, 지식인들은 그들이 수행해야 할 일이 무엇인지를, 너무나도 분명하게 인식하고 있었다. 그들은 대학자에서 농촌지식인에 이르기까지, 이 농업문제를 해결해야 할 것으로 보고, 그 방략을 논·책 기타의 방법으로 제기하고 있었다.

그 논의는 다기多歧하고 발언의 심도에 차이가 있기는 하였지만, 그 핵심은 요컨대, 이 시기의 농업생산 농정운영에는 근원적으로 문제가 있다고 보는 것이었으며, 따라서 그것은 시정되지 않으면 아니 된다는 것이었다. 이는 요컨대 토지개혁론土地改革論·농업개혁론農業改革論으로 말할 수 있는 것으로, 임란 이래로 오랜 역사적 전통을 이어오며 제론되고 있는 것이었다.

정조 말년에는 국왕의 〈권농정구농서윤음勸農政求農書綸音〉이 반포되고 있는 가운데, 그리고 철종 13년에는 실제로 발생한 민란에 대한 대책으로 〈삼정책문三政策問〉이 있는 가운데, 많은 사람들이 《응지진농서應旨進農書》《응지삼정소應旨三政疏》를 올렸다. 정부 차원에서도 농정 농업문제를 공식적으로 논의하게 되었다. 이는 국왕과 정부에서도 농업문제의 심각성을 분명하

게 인식하고, 이를 중론을 통해서 해결하고자 함이었다. 이 같
은 여러 논·책 가운데, 본고와 관련되는 것을, 시기별로 발췌
정리하면 다음과 같다.

〈농업개혁론의 역사적 전통 ― 논·책〉

  1. 宣祖와 李元翼(임란기)   《雇工歌》
  2. 韓百謙(久菴, 1552~1615)   《久菴遺稿》《箕田攷》
  3. 尹鑴(白湖, 1617~1680)   《白湖集》
  4. 柳馨遠(磻溪, 1622~1673)   《磻溪隨錄》
  5. 朴世堂(西溪, 1629~1703)   《西溪全書》《穡經》
  6. 韓泰東(是窩, 1646~1687)   《是窩遺稿》
  7. 鄭齊斗(霞谷, 1649~1736)   《霞谷集》箚錄
  8. 鄭尙驥(農圃子, 1678~1752)   《農圃問答》
  9. 韓元震(南塘, 1682~1751)   《南塘集》《朱子言論同異攷》
 10. 李瀷(星湖, 1681~1763)   《星湖先生全集》《星湖僿說》
 11. 朴致遠(雪溪, 1680~1764)   《雪溪隨錄》
 12. 柳壽垣(聾菴, 1694~1755)   《迂書》
 13. 楊應秀(白水, 1700~1767)   《白水集》
 14. 柳正源(三山, 1703~1761)   《三山集》
 15. 安鼎福(順菴, 1712~1791)   《順菴集》
 16. 徐命膺(保晚齋, 1716~1787)   《保晚齋集》《本史》
 17. 丁志成(文巖, 1718~1801)   《文巖集》
 18. 洪大容(湛軒, 1731~1783)   《湛軒集》

19. 朴趾源(燕巖, 1737~1805)   《燕巖集》《課農小抄》

20. 丁若鏞(茶山, 1762~1836)   《與猶堂集》《經世遺表》《牧
民心書》

21. 徐有榘(楓石, 1764~1845)   《楓石集》《林園經濟志》《擬
上經界策》

22. 李大圭(湖英齋, 1738~1802)   《農圃問答》
李大圭(正祖 23년, 1799)   《應旨進農書》

23. 盧再煌(同上)   《應旨進農書》

24. 林博儒(同上)   《應旨進農書》

25. 鄭錫猷(同上)   《應旨進農書》

26. 李昌祐(同上)   《應旨進農書》

27. 李光漢(同上)   《應旨進農書》

28. 洪吉周(沆瀣, 1786~1841)   《縹礱乙幟》

29. 禹夏永(醉石室, 1741~1812)   《千一錄》

30. 洪良浩(耳谿, 1724~1802)   《牧民大方》《耳溪集》

31. 愼師浚(松園, 1734~1796)   《承政院日記》正祖 20년 3월 7일

32. 李圭景(五洲, 1788~?)   《五洲衍文長箋散稿》

33. 許傳(性齋, 1797~1886)   《許傳全集》〈三政策〉

34. 金炳昱(磊棲, 1808~1885)   《磊棲集》 5, 〈鵬舍消遣〉

35. 姜瑋(古歡堂, 1820~1884)   《古歡堂收草》 4, 〈擬三政策〉

36. 金星圭(草亭, 1863~1935)   《草亭集》

37. 李沂(海鶴, 1848~1909)   《海鶴遺書》 1, 〈田制妄言〉

(2) ; 조선후기, 특히 18, 19세기의 농업문제를 타개하려는 이 같은 논의는, 앞 장에서 살핀 바 주자 농정사상에 대한, 조선유자儒者들의 대응 논리가 되는 것이기도 하였다. 주자의 농정사상을 그 〈권농문勸農文〉으로서 대변한다면, 위의 논·책들은 조선유자들의 농정사상을 대변하는 것이었다고 하겠다. 주자 〈권농문〉의 농정사상은 지주전호제를 축으로 하는 농업체제를 수호하려는 사상이었는데, 이때의 농업문제는 바로 그 농정사상과 농업체제에서 조성된 것이었고, 조선학자들이 제기한 논·책은 그렇게 조성된 농업문제를 타개하려는 것이기 때문이었다. 주자 농정사상과 조선유자들의 농정사상은 대립관계에 있었다고 하겠다.

그러므로 이때에는, 논리적으로, 주자학자들 가운데서 좋은 논·책이 나오기는 어려웠다. 주자학을 신봉하는 학자가 그 의견을 내놓는다 하더라도, 그가 철저하게 주자설朱子說을 따르는 학자라면, 그것이 철저한 개혁론이 되기는 어려웠다.

그래도 자타가 공인하는 어느 주자학자가, 지주전호제가 중심이 되고 그 농정사상으로 운영되는 농촌사회 농민경제의 비참한 상황을 보고, 참지 못하여 그 개혁론을 내놓았다고 하면, 그는 이미 주자학의 범주를 벗어나고 있는 학자였다고 하겠다. 그는 주자학의 농정사상으로서는, 이 시기 조선의 농업문제를 해결할 수 없음을 인식하고, 다른 사상 ― 이를테면 고전유학 기타의 농정사상으로서, 이를 해결하고자 한 학자였다고 하겠다.

주자는 대토지 소유자·지주전호제를 축으로 한 남송의 농업체제 속에서, 중소토지 소유자·자경농 건재의 필요성을 인정하고 그들을 보호하려고는 하였지만, 그러나 지주제를 개혁 해체함으로써 무전無田농민을 자경농으로 육성하는 변혁의 방법에는 반대하였기 때문이었다.

조선의 《농가집성》에 수록된 주자 〈권농문〉의 농정사상은 바로 그러한 사상이 집약된 것이었다. 즉, 주자 농정사상의 본질은, 지주제를 축으로 한 농업체제를 그대로 유지하는 데 있는 것이지, 변혁하는 데 있는 것이 아니었다. 주자도 농촌사회에서 농정운영의 불합리를 제거하고, 농민경제를 안정시키고자 하였음은 사실이나, 그러나 이는 부세제도의 이정釐正을 통해서 달성하고자 하는 것이었다. ·

(3) ; 조선왕조는 주자학을 국정교학으로 삼고 있었으며, 이 시기는 그 사상 그 학문으로 훈련받은 학자들이, 사상계와 정치계를 주도하고 있었다. 그러므로 이러한 시기에, 주자의 농업정책을 반대하고 그 농정사상을 비판하는, 개혁적인 성향을 지닌 논·책을 제론하기는 어려웠다. 그래도 농업현실은 그러한 논·책을 필요로 하는 실정이 되고 있었으므로, 용기 있는 학자 지식인들은 그러한 현실을 못 본 체 비켜갈 수 없었으며, 그것의 타개를 위한 방안을 제론하곤 하였다. 그러므로 그러한 학자 지식인들은 주자학자가 아닌, 다른 사상의 소유자들에게서 많이 나올 수밖에 없었다.

이때의 농업문제를 진정으로 타개하고자 하는 학자 지식인은, 공맹학孔孟學을 중심으로 한 고전유학자, 도가 노장학의 영향을 받은 유학자, 양명학자 등 반反주자학·비非주자학적인 학자들과, 주자학자이면서도 그 농정사상에 회의를 느끼고 그것에서 이탈하고 있는 학자들이었다고 하겠다.

따라서 이때 이들에 의해서 제기된 논·책은, 사람에 따라 그 철저성에서 강온과 농도의 차이는 있었지만, 주자 농정사상에 대하여 혁신적 개혁적인 의미 자세를 지니게 된다고 생각하였다. 물론 소극적 성격의 소유자들은 그렇게 하지 못하고, 아주 완화된 절충안 개량론으로써 제론했으나, 이 경우도 주자설朱子說에서는 멀리 벗어나 있는 것이었다고 하겠다. 이를테면 정전론井田論, 균전론均田論, 한전론限田論 등의 논·책이 제기되고 있을 때, 감조론減租論, 균경均耕·균작론均作論 등으로 제론한 논·책은, 그러한 예가 되는 것이라고 하겠다.

4. 다산과 풍석의 논·책과 농업개혁론

이 시기의 여러 논·책들 가운데서도, 나는 주자 농정사상을 극복하는 조선의 토지개혁론·농업개혁론으로서 가장 탁월하였던 것은, 다산과 풍석의 그것이라고 생각하였다. 백 년, 2백 년에 걸친 토지개혁 농업개혁론의 전통이, 그리고 무엇보다도 이 시기의 역사발전 학문의 발달이, 이 두 학자의 창의성 있는 농업개혁론을 탄생시켰다고도 하겠다.

이 시기의 농업개혁은, 그것이 어떠한 형태의 토지개혁론을 전제로 하건, 그 자체만도 어려운 일이었지만, 그러나 단순히

토지개혁 농업개혁만으로 그 개혁의 성과를 거두기는 어려웠
다. 이 시기는 중세 봉건사회가 해체되어가는 복잡한 과정의
시기였으므로, 그 농업개혁은 그 시대 전환에 상응하는 개혁,
즉 사회개혁 정치개혁까지도 동반하는 개혁이 되지 않으면 안
되었다.

　이때는 동아시아 정국의 격동 속에서도 — 임란기의 3국전
쟁, 명·청 교체, 도쿠가와 막부德川幕府의 등장 —, 조선에서는
국가교체가 없었지만, 그러나 이것이 조선왕조에 득이 된 것만
은 아니었다. 조선에서는 너무나도 오랜 세월동안 큰 변화를
갖지 못하였으므로, 세상이 변하는 데 대한 대응능력을 키우지
못하고 있었다. 이웃 나라에 큰 변화가 있었던 것을 생각하면,
국가교체 역성혁명이 아니더라도, 그 국가가 개혁되고 재조직
되어야 함은 말할 것도 없었다. 《수교집요受敎輯要》《속대전續
大典》 정도의 변화만 가지고는 부족하였다.

　농업개혁도 이에 상응하는 개혁이 되지 않으면 아니 되었다.
그러려면 농업을 부분적으로가 아니라, 전체로서 변혁하는 것
이 필요하였다. 선구적인 연구로서는 17세기 중엽의 유형원의
《반계수록磻溪隨錄》이 이미 간행까지 되고 있었다.

　뿐만 아니라 그간 발전해온 농업기술 농업생산의 방법 방향
도, 그대로 계승하면서, 좀더 합리적인 농업으로 발전시켜 나가
지 않으면 안 되었다.

　다산과 풍석의 농업개혁론은 이 같은 여러 국면의 필요조건
에 가장 가까운 것이라고 생각하였다. 두 사람은 주자의 지주

전호제 중심 농정사상을 극복하고자 한 점에서 공통되었으며, 두 차례의 농업개혁론을 내놓는 가운데, 강도가 높은 **제1차** 농업개혁론이 좌절하자, 유연성이 있는 **제2차** 농업개혁론을 지속적으로 제론하였던 점도 비슷하였다.

그러면서도 전자의 개혁론은 농업체제 농정운영 전반에 더 역점을 두고, 후자의 개혁론은 농업생산의 기술체계 그 발전방향 전반에 더 역점을 두고 있는 차이점이 있었다. 그들은 인생 최악의 상황에서도, 농업개혁의 문제를 자신의 사명으로 생각하고 이를 연구했으며, 그 성과를 후대에 전해주고 있었다.

그러므로 나는 이 두 학자의 농업문제 타개책 농업개혁론을 정리하면서, 그것을 더욱 분명하게 이해하기 위하여, 그리고 그 뒤에도 두고두고 음미하고 여러 글에 활용하기 위하여, 앞에 제시한 바와 같이, 여러 학자들의 논·책을 개혁론의 역사적 전통으로서 수집 정리하고 참고하였다.

1) 다산의 농업개혁론

(1) ; 다산茶山의 농업개혁론을 연구하기 위하여, 나는 기본 자료로서 《정다산전서丁茶山全書》상·중·하 3권(문헌편찬위원회, 1960년 영인)을 이용하였고, 증보 《여유당전서與猶堂全書》전 6권(경인문화사, 1970년 영인)이 간행되자 이를 또한 이용하였다. 모두 일제하 신조선사新朝鮮社에서 김성진金誠鎭 편집, 안재홍安在鴻·정인보鄭寅普 교열로 간행한 《여유당전서》전 76책 (1934~1938년 간행)을 영인한 것이었다.

그러나 이 전서全書의 자료로서는, 다산 농업개혁론의 전개 과정이 명쾌하게 이해되지 않는 점이 있었다. 그러므로 이 부분은《여유당전서》편찬시의 기초자료였던, 한적본《여유당집與猶堂集》전 78책(규장각 소장, 기년年紀 미상)과 대조였으며, 그럼으로써 아주 중요한 사실을 발견하였고(〈전론田論〉의 저술연대) 의문점을 깨끗이 해결하였다.

그리고 이 밖에 개별본으로는, 광문사廣文社 간의《목민심서牧民心書》와 조선연구회朝鮮研究會 간의 일역본《경세유표經世遺表》2권(1911년 간행)도 이용하였으며, 좀 뒤에는 다산이 국왕에게 올리려고 특별히 제책한 것으로 알려진 한적본《경세유표經世遺表》전 16책(미국, 버클리대학 아사미 문고淺見文庫 소장)도 참조하였다. 이《경세유표》는 앞에서 언급했듯이 고 정석종 교수가 복사해 온 것이었다.

이러한 전서全書와 문집 가운데서도 내가 농업사 연구에서 주 자료로서 검토한 것은, 그 가운데 수록된, 〈농책農策〉(정조 14년), 〈응지론농정소應旨論農政疏〉(정조 22년), 〈전론田論〉(정조 23년), 《경세유표》의 〈정전의井田議〉와 〈정전론井田論〉(순조 17년), 그리고《목민심서》호전戶典(순조 18년), 기타 관련자료 등등이었다. 이들 자료에는 다산이 이 시기 농업문제를 타개하고자 한 방략이 수록되어 있어서, 그의 농업개혁론이, 그간 있었던 여러 학자들의 농업개혁론의 역사적 전통에서, 어떠한 위치에 있었고, 그 연구들을 어떻게 수용하여 자기 견해로 종합하였는지 살필 수 있었다.

(2) ; 다산이 이때 이러한 작업을 할 수 있었던 직접적인 계
기는, 국왕 정조의 농업정책이 농업개혁에 관한 여론을 수집하
고(정조 14, 22년), 이를 통해 새로운 농정서 농서를 편찬하려
하였음과 관련이 있었다. 말하자면 다산은 당시의 여러 학자
지식인 관료들과 더불어, 국왕의 명에 따라, 국가의 농업개혁을
위한 기초 작업을 한 것이었다.

그의 농업개혁에 관한 연구가, 자신의 〈농책〉〈응지론농정
소〉를 포함한, 선행하는 당시의 여러 논論·책策과 세론世論을,
하나의 농업체제―〈전론〉으로 종합하는 것이었음은 의미 있
는 일이었다. 그의 연구는 그 개인의 생각을 정리한 것이었지
만, 그러한 논·책들이 모두 모이면, 정부에서는 이를 종합 검토
하여《농가집성》주자〈권농문〉의 농정사상을 극복하는 새로
운 농정서 농서를 편찬하려는 것이었으므로, 그가 농업체제의
핵심을 다룬 이 개혁방안은, 이때의 정부정책이 나아가야 할
방향을 제시하는 하나의 지표 참고자료가 될 수도 있는 까닭이
었다. 이는 그의 **제1차** 농업개혁론이었다.

그러나 이때의 정부사업은, 정조正祖의 갑작스런 사망 서학西
學사건 등으로 중단되고, 다산은 정계에서 추방되었으며, 그뿐
만 아니라 긴 유배생활에 들어갔다. 그러므로 그의 그 뒤 농업
개혁에 관한 연구, 즉《경세유표》의 〈정전의〉와 〈정전론〉 및
《목민심서》 등은, 당시의 정부사업으로서가 아니라, 정조조 개
혁사업의 연장선상에서 그러나 제1차 개혁론을 재검토한 위에
서, 그 개인의 작업으로서 수행된 것이었다. 이것은 그의 **제2차**

농업개혁론이었다.

이러한 개혁론에서, 〈전론〉은 그가 〈농책〉에서 말한 "입민지본立民之本"(균전均田)의 필요성을, 대의로 내세워 이른바 여閭마을을 단위로 한 공동농장·집단농장 체제로, 혁명적으로 변혁하려는 것이었다. 이는 그의 젊은 시절(38세시, 정조 23년)의 연구성과로서, 제1차 농업개혁론의 결정체였으며, 그의 농업론이 지향하는 궁극적인 목표가 되는 것이기도 하였다.

앞에서 나는 다산의 농업개혁론을 연구하면서, 처음에는 그 전개과정이 명쾌하게 이해되지 않았다고 하였는데, 이는 전서본全書本 〈전론〉에서는 그 저술연대를 기록하고 있지 않았고, 따라서 〈전론〉과 〈정전론〉의 선후관계 상관관계가 분명치 않은 까닭이었다. 그 연대는 그의 연보年譜나 묘지명墓誌銘에도 기술하고 있지 않았다. 그래서 이를 전서본 편찬시의 기초자료가 되었을 문집과 대조를 하였던 것인데, 문집에는 〈전론〉이 두 편 수록되었고, 그 한 편에 앞에서와 같은 저술연대가 표시되어 있어서, 나는 다산 농업개혁론의 형성과정 전개과정을 지금과 같이 정착시킬 수가 있었다.

이와는 달리 그의 《경세유표》의 〈정전의〉와 〈정전론〉은, 그의 농업개혁을 독립자영농 체제로 점진적으로 개혁하려는 방안이었다. 이는 그가 유배생활을 하는 가운데 노년기에 들면서, 경학經學을 집중적으로 연구하고, 자신의 〈전론〉의 농업개혁론도 재검토하는 여유를 가지며, 현실과 어느 정도 타협할 수 있고 시행할 수도 있는 절충안으로서 마련한 것이었다. 고대 중

국의 정전제를 연구하는 가운데, 그 정전井田을 고래로 전해오
는 정전제에 대한 개념과 달리 이해하게 되고, 이를 통해서 주
자가 맹자를 비판하고 강조한 '정전난행井田難行'설도 비판할
수 있었다. 그의 정전에 대한 새로운 견해 〈신정전론新井田論〉
이었다.

  이러한 두 개혁방안(〈전론〉과 〈신정전론〉)에서, 주자 농정사
상의 극복이라는 관점과 관련하여 특히 주목되는 것은, 어느
경우나 '농자득전農者得田'(경자유전耕者有田) ― 지주제 부정의
원칙에 따라 개혁을 하고 있는 점이었다. 사회적 분업의 발달
이 이를 가능케 했다고 생각하였다.

  그리고 그의 〈신정전론〉에서는 특히 농업경영을 잘하는 유
능한 농업생산자를 관官에 등용하는 권농勸農정책을 세우고 있
는 점이었다. 이러한 경우의 농업생산자는, 관인官人이 되어도
부족함이 없을 만큼, 농업생산 전반은 말할 것도 없고, 유교사
상 전반, 국가의 농정운영 전반 등에 관하여, 일정한 식견을 갖
춘 농촌지식인일 것으로 생각하였다. 이는 농업개혁을 통해 점
진적으로 사회개혁 정치개혁도 수행해 나가려는 정지작업이
되는 것으로 이해하였다. 어느 경우나 역사의 발전을 전제로
한 위에서 나올 수 있는 발상이라고 생각하였다.

2) 풍석의 농업개혁론

  (1) ; 풍석楓石의 농업개혁론을 이해하기 위한 나의 연구는,
그의 학문이 주로 농업기술 농업생산을 중심으로 한 농학이었

으므로, 다산茶山의 경우와는 달리, 내 연구도 주로 그 계통의 문제를 다루는 것이 중심이 되었다. 그뿐만 아니라 그 농학도 그의 세대에 와서 비로소 시작한 것이 아니라, 그의 가문이 조부 대代에서부터 農學을 해오고 있어서, 그는 젊은 때부터 그 같은 農學에 익숙해 있었다. 그러므로 그의 농학은, 《농사직설》 이래의 국가 전체의 조선농학의 발달과정 및 중국농학에 대한 이해와 더불어(제4장 〈농서일람〉, 및 〈임원십육지林園十六志 인용서목引用書目〉 참조), 그 가학家學의 전통과도 관련하여 이해할 필요가 있었다.

그러면서도 그의 농학은, 단순한 농업기술 농업생산 문제에 그치는 것이 아니었다. 그는 그 농업생산의 바탕이 되는 농업체제 농정운영에 깊은 관심을 가지고 있었다. 농업기술 농업생산은 역사의 발전에 따라 변동한다는 사실도 명확하게 인식하고 있어서, 그의 농학은 그것이 변동 발전하게 되는 사회적 경제적 조건들도, 여러 계통으로 추구 정리하고 있었다. 유통경제 장시場市의 조사 정리는 그 한 예이었다. 그러한 점에서 그의 농학의 학문적 폭은 넓었다.

그는 그 같은 농학연구를 깊고 충실하게 하기 위하여, 그 자신의 농학연구의 선행조건으로서, 농서 및 농학과 관련되는 여러 자료에 대하여, 광범하게 서지書誌적인 조사를 하고 필요한 자료를 수집 이용하고 있었다.

그러므로 그의 농업개혁론을 이해하기 위한, 나의 연구에서도, 그 기본 자료를 여러 계통으로 살펴야 했다. 그 가운데 중심이 되는 것을 들면 다음과 같다.

　　　徐命膺, 《攷事新書》 農圃門·牧養門, 《本史》
　　　徐浩修, 《海東農書》
　　　徐有榘, 〈農對〉, 〈淳昌郡守應旨疏〉, 〈十三經對〉
　　　　　　《林園經濟志》(; 《林園十六志》)
　　　　　　《杏蒲志》와 기타 기초적 연구
　　　　　　《種藷譜》
　　　　　　《楓石全集》
　　　　　　《擬上經界策》
　　　　　　《鏤板考》, 〈林園十六志 引用書目〉
　　조선농학의 발달과정
　　중국의 주요 농서

　　(2) ; 풍석도 그 자신의 농학 농업개혁론에 관한 글을 쓰게
되는 것은, 다산과 마찬가지로, 정조의 농업정책이 농업문제 타
개 농업개혁에 관한 여론을 수집하고(정조 14, 22년) 있었음과
관련이 있었다. 정조는 이러한 여론을 바탕으로 하여, 당시의
농업문제 해결에 도움이 될 수 있는 새로운 농정서 농서를 편
찬하려 하였는데, 풍석은 정조의 이 같은 사업에 참여하여 적
극적으로 그의 견해를 제언하고 있었다.
　　그의 학문 활동의 출발이 이러하였음은, 그의 학문 성격을
이때의 분위기와 같게 하였으며, 평생을 이때의 과제를 해결하

기 위하여 연구하도록 하였다.

그의 농학과 농업개혁론은 두 단계를 거치면서 완성되는데, 그 첫 단계의 활동은 정조조正祖朝의 연구였다. 그것은 ① 〈농대農對〉(정조 14년)와 ② 〈순창군수응지소淳昌郡守應旨疏〉(정조 22년) 기타 등으로 발표되었다. 이 두 글은 연구의 초점이 좀 달랐지만 그 내용은 같았다. 농업정책 농업생산의 지침을 "농사를 장려하고 힘쓰게 하는 방법(務農之道)" "농사를 하는 데서 힘써야 할 일(稼穡之要務)"로 압축 정리함으로써, 이 시기의 농업문제를 농정사상 농업기술의 양면에서 타개하고자 하였다.

이때 풍석의 농업개혁론은, 다산의 개혁방안처럼 강렬한 것은 아니었다. 그러나 그 개혁론은 농업생산 전반을 개량 개혁하고자 하고 있어서 유연하면서도, 그 토지문제에 관해서는 한전제限田制의 시행을 제기하고 있어서, 주자의 농정사상을 극복하고자 하는 의지가 뚜렷하였다. 그러한 점에서 이는 그의 **제1차** 농업개혁론이 되는 것이라고 하겠다.

그러나 그의 이러한 연구도 정조正祖의 사망 정계의 경색으로 굴절되지 않을 수 없었다. 그는 정계를 떠나 한동안 농촌사회에 살면서, 농업을 실험하고 농학을 연구하며 농업개혁론을 재정리하였다. 그리하여 그것은 두 계통 연구로 압축되었다. 《임원경제지》(《임원십육지》)와 《의상경계책》이 그것이었다. 그도 정조조의 논·책을 재검토하면서, 국가사업으로서 주어진 제목의 틀에 맞춘 글이 아니라, 그 자신의 작업으로서 충실한 연구를 하였다. 그의 **제2차** 농업개혁론이 되는 것이었다.

(3) ; 여기서 《임원경제지》는 정조시기의 논·책 — 개혁론 가운데서, 농업기술 농업생산과 관련되는 부분을, 하나의 체계적인 농서로 확대 발전시킨 것이었다. 《임원경제지》는 농업기술 농업생산 면에서 변화와 발전을 추구한 농서였다. 이 경우 변화 발전의 대상이 된 농서 농학은 《농가집성》 주자 〈권농문〉의 농학이었다. 이러한 학풍은 이미 17세기 《산림경제》에서 시작되었지만, 그는 이 학풍의 선에 서서, 이를 더욱 학문적으로 다듬고 확대 발전시켜 새로운 합리적 농학으로 정착시키고자 하였다.

그 내용 가운데서도 우리의 관심사가 되는 것은, 농서 농학상의 지주地主·대농大農 중심의 농업생산 체계를 자경소농自耕小農 중심의 생산체계로 개편하고, 수전 한전을 가리지 아니하고 농업기술·품종·시비법·수리시설 등을 최대한 발전시켜 집약적 농업을 이루며, 이 시기에 문제되고 있는 농법전환을 적극 유도하여 농업기술의 합리적 발전을 기하며, 국내 각지의 극고極高를 측량하여 외국 농작물을 과학적 토대 위에서 수용 재배하며, 유통경제의 발달과 관련 농업소득을 증대하기 위해 상업적 농업을 장려하며, 농업생산을 주자 〈권농문〉의 농정사상으로써 지도하는 것을 배제한 점 등등이었다.

토지문제에 관해서는, 정조조에 내세웠던 한전론을 다시 내세워 개혁할 것을 말하지 않았지만, 그는 〈본리지本利志〉 전제田制·제전諸田항 서두에 장문의 '기자정전箕子井田'을 수록함으로써, 그 정전제적인 개혁의 필요성을 우회적으로 표현하였다.

이는《임원경제지》의 저서로서의 성격상 온당한 일이었다. 농업개혁에 관하여 논·책을 말하고자 한다면, 이와는 별도로 새로운 글을 쓰면 되었다. 풍석은 그의 연구를 그렇게 하였다.

《의상경계책》은 이렇게 해서 저술된 논·책 ─ 농업개혁론이었다. 그는 농학자였지만, 그 평생의 행적을 보면 젊은 때부터 지방수령을 지낸 바 있는, 농정 전문가이기도 하였다. 그러므로 그는 이 시기의 농업에 관하여 할 말이 많았다. 이 시기는 농업문제가 심각하였으므로, 농민경제나 국가재정을 위해서, 농업개혁이 반드시 있어야 한다는 것이었다. 더욱이 그 사이에는 평안도 지방에 농민항쟁 농민전쟁이 있었으므로, 농업개혁은 화급을 다투는 문제가 되고 있었다.

그는 그 농업개혁의 방법을, 정전제井田制와 같은 적극적인 개혁방안이 이상적이라고 생각하고 있었으나, 그러나 그는 이 시기의 상황에서 그것을 시행하기는 어렵다고 보고 있었다. 그러므로 그는 이러한 조건에서도 시행할 수 있고, 농업개혁의 목적을 효과적으로 달성할 수 있는, 완화된 절충적 개혁안을 마련하지 않으면 안 되었다. 그것이 둔전론屯田論을 중심으로 한《의상경계책》이었다.

그 목표는, 이 시기 국가의 농업체제를 둔전체제로 개편하고, 그 둔전경영을 통해서 전국의 농업생산을 지도하고 이끌어 나감으로써, 제한된 범위에서나마 농업개혁의 목적을 달성하려는 것이었다. 둔전으로는 가능한 범위에서, 전국에 국둔전國屯田·관둔전官屯田과 민둔전民屯田을 설치하려는 것이었다.

그 내용은, 이 시기 농업문제의 핵심인 민전民田 지주제地主
制는 그대로 두되, 새로이 민둔전民屯田 — 민영농장民營農場을
개설함으로써 정전제의 이념을 구현하고, 왕실의 궁방전宮房田
이나 국유지 지주제는 이를 국둔전·관둔전 — 국영농장으로 개
편하며, 부세제도는 결부법結負法 양전제量田制를 경무법頃畝法
양전제量田制로 개혁하여 시행하고, 10경頃 5인人을 단위농장으
로 삼아 공동경작 공동경영토록 하며, 농업기술 농업생산의 핵
심문제는 둔전을 모범농장으로 삼아 더 개량 발전시켜 나가고
자 하였다. 그러므로 그의 절충적인 농업개혁론은 이 둔전론에
집약된다고 하겠다. 이를 위해서 그는 중국의 둔전에 관한 자
료도 세심히 살폈다.

풍석의 둔전론은 농업개혁의 방안으로서는 소극적인 것이었
다. 그러나 그것은 이 시기 농업문제의 해결 주자 농정사상 지
주제의 극복문제를, 직선적으로가 아니라 우회적으로 그러면서
도 세상을 소란케 하지 않고 농업개혁의 목적을 달성하려는 방
법이었다. 그러한 관점에서 그 요점을 좀더 언급하면 다음과
같다.

① 국영농장의 경우, 그 농장을 둔전이라고 하는 공적公的인 제
도로서 설치하고, 그 관리 경영을 지주·관 개개인이 아니라, 국
가의 관리인 전농관典農官이 운영하도록 하였는데, 이는 지주제
의 개량 변신이기는 하였지만, 주자 〈권농문〉의 지주권 종래 지
주층의 권리를 많은 부분 제약하는 것이 된다고 하겠다.

② 이와 관련, 국영농장은 10경 5인 세대世帶를 하나의 단위농
장으로 삼아, 농업생산의 불합리 사회적 불평균을 제거하고, 가
사家舍·농우農牛·농기구農器具를 제공하여 집단경작 공동경작을
하도록 하며, 경둔京屯에서는 특히 농업기술이 발달한 지역의 ─
영남과 서북─ 민을 모집하여, 여러 지역민과 함께 섞여 살며
경작하도록 함으로써, 그들이 발달한 농법을 배우고 고향에 돌
아가 그 농법을 전파토록 하였는데, 이것은 무전농민의 문제를
해결하고, 전국의 농법을 개량하기 위한 모범농장·시험농장의
기능을 갖도록 하는 바가 되며, 동시에 종래 지주층·겸병광작자
의 경영권을 제약하는 바가 된다고 하겠다.

③ 전농관典農官은 단순한 관리가 아니라, 향촌사회에서 농업생
산에 종사하는 역농자力農者·명농자明農者를 도신道臣이 엄선하
여 정부에 보고하면, 정부에서 이들을 전농관으로 임명하며, 이
들 가운데 탁월한 실적을 올린 자는 일반 목민관으로 전보토록
하고 있는 일종의 전문직 관리였다. 이는 그들 명농자 계층을 재
지在地 유력자인 지주세력과 경쟁하고, 지주세력을 대체할 수 있
는 정치세력으로 육성하는 방안이 된다고 하겠다.

④ 민영농장은 관인官人이 되려는 부민富民으로 하여금, 경작농
민을 모집하여 농장을 개발토록 한 것이었다. 이 경우 농장개발
에 참여한 농민들은, 자기 지분의 농지에 대하여, 10분의 1세의
조세를 내도록 하고 있었는데, 이는 징전세井田制의 원리를 따른
것이고, 그래서 풍석은 이 민영농장을 정전제를 시행하는 것이
나 다름없다고 하였다. 이는 부분적이기는 하였지만, 주자의 '정

전난행설井田難行說'을 부정하고 극복하는 것이 아닐 수 없었다.

5. 결 — 논·책 농업개혁론의 역사적 의의

이상에 살핀 바를 정리하면, 조선후기에는 여러 가지 요인에 따라서, 농업생산 농민경제에 변화가 일어나고, 농촌사회가 분화되는 가운데 농업의 모순구조가 심화되고 있었다. 그것은 토지소유 농지차경이 지주·대농·부농층에게 집중하고 몰락농민이 늘어나며, 신분 계급 사이에 갈등 대립이 심화되는 가운데, 일반농민과 몰락농민이 '사란思亂'을 생각하게까지 되는 상황이었다. 그리고 그것은 실제로 19세기에 들어오면서는 민란·농민전쟁 등으로 전개되었다.

이 같은 상황은 조선왕조의 존망을 좌우하는 위기상황이 아닐 수 없었다. 그러므로 정치인이나 지식인들은 그 상황을 타개하기 위한 방안을 찾지 않으면 아니 되었다. 그것은 결국 농정사상·농업정책의 문제로서, 여러 가지 논·책으로 제기되었다. 그리고 그 논·책들은, 농업 농촌이 그같이 된 주원인은 지주층의 토지집적, 대농·부농들의 겸병광작, 정부의 부세제도 운영 불합리에 있는 것으로 보고, 따라서 현 농업체제는 개혁되어야 한다고 하였다.

조선시기에는 중국문명을 적극 수용하는 가운데, 유학儒學 그 가운데서도 주자학이 크게 발달하고 있었다. 애초에 조선왕조는 중국문명으로 문명전환 정책을, 그것을 적절한 수준으로 수용하여 조선왕조의 국가체제를 확립하고, 그것을 우리의 고유문명에 흡수하고 통합하는 가운데 우리의 문명을 중국문명과 조화를 이루게 하며, 그런 가운데 우리의 고유문명이 그 특성을 유지하고 발전해 나가도록 하자는 것이었다.

그러나 세월이 흐르면서는 그 목표가 흐려지고, 중국문명 수용을 지상의 과제로 삼게 되었다. 그런 가운데 유교사상도, 고전유학과 근세유학·주자학이 균형을 잃고, 국내의 정치·경제·사회·사상·교육 등 제반 사정과 관련하여, 주자학자들이 국가의 정책과 사상계를 주도하게 되었다. 주자 농정사상이 강화되었음은 말할 것도 없었다. 그 단적인 표현이 《농가집성》의 편찬에, 주자 〈권농문〉을 수록하게까지 되었음이었다.

그러므로 이 시기의 농업문제 타개 방안은, 사상적으로는 주자 농정사상, 즉 지주전호제를 축으로 한 농업체제를 비판하고, 그것을 자경 소농제로 개혁하라는 논이 되지 않을 수 없었다. 그만큼 그것은 어려운 문제였으나, 이러한 논·책을 제기하는 논자들은, 그들이 비판하고 개혁하려는 대상이, 주자 농정사상이라고 해서 주저하지 않았다. 그들은 현실 농업문제의 해결이, 국가와 민을 위해서 시급하다고 생각하였으며, 그것을 고전유학 경·사의 논리를 통해서 강조하였다.

오랜 세월에 걸친 이러한 여러 논자들의 개혁론은, 중세사회 해체기라고 하는 시점, 19세기 근내로 넘어가는 전환기의 시점에서, 다산 정약용과 풍석 서유구에 의해서 농업개혁 사회개혁 정치개혁론으로서, 그리고 농업생산 농학의 발전이라고 하는 각도에서 정합적 체계적으로 종합 정리되었다.

그러한 점에서 이 두 학자의 개혁론은, 우리 역사 농업사의
발전과정에서 중세에서 근대로의 전환을 뜻하는, 지표적인 연
구가 되는 것이라고 생각하였다. 그리고 그러한 개혁론이, 서구
근대문명이 들어오기 이전, 동아시아의 중세 농정사상 ─ 주자
농정사상을 극복하는 학문으로서 형성될 수 있었다는 점에서,
특히 의미가 있는 것으로 생각되었다.

제10장 군역제의 이정과 대원군 호포법의 절목을 찾아서
─〈영천군각군보호포절목〉의 경우

1. 농정과 〈삼정이정책〉

(1) ; 농정農政이란 국가가 일정한 계획 아래, 하늘(天)과 땅(地) 사이의 자연환경을 개발하고 이용하여, 그 민民·인人으로 하여금 적절한 토지를 소유하고, 그들로 하여금 양식작물 등 농산물을 재배하여 먹고 살게 하며, 국가운영에 필요한 부세賦稅를 징수하는 전 과정을 말한다. 어느 하나도 소홀하게 다룰 수 없고 중요치 않은 것이 없었으나, 국가가 일차적인 목표로 산는 것은, 국기 운영에 필요한 부세를 징수하는 일이었다.

그러므로 그 부세의 징수는, 시대에 따라 국가에 따라 그리고 통치권자 징치세력에 따라 자이가 있었으며, 많은 경우는 징수의 도를 넘어서, 선정善政이 되기보다는 학정虐政이 되는 경우가 더 많았다. 조선후기의 부세제도는, 전정田政·군정軍政·

환곡還穀 등 삼정三政이 모두 군郡 단위의 총액제總額制, 즉 결
총結摠·군총軍摠·환총還摠제로 되어 있어서, 구조적 근원적으로
불합리하고 모순이 많았다. 그러한 제도의 운영에서 오는 폐단
을 흔히 삼정문란三政紊亂이라고 하였다.

삼정문란은 이 시기에 농업문제가 발생하게 되는 한 진원지
이기도 하였다. 농업문제는 궁극적으로 농민항쟁·농민전쟁을
유발하게 되므로, 국가의 농업정책에서는 삼정운영 삼정문란의
문제를 소홀하게 다뤄서는 안 되었다. 국가로서는 농민항쟁 농
민전쟁이 발생하기 전에 이 문제를 근원적으로 해결하는 지혜
가 필요하였다. 수없이 많은 사람들이 삼정의 불합리를 지적하
고 그 개혁을 제론하였다. 정부에서도 여러 단계를 거치면서,
이를 '부세제도賦稅制度 이정책釐整策'의 차원에서 그 부분적 개
혁을 시도하였다.

삼정문란이 이 시기 농업문제 발생의 한 진원지라고 한다면,
이 농업문제를 타개하려고 하는 노력이, 삼정제도의 불합리를
이정釐整하는 것만으로 이루어질 수는 없었다. 이를 근원적으
로 타개하려고 한다면, 삼정의 제도가 뿌리내리고 있는 이 시
기의 중세적 농업체제 — 토지제도와 사회체제 — 신분제를 개
혁하고, 삼정제도의 본질적 근원적 불합리 — 결부제, 총액제,
환곡의 부세화를 이정하고 개혁할 필요가 있었다.

그러나 이 시기의 많은 지식인들은, 삼정의 운영문제와 토지
제도 신분제도 등 체제의 문제는 별개의 문제로 생각하였고,
정부에서도 그러한 입장의 〈삼정이정책〉으로서 문제를 해결하

려 하였다. 주자 농정사상 농정책의 이론理論이었다.

(2) ; 삼정三政은 곧 농정의 운영문제이므로, 나의 농업사 연
구에서도, 그 이정문제를 농정개혁의 문제로서, 정면으로 다루
지 않으면 안 되었다. 나는 삼정의 이정문제를 논·책으로 다룬
글을 부지런히 찾았다. 이 자료는 정부정책과 관련되는 문제이
어서 규장각도서에 많이 남아 있었다. 국사편찬위원회의 사료
총서로서 이미 간행된 자료도 있었다. 나는 이 문제를 실학파
의 농업개혁론으로서도 고찰하고, 정부의 부세제도 이정책釐整
策으로서도 이를 세심히 살폈다(신정 증보판《韓國近代農業史硏究》
Ⅰ, 2004 참조).

그 가운데서도 군정軍政, 즉 군역제軍役制의 이정과 관련하여
서는, 대원군의 호포법과 관련되는 〈영천군각군보호포절목榮川
郡各軍保戶布節目〉을 긴한 자료로서 수집하여 이용하였다.

이 절목은 교토대학京都大學 부속도서관의 가와이 문고본河合
文庫本으로 소장되어 있는 자료인데, 나는 처음에 이 절목이 이
도서관에 있음을, 그 목록을 통해서 알았다. 그래서 동 대학 도
서관장에게 서신으로 자기소개와 연구용임을 밝히고 복사신청
을 하였다. 고맙게도 신청이 허락되었고, 널리 공개하지 않는다
는 단서를 붙여 필름을 부쳐 왔다.

나는 복사물을 검토하며 새삼 놀랐고, 이 귀한 자료를 보내
준 교토대학 도서관장에게 감사하였다. 그것은 이 절목이 고종
9년(임신, 1872)에 경상도 영천군榮川郡에서 호포법을 시행하기

위하여 마련한 것이 확실하기 때문이었다. 이보다 앞서 고종 8
년(신미, 1871)에는 이른바 대원군의 호포법 시행령이 반포되고
있었는데, 영천군에서는 이 영令에 좇아 호포법을 시행하기 위
한 규정으로서 이를 마련하고 있었던 것이다.

그러므로 이 호포절목戶布節目은 바로 대원군이 시행한 호포
법의 내용을 표현한 것이 되겠으며, 그러한 점에서 이는 대원
군 호포법의 역사적 성격을 구체적으로 파악하고 이해하는 데
좋은 자료가 되는 것이라고 생각하였다. 대원군의 호포법을 이
해하기 위해서는 이 같은 자료의 분석이 반드시 필요한데, 규
장각도서에는 이와 관련되는 자료는 많으나, 이 같은 좋은 절
목은 보이지 않았다. 그래서 나는 이 자료를 군역제 이정·개혁
을 위한 내 연구에 긴하게 이용하기로 하였다.

(3) ; 그런데 하루는 규장각도서의 이상은 실장이 전화를 해
왔다. 교토대학에서 복사해 온 호포절목을 잡지 《규장각奎章
閣》에 원문을 첨부해서 해제를 써달라는 것이었다. 그거 너무
널리 공개하지 말라는 조건으로 복사해준 것인데 하였더니,
"그 말은 간행해서 판매하지 말라는 뜻일 터이니 염려하지 마
십시오. 그리고 《규장각》은 비매품으로 연구자만이 보는 잡지
입니다. 더욱이 서울대학과 교토대학은 협력관계에 있어서, 일
본 학자 학생들이 규장각도서의 복사를 신청하면 이를 모두 허
락하고 있으니, 선생님 문제는 앞으로는 서울대학과 교토대학
의 문제입니다. 해제를 써주십시오." 하는 것이었다.

그래서 나는 이 방면의 연구를 위하여, 여러 사람이 함께 참

고할 수 있도록, 원문을 수록한 해제를 쓰고 소개를 하였다(《奎
章閣》 6, 1982).

그런데 이때의 이 자료수집과 해제작업은, 지금 본고의 '자
료를 찾아서'의 취지와 부합하므로, 여기서는 그 해제의 앞 서
론 부분에 좀더 설명을 붙이고, 본문도 좀더 읽기 쉽게 다듬어
서 그대로 싣기로 하였다.

2. 호포법의 전사前史 — 양역변통 논의

대원군의 호포법은, 주지하는 바와 같이, 양역良役의 폐단에
대한 오랜 세월에 걸친 논란 끝에 성립되었다. 그 논의는 양역
변통良役變通, 즉 봉건적인 군역제軍役制의 폐단을 시정하는 문
제와 관련하여, 벌써 효종孝宗 때부터 시작되었으며, 숙종肅宗조
에 이르러서는 이 시기 최대의 정치적 과제의 하나로서 정부에
서 크게 거론되었다. 이러한 논의에서 호포론戶布論은, 군역제
의 폐단을 시정하기 위해서는, 그 군역제를 크게 변통하여 호
포제로 시행하는 것이, 최선의 방법이라고 주장하는 견해였다.
군역제의 폐단은, 군액의 부족으로 이른바 군정문란軍政紊亂
의 현상(이중, 삼중의 첩역疊役)을 일으키는 것이었으므로, 이러
한 폐단을 제거하려면 군역세軍役稅 부담자를 늘려야 하고, 그
러기 위해서는 위로는 공경대부公卿大夫에서 아래로는 상천常賤
에 이르기까지, 모든 민호民戶에게 균등하게 호포(군역세)를 부

과하면 된다는 생각이었다.

그러나 이 같은 호포론은, 사회적으로나 경제적으로 양반지배층의 이해관계에 크게 저촉되는 것이므로, 이때에는 쉽사리 실현될 수가 없었다. 그리하여 숙종조 이래로 격렬하게 논의되어 오던 양역변통 논의에서는, 결국 호포론은 제외되고, 현행 군역제 안에서 그 폐단을 시정하려는 소변통小變通의 주장이 채택되었다. 그리고 그것은 영조조의 균역법均役法으로 제도화되었다.

그렇지만 이 시기에 있었던 군역제의 폐단은, 이만한 정도의 변통으로서 시정될 수 있는 것이 아니었다. 그 폐단은 군역제 자체가 지니는 구조적 특질과, 봉건제 해체기의 시대적 조건이 상호작용하는 가운데 발생하고 있었으므로, 폐단의 지엽적 시정으로써 군역제의 안정을 기할 수는 없었다. 그것은 그 후의 군역 행정의 실태로써 입증된다. 이른바 군정문란은 확대되고 심화되고 있었다.

군정의 문란은 흔히 지방 관속官屬의 탓으로 돌려지고, 따라서 그들을 통제하면 수습될 것으로 운위되기도 하였지만, 그러나 그것은 이미 그들 관속의 운영 부정不正의 선을 넘어서고 있었다. 부정한 이속吏屬을 통제하는 것만으로 그 문란과 폐단이 제거될 수 있는 것은 아니었다. 그리하여 군정문란은 심화되고 농민경제는 곤란해졌으며, 그 결과는 삼정문란 전체와도 관련하여 민란이 발생하게까지 되었다.

그러므로 이 같은 추세 속에서, 이때에는 이러한 군역제의 폐단을 근본적으로 시정할 것이 절실히 요청되고 있었으며, 따라서 그것을 근본적으로 시정할 수 있다고 믿는 견해, 즉 호포론이 다시 나오게 되는 것은 당연한 일이었다. 많은 사람들이 이를 주장하였고, 지방에 따라서는 군포계軍布契의 이름으로 실질적으로 동포洞布·호포戶布가 관행하기도 하였다.

군정軍政의 면에서 민란을 수습하기 위해서는, 이 같은 견해·관행과도 관련하여 새로운 조치가 필요하게 되고 있었다. 대원군의 호포법은 이러한 시대적·사회적 요청의 소산이었다.

3. 호포법의 절목—〈영천군각군보호포절목〉

(1) ; 호포법이 성립하는 사정을 이와 같이 살피면, 대원군의 호포법은 대단히 큰 의미가 있을 것으로 기대된다. 그러나 그러면서도 대원군의 호포법은, 그의 정치적 속성 때문에, 그 의의가 의문시되어 온 것도 사실이다. 이러한 견해차는 그의 호포법을 구체적으로 검토하는 것으로써 해소될 수 있다.

여기에 소개하는 〈영천군각군보호포절목榮川郡各軍保戶布節目〉은 그와 같은 구체적 검토에서 자료가 될 수 있으리라 생각한다. 이 절목을 통해서 보면 구舊군역제, 즉 양역법良役法이 호포법으로 전환하면서 달라지고 있는 점과, 달라지지 않고 있는 점이 분명하게 드러난다.

절목의 본문에서 보는 바와 같이(여기서는 생략하였다), 이 절목은

① 〔序〕

② 凡例

③ 各軍保錢總秩

④ 戶布排定式例

⑤ 各面里戶總錢總秩

⑥ 舊軍案中有錢殖有田畓秩

⑦ 甲戌四月十九日到付巡營甘結……

⑧ 己卯二月日各軍保戶布新節目……

⑨ 榮川郡守書目

등으로 구성되며, 그 분량도 적지 않다. ① ②에서는 호포법
의 취지와 운영원칙을 기술하고, ③에서는 정부가 영천군에 배
정한 군액과 세전을 기록하고 있다. 그리고 ④에서는 ③의 세
전稅錢을 부담할 호수戶數와 그 호에 대한 호포전戶布錢의 배정
을 신분별로 책정하고 있으며, ⑤에서는 이를 다시 각 면리面里
단위로 호수에 따라 분담 배정하고 있다.

호포절목의 주 내용은 여기까지이며, 그 다음은 부수되는 사
항이다. 즉 ⑥은 호포법 이전에 이곳 군역제 운영에서 자율적
으로 마련하였던 군역전軍役錢과 군역전軍役田에 관한 기록이며,
⑦ ⑧ ⑨는 고종 11년(갑술)과 고종 16년(기묘)에 이르러서 이
절목의 운영에 관하여 취해진 한두 가지 변동사항을 첨부한 것
이다.

(2) ; 이러한 절목에서 무엇보다도 먼저 눈에 띄는 것은, 양

역법에서 볼 수 있었던 군액제가 호포법에서도 그대로 지속하고 있는 점이다. 양역법에서는 기병·보병·포보砲保·금보禁保 등등 각종 군보軍保의 수를, 지방별로 배정하고 수포收布함으로써 재정을 유지하고 있었는데, 그 같은 원칙이, 호포법에서도 그대로 호포제 운영의 기반이 되고 있는 것이다.

얼핏 생각하기에는, 호포법은 양역법에서 군보포軍保布 운영상의 폐단을 시정하기 위해서 마련한 것이므로, 이 새 제도에서는 구舊군역제를 전면적으로 폐기하고 새로운 원칙으로 새로운 부세제도를 마련하였을 것으로 이해되기도 하지만, 실은 그렇지가 않았다. 호포법은 옛 군역제의 테두리 안에서 그것을 골격으로 하면서 그 폐단을 시정하는 가운데 마련되고 있을 뿐이었다. 이 절목의 명칭이 단순한 '호포절목戶布節目'이 아니라 '군보호포절목軍保戶布節目'인 것도 그 때문이었다.

더욱이 양역법에서 군액제는, 그 군액에 해당하는 만큼의 세稅를 각 지방이 책임 상납하도록 되어 있는 것, 다시 말하면 향촌민鄕村民을 공동체적으로 긴박하고 있는 것으로서, 양역법의 중세봉건적인 군역제로서의 특징을 보여주는 것이었다.

그런데 이 같은 원칙은 호포법에서도 변함이 없었다. 절목에서는 군액으로서 배정된 이 지방 전체의 세전稅錢을 각 면리面里로 세분하여 배정한 뒤, 이를 운영하는 데서는 동리洞里 안의 가호家戶에 변동이 있어서 세稅를 부담할 호戶가 줄어들더라도, 그 동리민洞里民들은 그 동리의 원래의 세액을 공동 책납하지 않으면 아니 되도록 규정하고 있었다(凡例). 이는 군역세 징수

에서 옛 원칙이 호포법에서도 그대로 계승되고 있음을 보여주
는 것이라고 하겠다.

4. 호포법에서 새로운 변화

그러나 그렇더라도, 양역법에서 호포법으로의 전환은, 군역
제도에서 보기 드문 획기적인 변화가 아닐 수 없었다. 그것은
군액軍額, 즉 군보軍保의 내용에 큰 변화가 있었기 때문이었다.
그것을 우리는 여러 가지 면에서 들 수 있다.

(1) ; 첫째로 생각할 수 있는 것은, 호포법에서는 군보가 직
접 개별 인신人身에 직결되지 않도록 된 점이다. 구래의 군역제
에서는 각 지방에 군보의 액수가 배정되면, 그 지방에서는 그
수만큼의 인정人丁이 첨정簽丁되어, 각종 군보로 편성되고 군적
에 기재되었다. 그리하여 이와 같이 군보로 편입되어 군적에
오르게 되면, 자기 몫의 군역세를 부담하는 것은 말할 것도 없
고, 피역자避役者나 절호자絶戶者가 있을 경우, 이른바 군정문란
으로 표현되는 여러 가지 부정한 방법에 의해서 이들이 그 세
稅를 수납하도록 강요되기도 하였다. 또 직접 입역立役할 경우
의 고통도 심했다.

군보로 파악되는 것은, 곧 봉건국가에 의해서 인신을 매개로
한, 경제적 수탈 관계에 편제됨을 뜻하는 것이었다. 그러므로
군보는 다만 경제적으로 군역세를 수납하는 계층으로 그치는
것이 아니라, 수탈의 대상이 되는 계층, 천역賤役에 종사하는

계층으로 간주되고, 따라서 사회적으로 온갖 천대를 받지 않으면 아니 되었다. 군보로 파악되고 군역을 지는 사람들은, 향촌사회에서 상류인사와 교류할 수도 없고 혼인할 수도 없었다.

조선후기에 군역을 지는 농민들이 온갖 수단을 써서 피역避役을 꾀하였던 것도, 이 같은 경제적 수탈과 사회적 천대로부터 해방되려는 데서였다.

그런데 호포법에서는 이 같은 군보軍保와 인정人丁과의 관계를 분리시키고 있었다. 가령 절목에서 볼 수 있듯이, 정부에서는 이 지방에 대하여 1,276명의 군보를 군액으로 배정하고, 이에 해당하는 세전稅錢을 상납토록 지시하였는데(各軍保錢總秩), 이 지방에서 이 세전을, 관호官戶와 잡탈호雜頉戶를 제외한 2,459호에다 분할 부과하고 있었음은 그것이었다(戶布排定式例).

이는 본디 국가가 농민을 인신적으로 지배할 수 있는 매개물이었던 군보제가, 이제는 단순한 세액으로 변모해 가고 있었음을 뜻하는 것이며, 군역민의 지위가 그만큼 향상되고 있었음을 뜻하는 것이었다고 하겠다.

(2) ; 다음으로 들 수 있는 것은, 군보로 편제되고 군역세를 부담해야 하는 사회계층이 특정 신분에 한정되었던 것에서, 부분적으로 확대되고 있는 점이다. 종래의 군역제에서는 군역을 지는 신분계층은 상민층이 주이고 이 밖에 일부의 노비층이 이에 편입되고 있었나. 이 시기의 지배층인 양반층은 군역에서 면제되는 사회적 우대를 받고 있었다.

조선시기의 사회는 신분제 사회이고, 따라서 모든 사회제도가 상하관계적인 질서원리로서 마련되었으며, 이는 주자학적 유교의 명분론名分論으로서 합리화되고 있었다. 그러므로 유교적 사상체계로 육성되고 무장된 양반층은 그들의 사회적 경제적 이익을 위해서 군역으로부터 면제되는 제도·관습을 만드는 것을 당연시하였다.

물론 조선전기에는 주지하는 바와 같이 양반층도 특수 군역을 지도록 되어 있었다. 그러나 이때에는 이들 계층에게 과전科田을 지급하고 있었으므로 그것이 가능하였으며, 조선후기에는 과전 지급이 없어지는 것과 아울러 특수 군역에서도 면제되도록 되었다. 그리하여 조선후기에 와서는 군역은 주로 상민층에게만 부과되었으며, 이들은 이로써 경제적으로 수탈을 당하고 사회적으로 천대를 받았던 것이다.

그러나 호포법이 제정되면서 이 같은 사정은 크게 달라지고 있었다. 사회적 우대를 받아 군역에서 면제되고 있었던 양반층도 이제는 호포의 이름으로 군역세를 납부하지 않으면 아니 되었다. 그것은 호포법을 제정하면서 내린 교서敎書에 분명하지만, 이 절목에 따르면 더욱 뚜렷하다.

이 절목에 의하면, 호포를 부담하도록 배정한 민호에는 유학幼學·인리人吏·소민小民·산거역민散居驛民·교복校僕·관노비官奴婢·사령使令·교차校差 등 모든 신분층이 포함되고 있었다(戸布排定式例). 이 지방에는 본시 조관朝官·반족班族이 1,200여 호, 업무·교생校生·삼반관속三班官屬 기타 등이 300여 호나 있어서, 모두 면역되고 있었는데(《承政院日記》 1702, 정조 16년 4월 14일

조), 호포법이 시행되면서부터는 그 가운데 유학과 인리 약 900
여 호가 호포를 부담하지 않으면 아니 되었다(戶布排定式例).

아직도 조관호朝官戶와 과거급제호는 호포 배정 대상에서 제
외되고, 따라서 전 양반층이 모두 호포를 수납하도록 된 것은
아니지만, 그리고 호포를 낼 경우에도 양반호와 상민호 사이에
는 세액상에 차이를 두고 있는 것이기는 하지만, 그러나 그렇
더라도 양반층이 납세하게 된 것은, 호포법 이전의 사정을 생
각하면 실로 큰 변화가 아닐 수 없었다.

이는 호포법이 군역세 부담에서 신분차를 해소시키고 있는
것, 군역세 부과에서 균부·균세의 원칙을 추구하고 있는 것으
로서, 농민들의 군정문란에 대한 항쟁이 정책상에 크게 반영되
고, 그 지위가 높아지고 있음을 뜻하는 것이었다고 하겠다. 그
러므로 호포법은 농민들에게 크게 환영받았다. 이 고장에서는
호포법이 시행케 되었을 때 "환구도무寰區蹈舞"하는 기쁨을 보
였다(序).

그리고 이를 통해서 그들의 사회의식은 더욱 높아지게 되었
다. 그들은 일반적으로, 양반층에게 "당신도 호포를 내고 나도
호포를 내는데 당신과 나 사이에 무슨 차등이 있는가?(爾亦戶布
吾亦戶布 何有差等)"(《管軒集》 권18)라고 하여, 당당하게 대등의식
평등의식을 내세우게도 되었다.

(3) ; 끝으로 늘 수 있는 것은, 각 지방의 군액이 재조정되
어 담세의 불균형이 크게 해소된 점이다. 종래의 군역제에서도,
애초에는 각 지방의 군액을 그곳 인정人丁의 다과를 참작하여

불균형이 없도록 하였지만, 정부 측의 재정사정이나 향촌민의
피역과 관련하여, 지방에 따라서는 점차 군액과 군역민 사이의
균형이 무너지고 있었다. 군다민소軍多民少한 현상이 일어나고
있는 것이었다.

그리하여 이와 같이 군다민소한 지방에서는, 소수의 군역민
軍役民이 다액의 군역세를 부담하지 않으면 아니 되었고, 따라
서 힘없는 군보들은 재징삼징再徵三徵은 고사하고 사징오징四徵
五徵의 첩역疊役을 당하기도 하였다. 가령 이곳 영천 지방의 정
조 연간의 경우, 약 500여 호의 상민이 근 3,000의 군액을 담당
하고 있었음은 그 예이다(앞에 든 《承政院日記》). 이 같은 현상은
정도의 차이는 있었지만 어느 지방이나 대개 마찬가지였다. 이
는 옛 군역제가 안고 있는 최대의 고충으로서, 양역변통론·호
포론이 나오게 된 것도 이 때문이었다.

군역제를 변혁하기로 할 때, 이 같은 현상을 방치할 수는 없
었다. 대원군의 호포법에서도 마찬가지였다. 이 절목에 따르면,
호포법에서는 군다민소 현상이 크게 조정되고, 부세의 불합리
도 제거되도록 크게 유의하였다. 앞에서도 말하였듯이, 호포법
이 시행되면서 이곳 군액은 1,276명으로 조정되고, 이것은
2,459호에서 분담 수납하도록 규정하고 있었다.

또 이와 아울러서는, 상번입역上番立役을 하는 병兵과 군보軍
保의 경우, 종래에는 그 입역立役을 위한 부담과 고통이 심하여
서, 다른 군역과 사이에 부세의 원칙상 형평을 잃고 있었는데,
이 호포법(節目)에 이르러서는, 경상번군京上番軍은 고립雇立하

고 부담은 균평하게 부과함으로써, 불균의 폐를 시정하고 있었
다(凡例, 各軍保錢總秩).

5. 대원군 호포법의 성격

이상으로 우리는 영천군의 호포절목을 통하여, 대원군의 호
포법이 옛 군역제와 얼마만한 차이가 있는지 비교해 보았다.
그리고 거기에는 몇 가지 점에서 확실히 커다란 변화가 있음을
보았다.

아직은 부세에 명분, 즉 신분제가 따라 붙고 작용하고 있어
서, 관호官戶 등의 특정 신분층은 세의 부과대상에서 면제되는
불평등이 남아 있었지만, 그리고 신분에 따라 세액에 차등을
두는 불균형이 있기는 하였지만, 그러나 조세 부담에서 평등·
균부의 원칙은 추구되고 있었다. 그것은 아마도 대동법 이래
최대의 변혁이 아닐까 생각되기도 한다.

다른 지방에서도 꼭 이러하였는지는 확언할 수 없지만, 아마
도 크게 다르지는 않았으리라 생각된다. 이곳에는 호포제를 반
대하는 반족班族이 많았는데, 반족이 많은 이곳에서도 이런 정
도의 변화가 있었기 때문이다. 그런 점에서 이 절목에는 대원
군 호포법의 변혁적 성격이 잘 반영되어 있다고 해도 크게 틀
리지 않을 것으로 생각된다.

이러한 변화가 어떠한 성격의 것인지는, 좀더 면밀한 연구를
필요로 하지만, 적어도 그것이 중세사회의 해체과정을 반영하

고, 거기에 수반해서 일어나는 현상이었음에는 틀림이 없겠다.
대원군의 호포법은 이러한 각도에서 이해해야 할 것으로 생각
된다.

제 V 편

연구의 마무리

− 논문 발표, 단행본과 저작집 편찬

나는 해방세대의 일원으로 우리 역사를 공부하고 연구하면
서, 이 시기에 우리 역사학이 정상적으로 바르게 발전하기 위
해서는, 그럴 수 있는 전제조건이 바로 세워져야 한다고 생각
하였다. 그것은 다음과 같은 점이었다. 즉,

역사 연구자가 어떤 주제 목표를 가지고 충실하게 작업한 기
초적인 연구가 완성되면, 이를 그 분야 학술지에 실어 학계의
공인을 받고 그 성과를 동학들과 더불어 공유하며, 우리 역사
의 발전과정을 체계화하는 데 기여토록 해야 한다는 점이었다.
역사의 발전과정을 논하면서, 그 기초 작업을 충실하게 하지
못하거나, 기존의 낡은 관점 잘못된 연구성과에만 의존하면, 새
로운 역사의 체계화를 기대하기 어렵다고 생각하였다.

그러나 새로운 역사의 체계화를 위해서는, 연구자 개개인이
새로운 안목으로 연구를 하는 것이 필요하지만, 동시에 그 연
구를 수용 소통시킬 수 있는 학계가 조성되고, 학술지가 마련
되어 있어야 한다고 생각했다. 학계가 조성되어 있지 않고 학
술지가 마련되어 있지 않으면, 새로 조성하고 마련해야 한다고
도 생각하였다.

그리고 학계가 그같이 조성되기 위해서는, 연구자 개개인의 노력은 말할 것도 없고, 국가의 학술 문화정책이 또한 지속적으로 그 방향으로 추진되지 않으면 아니 된다고 생각하였다. 전환기의 역사학계에서는 특히 그러해야 한다고 생각하였다.

해방을 전후한 시기는 우리 역사학의 전환기였다 ― 제2차 세계대전이 끝난 이 시기는 세계사적으로도 그러하였다 ― 일제의 침략 강점 아래서는 우리의 역사학 자체가 일본 역사학에 흡수되어, 우리의 역사학이 일본인 학자 중심으로 연구되고, 학술지도 그들 중심으로 운영되었으며, 우리 역사의 체계를 세우는 일도 그들이 하였다.

한국인은 대학설립이 허용되지 않는 가운데, 일본인의 대학을 거쳐 역사학자로 양성되기는 하였으나 그 수가 극히 적었으며, 학술활동도 역사연구를 위한 전문적 학술지를 통한 과학적 연구를 하기 어려웠다.

그러므로 일제와 일본인 역사학자들이 철수한 해방 후의 역사학계에서는, 대학을 새로 세우고 태부족인 역사학자를 양성해야 했으며, 학회와 학술지를 새로 구성하고 제출되는 논문을 간행해야 했으며, 모든 것을 새로 시작해야 하였다(본서 서편 참조).

해방세대들은, 일제하세대 학병세대 교수들의 지도 아래 역사를 공부하며, 논문을 쓰고 학회활동을 하며, 곧 이어서는 교

수가 되고 학생 학자를 양성해야 했다. 그동안 일본인 학자들
이 중심이 되어 진행하였던 우리의 역사연구를, 이제는 우리의
젊은 학자들이 이를 인수하여 우리 역사의 체계를 바로 세우지
않으면 안 되었다.

나는 이러한 전환기에 역사를 공부하고 연구하였으며, 학회
활동에도 선배선생들을 따라 그 말석에 참여하여 열심히 일하
였다. 그리고 어렵게 쓴 글들을 몇몇 학술지를 통해서 발표할
수 있었다.

그러므로 이 제Ⅴ편에서는, 내가 역사를 공부하고 연구하며
학회에 참여하여 활동하였던 때의 사정, 내가 그 속에서 논문
을 써서 발표하였던 몇몇 학술지에 관해서 먼저 언급하기로 하
겠다(제11장).

그리고 그것을 다시 정리하여, 나의 농업사 연구의 마무리로
서, 단행본과 저작집으로 편찬하였던 사정도, 아울러 부연하기
로 하겠다(제12장).

제11장 나의 학회활동과 논문발표

1. 여러 학회 연구소와 인연을 맺고

서序편에서 말한 바와 같은 역사학계의 구도 속에서, 나는 6·25전쟁 후의 혼란기에는, 주로 내가 학업을 이수한 대학 및 대학원의 지도교수와 인연이 있는 학회에 속해서, 학회활동을 시작하고 논문을 게재하였다.

한일회담을 계기로 해서는 학계에 큰 지각변동이 일어나고, 학계가 재구성되는 변화가 일어났다. 6·3사태가 학계에서도 일어난 셈이었다. 이를 계기로 해서는, 종래의 동인지적 성격이 강했던 학회의 회원들이 양분되어, 새로운 전국적 규모의 조직으로 재결집하고, 새로운 학회를 창립하기도 하였다. 이때 나는 여러 선배 교수들과 더불어, 그 학회의 창립에 참여하였고, 간사의 일을 맡기도 하였다.

나는 평생 세 대학의 역사과와 사학과를 옮겨가며 근무하였
는데, 그럴 때마다 그 대학의 교수들이 운영하는 학회 또는 그
학교의 부설 연구소와도 인연을 맺고, 논문을 게재하였다. 그뿐
만 아니라 전후 한동안은, 내가 소속하고 있는 서울대학은 재
정 형편 때문에 교수들의 연구업적을 모두 소화하지 못하고 있
었으므로, 이럴 때는 타 대학 연구소의 학술지에 논문을 게재
하기도 하였다. 이러한 문제가 해결되고 논문 게재의 어려움이
없게 된 것은 연세대학으로 전근한 뒤의 일이었다.

그리고 교수직을 정년으로 물러난 뒤에는 학술원 회원으로
선임되었으므로, 학문 활동을 주로 이 기관과 그 학술지를 통
해서 하였다.

이 밖에 세월이 흐르면서는, 회갑 고희를 맞는 교수가 있게
되고 정년퇴임을 하는 교수도 있게 되었는데, 이럴 때면 후진
들이 기념논총을 편찬해드리곤 하였다. 이럴 경우 나는 형편이
되는 대로 몇몇 선생님들의 이러한 기념논총에도 논문을 게재
하였다. 연세대학 재직중에는, 학교가 개교 100주년을 기념하
는 논총을 간행하기도 하였는데, 나는 이 기념논총에도 논문을
실었다.

나는 새로운 견해를 담은 논문, 그래서 신중을 기하지 않으
면 아니 된다고 생각한 논문과, 다른 짝이 되는 논문과 함께 실
어야 의미가 있어 보이는 논문이 몇 편 있었는데, 이러한 논문
들은 오랫동안 묵혀두고 보충을 하곤 하였다. 그래서 이 논문
들은 결국 학술지에 게재할 기회를 갖지 못하고, 다른 논문들

을 모아 단행본을 간행할 때, 미발표 논문으로서 이와 함께 편
집하여 간행하기도 하였다.

2. 학회와 대학 연구소의 학술지

(1) ; 내가 전후의 혼란 속에서, 학회의 창립에 참여하고 회
원이 되어 논문을 실은 학회와 학술지는 다음과 같다.

① 역사교육연구회歷史敎育硏究會 ; 1956년에 서울대학교 사
범대학 역사과 교수 졸업생을 중심으로, 전국 규모의 역사교육
자들의 학회로 창립되었다. 회장은 김성근 교수이었고, 발행하
는 학술지는《역사교육歷史敎育》이었다. 나는 그 창간호에 대학
원 과정에서 공부한, 한국사를 발전적으로 보고자 하는, 조그만
시론적인 글을 실었다. 그 뒤에도 역사교육에 도움이 될 수 있
는, 몇 편의 작은 글들을 실었다.

② 한국사학회韓國史學會 ; 1957년 국사편찬위원회를 중심으
로 전국 규모의 사단법인 한국사학회로서 창립되었다. 이 학회
는 재정을 전적으로 동 위원회의 지원에 의존하고 있었다. 그
러므로 이 학회는 실질적으로는 국사편찬위원회의 부설 학회
인 셈이었다. 처음에는 한국사 중심의 학회로 발족하였으나, 곧
동양사 서양사를 포함한 종합 사학회로 확대되었다. 이사장은
고려대학 교수 겸 국사편찬위원회 사무국장인 신석호 교수였
고, 1958년부터는 기관지《사학연구史學硏究》를 발행하였다. 역

사학회와 더불어 한국 역사학계의 양대 산맥이 되었다.

나는 대학원 과정에서 신석호 교수의 지도를 받았고, 국사편찬위원회의 촉탁도 거쳤으므로, 자동적으로 이 학회의 회원이 되었다. 따라서 젊은 시절의 나는 농업사 연구를 중심으로 한 학문 활동을, 이 학회에서 본격적으로 전개할 수 있었다. 1950년대에서 1960년대에 걸치면서 〈〈全瑋準供招〉의 分析〉 및 〈量案의 研究〉 등 분량이 큰 논문을 여러 편 실었다.

이 학회는 학술지와 기타의 자료를 발행하는 외에도, 노소의 학자들이 모여 1961년도부터 학술토론대회를 열곤 하였는데, 나는 1963년도의 제2회 대회(공동주제 ; "조선후기에 있어서의 사회적 변동")에 발표자의 일원으로 참석하여, 〈農村經濟〉를 발표하기도 하였다(《사학연구》 16에 회보가 실려 있다. 이때의 나의 발표문은 본서 제2부에 그대로 전재하였다).

③ 한국사연구회韓國史研究會 ; 앞에서 한일회담과 관련 학계에는 지각변동이 일어나고, 새로운 학회를 창립하게 되었다고 하였거니와, 이때 이렇게 해서 출현하게 된 것이 이 학회이었다. 회지의 제호는 《한국사연구韓國史研究》로 하였다.

나는 이 학회의 회지에도, 〈응지진농서〉를 분석한 글 〈고부 김씨가의 추수기〉를 분석한 글 등, 몇 편의 논문을 실었다.

이 학회의 성립사정에 관해서는 이 책 제2부 제4장에서 다시 논의되겠다.

(2) ; 나는 교수직을 서울대학에서 사범대 소속으로 출발하였으나, 1966년도 2학기부터는 대학 안의 이런저런 사정으로,

문리대 소속으로 전속 근무하게 되었다. 이에 따라서는 이 대학 교수들이 중심이 되어 운영하는, 역사학회歷史學會 진단학회震檀學會 등의 학회지에도 논문을 게재하는 등, 발표 학회지의 폭이 넓어지게 되었다. 그리고 이 대학에는 부설 연구소로서 동아문화연구소東亞文化硏究所와 한국문화연구소韓國文化硏究所가 있었으므로, 그 기관의 학술지《동아문화東亞文化》와 《한국문화연구총서韓國文化硏究叢書》에도 글을 실을 수가 있었다.

④ 역사학회歷史學會 ; 이 학회는 6·25의 전시 중인 1952년에, 주로 서울대 문리대 사학과를 졸업한 학병세대 학자들에 의해서, 부산에서 창립되어 역사학계를 이끈 선발 학회였다. 학회지를 발행하는 일 외에도, 1958년부터는 진단학회와 공동으로 그리고 그 뒤에는 다른 학회와도 협력하여, 전국역사학대회를 개최함으로써 역사학계를 결속하는 구심 역할을 해오고 있었다.

다른 학회에 소속한 많은 역사연구자들도, 학회 간 협력의 차원에서, 이 대회에 참여하고 발표를 하였다. 나도 1961년도(서양사학회 주관)와 1966년도(역사학회 주관)의 역사학대회에서 발표를 하였다.

이런 사정도 있어서 나는 그 후, 교수직이 사범대 소속에서 문리대 소속으로 전속하게 된 뒤에는, 늦었으나마 역사학회의 회원도 되고, 《역사학보》에 논문도 싣게 되었다(본서 제2부 제4장 참조).

⑤ 진단학회震檀學會 ; 이 학회도 서울대 문리대 출신의 학병세대 해방세대 교수들에 의해서 운영되고 있었는데, 나는 이 학회의 간사이고 한국사연구회의 간사이기도 하였던, 이재룡 교수 댁의 자료를 이용하여 그 댁 지주경영을 연구한 바 있었다. 그런데 이 교수는 그 연구성과를, 그 스승인 이병도 박사의 팔순논총으로 계획한 《진단학보震檀學報》에 실으면 어떠냐고 요청하였고, 이리하여 나는 그간 인연이 없었던 이 학술지에도 글을 싣게 되었다.

⑥ 동아문화연구소東亞文化硏究所 ; 이 연구소는 1961년에, 문리대 동양학 관련 교수들의 연구소로 발기되었고, 1963년에 동 대학 부설연구소로 되었다. 한국문화를 기축으로 동양문화를 연구함으로써, 대학교육의 질적 향상과, 세계문화 발전에 기여할 것을 목적으로 하였다. 발행하는 학술지는 《동아문화東亞文化》였다. 발족 이래의 소장은 이상백 교수였고, 내가 이 대학에 부임했을 때의 소장은 이숭녕 교수였다. 나는 이 학술지에 논문도 싣고, 관악산으로 이전하기 직전의 발표회에서는 '향약'을 주제로 강연도 하였다.

⑦ 한국문화연구소韓國文化硏究所 ; 앞에서 한일회담과 관련 역사학계에는 지각변동이 일어나고, 한국사를 전공하는 교수들이 한국사학을 근본적으로 발전시킬 수 있는 방안을 모색하고, 그 일환으로 서울대학에는 국사학과와 한국문화를 연구하는 연구소를 설치하기로 하였다 하였거니와, 이때 이렇게 해서 탄생한 것이 바로 이 연구소였다.

이 연구소는 1969년에 제도적으로 문리과대학 부설연구소로 출발하였으나, 뒤에 인문대학 부설 연구소를 거쳐, 1979년에는 서울대학교 부설 연구소로 확대 개편되었다. 한국문화에 관한 조사 연구를 협동적으로 수행하고, 그 성과를 보급함으로써 민족문화의 계발과 대학교육의 질적 향상을 도모하며, 아울러 세계문화의 발전에 기여할 것을 목표로 하고 출발하였다(〈한국문화연구소 요람〉, 〈한국문화연구소 규정〉).

한우근 교수를 소장으로 하여, 발족과 더불어 문교부 지원으로 연구사업을 하게 되었으며, 학술지는 논문집이 아니라, 연구자의 논문을 각각 작은 논문책자로 간행하는《한국문화연구총서韓國文化硏究叢書》1, 2, 3 식으로 발행하였다. 나도 이때 이 사업에 참여하였으며, 이렇게 해서 간행된 것이〈朝鮮後期 農學의 發達〉(1970)이었다. 뒤에 이 연구소가 서울대학교 기구로 개편되면서는, 그 기관지를 여러 논문을 수록하는 논문집으로 개편《한국문화韓國文化》라 하였다.

(3) ; 나는 교수직을, 1975년에 서울대학에서 연세대학으로 한 번 더 옮겼으며, 이 대학에서 정년이 될 때까지 근무하였다. 나의 교수생활을 전반기와 후반기로 나눈다면, 서울대학 교수시절은 전반기였고, 연세대학 교수시절은 후반기였으나, 후반기가 더 길었다.

연세대학으로 전근한 뒤에도 나의 농업사 연구는 계속되었나. 이 대학교에는 부설 연구기관으로서 국학연구원國學硏究院이 설치되어 있었으므로, 이때의 연구성과는, 주로 그 기관지인

《동방학지東方學志》에 실을 수 있었다. 그리고 이 대학의 동료 교수 및 학풍과 관련하여 발행되는 학회와 연구소의 학술지에도 글을 실었다.

⑧ 국학연구원國學硏究院 ; 이 연구원의 기원은 오래였다. 일제 침략 아래 이 대학 ― 당시는 연희전문학교 ― 교수를 중심으로 당시의 지식인들은, 《동아일보》가 계획한 특별기사에서, 학술진흥 학술원 설립에 관한 각자의 견해를 발표하고 있었는데, 이때 용재 백낙준은 학술총본영으로서의 조선문고朝鮮文庫를 세울 것을 제기하고 있었다.

해방이 되고 그는 미국 연경학사燕京學舍의 재정지원을 받고, 연구소에 관한 의견도 듣는 가운데, 연희대학 차원에서 이를 실현하고자 하였다. 이것이 동방학연구소東方學硏究所의 출발이었다. 그러나 이러한 구상은 학계의 사정으로 보아 무리였으며, 따라서 우여곡절을 거친 끝에 연희대학의 연구소로 정착하게 되었다. 한국을 중심으로 한 동아시아의 역사·문화·언어에 관한 연구, 그리고 고전 자료의 간행 보급을 목표로 사업을 시작하였다. 그 기관의 학술지가 《동방학지東方學志》였다(《연세국학연구사》 2005).

국가 차원에서의 학술원은 그가 문교부장관이었던 6·25의 전시 중에, 문화보호법으로 법제화하고 있었다.

뒤에 연세대학에서는 국학에 관한 연구 인력이 늘어남에 따라, 그리고 국학연구를 더욱 장려하고 발전시키려는 뜻에서, 동방학연구소를 국학연구원으로 확대 개편하고,《동방학지》의 간행도 계간으로 늘렸다.

나는 이 연구원의 연구원硏究員이기도 하였으므로, 그 학술지에 1년에 한 편 정도씩, 정년이 될 때까지 많은 논문을 게재하였다. 연구원에서 잡지를 편집하다 원고가 부족하면, 원장이 전화를 해왔다. 김 선생 원고 써놓은 것 있으면 좀 주쇼 하고. 그래서 연세대학에 재직하는 동안에는 원고를 게재하는 문제로 걱정을 하지 않아도 되었다. 그러나 어느 교수가, 기획 편집하는 공동연구 가운데 일부를 맡았다가, 공적인 일로 이를 수행할 수 없어서 내가 그 자리를 메워야 했을 때는, 연구영역이 확대되기는 하였지만, 1년에 두 편의 논문을 써야 했으므로 힘들었다.

연세대학에는 이 밖에 대학원에서 편찬하는《연세논총延世論叢》이 있었는데, 100주년 기념논총이라고 하는 특별한 기획을 하였을 때는, 나도 이 논총에 기쁜 마음으로 공들여 쓴 글을 실었다. 그러면서도 나는 이 논총이 나왔을 때, 사학과 교수들의 이름이 그 논총에 보이지 않아서, 참으로 이상하게 생각하였다.

⑨ 애산학회 ; 이 학회는 일제하의 변호사 애산愛山 이인李仁 선생의 한글연구·국학연구 한글학회 지원의 정신을 계승하여, 구체적으로는 김윤경《朝鮮文字及語學史》(1938, 朝鮮紀念圖書出版館, 舘長 金性洙) 간행의 정신을 본받아서, 그 자손 분과대학의 이정 교수가 용재 선생 지도 아래 조직하고 운영하는 학회였다. 1981년의 어려운 시대상황에서, 학자들의 국학연구를 지원하는

뜻으로, 학회를 조직하고 학술지를 《애산 학보》라 제하여 발행
하였다. 나는 이 학술지에도 이 학회의 취지와 맞는 글을 한 편
게재하였다.

⑩ 세종대왕기념사업회 ; 이 연구소는 훈민정음·한글을 창
제한 세종대왕의 업적을 기념하기 위해서 조직한 사업체였다.
그러므로 그 사업의 기본 목표도, 세종대왕의 한글 창제의 기
본정신을 계승 발전시켜 나가는 데 있었으며, 이 기관이 수행
한 여러 사업의 내용도 그렇게 기획되고 구성되었다. 그 소장
박종국 선생이 연세대학 출신이었던 관계로, 이 연구소에는 연
세대학 교수들의 참여가 많았으며, 나도 그런 관계로 이 연구
소의 연구사업에 참여하여 세종대왕과 관련되는 글을 썼다. 발
행하는 학술지는, 《세종학연구》《세종문화사대계》《겨레문
화》 등이었으므로, 나의 글도 이들 학술지와 대계에 수록되었
다.

3. 타 대학 연구소의 학술지

내가 다루는 농업사 연구는 그 연구주제의 성격상, 논문을
비교적 많이 쓰지 않으면 아니 되었는데, 나는 이를 모두 내가
소속한 학회의 학술지에 실을 수는 없었다. 그럴 경우 재직하
고 있는 대학에 연구소가 있으면, 앞에서 언급한 바와 같이, 그
연구소의 기관지를 통해서 글을 소화시키기도 하고, 타 대학의
연구소에서 원고 청탁이 있으면, 그 기관의 학술지에 싣기도

하였다.

나의 젊은 시절, 국립대학의 경제사정은 지극히 어려웠으므로, 경제사정이 좀 나은 사립대학에서는 큰 연구소를 설립하고, 국립대학 교수의 연구 업적까지도 소화하는 기능을 담당하였다. 그러한 연구소로서는, 고려대학의 아세아문제연구소亞細亞問題硏究所와 성균관대학의 대동문화연구원大東文化硏究院이 있었다. 이 두 연구소는 자기 대학 교수의 논문뿐만 아니라, 연차적으로 타 대학 교수 또는 퇴임한 노교수에게도 원고료 또는 연구비를 지원하며, 연구를 위촉하고 그것을 그 연구지를 통해 간행하였다.

⑪ 아세아문제연구소亞細亞問題硏究所 ; 이 연구소는 1958년에, 고려대학 인문사회계 학문의 대표 연구소로 설립되었다. 나는 대학원 과정을 고려대학에서 이수하였으므로, 이 대학의 학문과는 적잖은 인연이 있었다. 그 학문 분위기에도 익숙했다. 그래서 이 연구소에서 원고의 청탁이 있을 때는, 이 대학의 학문발전에 기여해야 한다는 일종의 의무감도 가지고 이에 응하였다. 여러 편의 무게 있는 논문을 그《아세아연구亞細亞硏究》에 실었다. 이 연구소의 사업과 내가 논문을 싣게 되는 사정에 관해서는, 본서 제2부 제4장에서 다시 논의하겠다.

⑫ 대동문화연구원大東文化硏究院 ; 이 연구원도, 성균관대학교의 대표 연구원으로, 1958년에 설치되었다. 나는 이 대학과는 아무 관계도 없는 타 대학의 소장교수였으나, 이우성 교수

의 이 연구원 원장 재임 시절, 이 연구원이 수행한 공동연구 사업에 참여함으로써, 연구를 통해 인연을 맺고 논문을 그 학술지 《대동문화연구大東文化硏究》에 실을 수 있었다. 그 공동연구의 사정은 본서 제2부 제4장에서 다시 논의하겠다.

4. 학술원의 사업과 학술지

1) 송암서재 시절

1997년 2월 나는 오랜 교수생활 끝에 대학사회에서 정년퇴임하였다. 나는 학교 연구실의 도서를, 집 가까이 마련한 사무실로 옮기고, 연구를 계속하기로 하였다. 김준석·방기중 등 젊은 교수들이, 여기에다 동학 구창서具昶書 선생이 써준 단아한 필체의 '松巖書齋'란 현판을 걸고, 나를 송암 선생이라 불렀다. 송암은 나의 자호自號다. 나는 어릴 때부터 몸이 허약하였으므로, 태백산맥의 낙락장송과 같고 바위와 같은, 건강한 인물·학자가 되는 것이 꿈이고 희망이고 이상이었다. 호를 송암이라고 한 까닭이었다.

서재는 꽤 넓은 공간이어서, 젊은 교수들은 이를 유용하게 이용하기로 하였다. 세상물정에 어두운 내가 갑자기 이렇게 혼자 나가 있게 된 것이, 마음이 안 놓여서, 서재를 연구소와 같이 차리고 운영하려는 것이었다. 백승철 교수를 서재운영의 책임자로 정하고, 나와 같이 있으면서 연구하도록 하였다.

서재시절은 나의 연구생활에서, 여생을 마무리하게 될 시절로서, 이런저런 기억될 만한 일들이 있었다.

세미나와 답사 ; 첫째는 젊은 교수들이, 나의 학교시절 강좌에서와 마찬가지로, 한 달에 한 번씩 모여, 돌려가며 연구발표를 한 일이었다. 각자가 이때 연구하고 있는 바를 간추려 발표하는 것이었다. 나를 위로함이었고 평정을 되찾도록 함이었다. 먼 지방에서 올라오게 하는 것이 미안하였다. 이 발표회는 내가 평상으로 돌아올 때까지 1년쯤 지속되었다.

이 모임을 중심으로 해서는 연세대 사학과에서, 고조선·고구려·발해지역 ― 만주지역― 을 답사하기도 하였다. 답사는 두 번 있었는데, 한 번은 정년 직전에 그리고 다른 한 번은 정년 후 한동안이 지난 뒤에 있었다.

정년논총 ; 나는 서재로 이전한 얼마 뒤에, 나의 정년을 기념하는 논총을 증정받았다. 정창렬·김광수·이경식·홍성찬·김준석·방기중·김도형·백승철 교수 등이 편찬위원이 되어, 75명의 학자들이 쓴 주옥같은 글을 받아 편찬하고, 김경희 사장이 경영하는 지식산업사에서 간행한 세 권의 책이었다. 나는 평생 열심히 연구하고 교수하기는 하였으나, 학계의 변두리에 있으면서, 후배들을 위해서 도움이 될 만한 일을 별로 하지 못하였는데, 분에 넘치는 대접을 받았다. 감사할 따름이었다. 그 세 권의 논총은 다음과 같다.

[1] 《韓國史 認識과 歷史理論》, 1997, 지식산업사

[2] 《韓國 古代·中世의 支配體制와 農民》, 1997, 지식산업사

3 《韓國 近·現代의 民族問題와 新國家建設》, 1997, 지식산업사

저작집 정리 ; 나는 이 서재에서 새로운 연구는 최소한으로
줄이고, 여생을 그동안 쓴 농업사 연구에 관한 논문 저서만이
라도, 이미 반은 짜여진 저술 전체의 구도와 연계하여, 하나하
나 연차적으로 저작집으로 재정리하기로 하였다. 지식산업사의
김경희 사장은 글을 많이 썼으니, 읽는 사람을 위해서, 이를 저
작집으로서 계통을 세워줄 필요가 있다고 강조하였다. 옳은 말
씀이라 생각하였고 나는 이 제안을 따랐다.

나는 평생 농업사를 중심으로 한 역사연구를 하였으며, 나대
로는 그 구도를 잘 세워서 연구하였다고 생각하였으나, 남이
보기에는 그 잡다·복잡함이 이루 말할 수 없었던 것 같다. 그
리하여 나는 농업사 연구를 중심으로 한 내 저작집을 편찬하면
서는, 전 연구의 구도, 즉 시대·발전=종縱과 계통·분야=횡橫
이 잘 체계를 이루고, 남이 보기에도 분명하게 파악되도록 편
집하고 정리하였다.

그 작업은 작년, 즉 2009년에야 겨우 마무리되었으며, 그것
은 1에서 8까지의 전 8권으로 이루어졌다.

2) 학술원 회원 시절

2000년에 나는 송암서재에 있으면서, 학술원에 대한 예비지
식도 없이, 역사학회의 추천과 학술원 역사분과 그리고 인문·
사회과학 부회와 학술원 총회의 심사를 거쳐, 학술원 회원이

되었다. 인문·사화과학부 제3분과에 소속되었다. 이 분과는 역사 분야의 학자들이 모이는 곳이었다. 그리하여 나는 그 뒤, 학술원 설립의 취지에 따라 국가 규모의 학술 활동에도 참여하게 되었다.

그러므로 이 시절은 앞에 언급한 나의 송암서재 시절과 병행하는 시기로서, 나는 나의 농업사 연구 작업을 학술원을 통해서 하는 한편, 학술원의 사업도 수행하지 않으면 아니 되었다. 그리고 그 결과는 학술원의 간행물을 통해서 발표하였다.

⑬ 학술원 사업 1 ; 먼저 회원이 되기 전, 원외의 교수로서 학술원 사업에 참여하여 쓴 글부터 언급하겠다. 1980년대 초의 어느 날, 인문·사회과학부 제6분과의 조기준 교수께서 전화를 주셨다. "학술원에서 《한국학입문韓國學入門》을 편찬하기 위한 사업을 하는데, 김 선생이 〈전근대의 토지제도〉를 써주시오." 하는 것이었다. 처음에는 극구 사양했으나, 조 교수와는 고려대학과 그 아시아문제연구소에서의 인연도 있어서, 결국 그 원고청탁을 수락하지 않을 수 없었다.

나는 이때 앞에서 이미 언급한 바와 같은 사정으로(본서 제1부 제3장 4절 참조), 〈토지제도의 사적 추이〉라는 개괄적인 글을 써 가지고 있었는데, 입문서에는 이러한 글이 더 적합할 수도 있겠구나 생각되어, 이를 더 간추리고 조정하여 제출하였다. 학술원에서는 이를 위의 《한국학입문》(1983)에 실었다. 이 책은 좀 뒤에 영문판으로도 간행되었다.

⑭ 학술원 사업 2 ; 학술원의 회원이 되면, 나이 많고 교수직도 정년 하여서 논문 쓰기 어려워도, 차례가 되면 의무적으로 글을 써야 했다. 2002년에는 나에게도 그러한 차례가 돌아왔다. 나는 나이로 보아, 이번 논문을 쓰면 이것이 마지막 논문이 될 수도 있겠구나 생각하며, 혼신의 힘을 다하여 창의성이 있는 큰 논문을 쓰려고 노력하였다.

이때 내가 설정한 주제는, 조선후기 농학사조의 두 흐름― 자경소농제를 지향하는 농학사조와 지주전호제를 유지하려는 농학사조 ― 을 대립구도로서 보여주는 자료, 곧 앞에서 이미 언급한 바 있는, 다년간 생각하고 준비하였던 바, 임란壬亂 시기의 《고공가雇工歌》를 집중적으로 분석하는 것이었다(본서 제1부 제7장 참조). 구체적으로 말하면 〈선조조 《고공가》의 농정사적 의의〉이었다. 이 논문은 《학술원논문집》 인문·사회과학 편, 42집, 2003년을 통해서 발표되었고, 나의 저작집 신정 증보판 《朝鮮後期農業史硏究》 Ⅱ, 2007년에도 보완하여 수록하였다.

⑮ 학술원 사업 3 ; 학술원에서 나의 학문 활동은, 나 개인의 농업사 연구와는 직접적인 관계가 없는, 학술원의 공적 사업이 중심이었다. 그것은 크게 세 가지 있었다.

학술원과 과학원 ; 그 하나는, 학술원 개원 50주년(2004년)을 기념하는 행사와 관련하여 있었던 일이었다. 이때에는 이호왕 회장 지휘 아래 여러 행사를 하였는데, 그 일환으로는 조대경 회원을 위원장으로 정명환 김용섭 박세희 김용일 회원 등을 개원 50주년 기념도서발간 추진위원회의 위원으로 임명하여, 《학술원50년사學術院五十年史》도 편찬토록 하였다.

그런데 이 추진위원회에서는 일을 시작하기 전에, 이 50년사를 어느 시점부터 기론할 것인지를, 짚고 넘어가지 않으면 아니 되었다. 학술원은 1954년에 제도적으로 개원하였으므로, 그 50년사를 1954년에서부터 기론하는 것은 당연하지만, 그러나 지금 학술원은 그 출발 이전에, 초창기 회원들의 학술원 설립 운동이라는 전사前史가 있음으로써, 그 설립이 가능하였기 때문이었다.

그러나 이 문제는 정치적으로 좀 미묘한 문제이어서, 그리고 위원회 밖에서 일종의 제동이 걸리기도 하여서, 이를 50년사에 포함시키지 않기로 하였다. 그러면서도 이로써 학술원의 역사 서술 문제가 해결된 것은 아니었다. 그러므로 조대경 위원장은 이 문제는 필요한 문제이지만, 이론이 있기도 하므로, 이를 문제로 제기한 김용섭 회원이 개인 연구로서 해주면 어떠냐고 절충안을 내었다. 그리하여 나는 본의 아니게 그 사명을 맡게 되었다.

나는 처음에 이 문제를 50년사의 전사로서 쓰게 될 경우, 그 제1장 서론에(전해종 회원 담당 집필) 한 절을 첨부하면 될 것으로 생각했다. 그런데 이를 별도의 논문으로서 쓰기로 한다면, 그것을 한 꼭지의 작은 글로 써서 발표해야 하는데, 그렇게 하는 것은 전사로서의 역사적 의의를 살려 나가기 어렵게 하는 일이라고 생각되었다.

그러므로 나는 이 문제를 평소 내가 생각하였던 대로, 학술원은 한국현대사 분단 한국사의 한 측면이라고 하는, 큰 틀 넓은 관점에서 풀어나가기로 하였다. 반대로 내가 쓰는 이 작은 학술원·과학원사를 보면, 남북이 분단되는 사정도 이해할 수 있도록 정리하기로 하였다. 뿐만 아니라, 남북의 학술원과 과학원에 관해서는 이미 구체적인 사서史書 자료가 있으므로, 나는 이 두 학술기관이 나오게 되는 배경, 그리고 남북으로 갈리어, 각각의 길로 발전하게 되는 사정을 하나의 문제로서 비교 정리하면, 지금의 학술원과 과학원을 이해하는 데도 도움이 되리라 생각하였다.

그리하여 이러한 관점에서, 나는 《학술원50년사》의 편찬에 참여하는 한편, 나에게 부과된 과제도 정리해 나갔다. 이렇게 해서 얻어진 성과가 **《남북 학술원과 과학원의 발달》**(2005, 지식산업사)이었다. 그러므로 이 연구는 《학술원50년사》의. 부산물인 셈이었다.

한국의 학술 연구 ; 다음은, 학술원에서는 매년 전공 분야별로 돌려가며, 연구사를 정리하여 《한국의 학술 연구》를 간행하고 있었는데, 2005년도에는 역사 분야에서 차하순 회원 주관으로 해방 60주년 기념을 겸하여, 이 사업을 하게 되었다. 한국사·동양사·서양사의 60년 동안의 연구사를, 전공학자들이 분담하여 사학사적으로 정리하는 사업이었다.

이때 이 사업에서 한국사 분야는, 이기동(고대 1)·김두진(고대 2)·민현구(고려시기)·이성무(조선전기)·정구복(조선후기)·정창렬(근·현대) 등 회원과 교수가 참여하여 시기별로 분담 집필하였다. 그리고 나는 한국사 분야의 '총설'을 담당 정리하였다.

총설이라고 하면 좀 막연하지만, 그 내용은 해방 후 남북한의 사학사를, 남한 사정을 중심으로 짧게 쓴 글이었다. 그것은 해방으로, 남북이 분단되고 체제를 달리하는 국가가 세워지는 가운데, 남북에서 각각 국가의 문화정책 학술정책과 관련하여, 연구기관과 대학이 설립되어 역사학자를 양성하고, 그 역사학자들이 학회를 만들고 학술지를 간행하며, 국가 주도 아래 국가를 대표하는 통사가 편찬되는 사정을 정리한 것이었다.

본서에서는 나의 이 글을, 앞에서 언급한 바와 같이(본서 제1부 서편 참조), 본서의 체제에 맞도록 보완 조정하여 〈**해방 후 역사학계의 구도**〉라 하고, 옮겨 실었다.

한국문명의 전환 ; 셋째로, 학술원에서는 각 분과 단위로 돌려가며 하는 국제학술대회를, 매년 개최하고 있었는데, 2007년도의 학술회의는 제34회로서 인문·사회과학부 제3분과의 차례가 되고 있었다. 분과로서는 11년 만에 한 번 돌아오는 대행사였다.

이 회의는 이 방면에 경험이 많은 차하순 회원이 위원장이 되어 주관하였다. 노 회원들을 제외한 전 회원이 참여하여 일을 분담 진행하였다. 주제를 정하는데, 주로 안목이 넓은 서양사·동양사 전공의 회원들에 의해서, 당시 세상에 많이 논의되던 세계화의 문세를 다루되, 우리가 역사분과인 만큼 이를 역사와 관련시켜 '文明의 轉換과 世界化'로 조정하기로 하였다.

그리고 이 회의는 국제회의인 만큼, 미국과 일본에서 이 방면

의 전문학자를 한 분씩 초청하여 발표토록 하며, 이 회의가 한
국의 학술원에서 개최되는 만큼, 학술원에서도 한국에 관하여
한 사람이 발표를 해야 된다고 하였다. 한국에 관해서는 나이가
제일 많은 김용섭 회원이 이를 담당 발표하는 것이 좋겠다고
하였다. 차 위원장의 회의 조직력은 대단하였다. 치밀하였다.

회의의 운영을 위한 조직은, 위원장 차하순 회원 지휘 아래,
사무총장 이기석 회원, 한국사 발표의 사회에 이성무 회원, 토
론에 이기동 회원, 동양사 발표를 위한 제반 준비에 이성규 회
원, 서양사 발표를 위한 제반 준비에는 김영한 회원이 책임을
맡아, 일사불란하게 움직였다.

나는 국제학술대회라고 하는 큰 회의에서는 발표를 해본 일
이 없었고, 뿐만 아니라 이같이 큰 주제도 다루어 보지 않았으
므로 참으로 당혹스러웠다. 그러나 그나마 국내에서 발표하게
된 것을 다행이라 생각하고, 이미 결정된 일이므로 잘 해야 되
겠다고 생각하였다. 차하순 위원장과 의논도 하고, 연세대학에
서 박사학위를 받은 동학 교수들과 의견도 나누는 가운데, 주
제도 정하고 논의의 방향도 정했다.

주제는 '文明의 轉換과 世界化'라고 하는 큰 구도 속에서, 한
국은 어떠했는가를 묻는 물음에, 〈한국 : 東아시아 역사 속의 문
명 전환과 세계화〉라는 형식으로 답하기로 하였다. 논지의 방향
은 문명 시혜자의 입장이 아니라, 문명 수용자 전환자의 입장
에서 논하기로 하였다. 초고를 작성하여 분과회의에 보고하였
고, 이를 다듬어서 대회에서 발표를 하였으며, 발표 뒤 이를 더

욱 보완하여 정부에 올리는 최종 보고서에 실었다(비매품). 분
과회의에 보고하였을 때는, 이두현 노 회원께서 '왜 이렇게 어
려운 문제를 다루는가' 하는 걱정의 말씀도 있었다.

　이러한 과정에서 나는 특히 유의한 점이 있었다. 그것은 이
번 학술회의의 주제는, 중국과 국교 개시를 앞두고, 1988년에
전 통일부 장관 이용희 교수에 의해서 문제 제기된 '천하사상天
下思想' 토론회와 밀접한 관계가 있으나, 한국사 측에서는 당시
대학자들이 참가하지 않았고 답하지도 않았으므로, 세월이 많
이 흘렀으나 나의 이번 글이라도 그 답이 되어야 한다고 생각
하며 정리한 점이었다.

　이렇게 해서 이루어진 이번 글을, 나는 기회를 보아, 좀더 보
완해서 단행본으로도 냈으면 하였다. 그러나 지식산업사 김경
희 사장은, '그것은 그때 가서 그렇게 할 일이고, 지금은 일반
인들이 이 글을 보고 싶어도 볼 수가 없으니, 서둘러 간행하여
세상에 보급시킵시다' 하였다. 그리하여 책제를 《東아시아 역
사속의 **한국문명의 전환** ― 충격, 대응, 통합의 문명으로》라 조
정하여 발행하게 되었다. 동북아역사재단에서 영문판으로 번역
간행도 한다 하니 고마운 일이다.

5. 기념논총의 학술지

　나는 평생 서울대학 ― 사범대·문리대, 고려대학, 연세대학에
서 공부하고 교직생활을 하였다. 그러므로 여러 선생님들과 직

접 간접으로 인연을 맺게 되고, 또 이런저런 도움과 학은을 많이 입었다. 그러나 나는 받기만 하고 보답한 바가 없었다. 내가 그분들에게 보답하는 길은 나의 학문을 성취하고, 기회가 잘 맞으면, 그 분들을 기념하는 논총에 논문을 써드리는 일이라고 생각했다. 이렇게 해서 쓰고 게재한 기념논총은 아래와 같다.

 * 표는 그러한 논총에서 내가 쓴 글이다. 이 논문들을 단행본으로 묶을 때는, 책 전체의 균형상 제목을 조정한 것도 있다. ⑥의 경우는 제목이 둘인데, 이는 편집진에서 세운 논총의 체제, 따라서 논문 하나하나의 형식을 되도록 읽기 편하게 하기 위하여, 인용문을 싣지 않고 참고문헌으로 돌렸는데, 나의 단행본에서는 다른 논문과 균형을 위해서, 일반 역사논문의 형식으로 개고하고 보완한 때문이었다.

① 申奭鎬博士 華甲記念 朝鮮時代研究 特輯(《史學研究》 18, 1964)

  * 司宮庄土의 管理 ─ 導掌制를 中心으로 ─

② 卿輅 李相殷博士 華甲紀念 東洋學 特輯號(《亞細亞研究》 18, 1965)

  * 朝鮮後期의 水稻作技術 ─ 移秧과 水利問題 ─

③ 李崇寧博士 還曆記念 論叢(《東亞文化》 8, 1968)

  * 高宗朝의 均田收賭問題

④ 金哲埈博士 華甲紀念 《史學論叢》(1983)

  * 純祖朝의 量田計劃과 田政釐正문제

⑤ 高柄翊先生 回甲記念 史學論叢 《歷史와 人間의 對應》(1984)

　* 黃玹(1855~1910)의 農民戰爭 收拾策

⑥ 宣民 李杜鉉博士 《回甲紀念 論文集》(1984)

　* 《農事直說》의 木斫과 所訖羅

　* 朝鮮時期의 木斫과 所訖羅를 통해서 본 農法變動(《朝鮮後期
　　農業史研究》 Ⅱ, 2007)

⑦ 邊太燮博士 華甲紀念 《史學論叢》(1985)

　* 《山林經濟》의 (補說)과 그 農業經營論

⑧ 西餘 閔泳珪先生 古稀記念 論叢(《東方學志》 54·55·56, 1987)

　* 《農家月令》의 農業論

⑨ 移山 趙璣濬博士 古稀紀念 論文集 《韓國資本主義性格論爭》
　(1988)

　* 近代化過程에서의 農業改革의 두 方向

⑩ 斗溪 李丙燾博士 八旬紀念 特輯號 (《震檀學報》 42, 1976)

　* 韓末·日帝下의 地主制 ― 事例 3 ; 羅州 李氏家의 地主로의
　　成長과 그 農場經營

⑪ 韓㳓劤博士 停年紀念 《史學論叢》(1981)

　* 高麗前期의 田品制

⑫ 孫寶基博士 停年紀念 《韓國史學論叢》(1988)

　* 《農政要志》의 水稻 乾播技術

⑬ 庸齋 白樂濬先生 追悼論叢(《東方學志》 46·47·48, 1985)

　* 朝鮮後期의 大邱 夫仁洞洞約과 社會問題

⑭ 延世 創立 100周年紀念 《延世論叢》 人文篇, 21(1985)

　* 朱子의 土地論과 朝鮮後期 儒者

부록 ; 학술지 미게재 논문

나는 논문을 쓰면 학술지에 실어서 동학들의 의견도 듣고, 그 결과를 동학들과 공유할 것을 원칙으로 세웠으면서도, 앞에 언급한 바와 같은 이유에서, 그렇게 하지 못하고 미발표 논문으로서 직접 단행본에 넣어서 발표한 것이 몇 편 있었다. 그러나 그럴 경우에는 오랫동안 다듬고 추고하곤 하였다. 그 논문은 다음과 같다.

① 〈朝鮮後期 農學의 發達〉

이 글에 대해서는 이미 앞에서 언급한 바이지만, 학술지에 싣지 못한 상태로, 174면의 조그만 논문책자로서 간행한 것이다. 이것이 다듬어지고 증보되면서, 뒤에 《朝鮮後期 農學史硏究》(1988)가 되었다.

② 〈土地制度의 史的 推移〉

이 글도 이미 앞에서 언급하였다. 그 기본 골격을 간추리고 다듬어서 《韓國學入門》(1983)에 실었지만, 원본은 훨씬 뒤에야 더 추고하여 《韓國中世農業史硏究》(2000)에 실었다.

③ 〈結負制의 展開過程〉

이 글은 우리나라 토지제도의 특징을 잘 나타내는 제도로서, 중국의 경무법頃畝法 일본의 정보법町步法과 대비되는, 우리나라 결부법結負法의 발전과정을 정리한 것이다. 일찍이 최남선·박시형 등 두 선학에 의해서 장문의 논문이 발표되었으나, 나는 이들 선학과 그 견해를 달리한 데서, 나 역시 장문의 글로서 각도를 달리하여 나의 생각을 정리한 것이다. 그러나 이 글을 발표하기까지는 추고하고 또 보완하느라고 시간이 많이 걸렸다. 노년에 이르러서야《韓國中世農業史硏究》(2000)에 실을 수 있었다.

④〈朝鮮後期의 經營型富農과 商業的 農業〉

이 글도 1963년에〈續·量案의 硏究〉(《史學硏究》16~17)에서 문제를 제기하고, 1969년에는 초고가 완성되었음에도, 학술지에 싣지 못한 채《朝鮮後期農業史硏究》Ⅱ(1971)에 실었다. 그리고 그 후에도 증보본 저작집본이 나올 때마다 보완을 했다.

⑤〈古阜民亂의 社會經濟事情과 知的環境 — 東學亂·農民戰爭의 背景 理解와 관련하여〉

이 글은 동학란 발생의 배경을 이해하기 위한 작업으로, 특히 진주민란에서 동학란에 이르는 사이의 고부지방의 제반 모순구조를, 고부민란 발생에 초점을 맞추어 정리한 것이었다. 1994년에 초고가 완성되었으나, 역시 학술지에 싣지 못하고, 《韓國近代農業史硏究》Ⅲ(2001)의 간행을 기다려 실었다.

제12장 단행본과 저작집 편찬

1. 논문작성을 단행본의 체제를 구상하며

나는 여러 학회 여러 대학의 학술지 논총을 통해서 논문을 발표하였다. 내가 나의 논문을 싣는 유일한 논문집이라고 할 수 있는 학술지는 없었다. 다만, 학문활동 초기에는 한국사학회의 《사학연구》와 고려대학 아세아문제연구소의 《아세아연구》에 비교적 무게 있는 논문을 여러 편씩 실었고, 연세대학에 재직하는 동안에는 주로 그 국학연구원의 《동방학지》에 많은 논문을 실었다.

그러한 여러 논문을 준비하고 집필할 때, 나는 그 논문이 대략 시기별 분야별로, 뒤에 나올 두 일람표의 단행본들 ① ② ③ ④ ⑤ ⑦ 그리고 ⑥ ⑧ 가운데, 어느 책에 편제될 것인가 그리고 그 단행본의 체계를 어떻게 구성할 것인가를 구상하며

시작하였다. 그러나 논문을 집필하고 있는 동안에는, 그 단행본
의 제목을 구체적으로 내세우고 정리하지는 않았다.

그리고 대체로는 단계적으로 작업을 하는 것이 보통이었지
만, 자료의 형편 때문에, 조선후기 ① ② ③에 속하는 문제를
중심으로 논문을 써나가다가도, ④ ⑤ ⑦ ⑧ 등 한말 일제하의
문제를 다루거나 중세에 해당하는 문제를 다루기도 하였다. 이
는 논문작성의 방법으로서는 일관성 체계성이 없어 보이기도
하였지만, 그러나 역사발전의 전후좌우를 확인하고 글을 써나
가는 데는, 오히려 이렇게 하는 것이 농업사 연구의 최종 목표
에 도달하는 데 도움이 되었다.

그러므로 논문을 집필하고 있는 동안의, 나의 글은 잡다하
고, 따라서 이를 읽는 독자들은 혼란스럽기도 하였을 것이다.
나의 농업사 연구 단행본에서는 이 같은 글들을 한 번 더 정리
하지 않으면 아니 되었다. 나는 이 글들을 시기별 분야별로, 한
책 분량의 내용이 채워지는 대로, 이를 한 권의 단행본으로 묶
고, 같은 방법으로 순차적으로 다음 새로운 단행본을 편찬해
나갔다. 그리고 그 뒤에도, 그 책과 관련되는 논문을 더 썼을
경우에는, 증보본을 내기도 하였다.

2. 일조각의 단행본 편찬

단행본을 내는 일은 학술지에 논문을 싣는 것보다 더 어려웠
다. 그때는 연구서적이 팔리지 않는 때였는데, 우리의 문화발

전 학술발전에 목표를 두고, 희생적인 사업을 하는, 좋은 출판
사를 만나야 하기 때문이었다. 이 일은 김철준 교수께서 해결
해주셨다. 하루는 김 선생께서 "일조각에 같이 갑시다." 하여,
동행하게 되었는데, 선생은 나를 한만년 사장에게 소개하였다.
그리고 "이 김 선생이 앞으로 책을 많이 낼 수 있을 것입니다."
고 하였다. 일조각에서는 학자들에 대한 정보수집이 거의 되어
있었다.

   그래서 나는 일조각과 인연을 맺게 되고, 그 복잡한 논문들
을, 하나하나 단행본으로 묶어 나가게 되었다.

   책을 편찬하는 데 나로서 해결이 안 되는 어려운 문제는, 최
재유 상무를 비롯하여 편집진에서 모두 해결하였다. 1970년과
1971년에 아래 일람표 가운데 ① ②의 서를 편찬 간행한 이래
로, 1992년에 ⑦의 서를 간행하기까지 여러 권의 책을 간행하
고 증보할 수 있었다. 나는 나의 연구를 마무리하는 과정에서,
일조각으로부터 실로 많은 도움을 받았다. 그때는 참으로 고마
웠다. 그동안 일조각에서 편찬한 단행본 및 증보본은 아래의
일람표와 같다.

   나는 이렇게 논문을 모아 단행본을 편찬하면서도, 계속 새로
운 주제의 논문을 써나가고 있었다. 증보할 사항을 추가하고자
함이었다. 그리하여 아직도 남아 있는 그동안에 쓴 여러 권 분
량의 글과 새로 쓰는 글들을, 벽돌을 쌓아올리듯 차근차근 정
리하면(일조각 단행본의 겉표지 도안 참조), 나의 전 농업사 연구
가 하나의 체계로 세워지게 되리라 구상하였다. 그러한 작업이

거의 다 끝나가고 있었다.

〈일조각 편찬의 단행본 일람〉

① 《朝鮮後期農業史硏究 ― 農村經濟·社會變動 ― 》Ⅰ, 1970

② 《朝鮮後期農業史硏究 ― 農業變動·農學思潮 ― 》Ⅱ, 1971

②+ 增補版《朝鮮後期農業史硏究 ―農業과 農業論의 變動―》Ⅱ, 1990

③ 〈朝鮮後期 農學의 發達〉, 1970

③+ 增補版《朝鮮後期農學史硏究》, 1988

④ 《韓國近代農業史硏究 ― 農業改革論·農業政策 ― 》, 1975

④+ 增補版《韓國近代農業史硏究 ― 農業改革論·農業政策 ― 》〔上〕, 1984

④+⑤ 增補版《韓國近代農業史硏究 ― 農業改革論·農業政策 ―》〔下〕, 1984

⑥

⑦ 《韓國近現代農業史硏究 ―韓末·日帝下 의 地主制와 農業問題―》, 1992

⑧

※ 여기서 +는 증보판을 표시, ④+⑤는 ④를 증보하여 上下로 분책하였으므로 채 수로는 ⑤권이 됨을 표시, ⑥ ⑧은 아직 간행하지 않은 단행본 권수를 표시한 것이다.

3. 지식산업사의 저작집 편찬

그러나 일조각을 통한 연구의 마무리 작업—단행본 편찬
작업은 순탄하게 진행되지 못하였다. 일조각에서는 1992년 ⑦
서를 간행한 이후, 여러 가지로 사정이 어려워지고 있었다. 나
는 ⑦서를 간행한 이후 ①서의 증보판을 준비하였는데, 일조각
에서는 그것을 정식으로 "이제는 못하겠습니다." 하였다. "농업
사 연구 전체가 하나의 체계로 되어 있는데, 어떻게 하죠?" 하
였더니, 다른 책들도 다 가져가라고 하였다.

사실 팔리지 않는 책을, 문화사업 학술사업의 명분 때문에,
만들기만 할 수는 없는 일이었다. 조금만 더 기다려주면 다 끝
나는데, 내가 한 사장께 너무 폐를 많이 끼쳤구나 생각하였다.

어느 기회에 지식산업사의 김경희 사장을 만났는데, 근황을
묻기에, 단행본 편찬의 사업이 중단되었음을 말하자, "그래
요?!" 하고 좀 놀라는 표정이더니, "그러면 그 사업을 저의 출
판사에서 맡아서 끝을 내기로 합시다." 하였다. 이런 사연으로
이때부터 단행본 편찬 작업은, 지식산업사의 김경희 사장이 맡
아서 하게 되었다.

김 사장은 이 사업과 관련하여 새로운 안을 구상하고 있었
다. 이렇게 출판사를 옮기는 바에는, 농업사 연구 전체를 저작
집으로 묶어서 간행하는 것이 어떠냐고 제의하였다. 나는 저작
집이라는 용어가 부담스러워서 좀 주저하였으나, 결국 김 사장
의 설득 의견을 따랐고, 따라서 단행본 체제로서 연구를 마무

리하려 하였던 계획을, 저작집 체제로 재구성 재편성함으로써
연구를 마무리하게 되었다.

1995년에, 일조각에서 단행본 ①을 증보판으로 간행하려 하
였던 원고를, 지식산업사에서 저작집 ①로 간행한 이래로, 그
간 정년퇴임을 거치면서, 틈이 나는 대로 저작집본을 정리 간
행해 나갔다.

나는 이때 송암서재에 있으면서 그 저작집을 편찬하기 위해,
이미 간행한 단행본과 논문 하나하나를 재검토하는 가운데, 보
완할 것을 증보하며 서두르지 않고 연차적으로 간행해 나갔다.
그 작업은 2009년에 대체로 마무리되었다. 이렇게 해서 지식산
업사에서 편찬 간행한, 농업사 연구를 중심으로 한 저작집의
총 목록을 정리하면 다음과 같다.

〈지식산업사 편찬의 저작집 일람〉

① 증보판 《朝鮮後期農業史硏究 ― 農村經濟·社會變動 ―》[Ⅰ],
  1995

② 신정 증보판 《朝鮮後期農業史硏究 ― 農業과 農業論의 變動 ―》
  [Ⅱ], 2007

③ 신정 증보판 《朝鮮後期農學史硏究 農書와 農業 관련 文書
  를 통해 본 農學思潮 ―》, 2009

④ 신정 증보판 《韓國近代農業史硏究 ― 農業改革論·農業政策(1)
  ―》[Ⅰ], 2004

⑤ 신정 증보판 《韓國近代農業史硏究 ― 農業改革論·農業政策(2)

　　　─ 》〔Ⅱ〕, 2004

⑥ 《韓國近代農業史硏究 ─ 轉換期의 農民運動 ─ 》〔Ⅲ〕, 2001

⑦ 증보판 《韓國近現代農業史硏究 ─ 韓末·日帝下의 地主制와 農業問題 ─ 》, 2000

⑧ 《韓國中世農業史硏究 ─ 土地制度와 農業開發政策 ─ 》, 2000

제2부

역사청산 역사재건

— 한국 근대사학사 강의 회고

일러두기

1. 여기 수록한 여러 글의 본래 원고는 한자를 많이 썼으나, 이번에 이를 재정리하면서는, 되도록 한글로 표기하였다. 오식, 부적절한 용어, 의미 불통하는 문구, 투박한 문장 등은 바로잡고 다듬었다.

2. 본래의 원고에서는 장·절을 숫자만으로 구분하고, 그 제목을 표기하지 않았으나, 이번 재정리에서는 전체의 구도를 쉽게 파악할 수 있도록, 제목과 항목 등을 달았다.

3. 본래의 원고에서는 학풍에 관한 용어를, 식민사학植民史學, 민족사학民族史學, 실증사학實證史學 등 약식명칭으로 표현하였으나, 이번 재정리에서는, 이를 식민주의 역사학植民主義 歷史學, 민족주의 역사학民族主義 歷史學, 실증주의 역사학實證主義 歷史學 등 정식 명칭으로 표기하였다.

4. 제Ⅱ편 '역사학계의 새로운 역사재건 모색'은, 학계 전체를 말한 것이 아니라, 필자가 참여하여 글을 발표한 학회 연구소에 관해서 언급한 것이다.

5. 제Ⅲ편 사학사 관련 글에서는, 그것을 발표한 뒤 여러 전문적인 연구가 나오기도 하였으나, 여기서는 원래의 글을 그대로 싣는 것이 목표이어서, 이를 인용하지 못하였다.

6. 후기後記는 '학교생활에서 회상되는 일'이라고 하였으나, 이는 이 책(제2부)의 주제 ― 문화 학술운동과 관련되는 시기의 학교생활로 한정하였다.

서장: 1960년대의 문화 학술운동

이 글에서는 문화 학술운동이란 말을 주요 용어로 쓰고 있으므로, 그 개념 성격의 요점만이라도 먼저 언급하고, 본론에 들어가는 것이 좋겠다.

내가 이렇게 부르고 있는 문화 학술운동은, 1960년대의 그것을 말한다. 이때의 문화 학술계에서는 이러한 용어를 구호로 내걸고, 그 활동을 하였던 것은 아니지만, 문화인 역사학자들은 나도 포함해서 많은 경우, 당시의 시국과 관련 일정한 목표를 가지고 글을 쓰고, 서로 공감하고 있었다. 그러므로 나는 이때의 운동을, 이렇게 문화인·역사학자들의, 문화 학술활동으로 부르기로 한다. 그러한 가운데서도 이곳에서는, 특히 역사학자들의 관심사를 정리하고자 하였다.

당시의 시국은, 군軍이 5·16 군사 쿠데타로 정권을 장악하고, 안으로는 박정희를 대표로 하는 새로운 군사정부 체제를 수립

하느라 분주하고, 밖으로는 경제발전 기금을 확보하기 위하여
한일회담을 추진하고 있는 때였다. 이때의 문화 학술운동은, 한
반도가 남북으로 분단된 상태에서 남쪽만의 한일회담은 안 된
다는 반대운동으로서 시작되었으나, 결국 그것이 실현된 뒤에
는, 일제가 다시 들어오는 상황에서 무엇을 어떻게 해야 할 것
이냐 하는 것이 문제되고, 여기에 역사학자들은 그 대책으로서
문화 학술운동을 전개하게 된 것이었다.

그러므로 이때의 문화 학술운동은, 당시의 시대적 과제를,
일제와의 관계에서 아직도 해결 안 된 문제, 즉 일제강점기에
그들이 침략정책으로서 깔아놓은 식민주의 역사학을 어떻게
청산할 것인가 하는 문제와, 이와 아울러, 우리의 자주적인 새
로운 역사학을 어떻게 건설할 것이냐 하는 두 가지 문제로 압
축하고, 그와 관련된 역사연구를 성찰하고 그 해결방안 진로를
모색하는 운동으로 전개되었다.

이러한 문제는 선구적인 위대한 역사학자가 있어서, 해방이
되었을 때에 대비하여 후진들이 따라할 수 있는 계획을 세워놓
고 있었다면 좋았겠지만, 당시의 학계에는 그러한 인물은 존재
하지 않았다. 대가를 자처하는 학자들 가운데는, 일제의 식민주
의 역사학풍을 그대로 계승한, 친일인사가 많았다. 그러므로 젊
은 세대 해방세대 학자들은 신시대에 직면하여, 스스로 진로를
찾아, 버릴 것은 청산하고 취해야 할 것을 모색하지 않으면 안
되었다.

운동의 방법은, 여러 선배 동학들과 더불어 특집호로 구성되는 월간, 계간 잡지에 글도 쓰고, 학술대회에서 발표도 하며, 재직하고 있는 학교에서는 한국사학사Ⅱ(=한국 근대사학사)를 강좌로 개설하고 강의도 하는 것이었다. 이 운동에 사령탑이 있었던 것 같지는 않은데, 문화운동으로서는 여러 계통에서 여러 사람이 참여하여 일을 하였으며, 서로 보조를 맞추어 조직적으로 전개하고 여러 종류의 글이 나왔다.

우리는 이러한 운동에 관하여, 그 경위를 좀더 언급하는 것이 좋겠다. 1945년 8월 15일의 해방은, 일제의 압제로부터 민족 국가의 해방을 뜻하지만, 이는 동시에 우리 역사학의 해방이기도 하였다. 그러므로 우리는 이로써 우리 역사학을 일제로부터 다시 찾을 수 있었고, 그동안 왜곡된 역사학을 청산하는 가운데, 이를 새로운 자주적 근대 역사학으로 재건할 수 있게 되었다. 정부가 공문서에 '단기' 연호를 쓰기까지 하였음은 그 한 상징적 표현이었다. 여러 계통의 학자들은 각각 일제하에 하던 연구를 바탕으로, 그 연구의 발전과 민족의 진로를 찾아서 작업을 시동하고 있었다. 일제 식민주의 역사학을 청산하는 문제는 여기에 이미 시작되었던 것이라고 하겠다.

그러면 그것으로서 역사학은 바로 세워졌을 터인데, 1960년대에 이르러서 식민주의 역사학을 청산하기 위한, 문화 학술운동을 또 전개하게 된 것은 어찌 된 연유인가?

그것은 왜곡된 역사학을 청산하고, 새로운 역사학을 건설하는 문제는, 단시일 안에 의욕만으로 이루어질 수 있는 일이 아니기 때문이었다. 이 같은 사업을 수행하기 위해서는, 일제의 역사학에 오염되지 않은 신선한 역사학자가 많이 있어야 하였는데, 당시에는 그렇지가 못하였다.

일제하에는 그들의 조선인에 대한 지배정책 교육정책이, 조선 안에서 조선인의 민립대학民立大學 설립을 허용하지 않았고, 따라서 조선인의 자주적 역사학자 양성이 어려웠다. 그리고 일본에 유학한 학생들과 조선의 경성제국대학에 입학한 학생들은, 일본인 교수로부터 일본사에 종속된 근대학문으로서의 우리 역사와 근대 역사학의 방법을 배웠는데, 그 일본인 교수들의 학문은 일제의 대륙침략 정책과 맥을 같이 하는 것이었다.

그래도 의식이 강한 몇몇 학자들은, 일제에게서 받은 교육 내용과 다른 우리 역사학을 강조하고 있었지만, 역사학의 재건이 이들만의 노력으로 이루어지기는 어려웠다. 이 문제는 새로운 대학이 세워지고, 오랜 세월에 걸쳐, 바른 교육을 받은 많은 학자가 양성될 때 가능한 일이었다. 해방 후의 우리 역사학은 이 같은 목표를 성취하기 위한 악전고투의 과정이었다.

해방 후에 설립된 대학들(1946)의 역사연구·역사교육에서는, 무엇보다도, 이 문제를 선결문제로서 해결하지 않으면 안 되었다. 그러나 거기에는 큰 장애요인이 발생하고 있어서, 앞으로 당분간 그 목표를 이루기 어렵게 되었다. 그것은 그러한 분위기가 제대로 조성되기도 전에, 우리 남북에는 각각 분단정부가

서게 되고, 6·25의 전쟁도 발발함으로써, 학계 또한 남북으로
분단되었기 때문이었다.

왜곡된 역사학의 청산문제를 심각하게 생각하던 학자들은
대부분 북상하고, 서울이나 기타의 대학에 남아서 학생을 교수
하고 지도하게 된 학자들은, 이러한 문제를 별로 심각하게 생
각하지 않는 인사들이 대부분이었다. 그들은 역사학을 단지 과
학적 합리적 근대학문으로서 연구하면 될 것으로 생각하였다.
역사인식의 자세가 안이하였으며, 그러한 한에서는 일제하의
역사학과 크게 다를 바가 없었다. 그리하여 남의 역사학계에서
는 이 청산문제가 사실상 실종상태에 들어가게 되었다.

이는 정치적으로 좌우대립이 심각해지고, 친일 민족반역자
처벌(반민특위법)이 무산되었던 사정과도 관련하여, 역사학에서
식민주의 역사학의 청산문제를 거론하기 어렵게 하였다.

그렇지만 이 청산문제는 민족의 장래와도 관련되는 심각한
문제였으므로, 대학사회에서는 연구소를 설립하는 가운데, '아
시아인의 아시아 연구'를 표방하고 그 근원적인 치유방법을 모
색하게 되었으며(1958, 고대 아세아문제연구소), 이승만 정권에서
는 이 문제의 일부를 국론으로 삼아, 기성 역사학자들을 중심
으로 국사편찬위원회를 통해 해결하려 하였다(1959, 《국사상의
제 문제》). 이러한 사실들이 당시에는 큰 성과를 보지 못하였지
만, 1960년대에 접어들면서, 그 문화운동·학술운동이 전개될
수 있는 기반이 되었다.

이때에는 민족주의 역사학의 홍이섭 교수가, 일제의 역사학

을 청산하기 위하여 고군분투하고 있었으나, 홍 교수는 학내에
서의 학자 양성보다는, 글을 써서 전 사회인을 계몽하는 데 더
치중하고 있었다.

일제하의 식민주의 역사학을 청산하는 문제는, 사상의 문제
이고 선학들의 학문을 비판하는 문제이기도 하였으므로, 최소
한 학계에 세대교체가 있지 않으면 아니 되었다. 그러므로 학
계에서 이 일을 추진하기까지는 세월이 많이 흘렀다. 1960년대
를 기다리지 않으면 아니 되었던 이유이었다.

그런 가운데 직접적인 계기가 되었던 것은, 앞에서 언급한
바 한일회담의 재개이었다. 한일회담이 재개되고 한일 간의 국
교조약이 체결되는 변화가 있게 되면서는, 한국사회와 학계에
일제 침략의 망령 과거사를 상기시켰고, 그들의 새로운 내습에
대비해야 한다는 위기의식을 고조시키게 되었다.

언론계에서는 연일 이를 대서특필하였고, 학계에서는 이 문
제를 근원적으로 대비하지 않으면 안 될 것으로 생각하였다.

그 방법은 두 가지로 압축될 수밖에 없었다. 그 하나는 역사
가들의 역사인식 연구자세가 과거의 그것과 달라져야 한다는
점이었다. 그리고 다른 하나는 본고와 관련되는 문제로서, 무엇
보다도 일제 식민주의 역사학을 청산하는 문제를 문화 학술운
동으로서도 전개하고, 사학과의 교과과정, 즉 한국 근대사학사
를 통해서도 정식으로 교육할 필요가 있다는 점이었다.

이 같은 문화 학술운동 가운데서 쓴 나의 글도, 당시에는 세
인의 많은 주목을 받았었다. 이 운동과 관련되는 글은 다 완결
되기도 전에, 이를《근대사학사》단행본으로 간행하자는 제안
이 몇 곳에서 들어왔었다. 그러나 나는 그때 그렇게 하지 못하
였다. 이 글들을 단행본으로 묶는 일은 포기했었다.

이 운동의 취지는 일제의 식민주의 역사학을 비판 청산함과
아울러, 당시의 우리 학계에서도 학문적으로 자성하고 성찰하
자는 것이었으나, 그러나 그것은 동시에 일제하세대 기성세대
대가들에 대한 비판으로도 반영되고 있어서, 그쪽으로부터 비
난의 목소리가 적지 않았다. 길을 가다 도로상에서 노교수를
만나게 되어 인사를 하면, 그 교수는 인사를 받지 않고 외면을
하고 지나가곤 하였다. 뒤에 다시 언급하겠지만, 내가 퇴근한
후에는, 야간에 밤손님이 연구실을 다녀가기도 하였다.

이때의 문화 학술운동은, 내놓고 표현은 안했지만, 일제하세
대 노老 세대에 대한 젊은 세대 해방세대의 학문상의 비판 청산
운동이기도 한 셈이었다. 신구新舊의 갈등이 조성되고 있었다.
당시 학계의 말석에 있었던 나로서는 힘든 일이었으며, 따라서
이러한 글은 한 번 쓰는 것으로 그쳐야지, 이를 다시 모아서 단
행본으로까지 간행하는 것은 안 되는 일이라고 생각하였다.

그리고 그 후에는, 새로운 역사학을 건설하는 데 기초 작업
이 될, 나의 역사연구 농업사연구에만 열중하기로 하였다.

제 I 편

한국사 연구의 성찰

― 식민주의 역사학을 청산하자

1960년대 문화 학술운동의 성격이 앞에서 언급한 바와 같을 때, 그 가운데서 김용섭은 구체적으로 어떠한 일을 하였는가?

그것은 요컨대, 선배 동학들과 더불어 글을 통해 문화 학술운동을 함으로써, 학술계의 일정한 전환을 기도하는 것이었다. 지난 시기 역사학자 지식인들의 연구의 성찰을 촉구하고, 새로운 학풍·학문 분위기를 조성하는 일이 되지 않을 수 없었다. 그리고 그러한 일을 학자들만을 위한 운동으로 그치지 않고, 장래의 역사학계를 담당할 학생들에 대해서도, 교육운동으로서 이를 전개하는 것이 되지 않으면 안 되었다.

여러 일간신문, 월간 계간의 종합잡지 등이 앞다투어 이 문제를 주제로 다루었고, 많은 교수들이 이에 참여하여 글을 썼다. 학술지들도 이 문제를 중심으로 학계의 진로를 타개하려 하였다.

나는 많은 글을 쓰지는 못하였지만, 이 같은 문제에 관하여 핵심이 될 만한 중요한 일은, 되도록 다 언급하고자 하였다.

그런 가운데 본서 제2부의 제Ⅰ편에는, 먼저 한국사 연구에서 성찰하고 청산해야 할 일이 무엇이겠는지에 관하여 언급한, 제1장과 제2장의 두 편의 글을 수록하였다.

제1장은, 한일조약 체결 직전에, 나로서는 초기단계 문화 학술운동으로서, 사상계사思想界社가 편집하는 '特輯 ; 韓國史를 보는 눈'에 동원되어, 주로 일제 관학자들의 한국사 연구가 한국사를 왜곡하였음을 고찰한 것이었다(《思想界》1963년 2월호에 수록). 그 전체 구성은 다음과 같았다.

○ 【特輯】韓國史를 보는 눈

    내가 보는 韓國史의 問題點들　　千寬宇

    民族史學의 問題　　　　　　　李基白

    日帝官學者들의 韓國史觀　　　金容燮

○ 【特輯(씸포지움)】韓國史를 보는 눈, 韓國史觀은 可能한가?

    — 轉換期에서 본 民族史眼

    참석자　　　千寬宇, 韓㳓劤, 洪以燮, 崔文煥, 趙芝薰

    사회　　　申一澈

※ 이때 사상계사의 고 신일철 교수는 한국사 관련 특집호를 계획하면서, 필자에게는 위의 제목으로 글을 써줄 것을 청탁하되, 시간이 없으니 초특급으로 써달라고 하였다. 아마 어느 교수가 부탁받은 원고를 펑크 내고, 내가 대타자로 지명되었나보다 생각하였다. 교정도 제대로 보지 못하고 잡지가 나갔다. 독자들에게 미안하였다.

2장은, 한일조약 체결 직후에, 역사학회歷史學會(대표: 고병익
교수)가 전국역사학대회를 통해 주관한 문화 학술운동의 공동
주제, '**歷史理論과 歷史敍述**'에 발표자로 위촉되어, 일제 침략시
기에 일본인 학자와 일제하日帝下세대 한국인 학자들의 한국사
인식 한국사 연구를 개관하는 가운데, 오늘날의 우리 입장에서
무엇이 문제이겠는지를 확인하고 청산하고자 한 글이었다.

그 공동주제의 목표는 당시의 시점에서, 역사학의 본질 역사
연구 역사서술의 현황을 재점검하고, 학자들이 각자 현 시대에
맞는 합리적 객관적 비판적인 논리로 대응할 수 있도록 하는
데, 그 뜻이 있었던 것으로 이해하였다. 이 공동주제에 위촉되
어 발표한 학자와 그 논문은 다음과 같았다. 이 논문들은 모두
《歷史學報》 31집(1966년 8월)에 수록되어 있다.

【特輯】歷史理論과 歷史敍述

日本·韓國에 있어서의 韓國史敍述 　　　　　　金容燮

歷史의 主觀性과 客觀性 　　　　　　　　　　閔錫泓

歷史硏究와 假說 　　　　　　　　　　　　　梁秉祐

韓國史의 時代區分問題에 對하여 　　　　　　姜晉哲

東洋史敍述의 問題 　　　　　　　　　　　　鄭在覺

李朝後期 近畿學派에 있어서의 正統論의 展開 　李佑成

제1장 일제 관학자들의 한국사관
— 일본인은 한국사를 어떻게 보아왔는가?

1. 일제의 한국사 연구가 남긴 유산

오늘날 우리 사회에는 전문적인 사학도史學徒가 아닐 경우 한국사韓國史를 보는 자세에는 두 경향이 있다. 하나는 우리 역사와 우리 민족을 과소평가하고 열등의식에 사로잡히는 경향이며, 다른 하나는 그와 반대로 지나치게 과장하고 그 우월성을 자랑하는 경향이다. 전자는 성년층이 주가 되는 것으로서 일제의 식민지 교육정책 및 그들의 한국사 연구가 남겨준 유산이며, 후자는 미성년층이 주가 되는 것으로서 해방 후 전자에 대항하여 민족정신을 앙양시키려는 데서 생긴 현상이라고 하겠다.

역사교육이라는 관점에서 본다면, 양자가 모두·당當을 실失하고 있는 것이지만, 특히 우리에게 문젯거리가 되는 것은 전

자의 경우이다. 그것은 사회의 지도층, 즉 지식층에서도 자조自
嘲하지 않고 과장하지 않는, 있는 그대로의 한국사를 정확히 파
악하는 인사가 많지 않다는 점에서이다.

이와 같은 사실은 한국사에 대한 지식의 보급이 부진한 데도
그 이유가 있겠지만, 근본적으로는 지금까지의 한국사 연구가,
아직 우리의 것으로서 확립되지 못하고 있는 데 그 원인이 있
는 것으로 보인다.

물론, 해방 후에는 한국사 연구가 장족의 발전을 이루고 있
는 것이 사실이다. 어떤 분야에서는 질적으로나 양적으로나 일
제시기를 훨씬 능가하고 있으며, 또 어떤 분야에서는 그때에는
전혀 미치지 못한 새로운 사실을 개척하고도 있다. 해마다 신
진 사학도의 진출은 현저해지고, 연찬硏鑽의 결실은 늘어나고
있다. 이러한 상황을 두고 보면, 우리 자신에 의한 한국사의 체
계화體系化 또는 한국사관韓國史觀은 수립되고 있는 것이 아닌
가 생각되기도 한다.

그러나 지금까지 우리는 많은 것을 일본에서 배워왔다. 해방
후 우리의 한국사 연구는, 대개 그 이전에 그들의 연구성과를
기반으로 하고서 출발한 것이었으며, 현재에도 부분적으로는
그들의 영향을 커다랗게 받고 있다. 오늘날 노대가老大家로 존
경을 받고 있는 소수의 한국인 학자가, 일본인과 맞서서 개척
기開拓期의 연구에 큰 공을 세우기는 하였지만, 일제하에 한국
사 연구의 주류는 역시 그들 일본인이었다.

그러기에 그때에는, 한국사는 한국인의 역사 한반도의 역사

이지만, 실제로는 그렇지가 못하였다. 그것은 일본인의 식민지 통치를 위한 한국사로서 일관하였다. 개중에 한국인의 입장을 이해하고 순수학문으로서 한국사를 연구한 학자가 없지 않았으나, 그것은 극히 적은 수였다. 따라서 한국사가 한국사로서 정당하게 체계화될 수는 없었다.

오늘날 우리의 한국사 연구는 그와 같은 과거의 성과에 의거하는 바 적지 않다. 한국인의 한국사가 확립되는 데, 난점도 여기에 있으며, 성인층의 일부가 한국사에 관하여 왜곡된 지식을 가지고 있는 것도 이 때문인 것이다. 한국사의 연구가 앞으로 좀더 충실하여지고 우리 자신의 것으로서 확립되려면, 과거나 현재의 일본인들의 연구성과를 받아들이는 데, 냉철한 반성과 비판이 있어야 하겠다.

이러한 노력이 성취될 때 국민교양으로서의 한국사 지식도 바로잡히는 것이 아닌가 생각된다. 그러한 의미에서 우리는 여기에, 일본인들이 과거에 한국사를 어떻게 보아왔는지, 살펴보고자 한다.

2. 일제 관학자들의 한국사 연구의 목표

(1) 먼저 우리는 그들이 한국사를 연구하게 된 동기動機부터 생각해보기로 히겠다. 다른 학분에서와 마찬가지로, 역사학에서도 연구의 목표가 설정된다는 것은, 그 연구의 성격을 단적으로 표현해 주기 때문이다.

　이와 같은 의미에서 일제 침략시기의 일본인의 한국사 연구
의 목적을 지적한다면, 그것은 요컨대 한반도의 식민지 통치를
위한 학문적 기반을 확립하려는 것이었으며, 한반도에 대한 그
들의 침략을 학문적으로 합리화하려는 것이었다고 하겠다. 말
하자면, 그들의 한국사 연구는 한민족韓民族의 발전과정에 대한
학문적인 관심에서가 아니라, 현실과 직결된 정치적 의미를 지
니는 것으로서, 그것은 학문에서의 식민정책植民政策이었고 식
민지 문화정책의 일환으로 행해지는 것이었다.

　일제의 식민지 문화정책은, 주지하는 바와 같이, 궁극적으로
한문화韓文化를 말소하고 한민족韓民族을 우민화愚民化해 일본
민족에 동화同化시키려는 것이 그 목표였다. 한글 사용의 폐지
와 일어日語 사용의 강요라든가, 한국사 교육의 폐지, 한국 성姓
의 폐지와 일본식 성으로 창씨개명 강요, 황국신민서사皇國臣民
誓詞 강요, 각급 학교에서의 교육목표의 일본국민화日本國民化
강조, 교육제도에서 식민지와 일본 본토와의 차별화, 학교 설치
의 부진, 대학 설치의 불허 등은 모두 그러한 의도 아래서 취해
지고 있는 것이었다.

　좀더 구체적인 사실들을 역사교육에 관하여 들어보자. 그들
은 제도상으로는 "국사(일본 역사)는 아국我國의 국초로부터 현
재까지의 중요한 사적事蹟을 교수하고, 조선朝鮮의 변천에 관한
사적의 대요를 인식시킨다"(보통교육)든가, "역사는 역사상 주
요한 사적을 인식시키고, 사회의 변천과 문화의 유래하는 바를
이해시키며, 특히 아국(일본)의 발달을 상세히 하여 국체國體의

특이한 바를 명시한다.

역사는 일본역사와 외국역사로 하고, 일본역사에서는 주로 국초로부터 현재까지의 사적을 교수하고, 조선에 관한 사적을 상세히 하며, 외국역사에서는 세계대세世界大勢의 변천에 관한 사적을 주로 하여, 인문人文의 발달과 아국문화我國文化에 관계되는 사적의 대요를 인식시킨다"(남녀고등보통학교)고 하여 한국사를 교육시키는 것으로 되어 있다.

그러나 그것은 정당한 한국사가 아니었다. 그들이 제공한 한국사는 이른바 황국사관皇國史觀이 반영된, 일본사에 부속된 왜곡된 한국사였으며, 일본의 한국침략을 합리화한 한국사였다. 그리고 그나마도 그들의 전시체제戰時體制가 수립됨에 이르러서는, 한국사는 전혀 교과목에서 제외되고 말았다. 한국인 학생들은 조상이 걸어온 길을 모르게 되었으며, 마치 일본 역사를 우리 역사인 양 통달하지 않으면 안 되었다. 한국인의 황국신민화皇國臣民化는 더욱더 촉진되어 가는 것이었다.

일제는 이와 같은 식민지 교육정책의 학문적인 근거를, 한국사의 연구에서 찾아내기에 열중하였다. 그리하여, 후술하는 바와 같은 그들의 한국사의 본질이 제시되고, 여기에 한국침략의 이론적 기반이 제공되었다.

그러나 일제는 이러한 사실만으로, 그들의 식민정책을 합리화하는 데 만족하지 않았다. 그리하여, 한국사의 연구에서 터무니없는 사실이 창작되었다. 그것은 일선동조론日鮮同祖論이었다. 일본민족의 조상과 한민족의 조상은 애초에 하나였으니, 현재

한민족도 일본민족에 동화하여 하나로 될 수가 있다는 학설(?)이었다. 한국사를 정당하게 교육받지 못한 한국인 학생들은 반신반의였으나, 민족주의자民族主義者로 자처하던 인사들이 일제에 굴복하여 일선동조론日鮮同祖論에 동조하게 되었을 때, 회의는 소멸되어갔다.

그리하여 전쟁 말기에 이르면서, 한국인 학생들 가운데는, 사실상 조국을 모르는 학생이 많이 생기게 되었다. 한국사 연구에 종사한 일본인 관학자官學者들은, 학문으로써 일본제국에 충성을 다한 셈이었고, 식민지 당국의 한문화韓文化 말소정책抹消政策은 상당히 주효한 것이라 하겠다.

(2) 물론 이와 같은 한국사 연구에 순수한 목적으로 종사한 일인日人 학자가 없었던 것은 아니다. 그들과 그 업적은 지금도 우리의 존경을 받고 있는 터이지만 그 수는 적었다.

대부분은 그들의 이른바 대大제국의 이념에 투철한 황국사관皇國史觀의 학자들이었다. 이러한 학자들은 조선총독부의 지원 아래, 경성제국대학京城帝國大學이라든가 조선총독부 중추원中樞院, 조선총독부 조선사편수회朝鮮史編修會, 및 만철滿鐵의 지원 아래, 막대한 예산으로 조사사업을 진행시키던 만철 조사부에서, 연구하고 있었다. 일본 본토나 한국에 나와 있는 유능한 동양학자들은, 어느 직장에 있거나 위에 든 정부산하 연구기관의 고문 또는 촉탁으로 임명되었다.

그들은 근대 일본 사학의 주류를 형성하고 있는 제국대학 중심의 관학파들이었다. 그들에게는 현재의 우리로서는 상상도 할 수 없을 만큼 거대한 연구비가 지급되고 그 성과는 속속 출판되었다. 그들이 가지는 역사의식과 그 영향을 쑥 빼고 생각한다면, 그들의 사업은, 실로 한국사 연구에 큰 공적을 남긴 것이라고도 할 만큼 거창한 것이었다.

그러나 불행하게도 그들의 의도는 너무나도 분명하였다. 그것은 만철조사부나 조선총독부 중추원에서의, 조사사업이나 편찬사업 추진의 취지가, 어떠하였는가를 봄으로써 명백하다. 우리는 그 일례를, 1916년 중추원에서 《朝鮮史》를 편찬하려 할 때, 〈조선반도사편찬요지朝鮮半島史編纂要旨〉라고 하는 지침서를 내세웠던 데서 엿볼 수 있다.

…… 朝鮮人은 다른 식민지에서의 野蠻半開의 민족과 달라 讀書屬文에서 文明人에 떨어지는 바가 없다. 古來로 史書의 존재하는 바 많고, 또 새로이 저작되는 바도 적지 않다. 그러나 전자는 獨立時代의 저술로서 현대와의 관계를 결하여 다만 독립국의 舊夢을 追想시키는 폐가 있으며, 후자는 근대 조선에서의 日淸, 日露의 세력경쟁을 서술하여 조선의 向背를 말하고, 혹은 韓國痛史라고 하는 在外 朝鮮人의 저서와 같은 것은 일의 진상을 살피지 아니하고 망설을 함부로 한다. 此等의 서적이 인심을 蠱惑케 하는 해독은 참으로 말할 수 없는 바 있다.

그러나 이의 絶滅의 策을 강구하는 것은 勞多功少일 뿐만 아니라, 혹은 그 傳播를 격려할는지도 모른다. 차라리 舊史의 禁壓을 代하기를 公明 的確한 史書로서 함이 첩경이고, 또 효과는 더욱

현저함과 같지 못할 것이다. 이것이 朝鮮半島史의 편찬을 필요로
하는 주된 이유이다. 만일 此書의 편찬이 없으면 조선인은 倂合
과 聯絡없는 古史나 병합을 저주하는 서적을 읽는 데 그칠 것이
다. 그리하여, 이렁저렁 세월이 지나면 當面觸目의 현상에 익어
금일의 明世가 오로지 병합의 은혜에 因由함을 망각하고, 다만
舊態를 회상하여 도리어 改進의 氣力을 失하는 염려 없지 않다
할 것이다. 이와 같으면 어찌 朝鮮人 同化의 목적을 달할 수 있
겠는가.

관학파官學派의 일본인들이 한국사를 연구하는 의도는, 오십
보 백보의 차이는 있었겠지만, 그 근본은 대개 이와 같았다. 그
리고 그와 같은 문제의식은 지금까지도 그들의 일부에는 잔재
하고 있다. 그들은 그 후 "本要旨는 차후에 있어서의 編史事業
의 근본정신이 되는 것이니 특히 주의를 요함"이라고 하여 그
입장을 견지하여 왔다. 그리하여, 그들의 연구업적은 중후한 고
증주의考證主義와 역사의 객관적 인식을 표방하였지만, 그것은
일본제국의 침략정책에 기여한다는 그들의 역사인식을 기반으
로 한 데서, 한민족을 침략하고 있는 것이었다.

3. 일제 관학자들이 파악한 한국사의 본질

(1) 다음은 그들이 파악한 한국사韓國史의 본질을 생각해보도
록 하겠다. 이에 관해서는 여러 가지 문제가 논의되었지만, 가

장 커다란 문제, 그리고 지금까지도 집요하게 주장되고 있는 것은 두 가지가 있다.

그 하나는 한국사 또는 한국문화의 발전에는 주체성이 결여되고 있다는 타율성他律性의 문제이고, 다른 하나는 한국사에는 내적발전內的發展이 결여되고 있다는 정체성이론停滯性理論의 문제이다.

말하자면 한민족은 근대사회로 넘어갈 만한 주체적인 역량을 구비하지 못하였고, 따라서 한민족은 외세外勢, 즉 일본 제국주의에 의해서 그 발전의 방향이 주재主宰되는 수밖에 없었다는 이론인 것이다.

이와 같은 그들의 한국사에 대한 본질 파악은, 우리 선학先學들에 의해서 이미 준엄한 비판이 가해지고 있듯이, 그것이 그들의 한국사 연구의 동기나, 한민족에 대한 식민정책과 깊은 관계가 있는 것임은 말할 필요가 없다. 그들은 이로써 식민지 지배의 학문적인 기반을 확고히 하고, 그들의 한국침략을 합리화할 수가 있었던 것이기 때문이다.

(2) 한국사에서 타율성의 문제를 내세우는 것은, 한국사를 대륙의 동북아시아사에 부속시켜, 고찰하려고 하는 일련의 학자들에 의해서 특히 주장되고 있었다. 그 대표적인 예는 이나바 이와키치稻葉岩吉의 〈滿鮮史體系의 再認識〉(《滿洲發達史》)과 미지나 아키히데三品彰英의 〈朝鮮史의 他律性〉(《朝鮮史槪說》) 등에서 볼 수 있다. 이나바稻葉는 '만선사滿鮮史를 어떻게 체계화할 것인가' 하는 그의 사론史論에서,

만주역사의 史上에서 우리 반도의 지위를 생각하건대, 우리들이
종전에 想定한 것이 대부분은 국부적 견해에 그치고, 또 너무나
單純簡略한 것임을 주의한다. 就中 우리에게는 대륙과 우리 반도
의 착잡한 관계에 대하여 거의 배려하지 않는 폐단이 있다.
국부적 견해라는 것은, 조선의 영토 내에서 발생한 사건을 모두
이 민족의 기구로부터 생기는 것이라 보고, 他를 생각지 않는 경
향이다.
이러한 관점에서 滿鮮歷史를 살피면 滿鮮一家라고까지는 할 수
없으나, 쌍방의 관계가 극히 밀접하였다는 것은 별로 多言을 요
하지 않는 바로서, 나는 朝鮮半島에 발생한 大事件은 하나같이
모두 東亞 全局의 문제가 반영된 것에 불과하다는 것을 말해두
고자 한다.

고 하여, 국내사건을 예로서 들고, 그것이 중국中國이나 만몽
滿蒙의 영향 아래 이루어졌음을 지적하고, 한국사 내에서의 주
체성을 부정하고 있다. 미지나도 그의 《朝鮮史槪說》의 서장에
서 역시 비슷한 주장을 하고 있다.

이와 같이 周邊的이며 多隣的이었던 朝鮮半島의 역사에서는, 이
두 개의 반대작용이 혹은 동시에 혹은 단독으로 작용하여 複雜
多岐한 양상을 일으키고, 東洋史의 主流에서는 벗어나 있으면서
항상 하나 또는 그 이상의 제 세력의 여파가 輻輳하여 작용하고,
때로는 두 개 이상의 세력의 抗爭下에 시달리며, 때로는 하나의

압도적인 세력에 지배당하곤 하였다.

그러므로 朝鮮史는 내용적으로도 對外關係事項이 占하는 바가
많고, 또 이 國外 諸 勢力과의 관계를 中軸으로 해서 朝鮮史가
전개되어가는 감조차 있다. 이러한 사실은 政治史에서와 마찬가
지로 文化史에서도 말할 수 있다.

그러므로 발전이라고 하는 史的 觀念에 의해서 朝鮮史를 이해하
고 논하려 할 때, 우리는 여기에 辨證法的 歷史發展의 足跡이 심
히 결핍되고 있음을, 감득하지 않을 수 없는 것이다. 실로 朝鮮
史는 그 客觀的 동향에서 자유를 가지는 바가 참으로 적은 역사
이다.

라고 한 것이 그것이다. 그들은 한민족이 대륙으로부터 수시
로 외세침략을 받았으나, 그것을 이겨내고 그 속에서도 발전하
여온 역사의 흐름을 보지 않고, 침략당한 사실만을 부각시키고
강조하였다.

한국사의 본질 파악에 대한 이와 같은 제언提言은, 그 후 널
리 채택되었고, 학계에서는 물론이고 일반교양으로도 거의 절
대적인 영향을 주었다. 그리하여 한국사를 말하는 논자는 으레
껏 이 타율성他律性의 문제를 들고 나왔다. 일본인에게는 한국
인 한국사를 멸시하는 정신적 지주가 되었고, 한국인에게는 열
등의식에 사로잡히는 심리적 근거가 되게 하였다.

당시의 한국인들은 제국주의 열강의 경쟁의 마당(場)에서,
한국이 일제에 의해 완전침략을 당하는 것을 스스로 경험하였

고, 자신의 무력함도 또한 절실히 느끼고 있었던 터이라, 이러한 주장이 던져주는 타격은 컸다. 여기에 한국인들의 한국사를 보는 눈에는 숙명론宿命論 민족 허무주의가 깃들게 되었다.

이것이 정당한 한국사의 본질, 한국사를 보는 태도가 아님은 말할 나위가 없다. 그러나 일제에게는 한국을 침략하여 식민지 통치하는 데 이만큼 편리한 학설(?)은 없었다. 그리하여 일제 아래서는, 관학파의 우세에 편승하여, 이 설은 움직일 수 없는 사실史實로 되어갔다. 우리 한국 사학도의 존경을 받고 있는 스에마쓰 야스카즈末松保和의 《朝鮮史のしるべ》(朝鮮總督府 編)에도 이 설說은 한국사의 특색으로 기록되고 있으며, 그 후 그들이 한반도에서 손을 뗀 오늘날에도, 일본 학계의 일부에서는 이것을 그대로 인정하고 있다. 《圖說世界文化史大系》 가운데서 미가미 쓰기오三上次男 편으로 된 〈朝鮮·東北아시아〉가 그것이다. 일본 학계의 노장학자가 총동원된 이 개설의 서장에서 역시 한국사에서 반도적 성격半島的性格은 논의되고 있는 것이다.

타율성의 문제가 이와 같이 끈질기게 주장된 데는 한두 가지 이유가 있는 것 같다. 하나는 일본에서 한국사 및 동양사 연구는, 일본제국의 대륙침략에 부응해서 발전한 것이기 때문에, 그 학문은 다분히 시대성·정치성을 반영하게 되고, 따라서 타율성 이론他律性理論은 일본인들 전체의 대륙진출의 욕구와 일치한다는 점에서이다.

그리고 다른 하나는 일본인들의 한국사 연구는, 한국사 자체의 발전 과정보다도, 그들의 대륙진출이라는 현실적인 문제와

관련하여, 만선관계滿鮮關係니 일선관계日鮮關係니 하는 대외관
계사對外關係史에 중점이 두어져 있고, 이러한 대외관계사에서
도 그 역사를 보는 시각은 한국 측에 있는 것이 아니라, 중국·
만주·일본 등의 상대국에 있었던 까닭이라는 점이다.

그러나 전자는 어떤 목적의식을 합리화시키려 한 것이라는
점에서, 그리고 후자는 역사의 본질을 파악하는 태도, 즉 문제
를 설정하는 방법에서 어느 일방에 편중하고 있다는 점에서, 우
리는 이 이론에 찬의를 표하기 어려움을 말하지 않을 수 없다.

(3) 한국사에서 정체성이론停滯性理論의 문제를 들고 나온 것
은, 경제사를 연구하는 학자들이었다. 메이지明治 시대의 경제
사학자 후쿠다 도쿠조福田德三가 〈韓國의 經濟組織과 經濟單位〉
(《經濟學硏究》)를 발표한 이래로, 이 주장은 한국사학 전체에서
받아들여지는 바 되어, 모든 문제는 이른바 '아시아적 생산양
식'의 이론과도 관련하여, 정체성사회停滯性社會라는 전제 아래
검토되기 시작하였다.

후쿠다에 따르면, 한일합방 직전의 한국사회는 일본의 후지
와라藤原 시대 말기(일본사의 고대 말기)에 해당하는 단계로서,
한국사회가 이와 같이 후진상태에 있는 것은, 한국사회에는 봉
건제가 결여되고 있는 까닭이라고 하였다. 아주 단순한 발상이
었다. 이 설說은 그 후진들에게 계승되었고, 오늘날에 이르러서
는, 시카다 히로시四方 博의 〈舊來의 朝鮮社會의 歷史的性格〉
(《朝鮮學報》 1·2·3)에서도 주장되고 있다. 그리고 이 설은 한국인
학자들 가운데도 찬동하는 이가 있어서, 오늘날에도 정체성의

원인을 해명하려고 하는 노력이 시도되고 있음을 왕왕 보는 터
이다.

그러나 세계사적인 견지에서 볼 때, 과거의 한국사회가 사회
발전의 계기적인 여러 단계에서 어떠한 위치를 차지하느냐 하
는 이 문제에 관하여, 많은 한국인 학자들은 일본인들의 주장
에 반론을 들어왔다. 백남운白南雲을 비롯한 맑스주의 사회경제
사학자社會經濟史學者들도 그러하였지만, 오늘날 한국사학의 주
류를 이루는 실증주의實證主義 역사학에서도 그러하다. 그리하
여 과거에는 그들의 봉건제 결여설缺如說에 반대하여, 세계사의
발전단계를 그대로 도입하고 한국사를 도식화圖式化하는 경향
도 있었지만, 오늘날에는 이 설이 내포하는 몇 가지 모순에서
도 그들의 이 주장을 부정하고 있다.

그것은, 첫째, 후쿠다 이래로 주장되어 오는 봉건제의 개념
에 관해서이다. 그들은 이른바 봉건제 사회의 개념을 서구 중
세사회에서 볼 수 있는 봉주봉신封主封臣 사이의 관계로서 파악
하고, 이와 같은 정치형태의 유무 여하로써 봉건제의 유무를
결정하고 있었는데, 우리의 아는 바로는 그들의 이러한 견해로
는, 세계사의 발전단계, 즉 세계 제諸 민족의 역사에 일반적으
로 적용되는 보편적 발전단계는 규정될 수 없는 것으로 본다.

세계사의 발전단계를 일반화하려면, 세계 제민족의 역사에
공통되는 소재가 제공될 때 가능할 것인데, 봉주봉신封主封臣
관계는 세계의 극히 일부분에서 발생한 것이기 때문이다. 그들
은 정치상의 형태를 중요시하여 일본에는 봉건제가 있었다고

하지만, 서구의 봉주봉신 관계만이 봉건제라면, 일본에도 서구 사회와 같은 봉건제는 존재하지 않게 된다. 일본의 다이묘제大名制는 서구의 영주제領主制와 여러 가지 면에서 다른 줄로 안다. 그리고 서구 학계에서도 봉건제의 개념은 점차 달라지고 있는 것으로 우리는 알고 있다.

다음은, 그들이 그들의 학설을 내세우는 데, 한국사회를 어느 정도로 성실하게 깊이 연구하였는가 하는 데 관해서이다. 후쿠다가 그의 설說을 제창한 것은 1904년(메이지 37년)이었고, 그의 논문이 나오게 된 것은 수 주일 동안의 한국 여행의 소산이었다고 듣고 있다. 그때는 이미 일제에 의해서 반식민지화半植民地化 되어가는 시기였기에, 한국에 관한 자료 수집은 비교적 잘 되었을지 모르지만, 연구에서는 아주 초보적인 시기였다.

그러니 그러한 정도의 피상적인 관찰로써, 한 사회의 본질을 운위한다는 것은, 그릇된 연역演繹이라면 모르되, 실증적인 토대 위에 구축되는 귀납적인 역사학에서는 불가능한 이야기가 아닐 수 없다. 한 나라, 한 사회의 본질이 파악되려면, 기본 사료에 의한 좀더 깊고 넓고 오랜 시일의 연찬硏鑽을 기울여야만 가능한 것이다.

대저, 일본제국이 한국을 침략해 올 무렵, 한국을 다녀간 일본인들은 다소의 조사자료와 더불어 견문기見聞記를 발표하는 것이 하나의 관례가 되고, 그것은 후일 한국 연구에서 귀중한 자료로 채택되고 있는데, 우리는 그와 같은 학문의 태도에 찬동할 수가 없다. 선입견과 피상적인 관찰이 논거가 되는 바 크기 때문이다.

그 후 일본의 한국사학이 절정기에 이르렀을 때도 그러하였
다. 한국사회의 본질을 봉건제의 결여설로 규정지어도 좋을 만
큼, 깊은 연구는 전개되지 못하였다.

이 문제는 한국사회의 내적인 발전과정이 파헤쳐진 연후에
야 분명해질 문제인데, 그러한 문제는 이 시기의 한국사 연구
에서도 주제가 되지 못하고 있었다. 따라서 그 성과도 많지 않
았다. 더구나, 내적인 발전과정이 논의될 경우에는, 한국 학자
의 경우 봉건제에 대한 시각을 달리하여, 봉건제를 인정하려는
경향이 더 농후하게 나타나고 있었다.

이와 같이 후쿠다 이래의 봉건제 결여설은, 이론에 편견이
있고 실증에 충실치 못한 견해이었기에, 우리 학계에서는 이를
부정해 왔었다. 일본인의 학설이라는 단순한 배일감에서가 아
니라 학적學的 근거가 희박한 데서였다. 한국사는 한국사로서
의 개별성을 살려가면서, 세계사의 발전과정을 일반화할 수 있
는 이론이 있다면, 그 이론으로써 체계화해야 하는 것이다.

4. 일제가 심은 한국사관 지양의 필요

일제시기 일본인 관학자들의 한국사를 보는 눈은 대략 앞에
서 말한 바와 같았다. 그들이 한국사를 보아온 태도나 방법은
그 밖에도 여러 가지 지적할 수 있지만, 그것은 오늘날 문제 삼
을 가치조차도 없는 것으로 되었다. 학적 근거가 없는 것이기

때문이기도 하고, 그것이 공헌해온 정치목표가 없어진 까닭이
기도 하다.

그러나 그들이 개척해놓은 그릇된 한국사관韓國史觀은, 아직
일반 사회인의 뇌리에서 사라지지 않고 있다. 한국인의 경우에
도 그렇고, 일본인의 경우에도 그러하다. 우리 사회 일부에서
한국사를 보는 눈이 자조自嘲에 가득 차 있는 것이 그것이고,
어떤 목적으로 왔는지는 모르나, 해방 후에 처음 보는 일본인
학자의 공개강연(고대 아세아문제연구소)에서, 다나카田中와 같
은 발언이 나올 수 있었던 것이 그것이다.

해방 후 일본에서 한국사학은, 종래의 관觀을 탈피하고, 새로
운 입장에서 출발하였다고 종종 들어왔다. 그것은 한국사를 연
구하는 목적이 순수학문의 입장에서라는 점과, 그 태도 방법이
한국사를 한국의 입장에서 이해하려고 한다는 점에서였다. 우
리는 그러한 노력의 성과를 적지 않은 수의 논문과, 지금도 한
국의 사학계史學界에 큰 영향을 미치고 있는 하타다 다카시의
《朝鮮史》에서 찾을 수가 있었다.

그렇지만 일본학계 전체의 한국사관韓國史觀에는 아직은 한
계가 있는 것 같다. 그들의 현역 진용은 일제시기에 활약하던
기성인들이 주이고, 그들이 내놓은 업적의 일부에는 아직도 일
제시기의 한국사관이 흐르고 있다. 다나카는 그 하나의 예에
지나지 않는다. 그는 한·일 관계의 정치외교사학자政治外交史學
者였던 것이다.

한국사는 아무래도 우리 자신의 힘으로 정리되고 체계화해

야 하겠다. 그러기 위해서는 그들의 한국사관이 지양되어야 하겠다. 우리는 지난날 그들에게서 많은 것을 배웠고 앞으로도 그들에게서 받는 영향은 클 것이다. 그러나 그들의 한국사를 보는 눈이 그대로 받아들여져서는 안 되겠다. 전화戰禍의 시달림 속에서도 프랑스의 역사학계가 탄탄대로를 걸었듯이, 한국의 역사학도 한국 학계로서의 독자성이 있어야 하겠다.

우리 자신에 의한 한국사 연구는, 아직 일천日淺하여 역군役軍의 빈곤을 통감하는 바이지만, 다행히 우리에게는 후진에 대한 장래의 기대와 무수한 자료가 있다. 장차 이러한 자료들이 종횡으로 구사된다면, 과거의 한국사 연구가 방치하였던 제 문제도 해결될 것으로 안다.

그러한 실증적인 기반 위에서 세계사의 발전이라고 하는 일반성의 배려 위에, 한국사의 고유성·특수성을 살리는 그러한 한국사관, 그리고 한민족의 풍토색風土色이 물씬 풍겨 오는 그러한 한국사관이 이루어져야 하겠다. 이것은 한국의 역사학이 당면한 최대의 과업이지만, 이것이 이루어질 때, 일반 사회인의 한국사를 보는 눈에도, 자조하지 않고 과장하지 않는 사안史眼이 갖추어질 것으로 생각된다.

제2장 일본과 한국에서 한국사 서술

1. 서 언

최근 수년 내로 한국사韓國史 연구에 관한 반성과 비판의 소
리는 자못 높아가고 있다. 각종 종합잡지는 이 문제에 관하여
특집호를 내기도 하고, 일간신문은 연재물을 게재하기도 하였
다. 여러 학회의 연구논제도 이와 관련되는 바 적지 않았다.

한국사 측에서뿐만 아니라 서양사西洋史나 사회과학社會科學
측에서도 적극적인 발언이 제시되었다. 홍이섭 교수는 한국사
의 재구성을 위한 방법론적인 구성을 하였고,[1] 조기준 교수는
경제사학經濟史學의 일반사학一般史學으로부터의 분리를 주장하
여, 국사학國史學이 미숙성을 지적하였으며,[2] 조의설 교수는 해

---

1) 洪以燮, 〈韓國植民地時代史의 理解方法〉(《東方學志》 7, 1963).
_____, 〈韓國植民地時代精神史의 課題〉(《史學研究》 18, 1964).

방 20년의 국사학계를 총평하여, 그 연구의 근시성을 들었고, 그것을 극복하려면 "근시적 성격을 분석하고 그 유래를 찾을 필요가 있다."고 하였다. 그리고 특히 국사학도에게는 세계사적 탐구에의 관심을 권유하였다.3)

이 보고도 이와 같은 연구사적研究史的인 반성이 그 목표로 되어 있다.4) 일본과 한국에서의 한국사 서술을 비교하고, 그 차이를 파악하여, 우리의 한국사 연구에 하나의 반성의 기회를 가져보자는 것이다. 그러기 위해서는 근대사학近代史學 전반에 대한 정밀한 사학사적史學史的인 검토가 요청되는 터이지만, 개개의 문제에 대한 세세한 검토는 후일로 미루고, 이곳에서는 다만 그와 같은 전망 아래에서, 한국사의 연구 및 서술의 방법과 그 목표가 무엇이었던가를 개관하고, 한국사학이 당면하고 있는 과제가 무엇이겠는가를 생각해보고자 하였다.

2. 근대역사학 개척기의 한국사 서술

1) 일본인의 한국사 서술

한국사가 근대 역사학으로서 먼저 연구되고 서술되는 것은, 일본인들에 의해서 비롯되었다. 그것은 1890년대에서 1910년

---

2) 趙璣濬, 《韓國經濟史》, 1962, p.27.
3) 趙義高, 〈世界史像의 國際性〉(《新東亞》 1965년 1월호).
4) 이와 관련해서 필자는 앞서 〈日本官學者들의 韓國史觀〉(《思想界》 1963년 2월호)을 발표한 바 있었다(이 책 제2부 제1장 참조).

대에 이르는 사이였다. 이 시기에는 일본제국이 그들의 대륙정
책의 일환으로서 '조선문제'를 시끄럽게 논의하던 때이며, 두
차례의 침략전쟁을 거쳐 한반도를 반半식민지화하고 만주로 그
침략의 방향을 옮겨가고 있는 때였다. 이와 같은 침략과정에서
그들의 한국사 연구열은 고조되고, 대학에는 '조선사강좌'가 설
치되었으며, 논문이나 저서가 속속 간행되기에 이르렀다.

일본에서 한국사 연구는 제국주의자들의 대륙침략과 표리가
되며 발생 성장하고 있었다. 이러한 분위기 속에서, 그들의 한
국사 연구를 궤도에 올려놓는 데 기여한 인물은, 하야시 다이스
케林 泰輔(1854~1922), 시라도리 구라키치白鳥庫吉(1865~1942),
후쿠다 도쿠조福田德三(1874~1930) 등이었다.

하야시는 도쿄대학 고전강수과古典講修科를 졸업하였는데
(1887), 여기에서 그는 고증학적考證學的 방법에 의하여 경학經學
을 연구하고, 이어서 역사학을 연구하게 되었다. 역사가로서 그
는 먼저 한국사에 손을 대었다. 1892년에 《朝鮮史》5권, 1901
년에 《朝鮮近世史》2권을 저술하여, 이 시기(메이지 시대) 일본
의 한국사 연구의 개척자가 되었다. 그는 뒤에 이것을 합본하여
《朝鮮通史》로서 출판하였다(1912). 그가 《朝鮮史》7권을 서술
하면서 취한 방법은, 고증학풍으로 역사를 서술하되, 구래의 편
년체編年體적인 체제를 지양하고, 서양사의 편찬체제를 모방하
여, 새로운 서술방식으로 한국사를 체계화하는 것이었다.

이 시기의 일본의 사학계는 서양사 모방시대였다. 나가 미치
요那珂通世(1851~1908)는 후쿠자와 유키치福澤諭吉(1835~1901)

문하(게이오 의숙慶應義塾)에서 양학洋學을 공부한 사람인데, 양학
의 방법으로《支那通史》5권을 서술하였고(1888~1890), 이치무
라 산지로市村瓚次郎(1864~1947)는 하야시林 泰輔와 더불어 고전
강수과를 나왔는데, 서양사를 모방하여《支那史》6권을 저술하
였다(1890~1892).

이러한 서양사 모방의 분위기에 편승하여, 하야시도 그의 획
기적인 저서《朝鮮史》를 저술하면서, "그 문자는 국자를 쓰되,
그 체제는 서양사를 본받았다(其文用國字 其體效洋史)."고 하였다.
그가 모방한 양사洋史로서의 체제는, 한사군漢四郡 이전은 태고
太古, 3국~신라통일시대는 상고上古, 고려시대는 중고中古, 조선
시대는 금대今代로 시대를 구분하고, 각 시대에 관하여 정치적
변천, 제도, 교법敎法, 문학기예文學技藝, 산업, 풍속 등을 정리
설명하는 것이었다. 임나일본부任那日本府도 인정하였다. 그 뒤
그는 연구분야를 중국 고대사로 옮겼지만, 그의 저서는 오늘날
까지도, 한국사 연구의 지표적인 존재로서 영향을 미치고 있다.

시라도리 구라키치白鳥庫吉는 도쿄대학 사학과 출신이다
(1890). 이때의 사학과는 서양사과西洋史科로서 그는 대학에서
서양사를 배웠다. 그를 지도하여 사가史家로서 대성시킨 것은
독일사람 리스L. Riess였다. 리스는 1886년에 도쿄대학에 초빙
되어, 사학과에서 교편을 잡았는데, 랑케L. Ranke의 제자였다.
이 기회에 그는 서양의 근대사학, 특히 사료비판적史料批判的인
독일사학의 방법을 일본에 이식移植시켰다. 도쿄대학 사학과와
그《史學雜誌》의 정비에 큰 기여를 하였고, 한학풍漢學風의 고

증학적 사학과 사론史論·시론時論을 즐기는 계몽사학을 지양시
켰다. 일본의 서양사학은 랑케사학으로 굳어졌고, 시라도리는
리스 문하에서 랑케사학의 방법을 배웠다.

가쿠슈인대학學習院大學에서 한국사를 강의하게 된 시라도리
는, 1894년에서 1897년 사이에, 한국의 고전설古傳說 고대제국
古代諸國의 명칭, 고대 지명, 고대 왕호王號, 고대 관명官名, 기타
고대사 관계 논문을, 계속해서 발표하였다. 그는 뒤에 도쿄대학
교수를 겸하였다. 그의 한국사 연구의 방법은 후배나 제자들에
게 절대적인 영향을 주었고, 그는 근대사학 성립기의 일본의
동양사학계를 주름잡는 거물이 되었다.

그와 그의 문하에서 배출된 인물들은, 일본의 관학官學 아카
데미즘의 학풍을 형성하고, 한국사에 관해서는 식민주의 역사
학植民主義 歷史學을 수립하였다.

시라도리는 만철滿鐵에 역사지리 조사실歷史地理調査室도 설치
하였다(1908). 만주와 한반도의 역사지리에 관한 조사를 하는
것이 그 임무였지만, 현실적으로는 그들의 식민정책을 합리적
기반 위에 세우려는 것이, 목적으로 되어 있었다. 그는

現代의 제반 사업은, 학술적 기초 위에 서야 함은 말할 필요가
없는 것으로서, 滿韓의 경영도 또한 그렇지 않을 수 없는 것

이라고 생각하였다.[5)] 여기에는 시라도리 주재 아래 야나이 센
箭內 亘, 이케우치 히로시池內 宏(1878~1952), 마쓰이 히토시松井

等, 이나바 이와키치稻葉岩吉, 쓰다 소키치津田左右吉(1873~1961) 등 한국사 연구의 정예들이 모였다. 그들의 연구는 대륙침략에 편승하고, 또 그것을 합리화하기 위해서 정력적으로 행하여졌다.6)

후쿠다 도쿠조福田德三는 도쿄상고東京商高를 졸업하고(1894) 독일에 유학하여 브렌타노Lujo Brentano 문하에서 경제학을 수학하였다. 브렌타노는 신역사학파新歷史學派 경제학에 속하는 사람으로, 그에게서 후쿠다는 역사주의歷史主義의 경제학을 배우고 경제단위발전설經濟單位發展說의 이론을 가지게 되었다. 귀국 후 그 견해를 방증하려는 뜻에서, 작성한 것이 〈韓國의 經濟組織과 經濟單位〉(1904, 《經濟學硏究》)였다.

그 내용은 요컨대 한국에는 봉건제封建制가 결여되고, 당시의 한국사회는 일본의 후지와라 시대에 상당한다는 것이었으며, 따라서 그와 같은 한국 및 한국인에 대해서는, 그 민족적 특수성을 근저로부터 소멸시키고, 일본에 동화同化시켜야 할 사명이, 그들에게는 자연적自然的 운명으로서 부여되고 있다는 이론이었다. 정체성이론이 침략을 합리화하고 있었다. 가지무라 히데키梶村秀樹 씨는 후쿠다의 이 견해를 "정체와 특수성에 의하여 침략은 정당화된다. 유감스럽지만 어용이데올로기라고 불러

5) 《滿洲歷史地理》 서문, p.533 참조.
6) 《明治以後에 있어서의 歷史學의 發達》(《歷史敎育》 7권 9호, 1932)에서 橋本增吉, 〈先秦時代史〉와 和田淸, 〈滿洲蒙古史〉
旗田 巍, 〈日本에 있어서의 東洋史學의 傳統〉(《歷史學硏究》 270호, 1962).
江上波夫, 〈東洋學의 系譜〉 1, 2(《大修館書店》, 1992·1994).

도 할 수 없다."[7])고 하였다.

그리하여 이렇게 해서 형성된 일본 근대사학으로서의 한국사는, 개국전설開國傳說의 역사사실을 부정하고, 한국의 역사는 중국과 일본의 식민지로부터 시작하는 것으로 되어, 여기에 한국사에서 타율성他律性의 문제는 제기되었으며, 이와 아울러 봉건제 결여설에서 오는 정체성이론도 한국사의 본질로서 함께 내세워지게 되었다.

2) 한국인의 한국사 서술

일본에서 한국사 서술이, 이와 같이 침략성을 띠고 근대적인 방법으로 행하여지고 있을 때, 우리나라에서는 어떠하였는가? 이때의 우리나라에는 아직 역사학도를 전문적으로 양성하는 기관인 대학이 없었다. 근대적인 교육기관이 설치되어, 새로운 역군이 양성되고는 있었지만, 그것은 초등교육 중등교육에 그치고 고등교육기관은 없었다. 그리하여 역사학은 근대학문으로서의 역사학, 과학으로서의 역사학이 되지 못하고 있었다.

이 시기의 역사학은 전통적인 역사학 그대로였으며, 청조淸朝의 고증학적 사풍史風 그것이었다. 그와 같은 학문적 기반 위에서, 일제의 침략에 대한 저항이 학문적으로 기도되었으며, 전통적 역사서술로부터 탈피가 모색되었다. 이때의 대표적인 사기史家로는 김택영金澤榮과 현채玄采를 들 수 있다.

---

7) 梶村秀樹, 〈李朝後半期朝鮮의 社會經濟構成에 關한 最近의 硏究〉(《朝鮮硏究月報》 1963년 8월호).

학부學部 편집국에서는 광무 9년(1905) 무렵까지, 많은 한국
사 교과서를 편찬하였는데, 그것은 대개 역사가들에게 그 서술
을 의뢰하고, 간행은 학부에서 한 것이었다.《朝鮮歷代史略》3
책(玄采所勤 1895)과《東國歷代史略》5책(金澤榮所勤 1899)은 이때
의 표준적 사서였다. 왕조 중심으로 된 편년체의 통사였다. 서
술방식은《東國通鑑》의 그것을 그대로 따랐으며, 주자강목朱子
綱目의 예도 또한 따랐다. 전통적인 서술방식에 따라서 전통적
인 체제로 서술된 대표적인 사서史書라고 하겠다.

그러나 그러면서도 이 두 사서에서는《東國通鑑》과 다른 데
가 있었다.《東國通鑑》에서는 단군檀君에서 삼한三韓까지를 본
편本編에 포함시키지 않고, 외기外紀로 해서 별편別編에 넣고 있
는데, 본서本書에서는 그것을 모두 본편에 넣고 있었다. 더욱이
단군조선에 관하여서는

　　檀君乃首出之神君 …… 故尊而書之於東國統系之首

라고 하여, 역사의 궤도 위에서 살리고 있었다.

단군을 실재인물로 보고, 또 개국시조開國始祖로서 믿으려 하
는 것은, 이 시기의 다른 모든 사서에서도 공통되는 현상이었
다. 최경환崔景煥의《大東歷史》2권(1905)은 그 가운데서도 특
별한 것으로서, 고조선古朝鮮 시대에 관한 많은 사료史料를 섭
렵 수집하여, 자료의 부족으로 논란이 많은 이 시기의 사적史籍
의 애로를 타개하려 하였다.

전통적인 역사서술에서 탈피하여 근대적인 역사서술이 시작
되는 것은 광무 10년(1906) 이후의 일이었다. 이때에는 학부에
서 초·중등학교의 교과 과정을 마련하고 있어서 교과용 역사서
는 이 요목要目에 따라 서술되지 않으면 아니 되었다. 학부에는
일본인이 배속되어 신교육新敎育을 위한 교과과정에 관여하고
있었다. 그리고 외국역사로서는 만국사(서양사)가 이미 있어서
한국사 서술의 체제는 그것을 모방할 수가 있었다.

그러나 전통적 역사서술로부터 탈피를 가능케 한, 직접적인
계기가 된 것은 하야시林 泰輔의 《朝鮮史》였다. 이것은 소개되
고 읽혀지는 정도가 아니라 편역까지 되었다. 편역자는 다년간
학부에 있으면서 여러 종의 역사서를 편찬한 바 있는 현역 사
가史家 현채玄采였다. 현채는 역사서를 편찬하면서, 편년체의 전
통적인 서술이, 사서史書의 체제를 확립하는 데 불편함을 인식
하고 있었다. 그는 그러한 고충을 《朝鮮史》로서 해결하려 하였
다. 그러한 사정을 그는 역서譯書의 서문에서 다음과 같이 말하
였다.

曩子, 傭譯于學部, 歷史之編輯爲數部, 每苦體制不立, 使閱者臨卷迷
茫, 悔愧孰甚, 今日本人林泰輔史學家也, 尤致力於我國, 著有朝鮮史
七冊 自三國以至本朝, 皆確有證據, 又各分門別類, 令人一讀瞭然,
實不可以外人歧視之也, 玆又譯之

그러나 현채는 《朝鮮史》 7권을 완역完譯한 것이 아니었다.

종래의 편년체 사서는 "그 역사서술의 체계가 잘 세워지지 않아서(體制不立)" 어쩔 수 없이 이것을 역술譯述하기는 하였지만, 《朝鮮史》는 원래가 한국인의 처지에서 긍정할 수 있는 것이 아니었다. 그러므로 그는 이것을 한국 측의 입장에 맞도록 초역·증보하였다.

이를테면 하야시는 단군전설檀君傳說을 부정하는데, 현채는 이것을 역사사실歷史事實로 인정하는 것, 전자는 한사군漢四郡 문제를 중요시하여 시대 구분의 기점으로까지 보고 있는데, 후자는 이것을 인정하지 않으려 한 것, 전자는 임진왜란에서 일본 측을 주로 다루었는데, 후자는 우리 의병義兵활동을 상세히 서술한 것 등은 그 몇 가지 예이다. 그래서 그는 그 책 이름도 《東國史略》이라고 개제改題하였다.

그러므로 그가 이 책을 역술한 주목적은, 그의 서문에서도 볼 수 있듯이, "그 서술체계를 서양사를 모방하고 있는(其體效洋書)" 하야시의 《朝鮮史》에서 그 체제體制, 즉 역사서술의 새 방법을 본받으려 한 것이라 하겠다.

현채의 《東國史略》의 체제는 그 뒤 역사서술에서 기준이 되었다. 많은 교과용 한국사는 이와 비슷한 체제로 나오게 되었으며, 《東國史略》 자체도 한장본漢裝本·양장본洋裝本·반양장본半洋裝本으로 출판되어 교과용 또는 교양용으로 보급되었다. 그리고 그 뒤에는 그것을 다시 첨삭하여 《半萬年朝鮮歷史》로 개제하고, 현채 원저原著로 하여 출판하였다(1928, 1936).

이 시기의 한국에서 한국사 서술은 강렬한 민족정신이 내세워지고 있었다. 역사가들은 일제의 침략을 직접 체험하고 있었기 때문에, 침략에 대한 저항이 학문상에도 반영되고 있었다. 과학으로서 역사학을 체득하기에 앞서, 제국주의와 싸워야 하는 무거운 부담이 그들에게는 부과되고 있었다. 그들에게는 역사학을 하나의 학문으로서 깊이 생각하고, 새로운 방법을 도입하여, 이를 차분히 전개할 만한 여유가 없었다. 그들이 당면한 과제는, 한국민에게 한국사를 인식시키고 제국주의의 침략에서 벗어나게 하는, 계몽적인 역할이었다. 그리하여 이 시기의 역사 서술은 민족정신을 고취하고 시론時論을 주로 하는 계몽 교양 정도의 서적이 주가 되었다.

그러나 이 시기의 말기에 이르면 그와 같은 역사서술도 불가능하게 되었다. 일제는 우리나라에 통감부統監府를 설치하고, 한국 정부의 각 부에는 차관次官을 파견하여, 이미 모든 것이 그들의 뜻대로 움직여지고 있었다. 배일排日사상, 일제 침략, 자주독립, 국가의 장래 등 시사적인 문제는, 제대로 논의할 수 없을 만큼 통제를 받게 되었다. 한국의 역사학은 사실을 사실대로 표현할 수도 없고, 근대역사학의 방법으로 훈련을 거치지도 못한 채, 민족의식이 내연內燃하고 있었다.

3. 일제하 식민주의 역사학 확립기의 한국사 서술

1) 일본인의 한국사 서술

일제日帝가 우리나라를 완전히 지배하게 된 뒤에는, 일본인

들은 그들이 앞 단계에서 세운 역사서술의 방법과, 그들이 한
국사의 체계화를 위해서 제기한 몇 가지 본질적인 문제를, 그
대로 계속 준수하면서 그것을 증명하는 방향에서 연구를 전개
하였다.

시라도리를 정점으로 그 후배와 문하생들이 계속해서 연구
하였다. 한국사에서 타율성他律性의 문제와 정체성停滯性의 문
제를 대전제로 하고, 연구는 심화되었다. 그것을 전개하는 방법
은, 랑케사학의 문헌비판적인 사풍史風이었다. 그리고 그것이
목표하는 바는, 식민지 통치의 학문적 기반을 마련하는 것이었
다. 그들의 학문은 제국일본帝國日本의 대륙침략과 야합하고, 그
들의 식민주의 역사학은 절정에 달하게 되었다.

일본인 사가史家들의 한국사를 대하는 태도가 어떠하였는가
하는 것은, 앞서 말한 바 시라도리나 후쿠다의 발언에서 이미
알 수 있는 터이지만, 한국을 합방·병합하게 되었을 때의 그들
의 태도에서는 더욱 분명하게 볼 수 있다. 《歷史地理》에서는
병합 특집호를 내면서, 다음과 같은 간행사를 실었다.

오랫동안 安堵할 수 없었던 一千萬의 白衣의 民衆은 이제야 帝國
新附의 臣民이 되었다. …… 이는 實로 우리 古來의 懸案을 解決한
것일 뿐만 아니라, 不合理한 韓國의 獨立으로부터 發生하는 黎民
塗炭의 苦惱를 救濟할 天職을 遂行한 것이 아니고 무엇이겠는가.
嗚呼千載의 快事. 우리들 帝國의 臣民된 者 어찌 慶賀치 않겠는가.

여기에 집필한 사람들은 현대 일본의 석학 대가들이었고, 일본 관학 아카데미즘의 학풍을 수립한 실증사가實證史家들이었다. 그들의 논고는 오늘날 일본인 역사가 이시모타 쇼石母田正에 의해서 이미 지적되고 있듯이,

濃淡의 差는 있었지만, 어느 것이나 朝鮮이라고 하는 獨立國家를 滅亡시켜 領土를 뺏고, 歷迫民族으로서 朝鮮人을 隷屬시키려고 하는 正當性을, 歷史學에 의해서 基礎지우려는 意圖와 連結되고 있었다. 日本의 國內問題에서는 比較的 自由롭고 進步的이었던 學者들도, 中國이나 朝鮮問題에 이르러서는, 露骨的이고 輕薄한 史家가 되고 있었다. 歷史家들이 그렇게 될 수 있었던 것은 帝國主義支配民族의 歷史學의 基本的인 特徵이었다.[8]

이와 같은 관학官學에서 떨어져서 양심을 지켜온 사가들도 있기는 하였지만, 그러한 사가는 극히 소수였다. 그들의 동양사학의 주류는 관학 아카데미즘이었고, 그러한 그들의 한국사 서술의 중심기관은, 도쿄대학, 조선사편수회, 경성대학 등이었다.

도쿄대학東京大學 ; 이 대학은 앞에서 지적한 바와 같이, 동양사학의 개척자들을 배출한 곳인데, 초기 동양사가東洋史家들은 대개 한국사를 연구하고 있었다. 한국을 병합 식민지화한 뒤에는, 대륙으로 침략하는 과정에 따라서, 그들의 연구대상도

---

8) 石母田正, 〈近代史學史의 必要에 關하여〉(《歷史評論》 1963년 2월호).

만주, 몽골, 중국으로 옮겨져 갔지만, 그러나 이 대학이 여전히 한국사 연구의 중심이었음에는 변함이 없었다. 한국사를 연구하는 일본인들은 대개가 이 대학 출신이었다.

이들에 의해서 운영되고 사학계를 주름잡는 것이, 이 대학 사학회史學會에서 발행하는《史學雜誌》였다. 이 잡지는 리스 이래로 랑케의 사풍을 따라 중후한 고증주의를 표방하고 있었다.

한국사 서술에서 이 대학의 특징은,《滿鮮地理歷史硏究報告》에 더욱더 잘 나타나 있다. 이 보고는 만철滿鐵의 만선역사지리조사실滿鮮歷史地理調査室에서 내도록 되었던 것인데, 1915년에 이 기관이 도쿄대학으로 이관됨에 따라(원조는 계속된다), 이 보고서도 이 대학에서 나오게 되었다. 이관 전에는《滿洲歷史地理》2책,《朝鮮歷史地理》2책,《文祿慶長의 役》1책, 이관 후에는《滿鮮地理歷史硏究》16책이 간행되었다.

여기에서는 만주나 중국과의 관계사, 지리 문제를 중심으로 하는, 한국 고대사의 제 문제가 중심 과제가 되고 있었다. 그 방법은 말할 것도 없이 문헌비판적이고 합리성을 추구하는 고증사학考證史學이었으며, 그 결과는 전통적인 사서史書가 보여준 고조선 사회의 파괴였고, 한국사의 전개는 중국의 식민지로부터 시작한다는 견해였다.

그리고 이 보고서의 연구방식을 중심으로 하여서는, '만선사관滿鮮史觀'이라고 하는 역사관을 낳게 하였다. 만선사관은 일제의 대륙침략 및 한반도에 대한 식민지 경영의 합리화를 위해서는 편리한 사관이었다. 만선사관은 한국사와 관련해서 타율성이론과 직결되고 그것을 강화하고 있었다. 그 논자의 대표격이 되는 것은 이나바 이와키치稻葉岩吉였다. 그가 조선사편수회의 주무자主務者가 된 것도 우연한 일이 아니었다. 이러한 연구를 일본의 동양사학東洋史學은 세계에 자랑할 만한 것으로서 크게 내세웠다.

조선사편수회朝鮮史編修會 ; 이 기관은 조선총독부에 부설되어 있었다(1925). 총독부에는 이미 어용학자들이 고용되어 고적조사古蹟調査 등 많은 사업을 하고, 또 중추원中樞院에서는 대규모의 구관조사舊慣調査를 행하고 있었다. 조선사편수회는 이들 기관과 병행해서 《朝鮮史》(37책)의 편수를 목적으로 설치되었다. 한국인들의 오랜 문화전통과 사서史書를 통해서 오는 민족의식의 고조와 독립운동의 격화는, 일제로 하여금 문화 면에서 식민정책의 필요성을 절감하게 하였다. 그들은 일선동조론日鮮同祖論이나 강압만으로서는 한민족의 복종을 기대하기 어려움을 알게 되었다.[9]

그들은 한국인의 사서에 대하여,

絶滅策을 강구하는 것은 勞多功少일 뿐만 아니라, 혹은 傳播를 격려할는지도 모른다. 차라리 舊史의 禁壓을 代하기를, 公明的確한 史書로서 함이 첩경이고, 또 效果는 더욱 현저함과 같지 못할 것,

---

9) 稻葉岩吉, 〈朝鮮史研究의 過程〉(《朝鮮史》 제12장).
　　　　　, 《明治以後에 있어서의 歷史學의 發達》 中의 稻葉 〈朝鮮史〉.

이라고 생각하였다.10) 《朝鮮史》(37책)의 편찬동기는 여기에 있었다. 그들은 한민족을 《朝鮮史》로서 회유하고 동화시키려 하였다.

《朝鮮史》의 서술체제는 편년체이고, 명칭은 비록 통사通史나 개설槪說처럼 보이지만, 이는 한국사 전체를 체계적으로 서술한 것은 아니었다. 삼국시대 이전은 사료편史料編으로서 채우고, 청일전쟁 이후는 편찬대상에서 제외하였다. 이런 식의 편찬체제는 일본사의 거물 교수 구로이타 가쓰미黑板勝美의 복안으로서 이루어졌다. 그는 조선사편수회의 고문이었다. 《朝鮮史》의 편찬이, 일본사 교수에 의해서 계획된 데는, 특수한 의미가 있었다. 《朝鮮史》는 일본사日本史의 테두리 안에서 필요한 것이었다.

그는 도쿄대학에서 20여 년 동안 《大日本史料》, 《大日本古文書》를 편찬한 경험을 살려서, "학술적으로 철저한 권위 있는 조선사를 편찬하려 하였다." 그의 설명에 따르면, "사료를 수집하는 것은 역사편찬의 출발점이고, 사료를 공개하는 일도 중요한 일이다. 그리고 가장 편리한 방법은 연월年月 순으로 편찬하는 일이다."11)

《朝鮮史》는 단순한 통사通史가 아니고 하나의 사료집史料集이었다. 그것도 조선의 전통적인 사서체계를 따라 편년체 사서로 편찬한 것이다. 일제시기에는 논문이나 단행본을 저술하는데, 왕왕 이 책을 자료로서 인용하였고, 기본사료에 애로를 느

10) 《朝鮮史編修會事業槪要》, 1938, 朝鮮總督府 朝鮮史編修會.
11) 위와 같음.

끼는 사람은 지금도 이것을 사료로서 이용한다. 많은 사람이
제대로 사료를 볼 수 없는 입장에서, 이것만이 보급되어 있다
면, 이것은 유일한 자료가 될 것이다. 식민지 당국이나 조선사
편수회의 일본인 고문 위원들은, 이런 점에 착안하였다.

그리하여 외관상으로는, 모든 사료를 망라하여 편찬한 것으
로 되었지만, 실제로는 많은 취사선택取捨選擇이 있었다. 그들에
게 유리하고 필요한 것은 되도록 많이 채록하고, 한국사의 본
질적인 문제나 민족문제 그리고 그들에게 불리한 것은 수록하
지 않았다. 청일전쟁 이후의 그들의 침략사는 아예 다루지 않
았다. 《朝鮮史》가 그들의 식민지 통치에 기여하는 바는 실로
크고 원대한 것이었다. 이러한 자료를 통해서 한국사를 서술한
다면, 그것은 한국사의 주체성主體性·발전성發展性을 살리는 역
사가 될 수는 없을 것이다.

식민지 당국에서 서술 편찬하는 역사가 한국과 한국인을 위
한 역사가 될 수는 없었다. 그런 점은 연구논문에서도 마찬가
지였다. 조선사편수회가 발족하면서, 그 회의 직원이 중심이 되
어 발간한 논문집 《朝鮮史學》의 발간사에서는,

> 우리가 朝鮮史를 연구하는 것은, 첫째 國史(日本史)를 爲해서이
> 고, 이미 國史의 일부가 된 朝鮮史를 爲해서이고, 또 東洋史 연구
> 상에서 볼 때, 가장 필요한 것으로 생각하는 까닭

이라고 하였다. 그들의 한국사 연구와 서술은, 기본적으로

일본의 역사라고 하는 테두리 안에서만, 그 의미가 있는 것이
었다.

　경성대학京城大學 ; 이 대학의 법문학부法文學部가 개설된
(1926) 뒤에는, 이곳은 조선사편수회와 더불어, 일본인들의 한
국사 연구 및 서술의 중심이 되었다. 사학과의 교수와 조선사
편수회의 직원들은, 청구학회靑丘學會를 창설하고 《靑丘學叢》
을 발간하였다(1930).《史學雜誌》가 일본에서 그들의 중심적인
학술지이었듯이, 《靑丘學叢》은 식민지 한국에서 그들의 권위
지權威誌가 되었다. 연구방법이나 서술방식도 동일하였다. 문헌
고증적인 실증사학으로서 일관하였다.

　식민정책의 필요성에서 창설된 이 학회는, 그 뒤 1939년에
이르러 그 필요성이 감소됨에 따라, 그들 스스로에 의하여 폐
지되었다. 식민정책으로서의 한반도에 대한 학술적 연구는, 이
제 그 사명을 다한 것이었다. 그들에게는,

　　大陸發展의 基地로서의 새로운 使命 앞에 선 半島로서는, 이 方
　　面에 向해서도, 더욱 힘 있는 참신한 연구와 젊은 연구자의 배출
　　이 요망되고 있었다.[12]

　경성대학의 한국사 연구 및 서술의 본질은 사회경제사 연구
에서 특징적으로 나타났다. 식민지 대학으로 발족한 이 대학은,

―――――――――――

12)《靑丘學叢》, 30 終刊辭, 1939, 靑丘學會.

발족과 더불어, 그 특수한 사명을 지니고 있었다. 그 연구도 그러하였다. 이 대학에 설치된 조선경제연구소朝鮮經濟硏究所는 그러한 사명을 다하였다. 그들의 다이쇼大正년대 말기에서 쇼와昭和년대 초기에 이르는 한국 사상계思想界는 격동기에 있었다. 3·1운동 이후 새로운 사회사상社會思想에 따른 독립운동이 조직적으로 전개되고 있었다.

이러한 상황을 그들은 크게 조선문제朝鮮問題로 파악하고, 이를 학문적으로 제압하고 해결할 것을 기도하였다. 그들은

朝鮮問題는 무엇보다도 먼저 事實을 사실로서 관찰하고, 朝鮮의 있는 그대로의 모습을 아는 것이, 朝鮮問題 해결에의 제1보가 아니면 아니 된다.

고 하였고,

횡행하는 專制論 獨斷論 希望論을 배제하고, 냉정한 實證的硏究를 기초로 하는 기치를 올려

식민정책 수립에 기여할 것을 내세웠다.[13] 그러한 의도에서, 그들은 법학회法學會의 이름으로 《朝鮮經濟의 硏究》(1929), 《朝鮮社會經濟史硏究》(1933), 《朝鮮社會法制史硏究》(1937), 《朝鮮

---

13) 《朝鮮經濟의 硏究》後記 朝鮮經濟硏究所에 대하여, 1929.

經濟의 研究》 3(1938) 등을 간행하였다.

그들의 연구목표는 현실 파악에 있었기 때문에, 그 연구분야
는 주로 한말韓末에서 일제하에 이르는 시기의 문제가 주主가
되었다. 그들은 이 시기의 한국사회를 다각도로 연구하였다. 사
회경제관계 교수가 총동원되어 이루어 놓은 이들 거창한 논문
집에는, 시장을 통해서 본 조선경제, 소작小作 문제, 노동자 문
제, 이조李朝 말기의 재정財政, 민족이론, 자본주의 성립成立 문
제, 이조 말기의 농촌, 구래舊來의 농업사회 연구를 위한 문제,
토지조사사업, 이조의 인구 문제, 조약항條約港과 거류지居留地,
미곡 생산, 금융조합의 발달, 총독부 재정財政, 만선滿鮮 간의
유통 관계 등이, 그들의 이른바 정연한 이론에 따라서 정리 서
술되었다.

그들의 이론은 구래의 한국사회를 부패된 사회, 정체된 사회
로 파악하고, 식민지 통치 아래 한국사회를 성장하는 사회, 발
전적 사회로 보는 것이었다. 총독정치總督政治의 은혜의 이론은
학문적으로 밑받침되고 있었다.

이것이 사실을 사실대로 파악하려는 그들의 실증적 연구였
다. 이러한 연구를 이론적으로 합리화하는 데 앞장선 것은 모
리다니 카쓰미森谷克己 교수였다. 그는 이 논문집에 집필하는
외에도, 《아시아的 生産樣式論》(1937)이니 《東洋的生活圈》
(1942)이니 하여, 일제의 최말기까지 그의 보도寶刀를 거두지
않았다.

2) 한국인의 한국사 서술

일제의 지배 아래서 한국인들의 한국사 연구는 쉬운 일이 아니었다. 한국사 연구는 여러 가지로 통제를 받았다. 그러나 무엇보다도 곤란한 것은, 초기에는 근대 역사학의 이론과 방법론을 체득한 사학도를, 국내에서는 양성할 수가 없었던 일이었다. 고등교육기관으로서 연희전문延禧專門과 보성전문普成專門이 있었지만, 사학과가 없는 전문학교 과정에서, 특별한 경우 이외에는, 사학도를 배출할 수가 없었다.

모든 자료를 총독부가 그 예하기관에 집결·관리하고 있는 상황에서, 한국인들은 자료를 접하기도 쉽지 않았다. 일본인들에게 식민지 역사학 개척을 위해서 제공되는 편의가, 그들과 관련이 없는 한국인에게는 제공되지 않았다.

한국의 역사학은 무엇보다도 먼저, 근대 역사학의 방법론과 이론적인 여러 문제를 훈련받은, 새로운 사학도를 양성하는 일에서부터 출발하지 않으면 아니 되었다. 그리고 그러한 인재들은 1920년대까지 기다려야 했다.

민족주의 역사학 ; 이러한 상황에서, 구한국舊韓國 시기의 역사학을 계승·발전시킨 것은, 이른바 '민족주의 역사학'으로 불리는 학자들이었다. 민족주의 역사학은, 구한국 시기에서 일제 초기에 걸쳐 활약하였던, 박은식朴殷植이나 신채호申采浩 등에 의해서 계발되었다. 그리고 이 민족주의 역사학을, 구래의 선동적 역사학의 단계에서, 한 단계 높은 위치로 비약시킨 것은 단재 신채호였다. 민족주의 역사학의 방법론적인 기반은, 전통적 역사학의 고증학이었지만, 그러나 그에게는, 그와 같은 기반 위에 근대 역사학의 방법론이 도입되고 있었다.

이 두 인물은 한말의 진보적인 한학자漢學者로서, 《皇城新聞》, 《大韓每日申報》 등에, 계몽적인 논설을 쓰기도 하였다. 제국주의 열강의 경쟁과, 일제의 조직적인 침략을 목도하고 있는 그들은, 당시의 시대사조時代思潮를 따라 정치가나 민중을 계몽함으로써, 그 침략에 저항하고 있었다. 그들의 자세가 본래 그러하였다는 사실은, 일제의 지배 아래에서 그들의 저항을 더욱 강렬하게 하였다. 그들은 민족운동에 투신하고 만주·중국 등지로 망명하여, 국권의 회복을 위하여 동분서주하였다.

그와 같은 독립투사들이 역사가였다. 그러므로 그들의 역사학은 실질적으로 민족의 독립문제와 직결되고, 그들의 한국사 서술은 민족정신의 앙양과, 일제의 침략을 폭로하는 데 주력하였다. 그리고 반면, 일제는 이들 민족주의 역사학의 역사서술을 봉쇄하는 데, 전력을 다하였다. 그 한 방법으로서, 식민지 당국이 온 지혜를 짜내어 만든 것이, 앞에서 말한 바 《朝鮮史》(37책)였다.

민족주의 역사학에서 역사서술은 곧 일제와의 투쟁이었다. 그러므로 이 학파에서 역사의 본질 파악은, 이러한 투쟁의 이론에서 출발하고 있었다. 단재가 역사의 본질을 '아我와 비아非我의 투쟁'으로 본 것은 그것이었다. 그는 투쟁을 구체적으로 설명하여,

무엇을 我라 하며 무엇을 非我라 하느뇨. …… 무릇 主觀的 위치
에 선 者를 我라 하고, 그 外에는 非我라 하나니, 이를테면 朝鮮
人은 朝鮮을 我라 하고 英露法美 …… 등을 非我라 하지만, 英露法
美 …… 등은 각기 제 나라를 我라 하고 朝鮮은 非我라 하며, 無産
階級은 無産階級을 我라 하고 地主나 資本家 …… 등을 非我라 하
지만, 地主나 資本家 …… 등은 각기 제 부치를 我라 하고 無産階
級을 非我라 하며, 이뿐 아니라 學問에나 技術에나 職業에나 意
見에나 그 밖에 무엇이든지, 반드시 本位인 我가 있으면 따라서
我에 對한 非我가 있고, 我의 中에 我와 非我가 있으면 非我 中에
도 또 我와 非我가 있어, 그리하여 我에 대한 非我의 접촉이 煩
劇할수록, 非我에 대한 我의 奮鬪가 더욱 猛烈하여, 人類社會의
활동이 休息될 사이가 없으며, 歷史의 前途가 完結될 날이 없나
니, 그러므로 歷史는 我와 非我의 鬪爭의 기록이니라.

라고 하였다.[14]

그에 따르면 투쟁은 외족外族에 대한 투쟁만으로 그치는 것
이 아니었다. 그는 역사 그 자체를 투쟁으로 보고, 투쟁이 있음
으로써 역사가 있는 것으로 보고 있었다. 그리하여 그는 역사
서술의 기본으로서 그와 같은 투쟁을 염두에 두면서, 민족 내
부의 '생장生長 발달發達의 상태'를 기술하고, '아我와 상대자인
사린각족四隣各族의 관계'를 처리하였으며, 그와 같은 역사歷史

---

14) 《朝鮮上古史》 총론, 1948, 鐘路書院.

에서 중요시해야 할 것은 민족정신民族精神으로 보고 있었다.

민족주의 역사학에서 연구활동의 주主분야는 고대사古代史였다. 박은식의 《韓國痛史》, 《韓國獨立運動之血史》를 제외하면, 신채호의 《朝鮮史硏究草》, 《朝鮮上古史》, 정인보의 《朝鮮史硏究》, 안재홍安在鴻의 《朝鮮上古史鑑》, 최남선崔南善의 〈檀君論〉, 〈不咸文化論〉 등이 모두 고대사의 연구였다. 그들이 고대사의 연구에 열중한 것은, 모든 한국사 분야 가운데서도 일제 관학자들의 식민사관 수립으로 가장 많은 상처를 받은 곳은 고대사였고, 그곳은 단군신화와도 관련하여, 민족정신의 앙양 문제와 밀접한 관련이 있었던 까닭이었다.

그러나 물론 민족주의 역사학에서는 그러한 문제를, 일제 관학자들과 대항관계에서만 파악한 것은 아니었다. 단재는 "동국사東國史의 탕잔蕩殘이, 동국사를 저작하던 기인其人들의 손에서 이미 탕잔되었다."고 보는, 사학사적史學史的인 안목이 있었다. 그러므로 그들은 본래 잘못된 한국사, 그리고 일제 관학자들에 의해서 파괴된 한국 고대사를, 복원 재구성한다는 커다란 목표와 의욕이 있었다.

그리하여 그들의 고대사 서술의 입장은, 전통적 사서史書를 그대로 인정하면서, 고대사에서 한민족의 주체성을 살려 가는 데 주안점을 두었다. 일제 관학자들이 근대사학의 합리성을 내세워 부인한 개국설화開國說話는, 역사적 사실로서 인정하거나, 새로운 입장에서 이를 전개하였으며, 충청도·전라도에까지 끌어내려간 한사군漢四郡(진번군眞番郡) 남방설南方說은, 만주에 있었다는 북방설北方說로 부정하였다. 임나일본부任那日本府는 일고의 가치조차 없는 허구로 보았다. 민족주의 역사학의 역사가들은 고사古史의 기록을 긍정적인 면에서 살리고, 그 속에서 한국사의 본래 모습을 찾으려 하였다.

그러나 민족주의 역사학은 그 내부에, 입장을 달리하는 두 경향을 내포하고 있었다. 민족의 주체성, 민족정신의 앙양 등 동일한 목표를 추구하면서도, 단재丹齋의 궁극적인 목표가 민족의 정치적인 독립이었음에 견주어, 육당六堂의 관심은 문화운동으로 그치고 있었다. 육당에게는 민족의 독립과 역사학의 문제가 하나의 체계로서 융합되지 못하고 있었다. 이기백李基白 교수가 지적하였듯이,15) "육당六堂의 한국사관韓國史觀은 지극히 관념적이요, 종교적이었다. …… 그러므로 이러한 신앙信仰을 상실하였을 때, 역사가로서의 그에게 남은 것은 오직 박학博學 뿐"이었다. 이러한 사실은, 그의 불함문화론不咸文化論이 일제 관학자들의 만선사관滿鮮史觀과 일맥상통한다는 점과도 관련하여, 그를 일제에 협력케 하고, 민족주의 역사학의 대열에서 이탈케 하였다.

　실증주의 역사학 ; 전문적인 역사교육을 받은 사학도는 1910

---

15) 李基白, 〈民族史學의 問題〉(《思想界》 1963년 2월호). 민족사학에 관하여서는 이 밖에도 洪以燮, 〈丹齋 申采浩〉, 〈湖巖 文一平〉, 〈爲堂 鄭寅普〉(《思想界》 1962년 1, 2월호) 등이 참고된다.

년대의 말기부터 나오기 시작하였다. 20년대 후반기부터는 연구와 서술활동에도 종사하였다. 그들은 일본에 유학하여 그곳 대학에서 동양사학을 전공하고 돌아왔다. 국내에서도 20년대의 말기부터는 경성제국대학에서 사학과의 졸업생이 나오게 되었다. 일본이나 국내에서 역사학을 전공한 이들은, 대학 과정에서 문헌고증적인 실증주의 역사학을 배웠고, 사료 취급에 관한 철저한 훈련을 받았다.

그들의 스승은 일본인으로서, 관학 아카데미즘의 학풍을 세운, 동양사학의 개척자들이었다. 그리고 그 일본 관학자들의 학문적인 계보는, 시라도리白鳥庫吉를 통해서 리스의 사학과 연결되고 있었다. 한국 사학계의 개척자들은, 이들 일본인을 통해서, 랑케사학의 방법을 배운 것이라 하겠다. 여기에 한국에는 민족주의 역사학과는 달리, 근대사학의 훈련을 받은 이들을 중심으로, 랑케류流의 실증주의 역사학의 학풍이 성립되기에 이르렀다.

이들은 한국사의 연구가 부자유스러운 가운데서, 조국의 역사를 근대사학의 방법으로 연구한다는 것에 자부심을 가졌다. 이들 실증주의 역사학에서는 일제시기라고 하는 제한된 범위 안에서, 그리고 랑케류의 실증주의 역사학이라고 하는 범위 안에서, 각기 자기의 연구에 정진하였다. 《史學雜誌》나 《靑丘學叢》과도 관련을 가졌으며, 일제 관학자들과 밀접한 관련 아래 연구를 진행시키기도 하였다.

이들에게는 민족주의 역사학에서 볼 수 있는, 시론적時論的인 성격을 띤 역사서술은 없었다. 민족정신의 앙양이라든가 일제에 대한 민족적 저항이라는 문제가, 이 학파에서는 문제로서 제기되지 않았다. 그것은 여러 가지 이유에서 말미암는 것이겠지만, 기본적으로는 이 학파學派의 학풍에서 오는 것이었다고 하겠다. '본래 사실은 어떠하였는가' 이것을 추구하는 것은, 랑케사학의 최대의 관심사이고 목표였다. 랑케류의 실증주의 역사학에서는 이러한 학풍을 그대로 받아들였다. 그들은 사실事實을 사실로서 파악하고 서술할 따름이었다.

그들은 식민지 통치 아래서, 한국사의 연구에 종사하는 것만으로, 민족적인 것으로 생각하였다. 그러한 의미에서 이 학파에서는 민족의식의 발로는, 오직 학문적인 대결이 있을 뿐이었다.

진단학회震檀學會는 그러한 데서 이루어졌다(1934). 개척기 한국사학의 노대가老大家(당시로서는 소장학자)들이 총동원되어 이룩한 이 학회는, 그 기관지 《震檀學報》의 창간호에서 그와 같은 사실을 다음과 같이 완곡하게 표현하였다.

近來에 朝鮮(文化)를 硏究하는 경향과 성열이 날로 높아가는 상태에 있는 것은, 참으로 慶賀해 견디지 못하는 바이나, 그런 경향이 朝鮮人 자체에서보다, 朝鮮人 이외의 人士간에서 많고 큼을 발견하게 된다. 그 까닭은 우리 스스로 냉정히 캐어볼 필요가 있다. 어떻든 우리는 그런 연구까지 남에게 밀어 맡기어, 오직 그들의 努力과 成果만을 기다리고 힘입기를 바라는 자이 아니다. 비록 우리의 힘이 빈약하고 연구가 졸렬할지라도, 自奮自進하야

또 서로 協力하야, 朝鮮文化를 개척 발전 향상시키지 않으면 안
될 義務와 使命을 가진 것이다.

이 학파에서는 사실을 사실대로만 파악하는 역사서술을, 민
족적 의무와 사명감에서 정열적으로 행하였다. 그 연구의 분야
는 고대사古代史에서 근대사近代史에까지 이르고, 고고학考古學
민속학民俗學. 등을 포함하는, 폭넓은 것이었다. 각 분야에서 일
본인들에 대한 열세를 면할 수 없었으나, 그들에게 지지 않으
려는 경쟁심은 많은 성과를 거두게 하였다. 그 가운데서도 특
히 활발한 것은 경계境界 문제를 주로 하는 고대사였다. 이러한
문제에 관해서는 일본인들과의 사이에 논전論戰도 있었다. 일
제 치하에서 이 학파의 전성기였다고도 하겠다.

그러나 이러한 경쟁에서, 그들은 일본인과 같은 무기武器 같
은 전법戰法으로, 장단長短을 겨루고 있었다. 이 학파에서는 일
본인들과 근본적으로 다른, 역사관이나 민족사의 체계 그리고
그것을 추구하는 방법을, 따로 가지고 있는 것이 아니었다. 많
은 사람들은 일제 관학자들이 세운 체계 위에서, 그리고 그들
이 제기하는 문제의 방향에서, 논의를 전개하게 됨을 면할 수
가 없었다.

김철준金哲埈 교수가 지적하고 있는 바와 같이, 한국사에 대
한 "인식과정認識過程은 의식적意識的이건 무의식적無意識的이건
간에 일인日人들의 정치성政治性에 좌우左右"되고 있었다.16) 해
방 후에 이때의 역사연구 역사서술을 회고하면서, 손진태孫晋泰

교수는 "일본 사람들에게 지지 않으려고 이것저것 하다 보니, 결국 내 것은 없었다."고 말하여,[17] 후진들에게 학문의 자세를 충고하였다.

사회경제사학社會經濟史學 ; 랑케류의 실증주의 역사학과 병행하여서는, 사회경제사학이 또한 발달하였다. 그리고 그러한 가운데서 맑스주의 역사학이 큰 위치를 점하였다. 1920년대의 후반기에서 1930년대에 걸치면서는, 식민지 착취의 가중과 경제공황의 물결을 타고, 사회주의 사상의 발달과 노동·농민운동이 활발하게 전개되고 있었는데, 이러한 사조思潮는 역사학에도 큰 영향을 미치고 있었다.

사회경제사학에서 역사서술의 특징 하나는, 개개의 역사사실에 관한 세세한 고증적 연구를 떠나서, 전체 사회경제에 관한 체제적인 연구의 형태를 취하는 점이었다. 그 대표적인 연구로는 최호진崔虎鎭의 《近代朝鮮經濟史》(1942), 백남운白南雲의 《朝鮮社會經濟史》(1933), 《朝鮮封建社會經濟史》上(1937) 등을 들 수 있다. 이 두 학자의 저서는, 이 시기 사회경제사학이 보여준, 두 가지 형태의 역사서술이었다.

전자前者는 조선후기의 상업과 금융문제를, 정체성이론에 즉하여, 해명하려고 한 것이었다. 정체성이론은 후쿠다 이래로 일본인들에 의해서 널리 주장되고, '아시아적 생산양식론'과도 관련하여, 동양적인 고질 현상으로 규정되고 있었다. 이 책에서는

16) 金哲埈, 〈韓國古代史硏究의 回顧와 展望〉(《東方學志》6, 1963).
17) 朝鮮史硏究會에서의 回顧談(김철준 교수의 교시에 의함).

조선후기의 사회를,

> 社會經濟史연구의 分野에서, 東洋的 停滯性의 가장 특징적인 양
> 상을 社會의 全面에 露呈한 것은, 近世史上 李朝末期를 빼고는
> 없을 것이다. 그 社會의 傳統的 표현은 실로 苛斂誅求다. …… 그
> 러나 이 표현을 科學的으로 해명한 연구는 지금껏 보이지 않는
> 다. 그러므로 그것은, 우리의 科學的 研究를 切望하는 중요한 課
> 題임에, 의문의 여지가 없다.[18]

고 하여, 그와 같은 정체성사회停滯性社會의 특징을 유통경제
면에서 분석하고 증명하려 하였다. 그리고 그 결과로서 타율성
이론이 나오게 되었음을 말하였다.[19]

후자後者는 그와는 반대의 입장에 있었다. 여기서는 사적 유물
론에 의거해서 연구를 하고 있으면서도, 한국사회의 특수성이론
이나 정체성이론을 부정하고 있었다. 그는 그러한 자신의 입장
을, 《朝鮮社會經濟史》의 서장序章 〈조선사 연구의 방법론〉에서,

> 朝鮮의 歷史的發展의 全 過程은, 地理的條件 人種學的骨相 文化形
> 態의 外形的特徵 등 다소의 差異를 認定한다 하더라도, 外觀的인
> 이른바 特殊性은, 他 文化民族의 歷史的發展의 法則과 구별될 獨
> 自的인 것이 아니고, 世界史的인 一元論的인 歷史法則에 의하여

---

18) 《近代朝鮮經濟史》序文.
19) 《近代朝鮮經濟史》餘論.

他 諸民族과 거의 同軌的인 發展過程을 거쳐왔다.

고 하였으며, 다시 그 책의 총 결론에서는

우리 朝鮮民族은 …… 말하자면 早熟性의 民族으로서, 正常的인
歷史法則의 軌道를 지나온 것이고, 今後 걸어갈 更生에의 동향도
또한 歷史法則의 運動過程에 依할 것

이라고 하였다. 그리하여 한국사를 발전적으로 파악하고, 타
민족과 동일한 발전법칙에 의하여 서술하였다. 그리고 그는 자
신의 연구를, 맑스주의 역사학의 사적 유물론에 의거하고 있으
면서도, 그 '아시아적 생산양식'을 조선사에 적용하는 방법에는
비판적이었다(본서 제2부 제8장 참조).

　연희전문학교 교수 백남운의 이 두 저서는, 출간과 더불어,
경제사가經濟史家나 일반사가一般史家 더욱이 일제 관학자들에
의해서는 많은 논란이 있었다. 사료 비판의 불완전, 그 대담한
추론推論과 결론에 이르는 비약, 맑스주의 공식公式의 고수, 모
건L. H. Morgan·엥겔스적 방법에 대한 고정적固定的 경향, 이
런 것들은 동서同書 비판의 대상이 되었다.

　그러나 그러면서도 그 책이 전인前人 미개未開의 총림叢林을
개척하여, 한국사에 하나의 체계를 찾고, 세계사적 발전과정을
모색하였다는 점에서는 높이 평가되었다. 경성제국대학 교수
시카타 히로시四方 博는, "조선의 종합 경제사는 여기에 새로운

출발점이 주어졌다."고 논평하였다.[20]

사학사적인 관점에서는, 이 책은 다른 각도에서 문제가 될 수 있다. 그것은 종래에 일본인들이 세워놓은 한국사에서의 가설假說과, 그것을 따르는 한국인들의 방법을 비판하고, 지양하려 하였다는 점에서이다. 일본인들의 한국사관은 정체성이론과 타율성이론 위에 구축되었는데, 이 책에서는 사회경제사학에서 특히 문제가 되는 정체성이론을 일제 치하에서 부정하였다. 정체성이론이나 특수성이론은 일제의 식민정책과 직결된다는 점에서였다.

그는, "영국 정부가 인도印度의 특수사정特殊事情을 고조할 때는, 그 전진할 통로通路의 차단을 의미"하였으므로, 일본인들이 제기한 "특수성特殊性은 조선사학朝鮮史學의 영역의 개척을 위해서는, 정력적으로 배격할 현실적 대상"이라고, 보고 있었다.[21] 일제의 식민지 아래서, 그들의 식민주의 역사관에 정면으로 도전한 역사서술은, 단재 이후 처음이고 그 후 없었다.

4. 일제의 패전, 해방 후의 한국사 서술

1) 일본인의 한국사 서술

해방이 된 뒤 일본인들의 한국사 연구는 한때 무너졌다. 도쿄대학의 만선지리역사연구滿鮮地理歷史硏究는 이미 1940년으로

---

20) 《社會經濟史學의 發達》(《社會經濟史學》 10권, 1941)에서의 四方 博, 〈朝鮮〉.
21) 《朝鮮社會經濟史》, 方法論과 結論.

일단 끝이 났었고, 조선총독부 및 조선사편수회 그리고 경성대
학 등 그들의 연구기관은 패전敗戰으로 종지부를 찍었다. 그들
의 한국사 연구가 재건되는 것은, 1950년 조선학회朝鮮學會의
창설과 그에 따르는 기관지 《朝鮮學報》의 창간(1951), 그리고
하타다 다카시旗田 巍 《朝鮮史》의 간행에서(1951) 시작된다고
하겠다.

　일본에서 역사학은 해방(종전) 후 많은 변화가 있었다. 역사
관의 문제나 역사서술의 문제에서, 편집체제에 이르기까지, 종
전終戰의 영향은 뚜렷하였다. 참혹한 패전이 그들의 학문 자세
에 반성의 기회를 주었다.

　그러나 조선학회朝鮮學會로서 재건된 한국사 연구는 그와 같
은 물결을 타지 않았다. 그들의 연구는 일제시기 그들의 학문
적인 전통을 그대로 계승·발전시켰다. 일제시기까지 그들의 학
문의 총결산이고, 앞날에 그들의 학문이 지향해야 할, 하나의
지표가 되는 기관지의 창간호에서, 그들은 그와 같은 자세를
견지하였다. 그것은 무엇보다도 그 집필진과 집필 내용이, 일제
시기의 그것과 다름없다는 사실이 웅변으로 말해주고 있지만,
좀더 구체적으로는 시카다 히로시의 〈舊來의 朝鮮社會의 歷史
的性格에 對하여〉에서 엿볼 수 있다. 시카다 교수의 지난날의
업적은 후진들에게 많은 자극을 주었고, 지금도 그 영향은 적
지 않다는 점에서, 이 논문은 주목되는 것이다.

　창간호로부터 연 3회에 걸쳐 게재된 이 논문은, 구래의 조선
사회의 성격을, 반도적半島的 성격, 사대주의事大主義, 정체성停

滯性, 당쟁黨爭, 봉건제封建制의 결여 등으로 파악하였다. 이것은 식민지 지배의 합리화를 위해서, 일제하의 관학자들이, 그리고 그보다 앞서서는 동양사학의 개척자들이, 끈덕지게 추구한 한 국사의 여러 특징이었다. 이 논문을 처음 대했을 때의 우리의 기분은 착잡하였다. 시대의 변천이 반영되지 않고 있었다. 일제 시기의 식민주의 역사학을 다시금 대하는 기분이었다.

일본의 역사학계가 자기반성으로 격동기에 처해 있던 이 시 기에, 이 학회의 한국사 서술에는 변동이 없었다. 일본 학계에 밝은 이홍직李弘稙 교수는 이러한 학회와 그 학보를 "그들은 아 직도 한말韓末에서 살고, 총독부 시대에 사는 생리生理로서, 한 국에 대한 사고에서 벗어나지 못하고 있다."고 논평하였으며, 이기백李基白 교수는 이와 같은 한국사의 본질 파악에 전면적 인 비판을 가하기도 하였다.[22]

해방 뒤의 일본인 한국사가들의 한국사를 대하는 자세에, 본 질적인 변화가 없었음은 일반적인 현상이었다. 후지타 료사쿠藤 田亮策는 《朝鮮歷史》를 써서 조선총독부의 정치를 찬미하였다.

일제하에서는 최량最良의 역사가였다고 하는 쓰다 소키치津田 左右吉조차도, 해방 후에 한민족韓民族을 논하되, "한민족의 민족 성은 강자强者에 대해서는 굴종적이고 약자弱者에 대해서는 그 반대이며, 거기서 그들의 부리비도不理非道의 악질적인 행동이 나왔다. 일본이 한국을 병합하게 된 것도, 반도인半島人의 그러

---

22) 李弘稙, 〈戰後日本에서의 韓國研究〉(《韓國思想》 5, 1962).
　　李基白, 《國史新論》 序論.

한 심리心理가 악질행동惡質行動으로 나타난 데, 이유가 있었던 것으로 생각할 수 있다."고, 거의 이성을 잃은 발언을 하여, 뜻 있는 사가史家들을 개탄케 하였다.23) 그들의 한국인관韓國人觀에 변함이 없는데, 그 한국사관韓國史觀이 달라질 수는 없었다.

이러한 분위기 속에서 한국사 서술에 새 경향을 마련한 것은, 하타다旗田 巍의 《朝鮮史》가 간행된 데서, 비롯하는 것이 아닌가 생각된다. 이 책은 일제시기의 식민사적植民史的인 한국사 연구를 비판하고, 하야시 다이스케林 泰輔의 《朝鮮史》이래 정치사 중심의 역사서술을 지양하여, 사회경제사를 중심으로 한국사에 일관된 체계를 세우려 하였다. 더욱이 우리에게 크게 주목되는 것은, 그 서술의 자세가, 한국인을 이해하려는 입장에 섰다는 점이다.

그러한 새로운 내용, 새로운 입장에서 행한 서술 때문에, 이 책은 일본 학계뿐만 아니라 한국 학계에도, 커다란 자극과 영향을 주었다. 아직도 우리가 생각하는 한국사와는 거리가 멀지만, 일본 학계가 변모하고 있다는 사실은, 이것만으로도 충분히 인정할 수 있다. 최근에 이르러서는, 각 대학의 연구소나 《朝鮮學報》에서도, 구래의 그들의 한국사관을 탈피하려고 노력한 저서가 나오고, 논문이 실리게 되었다.

하타다 교수와 젊은 역사가들은, 일제시기의 일본인들의 한국사 서술은 일제의 대륙침략과 밀접한 관련이 있는 것이며,

---

23) 石母田正, 앞의 논문.

따라서 그것이 한국사의 정당한 표현이 될 수 없음을 간파하였
다. 일본에서 한국사 연구 및 그 서술의 새 출발을 위해서는,
관학자들이 쌓아온 한국사관, 나아가서는 일본인 일반이 가진
한국인관을, 탈피해야 한다고 생각하게 되었다.

　그것은 이미 《朝鮮史》의 서문에서 제기되었지만, 최근
(1962~1964) 한·일韓·日국교의 재개를 둘러싸고는, 그들의 한
국을 대하는 자세가 문제되어, 일본인들의 구래의 한국사관을
전면적으로 검토하기에 이르렀다. 그것은 논문으로서도 나오
고, 좌담회의 기록으로서도 나왔다.24) 일본인들의 한국사관은
거의 1세기에 가까운 전통을 가진 뿌리 깊은 것이어서, 하루아
침에 극복될 수 있는 일이 아닐 것이다. 그러나 그러기 때문에,
또한 우리는 그들의 그와 같은 노력을 주시하게 된다.

2) 한국인의 한국사 서술

　해방 직후의 한국사회는 일본 못지않게 혼란하였다. 그러나
한국사의 연구는 반대로 활발하여졌다. 한국사 연구에 가해졌
던 통제는 해소되고, 일제 통치하에 민족의 역사를 알 길이 없
었던, 지식인과 대중의 민족사에 대한 지적 욕구는 강렬하여졌

---

24) 旗田 巍, 〈滿鮮史의 虛像〉(《鈴木俊敎授還曆記念 東洋史論叢》, 1964).
　　　　　, 〈朝鮮史硏究의 課題〉(《歷史學硏究》 294호, 1964).
　　　　　, 〈日本에 있어서의 朝鮮硏究의 蓄積을 어떻게 繼承할 것인가〉(《朝
鮮硏究月報》 1962년 5·6·7·8·11·12월호, 1963년 1·2·10·11월호).
　　　　　, 〈朝鮮硏究의 現狀과 課題〉(《東洋文化》 36, 1964).
　　孫寶基, 〈外國에서의 韓國硏究〉(《新東亞》 1965년 2월호)에는 변모하는 일
본 학계의 사정이 자세하게 소개되어 있다.

다. 한국사를 연구해온 학자들은, 대학에 자리를 얻어 연구를
계속하게 되고, 학회활동도 재개되었다.

민족주의 역사학 ; 일제하의 민족주의 역사학은 학문활동을
하되 기관지조차 낼 수가 없었는데, 민족의 해방은 민족주의
역사학의 재건을 바랐고, 여기에 일제하에 집필된 업적들이 단
행본으로 출간하게 되었다. 단재丹齋 신채호申采浩, 위당爲堂 정
인보鄭寅普, 민세民世 안재홍安在鴻 등의 고대사에 관한 여러 업
적이 속속 출간되었다(이 책 제2부 제6장 참조). 일제시기 연희
전문학교 교수로 있으면서, 민족주의 역사학의 정통正統(단재)
을 계승한 정인보는, 이제 그 학풍의 진흥을 위해서 노력하고,
일제 말년부터, 몇몇 동학들과 더불어 신민족주의新民族主義 이
론을 다져온, 남창南滄 손진태孫晋泰는《朝鮮民族史槪論》(1948),
《國史大要》(1948) 등을 통해서, 민족주의 역사학의 새로운 진
로를 모색하였다.

실증주의 역사학 ; 랑케류의 실증주의 역사학에서는 진단학
회震檀學會의 재건과 학보學報의 속간이 가능하게 되었다. 학회
자체에는 친일문제로 내분이 있었지만, 일제하에 각종 잡지에
실렸던 논문들은, '조선문화총서朝鮮文化叢書'의 이름으로 을유
문화사乙酉文化社에서 단행본으로 묶어냈다. 이 학회의 중심인
물들은 일제의 경성제국대학이 해체된 위에, 새로이 경성대학
사학과의 재건에 힘쓰고, 이곳을 중심으로 하여 그 학풍의 수
립에 노력했다. 서울대학교로 개편된 후에도 마찬가지였다. 특
히 국사의 기본문제인 제도사制度史에 치중하여, 이를 한 대학

사학과로서의 하나의 특징으로 살리려 하였다. 이러한 부문에
더 많은 젊은 후진들이 관심을 가져 줄 것을 기대하고 종용했
다.25)

그리고 그 학풍은 성장했다. 기왕의 학문적 전통을 그대로
계승한 위에서 개설서도 나왔다. 이병도의 《朝鮮史大觀》(1948,
뒤에 《國史大觀》《韓國史大觀》으로 개제)은 하야시 다이스케의 《朝
鮮通史》의 서술체제에 준準하였고, 이인영李仁榮의 《國史要論》
(1950)은 일본인들 그리고 '아시아적的 생산양식'론에서 제기하
였던, 정체성이론과 타율성이론을 시인하였다.

사회경제사학 ; 이 학파에서도 활발하게 활동을 개시하였다.
조선과학자동맹朝鮮科學者同盟과 민족문화연구소民族文化硏究所는
그 연구 활동의 중심이었다. 여기서는 한국 사회경제사의 방법
론 문제, 조선시기 사회경제사의 문제, 일제 침략기의 문제 등
이 주 연구대상이 되었다. 방법론의 문제는 전석담全錫淡의 《朝
鮮經濟史》가 백남운의 앞 책에 대한 종합적인 검토를 시도한
것으로서, 그것은 요컨대, 이미 저술된 고려시대까지의 사회경
제사를 계승해서, 조선시대의 그것을 체계화하려는 데서였다.

수 편의 논문과 단행본들이 나왔다. 그러나 여기에서도 한계
는 있었다. 정체성 후진성의 문제가 끈질기게 따랐다.26) 일제

---

25) 李丙燾, 〈나의 硏究生活의 回顧〉(《斗溪雜筆》).

26) 특히 朴克采, 〈朝鮮封建社會의 停滯性本質〉(《李朝社會經濟史》, 1946),
   崔虎鎭 《近代朝鮮經濟史硏究》1 (1947, 뒤에 《近代朝鮮經濟史硏究》로 증보 개제).

하의 식민지 수탈에 관해서도 공동작업이 이루어지고 있었다. 잡지로서는 백남운계 인사들의 민족문화연구소에서 《民族文化》(1-3호, 1946~1947)를 냈다.

국사관 ; 일제시기의 조선사편수회는 신석호申奭鎬 교수에 의해서, 국사관國史館(뒤에 국사편찬위원회로 개칭)으로 재조직되고, 사료편찬을 위한 기초 작업에 착수했다.

신진 역사학도의 등장 ; 사학사적史學史的인 면에서, 해방 직후 학계의 동향으로서 특히 주목되는 것은, 학병세대로서 학업을 중단 당했던 학생들이 돌아와 학업을 마치고, 신진 역사학도로 성장하여 연구활동을 개시하게 된 일이었다.

즉, 일제말기에는 경성제국대학에서 조선사를 전공하던 학생과, 일본 각지의 대학에서 조선사 또는 서양사를 전공하던 학생들이, 학병과 징용과 징병에 쫓기어 학업을 마치지 못하고 있었는데, 이들은 해방과 더불어 경성대학에 다시 적을 올리고 국사연구실國史硏究室을 중심으로 연구활동을 재개하였다. 이들은 조선사연구회朝鮮史硏究會를 조직하여, 과거의 성과를 비판 섭취하고, 앞으로의 과제를 논의하였다.

이러한 과정에서는 일제하의 식민주의 역사학이 근본적인 면에서 검토되기도 하였다. 그들의 그러한 연구는 《朝鮮史槪說》(1946, 출판은 1949)을 낳게 하였다. 이인영李仁榮 교수 지도 아래 이순복李洵馥·임건상林建相·긴사억金思憶·손보기孫寶基·한우근韓㳓劤·이명구李明九 등 제씨가 집필한 이 개설은, 《朝鮮通史》 이래의 정치사 중심의 서술형식을 벗어나려고 노력한 최

초의 통사通史였다. 왕조 중심의 시대구분을 버리고, 사회체제
적인 구분을 일반사一般史에 도입한 점, 복잡한 학설상의 견해
차를 비교하고 독단에 흐르지 않은 점, 참고문헌을 일일이 제
시하고 있는 점 등등은, 과거의 통사에서는 볼 수 없는 새로운
형식의 서술이었다.

새로운 모색의 좌절 ; 해방에서 6·25전쟁까지의 한국사 연구
및 서술의 동향은, 중요한 의미를 지니고 있었다. 그것은 단적
으로 말하여, 앞으로의 한국사학의 성격을 규정짓는, 단서端緖
가 될 수 있는 것이었다. 일제시기의 식민주의 역사학을 그대
로 통용할 수는 없는 것이므로, 그것을 청산하는 가운데, 우리
스스로 새로운 한국사의 방향을 책정하고 진로를 모색하지 않
으면 아니 되는 과정이었다.

그러나 그러한 모색이 채 이루어지기 전에, 그리고 새로운
한국사의 단서가 개척되기도 전에, 우리는 6·25라고 하는 엄청
난 시련을 겪지 않으면 아니 되었다. 6·25는 해방 후에 싹트고
있었던, 새로운 경향의 연구동향을 좌절시켰다. 사회경제사학
과 민족주의 역사학의 학자 대부분은, 연구의 장(場)을 옮겼고
조선사연구회는 무너졌다. 그리하여 오늘날의 우리 학계는, 일
제시기의 식민주의 역사학을 충분히 검토·청산할 겨를도 없이,
그 유산을 그대로 물려받게 되었다.

우리의 한국사 연구와 역사서술이, 식민주의 역사학의 테두
리에서 벗어나지 못하고 있음은, 국사학도 스스로도 인정하는
터이지만, 국사학도 이외에서는 좀더 신랄하게 지적하고 있다.

그리고 식민주의 역사학의 수립자인 일본인들은 그것을 증언
하고 있다.

동양사가東洋史家의 넓은 안목으로, 전해종全海宗 교수는 그
와 같은 한국사 서술을 지적하되, "많은 국사서國史書의 장절章
節의 제목은 일제시기의 그것을 따르고, 그 내용도 내우외환이
주가 되어, 무의식중에 일인日人들의 한국민족성韓國民族性 퇴화
말살退化抹殺을 위한 올가미에서 벗어나지 못하고 있다."고[27]
논평하였다.

일제시기에 총독부 고관高官이었기에 일제침략사를 쓴다는
문정창文定昌 옹은, 일제의 교육을 받은 대부분의 기성 사가들
이 그들의 그릇된 사관으로, 주체성을 잃은 공통적인 사서를
수많이 발행하였다고 전제하고, 《國史大觀》이 한사군의 설치
를 중심으로 시대구분을 한 점 등 12개 항목을 예로서 들어,
그것이 일제시기의 사서와 비슷함을 지적하였다.[28]

그리고 왕년에 경성제국대학 교수요 조선학회朝鮮學會의 대
표격인 다카하시 토오루高橋 후는, 《東方學志》(연세대) 제1집을
읽고 한국사학계를 평하되, 한국에서 동방학東方學 연구는 자기
들이 깔아놓은 레일 위를 달리고 있으며, 따라서 일제시기의
조선연구와 금후의 한국에서 조선연구 사이에, 단층斷層은 없

---

27) 全海宗, 〈日本人이 歪曲한 韓國史〉(《京鄉新聞》 1966년 1월 26일).
　　여기서는 洪以燮·全海宗·鄭秉學·申奭鎬·金庠基·李瑄根 등 제씨의 논문을 연
　재하고 있다.
28) 文定昌, 《軍國日本 朝鮮强占 36年史》 中卷 제12장.

을 것이라고 내다봤다.[29]

5. 결 어—오늘날 우리 한국사학의 과제

일본과 한국에서 이루어진 한국사 서술을 이상과 같이 살펴 보면, 오늘날의 한국사학이 당면하고 있는 과제는 스스로 분명 하여진다.

무엇보다도 중요한 것은 일제 관학자들이 수립한 식민주의 역사관을 극복해야 하는 일이다. 대륙침략을 도모하고 식민지 경영을 합리화하고자 개척한 그들의 한국사학은, 그 연구의 동 기나 그 서술의 내용에서, 사실史實이 왜곡되고 있음은 말할 것 도 없지만, 근원적으로는 한국사를 대하는 자세 태도에서 잘못 되고 있다. 그것은 식민주의植民主義 역사관歷史觀, 줄여서 식민 사관植民史觀이다.

식민주의 역사관이라는 입장에 따라서, 한국사의 본질은 정 체성, 타율성, 기타 여러 가지 그늘진 부정적 요소들이 제시되 었던 것이다. 오늘날 우리의 한국사학은, 일본인들이 왜곡한 사 실史實에 대해서 민감하고, 그것의 시정是正을 극구 주장하고 있다. 한때 국사편찬위원회에서는, 이와 같은 목적을 위해서, 《국사상의 제문제》라는 논문집까지 간행한 바도 있었다 (1959~1960). 그러나 왜곡된 사실의 부분적인 시정이, 한국사

---

29) 高橋 亨, 〈《東方學志》 第1輯 書評〉(《朝鮮學報》 7, 1955).

의 정당한 인식을 가능케 할 수는 없다. 근본적으로는 식민주의 역사관을 극복한 위에서, 새로운 한국사관 수립이 있지 않으면 안 된다.

그러기 위해서는 역사를 대하는 자세, 문제를 설정하는 데서 가치관을 달리해야 한다. 극단적인 예가 되겠지만, 자세와 가치관이 달라지면 임나일본부가 있다 없다가 문제되는 것이 아니라, 우리의 삼국시대나 그 시대의 일본에는 도리어 우리나라의 분국分國이 있었다는 결론이 나온다. 또 자세와 가치관을 달리하면, 조선후기의 사회는 침체된 어두운 사회인 것이 아니라, 봉건제封建制에서 벗어나려고 약동하는 앞날이 보이는 밝은 사회인 것이다.

그러므로 식민주의 역사관의 극복은, 역사가 개개인의, 역사에 대한 인식과정의 변화 여하에서 비롯되는 것이라 하겠다. 그러나 역사를 대하는 그와 같은 태도가, 일본인들의 식민주의 역사관을 극복하는 데만 목표를 두는, 격정적인 배일감排日感에서 오는 것이어서는 아니 된다. 새로운 한국사관의 수립이라는 커다란 목표 전망이 전제되어야 한다. 그리고 그것이 오늘날의 역사학이 지향하는, 세계사의 발전과정이라고 하는 보편성 일반성 위에, 한국사의 개별성 특수성이 살려진 그러한 역사관이어야 할 것이다.

식민주의 역사관의 극복에는 이 밖에도 당연히 배려되어야 할 문제가 또 있다. 그것은 우리 스스로의 문제로서, 우리의 한국사학이 입각하고 있는, 역사이론적歷史理論的 기반에 대한 성

찰이 있어야 하겠다는 점이다. 오늘날 우리의 한국사 연구는,
세세한 문제에 대한 번쇄한 고증을, 유일한 역사활동으로 보는
경향이 있고, 체제적인 연구나 거시적인 통찰, 즉 세계사적인
관련성에 대해서는 이것을 도외시하는 풍조가 있다.

한국사의 연구에 종사하는 국사학도는, 문헌고증학자로서 만
족하고 '역사가歷史家'가 될 것을 포기하는 경향이 있다고, 우리
는 왕왕 지탄받는다. 동양사·서양사 측에서 뿐만 아니라, 사회
과학 측으로부터는 더욱 심한 핀잔을 당하기도 한다. 우리의
한국사학이 이 같은 상태에 있게 된 것은, 한국사학이 입각하
고 있는 이론적인 기반에, 무엇인가 결함이 있는 데서 말미암
은 것으로 보아야 할 것이다.

한국사학은 일본의 동양사학에서 그 방법론을 배웠고, 일본
의 동양사학은 랑케사학의 방법론을 도입한 데서 이루어졌으
므로, 한국사학의 이론적인 기반은, 랑케사학과 그 기반으로서
의 역사주의歷史主義에 있는 것이라 하겠다. 랑케의 역사학은
역사주의의 입장에서, 역사적 현실의 개성화적個性化的 파악을,
기본적인 인식지향認識志向으로 삼고 있었던 것이다.

그런데 일본에 수입된 랑케사학은, 우에하라上原專祿 교수에
의해서 지적되고 있듯이, "주로 연구방법의 정치성精緻性 확실
성確實性을 배움으로써, 역사연구의 합리화를 꾀하는 것이었다.
랑케나 리스 역사학의 형이상학적 기초로서의 역사주의는, 이
를 주목하거나 소화하려고 하지 않았다."30)

하나의 역사관으로서 역사주의는, 그 자체의 결함 때문에,

이미 맑스주의 역사학이나 람프레히트 역사학으로부터 비판을 받았고, 역사학파 내부에서도 그것에 대한 반성과 검토가 있어서, 여러 학파가 파생하고 있었지만, 일본의 동양사학은, 그와 같은 랑케사학이나 역사주의의 문제조차도 제대로 받아들이지 못하고 있었다.

한국사학의 랑케사학은, 그러한 일본의 랑케사학이 일본인들에 의해서, 재수용된 것이었다. 우리는 이러한 빈약한 이론적인 기반 위에서, 실증주의에 만족하고 있는 것이며, 넓은 시야와, 체제적인 연구, 세계사적 관련에 대한 태세가, 갖추어지지 못하고 있는 것이 아닌가 생각된다. 설혹 그와 같은 실증주의를 역사연구에서 바람직한 것으로 인정한다 하더라도, 그것만으로서 과학科學으로서의 역사학이 될 수는 없을 것이다. 실증은 역사학 일반의 기초조건이며, 랑케사학만의 전유물은 아닌 것이다. 더욱이 역사적 현실의 개성화적 파악을 강조하는 한, 세계사의 발전과 한국사의 발전을 통일적으로 파악할 수는 없는 것이다.

그러므로 오늘날 우리 한국사 연구가, 새로운 한국사관의 수립을 목표로 하는 것이라면, 싫든 좋든 역사가 개개인의 찬부贊否를 가리지 아니하고, 이러한 이론적인 문제에 깊은 관심을 가져야 할 것이고, 또 그것을 적절히 극복하고 처리하지 않으면 아니 될 것이다.

---

30) 上原專祿, 〈歷史學의 傳統과 創造〉(《歷史學序說》 제1부 제5).

제 Ⅱ 편

역사학계의 새로운 역사재건 모색

(1) 1960년대 한일회담과 관련되는 문화 학술운동에서, 식민주의 역사학을 청산하는 문제는, 새로운 우리 역사학을 재건하는 문제와 병행해서 진행되었다. 역사청산은, 새로운 역사재건을 위해서 요구되는 것이었으므로, 이는 당연한 일이었다.

역사학자들은 이 일이 있기 전에도, 각자의 연구주제와 관련하여, 이미 새로운 연구방향을 모색하고 있었으므로, 이때의 식민주의 역사학 청산운동은 그들의 연구를 더욱 고무하였다. 그들이 운동의 중심이 되기도 하였다.

우리 역사학을 재건하는 문제는, 학문상의 문제였으므로, 이를 중심으로 하는 학술운동은, 주로 학술기관에서 주관하였다. 각 학회와 대학들의 연구소에서는 경쟁적으로, 이 시기의 시대사조를 이끌어가는, 학술운동 학술사업을 전개하게 되었다. 그런 가운데 특히 역사학회歷史學會에서는, 앞의 제Ⅰ편 제2장에서 살핀 바와 같이, 그 운동에서 참고가 될 수 있도록, '**역사이론과 역사서술**' 문제를 계획하고 검토하여 제공하기도 하였다. 일종의 지침서의 제공이었다.

나는 내가 소속한 학회 및 대학과, 나와 인연이 있는 다른 대학 연구소의 이러한 사업에 동원되어, 우리 역사 재건을 위

한 구체적인 작업 학술운동을 하였다. 나는 내 연구를 이러한
운동과 관련하여, 효율적으로 진행시키기도 하였다.

다음의 여러 장·절에서 소개한 글들은, 당시의 그러한 학술기
관과 관련하여, 그리고 본서는 나의 연구사를 정리하는 책자이
므로, 내가 참여한 학술운동에 관하여 몇몇 사례를 학술기관별
로 열거한 것이다. 나의 연구는 이미 역사재건을 지향하고 있
었으므로, 특히 중요하다고 생각되는 글은 그 이전에 게재한
글도 소개하였다. 나에게 역사청산은 동시에 역사재건이었다.

(2) 그런 가운데서도 제3장에는, 한국사학회韓國史學會가 학
술운동으로서 주관한 학술회의에서 발표한 글을 약간 보완하
여 그대로 실었다. 이 학회에서는 1963년 6월 1일에, "朝鮮後期
에 있어서의 社會的變動"이라는 공동주제를 내걸고, 신석호 이
사장 주관 아래 제2회 학술토론대회를 개최하였는데, 이 회의
에서는 나도 발표자로 지명되어, 공동주제의 일부로서, 그때 내
가 연구하고 있었던, '農村經濟'의 변동사정을 소개하였다.
　이때의 공동주제에는 여러 사람이 참여하여 발표를 하였
는데, 그 논제와 발표자는 다음과 같았다. 발표문의 요지는
《史學硏究》 16호(1963년 12월)에 수록되어 있다.

A. 身分制度
　　〈宮寺奴婢革罷를 中心으로〉　　崔永禧

B. 經濟

〈農村經濟〉　　　　　金容燮

〈商工業〉　　　　　　劉敎聖

C. 思想及實學

〈北學思想과 東學〉　　金龍德

〈外國關係와 天主敎信仰 問題〉　洪以燮

〈國文學의 近世化過程攷〉　具滋均

　이 회의는 이 학회의 이사진과 편집진이 협력하여 의욕적으로 추진한 학술회의였다. 성공적인 대회였다고까지는 말할 수 없지만, 일제하의 연구 분위기와는 많이 다른, 문제의식이 뚜렷한 학술회의였다고 하겠다.

　(3) 제4장에서는 여러 학회와 연구소의 학술사업에, 내가 참여하여 발표한 글들을 소개하였다. 이 학술기관들에서는, 역사학회나 한국사학회와 같이 학술대회를 열고 발표를 하였던 것은 아니지만, 이미 새로운 진로를 모색하는 실질적인 작업을 시동하고 있었으며, 그러한 취지의 글을 모아서 학술지를 간행하고 있었다.

　그러므로 나는 이때 이들 학술기관을 고맙게 생각하였으며, 그 기관에서 원고 청탁이 있을 때는, 그 학술지에 새로 쓴 논문을 제출하여 게재하였다. 단, 이때의 발표에서는 앞에서와 같은 압축된 개요를 작성하지 않았으므로, 여기서는 그 논문제목이나마 제시함으로써, 당시 학계의 분위기를 소개하기로 하였다.

그리고 1960년대의 역사학계에서는, 평상시라면 큰 이변이라고도 할 수 있는 큰 사건이 일어났는데, 그것이 이때에는 순탄하게 진행되고 있었다. 한국사연구회韓國史硏究會가 등장하게 된 일은 그것이었다. 한일회담과 관련 역사청산 역사재건을 제대로 하기 위해서는, 학술단체의 조직도 재정비하지 않으면 아니 되었으므로, 이는 당시의 시대적 사회적 요청이기도 하였다. 그리고 이 연구회가 조직되는 데는 나도 깊이 관련되었으므로, 여기서는 이 학회의 성립사정에 관해서도 언급하기로 하겠다.

제3장 한국사학회의 진로 모색

조선후기의 사회적 변동
― 농촌경제 ―

1. 사회변동과 농촌경제

조선후기의 사회변동과 관련하여, 농촌경제가 논의되기 위해
서는, 몇 가지 문제가 전제되어야 한다. **첫째** 농촌사회에서는
사회변동이 어느 정도 이루어졌는가, **둘째** 그러한 사회변동의
경제기반은 어떠한 것이었는가, **셋째** 그러한 사회변동은 한국
사의 발전과정에서 어느 위치에 있는 것이었는가, 등등이 그것
이다. 이와 같은 의문은 이 시기의 농촌경제 전반이 천착된 연
후에 해명될 일이다. 이곳에서는 다만 그와 같은 커다란 작업
활동의 일단을 보고하게 된다.

이러한 문제의 이해를 위해서, 우리가 이곳에서 다루어가고
자 하는 자료는, 토지대장土地臺帳(양안量案)과 호적대장戶籍臺帳
등이다. 이러한 자료를 통해서는 농촌사회의 변동상황을 구체

적으로 파악할 수가 있다.

그리하여 우리는 상주尙州 지방의 양안量案과 호적戶籍, 그리고 고부古阜 지방의 양안에 관해서 검토한 바를, 종합해보고자하는 것이다. 전자를 통해서는 자경농自耕農 내지는 군소지주농群小地主農(부농富農)의 실태를, 후자를 통해서는 시작·전호농時作·佃戶農의 실태를 소개하게 될 것이다. 전자에서는 농촌사회에서 신분제의 동요와 그 경제기반을 음미할 것이며, 후자에서는 그와 같은 사회변동기의 농민층, 특히 시작·전호농의 존재형태를 살피게 될 것이다.

2. 사회변동·신분변동의 범위

사회변동이 일어나는 직접적인 계기는 여러 가지 면이 있었다. 국가권력에 의해서 합법적으로 이루어지기도 하고, 지방관리와 일반 농민의 증수회를 통해서 비非합법적으로 수행되기도 하였다. 납속수직納粟授職, 납속면천納粟免賤, 대구속신代口贖身, 노비종모법奴婢從母法, 노비공혁파奴婢貢革罷 등은 전자의 예이고, 양천良賤신분의 농민들이 환부역조換父易祖하여 유학幼學·교생校生을 모칭冒稱하는 이른바 모속冒屬현상은 후자의 예이다. 그리고 그 밖에 도망逃亡이나 개인적인 정리에서 오는 면천免賤도 있었다.

이러한 현상은 어느 경우를 막론하고, 조선왕조의 당초의 사회구조를, 변동시키게끔 되어 있었다. 그리고 조선후기의 농민들은 그것을 최대한으로 이용하였다. 그 방향은 하급下級신분에서 상급上級신분으로 상승해가는 것이었다. 그리하여 이로 말미암은 사회구성의 변동은, 막심한 바 있었고, 그것은 역사의 진전과 더불어 더욱 광범하게 전개되었다.

유교적儒敎的인 신분제사회에서는, 양반층兩班層은 평민·상민층平民·常民層이나 천민층賤民層을 천시하였지만, 시간이 흐르면 평민층은 점차 양반층으로 승격해가고, 천민층도 평민층이나 양반층으로 상승해가는 것이었다. 정부 편찬의 연대기나 실학파의 여러 업적에서 산견할 수 있는, 호적제도의 문란에 대한 시비는, 그것을 단적으로 표현해주는 것이다. 그리고 그와 같은 현상의 구체적인 상황은, 이 시기의 호적대장에 잘 기록되고 있다. 고려시기도 그렇고 조선시기에도 그러하였지만, 호적대장은 사회통제의 목적을 위하여, 양반·평민·천민의 신분관계를 대대로 명백히 기록하고 있었다.

호적대장을 통해서, 농촌사회의 신분구성身分構成을 파악하려고 한, 개척자는 시카다 히로시四方 博 교수였다. 그는 대구大邱지방의 호적대장을 통해서, 숙종肅宗년대에서 철종哲宗년대에 이르는 약 170년간의 기간을 대상으로, 그곳 농촌의 신분구성과 그 변동관계를 사적史的으로 고찰하고 있었다. 그리하여 그 결과로서 우리는 조선후기의 농촌사회에 격심한 사회변동이 있었다는 것을 알게 되었다.

3부작으로 된 그의 논문은, 각각 이 시기의 사회에 관하여 여러 가지 문제를 제기해주고 있지만, 특히 그 가운데서도 〈李

朝人口에 關한 身分階級別的觀察〉(《朝鮮經濟의 硏究》 3, 1938)은, 그러한 변동관계를 크게 문제삼은 것이었다. 그의 연구에 따르면, 인구人口의 절대치에는 큰 변동이 없는 이 지역에서, 시대의 흐름에 따라 사회신분구성社會身分構成에 큰 변동이 일어나고 있었다.

그것은 요컨대 양반·상민·노비호戶의 구성비율이 9.2퍼센트, 53.7퍼센트, 37.1퍼센트(숙종 16년)에서 70.3퍼센트, 28.2퍼센트, 1.5퍼센트(철종 9년)로 재구성되었을 만큼, 양반호兩班戶는 격증하고 상민호常民戶는 격감하고 노비호奴婢戶는 소멸되다시피 하는 것이었다. 신분제사회에서 신분의 구성이 이와 같이 되었다는 사실은, 조선왕조가 지니는 봉건적 사회체제에 관하여 많은 것을 생각케 한다.

호적대장을 통해서 파악할 수 있는, 사회신분제의 변동관계는, 상주尙州 지방의 호적대장에서도 살필 수 있다. 우리는 시카다 히로시 교수의 연구성과에 배려하면서, 이곳 농촌에서는, 신분의 변동이 어느 정도 이루어지고 있었는지 살펴본 바 있다.[1] 우리가 이곳에서 대상으로 삼은 지역은, 상주군 중동면中東面 호적 가운데서 갈전동葛田洞, 응동鷹洞, 광대암리廣大岩里, 오리동吾里洞, 오동동梧桐洞, 소비동小飛洞, 중리中里, 국원동菊園洞, 죽암동竹岩洞, 준방동中力洞, 당촌동堂村洞, 간월동肝月洞 등

---

1) 〈朝鮮後期 身分制의 動搖와 農地所有〉, 《史學硏究》 15호, 1963 ; 제목은 《朝鮮後期農業史硏究 Ⅰ, 1995에서 조정한 것임.

의, 12개 마을이다.

이곳 호수戶數는 과부호寡婦戶를 제하고, 총 435호(과부호의 신분은 그 친가의 그것을 기록하고 있어서 중복되는 자가 많다)로서, 양반, 평민, 천민은 각각 147, 201, 87호이다. 이들에 대해서 호적상에 기록된 신분직역관계身分職役關係를 검토하면, 그 가문의 신분 변동관계를 파악할 수 있다.

호적대장에는 호주戶主인 본인과 부父·조祖·증조曾祖의 직역이 명기되고, 연장年長한 자손이 있으면 그들의 직역도 또한 기록하고 있는 것이다. 그러므로 길면 6대代 짧아도 4대에 걸친, 신분직역관계를, 우리는 거기에서 찾아 볼 수가 있다. 이를테면 호주 송준이宋俊伊는 무학武學인데, 부父는 절충折衝, 조祖는 업무업武, 증조曾祖는 통정通政, 자子는 금보禁保로 되어 있는 것이 그것이며, 호주 유선발柳善發은 보보步保인데, 부는 통정通政, 조는 학생學生, 증조는 사노私奴, 자는 금보, 손孫은 유황군硫黃軍으로 기록된 것이 그것이다.

그리하여 영조 14년의 이곳 호적대장에서, 호주를 중심으로 그 선대先代와 하대下代를 통하여, 신분직역의 변동관계를 살피면 다음과 같다.

양반호兩班戶의 분포상태는 마을마다 5~20호씩인데, 대개 모든 마을에 신분변동호身分變動戶가 있으며, 전체를 합치면 147호 가운데서 45호나 된다. 그것은 양반호 전체의 30.6퍼센트에 해당하는 수이다. 그들은 양반하층兩班下層이거나 평민상층平民上層에 속하는 자들인데, 때로는 양반직역兩班職役 때로는 평민직역平民職役의 소유자가 되고 있다. 따라서 영조 14년의 이곳 농촌의 양반층 내부에는, 순수한 양반신분의 소유자는 3분의 2 정도이고, 나머지는 평민층과 관계가 있는 자이었다고 하겠다.

평민호平民戶의 분포상황은 마을마다 3~30호인데, 이들에게서 볼 수 있는 신분변동은 더욱 심하다. 201호 가운데서 신분에 변동이 있었던 자는 138호나 되었다. 그것은 평민호 전체의 68.7퍼센트에 해당하는 것이다. 138명의 신분변동자 가운데서, 그 변동의 방향이 양반직역의 취득에 있었던 자는 131명, 천민신분에서 평민직역을 취득한 자는 5명, 천민신분으로서 평민신분이 되었다가 환천還賤된 자는 2명이다. 이 시기의 평민층 내부에는, 양반신분과 관련 있는 자가 3분의 2 이상이나 되고, 순수한 평민신분은 3분의 1 이하이었던 셈이다.

천민호賤民戶는 총 87호인데, 그 가운데 신분에 변동이 있었던 자는 38호로서, 전체의 43.7퍼센트이다. 그러나 신분에 변동이 없었던 49호 중에도, 양처良妻를 취하고 있는 호주戶主가 6명이나 있어서, 그들의 후대도 머지않아 양민신분이 될 것을 고려하면, 신분변동자는 전체의 50퍼센트나 된다. 신분에 변동이 있었던 호戶는 주로 평민신분과 관계가 있지만, 개중에는 양반신분과 관계있는 호도 있다. 따라서 약 반수半數의 천민층은, 평민층과 그 신분을 구분하기 어려운 자들이며, 나머지의 약 반수가 순수한 천민신분이었다고 하겠다.

그러므로 양반, 평민, 천민 모두를 합치면, 신분변동호는 221

호로서, 전체의 50.8퍼센트가 된다. 이 시기 이 지방의 향촌민鄕村民은 그 반수가 본래의 신분에서 변동하고 있는 것이다.

농가 호호戶戶의 신분의 변동관계를, 이와 같이 그 계보에 따라서 살펴갈 때 주목되는 것은, 양반·평민·천민을 막론하고, 선대에는 상급신분이었던 자가, 하대로 내려오면서 하급신분으로 변하는 자가 많은 점이다. 그것은 임진왜란 뒤에 급속도로 변동하던 신분관계가, 효종孝宗 이후에 단행되는 호적제도의 재정비로 말미암아, 이 시기에 이르기까지 침체되었던 까닭으로 생각된다.

이러한 상태가 극복되고, 더 왕성하게 하급신분에서 상급신분으로의 변동이 재현再現되기 위해서는, 영·정조 이후의 시기를 기다려야 했다. 그리하여 역사의 진전은 그 후 이러한 변동관계를 더욱더 촉진시켜 나갔다. 그때그때 그 시기의 사정에 따라서는, 신분이 변동하는 양상이 달라지고 있었지만, 요컨대 하급신분에서 상급신분으로 상승하려는 데 목표가 있었음에는 변함이 없었다.

그리하여 계속되는 신분의 변동은, 결국 양반신분의 증가를 초래하지 않을 수 없게 하였으며, 농촌사회의 사회신분구성을 전면적으로 변질시켜 나가게까지 하였다. 시카다 히로시 교수의 연구에서 볼 수 있는, 양반호의 격증, 평민호의 격감, 천민호의 소멸 현상은 그 결과이었다.

3. 사회변동의 경제적 배경

농촌사회에서 사회적 변동이 일어나는 계기는, 전기한 바와
같이 여러 가지 있었다. 그 가운데서도 납속수직納粟授職, 납속
면천納粟免賤, 대구속신代口贖身, 노비종모법奴婢從母法, 모속현상
冒屬現象 등은, 그 일반적인 방법으로서 널리 이용되고 있었다.
신분의 변동을 가능케 하는 그와 같은 기회들은, 노비종모법을
제하고는, 모두가 경제적인 부력富力과 밀접한 관계가 있었다.
농민들은 재력만 있으면 상급신분에로의 상승이 가능하였다.
양반직역을 취득하는 데서나, 천민신분을 벗어나는 데서나, 어
느 경우를 가리지 아니하고, 경제적인 부력만 있으면, 그것은
가능하였다.

노비종모법을 제외하는 것은, 그것이 전혀 경제적인 부력과
관계가 없다는 말이 아니다. 그것은 상대적인 데 지나지 않았
다. 엄밀히 따지면 여기에서도 재력財力은 필요한 셈이었다. 이
시기에는 양良·천賤 간의 혼인이 광범하게 행해지고 있었지만,
양녀良女를 노奴가 취한다는 것은, 그가 경제적으로 넉넉하거나
아니면 특별한 재주가 있는 것이, 전제되지 않으면 아니 되기
때문이었다.

사회변동이 부력에 의해서 일어나고 있었다는 사실은, 이 시
기의 농촌사회에는 경제적 계층분화階層分化가 광범하게 전개
되고, 그것이 사회변동의 배경이 되고 있었다는 것을 의미한다.
봉건제사회封建制社會에서는 인신적人身的·신분적身分的 계층관

계에 병행해서, 그와는 반비례로 농지의 계층적인 소유가 이루어지는 것이 일반적이지만, 이 시기에 이르러서는 그러한 규정 원칙이 허물어지고 있었다. 그리하여 양반층은 대체로, 평민층이나 천민층보다 농지農地의 소유에서 우세하기는 하였지만, 그것이 절대적인 것은 아니었다.

양반층 내부에서도, 격심한 계층분화가 일어나고 있어서, 자기의 농지만으로는 생계의 유지가 곤란한 영세소농층零細小農層이나 빈농층貧農層이 생기고, 그들의 수는 중농층中農層 이상보다도 더 많은 형편이었다. 그리고 그와 반대로 평민층이나 천민층 가운데는, 이들 양반층보다 경제적으로 우세한 농가가, 허다하게 나타나고 있었다. 이러한 농지소유관계에서, 부富를 축적할 수 있는 하급신분자는 상급신분으로 상승해가기에 전력하고, 또 가난한 상급신분자인 양반층은 족보를 팔고 호적을 수정하기에 이른 것이었다. 따라서 이 시기의 사회변동은, 농지소유에서 계층분화 현상과, 밀접하게 관련되는 것이었다고 하겠다.

조선후기 농촌사회의 이 같은 구조 현상은 이보다 앞서, 〈量案의 硏究〉(《史學硏究》 7·8, 1960 ; 《朝鮮後期農業史硏究》Ⅰ, 1970, 1995)를 통해서 그 윤곽이 파악되었다. 상주양안의 경우도 대체로 유사하였다.

그러나 사회변동의 경제적 배경이, 자경지自耕地의 소유관계에만, 한하는 것은 아니었다. 이 시기의 농업경영은, 자경농自耕農과 더불어 시작·전호농時作·佃戶農이 있어서, 하나의 복합형

을 이루고 있었다. 시작지時作地는 전 농지의 40~60퍼센트나
되었고, 시작관계자時作關係者(자·시작겸영인自·時作兼營人 포함)는
전 농민의 40여 퍼센트나 되고 있었다. 그리하여 시작지만의
경영으로서도 부농이 되는 농가가 있었지만, 자경지와 시작지
를 겸영하는 자에게는 부농층이 많았다. 자경지만의 소유자로
서는 영세소농층이었던 농가에서도, 시작지를 겸영함에 이르러
서는 부농이 되고 있었다.

그러한 농민들을 우리는 경영형부농經營型富農으로 부르고
있다. 경영형부농은 차경지借耕地의 '경영經營'을 통해서 부를
축적해가는 자이므로, 소유농지의 집적集積을 통해서 부농이
되는 지주형부농地主型富農(경영지주經營地主)과는 그 성격이 다
르다. 고부양안古阜量案의 분석에 따르면, 이러한 부농이 전 부
농 가운데서 점하는 비율은, 5분의 1 내지 3분의 1이나 되고
있었다. 이 시기의 신분제의 동요는 이들과 밀접한 관련이 지
어진다. 그러므로 자경지의 소유에 나타나는 계층분화 현상을,
사회변동의 경제적 배경으로서 살피고자 할 때는, 이와 같은
시작농時作農의 전개에도 배려해야 한다고 하겠다.

농촌사회의 이 같은 사정은 〈續·量案의 研究〉(《史學研究》
16·17, 1963~1964 ; 《朝鮮後期農業史研究》Ⅰ, 1970, 1995)를 통해서
그 윤곽이 파악되었다.

사회변동의 경제적 배경을, 상주 지방의 호적대장과 양안대
장에서는, 구체적으로 살필 수 있다. 전기한 바 12개 마을의 양

안과 호적에서, 그 성명이 일치하고 호적상으로 신분에 변동이 있었던 농가農家-기주起主를 발췌하여, 그들의 소유농지를 조사하면 그것이 가능하다. 그러한 농가가, 양반신분과 평민신분 사이에서 신분이 변동하는 자는 84명, 평민신분과 천민신분 사이에서 그것이 변동하는 자는 23명이 된다. 이들은 하급신분에서 상급신분으로 상승해갈 것을 시도한 자들이다.

이에 따르면 양반과 평민 사이에서 신분변동자는, 평균 81부 負9속束의 농지를 소유한다. 이 지방의 양반기주兩班起主의 평균 소경所耕은 78부1속이고, 평민기주의 평균소경은 41부이니, 이들은 어느 쪽보다도 우세하다. 신분의 변동이 경제적인 조건 여하로서 이루어졌던 것을 두고 생각하면, 그들의 소유농지가 부의 축적이 가능한, 중농층中農層의 농지면적이 되는 것은 당연한 일이다. 이 하나의 사례만으로서도, 신분의 변동이 농지소유와 구체적으로 어떻게 관계되고 있는가를, 엿볼 수 있게 한다.

그들의 소유농지를 계층별로 구분하여 보면 그것이 더욱 분명하여진다. 그들 가운데는 1결結 이상의 농지를 소유하는 부농富農은 22명, 50~99부負의 농지를 소유하는 중농中農은 31명, 25~49부의 농지를 소유하는 소농小農은 17명, 25부 이하의 농지를 소유하는 빈농貧農은 14명이어서, 각각 26.2퍼센트, 36.9퍼센트, 20.2퍼센트, 16.7퍼센트로 구성된다. 중농 이상은 63.1퍼센트나 되어서 신분이 변동하는 기주는 대부분 여기에 집중하고 있음을 본다.

그러나 소농층과 빈농층에도, 신분의 변동자는 상당수가 있어서, 그들은 전체의 36.9퍼센트나 된다. 이들은 잉여생산물의 축적이 곤란한 자인데, 이들에게도 신분의 변동자가 그와 같이 다수 존재하였다는 사실은, 기술한 바 시작·전호농의 보급에 말미암은 것이다. 이 시기 농민들의 농업경영農業經營 형태는, 단순한 자경농이나 시작농 하나에만, 의존하는 것이 아니었다. 이들은 아마도 차경지의 경영을 통해서 부를 축적해가고 있었을 것이다.

그리고 그 밖에 농산물의 상품화商品化를 통해서, 부유해진 자도 있었을 것이고, 분호별산화分戶別産化로 말미암아 소유농지의 규모가 적어진 자도 있었을 것이다.

평민과 천민 사이에서 신분변동자는, 평균 48부의 농지를 소유한다. 평민기주平民起主의 평균소경은 41부, 천민기주의 그것은 25부4속이었으니, 이들도 역시 일반적으로 부유한 농민들이었다. 이러한 사실은 평민층에 있어서와 마찬가지로, 천민층 내부에 있어서도, 경제적으로 우세한 자에게 신분의 변동이 있었음을 말해주는 것이다.

그러나 그들의 계층분화 현상을 살피면, 평민층과는 다른 점이 있음을 발견하게 된다. 그것은 중농 이상은 8명으로서 34.8퍼센트, 소농 이하는 15명으로서 65.2퍼센트이었다는 사실이다. 이들에게서도, 자경농토自耕農土만으로 부의 축적이 가능한 것은, 중농 이상의 농가일 터인데, 그 비율은 작은 것이다. 그것은 이들에게 시작지경영자時作地經營者가 더 많았다는 사실과도 관련되겠지만, 여기에서 생각되는 더 큰 이유는, 그들의 신분변

동은 경제적인 조건과는 직접적인 관계가 적은, 양·천 간의 혼
인婚姻이 하나의 요소가 되었던 까닭이라고 생각된다.

4. 시작·전호농 사회의 구조

사회변동이 있게 되는 경제적 배경으로서는 시작지時作地 경
영도 커다란 구실을 하고 있었다. 사회변동이 지니는 역사적인
의의를 정확하게 파악하려면, 시작·전호농 사회에 대한 좀더
구체적인 설명이 필요하다. 우리는 그것을 고부양안과 기타 몇
지역의 양안을 분석한 데서 들을 수 있다.2)

이 시기 시작·전호농 사회의 커다란 특징의 하나는, 그들의
신분관계이다. 양안에서도 그렇고 일반 사료에서도 볼 수 있는
터이지만, 이 시기의 시작농에는 양반층이 다수 포함되어 있었
다. 양반신분의 소유자 가운데 시작농이 존재하게 되었다는 사
실은, 자경지 소유에서 계층분화 현상과, 봉건적 신분관계의 동
요에서 재래되는 것이었다. 조선왕조의 봉건적 사회경제체제社
會經濟體制에서는, 양반층은 정치·경제·사회의 모든 면에서 평
민층이나 천민층보다 우월하고 유리한 처지에 있었고, 그들을
지배하도록 되어 있었다.

즉, 조선전기의 조사농장朝士農莊에서는 시작·병작전호時作·
倂作佃戶농의 신분관계는 천민층과 평민층이었던 것으로 알려

---

2) 〈續·量案의 硏究〉 참조.

져 있는데, 이 시기의 농촌사회에서는 그와 같은 체제, 그와 같
은 시작·전호농의 신분관계가 내부로부터 커다랗게 변동하고
있었다.

그것은 요컨대, 신분관계와 농지소유 관계가 병행하지 않게
된 것을 뜻하는 것이며, 경제적인 면에서 봉건적인 질서가 무
너져감을 표현해주는 것이었다. 이 시기의 양반층은 자경지의
소유에서는 영세소농층零細小農層이 많았고, 또 스스로 농업노
동에 종사하지 않으면 아니 되는 자도 적지 않았다. 그리하여
앞에서도 지적한 바와 같이, 시작時作관계자는 전 농민의 44.4
퍼센트나 되고 있었다.

이 같은 시작·전호농이 농지를 보유하는 데는 몇 가지 특징
이 있었다.

첫째, 시작·전호농時作·佃戶農은, 자경농으로서의 광범한 영
세소농층을 배경으로, 전개되고 있었다. 조선후기에는 궁방전宮
房田이나 관둔전官屯田이 발달하고, 대지주의 장토庄土가 또한
발달하여, 모든 농민은 그들의 시작·전호농이었던 것 같은 인
상을 받고 있지만, 현실은 그렇지가 않았다. 《만기요람萬機要
覽》에 따르면, 유토궁방전有土宮房田과 둔전屯田을 합쳐서 면세
조免稅條로서 정부가 허락하고 있는 것은, 전 농지의 4퍼센트에
지나지 않았다. 그 밖에 유세궁방전有稅宮房田이나 유세둔전有稅
屯田이 있기는 하였지만, "궁상토宮庄土 천하天下에 반半이나 되
려하여"3)라고 할 만큼 많은 것은 아니었다.

우리는 상주尙州·의성義城·진주晉州·전주全州·회인懷仁 등지의

군현양안郡縣量案을 살펴왔지만, 궁방전이나 관둔전이 그렇게 있는 것도 아니고, 대지주가 홀로 농지를 독점하는 것도 아니었다. 그것은 오히려 특정지역에 한정되는 특수한 현상이었다.

그리하여 이 고부 지방에서는 중농中農 이상의 기주起主는 전체 농민의 30.9퍼센트, 소농小農 이하는 69.1퍼센트가 되고 있었다. 그와 같은 기주 가운데서 반수 이상이 농지를 대여하고 있었다. 농지를 대여하는 자는 반드시 부농富農이거나 지주地主인 것도 아니었으며, 양반층은 농지를 대여하고 평민층이나 천민층은 그것을 차경借耕하기만 하는 처지도 아니었다. 농지의 대여자는 동시에 타인의 농지를 차경하는 시작時作, 즉 전호농佃戶農이기도 하였으며, 영세빈농零細貧農의 평민층이나 천민층도 농지를 대여하고 있었다. 그러한 한에서는 많은 수의 가난한 농민들이 지주이면서 시작·전호농인 셈이었다.

둘째, 시작·전호농 가운데는, 차경지借耕地를 경영함으로써 부농富農이 되는 자가 많았다. 시작·전호농이 시작지만을 경작할 경우, 궁방전이나 둔전 등에서는 차경지만으로서도 부농이 되는 자가 있었고, 민전民田 안에서는 그렇게 되기가 어려웠지만(민전 안에서는 시작·전호의 기준적 농지 보유액인 50부負에 달하는 자도 극히 소수少數이었다), 시작지時作地와 자경지自耕地를 겸영兼營하면, 많은 수의 부농을 배출할 수 있었다. 그들은 농지의 점유에서, 자경지만의 소유자보다, 절대적으로 우세하였다.

---

3) 和田一郎, 《朝鮮의 土地制度及地稅制度調查報告書》, 1920, 朝鮮總督府.

고부양안의 상동평上同坪이란 지역에서 보면, 자경지 소유자
는 평균 46부負9속束을 경작하는데, 이들 가운데 자경지·시작
지 겸영을 하는 농민은, 평균 99부6속을 경작하고 있었다. 그들
은 자경농으로서 부의 축적을 목적으로 시작지를 차경하게 된
자이기도 하고, 시작농으로서 부를 축적하여 자경지를 매입한
자이기도 할 것이다. 고부 지방에서는 그러한 경영형부농經營型
富農이 전 부농의 5분의 1 내지 3분의 1이나 되고 있었다. 그리
고 그들이 지니는 성격은 봉건적인 지주형부농地主型富農과 구
별되는 것이었다.

셋째, 시작·전호농들이 농지를 차경할 때는, 여러 사람의 양
안상의 기주起主, 즉 농지 소유자農地所有者로부터 그것을 대여
받고 있었다. 자경·시작 겸영인도 그렇고 순시작인純時作人도
그러하였다.

이를테면 문노랑금文老郎金이라는 시작인時作人이, 63부의 농
지를 월화月花·월강月江·운금云金·연덕延德·이세원李世元·오계
봉吳啓奉·노奴 율금栗金 등 7명의 기주로부터, 1~2필지씩 대여
받아 경작하고 있었음이 그것이다.

이는 많은 농지를 여러 명의 기주로부터 차경하는 예이지만,
어떤 농민은 10부, 5부의 농지를, 3명 또는 2명의 기주로부터
차경하기도 하였다.

그리하어 2명 이싱의 기주로부터 농지를 차경하는 시작농민
은 그들 전체의 반이나 되었고, 나머지의 반수가 한 사람의 기
주에게서 농지를 차경하고 있었다.

시작·전호농들의 이와 같은 농지차경관계農地借耕關係는, 그
들의 농지소유주·기주에의 예속성의 강도를, 측정하는 데 도움
이 된다. 이 지방의 시작·전호농들은, 민전民田 내부에서 자경
농 상호간의 대여와 차경관계이기도 하고, 자경농과 순純시작
농 사이의 대차貸借관계이기도 하였다. 그러므로 자경·시작 겸
영인은, 자기들과 동일한 조건 아래 있는 농지소유주와 사이에,
봉건적인 지배예속관계가 성립될 수 없었을 것이지만, 순시작
농에서도, 두 사람 이상의 농지소유주에게서 차경하는 자에게
서는, 그러한 관계를 찾기가 어려울 것이다.

그것을 비교적 쉽게 인정할 수 있는 것은, 한 사람의 지주에
게서 차경하는 순시작농들이다. 그들은 상동평上同坪의 경우
126명의 시작관계자, 그리고 70명의 순시작농 가운데서, 40명
이나 된다. 이곳의 농민은 총 332명임으로 그것은 전체의 12퍼
센트에 해당한다.

그러나 이들도 경제 외적外的인 강제를 받을 만큼 강한 예속
관계에 있는 것은 아니었다. 이들에게 농지를 대여하고 있는
40명의 기주 가운데는 7명의 시작관계자가 있었다. 그들도 결
국 그들의 작인作人과 동일한 상태에 있었던 것이다. 그러므로
신분상으로 상전上典과 노비奴婢의 관계에 있지 않는 한, 일반
민전 내의 기주─시작 사이에서는, 봉건적인 지배예속관계를
찾기가 어렵게 되어있는 것이라 하겠다. 이러한 농촌구조를 우
리는 중세말기中世末期의 현상으로 이해하고 있다.

시작·전호농의 지주에의 예속성이 강하게 나타나는 것은, 궁

방전이나 둔전 등에서이었다. 궁방전이나 둔전은 처음부터 국가권력을 배경으로 성립된 것이고, 한 곳에 200결, 300결씩 집중적으로 전개되어 있었으므로, 시작·전호농의 이 농장에의 의존도는 강하였다. 거기에다 지대地代는 규정 외로 징수 당하고 있었다. 지주권地主權은 강력하였고, 시작지時作地의 차경 기간은 보장되지 않았다. 작인作人은 빈번히 교체되기도 하였다. 그리고 전호佃戶·작인作人이 항조抗租하면, 그들은 처벌되거나, 그들의 재산이 차압되기도 하였다.

그러나 그 후의 동향을 보면, 궁방전에서도 시대가 아래로 내려오면, 장토庄土 경영상의 이런저런 사정으로 궁방은 시작·전호농민의 항쟁에 부딪치고, 따라서 궁방지주는 시작·전호농민에게 일정하게 양보를 하지 않으면 안 되었다. 시작권의 성장이었다. 그렇지만 한말에는 정부 지배층이 농업개혁을 지주 입장에서 추구하고 있었으므로, 궁방은 농민의 주장 전부를 받아들이지는 않았으며, 일진일퇴의 공방 항쟁이 전개되었다.[4]

이러한 모든 면에서, 민전 안의 시작권時作權이 비교적 신장하고 있는 데 비하면, 궁방전이나 둔전에서는 아직도 지주적 근대화를 지향하며, 지주권地主權을 최대한 유지하려 하고 있었다. 그러한 점에서 이 시기의 사회적 변동과, 민전 안에서 시작·전호농의 존재형태가 보여주는 발전적인 일면은, 아직은 일

---

[4] 〈司宮庄土에서의 時作農民의 經濟와 그 成長〉《亞細亞研究》19, 1965 ;《朝鮮後期農業史研究》Ⅰ, 1970, 1995.
　　〈韓末에 있어서의 中畓主와 驛屯土地主制〉《東方學志》20, 1978 ;《韓國近代農業史研究》Ⅱ, 2004)

정한 한계성을 지니는 것이었다고 하겠다.

5. 사회변동의 역사적 성격

사회변동의 역사적 의의는 전기한 바, 행론行論에서 부분적으로 언급하였듯이, 봉건제 해체 과정의 한 표현이었다. 인신적·신분적 계층 관계와 거기에 상응하고 병행되는 농지소유 관계가, 붕괴되고 있었다는 점에서 그러하였다. 그것은 기본적으로 역사의 발전, 농민층의 성장에서 재래하는 것이었다. 거기에 국가의 보수적인 대농정책이 가세하여, 반작용을 일으키기도 하고, 그 발전을 일정하게 촉진시켜 나가고도 있었다.

농촌사회는 부단히 움직이고 있었고, 그 움직임은 봉건제를 부정하는 방향에서 성장하고 있었지만, 그것이 모든 지역에서 균일하게 진행되고 있는 것은 아니었다. 시작·전호時作·佃戶 농민의 존재형태가, 민전民田의 경우와 궁방전宮房田의 경우가 다른 것은, 그 단적인 표현이었다. 조선왕조는, 궁방전이나 둔전의 봉건적인 지주권을 강력히 유지하는 가운데, 되도록 사회변동의 속도를 억제하고 조정하려 하였다.

그러므로 이 시기의 사회적 변동을 농민층의 입장에서 볼 때, 그것은 분명 한국사의 발전과정에서 봉건제가 붕괴되어 가는 표현이었지만, 동시에 그것을 국가의 입장에서 볼 때에는, 그것은 앞서가는 시대사조에 국가가 제동을 걸면서, 봉건제를 재건하고 재조정하려는 하나의 보수적인 사회정책의 표현이었다.

조선후기의 사회는, 이러한 상반된 두 입장의 시대사조와 발전방향이, 반발反撥과 조화調和를 이루면서 전진하고 있었다. 이 시기의 사회변동도 그 두 방향이 조화를 이룬 산물이었다. 여기에 사회변동이 지니는 발전적인 의미와 그 한계성이 있게 되는 것이라고 하겠다.

제4장 여러 학회와 연구소의 발전방향 모색

이때의 학계는 '역사청산 역사재건'과 관련하여, 무엇보다도 우리 자신의 역사를 새롭게 개발 연구하고, 보급하는 일이 시급하였다. 그리고 여러 학회와 연구기관에서는, 이와 관련되는 뚜렷한 문제의식을 가지고, 연구의 발전방향을 추구하고 지도해나가는 것이 필요하였다. 처음에는 그것이 잘 안 되었지만, 점차 그러한 방향으로 진로가 설정되어 나갔다. 그리하여 학자들이 그러한 취지의 연구를 하면, 연구기관에서는 이를 확보하여 그 학술지에 싣고자 하였다.

1. 아세아문제연구소

그러한 가운데서 나는, 젊은 시절의 고려대학 대학원과의 학연으로, 여러 편의 논문을 그 대학 아세아문제연구소亞細亞問題

研究所의 학술지에 실을 수 있었다.

이 연구소는 1958년에, 고려대학의 관련분야 교수들을 중심으로, 대학의 정식 연구기관으로서 설치되었다. 중국 베이징北京대학에 유학하여 철학을 전공한 이상은 교수가 소장으로 임명되어, 그간의 동양학 연구에 반성을 촉구하는, '아시아인의 아시아연구'를 표방하며 발족하였다. 이 연구소는 출발부터 그 목표가 뚜렷한 바 있었다. 부소장에는 앞에서 이미 언급한 조기준 교수가 임명되어 사업을 의욕적으로 추진하였다.

처음에는 구한말의 외교문서를 정리하기도 하였으나, 점차 연구 중심으로 연구소의 기능 사업을 활성화시켰다. 연구소의 목표를, 한국을 중심으로 한 아시아 제민족의 역사·문화·생활을 조사 연구하여, 과학적 인식을 확립함으로써, 인류의 상호 이해와 문화의 증진에 공헌할 것을 목표로 하고, 타 대학 교수들과 연구의 협력도 적극 도모하며 사업을 추진하였다. 연구의 성과를 기관 학술지 《亞細亞硏究》를 통해서 간행하였다.

이때 이 연구소에서는 동양사 전공의 송갑호 교수가 간사 직을 맡고 있으면서, 타 대학 교수라도 새로운 참신한 논문을 쓰고 있으면, 이를 수소문하고 그 글을 청탁하여 좋은 논문집을 간행하고 있었다.

나는 두 계통의 논문을 실었는데, 그 하나는 여러 편의 농업 생산력의 발전 시회변동과 판련되는 글, 즉 ① 세 편의 이앙법 移秧法 보급에 관련된 논문—〈朝鮮後期의 水稻作技術〉(이앙법의 보급에 대하여, 도·맥 이모작의 보급에 대하여, 이앙과 수리문제《亞

細亞硏究》 13,16,18호, 1964~1965) ― 과 ② 지주·전호관계의 질적 변동에 관한 글 ―〈司宮庄土에서의 **時作農民의 經濟와** 그 **成長** ― **載寧 餘勿坪庄土를 中心으로**〉(《亞細亞硏究》 19, 1965 ; 이 제목은 《朝鮮後期農業史硏究》 Ⅰ, 1970에서 조정된 제목임) 등이었다.

그리고 다른 하나는 ③ 대한제국의 광무개혁과 관련된 논문 ―〈광무연간의 **양전·지계사업**〉(《亞細亞硏究》 31, 1968 ; 이 제목은 《韓國近代農業史硏究》, 1975, 일조각 및 신정증보판 《韓國近代農業史硏究》 Ⅱ, 2004, 지식산업사에서 조정된 것) ― 및 그 광무양전의 사상기반이 되는 논문 ―〈광무개혁기의 **양무감리 김성규의 사회경제론**〉(《亞細亞硏究》 48, 1972 ; 이 제목은 《韓國近代農業史硏究》, 1975, 일조각 및 신정증보판 《韓國近代農業史硏究》 Ⅱ, 2004, 지식산업사에서 조정된 것임) ― 등이었다. 특히 후자의 앞 논문은, 그 분량이 국판 200면이 넘는 장문의 글이었는데도, 이를 받아주어서 고마웠다.

※ 이때의 학계는 우리 자신의 역사를 새롭게 밝히고 보급하는 일이 시급하였다. 이때는 학문 소통이 잘 안 되는 때였다. 서울에서는 그래도 학자들이 글을 쓰고 학술지에 발표를 하면, 다른 학자들이 이를 쉽게 얻어 볼 수 있었지만, 지방에서는 서울 학계의 소식에 접하기도 어렵고, 그 성과를 얻어 보기는 더욱 어려웠다. 그럴 경우에는 서울에서 발표된 타인의 글을, 양해 없이, 인쇄하여 돌려보기도 하였다.

하루는 연구실에 우편물이 배달되었는데, 모 교수 편저의

《신경향 한국경제사연구》라는 논문 집성이었다. 수록된 글은 《亞細亞硏究》에도 실린 몇몇 교수의 논문이었다. 이 일로 아연과 편저자 사이에 설전이 있었다고 들었지만, 나는 몇 편의 논문을 써서 한 계통의 문제가 해결되면, 이를 되도록 빨리 단행본으로 묶어 학계에 보급시키는 것도 학자의 의무이겠구나 생각하였다. 그리고 그 뒤 그렇게 하였다.

2. 역사학회

이 시기의 문화 학술운동과 관련하여, 나는 이 학회에서 두 계통의 글을 발표하였다. 그 하나는, 앞에서 이미 언급한 바(본서 제2부 제I편 제2장 참조), ① 〈歷史理論과 歷史敍述〉이라고 하는 공동주제에 발표자의 일원으로 위촉되어, 〈**일본·한국에 있어서의 한국사 서술**〉을 발표한 일이었다.

그리고 다른 하나는, ②-i 농업생산력의 발전에 관한 문제를, 〈**朝鮮後期의 田作技術 ― 畎種法의 普及에 대하여**〉(《歷史學報》43집, 1969년 9월)로서 발표한 일이었다. 이 글은, 앞에 기술한 고려대학교 아세아문제연구소의 《亞細亞硏究》에 실은, 농업생산력의 발전문제를 〈朝鮮後期의 水稻作技術〉(이앙법에 관한 3편의 논문)로서 쓴 글과 짝이 되도록 쓰여진 논문이었다.

이 두 논문은 하나는 벼농사(水稻作)의 발전을, 그리고 다른 하나는 밭농사(田作)의 발전을 다룬 것이지만, 그 연구의 목표와 취지는, 조선후기 사회발전의 생산력 기반을, 농업기술 농작물의 경종법 변동을 통해서 추구한다는 점에서 공통되었다. 역사를 발전적으로 주체적으로 보려는 시각이었다.

나는 1966년도 2학기에 서울대학교 사범대학에서 문리과대학으로 전속되었는데, 사학과의 민석홍 교수와 민두기 교수가 '이제는 한식구가 되었으니, 학회활동도 같이 합시다' 하여, 역사학회歷史學會의 회원도 되고 그 회지에 글도 싣게 되었다. 이렇게 해서 쓰게 된 글이 이 논문이었다.

전작기술(밭농사)의 변동을 통해서, 농업생산력의 발전을 추구하고자 하는 나의 구상은, 이때의 이 글로서 완결된 것이 아니었다. 나는 그 후 한참 뒤에는, 다른 학술지에 다음의 두 논문을 더 써서 게재함으로써, 이 주제를 마무리하였다. 그러므로 전작기술을 중심한, 이 주제에 관해서는, 이 세 편의 논문을 함께 참고하기 바라는 바이다.

②-ⅱ〈農業生産力의 發展 ; 朝鮮後期의 麥作技術〉
(이 제목은, 《東方學志》60, 1988년의〈朝鮮後期의 麥作技術〉을, 저작집의 신정 증보판 《韓國近代農業史硏究》Ⅱ, 2004에 수록하면서 조정한 것이다.)
②-ⅲ〈農業生産力의 發展 ; 朝鮮後期의 木斫과 所訖羅를 통해서 본 農法變動〉
(이 제목은, 《宣民李杜鉉博士回甲紀念論文集》, 1984년의〈農事直說의 木斫과 所訖羅〉를, 저작집의 신정 증보판 《韓國近代農業史

研究》Ⅱ, 2004에 수록하면서, 다른 논문과 체제를 맞추기 위하여
증보 개고 조정한 것이다.)

3. 한국문화연구소

한일회담 한일국교와 관련하여 있었던 문화 학술운동의 결
과는, 서울대학에 국사학과와 한국문화연구소韓國文化硏究所를
설치하고, 그 밖의 몇몇 대학에도 한국사학과韓國史學科를 설치
케 하였다. 서울대학에서는 새로운 각오로 연구와 교육에 임하
지 않으면 안 되었다.

한국문화연구소는 1969년도에 설치되고, 소장에 한우근 교
수가 임명되었으며, 시작과 더불어 연구 사업을 할 수 있게 되
었다. 한 교수는 평소부터 학술사업에 관하여 많은 구상을 하
고 있었으므로, 의욕적으로 일에 임하였다. 이때의 사업에는 나
도 참여하여 농서 농학을 검토 정리하였다. 논문의 간행은 논
문집이 아니라, '한국문화연구총서'의 이름으로, 연구교수별로
논문책자로 간행하기로 하였다. 제1차년도(1969)의 사업으로
간행한 논문책자는 다음과 같았다.

研究叢書 1. 李基文, 〈開化期의 國文研究〉, 1970, 일조각
研究叢書 2. 金容燮, 〈朝鮮後期 農學의 發達〉, 1970, 일조각
研究叢書 3. 韓㳓劤, 〈開港期 商業構造의 變遷〉, 1970, 일조각
研究叢書 4. 宋　稶, 〈東西事物觀의 比較〉, 1970, 일조각

여기서 내가 연구한 주제의 농학은, 조선시기에 허다하게 편찬된 농서의 내용을 시대 순으로 정리 고찰한 것이다. 나는 조선후기농업사를 체계화하기 위한 일환으로, 이미 간행한《朝鮮後期農業史硏究》I, II와 함께 그 제3부작이 되도록, 이 시기 농서 전반을 사적史的으로 분석 고찰할 것을 계획하고 있었다.

이 시기에는 역사상 유례를 볼 수 없을 만큼, 많은 농서(협의의 농서, 광의의 농서, 농업관련 문서 등)가 편찬되고 있었는데, 이들 농서에는 시기를 따라 농업기술 농업경영 사회변동 농정이념 농정사상 모순구조 등의 문제가 기술되고 있어서, 그 농서의 편찬과정에 관하여 그 시대적 인식의 변동에 유의하며 분석 고찰하면, 이 시기의 농학사조 농학의 발달과정을 전체적으로 파악할 수 있으리라 생각하였다.

그러나 이러한 작업은 큰 사업인데, 자료(농서)도 다 수집이 안 된 상태에서, 이 작업을 크게 벌일 수는 없었다. 나는 일의 규모를 작게 하여, 1년에 마칠 수 있을 정도의, 작은 분량의 논문을 쓰기로 하였다. 이것이 위에 든 ① 〈**朝鮮後期 農學의 發達**〉이었다. 농학에 관하여 큰 글을 쓰는 일은 후일로 미루었다. 뒷날 간행한 다음의 저서가 그것이었다.

② 《朝鮮後期農學史硏究》(1988, 일조각본)

③ 신정 증보판《朝鮮後期農學史硏究》(2009, 지식산업사 저작집본)

4. 동아문화연구소, 진단학회, 한국사연구회

이 절에서는 한말 일제하의 지주제를, 지주경영의 성장과 변동이란 관점에서, 몇몇 경영사례를 중심으로 고찰한 글의 제목을 한 곳에 모았다.

① 〈江華 金氏家의 地主經營과 그 盛衰〉(《東亞文化》11, 1872)

② 〈羅州 李氏家의 地主經營의 成長과 變動〉(《震檀學報》 42, 1976)

③ 〈古阜 金氏家의 地主經營과 資本轉換〉(《韓國史硏究》 19, 1978)

④ 〈載寧 東拓農場의 成立과 地主經營 强化 ― 載寧 餘勿坪庄土를 中心으로〉(《韓國史硏究》 8, 1972)

　* 이 글들의 제목은, 저작집의 증보판 《韓國近現代農業史硏究》(2000)에서 조정한 것이다

여기서 ① ② ③은 조선후기와 한말 일제하에, 한국인들이 토지의 사적소유私的所有를 기반으로, 그 토지를 지주전호제 지주시작제로 경영하고 있었음을 예로서 든 것이다. 한 사회의 시대에 따른 역사적 성격은, 그 시기의 경제제도 토지제도에 잘 나타나므로, 이 문제는 역사청산 역사재건을 위해서는 반드시 필요한 작업이었다. 따라서 이때의 여러 학술기관에서는 모두 이러한 글을 게재하고자 하였다.

우리나라의 토지제도는, 한말까지 중세 봉건사회의 그것을, 스스로 종결시키지 못하였다. 특히 지주전호제 지주시작제는 그러하였다. 많은 토지개혁론이 있는 가운데, 농민층과 진보적 인사는 농민적 입장의 개혁을 추구하고, 정부와 지배층은 지주적 입장의 개량을 지향하고 있었다. 대한제국의 농업정책은 그러한 입장이었다.

일제는 한국을 침략 강점하고 한국농업을 근본적인 변화 없이, 근대일본의 자본주의 농업체제에 맞도록, 다소의 조정을 거쳐 그대로 편입시켰다. 대한제국의 농업과 대일본제국의 농업은 지주제를 축으로 한 점에서 공통되었다. 지주전호제 지주시작제는 변혁이 아니라, 굴절하며, 일본농업의 지주소작제地主小作制로 재편성되었다.

일본인 지주 자본가들은 일제의 보호를 받으며, 한반도의 요소요소에 농장을 개설하고, 이를 일본자본주의의 지주소작제로 경영하였다. 그들은 지주소작제 아래 농민들로부터, 자본주의의 이름으로 그리고 경영합리화의 이름으로, 여러 가지 징수를 늘리고 경영을 강화해나갔다. 농민들은 쟁의를 벌이고, 몰락하며, 만주로 만주로 유망을 하였다.

그러한 가운데서도, 지주경영 강화의 표본이 되고 있었던 것은, 동양척식주식회사, 즉 동척東拓의 농장경영이었다. 위 지주경영의 예에서, ④는 그것이다. 이는 일제하의 재령載寧 동척농장東拓農場의 경우인데, 이는 그 전신이었던 조선후기 왕실의 재령 여물평장토餘勿坪庄土(앞에 언급한 아세아문제연구소의 ②

〈司宮庄土에서의 時作農民의 經濟와 그 成長 ― 載寧 餘勿坪庄土를 中心으로〉〉의 지주전호제 지주시작제를 일제 일본자본주의 지주소작제로 개편 전환하면서, 그 경영을 철저하게 강화하고 있는 것이었다.

일제 조선총독부 그 관변학자들은, 이 같은 그들의 조선통치 정책을, 조선을 위해서 잘한 정치로 미화하고 있었다. 식민주의 역사학이 원용되고 있었다. 역사청산 역사재건을 위해서는, 무엇보다 먼저 검토되어야 할 대상이었다.

물론 이때에는 조선인 지주 가운데서도 성장하는 사람들이 있었다. 지주자본을 산업자본으로 전환하는 가운데, 한국 근대 자본주의의 선구가 되기도 하였다. 위의 사례에서 ③〈古阜 金氏家의 地主經營과 資本轉換〉의 경우는 그 대표적인 예이다.

5. 대동문화연구원

나는 젊은 시절 성균관대학교 대동문화연구원과는 아무 인연도 없었으나, 이우성 교수의 이 연구원 원장 재임시절, 이 연구원이 수행한 공동연구 사업 《19세기의 韓國社會》에 참여함으로써, 연구를 통해 인연을 맺게 되었다.

이 연구원도, 유학儒學을 비롯하여 우리나라의 문화를 조사 연구하며, 우리를 중심으로 한 이웃 나라들과의 문화관계, 즉 널리 동방문화東方文化를 연구하여 우리 민족문화 발전에 기여하는 동시에, 동서문화東西文化의 교류를 도모하며 세계문화世界

文化 향상에 이바지할 것을 목적으로 하면서, 1958년에 총장이 원장을 겸하는 성균관대학교의 대표 연구원으로 출발하였다.

처음에는 《栗谷全書》《退溪全書》《經書》 등, 고서 고전을 영인 간행하는 데 주력하였으나, 1963년부터는 본격적으로 연구를 하는 연구원으로 새 출발을 하였다. 당시 학계의 대학자들을 연구위원으로 위촉하고, 위의 목적을 실현하기 위한 연구를 하였으며, 그 성과를 기관 학술지 《大東文化研究》를 통해서 발표하였다.

위의 공동연구가 계획된 것은, 1960년대 말에서 1970년대로 넘어가는 무렵이었던 것 같은데, 이 원장은 이우성·김용섭·강만길·김영호·정석종 교수 등이 모여서, '19세기의 한국사회'를 주제로 공동연구를 하자고 하였다. 그 목표 방법은, 그들이 전공하는 각자의 연구 분야에서, 19세기 한국사회를 이해하기 위한 실상·구조·발전과정을 밝히자는 것이었다. 연구 방향과 관련하여 모여서 의견조정을 한 바도 여러 차례 있었다. 그 연구의 전체 구성은 다음과 같았다.

책머리에(시판본)　　　　　　　　　　　　　　　　　李佑成
〈18, 19세기의 農業實情과 새로운 農業經營論〉　　金容燮
〈朝鮮後期 手工業의 發展과 새로운 經營形態〉　　金泳鎬
〈都賈商業體制의 形成과 解體〉　　　　　　　　　姜萬吉
〈朝鮮後期 社會身分制의 崩壊 ― 蔚山府 戶籍臺帳을 中心으로〉鄭奭鍾

연구자들은 그 주제와 목표가 그들의 평소의 생각·연구와 같았으므로, 기간이 1년인 것이 난점이었지만, 의욕적으로 작업에 임했고 맡은 바 책임을 완수하였다. 다만 아쉬웠던 것은 이우성 원장은 건강사정으로 기한 안에 연구를 마무리하지 못한 일이었다. 그러나 그러면서도 이 원장은 이 공동연구가 갖는 의미에 관하여, 그 성과를 논총으로 간행할 때, 보급본 책머리에 짤막한 간행사를 씀으로써, 전체 연구가 지향하는 바가 어떠한 것이었는지 선명하게 종합 정리하였다.

나는 역사재건을 위한 학술운동과 관련하여, 몇몇 학회와 대학연구소에 차출되어 글을 써왔지만, 공동연구로서 잊혀지지 않는 것은 위의 연구였다. 연구원 측은 말할 것도 없지만, 연구자들도 모두 열의를 가지고, 역사재건의 문제에 임했다는 점에서이다. 그런 가운데서도, 이 연구가 공동연구로서 다소나마 성공한 면이 있다면, 그것은 이 연구를 이끈 이우성 교수의 헌신적인 노력에 힘입은 바 크다고 하겠다. 그런 점에서 당시의 이 교수의 노력에 새삼 감사하는 바이다.

연구 결과는 완결된 것만으로, 기관지 《大東文化硏究》 제9집 ― 特輯 十九世紀 韓國社會 ― (1972)를 통해 발표되었다. 보급본도 《十九世紀의 韓國社會》로 같은 해에 발행되었다. 내가 이때 이 공동연구와 관련하여 쓴 글은, 〈18, 19세기의 **농업실정과 새로운 농업경영론**〉으로서, 이는 다산茶山과 풍석楓石을 중심으로 한 실학파의 농업개혁론을 다룬 것이었다(《韓國近代農業史硏究》 초판본, 1975, 저작집본, 同書 Ⅰ, 2004 참조). 동 연구원에서는 이를 〈조선후기의 농업개혁론〉으로서 《한국사상사대계》 Ⅱ, 사회·경제사상 편에도 수록하였다(1976).

이 논문은 새로운 자료를 많이 수집하여 공들여 쓴 장문의 글이었다. 그 뒤에도 나는 다산·풍석의 농업론을 여러 곳에서 언급했는데, 기본이 된 것은 이때의 이 연구이었다.

6. 한국사연구회

한일회담을 전후하여 역사학계에는 지각변동이 일어나고, 역사청산 역사재건을 위한 문화 학술운동의 일환으로, 새로운 학회가 창립된다고 하였거니와, 이는 이 시기 역사학계의 큰 변화이었다. 이렇게 해서 등장하게 된 것이 한국사연구회였다.

지각변동의 원인은 당시의 시점에서, 남한만의 한일회담에 대한 찬반의 견해차이었다. 이때에는 이 문제를 놓고, 역사학회도 그 간사진이 양분되고, 한국사학회도 편집진과 국사편찬위원회 위원장(이때에는 국사편찬위원회의 기구가 개편되고 그 책임자의 지위가 위원장으로 격상되었다. 신석호 교수는 사무국장으로 정년퇴임을 하고, 고려대학에서 성균관대학으로 전근한 뒤이었다.) 사이에, 한일회담에 대한 찬반의 견해차가 있는 가운데 역사학계에 대혼란이 있었다.

이 두 학회에서 밀려난 학자들은 숙고한 끝에, 이 시점에서 한국사학을 근본적으로 발전시킬 수 있는 대책을 모색하게 되었다. 서울대학 고려대학 연세대학의 한국사 교수들이 모여서 중지를 모아 그 방안을 마련하였다.

그 방안은, 서울대학 고려대학 연세대학에 국사학과를 설치하고 한국사 전공의 인력을 늘려 나가며, 서울대학에도 한국문화를 연구하는 연구소를 설립하며, 전국의 한국사 전공 교수들을 새로운 학회로 결집하여 협동연구를 함으로써, 한국사 연구의 수준을 더욱 향상시킨다는 점 등이었다.

이리하여 학회를 성립시키는 문제는, 그 준비위원들의 여러 차례의 준비회의를 거쳐, 1967년 12월 16일 성균관대학교 교수회관에서 서울시내 여러 대학의 교수들이 참석한 가운데, 창립총회를 열고 '한국사연구회 회칙'을 통과시킴으로써 회를 성립시켰다. 회지의 제호도 《韓國史硏究》로 확정하였다. 여러 계통의 학자들이 단합하여 현 시국의 한국 사학도들에게 요청되는, 역사학자들의 자립적인 학회, 한국사의 새로운 체계화에 기여하는 학회, 민족문화의 발전에 기여할 것을 목표로 하는 학회로서 출발하였다.

창립회의는 참석자들이 아래 발기 취지문을 보는 가운데, 신석호 교수의 사회로 진행되었다. 발기 취지문은 처음에는 준비를 못하였으나, 창립회의 날짜가 다가옴에 따라 무엇인가 이런 것이 필요치 않느냐 하는 의견이 나오고, 어느 분인가가 '김용섭 교수가 그 초안을 만들어 보시오' 하는 의견이 있어서, 모두들 분망한 가운데 내가 그 초안을 작성하고 강만길 교수 등 몇몇 분이 돌려보고 다듬었다. 이는 당시의 조건에서, 그 연구회 창립의 필요성이 절실함을 강조한 것이었다.

〈發起 趣旨文〉

韓國史를 科學的으로 연구하고 이를 더욱 발전시킴으로써, 한국
사의 올바른 體系를 세우고, 아울러 한국사로 하여금 世界史의
일환으로서 그 정당한 위치를 차지하게끔 한다는 일은, 한국사
학도의 임무가 아닐 수 없습니다. 그것은 어느 누가 우리에게 부
과시킨 임무인 것이 아니라, 우리 한국사학도 스스로가 짊어지
고 나선 과업인 것입니다.

解放 이래 우리 한국사학도들은 비록 遲遲하기는 하였으나, 그
나름으로 무겁고 어려운 임무를 수행하기 위하여, 한 걸음 한 걸
음 전진해왔고 또 현재도 전진하고 있는 것으로 믿고 있습니다.
그러나 오늘날 한국사 및 국학연구에 대한 관심이 점증되어가고
있는 상황 속에서, 우리의 연구가 반드시 만족할 만한 것이었다
고 하기는 어렵겠습니다. 우리의 한국사 연구는 질적으로나 양
적으로 좀더 전진해야 할 것으로 생각되는 바입니다. 오늘날 제
외국의 학자들이, 높은 수준의 방법론으로써 한국에 관한 역사
적인 연구에 종사하고, 또 활기를 띠고 있음을 생각하면, 더욱더
그러한 바가 있습니다.

해방 전후를 통하여 그리고 오늘날에 이르기까지, 한국사학도들
에 의한 하나의 통합적인 연구기관이 독자적으로 설립된 일이
없었다는 사실에, 그리고 여기에는 모름지기 韓國史學의 성립과
발전에 역사적 한계성이 내포되어 있었다는 사실에, 우리는 더
이상 무관심할 수가 없는 것이라고 믿습니다.

그러므로 우리 한국사학도들은 이제 보다 더 긴밀한 학문적인 유대를 맺어, 계획적이고 협동적인 노력을 통하여, 한국사학의 비약적인 발전을 기필해야 할 시기에, 이미 도달한 것으로 믿어 마지 않습니다. 우리가 한국사연구회의 창립을 서두르는 所以는 실로 여기에 있습니다.

1967년 12월 7일
한국사연구회창립발기위원회
강만길 강진철 김성준 김용덕 김용섭 김철준
민병하 손보기 신석호 안계현 이기백 이종영
이홍직 천관우 한우근 홍이섭
(《韓國史硏究》 1, 會報, 1968)

물론 이때의 학회 창립에는, 기존 학회와의 관계 때문에, 찬성하지 않는 교수, 참여하지 않는 교수, 처음에는 찬성하였다가 곧 참여하지 않게 된 교수도 있었다.

학회의 기구 임원진은 회장 평의원 대표간사 간사 체제로 하되, 명예회장 이병도 회장 신석호 부회장 홍이섭 등의 원로교수들을 모시고, 대표간사 한우근 등 학병세대 학자들이 주역이 되어 회를 운영하기 시작하였다. 이때에는 특히 서울대 고려대 연세대의 한국사 교수들이 협력하여 열심히 회를 운영하였고, 그 후배세대인 해방세대들도 간사로 참여하여 일을 하였다.

이렇게 발족한 이 연구회의 학문적 성향이 어떠할지, 독자들
은 이때의 문화 학술운동과 관련하여 그 연구가 궁금할 것이므
로, 참고가 되도록《韓國史研究》창간호의 목차를 부록으로 실
었다.

【부】

韓國史研究

1

創刊辭	申奭鎬
論 文	
石壯里의 자갈돌 찍개 文化層	孫寶基
新羅 時代의 親族集團	金哲埈
朝鮮 後期 商業資本의 成長	姜萬吉
― 京市廛·松商 등의 都賈商業을 중심으로 ―	
1907~10年間의 義兵戰爭에 對하여	朴成壽
書 評	
石窟庵修理工事보고서(黃壽永 外)	李弘稙
韓國法制史研究(田鳳德 著)	朴秉濠
李朝貢納制の研究(田川孝三)	車文燮
會 報	

韓國史研究會

1968年 9月

제Ⅲ편

사학사의 바탕 위에서 역사재건

— 한국 근대사학사의 강의와 정리

앞에서 지적했듯이, 한일회담과 관련 식민주의 역사학을 청산하기 위한 문화 학술운동은, 장래의 학계를 담당할 사학과 학생들에 대한 교육운동으로서도 전개되었다. 역사청산은 역사재건을 동반하는 것이었으므로, 그것은 사학과의 근대사학사近代史學史(=한국사학사Ⅱ)라고 하는, 정식 교과과정을 통해서 교육되었다. 어찌 보면 그 운동은 아주 간단해 보였다.

그러나 이러한 사정이, 서울대학 국사학과에서는, 좀 복잡한 과정을 거쳐서 정착되었다.

이 대학에서는 이때까지(사학과 시절), 사회주의사상·민족운동·소작쟁의 등 정치적으로 민감한 문제가 많이 담긴 현대사 문제는, 학생들의 졸업논문으로서 허용하지 않았기 때문이었다 (한우근 교수 말씀).

그런데 한일조약이 체결된 이후에는, 일본에서 일본인 유학생이 오게 되고, 그들은 일제하의 문제를 연구하고자 하였으므로, 과科로서는(초기 국사학과의 교수는, 한우근·김철준·김용섭 등 3명이었다) 사정이 어렵게 되었다. 과에서는 과회의를 열고 여러 가지를 논의한 끝에, 결국 그 신청을 받아들이기로 하였다. 이는 근현대사에 대한 연구의 개방이었다.

그리고 이에 따라서는 국내 학생들의 현대사 연구도 허락하지 않을 수 없게 되었다. 그 대신 학생들에 대한 지도를 잘 하기로 하였다.

학생들에 대한 지도의 방안은, 종전부터 있었던 '한국사학사'를 한국사학사 Ⅰ(=고대·중세사학사)과 한국사학사 Ⅱ(=근대사학사)로 나누어, 그 각각을 한 학기씩 교수하는 것이었다. 그런 가운데 식민주의 역사학의 청산문제도 자연스럽게 논하고자 하는 것이었다. 김철준 교수의 제안이었다.

그리고 고대·중세사학사는 김철준 교수가 담당하고, 근대사학사는 김용섭이 맡도록 배당하였다. 나는 이 일이 있기 전에, 이와 관련되는 글을 한두 편 쓴 일이 있어서(본서 제Ⅰ편), 이 배정을 피하지 못하였다.

나는 이같이 해서 맡게 된 과목의 강의안을 새로 짜지 않으면 안 되었다. 나는 여러 가지 형태의 안을 구상해 보았으나, 만족스럽지 못하였고, 결국 본서의 목차에서 보는 바와 같은 내용으로 낙착하게 되었다. 이 강좌를 설정하는 목표를, 충실하게 달성할 수 있도록, 한국의 근대역사학을 사학사의 안목으로, 그리고 1960년대 문화 학술운동의 목표 의식과 연계하여, 정리 교수하자는 것이었다. 세 부분으로 구성하였는데,

제Ⅰ편에서는, 일제 침략 아래 일본인 학자와 한국인 학자의 한국사 인식, 한국사 연구 서술을 개관하고, 문제점이 무엇이겠

는지 성찰하고자 하였다.

제Ⅱ편에서는, 해방 후 당시의 조건에서, 우리의 역사학계는 역사재건을 위해서 어떠한 모색을 하고 있었는지를 살폈다.

제Ⅲ편에서는, 그런 가운데 한국 학자들에 의해서는 근대역사학이 어떻게 성립되고, 어떻게 발달하였는지, 그 학풍의 특징이 어떠하였는지 정리해 보도록 하였다. 그런 가운데 강의는 주로 제Ⅰ편과 제Ⅲ편으로 하고, 제Ⅱ편은 참고용으로 활용하였다.

종장終章은 사학사 전체의 결론으로서, 우리 역사학의 연구 성과는 위와 같이 학파 학자에 따라 다양하게 발달하고 있었으며, 뿐만 아니라 6·25의 전쟁으로 학자도, 학풍도 남북으로 크게 분단되었으므로, 우리의 역사학은 앞으로 이것을 어떻게 종합해 나가야 할 것인지 생각해 보도록 하였다.

이렇게 강의안을 짜고, 이에 따라 수업을 진행하기는 하였지만, 그러나 이러한 계획 전체를 한 학기에 결론 부분까지 마무리한 적은 없었다. 그렇게 하기 위해서는, 강의 계획을 절반씩 나누어, 두 학기에 걸쳐 하지 않으면 안 되었다. 그때는 휴교령도 많았고 휴강도 많았음에서이었다.

강의가 시작되면 잡지사에서 그 학기가 끝나고, 원고가 마무리되기를 기다리고 있다가, 글을 받아 가고 특집 편에 넣어서 간행하였다. 몇 번인가 그렇게 하고, 그 후에는 강의만 하고, 글 쓰는 것이 어려워져서 이를 중단하였다.

　본고는 이렇게 해서 개설한 강의의 내용을 중심으로, 썼던 글을 모으고, 여러 편編과 장章을 연결할 수 있는 글을 더 써서 정리한 것이다. 제8장과 종장은 그때 글을 쓰지 못하였으므로, 이번에 이를 책으로 펴내면서, 회상되는 대로 약술하여 보완하였다.

제5장 한국 근대 역사학의 성립*

1. 역사학의 전환

역사학은 그 다루는 시대의 특성을 반영하는 학문으로서, 우리의 근대 역사학은, 우리나라 근대사의 여러 특징을 반영하는 가운데 성립되었다.

19세기 후반기, 즉 중세 봉건사회에서 근대사회로 넘어가는, 전환기의 한국사 한국사회는, 두 가지 면에서 기본 특징을 지니고 있었다.

그 하나는, 한국사 한국사회의 내적 발전과정 위에서, 이미 해체과정에 있었던 봉건적인 사회체제를 개혁·해체하고, 새로운 근대사회를 형성한다는 일이었다. 이러한 과제는, 서구 자본

* 본고는《韓國現代史》제6권, 1971, 新丘文化社 ;《知性》제2권 제3호, 1972에 수록된 글이다.

주의 문명의 동양 진출로 더욱 자극되고 촉진되었으며, 나아가
서는 근대화 곧 서구화로서 간주되기도 하였다.

　다른 하나는, 서구 자본주의 열강의 동양 여러 나라에 대한
제국주의적·식민주의적 진출에 대응하여, 또는 탈아脫亞를 표
방하고 서양제국주의를 모방한 일제가, 한국에 대한 침략정책
을 추구하는 데 대비하여, 민족의 독립을 견지하고 그들에게
병합倂合되거나 식민지로 전락하는 것을, 막지 않으면 안 되는
일이었다. 여기에 우리 민족에게는 강렬한 민족의식이 요청되
고, 제국주의의 침략에 대한 저항이 요청되었다.

　그러나 물론 이러한 과제가 각각 별개의 문제로서 있는 것은
아니었다. 그것은 하나의 과제인 것이었다.

　근대화의 이념에 투철하더라도 제국주의의 침략에 무방비
상태이어서는 아니 되며, 제국주의에 대한 저항에 민감하더라
도 근대적인 개혁에 무관심하다면, 시대의 사명을 다할 수 없
는 것이었다. 더욱이 보수적인 데다 민족의식조차 희박하다면,
그것은 이 시대를 담당할 자격이 없었다. 이 시기의 우리 민족
에게는, 근대적 개혁과 민족의 독립 및 그것을 위한 민족의식
의 강한 발현이, 동시에 필요하였다.

　이것은 이 시기의 시대사조이고, 이 시기 우리 역사의 기본
특징이었다. 이러한 시대사조는 문화 일반과도 무관할 수 없었
다. 역사학과는 더욱 그러하였다. 이 시기 우리 사회의 기본 과
제는, 동시에 역사학 그 자체의 과제이기도 하였다. 그러기에
이 시기의 역사학에서는, 이와 같은 역사적 현실을 정확하게

인식하고, 거기에 대처할 수 있는 역사의식이 필요하였다.

내적으로는 중세적인 사회체제를 개혁 탈피하고 근대사회를 형성한다는 이념과, 외적으로는 제국주의의 침략으로부터 국가와 민족을 수호한다는 의식이, 역사학에 그대로 반영되지 않으면 아니 되었다.

더욱이 일제 관학자官學者들의 근대 역사학적 방법에 의한 한국사 연구가, 일제의 대륙침략과 직결되고, 여러 면에서 우리의 역사를 왜곡하고 있다는 점에서는, 더욱 그렇지 않을 수 없었다. 일제 관학자들의 역사학은 근대적인 학문의 방법으로써 한국을 침략하고 있는 것이었다.

우리의 역사학은, 역사의식에서나 역사연구의 방법에서, 고심하지 않으면 아니 되었다. 전통적 중세적 역사학에서 탈출하여, 새로운 차원의 근대 역사학으로 성장하지 않으면 아니 되었다. 그리고 실제로 우리의 역사학은, 이러한 상황에서 근대 역사학으로 발돋움 할 수 있었다. 그러므로 이 시기의 역사학은, 현실 타개의 역사의식에 투철하였고, 그러한 역사의식은 우리 역사학에서 근대 역사학 성립의 전제조건이 되었다.

우리 근대 역사학은, 이러한 전제조건과 내면적으로 깊은 관련을 가지면서, 학學 그 자체에서도 일정한 관觀과 방법론을 확립하지 않으면 안 되었다. 전근대 사회의 역사학이 '지배자 중심의 교훈적 또는 실용적 역사'일 것을 목표로, 역사서술에서 편년체編年體적인 또는 기전체紀傳體적인 서술방식을 취하고, 한 걸음 더 나아가면 기사본말체紀事本末體적인 서술도 하였는데, 이는 극복되지 않으면 안 되었다.

그것은 근대 역사학에서는 이를 지양하여, 국가國家·민족民族
―국민國民·민중民衆 중심의 '발전적 또는 발생적 역사'일 것을
목표로, 역사를 발전적으로 그리고 객관적으로 파악하여, 이를
실증적·비판적으로 서술하지 않으면 아니 되는 까닭이었다.

근대 역사학에서는 사회발전을 인과관계 위에서 분석 종합
하는 것인데, 편년체나 기전체의 전통적 역사서술 방식으로서
는, 그러한 역사서술이 어려웠다. 불가능하였다.

물론 근대 역사학이 성장함에 따라서는, 역사의 '발전성'이나
'객관성'에 관하여 그 개념 규정에 견해차가 생기기도 하였지만,
그렇더라도 이는 또한 역사를 발전적으로 객관적으로 파악할
것을, 근대 역사학의 기본자세로 인정한 위에서의 일이었다.

우리의 역사학이 근대 역사학으로 확립되기 위해서는, 이러
한 학적學的인 전환이 있지 않으면 아니 되었다. 이와 같은 우
리의 근대 역사학은 광무개혁기의 역사학을 거쳐, 박은식朴殷植
과 신채호申采浩의 역사연구에 이르러서, 하나의 학으로서 성립
을 볼 수 있게 되었다.

2. 개혁기의 역사학

광무개혁에서는, 갑오개혁의 개혁사업을 크게 조정하면서,
이 시기 개혁의 새로운 방향을 모색하고 있었다. 그것은 갑오
개혁의 이념이, 다분히 전통적인 여러 제도의 급격한 변혁을

지향하는 것이었음에 대하여, 광무개혁에서는 이러한 급격한 변혁을 조절하면서, 점진적인 방법을 취하게 된 일이었다.

즉, 광무개혁은, 아관파천俄館播遷 이후 친일 정권을 구축하였으면서도, 그 정권이 수행하고 있었던 개혁사업은 계승하면서, 갑오개혁에서 드러난 여러 가지 한계, 특히 주체성의 결여나 부족, 그리고 외세침투에 대한 무방비를 재고하지 않을 수 없는 데서, 그리고 민비閔妃 시해에 대한 보복 여론을 중심으로, 다시금 대두한 보수적인 정치세력의 주장도 고려하지 않을 수 없는 데서, 이 시기에는 종래의 개혁사업의 방향을, 크게 조정하여 신新·구舊를 절충하는 원칙이 내세워지고 있었다.

그리고 신·구를 절충하면서도, 광무개혁기의 초기의 담당자들이 구상한 것은, 옛것을 기본으로 하고 새것을 종從으로 하는, 이른바 구본신참舊本新參의 원칙이었다.[1]

옛것을 기본으로 한다는 것은, 종래의 우리나라의 문물제도로서 계승할 수 있는 것은 이를 모두 계승하고, 그렇지 못한 것에 한해서 서구문명을 받아들인다는 것이었다. 이는 전통문화의 존중과 그 계승·발전이 의식적으로 내세워지고 있는 것으로서, 개혁에서 주체성이 강하게 표현되고 있는 것이며, 갑오개혁이 다분히 외세에 의존하여 구제도의 적극적인 개혁이 주장되었던 것과는 거리가 있는 것이었다.

이와 같은 광무개혁의 이념은, 이 시기 사상계의 동향이 집

---

1) 金容燮, 〈光武年間의 量田事業에 관한 一研究〉《亞細亞研究》 31, 1968) 四의 1. 更張事業의 方向調整과 量田의 法制化 참조.

약된 것으로서, 역사학도 이러한 동태에서 예외일 수는 없었다. 그리하여 이 시기의 우리의 역사학은, 전통적인 역사학을 바탕으로 하면서, 새로운 근대 역사학의 방법론이 참작 도입되고 있었다.

역사학에서 '구본신참'의 이념은, 구래의 전통적인 역사학과 문화의 정당한 계승 위에서, 새로운 역사학의 도입을 뜻하는 것이었지만, 이 시기의 역사학은 그들이 의거하고 그들이 계승 발전시켜야 할 전통사상 전통문화를, 18, 19세기의 실학實學에서 찾고 있었다.

실학사상은 기본적으로 봉건적 조선왕조의 구조적 모순을 타개하고, 새로운 사회의 건설을 지향하는 것으로서, 거기에는 일정한 한계가 있기는 하였지만, 18, 19세기의 사회사상으로서는 진보적이고 혁신적인 것이었다. 정치·경제·사상 등 여러 가지 면에서, 실학파의 여러 연구와 그 개혁 이론은, 이 시기의 우리 문화의 수준을 보여주는 것이며, 그들이 제기하고 있는 사회개혁의 방향은, 우리나라 역사의 앞으로의 진로와 장래의 과제를 제시한 것이었다.2)

개혁기의 역사학이, 실학사상을 그들이 의거할 전통사상으로

---

2) 이 시기의 개혁사상이나 개화론과 실학사상과의 연관성에 관해서는 다음의 논고가 참고된다.

金泳鎬, 〈侵略과 抵抗의 두 가지 樣態〉(《新東亞》1970, 8;《文學과 知性》2) ; 〈近代化의 새벽―開化思想〉(《韓國現代史》6).

千寬宇, 〈韓國實學思想史〉(《韓國文化史大系》, VI).

金容燮, 〈18, 19세기의 農業實情과 새로운 農業經營論〉(《大東文化研究》9, 1972).

받아들이고 있는 것은, 실학의 이와 같은 혁신성 진보성에 연유하고 있었다. 그것은 광무개혁의 이념이 주체적인 입장에서 정치·경제·사회의 개혁이념이고자 하였음과도 일치하는 것이었다. 이 시기의 역사가들은 정약용丁若鏞의 학으로서 대표될 수 있는 실학을 '후세의 법이 될 수 있는 학',3) 또는 '경장유신更張維新의 뜻이 있는 학'4)으로 보고 있었다. 개혁기의 역사가들은 개혁기 역사학 또는 광무개혁 자체의 이념을, 실학사상과의 관련에서 찾고 있는 것이었다고 하겠다.

이 시기 역사가들의 실학사상 계승은, 실학파의 업적을 간행하거나, 그것을 토대로 한 저술의 형식으로 나타났다. 1901년(광무 5년)에 김택영金澤榮은《燕巖集》을 편간하였고, 량재건梁在謇은《牧民心書》를, 현채玄采는《欽欽新書》를 간행하였으며, 1903년에는 장지연張志淵이 정약용의《我邦疆域考》를 증보하여《大韓疆域考》를 간행하였으며, 그 후《雅言覺非》를 출판하기도 하고, 다시 또 그 뒤에는《星湖集》의 간행계획도 있었다.

그리고 1905년에는《三國遺事》,《三國史記》,《高麗史》,《東國通鑑》과 더불어, 실학파 곧 안정복安鼎福의《東史綱目》, 유득공柳得恭의《四郡志》와《渤海考》, 박지원朴趾源의《연암집》 등을 참고하여, 이 시기 역사서의 한 표본일 수 있는 김택영金澤榮의《歷史輯略》이 편찬되기도 하였으며, 유득공의《京都雜

---

3)《梅泉野錄》p.31. 매천의 역사학에 관해서는 洪以燮,〈黃玹의 歷史意識〉(《淑大史論》, 4, 1969) 참조.
4)《韋庵文稿》p.192.

誌》열독을 통해서는 장지연의 우리나라 풍속사에 관한 소품
들이 준비되기도 하였다.

개혁기의 역사가들은, 이와 같이 실학사상의 학적 기반 위에
서, 그들의 연구를 진행시켰으며, 그 성과는 통사通史와 특수
연구의 두 경향으로 나타나고 있었다.

통사로서는 황현黃玹의 《梅泉野錄》, 정교鄭喬의 《大韓季年
史》, 김택영의 앞에 든 《歷史輯略》 등이 대표적인 것이겠다.
첫째와 둘째 것은 고종 이후의 근대사이고, 셋째 것은 우리의
전 역사를 서술한 것으로서, 이는 저자가 학부學部에서 《東國歷
代史略》 편찬에 종사했던 경험을 살려서, 그 후 그 자신의 명
의로 저술하였던 《東史輯略》을 다시 더 증보한 것이었다. 김택
영의 저서로서는 결정판이었으며, 그 방면의 저서로서는 이 시
기를 대표하는 저술이라고도 하겠다.

이들 저자의 역사의식은 투철하여서, 이들은 이 시기의 개혁
사업에 동조하고 있었으며, 제국주의의 침략에 대한 저항과 민
족의식도 강렬하였다.

그러나 그러면서도 이들의 저술은, 아직은 근대 역사학적인
방법에 의한, 저술이 되지 못하고 있었다. 그들은 전통적인 역
사서술의 방법에 따라서, 그들의 역사를 기술하고 있었다. 편년
체적인 역사서술이었다. 그런 점에서 그들의 역사의식이 아무
리 투철하더라도, 사회의 발선과정이나 제국주의의 침략과정
이, 인과관계에서 과학적으로 서술되기는 어려웠다.

근대 역사학의 방법에 비교적 접근한 연구는, 특수 연구에

나타나고 있었다. 장지연의 《我韓衣冠制度考》나 《朝鮮儒敎觀》 (뒤에 《朝鮮儒敎淵源》으로 확대) 및 《朝鮮佛敎觀》이 그것이었다. 간단한 논설문으로 되어 있는 이들 글은, 각각 그 발달 과정을 시대를 따라 전개한 것이기는 하지만, 완전히 편년체의 역사서 술은 아니었다. 거기에는 그것을 지양하려는 노력이 있었다.

그러나 그러면서도, 그의 역사서술의 방식에는, 아직은 한계 가 있었다. 그의 역사서술이 완전히 전통적인 방법을 탈피하고 있는 것은 아니었으며, 사료 비판적인 안목과 방법도 부족하였 다. 그는 《아방강역고》에 임나任那 문제를 증보하는 오류를 범 하여, 후에 신채호의 비판을 받기도 했다. 그에게는 또한 《大朝 鮮近史》가 있는데 이는 편년체의 역사였다.

장지연은 철저한 유학자儒學者였으나 시대에 민감한 역사학 자였다. 그는 유교가 국운 쇠약의 원인이라는 설에 반대하여, 진정한 유자를 채용하지 않은 것이 그 이유라고 내세워 유교를 변호하였으며, 일인 다카하시 토오루高橋 亨의 우리나라 유교에 관한 강연에서도 반론을 제기하여 장문의 조선 유교에 관한 변 론을 전개하기도 하였다.

그러나 그러면서도, 그는 조선시대 그대로의 유교사회를 고 집하는 것은 아니었다. 그는 유교의 사상체계를 바탕으로 하여, 세워져 있는 조선의 사회체제가, 개혁되어야 할 것을 또한 구 상하는 것이었다.

그가 과거科擧제도 복설復設의 논의에 반대하여 그 부당함을 말하고, 인재의 등용에는 문벌 신분을 부정한 위에서 재주 있

는 사람을 채용할 것을 말한 것, 따라서 유학자로서 고담준론高
談峻論하여 신학문을 배척하는 것은 국가와 국민을 좀먹는 것
이라고까지 혹평한 것, 국민 교육은 한글로써 하고, 한문은 전
문학교를 세워 이를 전공할 사람에게만 교육할 것을 말하고 있
는 것 등은, 그의 그러한 의식을 말하여 주는 것이겠다.5)

그리고 그의 반제국주의적인 자세도 철저한 것이었다. 다 아
는 바와 같이 그는 언론인으로서 일제의 침략을 폭로하는 데
선봉에 섰던 인물이기도 하였다.

광무개혁기의 역사학에는, 이와 같이 시대성이 잘 반영되고
있었지만, 그것이 근대적인 역사학으로서 성립되기에는 아직
요원함이 있었다. 근대 역사학으로서의 '학學'의 체계나 방법론
이, 대학교육을 통해서, 전면적으로 도입되고 있는 것이 아니었
다. 이 점은 이 시기 역사학이 극복하지 않으면 아니 되는 한계
이고 과제였다. 이러한 과제는 번역사학飜譯史學을 통해서 점차
해결의 실마리가 열리었다.

그러나 번역사학이 반드시 방법론의 도입이라는 점에서만
문제된 것은 아니었다. 이 시기에는 제국주의 국가의 침략과
관련하여, 그들을 알고 그들의 침략 방법을 알아야 한다는 것
이, 식자층의 공통된 견해였다. 그러기 위해서는 그들의 역사,

---

5) 《韋庵文稿》권5, 論·辨. 권6, 趣旨文. 권8, 社說 등 참조.
　　千寬宇, 〈張志淵과 思想〉(《白山學報》3, 1967); 〈張志淵〉(《韓國近代人物百
　　人選》,《新東亞》, 1970.1 附錄).

그들의 침략사를 살펴야 할 것으로 생각되었다. 역사가들은 국민 계몽이라는 점에서, 외국의 역사를 보급시키게 되었다.

외국사外國史에 대한 인식의 필요성은, 개항 후부터 이미 고조되고 있어서, 《萬國通鑑》(美 射衛樓述, 淸 趙 如光記, 1882, 中國)이 들어와 있었고, 1896년(건양원년)에는 학부에서 《萬國略史》를 간행하기도 하였다. 그러나 이것으로써 세계대세를 알기에는 태부족이었다.

식자층이나 국민 대중에게 널리 세계의 정세를 인식시키고, 또한 우리나라의 처지를 이해시키기 위해서는, 우리말로 된 만국사萬國史의 보급이 필요하였다. 역사가들은 여기에 외국사의 번역 간행을 서둘렀고, 세계정세에 대한 식견은 넓혀 갔다.

사학사史學史적인 입장에서, 외국사의 번역이 문제될 수 있는 것은, 현채의 일련의 역술 활동이라고 하겠다. 그는 한문漢文과 일문日文으로 된 세계 여러 나라의 역사를, 《萬國史記》(1906)의 이름으로 역간하였고, 이 작업의 일환으로서는, 외국인 저술의 우리나라 역사도 또한 번역하고 있었다. 《東國史略》(1906)이 그것으로서, 이는 일본인 하야시 다이스케林 泰輔의 《朝鮮史》와 《朝鮮近世史》를 편역한 것이었다.

이러한 역술 활동에서, 현채는 그 목표를 단지 세계정세 이해를 위한, 국민 계몽이라는 점에만 두고 있는 것은 아니었다. 그에게는 우리 역사서술에서 방법론의 문제가, 또한 주요 관심사가 되고 있었다.

이때의 《萬國史記》는 말할 것도 없고, 하야시의 《朝鮮史》도 또한 근대 역사학의 방법론에 의해서 서술되고 있었는데, 우리의 역사학계는 역사서술의 방법에서 아직 전통적인 편년체의 방법에 의존하고 있어서, 현채는 이의 극복 문제에 고심하고, 근대 역사학의 방법론을 도입해야 할 것으로 보고, 그 한 수단으로서 역술사업을 하게 된 것이었다. 그가 《東國史略》의 자서自序에서, 그동안 자신의 역사 편찬활동(편년체)이 '體制不立'하였음을 개탄하고, 체제가 정연하게 확립된, 일인의 《朝鮮史》를 역술하게 된 경위를 말하고 있는 것에서는, 그의 그러한 방법론적인 반성과 고민을 볼 수 있는 것이라고 하겠다.6)

현채가 역사학자로서 역사서술의 방법론에, 얼마나 많은 관심을 가지고 있었는가 하는 것은, 동료사가 김택영金澤榮의 저서에 대한 평언에 더욱 잘 표현되어 있다. 김택영은 앞에서 언급한 바와 같이, 1905년에 그의 《東史輯略》을 증보하여, 새로이 《歷史輯略》을 간행하였는데, 이때 현채는 그 저서의 서술방식이 전통적인 방법을 고수하고 있어서, 근세 각국사의 역사서술이나 그 바탕이 되고 있는 역사의식과 같지 않음을 염려해 주고 있었다.7) 즉 현채의 생각으로는, 근대 세계에 살고 있는 그들로서는, 역사학에서도 근대 역사학의 방법론이 도입되어야 할 것으로 보는 것이었다.

---

6) 金容燮, 〈日本·韓國에 있어서의 韓國史敍述〉(《歷史學報》31, 1966). 玄采에 관한 전반적인 연구로서는 盧秀子, 〈白堂 玄采硏究〉(《梨大史苑》8, 1969) 참조.

7) 《歷史輯略》, 自序.

3. 박은식의 근대 역사학

개혁기의 역사학을 계승하여, 그 일원으로서 그때 못한 과제를, 후일 해결한 것은 박은식朴殷植(호 겸곡謙谷·백암白巖, 1859~1926)이었다. 박은식은 광무개혁기에는 언론인으로서, 그리고 교육자로서 국민계몽의 선두에 섰던 인물이며, 일제의 침략 아래서는 중국으로 망명하여 독립투쟁의 지도자로서 국권 회복을 위하여 노력한 역사가이기도 하였다. 그의 역사의식은, 그 행적에서 볼 수 있듯이, 개혁이념에 투철하고, 제국주의의 침략에 적대적이었다.

그가 활동하던 시기의 중국에는, 무술변법戊戌變法으로 유명한 캉유웨이康有爲가 있었는데, 두 사람의 유교사상에 대한 이해는, 공자孔子를 크게 이용하였다는 점에서 공통되었으나, 그러면서도 그 목표가 크게 달랐음은 흥미로운 일이었다.

그가 개혁기의 역사학을 계승하여, 근대 역사학의 방법론을 직접 우리 역사에 도입함으로써, 우리의 역사학을 근대 역사학으로 성장시킨 것은 1910년대의 일이었다. 그 연구성과가 《韓國痛史》와 《韓國獨立運動之血史》이었다. 그는 구한말 개혁기 이래로 많은 글을 썼는데, 이는 근년에 김영호 교수의 노력으로, 각계 인사들의 도움을 받아, 단국대학교 동양학연구소 편 《朴殷植全書》 상, 중, 하권으로 간행되었다(1975, 단국대학교 출판부).

《한국통사》는 한말부터의 준비과정을 거쳐, 1914년에 완성
되고, 1915년에 간행되었는데, 이는 대원군大院君 집권 이후부
터 1911년까지의 우리나라 근대사를, 일제의 침략이라는 면에
초점을 맞추고 서술한 것이었다. 전 3편으로 구성된 이 책은,
제1편은 우리나라의 지리적 환경과 역사의 대개, **제2편**은 대원
군의 개혁정치에서부터 아관파천 이후 친일정권이 무너질 때
까지, **제3편**은 대한제국의 성립(국호 개정)과 그 후 일제의 침
략과정을 다루었다.

이 책을 서술한 방법은, 그가 범례에서 밝히고 있는 바와 같
이, 근세 신사新史의 체제를 따라 역사적 사실을 중심으로 장章
을 이루고, 이 사실을 기술하면서는 그 내용을 서술하기도 하
고, 이에 대한 그의 견해 즉 비평이나 논평을 가하기도 하였으
며, 또 이 사실이 유래하게 된 선행 사건을 거론하기도 하고,
그 결과로서 일어나게 되는 사실을 부론附論하기도 하였다. 그
러고서도 미진한 점은 안설按說, 즉 주註로써 부기하는 방식을
취하였다.

이러한 역사서술의 방식은, 곧 역사적 사실의 발달 과정을
인과관계의 면에서 분석·비판·종합해 가는, 근대 역사학의 방
법론이었다. 박은식은 《한국통사》를 서술하면서, 근대 역사학
의 방법론을 의식적으로 도입하여, 일제의 침략 과정을 폭로한
것이었다.

《한국독립운동지혈사》(《혈사》)는, 《한국통사》 이후 준비되
고 서술된 것으로서 1920년에 간행되었다. 이는 《한국통사》와

표리관계에 있는 사서이며,《한국통사》에서 볼 수 있는 일제의
우리나라 침략에 대항하여, 우리 민족이 국권회복을 위하여, 투
쟁한 피의 역사를 서술한 것이다.

이 책도 전 3편으로 구성되었는데, **상편**에서는 개항 이후의
일제의 침략과정(《한국통사》와 일부 중복된다)과 조선총독부의
침략정책을 폭로하였고, **하편**에서는 국권을 잃은 뒤 우리 민족
의 독립투쟁을, 3·1운동 이후까지 전개하였으며, **부편**附篇에서
는 우리 민족의 독립운동에 대한 세계의 여론을 수록하였다.
그리고 그 서술방법은《한국통사》와 마찬가지로, 근세 신사新
史의 체제를 따른 것이었다.[8]

박은식이《통사》나《혈사》를 서술하면서 목표로 삼은 것은,
우리 국민들이 이를 읽고 민족정신을 잃지 않게 하자는 것이었
다. 그는 국가가 유지되려면, 국교國敎·국학國學·국어國語·국문
國文·국사國史 등 내면적 정신적인 혼魂과, 전곡錢穀·졸승卒乘·
성지城池·선함船艦·기계機械 등 외형적 물질적인 백魄이 필요한
데, 혼이 따르지 아니하면, 백은 살아 있어도 죽은 것이나 마찬
가지라 보고 있었다.

혼, 즉 정신의 문제는 민족이나 국가의 존망을 좌우하는 관

---

8)《韓國痛史》《韓國獨立運動之血史》에 관한 학적學的인 검토와 이와 관련된
   그의 독립활동에 관해서는 다음과 같은 논고가 있다.
   洪以燮,〈朴殷植의《韓國痛史》와《韓國獨立運動之血史》〉(《韓國史의 方法》,
   1968).
   姜萬吉,〈韓國痛史〉(《韓國의 名著》, 1969).
   尹炳奭,〈朴殷植〉(《韓國近代人物百人選》).

건으로 보는 것이었다. 그런데 그는 이와 같은 민족의 혼이나 국가의 혼은, 특히 그 나라의 역사에 담기는 것으로 보고, 따라서 역사가 존재하는 곳에는, 국혼이 존재하는 것으로 생각하는 것이었으며, 그러기에 민족혼의 중심인 국사가 존속하면, 그 나라는 망하지 않는 것으로 생각하였다.

그러한 사례를 그는 중국이나 터키에서 보고 있었다. 중국은 그 민족혼이 그 문화에 담겨 있음으로써, 북방 민족의 침략을 자주 받았으나, 오히려 그들을 정신적인 면에서 동화시키고 있었으며, 터키는 그 민족의 혼이 종교 속에 강렬하게 유지되고 있기 때문에, 열강의 강압을 받은 바가 오래였으나, 장차 다시 진흥할 것이라는 것이었다.[9]

그래서 그는 이러한 나라를 '혼이 강한 나라'라고 하였는데, 혼이 강한 나라는 그 인종의 자격이 서로 같고, 그 고유의 종교·역사·언문·풍속 등 국혼이 멸하지 않으면, 비록 한때 열강에 병합되었다 하더라도, 마침내는 거기에서 탈출하여 독립하는 것이라고 하였다.

강자가 약자를 병합하는 것은, 국가와 국가가 경쟁하는 이 시기에는 자주 볼 수 있는 일이지만, 이 약자가 혼이 강한 나라라면, 그 굴레에서 벗어나 독립하게 되는 현상도, 오늘날의 세계에서는 흔히 보는 일이라고 하였다. 그래서 그는, 우리나라도 장차 반드시 광복의 날이 있을 것을 믿고 있었다. 우리 민족을

---

9) 《韓國痛史》結論.

혼이 강한 민족으로 믿기 때문이었다.[10] 이것은 그의 신념이었
다. 그는 우리 민족에게 이러한 희망과 신념을 안겨 주면서,
《혈사》를 서술하였다.

그는 우리 민족을 인재의 배출·문물의 제작에서, 실로 우수
한 자격을 갖추고, 타민족보다 훨씬 뛰어난 것으로 보고 있었
으며, 우리의 역사는 4천3백 년의 전통이 있어서 충의·도덕의
뿌리가 깊고, 종교와 문화가 일찍이 창명彰明하여 일본에까지
파급하였으니, 우리의 문화는 일본보다 선진의 위치에 있는 것
이라고 생각하였다.

또 우리 민족은 우리의 언어를 쓰고, 우리의 풍속을 가지고,
우리의 노래를 부르고, 우리의 예법을 쓰고, 우리의 의식을 지
니는데, 이는 모두 우리 민족의 국민성을 타민족과 구별짓는
것이라고 생각하였다. 이러한 제 요소의 종합 위에서, 우리의
문화가 생성된 것이므로, 우리의 국혼은 강하고, 따라서 이것은
결코 타민족에게 동화될 수 있는 것이 아니라고 그는 믿었다.
더욱이 일본은 조상 대대로 우리와 원수 관계에 있으니, 우리
의 민족혼이 그들과 조화될 수는 없다는 것이었다.[11]

민족혼이 살아 있는 한 민족의 독립이 있을 것을 믿었던 그
는, 우리 민족의 독립투쟁, 특히 거족적인 3·1운동을 통해서,
그의 신념에 더욱 확신을 얻을 수가 있었다.

더욱이 일제는 우리의 적이 되어 있을 뿐만 아니라, 그 대륙

---

10)《韓國獨立運動之血史》緖言.

11) 위와 같음.

침략의 정책으로 말미암아, 4억 중국 민족과 2억 러시아 국민의 적敵이 되어 있고, 세계 민의民意의 적이 되어 있으며, 또한 구·미 열강의 제재를 받는 바도 적지 않으니, 이러한 국제적인 고립 속에서 능히 패하지 아니하고 나라를 보존할 수가 있겠느냐고 생각하였다.

그래서 그는 일제의 패망을, 우리 민족의 광복과 더불어, 반드시 있을 것으로 예견하고 있었다. 그러기에 그는, 그가 서술하는 민족사를 통해서 민족혼을 진작하고, 이 민족혼의 유지 속에 민족의 독립을 전취하려는 것이었다.[12]

그에게는 민족의 광복을 확고한 사실로 믿는 신념이 있었으므로, 어떠한 회유 정책에도, 현혹되거나 만족할 수 없다는 것을 천명하고 있었다. 그의 역사서술은 이러한 신념과 밀착되어 있었다. 그러기에 일제의 침략과 그에 대한 독립투쟁을 서술하는, 그의 역사학은, 자신自信에 넘쳐 있었다. 그의 역사학은 초기 일제 관학자들의 연구를 압도하는 힘이 있었다. 일제의 식민지 당국자들은, 박은식의 이 《한국통사》의 출현을 계기로, 그들의 《朝鮮史》(37권) 편찬을 계획하게까지 되었다.[13] 우리의 근대 역사학 수립은, 실로 일제 관학자들과의 대결을 통해서, 이루어지고 있는 것이었다.

---

12) 《韓國獨立運動之血史》緖言.
13) 朝鮮總督府中樞院, 〈韓國痛史摘錄〉(1920).
   朝鮮總督府朝鮮史編修會, 《朝鮮史編修會事業槪要》 1938, p.6.

박은식의 역사학은, 이와 같이 민족의식·민족정신으로 일관하고 있거니와, 그의 역사학·역사관을 좀더 구체적으로 이해하기 위해서는, 그 민족의식이나 민족정신의 본질이 어떠한 것인가에 대한 검토가 있어야 하겠다. 그리고 이 문제는 그의 문화진흥에 관한 일련의 견해와도 관련되는 것이므로, 우리의 검토도 그의 견해를 좇아 문화 일반의 문제와 관련하여 생각하면 편할 것이다.

그는, 본래 국가와 문화와의 관계에 관하여, 나라는 사람으로 해서 세워지고, 사람은 학문으로 해서 이루어지므로, 나라의 나라됨을 논하려면 마땅히 사람의 사람됨을 논해야 하고, 사람의 사람됨을 논하려면 마땅히 학문의 학문됨을 논해야 하며, 그러기에 국민에 대한 교학 즉 문화의 성쇠는, 자고自古로 국운의 융성·교체에 관련된다는 입장을 취하고 있었다.

그래서 그는 〈論國運關文學〉 또는 〈興學說〉 등의 글을 써서, 국민교육의 진흥을 제언하고, 따라서 문화 수준을 향상시켜야 할 것을 건의하기도 하였다.[14)]

문화 수준을 향상하고 국민교육을 진흥하는 것은, 이와 같이 국운의 융성을 위해서 필요한 것으로서, 이것은 기본적으로 두 가지 면에 유의해서 행해져야 할 것으로 그는 생각하였다. 그 하나는 각종 학교를 통해서 교육하는 '경제지술經濟之術'이고, 다른 하나는 종교를 통해서 교육하는 '도덕지술道德之術'이었다.

---

14) 《學規新論》(1904) 및 《謙谷文稿》.

그는 이 양자를, 제과諸科 학교의 예술교육은 물론, 확장하지 않을 수 없는 것이나, 종교를 부식扶植하는 일은 더욱 늦출 수 없는 것이라 하고, 또는 이 양자는 마땅히 병행해야 할 것이나, 국가는 도덕교육에 대해서는 더욱 신중하고 진력해야 할 것이라고도 하였다.15) 전자는 이용후생에 관한 학이고, 후자는 정신교육에 관한 것인데, 그는 이 양자를 모두 중요시하였으나, 그의 관점에서 후자에 대한 국가적인 노력을 강조한 것이었다.

학교교육에 대한 그의 의견은 진취적이었다. 그것은 우리나라의 과거의 교육상 결함을 근본적으로 시정하려는 것이었다. 그것을 그는 다음과 같이 말하고 있었다.

즉, 우리나라의 지식인들은 문정門庭을 떠나보지 못하고, 목력目力이 해외에 미치지 못하여, 6대주가 서로 통하고 열강이 자웅을 다투는 오늘에, 좁은 견해를 묵수하여 스스로 현명·정당한 것으로 생각하고, 고서를 연찬하여 시세時勢를 연구하지 않으며, 의리를 공담하고 경제에 어두우며, 모든 각국의 이용후생의 신학·신법을 구적시仇敵視하여 이를 배척함으로써, 전국의 인민을 무지·무식으로 몰아넣고, 마침내는 전 동포가 남의 노예가 되기에 이르렀다는 것이었다.16)

그러므로 당시의 국가가 힘써야 할 일은, 이러한 결함이 타개될 수 있는 교육을 해야 한다는 것이었다.

그러한 교육을 위해서는, 교육제도를 개선하여 보통교육普通

---

15) 《謙谷文稿》.
16) 《學規新論》.

敎育과 전문교육專門敎育을 위한 학교를 설치하고, 실용적인 학
문(서양인들의 제학과)을, 보통 과정에서 그 기초교육을 시작하
여, 전문 과정에서 그것을 마치도록 하며, 또 보통교육을 위해
서는 국문으로 서적을 간행하여 무지·무식의 대중이 없게 하
며, 전문교육을 위해서는 특히 외국에 유학생留學生을 파견하
여, 서구 선진국가의 문물을 배워 올 것을 강조하였다.

그러나 이것은 어디까지나 외국에서 학문을 배우는 것이지,
그들에게 의존해서 문물제도를 개혁하려는 것이어서는 안 될
것임을 또한 강조하였다. 그는 자주自主·자강自强하는 입장을
내세우고 있었다. 그는 우리의 주체적 입장이 확고히 견지된
위에서, 정치·경제·사상·문물제도 등 외국의 문화가 수용되어
야 한다는 것을, 말하고 있는 것이었다.

그는, 당시 국가에서 병통이 되고 있는 것은, 국가에 자주의
정신과 자강의 기개가 있느냐 하는 자주성의 문제로서, 자주
자강하여 타국에 의부依附하지 않으면, 비록 국가의 규모가 작
더라도 타국에 속하지 않으며, 자주 자강하지 못하고 타국에
의부하려 하면, 비록 국가가 크더라도 나라는 마침내 타국에
예속되는 것이라고 하였다. 그래서 그는 군대가 많지 않은 것,
기계가 구비되어 있지 못한 것, 제조製造가 왕성하지 못한 것
따위는 근심할 바 못되는 것이며, 다만 인심이 약해지고 민족
의 기개가 위축되는 것이, 가장 우려되는 바라고 하였다.

더욱이 우리나라는 열강의 사이에 처해 있으므로, 교제는 좋
지만 의부는 불가하며, 학문은 배울 것이지만 세력은 빌 것이

아니라고 보고 있었으며, 만일 열강에 의부하는 것을 득계得計로 하여 그 세력을 비는 것을 가하다고 한다면, 그것은 자기 나라를 남에게 맡겨 버리는 것이라고 하였다.[17]

자주자강自主自强, 즉 주체성의 문제는 정신적인 문제로서, 그것은 곧 그의 민족혼民族魂·종교론宗敎論·도덕학道德學의 문제와 연결되는 것이었다.

도덕의 학을 위해서는 국교國敎로서의 종교가 확정되고, 그 종교에 의해서 도덕교육이 행해져야 할 것으로 생각하였다. 그는 종교를 유지하는 것은 곧 국맥을 보존하는 길이 되는 것으로 보고 있었으며, 이 종교에는 민족의 혼이 담겨 있는 것으로 보는 데서, 민족정신의 앙양을 위해서는 반드시 종교의 유지가 필요한 것으로 보고 있었다.

그런데 우리나라는 근자에 이르러서, 사기士氣가 날로 변하여 도의는 불수不修하고 허위는 일자日滋하며, 마침내 전국의 인민으로 하여금 실교失敎의 민이 되게 하고, 나아가서는 서교西敎에 들지 않으면 동학東學에 들게 함으로써, 나라의 종교는 겨우 명목만이 있게 되고, 국가의 원기는 이로써 위축되기에 이르렀다는 것이었다.

이와 같이 나라에 민족의 혼, 국가의 혼이 담겨 있는 종교가 없다면, 어찌 나라의 꼴이 되겠냐는 것이 그의 생각으로서, 여기에 그는 민족의 혼, 국기의 혼이 담겨 있는 국교로서의 종교

---

17) 《謙谷文稿》.

의 필요성을 강조하게 되었다. 그는 그러한 종교를 서슴지 않
고 유교儒敎로 보고 있었다.

우리나라에는 자고로 많은 종교가 있었으나, 그는 그 가운데
서 "韓國宗敎夫子之道也"라고 하여, 우리나라의 종교는 공자의
도임을 밝혀 전제하고, 종교 문제를 전개하고 있었다. 그는 공
자의 가르침, 즉 '삼강오륜三綱五倫'이 국기國基가 되고, '육경사
서六經四書'가 도통道統을 잇고 예의를 수명修明하고 풍화風化를
부식하였음이, 이미 오래되었음을 말하였다.

그러나 그러면서도, 공자의 가르침이 비록 말(言)은 전하지
만, 그 도道가 일찍이 종교로서 실천되지 않았음을 그는 안타까
워하였으며, 지금부터라도 공자의 도를 종교화宗敎化하고 국교
화國敎化해야 할 것으로 생각하였다. 그러기 위해서는 그 종교
화가 가능할 수 있도록 태학太學을 학부에서 분리하여, 옛날의
'삼로오경三老五更'의 예에 따라, 학덕 있는 사람을 선임하여 국
중의 유교를 전담토록 하고, 유교의 교수를 각 군에 분치하여
학도들에게 유교 경전을 교육하며, 《小學》과 《四書》를 국문으
로 번역 간행(釋刊)하여 농민·공인·상인·부녀자에게 읽히면, 공
자의 가르침, 즉 유교의 도리를 알게 되어 이교異敎에 들어가지
않을 것이라고 주장하였다.[18]

박은식은 이와 같이, 민족정신의 유지·양양을 위해서 유교의
종교화와 그 보급을 강조하는 터이지만, 그러나 그는 유교가

___

18) 《謙谷文稿》 및 《學規新論》.

그러한 기능을 담당하기에는 일정한 한계가 있는 것도 또한 잘
인식하고 있었다.

유교는 공자 이래의 전통적 정치사상·사회사상으로서, 사회
를 상하 관계로 질서화하고 지배자의 철학이 되어온 사상으로
서, 당시의 시대사조와는 너무나 큰 거리가 있는 까닭이었다.
그래서 그는, 이 새로운 시대에 유교가 존립하고, 나아가서 국
교로 되기 위해서는, 스스로 자기개선이 있어야 할 것으로 생
각하였다. 과거의 유교 사상이 지니는 결함을 제거하고, 새 시
대에 적응할 수 있는 새로운 면목의 사상으로 전환해야 한다는
것이었다. 그의 이른바 〈유교구신론儒敎求新論〉이 그것이었다.

종교개혁을 연상케 하는 〈유교구신론〉에서, 그는 구래 유교
의 세 가지 결함을, 개선하려 하였다.

그 첫째는, 유교의 정신이 전혀 제왕帝王을 위해서 있고, 인
민 사회에 보급할 정신이 부족하다는 점이었다. 민지民知가 계
발되고 민권民權이 신장되는 현금現今에 와서는 더욱 그러하였
다. 그러므로 그는 공자의 '대동지의大同之義'와 맹자의 '민위중
지설民爲重之說'에 의거해서, 그것이 인민에게 보급될 수 있도
록, 그 사상기반을 개량 구신해야 할 것으로 생각하였다.

둘째로, 공자가 천하를 개선하려는 뜻은, 석가가 중생을 구
제하고 기독이 세상을 구세하려는 뜻과 한가지인 데도, 유교가
불교나 기독교와 같이 큰 발전을 이루지 못한 것은, 유자儒者들
이 공자가 천하 열국을 주유周遊하면서 도를 가르치던 주의를
본받지 않은 데 있는 것으로 보고, 이러한 전교傳敎의 방침을

개선하려는 것이었다.

그는 그 방법으로서, 천하의 제자들이 도를 배우려고 자기를 찾아 줄 것을 바랄 것이 아니라, 자기가 제자를 구하여 도를 전할 것이며, 나아가서 불교나 기독교의 전도에서와 마찬가지로, 적극적으로 세계에 나아가 도를 전수할 것을 말하였다.

셋째는, 우리나라의 유교는 주자학朱子學을 중심으로 하고 있는데, 이 주자학은 유자들이 평생 공부하여도 이해하기 어려우며, 공부하는 방법으로서도 간이직절簡易直截한 방법을 구하지 않고 지리한만支離汗漫한 방법을 쓰고 있으니, 후진 청년들의 관심을 끌기 어렵다는 것이었다. 그래서 그는 이를 개선하는 방안으로서, 양명학陽明學의 방법을 도입할 것을 말하였다.

양명학은 우주·인생·사물의 본질 파악과, 그 학문의 응용력에 있어서, 현대 사회에 적응할 수 있는 성질을 지닌 것으로 보고, 유학의 방법이 주자학적인 것에서 양명학적인 것으로 전환하면, 유교 그 자체의 면목도 새로워질 것으로 보는 것이었다.[19]

박은식의 역사학의 사상기반은, 대략 이상과 같은 것이었다. 이와 같이 살펴보면, 그의 역사의식은 세계에 문호를 개방하고, 주체적인 입장에서 그 문화를 섭취하려는, 진취적인 개혁사상의 기반 위에 성립하고 있는 것이었다. 그러나 동시에 그것은

---

19) 〈儒敎求新論〉(《西北學會月報》 1의 10, 1909).

기본적으로 전통적인 유교사상의 유지가 전제되고 있는 것이
었으며, 따라서 그의 개혁사상은 우리나라 구舊사회의 완전한
개혁이 전제되고 있는 것이 아니었다.

그는 유교사상 속에 민족혼을 찾고, 민족혼의 앙양·보급을
위해서 유교의 종교화를 꾀하며, 그러한 민족혼의 유지를 통해
서 국권의 회복을 꾀하려는 것이었다. 그러한 점에서 그의 역
사의식은, 광무개혁기의 개혁이념에서 멀리 벗어나 있는 것이
아니었으며, 우리의 근대 역사학의 역사의식과는 아직 거리가
있는 것이었다고 하겠다.

4. 신채호의 근대 역사학과 사론

박은식과 같은 시기에 그의 역사학을 이어서, 그의 역사의식
에서 볼 수 있었던 한계를 극복하고, 이론적으로 우리의 근대 역
사학을 완성시킨 학자는 신채호申采浩(호 단재丹齋, 1880~1936)였
다. 우리나라 근대 역사학은, 그 역사의식에서 중세 체제의 지양
과 근대사회의 건설이라는 전제 조건이 필요한 것인데, 박은식
의 역사학에는 이러한 점에서 아직 일정한 거리가 있었다.

신채호의 역사학에서는 이러한 점이 극복되면서, 근대 역사
학으로서의, 우리 역사학의 이론체계가 체계화된 것이었다. 그
의 역사학은, 우리나라의 전통적 역사학으로서 실학파 역사학,
그리고 개혁기 역사학의 비판적 계승과, 박은식의 역사학을 계
승 발전시킨 것으로서, 우리 역사학의 정통을 계승하여, 그것을

근대 역사학으로 훌륭하게 성취시킨 것이었다.[20]

　그는 광무개혁기에는 청년지사로서 언론계에 종사하였고, 일제 침략 아래서는 중국으로 망명하여, 독립운동에 가담하기도 하면서 역사를 연구하고 있었다. 그러한 점에서 신채호의 역사의식은, 박은식의 그것과 마찬가지로, 제국주의에 대한 투쟁과 민족의식의 강렬함이 철저하였다. 그의 역사연구는 그 자체가 독립 투쟁이었다.

　안재홍安在鴻은 후일 단재의 저서를 정리 간행하면서, 단재의 일념은 첫째 조국의 씩씩한 재건이었고, 둘째는 그것이 미쳐 못 될지라도, 조국의 민족사를 똑바로 써서, 시들지 않는 민족 정기가 두고두고 그 자유·독립을 꿰뚫는 날을, 만들어 기다리게 하자 함이었다고 하였다.[21] 이는 실로 신채호를 잘 알고 신채호에 계발되어 그 스스로도 역사가가 되었던 한 민족사가의 신채호에 대한 정확한 평언이었다.

　신채호가 박은식의 역사학을 이어받아, 우리의 근대 역사학을 완성시킨 것은 1920년대의 일로서, 그것은 《조선상고사朝鮮

---

20) 이와 같은 신채호의 역사학에 대해서는 이미 여러 편의 학적인 논고가 있다.
　　洪以燮, 〈丹齋申采浩〉(《韓國史의 方法》).
　　李基白, 〈民族主義史學의 問題 — 丹齋와 六堂을 중심으로 —〉(《思想界》
　　1963. 2;《民族과 歷史》pp.42~52).
　　崔永禧, 〈朝鮮上古史〉(《韓國의 名著》).
　　柳洪烈, 〈申采浩〉(《韓國近代人物百人選》).
　　梶村秀樹, 〈申采浩의 歷史學 — 近代朝鮮史學史論 노一트〉(《思想》1969. 3, 日本)
　　金哲埈, 〈丹齋史學의 位置 — 韓國史學史에서 본 丹齋史學〉(《나라사랑》, 3,
　　1971;《文學과 知性》, 6).
21)《朝鮮上古史》, 序文.

上古史》,《조선사연구초朝鮮史硏究草》,〈조선혁명선언朝鮮革命宣言〉및 그 밖의 여러 연구활동으로 나타났다. 이 같은 연구들은 후일 김영호 교수의 자료수집 노력으로, 각계 여러 인사들의 도움을 받아, 단재신채호전집 편찬위원회 편으로《丹齋申采浩全集》상, 하권으로 편찬되었다(1972, 을유문화사).

《조선상고사》는 1926년에 완성되고, 1931년에《朝鮮日報》에 연재되었다가, 해방 후에 안재홍이 쓴 서문序文을 달고 단행본으로서 발행되었다. 이는 삼국시대까지의 개설인데, 제1편 총론은 우리 역사연구를 위한 방법론을 기술한 것으로, 그의 역사이론의 집약이라고도 하겠다.[22]

《조선사연구초》는 1920년대 초반에 쓰여지고, 1925년에 신문지상에 발표되었던 것을, 1926년에 홍명희洪命憙의 수집으로 발행(1929년)한 것이다. 이 책에는 6편의 논문이 수록되었는데, 이들 논문도 우리 역사연구를 위한 방법론의 문제와 많은 부분에서 관련된다.

〈조선혁명선언〉은 1922년에서 23년에 걸치는 겨울에 쓰여진 글로서, 우리나라 독립단을 위하여 집필한 것이었다. 해방 후(1947)에《若山과 의열단》이란 책에 수록 간행되었는데, 이 글에서는 그의 일제에 대한 투쟁의식과 사회개혁에 대한 의욕을 살필 수 있다.《조선상고사》의 총론으로 표현된 그의 사론은, 이〈조선혁명선언〉과 앞의《조선사연구초》가, 그 이론 구성의

---

22) 총론 부분은 해방 후(1946)에《朝鮮史論》의 이름으로 별책으로서 간행되기도 하였다.

기저가 된 것으로 생각된다.

그의 연구는 이와 같이 개별 연구와 통사적인 서술의 양면에 걸치는 것이지만, 그 역사학의 특징을 잘 드러내고 우리 역사학을 한층 높은 단계로 이끌어 올린 것은, 우리 역사의 새로운 체계화를 위한 역사이론, 즉 그 방법론을 제시한 데 있었다. 그것은 말하자면 한국사 연구법이라고 할 수 있는 것으로서, 우리나라 역사의 연구를 위한 최초의 사론史論이라고도 할 수 있는 것이겠다.

그러면 그가 우리나라의 역사를 새로이 체계화하려고 하는, 역사이론은 어떠한 것이었는가. 그것은 역사에 대한 그의 인식 태도와 관련되는 것이었다. 그는 역사학의 본질을 다음과 같이 파악하고 있었다.

역사란 무엇이뇨? 인류 사회의 '아我'와 '비아非我'의 투쟁이 시간부터 발전하며 공간부터 확대하는 심적 활동의 상태의 기록이니, 세계사라 하면 세계 인류의 그리 되어온 상태의 기록이며, 조선사라면 조선 민족의 그리 되어온 상태의 기록이니라.

무엇을 '아'라 하며 무엇을 '비아'라 하느뇨? 깊이 팔 것 없이 얕게 말하자면, 무릇 주관적 위치에 선 자를 아라 하고 그 외에는 비아라 하나니, 이를테면 조선인은 조선을 아라 하고 영·러·불·미 등을 비아라 하지만, 영·러·불·미 등은 각기 제 나라를 아라 하고 조선을 비아라 하며, 무산 계급은 무산 계급을 아라 하고 지주나 자본가 등을 비아라 하지만, 지주나 자본가 등은 각기 제

붙이를 아라 하고 무산 계급을 비아라 하며, 이뿐만 아니라 ……
그리하여 아에 대한 비아의 접촉이 번극할수록 비아에 대한 아
의 분투가 더욱 맹렬하여, 인류 사회의 활동이 휴식될 사이가 없
으며, 역사의 전도가 완결될 날이 없나니, 그러므로 역사는 아와
비아의 투쟁의 기록이니라.[23]

이곳에서 말하는 '아'나 '비아'는, 물론 역사적인 의미가 있는
아와 비아인 것으로서, 그것은 역사상에서 시간적으로 상속성
이 있어야 하고, 사회적으로 그 영향의 보급됨이 있어야 하는
것이었다. 그리고 투쟁에는 반드시 승패가 따르게 마련인데, 그
가 말하는 투쟁은 아에 대한 정신적 주체의식의 확립이 없거
나, 비아의 환경에 대한 순응함이 없으면, 패한다는 입장에서의
투쟁이었다.

그에게는 대외적인 면에서 아와 비아의 투쟁은, 역사서술에
서 민족과 국가의 주체성을 강조하는 것이지만, 그것이 곧 비
아에 대한 무조건적인 강렬한 배타성을 의미하는 것은 아니었
다. 특히 사회 내부의 아와 비아의 모순관계는, 후술할 〈조선혁
명선언〉과도 관련하여 사회발전의 계기로 간주되는 것이기도
하였다.

그러므로 그의 이와 같은 역사에 대한 본질 파악에서 보면,
그는 역사를 발전적으로 이해하고, 역사적 사실의 인과관계를

---

23) 《朝鮮上古史》, 總論.

사회현상 속에서 파악하려는 것이었다고 하겠다. 그리고 외적으로는 주체성의 유지 위에서 자아를 찾고, 내적으로는 각 시대의 여러 가지 역사적 사실을, 모두 모순矛盾 상극相剋의 관계에서 파악함으로써, 그러한 투쟁 그러한 모순 상극이 지양되는 가운데, 새로운 단계의 역사 문화가 창조되는 것으로 이해하는 것이었다고 하겠다.24)

그리고 이와 같은 역사를 서술하는 역사학은, 시간적 계속과 공간적 발전으로서 일어나는 사회활동 상태와, 거기서 발생한 사실들을 사실 그대로 객관적으로 기술해야 하는 것이며, 저자의 목적을 따라 좌우되거나 첨부 변개하여서는 아니 된다는, 객관적 역사서술로서의 역사학인 것이었다.25)

신채호의 이러한 역사 인식의 자세 태도는, 유럽 근대 역사학의 그것과 기본적으로 같은 것이었다고 생각된다. 그는 한학漢學 출신이지만, 중국에 망명하여 아마도 많은 서구 근대 역사학의 이론과 사회과학의 여러 이론을 연구함으로써, 이와 같은 그의 사론史論을 형성할 수가 있었던 것이 아닌가 생각된다. 당시 중국의 역사학계에는 근대 역사학의 여러 이론이 모두 도입되어 있었으므로, 신채호의 역사학도 중국 학계의 이러한 동향과 무관하지 않았을 것이라고 여겨진다.

그리하여 그는 이와 같은 역사인식의 입장에서, 우리나라의

---

24) 이와 같은 논리로 인해서 논자論者에 따라서는 단재사학의 이론 기저를 변증법으로서 이해하기도 한다. 梶村秀樹·柳洪烈 앞에서 든 논문 참조.
25)《朝鮮上古史》, 總論.

역사를 새로이 체계화하려 하였던 것인데, 이때의 그의 구상은 우리 민족을 '아'의 단위로 잡고, 민족 문명의 기원, 역대 강역 疆域의 신축, 각 시대 사상의 변천, 민족의식의 성쇠, 민족의 분화, 우리 민족의 부흥문제 등 '아'의 생장 발달의 상태와, '아'와 상대자인 사린四隣 각족各族과의 관계를 기본으로 서술하려는 것이었다.

그 위에서 언어·문자·사상·종교·학술·기예 등의 추세, 의·식·주와 농·상·공의 발달, 전토의 분배(토지제도), 화폐제도, 경제조직 등 경제생활에 관한 상황, 인민의 변동과 번식, 인구의 증감, 빈부·귀천에 따른 각 계급의 압제와 그에 대한 대항관계 등 사회생활의 대세, 정치제도와 지방자치제의 변천과정, 북벌진취사상의 진퇴와 외세 침입에 따른 영향 등을 요목으로 전개하려는 것이었다.

그의 역사 인식의 자세 태도와, 그 위에서 우리 역사서술의 구상은, 확실히 특출한 것이었다. 구래의 역사학이나 박은식의 역사학에 보였던 역사인식의 미흡함 이론적 한계는, 이로써 이론적으로 극복되고, 우리 역사에서 근대 역사학으로서의 이론도, 이로써 확립되었던 것이라고 할 수가 있겠다.

그가 우리나라의 역사에 관하여 이러한 구상을 할 수 있었던 것은, 물론 새로운 역사 이론을 수용할 수 있었던 데도 이유가 있지만, 구래의 우리 역사학에 대한 사학사史學史적인 검토와 반성을 거치고 있었다는 사실은, 더 구체적인 이유가 되었을

것으로 생각된다. 그는 이러한 검토를 통해서, 우리의 역사학이
참다운 학으로서 성립되려면, 확실한 사료 비판과 객관적인 서
술을 거쳐야만 하겠다는 확신을 가질 수 있었으며, 그래서 그
는 이러한 사학사적인 검토를 통해서, 그의 사론史論에서의 역
사서술을 위한 방법론을 제시하게 되었던 것이라고 하겠다.

그가 본 우리의 구사舊史는, 시時·지地·인人 등 역사를 구성
하는 3대 요소에서, 많은 결함이 있었다. 우리의 역사적 시대가
일부분 탈락하고 있는 것, 지리적 위치를 잘못 파악하고 있는
것, 중요한 인물을 누락하였거나 잘못 알고 있는 것 등이 그것
으로서, 이러한 점은 중국 측 사료뿐만 아니라 우리나라 사료
도 마찬가지라고 생각하였다.

《삼국사기》, 《삼국유사》, 《동국통감》, 《동사강목》 및 그 밖
의 사서史書를 모두 그렇게 보았으며, 그러한 가운데서도 "《삼
국사기》는 최악의 사서"라고 혹평하였다. 《삼국사기》 이후에
우리나라 고대사에 대한 이해가 잘못되고 있는 것은, 중국에
대한 사대주의자 김부식金富軾에 의해서 고대의 역사가 잘못
쓰여지고 있는 데서, 말미암는 것으로 본 까닭이었다.26)

그의 사학사적인 비판은 철저하여서, 최선의 사서로 알려진
사서에 대해서도 비판을 가하고 있었다. 그가 최량最良의 사가,
최선最善의 사서로 본 것은 안정복安鼎福과 그의 《동사강목》이
었는데, 그는 이에 대해서도 큰 결함이 있음을 말하였다. 그것

---

26) 《朝鮮上古史》, 總論 및 《朝鮮史硏究草》, 18~19, 65~69장.

은 세 가지였는데,

　　첫째는, 사료의 열람이 부족하다는 점,
　　둘째는, 孔子의 春秋, 朱子의 綱目의 역사서술 방식을 따르고 있
　　　　　어서, 역사 사실의 평가를 잘못하였으며,
　　셋째는, 역사의 주체를 황실 중심으로 한 데서, 민족의 움직임을
　　　　　몰각하였다는 것이었다.

　그의 역사학은 사료수집에서나, 역사서술의 방법 및 입장에
서, 그리고 역사의 주체 등이 모두 바르게 세워져야만 하는 것
이었다.[27)]

　그러한 가운데서도, 그가 사학사적인 비판에서 가장 중시하
고, 역사연구에서 가장 기초적인 문제로서, 전제되어야 할 것으
로 보는 것은 주체성의 문제였다. 그는 우리의 역사는 그것이
무엇을 대상으로 연구한 것이거나를 가리지 아니하고, 최소한
우리나라를 주체로 하고, 우리의 역사 사실을 충실히 서술해야
할 것으로 보고 있었다.

　그러기에 중국이나 일본이 주체가 되는 가운데, 우리나라의
역사를 무록誣錄하고 있는 중국·일본의 사서는, 우리 역사로서
인정할 수 없는 것이며, 또 그러한 의미에서 주로 그와 같은 외
국 사서에 그대로 의존하고 있었던 바, 과거에 편찬된 우리나

―――――――――――

27) 앞의 책, 總論.

라의 대부분의 사서史書도, 참다운 의미에서 우리 역사가 될 수
없는 것이라고 그는 생각하는 것이었다.

그는 과거의 사서 가운데서, 그와 같은 주체성이 역사연구에
서 견지되고 있는 것은, 여러 가지 한계가 있는 것이기는 하지
만, 다만 한백겸韓百謙(호 구암久庵)·안정복安鼎福·정약용丁若鏞·
이종휘李鍾徽(호 수산修山) 등 실학파 역사학에서뿐이라고 보고,
그들을 학문적으로 존경하고 있었다. 그에게는 주체성이 결여
된 역사학은 역사학일 수가 없는 것이었다.

그의 비판은 신사新史라고 일컬어지는 역사 활동에 대해서도
행하여졌다. 이름이 신사로 되어 있어도 그 내용이 신사의 체
제·입장·방법·역사의식을 갖추지 못하고 있음을 비판하는 것
이었다. 그는 그러한 신사를 "근일에 왕왕 신사의 체로 사史를
만들었다는 1, 2종의 신저가 없지 않으나 …… 털어놓고 말하자
면, 한장漢裝 책을 양장洋裝 책으로 고침에 지나지 않는 것"이라
고까지 혹평하였다.

또 일제 관학자의 역사학을 평하여서는, "게다가 상당히 신
新 사학에 소양까지 있다고 자랑하나, 지금까지 동양학東洋學에
위걸偉傑이 나지 못함은 무슨 연고냐. 그 가운데서 가장 명성이
뛰어난 자가 시라도리 구라키치白鳥庫吉라 하지만, 그의 저著
《新羅史》를 보면, 배열·정리의 신식도 볼 수 없고, 1,2의 발명
도 없음은 무슨 까닭이냐"고 하여, 자료를 독점하고서도 새로
운 역사학의 성과를 올리지 못하고 있음을 책하였다.

우리나라 구래 역사학의 성과가 모두 이러한 상태였으므로, 그는 이러한 자료를 이용하여 그가 구상하는 바와 같은 우리 역사를 체계화하기 위해서는, 그 작업활동에서 반드시 개선해야 할 점이 있는 것으로 보았다.

그 하나는 사료 비판과 고증의 문제이고, 다른 하나는 역사 서술의 방법과 입장의 문제이었다.

전자에 관해서는, 정확한 사실을 파악하기 위해서, 첫째 옛 비문을 이용할 것을 들었다. 금석학의 활용인 것이었다. 그는 그것을, 그의 경험에 비추어 광개토대왕廣開土大王의 비碑가 있는 집안현集安縣의 일람一覽이 김부식의 고구려사(《三國史記》)를 만독萬讀하는 것보다 낫다고 표현하였다.

다음은, 사실을 증명하기 위해서는 여러 가지 사서를 참고하여 호증互證할 것을 말하였으며, 그 밖에 고대사에서는 특히 한자나 이두로 표기된 각종 명사의 해석에 전문적 지식을 가질 것, 중국이나 일본의 사서에는 위서僞書가 많으므로 사료 채택에서 진위를 가려서 쓸 것 등을 들었다.

그러나 그에게서 이러한 사료 비판과 고증은, 그것이 고증 그 자체에, 역사학으로서의 중요성이나 의미가 있는 것이 아니었다. 그는 고증 과정을 역사상의 대사大事를 발견하는, 즉 전 역사의 체계화를 위한 기초 작업이라는 점에서 중요시하고 있었다.

후자에 관해서는, 역사학은 역사적 사실의 인과관계를 파악하는 학문이라는 입장에서, 사실의 계통을 찾을 것이며, 또 사실을 더 정확하게 종합적으로 이해하기 위해서는, 그 사실의 전후 관계를 유추하여 그 인과관계를 검토함으로써 그 발달 과정을 분명히 할 것이며, 사료의 판단에서는, 사료의 표현 그대로를 문제 삼을 것이 아니라, 그 뒤에 숨어 있는 사회의 실상을 찾을 것이며, 역사는 개인을 표준으로 하는 것이 아니라 사회를 표준으로 하는 것이므로, 한 인물을 통해서도, 한 시대와 한 사회의 움직임이나 그 성격을 추출해낼 것 등을 들고 있었다.

역사서술에서 이러한 입장과 방법은, 해석학적인 역사학과도 통하는 것이겠지만, 그는 이러한 입장에서 역사사실을 객관적 비판적으로 분석 종합하려 하였다. 그리고 이럴 경우, 역사학의 소재로서는 민족·국가의 강역의 문제, 정치·경제·사회·사상·문화 일반 등 국민생활에 관련되는 문제, 그리고 민족의 성쇠盛衰·소장消長에 관한 문제들이 대상이 되어야 한다고 하였다.

그의 근대 역사학은, 어느 특권층만을 대상으로 하는 역사가 아니라, 민족 전체의 역사이어야 한다는 것이었다. 그리고 궁극적으로는, 민족과 더불어, 민족 속의 민중 전체의 진화를 서술하는 역사학이라야만, 참다운 역사학일 수 있다는 것이었다.28)

신채호의 사론에서 특히 눈에 띄는 것은, 그 이론이 서구 근대 역사학의 이론과 다르지 않다는 점 이외에도, 종래의 역사학과 대비하여, 역사의 주체로서 민족이 강조되고, 민족 속의

---

28) 《朝鮮上古史》, 總論.

민중이 의식되고 있는 점이라 하겠다. 민중이 의식되는 역사학, 그것은 근대 역사학의 중요한 일면이었다.

이러한 사실은, 그의 우리 역사학에 대한 사학사적인 검토와 더불어, 일제의 침략 밑에 독립투쟁으로 살면서, 민중의 힘이 얼마나 중요한 것인가를 인식한 데서 얻은 역사의식이었다고 하겠다. 그것은 그의 〈조선혁명선언〉에 잘 표현되어 있다. 민중을 의식하면서 서술한 그의 〈조선혁명선언〉은, 곧 일제에 대한 독립선언이고, 민중을 위한 사회개혁론이기도 하였다.

일제에 대한 그의 입장은, 힘에 의한 침략자의 타도와 우리의 독립이라는 점에 집약되고 있었다. 그는 그것을 "폭력"에 의한 "혁명"으로 표현하였다. 그에게서 일제에 대한 혁명은 곧 우리의 독립이었다. 그는 "강도 일본이 우리의 국호를 없이하며, 우리의 정권을 빼앗으며, 우리의 생존적 필요 조건을……" 다 박탈하였으므로, "일본의 강도정치, 곧 이족異族통치가 우리 조선민족 생존의 적敵임"을 선언하고, 따라서 "혁명수단으로서 우리 생존의 적 강도 일본을 살벌함이 곧 우리의 정당한 수단임을 선언"하였다. 그는 일제와, 그들의 주구가 된 매국노를 적으로 볼 뿐만 아니라, 일제의 통치 아래서 일제와 협력하고 그들에게 기생하려는 자도, 우리 민족의 적으로 규정하였다.

일제를 몰아내는 방법으로는, 과거에 외교를 통해서 국제적 협력을 청하는 길이 있었으나, 이는 아무 효과가 없었고, 도리어 "2천만 민중의 분용전진奮勇前進의 의기를 지워 버리는 매개가 될 뿐이었다."고 보았으며, 일제에 대항할 수 있는 실력을 기르자는 준비론이 있었으나, 정치·경제·생산·교육 등 모든 수단이 박탈당한 상황에서, 실력양성은 불가능한 것이니 그 주장은 잘못된 것이라고 지적하였다.

여기에서 그에게는 일제를 타도하고 민족이 독립할 수 있는 길은, 하나밖에 없는 것으로 생각되었다. 그것은 민족과 민중의 힘이었다. 그는 민족 전체, 민중 전체가 독립투사가 되어야 할 것으로 보았으며, 그러기 위해서는 민중 전체가 스스로 이를 깨달아야 할 것으로 생각하였다.

그는 민중적인 뒷받침이 없이는, 무슨 일이나 성공하기 어려움을 역사적 사실에서 관찰하기도 하였다. 갑신정변은 민중이 없는 특수세력의 활극이었고, 의병운동은 독서계급의 활동이었으며, 안중근 등 열사의 거사에는 민중적 기초가 없었으며, 3·1운동은 민중의 움직임이었으나, 힘의 중심을 결여한 것이었으므로, 성공하기 어려웠던 것이라고 말하였다. 그러므로 그에게는, 독립을 전취하려면, 민중의 힘으로써 조직적으로 일제의 통치 질서를 교란 타도하는 것이, 유일한 방도로 생각되었다.

그러나 그에게서 일제로부터 독립은, 단순히 일제가 구축되는 정도의 독립이 아니었다. 가령 독립이 된다고 할 때, 반半봉건적인 일제하의 사회경제체제나, 사상 형태를 그대로 물려받을 것을 전제한 독립은 아니었으며, 하물며 대한제국 시대로 복귀를 생각하는 것은 더욱 아니었다.

그에게서 독립은, 동시에 당시까지의 우리 사회가 내포하고 있는, 사회불평등의 여러 요인도 제거할 것을 전제로 하는 것이었다. 그것은 동시에 사회개혁의 의미를 지니는 것이었다. 그는 그러한 그의 생각을 "다시 말하면 고유적 조선의, 자유적 조선 민중의, 민중적 경제의, 민중적 사회의, 민중적 문화의 조선을 건설하기 위하여, 이족통치의, 약탈제도의, 사회적 불평균의, 노예적 문화사상의 현상을 타파함이니라." 하였다.29) 그의 사회개혁 사상은 진보적이며 철저한 것이었다.

제국주의의 침략에 맞서는 역사의식과, 중세 사회에서 근대 사회에로의 사회개혁이 전제되는 역사의식은, 우리 근대 역사학의 기본 전제가 되는 것이었는데, 단재 신채호의 사론은, 이러한 역사의식으로서 형성되고 있었다. 그리고 그러한 그의 역사의식은, 일제에 대한 독립투쟁을 통해서 체득한 것임에서 확고하였으며, 따라서 그의 사론 또한 그러한 신념을 바탕으로 한 데서 확신에 차 있었다.

우리는 우리 근대 역사학이, 독립투쟁 속에서 성취되었음을, 여기에서 볼 수 있는 것이다. 그의 사론이, 역사의 본질을 '아'와 '비아'의 투쟁으로 파악하고, 그 '아'의 투쟁을 밖外으로는 우리 민족과 타민족의 투쟁, 안內으로는 사회 내부에서 계급간의 모순·상극의 관계로써 표현하였던 것은, 실로 그의 그와 같은 역사의식의 단적인 표현이었다고 하겠다.

---

29) 〈朝鮮革命宣言〉.

5. 그 밖의 학풍 — 李能和·崔南善·安廓의 역사학

1910년대와 1920년대에는, 이와 같이 박은식이나 신채호에 의해서, 우리의 역사학이 근대 역사학으로 성장하고 있었지만, 그러나 이 시기의 역사학이 전부 이들과 같은 입장에서만 연구되고 있는 것은 아니었다. 이 무렵의 우리나라에는, 이들과는 또 다른 계통에서, 우리의 역사를 연구하는 여러 학자들이 있었다.

그 가운데서도 이능화李能和(호 무능거사無能居士) 최남선崔南善(호 육당六堂) 안확安廓(호 자산自山) 등은, 그 중심인물이 되고 있었다. 이능화는 한말의 어학교語學校에서 어학을, 최남선은 한학과 일본 유학을, 안확은 일본의 대학에서 정치학을 각각 공부하고 역사연구에 참여하고 있었다.

이들은 박은식이나 신채호가 독립운동에 투신하고, 일제와 대결 속에서, 우리 역사의 새로운 체계화를 구상하고 있던 것과는 달리, 국내에서 일제의 식민지 연구기관에 직접 간접으로 관련을 가지고, 또 학문적으로도 그들과 유대 아래서 우리의 역사를 연구하는 것이 특징이었다.

이능화와 최남선은 조선총독부 조선사편수회의 수사관修史官과 위원委員이었고, 안확은 그곳 일본인 학자들과 학문 활동을 같이 하고 있었다. 그러한 점에서 이들은 박은식이나 신채호와는 전혀 다른 환경에서, 역사를 연구하고 있는 것이었으며, 따라서 그들의 역사의식이나 역사서술은 박은식·신채호의 그것과 다르지 않을 수 없었다.

이들의 연구는, 이능화의《朝鮮佛敎通史》(1918)《朝鮮基督敎
及外交史》(1928), 최남선의《三國遺事解題》(《啓明》18, 1927, 증
보판은 해방 후에 간행된다).〈不咸文化論〉(《朝鮮及朝鮮民族》, 1927)
《朝鮮歷史》(1928, 출판은 1931), 안확의《改造論》(1921)《朝鮮
文明史》(1923) 등 많은 저서로서 출판되었다. 그 연구의 방식은
사건 서술적인 것에서부터, 문명사학적인 것에 이르는 폭넓은
것이었으며, 그 연구의 수준은 자료정리적인 것에서 민중 계몽
적인 것에 이르기까지 다양하였다. 이능화의 저술을 사건서술
적이고 자료정리적인 것이라고 한다면, 최남선의《三國遺事解
題》는 해방 후의 결정판을 준비하는 것이었고, 최남선과 안확
의 그 밖의 저술은 문명사학적이고 민중 계몽적인 것이었다고
하겠다.

그러나 그러면서도, 이들에게는 모두 일제에 대한 저항과 조
국의 독립에 바탕을 둔 철저한 역사의식이 결여되어 있거나,
또는 있다 하더라도 불철저한 것이라는 점에서 공통됨이 있었
다. 그들은 일제의 연구 기관에서, 일본인 학자들과 협조 아래
연구를 하고 있었으므로, 그러한 의식을 지니기는 어려웠다. 그
러기에 그들의 연구는, 이 시기의 우리 민족의 민족의식이나
역사의식이 반영된 연구이기는 어려웠으며, 따라서 그들의 업
적이 오늘날에도 기억될 수 있는 것은, 그 연구성과에서라기
보다는 그 자료정리적인 의미에서라고 하겠다. 더욱이 그들의
연구가, 철저한 실증적인 연구가 되지도 못하고 있다는 점에서

는, 더욱 그러한 것이 아닐 수 없었다.

그러한 가운데서도, 특히 이 시기의 지식인 사회에, 절대적인 영향을 주고 있었던 것은 최남선이었다. 그는 거의 신화적인 존재로서, 국내에서는 한국 지성을 대표하는, 존재가 되다시피 하고 있었다. 그러한 인물이었건만, 그의 역사의식은 더욱 불철저한 것이었다.

그는 한때 애국운동을 하기도 하였으나, 20년대에 들어와서부터는 일제에 협력하게 되고, 조선사편수회의 위원으로서, 《朝鮮歷史》를 집필하여서는, 민중 계몽의 선두에 서게도 되었는데, 이것은 민중에게 우리의 역사를 바르게 인식시켜주는 길잡이가 될 수 있는 것이 아니었다.

그는 이 저서의 결론인 동시에, 그의 한국사 인식의 기본입장이라고도 볼 수 있는 부분에서, 우리 문화의 기본성격이나 우리 역사의 발전과정을 제대로 인식하지 못한 채, 그릇된 판단을 과장하고 있었다. 우리 민족의 민족적 역량에 회의를 제시하기도 하였다. 민족성의 결함이나 그릇된 과거의 역사를 통해서, 우리 민족에게 자각이 있기를 촉구하기도 하였다.[30]

일제의 침략을 규탄하지 못하고 있는 저서에서, 이와 같은 점을 강조하고 있다는 사실은, 일제의 지배하에 들게 된 우리의 현실을, 우리 민족 자신의 결함에서 말미암는 것이라고 보는 결과가 되게 하는 것으로서, 말하자면 일제 침략의 책임이,

---

30) 〈歷史를 통해서 보는 朝鮮人〉(《朝鮮歷史》 pp.172~188).

결과적으로는 우리 자신에게 있다고 하는 논리를 낳게 하였다.

한국 지성의 정상이 제시하고 있는 민중계몽의 논리는, 민중을 비굴과 자조自嘲 속으로 이끌어가는 것이었다. 이러한 역사 인식의 태도는, 이 시기에 일제의 식민지 문화정책과도 관련하여 제론되고 있었던, 이른바 "民族에 대한 배반을 道德的으로 위장한" 민족 개조론이나 "패배적 민족주의"로서의 민족 개조론과 유類를 같이 하는 것이 아닐 수 없었다.31)

그리고 한걸음 더 나아가서는, 일제의 식민주의 역사관과도 일맥상통하는 것으로서, 그들의 한국 침략을 합리화시켜 주는 결과가 되는 것이 아닐 수 없었다.32)

근대 역사학 성립기의 우리나라 역사학계는, 그 연구 풍토에서 실로 부산하고도 다양한 셈이었다. 이 시기에는 일제의 한국 침략에 대해서, 그리고 역사서술의 태도에서, 서로 다른 자세에 있는 두 계통의 역사학자들이, 그들의 연구를 진행하고 있었다. 그리고 그러한 가운데서도, 이 시기의 지식층이나 대중에게, 실질적으로 크게 영향을 미치고 있는 것은, 일제의 식민지 당국이나 일제 관학자들과 유대를 가지고 있는 학자들의 연구이었다. 그들은 당국의 비호 아래 그들의 학풍을 넓혀 나갔

---

31) 민족개조론에 대한 평가로서는 宋稼, 《詩學評傳》·李基白, 《民族과 歷史》 참조.

32) 그는 이 글이 범한 과오의 중요성을 잘 알고 있었던 것 같다. 1943년의 《故事通》(《朝鮮歷史》의 改題)에서는 이를 삭제하였고, 해방 후(1946)의 《新版 朝鮮歷史》에서는 이를 〈獨立運動의 經過〉로서 대체하였다.

고, 그러한 학풍의 팽창은, 이 시기의 지식인들에게 자기 인식의 사고력을 마비시키거나 상실케 하고 있었다.

더욱이 이때 일제의 식민지 관학자들은, 우리 역사 우리의 문화전통이 정당하게 서술된 구래의 한국사나, 박은식 신채호 등 일제의 타도와 우리 민족의 독립을 전제로 하는 강한 민족주의적인 사풍을 일거에 제거하려는 의도에서, 식민지 문화정책의 한 사업으로서《朝鮮史》(전 37권)의 편찬을 계획하고 이를 추진해 나가고 있었으므로, 그들의 연구는 상승적인 효과를 보고 있었다.

진사眞史는 구축되고 위사僞史가 역사학계를 풍미하고 있었다. 우리나라의 역사학은 근대 역사학으로 성장하기는 하였지만, 그러나 그 전도는 결코 순탄하고 창창할 수만은 없는 것이 아닐 수 없었다.

제6장 한국 근대 역사학의 발달 ①*
― 1930~1940년대의 민족주의 역사학

1. 세 역사학풍의 형성

20세기 10년대와 20년대에 걸쳐서, 우리나라의 전통적 역사학은, 그 역사서술 면에서나 역사의식 면에서, 근대 역사학으로 성장하고 있었다. 그것은 박은식朴殷植(호 겸곡謙谷·백암白巖)과 신채호申采浩(호 단재丹齋)에 의해서 이룩되는 것으로서, 그들은 종래의 우리 역사학의 전통 위에서, 이것을 비판 계승하고, 서구 근대 역사학의 방법론을 참작하여, 우리 역사의 새로운 체계화를 위한 단서를 연 것이었다. 그 역사서술은 전통적인 역사서술의 형식을 극복하였고, 그 역사의식은 제국주의의 침략에 대한 민족적 저항과, 사회적 모순에 대한 개혁적인 이념으

---

* 본고는 《文學과 知性》 제2권 제2호(통권 4호, 1971)에 수록된 글이다.

로 충만되어 있는 것이었다.[1]

이는 이 시기의 시대성·사상성을 반영하는, 우리 역사학의 소중한 성과이었고, 우리나라 근대 역사학 성립시기의 정신적 지주이었다.

그러나 이와 같은 우리의 근대 역사학이, 1930년대와 1940년대에 이르러서는 커다랗게 변동하고, 다양화되고 있었다. 이 무렵이 되면, 일제의 식민정책 아래에서 교육받은 역사학도가 배출하고, 급격하게 휘몰아치는 사회사상의 격동 속에서, 일정한 역사관을 지니고 등장하는 역사가를 볼 수 있게 되었다. 역사학계는 전통적 역사학의 계승 위에서, 새로운 근대 역사학으로 성장한 정통적인 역사학 이외에도, 이제 새로운 두 계통의 역사학풍歷史學風을 더 볼 수 있게 되었다.

이 세 계통의 역사학은, 그 역사서술의 방식이 다를 뿐만 아니라, 역사인식의 태도나 역사의식이 또한 다른 바 있었다.

정통적인 역사학의 입장을 계승한 역사가는 역사서술의 기술적인 면에서 소박하였으나, 역사의 밑바닥에 강렬한 민족정신의 흐름을 의식하고, 그러한 정신 위에서 전 역사를 체계화하려는 학풍을 이룩하고 있었다.

일제의 식민정책 아래서 역사학을 수업한 일부 역사가는, 랑케류流의 사풍史風을 밑바닥에 깔았으나, 개별적인 역사사실에 대한 문헌고증을 위주로 하는 실증주의의 학풍을 이룩하였다.

---

1) 앞 장의 글 〈한국 近代 歷史學의 成立〉(《韓國現代史》 제6권에 실림, 1971, 新丘文化社 刊 ;《知性》 제2권 제3호, 1972년 3월호 수록) 참조.

그리고 사회사상의 격동 속에서 등장하게 되는 역사학은, 주로 사회과학을 전공한 맑스주의 역사학도에 의해서 제기되었다. 여기서는 맑스와 엥겔스의 사적 유물론史的唯物論·유물사관唯物史觀에 의해서, 전 역사를 체계적으로 계통 지우려는 학풍을 이루고 있었다.

이른바 민족주의民族主義 역사학, 실증주의實證主義 역사학, 사회경제사학社會經濟史學인 것이었다.

2. 민족주의 역사학의 계승 발달

근대 역사학의 발달과정은, 이러한 세 계통의 역사학을 모두 살핌으로써, 그 전모를 파악할 수 있는 것이지만, 이 제6장에서는 우선 그 일부로서 민족주의 역사학의 발달과정을 고찰하고자 한다. 그리고 이러한 문제에 관하여는 이미 홍이섭洪以燮 교수의 일련의 논저가 있는 바이지만,[2] 이곳에서는 홍 교수까지도 포함한, 민족주의 역사학의 역사서술의 발달과정을 계통 지우고자 한다.

1) 정인보의 역사학

민족주의 역사학의 계열에 서는 역사가는 많았지만, 그 가운데서도 중추적인 기능을 한 것은 정인보鄭寅普(호 담원薝園·위당

---

2) 洪以燮,《韓國史의 方法》, 1968.
_____, 〈植民地的 史觀의 克服―民族意識의 확립과 관련하여〉(《亞細亞》, 1969. 3).

爲堂, 1893~미상)이었다. 위당爲堂은 유가儒家의 명문에 태어나
서, 이건방李建芳(호 난곡蘭谷)의 문하에서, 경학經學과 양명학陽
明學을 수학한 한학자이었다. 일제가 우리나라를 침탈한 뒤에
는, 한때 유학의 본 고장인 중국으로 망명하여(1913~), 그곳에
서 강남학인江南學人으로 교환하고 유가 학풍을 연마하기도 하
였다.3)

그러나 중국으로의 망명은 유학이 주목적이 아니었다. 그는
신규식申圭植·박은식朴殷植·김규식金奎植·신채호申采浩 등, 당시
그곳에 망명 중이었던 동지들과 더불어, 동제사同濟社를 조직하
고 광복운동과 교포들을 위한 계몽운동에 진력하였다.4) 그는
민족운동을 몸소 실천하였던 바, 애국자로서 박은식이나 신채
호와는, 생사를 같이하는 동지이었다. 그가 후일 역사가로서,
박은식·신채호의 학통을 계승하게 되었음은, 우연한 일이 아니
었다.

위당은 처음부터 역사가로서 입신할 것을 뜻한 것은 아니었
다. 그는 중국에서 귀국한 뒤에는, 주로 연전延專에서 조선문학
朝鮮文學과 한학漢學을 강의하였고, 그 방면에서의 국학자國學者
이고 동양학자東洋學者이었다. 그러나 그러한 학문은, 결국 역사
적 배경 없이는 대성할 수 없는 것이고, 따라서 그는 역사학에
접근이 불가피하였다. 그리하여 그의 조선문학과 한학은, 역사

---

3)《薝園文錄》叙, 1967.
  《薝園 鄭寅普全集》薝園文存後序(閔泳珪), 1983.
4) 尹錫五,〈鄭寅普〉(《韓國近代人物百人選》,《新東亞》, 1970년 1월호 부록).

적인 배경이 염두에 두어지면서, 연구되고 강의되었다. 그리고 때로는 한학이나 문학이 아닌, 우리 역사의 강의가 되기도 하였다. 우리나라와 중국의 사서史書가 종횡으로 섭렵되고, 검토되었음은 말할 것도 없었다.

그러면서도 위당은 아직 역사연구에 직접 참여하지는 않고 있었다. 그의 역사학에 대한 관심은 자료 정리의 면으로 나타났고, 조선후기의 실학자·양명학자, 그 밖의 학파의 저술을 해제하고, 그 학통을 밝혔으며, 또 그 출판에 이르러서는 이를 교열하기도 하였다.

그 가운데서도 특히 심혈을 기울여 정리한 것은, 실학자 특히 성호星湖와 다산茶山의 저술이었다. 《星湖僿說》에 대한 교열과 그 서문 및 《藿憂錄》의 해제는, 이른바 실학파의 학통을 밝힌 하나의 학술사론學術史論이었으며,[5] 《與猶堂全書》의 교열 간행은 그러한 실학파의 학문적 결산을 정리해준 것이었다. 이와 같은 활동은 그가 역사학자로서 대성하는 데, 그의 학문을 훌륭한 것으로 성장시키는 바탕이 되었다.

이러한 위당이 역사연구에 몰두하게 되는 것은, 1930년대의 일이며, 그 직접적인 동기는 일제 관학자들에 의한 우리 역사의 왜곡이었고, 우리 역사학자들이 주체성 없이 역사를 연구하여, 일제의 식민지 문화정책에 동조하고 있음을, 개탄하는 데서였다.

---

5) 洪以燮, 앞의 책, p.315.

이때, 일제 관학자들의 우리 역사에 대한 연구는, 종래의 우리의 고대사 체계를 파괴하여, 우리의 역사가 중국이나 일본의 식민지에서 출발하는 것으로 날조하고 있었으며, 그들로부터 역사학을 배운 일부 학자들은, "자기를 너무 모르는" 데서, "적敵의 춤에 마조(맞춰) 장구를 쳐 마음의 영토領土나마 나날이 말리여들어" 가고 있다는 것이었다.

그래서 그는 그들이 날조한 역사를 "언제든지 깡그리 없애리라." 생각하였고, 그 제자들이 서술하고 있는 종종의 역사를 실로 한심하게 여겼으며, 결국은 이를 시정하기 위한 역사연구를 뜻하게 된 것이었다.6)

그리하여 여기에 그의 본격적인 역사연구는 시작되고, 그것은 〈五千年間 朝鮮의 얼〉이란 표제로, 《東亞日報》에 연재되기에 이르렀다. 후에 《朝鮮史硏究》 上·下(1946~1947)로 간행된 것이 바로 그것이었다. 그의 역사학이 단재丹齋의 사풍史風을 계승하고, 더 올라가서는 실학시대의 학풍을 정당하게 계승하여, 우리 역사의 바른 체계화를 시도하는 것이었음은 말할 것도 없는 일이었다. 그는 다산茶山이나 단재의 학풍을 연구하고 논문을 작성하기도 하였다.7)

《朝鮮史硏究》는 일제의 식민정책의 가열苛烈로 말미암아서, 처음 계획과는 달리, 고조선古朝鮮에서 3국시대에 이르는 역사과정을 서술하는 것으로 그쳤으나, 이 시기의 전 역사를 민족

---

6) 鄭寅普, 《朝鮮史硏究》 下, 朝鮮硏究史, p.361.
7) 鄭寅普, 《薝園國學散藁》, pp.70~108.

史民族史라는 주체적인 입장에서 체계화하였다는 점에서, 훌륭한 성과이었다.

그러한 연구 가운데서도 특히 위당의 역사학을 빛나게 해주는 부분은, 일제 관학자들이나 그 추종자들이 제기한 한사군론漢四郡論을 전면적으로 부정한 점이었다. 그는 한사군이 압록鴨綠 이남에 있었던 일이 없다는 것을, 여러 가지 면에서 증명하였다. 아마도 이 문제는, 그가 역사연구에 종사하게 된 동기가 이에 있었던 만큼, 가장 의욕적으로 연구하고, 또 그 성과를 올린 부분이 아니었던가 생각된다.8)

그러나 무엇보다도, 위당의 역사학에서 가장 정채精彩를 발하는 부분은, 아마도 그 정신사적精神史的인 역사관이라고 보는 것이 옳겠다. 이는 곧 그의 역사인식의 자세를 말하는 것으로서, 민족주의 역사학의 사론史論의 일각을 형성해주는 것이라고 하겠다.

위당의 역사연구는 단재사학丹齋史學에서 계발되고, 그것을 계승하며 행해졌으며, 그 해박한 한학의 지식과 광범한 사료의 섭렵은, 단재사학의 고대사의 전개를 좀더 완벽하게 체계화하였던 것이 사실이지만, 그와 아울러서는 단재사학의 사론의 일부를, 또한 좀더 충실한 이론으로서 완성시키고 있는 것이었다.

---

8) 위당의 이 문제에 관한 연구는 그의 여러 저서에 모두 수록되어 있다.
   《朝鮮史研究》上, 漢四郡役, pp.159~125.
   《朝鮮史研究》下, 附言 正誣論, pp.372~379.
   《舊園國學散藁》, 正誣論. pp.109~119.
   《舊園文錄》, pp.264~300.

그것은 바로 우리 역사연구에서, 하나의 새로운 방법론의 제시인 것이었으며, 민족주의 역사학의 역사인식의 특징을 단적으로 표현해주는 것이라고도 하겠다. 이른바 '얼'의 사관史觀이 그것이었다.

그에게서 '얼'은 민족정신民族精神을 말하는 것으로서, 그는 역사의 본질을 이 '얼'에서 찾고 있었다. 그 요지는 대략 다음과 같은 것이었다.[9]

인간사회는 복잡다단하나, 그 근본은 인간정신으로서의 인심人心인 것이며, 그러기에 백변천환百變千幻하는 역사는 결국 인심의 원연굴절蜿蜒屈折함이라는 것인데, 그러한 인심은 진위眞僞·허실虛實·사성詐誠·사정邪正의 체대함이 변화무상한 것이지만, 그러나 그 척주脊柱가 되는 것은 '얼'인 것으로서, 이 '얼'이 있음으로 해서, 비록 역사가 변變하고 환幻해도, 운리雲裏 속의 용신龍身과 같이 역구일관歷久一貫의 대선大線을 찾을 수가 있다는 것이었다.

그리고 이러한 '얼'은 없어진 듯하다가도 없어지지 아니하고, 역사의 밑바닥에 내계內繼하고 있는 것이어서, '얼'의 은현隱顯은 곧 역사의 소장消長·성쇠盛衰를 좌우하는 것, 다시 말하면 역사적 사실은 이 역사의 대척주大脊柱로서의 '얼'의 반영이라는 것으로서, 우리가 사적事蹟을 귀하게 여기고 역사를 귀하게 여기는 것도, 그것이 천추만대를 일관하는 대척주, 즉 '얼'의 반

---

9)《朝鮮史硏究》上, pp.24~29.

영된 산물이기 때문이라는 것이었다.

그러므로 역사학이란, 본질적으로 역사의 대척주로서의 '얼'의 큰 실마리(大緖)를 찾아내는(推索)는 학문인 것이며, 그 추색推索을 위한 하나의 방법으로서, 역사가는 '얼'의 반영체인 구체적인 역사적 사실의 줄기(幹)와 가지(枝)를 구명하게 되는 것이라고 그는 말한다. 그러기에 역사가의 작업은, 우선은 개개의 역사적 사실 즉 가지를 연구하여, 전 역사의 체계 즉 줄기의 선상에 위치 지우는 것이지만, 궁극적으로는 이러한 연구과정을 거쳐서, 역사의 대척주로서의 '얼'의 줄기를 추색하지 않으면, 아니 된다는 것이 그의 생각이었다.

그러므로 만일 역사가가 '얼'을 제쳐놓고서 사적을 구명한다면, 그 구명이 구명답지 못한 것은 말할 것도 없고, 설사 구명으로서는 상당함이 있다 할지라도, 이른바 무위無爲의 구명이라는 것이 그의 주장이었다.

물론 '얼'의 사관은, 역사를 단지 과거의 일로서만 취급하는 것은 아니었다. 역사는 흔히 현대의 역사이어야 한다고 하지만, 그는 '얼'을 통해서 현재 속에 과거를 느끼고, 과거 속에서 현재를 인식해야 할 것을 말하였다. 그는 과거에 역사를 주름잡던 사람들이, 타인이 아니라, 바로 우리 자신이라고 생각하였다. 우리를 구각軀殼에서 찾으면, 고인古人이 우리가 아니고 우리가 고인이 아니지만, '얼'에 들어가 생각해 보면, 우리의 고인이 곧 우리 자신이라는 것이었다.

과거는 영원히 사라진 과거가 아니라, 의연히 우리의 '얼' 속

에 살아있는 과거인 것이며, 따라서 우리의 역사학은 과거를
단지 죽은 과거로서 탐색하는 것이 아니라, 우리의 혈맥 속에
살아있는 과거로서 탐구하지 않으면 아니 된다는 것이었다. 그
리하여 그는 인간이 '얼'이 아니면 헛것이 되고, 예교禮敎 '얼'이
아니면 빈 탈이 되고, 문장文章이 '얼'이 아니면 달達할 것이 없
고, 역사歷史 '얼'이 아니면 박힐 데가 없다고까지 하였다.

위당의 '얼'의 사관은, 말하자면 철두철미 민족정신을 기반으
로 하여, 우리의 역사연구에서 주체성을 확립하고, 우리 역사의
본질을 그 속에서 파악하려는 것이었다. 그리고 1930년대라고
하는 당시의 시점에서, 우리의 역사학이 지향해야 할 방향과,
우리의 역사가가 지니고 수행해야 할, 역사의식이나 사명감을
진작시켜 주는 것이었다. 그러한 점에서 그의 사론史論에는 철
학哲學이 있었고, 이 시기를 대표하는 훌륭한 역사이론이 될 수
가 있었다.

2) 안재홍의 역사학

위당爲堂과 동시기에 위당의 동학으로서, 민족주의 역사학의
사풍史風의 또 다른 일면을 개척하고 있었던 이는, 안재홍安在鴻
(호 민세民世, 1891~1965)이었다. 민세는 일제가 우리나라를 침
탈한 뒤 일본 와세다대학早稻田大學에서 정경과政經科를 수학한
사회과학도였으며, 졸업 후에는 중국으로 망명하여 단재나 위
당이 참여하고 있었던, 동제사同濟社에 가입하여 독립운동을 한
투사였다.

귀국한 뒤에도 교육기관이나 언론기관에서 애국의 문필을
쉬지 않았고, 또 때로는 3·1운동, 신간회新幹會, 임시정부臨時政
府와의 관계, 조선어학회朝鮮語學會를 통한 독립운동 등으로, 일
제의 감옥에 투옥되기를 거듭하였던 애국지사였다. 그는 그러
한 공로로 해방 후에는 민정장관民政長官이 되기도 하고, 이어
서는 정계의 중심인물이 되기도 하였었다.

그는 독립투사로서 정치가였지만, 그러나 그는 정치가에 그
치지 아니하고, 학문을 하는 역사가이기도 하였다. 그의 역사연
구는 독립투쟁의 한 방법이었다. 그는 훌륭한 정치가였지만 정
치가로서 성공하였다기보다는 역사가로서 성공한 점이 더 많
은 것 같고, 후대에도 그는 정치가로서보다는, 역사가로서 알려
지는 바가 더 많지 않을까 생각되기도 한다. 그만큼 그의 역사
연구에는 특색이 있고 후학에게 준 영향이 큰 것이었다.

그는 소년시절부터 역사가가 되기를 희망하고 있었으나, 일
제의 침략을 맞아 독립 전취에 열중하게 되고, 따라서 그는 그
의 학문의 방향을 정경과로 바꾸고 실제로도 정치활동을 하였
다. 그렇지만 1930년대의 암담한 세국世局 속에서, 거듭되는 투
옥으로 정치적 투쟁이 거의 절망적인 상태에까지 이르게 됨에,
"국사國史를 연찬하야 써 민족정기를 불후에 남겨둠이 지고한
사명임을 자임하였을 새, 이에 국사 공구攻究에 전심專心"하게
된 것이었다.

그리하여 그는 10년간을 두고 우리나라 고대사 연구에 몰두
하고, 드디어 그 결실을 보게 된 것이, 30년대 후반에서 40년대

초에 걸쳐 집필되고, 해방 후에 간행을 본《朝鮮上古史鑑》上·
下(1947~1948) 두 권이었다. 그의 우리나라 역사에 대한 연구
계획은, 상고사上古史에 대한 개별적인 연구와, 이를 토대로 한
개설로서의《朝鮮通史》를 서술하려는 것이었으나, 이 통사는
이루어지지 못하였다.10)

그의 역사서술의 방법이나 사풍은, 그의 애국동지였던 단재
나 위당의 그것과 기본적으로 같은 것이었고, 연구영역도 그들
과 같았다. 고대사 연구는 그만큼 문제가 많았고, 일제 관학자
들의 식민주의 역사학의 이론을 압도할 만한, 정설定說의 확립
이 필요한 것이었다.

민세는 그러한 가운데서, 단재나 위당이 세워놓은 우리나라
고대사의 계통을 그대로 쫓아, 그것을 좀더 구체적으로 깊이
있게 해명한다는 작업을 하고 있었다. 그의 고대사 연구는 단
재나 위당의 발상에서 출발하여, 그 고대사의 체계를 한층 더
심화시키고 확고하게 하고 있는 것이었다.

그러기에 그는 동학同學들의 견해를 토대로 하고, 한 걸음 더
나아가서는, 그의 동학들이 그러했듯이, 그에 앞선 실학實學시
기의 고대사 이해를 참작·계승하고 있었다. 그가 위당과 더불
어《與猶堂全書》를 교열·간행하였던 것은, 단순한 출판작업이
아니라 學의 계승이란 뜻이 내포되어 있었다.

그는 다산茶山을 學의 대상으로 연구하여, 그 사상이 훌륭

---

10) 安在鴻,《朝鮮上古史鑑》上, 卷頭言.

한 것임을 찬양하기도 하였다.11) 그도 그의 동학들과 마찬가지로, 우리의 전통적 역사학의 기반 위에서, 민족사民族史의 주체적인 인식과 그 체계화를 구상하고 있는 것이었다.12)

민세의 고대사 연구는, 여러 가지 점에서 그 탁월성이 지적될 수 있지만, 그 가운데서도 주목되는 것은, 단군조선檀君朝鮮에서 삼국시대三國時代까지 우리 역사의 대계大系를, 고조선 사회의 발전과정이라는 논리로서 정리한 점이라고 생각된다. 특히 그 사이에 있는 이른바 기자조선箕子朝鮮의 문제를 단군조선의 그대로의 계승관계로 파악하여, 그것이 중국인 기자箕子에 의하여 세워진 나라가 아니라, 우리 고조선 사회의 발전과정에서, 사회발전의 한 단계성을 표시해 주는 표현이었던 것으로 파악하였음은, 탁견이 아닐 수 없었다.

이와 아울러 민세의 고대사 연구의 특징은, 그 방법론에서, 일단의 전진이 있었음도 들 수 있겠다. 즉 그의 연구는 주로 단재나 위당에서와 같이, 언어학적인 방법을 통한, 고대국가나 고대사회의 제 문제를 해명하려는 것이었지만, 그러한 추색推索이 다만 3국 이전의 수천 년의 역사를 평면적으로 나열하는 데 목표를 두고 있는 것이 아니라, 사회발전이라는 더 본질적인 문제를 염두에 두고서, 그러한 본질 파악을 위한 하나의 과정

---

11) 安在鴻,〈朝鮮史上에 빛나는 茶山先生의 學과 生涯〉(《新朝鮮》1934년 10월).
      _____,〈現代思想의 先驅者로서의 茶山先生〉(《新朝鮮》1935년 8월).

12) 이 무렵의 민족주의 역사학의 동향에 관하여서는 千寬宇,〈韓國實學思想史〉, 一의 Ⅶ·Ⅷ, (《韓國文化史大系》Ⅵ, pp.989~998) 참조.

으로서, 그러한 작업을 행하고 있었다는 사실이었다. 말하자면 언어학적인 방법을 통해서 고대사회의 발전과정의 대계를 찾는 동시에, 그 사회발전의 단계성도 아울러 파악한다는 방식을 취하고 있는 것이었다.

이와 같이 사회발전의 문제가, 그의 고대사의 인식체계 속에 도입되고 있음은, 위당의 고대사 연구와는 또 다른 일면을 보여주는 것으로서, 단재의 사론이 제시한 바 사회적 모순의 문제를 확대·발전시킨 것이라 하겠다.

그는 단재를 단순한 동지나 동학으로서만 생각하는 것이 아니라, "항상 존경"하고 있었다. 그런 까닭에 그가 조선일보사를 운영할 때는, 단재의 《朝鮮史》와 《朝鮮上古文化史》를 그 학예란에 매일 게재하기도 하고, 또 "신단재申丹齋는 구한말이 낳은 천재적 사학자요 열렬한 독립운동자이다. 그 천성天性 준열함과 안식의 예리함은, 시속의 배輩 따를 수 없던 바이었고, 사상의 고매함은 스스로 일두지一頭地를 벗어나던 바"였다고 말하여, 단재사학의 탁월함을 격찬하고, 해방 후에는 단재의 《朝鮮上古史》를 출판·간행하기도 하였던 것이다.13)

그가 단재와 단재사학을 얼마나 존경하고, 그 영향을 얼마나 받았을 것인가 하는 것은, 이로써 알 수 있는 일이지만, 그의 고대사 연구를 보면 더욱 잘 알 수 있다. 그는 도처에서 단재를 인용하고 다산을 인용하고 위당을 인용하고 있었다.

---

13) 申采浩, 《朝鮮上古史》, 安在鴻의 序文.

그러나 물론 민세의 안목이, 기본적으로 단재사론丹齋史論의 일면을 발전시킨 것이기는 하지만, 민세에게 그럴 만한 준비가 되어 있지 않았거나, 또는 당시의 학문이 그것을 생각할 수 있을 만한 수준에 도달해 있지 않았다면, 그것은 불가능하였을 것이다.

다행히 민세가 고대사를 연구할 때는, 그러한 준비가 어느 쪽으로도 되어 있었다. 민세는 사회과학도로서 폭넓은 공부를 하였고, 그러한 공부는 범용한 일반 사학도가 생각할 수 없는, 다양한 역사인식을 가능케 하였다. 더욱이 이때에는 맑스주의 역사이론을 수용한 사회과학도들에 의해서, 우리나라의 사회경제사학社會經濟史學이 개척되고 있어서, 민세의 고대사 연구에도 도움을 주고 있었다. 그는 사회경제사학의 성과에 충분히 유의하면서 그의 논리를 전개하였다.

이와 같은 사실은 민족주의 역사학의 학문적인 내용을, 한층 더 풍부하게 하였을 뿐만 아니라, 앞으로 민족주의 역사학이 취해야 할, 역사연구의 방향이나 방법을 더욱 분명하게 제시하여 주는 지침이 되었다.

그러나 이와 같이 민세民世의 역사학이 사회경제사학의 성과를 섭취하고는 있었지만, 그의 학문이 그들의 입장이나 방법론까지도 전면적으로 받아들이고 있는 것은 아니었다. 그는 사회경제사학의 한 계열이, 계급사관階級史觀을 상소하고, 공식론公式論으로서 우리의 역사를 처리하고 있음을 비판하고 있었다. 그는 계급사관에서 제기한 문제가, 우리 역사의 일부를 형성하는 것임을 인정하기는 하지만, 우리 민족의 역사는 그보다 더 넓은 안목으로 다루어져야 할 것임을 강조하고 있었다. 그는 그것을 후일 신민족주의新民族主義의 이론으로서 전개였다.

그의 신민족주의 이론은, 안으로는 민주주의를 성취하여, 민족을 구성하는 여러 사회계층 상호간의 대립·갈등·반목을 해소하고, 밖으로는 타민족에 대하여 자주적인 입장을 견지하려는 것으로서, 역사학은 이와 같은 민족 전체의 성장과정이나 발전과정에 관한 학문이 아니면 아니 된다는 것이었다. 이는 민족주의 역사학에서 민족사관民族史觀의 새로운 이론구성이었으며, 장차 민족주의 역사학의 기층논리가 되는 것이었다.14)

3) 문일평의 역사학

위당爲堂이나 민세民世와 동시기에, 이들과 더불어 민족주의 역사학의 또 다른 일각을, 담당하고 있었던 인물은 문일평文一平(호 호암湖岩, 1888~1939)이었다. 호암은 1905년에 일본 유학을 하고 돌아와 교편을 잡고 있다가, 1911년에 다시 도일하여 와세다대학에서 정치를 전공하였다. 그러나 그는 학업을 마치지 못한 채, 중국으로 망명하여, 그곳 중국인 신문사에서 일을 하였다.

이럴 즈음 일본에서는, 민세가 역시 정치를 공부하고 있어서, 가까이 사귈 수가 있었고, 중국에서는 겸곡謙谷·단재丹齋·

---

14) 安在鴻,《新民族主義와 新民主主義》, 1946.
_____,《韓民族의 基本進路》, 1949.

위당爲堂 등의 역사가나, 김규식金奎植·조소앙趙素昻·신규식申圭
植·홍명희洪命憙 등의 독립운동자들이 있어서 동지가 되었으며,
벽초나 위당과는 동거하기도 하였다.

　그 후 귀국하여서는, 민족주의 역사학의 여러 인사들과 더욱
깊은 유대를 맺는 가운데, 중동中東·중앙中央·배재培材·송도松都
등의 민족학교에서 교편을 잡기도 하고, 1930년대에는 주로 우
리 민족의 또 하나의 대변지이고, 민세가 사장으로 있으면서
단재의 글을 연재하였던 《朝鮮日報》에서, 역사연구와 민중계
몽에 전념하기도 하였다. 그의 연구물은 대부분 이때 이 지상
을 통해서 발표되었고, 그의 사후에는 《湖岩全集》 3책(1939)으
로서 집대성되었다.[15]

　호암의 역사학은, 이와 같이 민족주의 역사학의 여러 인사들
과 접촉하는 가운데서, 그 방향과 논리가 구상되고 전개되었지
만, 그 가운데서도 평소에 늘 접촉하여 그 학문을 더불어 연마
한 것은 위당과 민세였다. 이들의 교유는 단순히 자연인으로서
의 사교에 머무른 것이 아니라, 민족정신·민족문화의 수호를
위한 동지적인 결합이었음에서, 그들이 연구하고 있는 여러 문
제는 서로 논의되고 충고되는 가운데서 정리되고 있었다.

　그들은 1930년대에는, 실학자實學者 특히 다산茶山을 통해서
자기自己(민족)를 발견하고, '조선학朝鮮學' 또는 '조선정신朝鮮精

---

15) 文一平, 《湖岩全集》 第三卷, pp.489~501, 나의 半生.
　　洪以燮, 앞의 책, pp.326~339.
　　李基白, 〈文一平〉(《韓國近代人物百人選》; 《新東亞》, 1970년 1월호 부록).

神'의 확립문제를 모색하고 있었는데, 호암이 그들과 더불어 작
업을 하였음은 말할 것도 없는 일이었다.16) 그의 역사연구는
말하자면 민족주의 역사학의 역사인식의 입장에서 행하여진
것이었으며, 민족주의 역사학의 우리 역사 체계화를 위한 사업
의 일환으로서 수행되고 있는 것이었다.

민족주의 역사학의 여러 인사들과 호암의 역사학과는, 이와
같이 밀접한 관계에 있는 것이지만, 그러한 가운데서도 그가
역사학자로서 성장하는 데, 학적學的으로 깊은 영향을 끼친 것
은, 다른 민족주의 역사학자들의 경우와 마찬가지로, 단재의 역
사학이었다.

이에 관해서는 그 스스로가 분명하게 그러한 말을 한 것을
볼 수는 없지만, 아무에게도 지도받았다는 것을 말하지 않은
가운데서, 중국 망명시절에는, 단재에게 불경佛經을 가르쳐 달
라고 졸랐다는 한 구절을 그의 자서전에다 기록하고 있는 것이
다. 더욱이 그는 같은 곳에서, 일본 유학시절에 얻은 것은 하나
도 없고 잃어버린 것뿐이라고 말하면서, 그와 같은 기술을 남
기고 있다.17) 이는 지극히 암시적인 표현이라고 생각된다.

식민지 당국의 검열에도 불구하고, 자기의 학적學的 계보를
밝히지 않을 수 없었던 그의 자서전은, 이러한 암시적인 표현
으로서나마, 말할 수 없는 말을 표현하였던 것이 아닌가 생각
되는 것이다.

---

16) 千寬宇, 앞의 글 참조.
17) 文一平, 《湖岩全集》 제3권, 나의 半生.

이러한 사실은, 호암의 역사서술을 검토하여 보면, 더욱 분명하게 알 수가 있다. 이미 홍이섭 교수에 의해서 지적된 바이지만,[18] 그의 역사의식이나 역사학은, 단재의 그것에서 출발하고, 단재사학이 제시한 바 여러 문제의 일단을, 구체적인 작업으로서 개척해 나간 것이었다. 그뿐만 아니라 민족주의 역사가들 가운데서도, 단재가 제기한 문제를 가장 광범하게 취급하고, 이를 해결한 것은 바로 호암이 아니었던가 생각된다.

이를테면 호암의 역사학이, 국제간의 '아我와 비아非我'의 논리로서의 대외관계를 깊이 연구하여, 냉혹한 국제 현실 속에서 우리의 처지를 정확하게 인식하려 한 것, 사회 내부에서 '아와 비아'의 논리로서의 사회적 모순관계를, '반역아叛逆兒'를 통해서 찾아봄으로써, 그것이 '朝鮮史를 창조한 一大動力이 된 것', 즉 사회발전의 계기가 되었음을 찾으려 한 것이 그것이다. 그리고 '我'의 생장 발달의 상태를 사상·문화·예술·풍속 속에서 찾고, 그 가운데서 민족문화 또는 민족정신을 소생시키려 한 것 등은, 그러한 예가 되는 것이라고 하겠다.

호암의 역사학은 아마도 이 세 가지 점에 그 기본 목표가 있고, 그의 연구 업적은 이러한 세 가지 점에서 그 특징이 파악될 수 있는 것이겠다.[19]

그렇지만 그의 역사학의 특징은, 이 같은 학문 내용에만 있는 것이 아니었다. 그의 사풍에는, 다른 민족주의 역사가나 실

---

18) 洪以燮, 앞의 책, 湖岩文一平.
19) 호암 역사학의 특징에 관해서는 洪以燮·李基白 두 교수의 앞에 든 논문 참조.

증주의 역사학 또는 사회경제사학에서는 볼 수 없는, 특이함이 있었다. 그것은 그 역사서술이, 민중계몽을 위한 점에서, 탁월함이었다. 그는 그 자신의 역사학을, 완전히 소화하여, 쉬운 문체로 서술할 수가 있었고, 높은 수준의 문제의식을 잃지 않으면서도, 이를 이해하기 쉬운 역사로 기술하고 있었다.

그는 그의 학문을 대중화하고, 대중으로 하여금 그가 서술하고 있는 역사 속에서, 더불어 호흡할 수 있도록 노력하고 있는 것이었다.

그의 이와 같은 역사서술은, 이 시기에서는 대단히 중요한 의미를 지니는 것이었다. 이 시기에는 일제 관학자들에 의한 우리 역사의 개설서가 판을 치고, 우리말로 된 개설로는 육당六堂의 뼈 없는 《朝鮮歷史》(《故事通》)가 있을 뿐이어서, 근로대중은 고사하고 지식인들도, 민족사民族史에 대한 바른 이해를 지닐 수가 없었던 까닭이었다.

그런 점에서는 호암의 역사학은, 실로 대중에게 민족문화를 바르게 이해시키고, 민족정신을 암암리에 고취시켜 줄 수 있는, 유일한 길잡이가 되고 있었다. 호암의 역사학은 민중의 계몽이라는 점, 역사의 대중화라는 점에서 크게 성공하고 있는 것이었다. 그는, 그 난해한 문체로, 일반적으로 핀잔을 받고 있었던 민족주의 역사학의 역사서술에서, 민중과의 관계에서, 민족주의 역사가들이 그들의 최전면에 내세울 수 있는 유일한 역사가였다.

3. 신민족주의 역사학의 창출

1930년대의 민족주의 역사학에는, 전술해온 바와 같이 위당爲堂·민세民世·호암湖岩 등이 있어서, 크게 활동하였다. 그들의 역사서술은 각각 개별성을 보이고는 있었지만, 철저한 민족의식의 바탕 위에 세워지고 있다는 점에서 공통되는 것이었다. 이들은 이 시기의 민족주의 역사학을 발전시킨 세 기둥이었다.

민족주의 역사학은 이와 같이 훌륭한 역사가를 가졌지만, 그러나 그들의 이 무렵의 활동이, 단재가 제시하고 그들 각자가 구상하였던, 이른바 민족주의 역사학의 학적인 성과를 망라한, 우리 역사의 대계大系를 체계화할 수 있는 데까지 도달한 것은 아니었다. 그들은 개별 연구, 특히 고대사·고조선 연구는 많이 하였으나, 통사通史의 체계화에는 아직 아무도 이르지 못하고 있었다.

그러한 점에서 민족주의 역사학에서는, 허다한 과제를 그대로 안고 있는 셈이었으며, 이러한 문제를 해결해 나가기 위해서는, 아직도 많은 새로운 인재가 더 필요하였다.

무엇보다도 민족주의 역사학에서는, 그들 종래의 역사의식 연구성과를 토대로 하면서도, 당시까지의 각 학파學派의 학문적인 성과를 광범하게 흡수하면서, 일제의 식민주의 역사학에 대결할 수 있는, 새로운 학적인 체계를 세우는 일을 수행하지 않으면 아니 되었다.

이러한 작업은 일조일석에 될 일이 아니었지만, 선구자들의

노력은, 이러한 작업을 담당할 후계자를 배출하고 있었다. 1940
년대에 활약하게 되는 홍이섭洪以燮(1914~1974), 손진태孫晉泰
(호 남창南滄, 1900~미상), 이인영李仁榮(호 학산鶴山, 1911~미상)
등은 바로 그러한 인물들이었다.

1) 홍이섭의 역사학

홍이섭洪以燮은 민족학교 배재培材에서 호암湖岩의 역사교육
을 받았고, 민족주의 역사학의 명문 연전延專 문과에서는, 위당
爲堂의 제자로서 그 학문을 전수받았다. 뿐만 아니라 그 학교
상과商科의 백남운白南雲 교수로부터는, 이 무렵에 간행된 조선
사회경제사朝鮮社會經濟史에 관한 두 저서(본서 제2부 제8장 참조)
를 통해서, 그리고 그 강의를 통해서 직접 그 학문 분위기에도
접할 수 있었다.

연전延專은 당시의 우리나라에서는, 문과가 있는 유일한 민
족주의 역사학의 최고 학부이었다. 우리나라의 유능한 교수들,
그 가운데서도 국학國學에 관련되는 역사학과 국문학 관계 교
수들은, 여기에 모여 있어서 이 학교는 특이한 학풍學風을 이루
고 있었다. 정인보鄭寅普·백낙준白樂濬·백남운·최현배崔鉉培·김
윤경金允經·손진태·이인영 이런 분들이 이 학교를 거쳐 갔고,
그러한 가운데서 민족주의적인 또는 사회경제적인 학풍은 형
성되고 있었다.

그리하여 이 학교의 학풍이, 경성제대京城帝大의 식민주의 역
사학에 대결할 수 있었음은, 사학사史學史에서 특기할 수 있는

일이었다.

다만 한 가지 이 학교는 대학이 아니었음에서 사학과史學科를 갖지 못하였고, 따라서 많은 역사학자를 양성할 수 없었던 것이 하나의 흠이었다. 그러나 그러한 가운데서나마, 문과 학생들을 국학 연구의 방향으로 이끌어갔고, 민족주의 입장의 국학 관계 학자로 적잖이 성장시킬 수 있었음은 다행한 일이었다.

6·25 이후에 민족주의 역사학 내지 우리 역사학의 재건을 위하여, 고군분투하였던 홍이섭은 그러한 역사학의 명문에서 양성된 학자였다. 1940년대에 학계에 등장하여, 그 역사학의 선구자들이 다 하지 못한, 통사의 체계화를 위한 과제를 일부분이나마 해결한 역사가였다. 그의 《朝鮮科學史》(1944, 1946)는 바로 그러한 작업으로서 이루어진 산물이었다.

이 저서는 이름은 비록 과학사科學史이지만, 그 내용은 단순한 기술사로서의 과학사의 범위를 넘어서, 과학을 중심한 문화 일반을 포괄적으로 체계화한 문화사文化史이었다.

여기서 다루고 있는 문제는, 각 시대의 국가의 교육제도, 사회제도, 과학문화의 편제, 외국문화, 특히 과학문화의 수입과 그 기능, 국내의 구체적인 과학기술로서의 천문학과 역학曆學, 수학과 건축, 의학, 지리학, 농업기술과 수리水利사업, 방직, 화학공예, 선박 및 교통기술, 그리고 각 시대의 과학문화科學文化의 역사적인 성격 등 아주 광범한 것이었다.

이 저서는 훌륭한 분류사分類史로서의 과학문화사였으며, 과학문화의 발달이라는 각도에서 우리나라 역사의 고금古今을 체

계화한 통사이었다. 우리는 여기에 민족주의 역사학에서 구상
해오던 우리 역사의 대계를, 극히 한정된 분야에서나마, 그 대
강을 통관할 수 있게 된 셈이다.

민족주의 역사학에서 민족사를 체계화하는 데는, 민족정신을
바탕으로 하면서도, 민족문화의 발전과정을, 어떻게 세계사의
발전과정 속에 관련시키고 이해하느냐 하는 것이 문제가 아닐
수 없었다. 민족이 강렬하게 내세워지고 타민족에 대하여 지나
치게 배타적이 되면, 그 역사학은 편협하여짐을 면할 수 없을
것이기 때문이었다.

그래서 1930년대 이 역사학파의 선구자들은, 민족주의 역사
학의 진로를 사회발전社會發展이라든가 세계사와의 관련성에서
모색하는 데 게으르지 않았다. 홍이섭이 그의 과학사를 서술하
면서, 민족주의 역사학의 그와 같은 학적學的인 전통을 계승하
고, 이를 그의 저술 속에서 처리하였음은 말할 것도 없었다.

그는 이러한 문제에 관하여, 그의 과학사가 연구되고 서술되
어야 할 방법과 의의를, 다음과 같이 말하고 있었다.

世界史的인 관점, 그것이 지니는 방법론적인 문제는, 여러 가지로
되풀이되고 혹은 停滯 反動을 齎來하였지만, 진보적이거나 반동
적이거나의 여하를 막론하고, 현대인류사의 하나의 과제는, 인간
이 정복해야 할 자연에 대한 새로운 해석과 분석의 역사를 의미
하게 되었다. 政治史가 지니는 개별적인 特殊史觀이 아니고, 새로
운 一般史로서의 普遍史, 즉 世界史의 현 단계는, 확실히 明日의

인류 전체의 문제로서, 科學史의 임무를 중시하게 되었다.[20]

이는 우리 문화·우리 역사인식에서, 세계사와의 관련성의 긴
절함을 강조하는 것이었고, 그러한 한 방법으로서 과학문화사
의 필요성을 주장함이었다.

세계사와의 관련성이라는 것은, 사회의 발전단계 시대구분에
대한 이해에 첨예하게 관련되는 것이므로, 그는 이 문제에 관
해서도 일정한 견해를 세우고 있었다. 가령,

> 科學史는 社會史의 변천과 더불어 진전하여온, 人類生活史의 근
> 저이므로, 인류의 自然解釋의 제 단계는, 社會史의 시대구분과
> 서로 대응되도록 하는 데서, 그 本質的 性格이 규정되어야 할 것

이라던가,[21] 또는

> 여기서 人類史의 보편적인 방법을 요구한다면, 그것의 정당한 파
> 악의 이론은, 科學의 歷史的 社會的 발전의 변천과정을 규명함이
> 요구된다. 그러나 科學史에 있어서도, 단순한 事實의 병렬적인
> 진열만으로는, 그 구체적 현실성을 상실케 되므로, 과학의 발전
> 과 변천에 기축이 되는 민중의 생활과 사회구성의 발전과정을
> 주시하여야 한다.

---

20) 洪以燮, 《朝鮮科學史》, 1944년판, p.3.
21) 위의 책, p.5.

고 한 것이 그것이었다.22) 그는 사회체제社會體制의 발전과정을 과학의 발전과정과 관련시키고, 이를 통해서 우리의 과학사나 우리의 문화사를, 세계사적인 이해에까지 연결시키려는 것이었다.

그리하여 그는 사회체제의 발전과정을, 민세民世가 그러했듯이, 이 시기의 우리의 사회경제사학社會經濟史學이 도달한 성과를 참작하여, 이로써 그의 과학문화사科學文化史의 사회적 또는 경제적 배경으로 삼고, 그러한 각각의 사회구성체社會構成體 아래서 과학문화의 성격을 파악하려 하였다. 즉,

原始朝鮮의 기술과 과학,
古代社會에의 추이(三國時代의 과학과 기술),
高麗封建國家의 과학과 기술,
李朝封建國家의 과학과 기술,
西歐的 科學의 受容과 李朝封建科學의 지양

등의 편제編制에서 볼 수 있듯이, 사회의 발전과정이 전제되고, 그 안에서 과학문화의 기능을 전개하고 있는 것이 그것이었다. 그리고 이때, 그러한 사회의 발전이 과학문화의 발달과 밀착되는 것으로 파악하였음은 말할 것도 없었다. 그는 도처에서 과학의 발달이 사회발전에 기여하였음을 강조하고 있었다.

---

22) 위의 책, 1946년판, p.9.

2) 손진태의 역사학

홍이섭과는 또 다른 계열에서 공부하였으나, 그 역사연구의 동기나 그 전공학문의 성격으로 말미암아서, 결국 민족주의 역사학의 일원으로 된 것은 손진태孫晉泰였다.

그는 일본의 와세다대학에서 사학史學과 사회학社會學을 전공하고, 민속학民俗學을 연구하게 된, 우리나라 초기 민속학 연구의 한 개척자이었다. 대학을 졸업한 뒤에는 민족주의 역사학의 명문 연전 문과에서 교편을 잡았고, 중일전쟁이 발발한 뒤에는 보전普專의 초대 도서관장으로 자리를 옮기고, 연전에서는 제2차 세계대전 때까지 강사로 있으면서, 우리 민속의 문화사적인 연구에 몰두하였다.

이러한 시절에 위당·민세·호암 등 민족주의 역사학의 여러 학자들이나, 백남운 등 사회경제사학의 인사들과 밀접한 관계를 맺었음은, 말할 것도 없는 일이었다. 특히 그는 민세의 역사학에 대하여는 각별한 관심을 가지고 있었다.[23]

그는 정규대학에서 역사학과 사회학을 전공하였음에서, 이 시기의 이른바 실증주의 역사학의 인사들과도 긴밀한 관계에 있었다. 그러나 그의 민족주의적인 성향 자세와 그 학문(민속학)의 성격은, 그로 하여금 연전이나 보전의 민족적인 학풍에 흠뻑 젖게 하였고, 또 그 스스로도 그러한 학풍을 조성해 나가

---

23) 해방 전서부터 南滄에게서 우리 역사연구를 위하여 지도를 받았던 孫寶基 교수의 말씀에 따르면, 南滄이 우리 문화 우리 역사를 논할 때는, 으레 民世 의 견해에 감탄하고 이를 흥미 있게 받아들이는 일이 자주 있었다고 한다.

는 데 전심케 하였다.

그리하여 그가 후일 민속학에서 역사학으로 그 학문의 영역을 넓히게 되었을 때, 민족주의 역사학의 역사이론, 즉 민족주의 역사관에 의거하여 그 역사학을 새로운 각도에서 종합 정리하여, 하나의 새로운 체계로서 그 대계를 세우게 되었음은 오히려 자연스러운 일이 아닐 수 없었다. 그의 이른바 신민족주의新民族主義 역사이론에 따른 우리 역사의 체계화인 것이었다. 그의 《朝鮮民族史槪論》(1948)이나 《國史大要》(1949)는 그것이었다.

남창南滄의 신민족주의 이론은, 흔히 볼 수 있고 또 말하여지는 이른바 종래의 민족주의와는 다른 것이었다. 민세의 신민족주의 이론과 기본적으로 같은 것이었다. 같은 민족주의 역사학의 입장에 있었기에, 그들의 민족주의에 대한 이해는 같을 수밖에 없었다.

그는 종래의 민족주의는 앞으로 청산되어야 할 것으로 보고 있었다. 즉 전통사회에서 민족주의의 본질은, 민족 내부에 계급적 차별을 내포하고, 자본주의 사회에서 그것은, 자본가의 권익을 옹호하는 것이었음에서, 쇄국적·배타적·독선적임을 벗어나기가 어려운데, 이러한 민족주의 민족사民族史가 세계사世界史의 일환으로 편입되고, 민족이 세계 속에서 호흡하게 된 오늘날의 국제사회에서는, 존속 유지될 수 없으며, 국내적으로도 민족 전체의 공동의 이익이 추구되어야 할 오늘날에서는, 그대로 유지될 수 없는 것이라고 생각하는 것이었다.

그리하여 그는 오늘날의 민족주의는, 현대사회에 적합한 신민족주의가 아니면 아니 된다고 생각하였다. 다음에 제시하는 것은 그 요점이다.

王者 一人만이 國家의 主權을 專有하였던 貴族政治期에 있어서도 民族思想이 없었던 것은 아니요, 資本主義社會에서도 또한 民族主義란 것이 있다. 그러나 그러한 民族思想은 모두 진정한 意義의 民族主義는 아니었다. 그것은 민족의 美名下에 그들 支配階級만의 權力과 富力을 획득 유지하려는 극히 不純한 假面的이요 撫摩的인 것이었다. 진정한 民族主義는 民族 전체가 政治的으로 經濟的으로 社會的으로 文化的으로 균등한 義務와 權利와 地位와 生活의 행복을 가질 수 있을 때에, 비로소 완전한 民族國家의 理想이 실현될 것이요, 民族의 親和와 단결이 비로소 완성될 것이다. 假裝的인 民族主義下에서 民族의 親和團結이 불가능한 것은, 과거의 歷史와 今日의 現實이 명백하게 이것을 증명하고 있다. 民族의 團合이 없이 民族의 완전한 自主獨立은 있을 수 없고, 따라서 民族文化의 世界的 發展 寄與도 있을 수 없는 일이다. 그리고 民族의 團合은 오직 진정한 新民族主義에서만 얻을 수 있을 것이다. …… 진정한 民族의 번영은 民族內部의 반목과 투쟁에 있지 않고, 民族의 全體的 親和와 단결에 있는 것이다. 이 世界的 機運과 民族的 要請에서 民族史觀은 출발하는 것이며, 民族史는 그 向路와 方法을 명백하게 科學的으로 지시하여야 할 것이다.24)

그의 신민족주의는, 말하자면 세계 여러 민족에 대하여서는 개방적이요 세계적이며, 국내의 여러 사회계층에 대하여는, 정치·경제·사회·문화에서 평등적이고 친화적일 것을 전제로 하는 것이었다. 그는 이것을 "민주주의적 민족주의 곧 신민족주의"라는 말로 표현하기도 하였다.

그리하여 현대 한국이 지향해야 할 진로는, 곧 이 신민족주의에 있을 것으로 규정하고, 민족사의 향로와 방법을 과학적으로 지시할 수 있는 것은, 그러한 신민족주의적인 입장에서 역사서술, 즉 현대적 의미의 민족사관民族史觀이라고 파악하는 것이었다. 그리고 여기에 그 스스로도 그의 민족사의 체계를 구상하게 되었던 것이다.

그가 그의 저서의 개권開卷 벽두劈頭에 "나는 新民族主義의 입지에서 이 民族史를 썼다."고 한 것이라든가,25) 또는 "上述한 民主主義的 民族主義, 곧 新民族主義의 입지에서, 나는 이 책에서, 우리 民族史의 大綱領을 논술한 것이다."라고 한 것은,26) 그의 그러한 역사관을 천명함이었다.

남창의 이와 같은 신민족주의 이론 및 우리 역사의 체계화는, 그 스스로가

내가 新民族主義 朝鮮史의 저술을 기도한 것은, 이른바 太平洋戰

---

24) 孫晉泰, 《朝鮮民族史槪說》, 自序.

25) 위와 같음.

26) 孫晉泰, 《國史大要》, 自序.

爭이 발발하던 때부터이었다. 同學 數友로 더불어 때때로 밀회하여 이에 대한 理論을 토의하고 체계를 構想하였다.

라고, 한 데서 알 수 있듯이,[27] 1941년 무렵부터이었다. 연전에서 아직 강의를 하고 있었던 그는, 일본사 교육을 담당해야 할 것을 거부하고, 보전普專으로 완전히 직을 옮겼는데, 그 뒤 그는 이인영李仁榮·조윤제趙潤濟 등 제씨와, 돈암동 자택이나 보전 도서관에서, 민족사관에 의거한 민족사의 체계화에 전념하였으며, 후진들에 대한 지도에도 힘썼다.[28] 그리고 그러한 노력의 결과로서, 해방 후에 그 결실을 보게 된 것이, 앞에 든 두 저서이었다.

그렇지만 이것은, 어디까지나 우리 역사의 체계화를 위한 구상의 시기가, 그렇다는 것에 지나지 않는 것이며, 그가 이와 같이 폭넓은 민족과 민족주의를 발견할 수 있었던 것은, 그에 앞서 오랜 시일에 걸친 학적學的 연구의 결과이었다.

그는 대학 시절에 이미 우리나라의 고가요古歌謠를 공부하고, 이를 일문日文으로 번역 간행하였는데,[29] 이를 통해서 그는 역사를 움직이는 주체가 귀족만이 아니라, 그 밑바닥에 광범한 민중이 있음을 인식하고, 또 우리나라에도 국민문학國民文學이

---

27) 孫晉泰, 《朝鮮民族史槪說》, 自序.

28) 孫寶基 교수의 교시에 의함. 孫 교수는 그중의 한 사람이었다. 그리고 李佑成 교수에 의하면 이들은 이때 그들 스스로를 "동산학파東山學派"로 칭하는 일이 있었다고도 한다.

29) 孫晉泰 편, 《朝鮮古歌謠集》, 1929.

있었다는 민족적 긍지를 가질 수가 있었다. 그리고 그 뒤에는 계속 민속학에 전념하여 그것을 문화사적文化史的으로 연구함으로써, 우리 민족사의 주체로 간주되어 오는 귀족지배층이나 그 문화 이외에도, 피지배층으로서의 민중과 그 문화가 있다는 것과 그 중요성을 인식하였다.30)

또 우리의 민족문화는 우리 문화로서의 특색이 있는 것이지만, 그러나 그것은 요원한 고석古昔으로부터 결코 고립한 문화가 아니요, 실로 세계문화의 일환으로서 존재하였다는 사실도 인식하였던 것이다.31)

이는 국내 문제로서 지배층과 피지배층의 문화의 문제, 대외 문제로서 타민족과의 문화 접촉의 문제인 것으로서, 그는 이것을 종합적으로 파악함으로써, 비로소 우리 문화가 정당하게 이해될 것임을 표현하는 것이었다. 그렇지만 이러한 학적인 인식 태도는, 민속학의 방법으로서만 적용될 것이 아니라, 역사학 일반에도 확대 적용될 수 있는 것이었다. 그리하여 그가 그의 연구영역을 역사학 전반으로 확대하였을 때, 그의 민속학에서 우리 문화에 대한 인식태도는, 민족사 전체의 인식을 위한 방법론이 될 수가 있었다. 그리고 그것은 결국 신민족주의 이론으로서의 민족주의 역사관으로 집약될 수가 있었다.

그러기에 그는 민족사의 체계화나 민족문화의 발전을 인식함에는, 민족문화 전체에 관련된 여러 문제가 종합적으로 구성적

---

30) 孫晉泰,《韓國民族文化의 硏究》, 自序, 1948.
31) 孫晉泰,《韓國民族說話의 硏究》, 序說, 1947.

으로 이해되어야 할 것이며, 어떠한 특정한 문제나 그것을 파악하기 위한 특정한(협애한) 방법론이, 우리 역사 우리 문화 이해를 위한 전체로서 대치되어서는 아니 될 것으로 생각하였다.

그는 그러한 사관史觀의 예로서는, 자본주의의 극성과 병행하여 등장하는 계급사관을 들고 있었는데, 이러한 사관은 현시점에서는, 우리 역사를 인식하기 위한 최선의 방법론이 될 수 없는 것임을 말하였다.

그는 그것을, "階級의 生命은 짧고 民族의 生命은 긴 것을 인식할 때, 우리는 民族史의 나아갈 길이 오직 新民族主義에 있을 것을 스스로 알 게 될"것이라고 하였으며, 귀족 중심 왕실 중심의 역사서술을 타도하는 데 공이 컸던 백남운의 업적에 경의를 표하기는 하였지만, "그러나 나의 견지로 보면 씨는 '우리 自身'의 일부만을 발견하였고 '우리 自身'의 전체를 발견하지는 못했다. 씨는 피지배계급을 발견하기에 너무나 열중한 나머지, '民族의 발견'에 극히 소홀하였다."고 표현하고 있었다.[32] 그는 하나의 사회계급社會階級은 민족이라고 하는 전체 속의 일부에 지나지 않는 것이며, 따라서 그러한 사회계급 간의 대립과 알력과 항쟁의 문제는, 민족사 내부의 한 문제, 이를테면 사회발전의 문제로서 취급하면 될 것으로 보는 것이었다.

그리하여 남창이 도달한 민족사의 이론은, 대내적으로는 민족을 구성하는 전 사회계급의 무순관계와 의식의 문제를 사회

---

32) 孫晉泰, 《韓國民族史槪說》, 自序·緖說.

발전의 체계 속에서 인식하고, 대외적으로는 우리 민족의 타
민족에 대한 투쟁과 문화교류를 통한 민족문화의 성장을, 대내
문제로서의 사회발전의 논리와 연결시켜, 이를 전 민족의 성장
발전이란 체계 속에서 전개하려는 것이었다.

다시 말하면, 민족 성장의 논리와 사회발전의 논리를, 하나
의 논리로서 종합함으로써, 우리의 역사를 더 폭넓은 민족사로
서 파악하려는 것이었다. 그의 두 개설槪說이 역사의 발전을 민
족의 성장과정으로서 시대구분 하였으나, 그것이 동시에 사회
구성의 발전과정을 의미하는 것이었음은, 그의 그러한 역사이
론의 결과이었다.

민족주의 역사학이 오랜 기간에 걸쳐서 구상해온, 민족사관
에 의한 우리 역사의 체계화나, 민세가 제기하였던 바 신민족
주의 이론에 입각한 민족사의 구체적인 체계화가, 남창의 이와
같은 체계와 꼭 같은 것이었는지는 미상이지만, 그러나 남창의
이와 같은 역사인식으로서 민족주의 역사학의 학적인 수준이
한층 더 높아지고, 그 내용이 더욱 풍요로워졌음은 말할 필요
조차 없는 일이라고 하겠다.

이와 같은 남창이 해방 후에는, 학산鶴山·두계斗溪 등과 더불
어 경성대학京城大學(서울대학)의 사학과를 재건하여, 우리 역사
연구의 방향을 주도하고 있었다. 그의 밑에서는 많은 제자들이
그의 학적인 영향을 받게 되고, 국사학자로서 성장하였다. 해방
직후에 학병세대로서 재건된 경성대학에 편입하여, 서울대학을
졸업한 이들이 이에 해당하지만, 그 가운데서도 특히 남창과

가까이 지내던 사람들은, 남창을 위해서 작업을 하기도 하였다. 《朝鮮民族文化의 研究》는 이와 같은 제자들의 노력으로서, 번역 편집되고 교정 간행되기에 이른 것이었다.

남창이 그 서문序文에서 밝히고 감사의 뜻을 표하고 있는 것을 보면, 그러한 제자들은 조풍연趙豊衍·백남형白南瀅·한우근韓沽劤·이순복李洵馥·손보기孫寶基·김철준金哲埈·연상현連相炫 등의 제씨이었다. 오늘날 우리의 국사학계를 지도하는 인사들이 적지 아니 있음을 볼 수 있다. 6·25는 남창을 우리 학계에서 빼앗아 갔지만, 그러나 그는 그의 많은 제자들을 우리의 학계에 남겨주었으니, 이는 그 학풍을 우리 학계에 계승케 하였음이라 하겠다.

3) 이인영의 역사학

학산鶴山도 본래 민족주의 역사학 계열의 출신이 아니었으나, 그 민족의식의 강렬함과 그 연구분야의 특성으로 말미암아, 그리고 민족주의 역사학의 명문에 직을 갖게 됨으로써, 그 역사학의 일원이 된 인물이었다.

그는 경성제대京城帝大의 조선사학과朝鮮史學科에서 우리 역사를 전공하였고, 이어서는 그 대학의 촉탁이 되기도 하였던 데서, 실증주의 역사학의 일원이기도 하였으나, 남창이 연전에서 보전으로 옮길 무렵, 남창의 주선으로 연전에 직을 갖게 되고, 이어서 남창과 더불어 민족사관에 입각한 우리 역사의 체계화를 구상하기도 하고, 그러한 입장에서 그 자신의 연구도 진행시키게 된 역사가였다.

《韓國滿洲關係史의 硏究》(1948 편집, 1954 간행)와 《國史要論》(1950)은 그러한 연구과정에서 나온 소산이었다. 전자는 민족주의 역사학 계열의 대외관계 연구의 또 하나의 표본일 것이며, 후자는 남창의 《朝鮮民族史槪論》과 더불어, 민족 또는 민족정신을 기층에 깔고 전개한 우리 역사의 개설서였다.

그의 대외관계 연구는, 흔히 볼 수 있는 외교사外交史나 교섭사交涉史가 아니라, 국내의 정치적 또는 사회경제적인 정세를 배경으로 한 대외정책을, 다른 민족이나 다른 국가의 내적 정세의 배경 위에서 전개되는, 국제정세의 변동과 관련시켜서 파악하려는 데 특징이 있었다. 그는 이러한 연구를 통해서, 우리 민족의 역사가 우리 민족만으로서 성장해온 것이 아니라, 동양 속에서 그리고 나아가서는 세계 속에서 호흡하고 작용하면서, 성장해온 것임을 인식하기에 이르렀다.

그리하여 이와 같은 연구과정을 거치면서, 통사의 체계화를 구상하게 된 그는, 무엇보다도 세계사와 한국사, 즉 보편성과 개별성의 조화 문제를 깊이 생각하게 되었으며, 그러한 가운데서 민족사의 발전과정을 체계화해야 한다는 논리를 세우게 되었다. 그가,

> 우리는 民族的 世界觀, 世界史的 國史觀을 확립함으로써 진정한 民族文化와 世界文化와의 관계를 파악하여야 할 것

이라고 한 것은, 그러한 사정을 말함이었다.[33] 민족적 세계
관, 즉 세계사적 국사관은, 이른바 신민족주의 이론에 입각한
민족사관인 것이었다. 그의 현실 파악이나 그 역사의식은 철저
하여서, 그는 해방 직후의 조건에서,

> 우리 民族의 現實은, 무엇보다도 民族的 自由와 平等에 가장 큰
> 관심을 갖고 있다

는,[34] 전제 위에서 역사연구의 작업을 하고 있었다.
 남창은 그와 같은 그의 역사학자로서의 입장을 평하여, "신
민족주의 국사학계의 중진重鎭"이라고 말한 바 있었다.[35] 그의
《國史要論》은 말하자면 신민족주의의 민족사관이란 입지에서,
우리 역사와 세계사와의 조화를 찾으려고, 노력한 역사서술이
었다.
 민족사관이라는 그의 역사학의 입장에서, 우리는 그의 역사
의식이 어떠하였겠는지 쉽사리 추측할 수 있는 일이지만, 그는
민족을 중심으로 한

> 확고한 現代意識이 없이는 歷史學이 성립될 수 없는

---

33) 李仁榮, 《國史要論》, 自序.
34) 李仁榮, 《韓國滿洲關係史의 研究》, 跋.
35) 위의 책, 孫晉泰의 序.

것이라고까지 주장하였다.[36] 민족 또는 민족정신이 기층에
깔려있는 현대의식現代意識이 결여하였거나, 그것을 외면한다
면, 우리의 역사학은 존재할 수 없는 것이며, 따라서 그러한 역
사학이라면 아무리 훌륭한 역사서술이라도, 참다운 역사학으로
서 인정하기가 어렵다는 것이었다.

그는 그와 같은 역사서술이, 현실적으로 존재하고 있음을 지
적하고, 이를 비판하고 있었다. 그러한 예로서는 두 종류를 들
고 있었는데, 하나는 문헌고증文獻考證 위주의 역사학이나 백과
사전적 나열 위주의 역사학이고, 다른 하나는 공식사관에 따른
역사학임을 말하였다. 그래서 그는 그러한 역사학을 다음과 같
이 비판하고 참다운 역사학의 수립을 제언하였다.

　過去의 功績과 權威를 지금에도 保守하고자 하거나, 過去 없는 未
來의 理想을 맹신한다면, 더불어 歷史를 논의할 수 없을 것이다.
　전자는 내심에 있어 衒學을 주로 하기 때문에, 때때로 史觀 없는
史料의 羅列이나, 불필요한 정도의 복잡기괴한 史料考證이나, 또
는 百科辭典的 博學을 과시하는 경향을 갖게 되며,
　후자는 홀로 자기만이 가장 科學的 史觀을 파악한 듯이, 世界史의
必然性을 주장하여 미래를 예언하며, 융통성이 없는 공식에 사로
잡혀 자기와 觀點을 달리하면, 그 누구를 막론하고 배격한다.
　어떠한 주의든 간에 그것은 그 시대의 소산이라 하겠다. 現代는

---

36) 앞의 책, 跋.

전자의 保守性과, 후자의 反歷史性을 비판함으로써, 진정한 歷史
의 수립을 고대하고 있다.[37]

학산이 생각하는 참다운 역사학, 그것은 역사의식에 투철하
고, 역사서술이라고 하는 기술적인 면에서도, 과학적이고 실증
적일 수 있는 그러한 역사학이었다. 그는 그것을

現代意識의 史觀이 史料를 통하여 過去로 소급할 때, 비로소 참
다운 歷史가 생겨난다

고 표현하고 있었다.[38]
여기서 그가 말하는 현대의식은, 앞에서도 지적한 바 "민족
적 자유와 평등"을 성취해야 한다는, 이른바 신민족주의 역사
이론의 현대의식이었으며, "史料를 통해서 과거로 소급한다."는
것은, 역사학이 충실하게 사실史實의 실증 과정을 거치되, 그것
이 민족사의 고금古今을 꿰뚫는, 본 줄기의 체계화에 긴절하게
관련되는 것이어야 한다는 것이었다.
그의 참다운 역사학은 말하자면 신민족주의의 민족사관에
의한 역사인식과 역사서술 그것이었으며, 민족사의 계통을 거
시적으로 추구하고 체계화하려는 그러한 역사학이었다.

---

37) 위와 같음.
38) 위와 같음.

학산의 역사의식이나 역사서술은, 그 자신의 저서를 통해서
만 이해될 것이 아니라, 그가 지도한 편찬물에서도 이를 찾아
볼 수가 있다. 그는 해방 직후에 재건된 경성대학의 국사연구
실國史硏究室에서, 남창과 상의相議 아래, 젊은 학병세대 연구자
들과 더불어 우리 역사의 새로운 체계화를 시도하고, 그 자신
의 저서에 앞서, 이미 우리 역사의 개설서를 편찬 간행한 일이
있었다. 《朝鮮史槪說》(1946 편찬, 1949 간행)이 그것이었다.

이 사업에는, 이순복李洵馥·임건상林建相·김사억金思億·손보
기孫寶基·한우근韓沽劤·이명구李明九 등 많은 젊은 연구자들이
참여하여 집필하였는데, 이 저서에서 우리 역사에 대한 이해는,
역사의 발전과정을 사회구성의 발전과정이라는 각도에서 체계
화하려는 것이었다. 이러한 학적學的인 자세는 종래의 민족주
의 역사학이 지향해온 방향이었으므로, 학산의 지도 아래 서술
되는 이 책 또한, 그러한 자세 사풍史風을 따르게 되었음은 당
연한 일이 아닐 수 없었다.

그리고 이는 바로 학산 그 자신의 역사서술의 기본자세와 원
칙을 말해주는 것이 아닐 수 없겠다. 학산의 민족사 체계화를
위한 구상은, 말하자면 전술한 바 그의 역사이론 내부에, 사회
발전의 논리를 또한 내포하고 있는 것이었다고 하겠다.

4. 민족주의 역사학의 지향과 과제

민족주의 역사학에 속하는 학자는 많은 것이 아니었다. 그러

나 그러한 인원으로서도 짧은 기간에 이룬 성과는 결코 작은 것이 아니었다. 이들은 역사에서 민족을 지키고 민족정신을 수호하는 데 큰 공을 세웠고, 일제의 식민주의 역사학에 대결할 수 있는 역사관을 확립하고, 그에 입각한 우리 역사를 체계화하는 데 큰 업적을 남겼다.

그들의 역사의식은 일제의 침략시기를 살고 있는 역사가가 지닐 수 있는 최선의 것일 수 있었고, 그들의 역사서술은 이른바 서구西歐의 근대 역사학이 보여준 과학적인 역사서술 그것이었다.

특히 몇몇 학자가 이룩한 한민족의 국가기원 고조선에 관한 연구는, 완결된 것은 아니었지만, 일제의 식민정책·식민주의 역사학이 한국사의 체계에서 의도적으로 삭제한 고대사 문제를, 회생시키고자 한 것이어서 사학사史學史에서 오래도록 기억될 수 있는 일이 되었다. 더욱이 이 문제는, 한국인의 실증주의 역사학, 사회경제사학이 또한 외면한 문제이기도 하여서, 우리의 역사학이 앞으로 해결해야 할 중요한 과제를 제시하는 것이 되었다.

흔히 민족주의 역사학의 역사서술은, '비非과학적'이라든가 '편협偏狹'하다든가 또는 '치졸稚拙'하다는 표현으로서 평가되기도 하지만, 그것은 민족주의 역사학 전체에 대한 평가일 수 없고, 또 민족주의 역사학의 본질을 잘 이해한 위에서 내린 정당한 비판일 수도 없겠다.

이들의 역사서술은 민족과 민족정신을 바탕에 깔고 있었으나, 역사를 국제관계에서 이해하려는 넓은 안목이 있었고, 우리 적的인 것을 강조하는 경향이 강렬하기는 하였지만, 근거 없는 주장을 함이 아니라, 그들의 훌륭한 사안史眼이 과거에 도외시되었던 면을 새로이 발굴하여 내세우는 데 지나지 않은 것이며, 그것도 사회과학이나 민속학의 성과까지도 흡수하여, 역사를 구성적으로 종합적으로 이해한다는 견실한 태도를 취하고 있는 것이었다.

혹 오늘날의 수준에서 본다면, 1920~1930년대의 이 학파學派의 역사서술은 소박하였던 것이 사실이지만, 그러나 그러한 상황은 다만 이 학파에만 해당하는 것이 아닐 것이다. 1940년대에 이르면 이 학파의 역사서술은 세련되고, 그 수준은 높아지고 있어서, 오늘날의 우리의 역사서술도, 기본적으로는 아직 이를 크게 넘어서지 못하고 있음에 주목해야 할 것이다.

이들이 1940년대까지에 도달한 역사서술이나 한국사 인식의 수준은, 민세民世나 남창南滄에게서 볼 수 있었듯이 높았고, 그들이 지향하고 있었던 역사연구의 방향은, 오늘날에도 지침이 될 수 있겠다.

그들은 우리 역사의 연구에서, 세계사와의 관련성에 깊은 관심을 가졌고, 세계사적인 역사발전歷史發展의 여러 단계, 즉 보편성의 문제를 염두에 두고서 작업을 하거나, 또는 그것을 직접 우리의 역사에 도입하여 적용시키고도 있었다. 그 가운데서도 그들이 크게 유의하고 받아들여, 그들의 한국사 인식의 수준을 한층 더 높여 주고, 그 내용을 더욱 풍부하게 한 것은, 사회발전의 이론을 우리 역사의 체계에 적용하고 처리하고 있는 일이었다.

민족주의 역사학의 우리 역사인식에 대한 기본 입장은, 말하자면 민족과 민족정신을 기층에 깔되, 그것을 세계사적인 사회발전의 논리로서 전개하고 체계화하려는 것으로서, 이는 요컨대 우리 역사인식에서 주체성의 확립문제이고, 세계사와 관련된 이른바 보편성과 개별성의 조화 문제이었다.

그렇지만 이 같은 민족주의 역사학의 역사연구에도 일정한 한계, 미해결의 문제는 있었다. 그것은 일제의 식민주의 역사학이 이를 그들의 식민정책에 이용하였던 정체성이론이나 타율성이론의 압력을 배제할 수가 없었다는 점과, 식민주의 역사학의 타율성이론의 거점을 분쇄하기 위해서, 초기 민족주의 역사학에서 제기하였던 한사군漢四郡의 압록이북설鴨綠以北說을 제대로 발전시킬 수가 없었다는 점이었다.

민족주의 역사학의 여러 연구자들은, 사회발전의 개념을 우리 역사에 도입하기는 하였으나, 그 이론이 지니는 '동양적' '아시아적'이란 단서를 완전히 극복하지 못했으며,39) 한사군의 위치문제는 식민주의 역사학이나 실증주의 역사학의 고증에 민

---

39) 예컨대 李仁榮, 《國史要論》, 우리 民族史의 性格, pp.238~239.

려, 그들의 주장을 완벽하게 전개할 수가 없었다. 여기에 민족주의 역사학에서는 저들의 한사군론漢四郡論을 그대로 받아들이거나 또는 절충적인 연구가 되기도 하였다.[40]

그러나 너무나 많은 문제를 그들에게 기대하는 것은 오히려 잘못일 것이다. 민족주의 역사학의 여러 인사는 1930~1940년대라고 하는 시점에서, 그들에게 부과된 사명을 훌륭하게 완수하였으며, 그들이 다 하지 못한 제 문제는 후학들에게 위임된 것이니, 이러한 문제는 오늘날의 민족주의 역사학 후계자들이나, 우리의 역사학 전체가 해결해야 할 과제인 것이다.

---

40) 李仁榮의 경우는 압록이남설鴨綠以南說을 그대로 받아들였고(《國史要論》), 孫晉泰의 경우는 압록이북설鴨綠以北說과 이남설을 절충하는 견해를 세웠다.(《朝鮮民族史槪論》, pp.90~99). 南滄의 이 절충설은 원래 韓族 국가인 낙랑군樂浪國과 한사군漢四郡의 하나인 낙랑군樂浪郡을 구별하고, 한漢의 낙랑군은 요동반도 이내에 있었다는 丹齋의 견해를(《朝鮮上古史》 p.121) 원칙적으로 따른 것이지만, 다만 낙랑군의 위치를 식민주의 역사학이나 실증주의 역사학에서 주장하는 재평양설在平壤說과 절충하여 평양에 있었던 것으로 보되, 그것이 중국의 우리 민족에 대한 "민족지배기구"가 아니라 "중국과 낙랑국 사이의 협력·친선기관이었던 것"으로 보는 것이었다(孫晉泰, 위의 책, p.99).

제7장 한국 근대 역사학의 발달 ②*
― 1930~1940년대의 실증주의 역사학

1. 실증주의 역사학의 성립

우리나라 역사에 대한, 근대 역사학적인 연구가 발달하게 되는 1930~1940년대에는, 민족주의 역사학이나 사회경제사학과 더불어, 실증주의 역사학이 또한 하나의 학파學派를 형성하고 있었다. 이는 일제 치하의 대학에서, 역사학을 정식으로 전공한 역사학도들에 의해서 이룩된 것으로, 이 무렵의 일본 역사학계의 '관학官學 아카데미즘'의 학풍과 그 방법론을 그대로 도입한 것이었다. 1910~1920년대에는 최남선崔南善·안확安廓 등이 국내 역사학의 수준을 한층 높은 차원으로 끌어올렸다.

그들은 이 같은 학풍을, 일본인 학자들과 협조 아래, 일본인의

* 본고는 《文學과 知性》 제3권 제3호(통권 9호, 1972)에 수록된 글이다.

학회나 연구기관을 중심으로 이루기도 하고, 그들 자신의 학회를 조직 운영함으로써, 이를 더욱 발전시켜 나가기도 하였다.

이 학파의 학풍이, 일본의 '관학 아카데미즘'의 그것과 같았던 데는, 그럴 만한 이유가 있었다. 그것은 이 무렵의 우리나라에는 연전延專, 보전普專 등 몇몇 전문학교가 있을 뿐, 사학과가 있는 대학은 없었으며, 일제의 식민지 문화정책은 우리나라에서 민립대학의 설립을 불허하고 있었으므로, 그들은 일본 안의 여러 대학이나, 이곳 일제의 경성제국대학에서 역사연구를 위한 훈련을 받지 않으면 아니 되었던 까닭이었다.

그리고 이때 그러한 대학에서의 역사연구는, 랑케류 역사학의 바탕 위에, 중후한 고증주의考證主義를 표방하는 일제 관학파가 이를 주도하고 있었던 까닭이었다.

그러므로 그와 같은 대학에서 근대 역사학을 수업하게 되는, 우리의 선학先學들이, 결국 일본 학계의 그러한 학풍을 따르게 되었음은 자연스러운 일이었다. 그뿐만 아니라 이 학파의 인사들 대부분은, 대학을 마친 뒤에도 그들과 밀접한 관련을 가지면서 연구에 종사하고 있었으므로, 그와 같은 학풍에서 벗어날 수가 없었다.

그러나 그러면서도, 이들 실증주의 역사학의 인사人士들과 일본인 학자들 사이에는, 우리 역사를 대하는 자세에서, 일정한 거리가 있게 되는 것도 또한 어찌할 수 없는 일이었다. 일본인 학자들의 우리 역사연구는, 기본적으로, 그들의 식민정책이나 대륙정책大陸政策과 연결되어 있는 까닭이었다. 그러한 자세의

문제와 관련하여, 학설學說이나 관점에서, 견해차가 있을 경우
에는 더욱 그러하였다.

일제 관학자들과 더불어 작업을 하고, 같은 학풍으로써 연구
를 하면서도, 발표는 반드시 자유롭지가 못하였다. 연구자 수가
늘어남에 따라 이러한 분위기는 심화되었고, 한국인 역사가들
은 자기 자신을 의식하지 않으면 안 되었다. 우리 역사 우리 문
화의 연구는, 우리의 힘으로, 발굴되고 개척되어야 하겠다는 점
에서였다.

더욱이 이 시기에는 신학문新學問을 한 인사들이 늘어남에
따라, 그들에게 기대하는, 사회의 여망은 실로 큰 바가 있었다.
장차 있을 국권國權의 회복과도 관련하여, 그리고 현대의 국제
환경 속에서, 우리 민족이 국제적으로 정당하게 인정받는 가운
데 살아가기 위해서는, 우리 자신을 과학적으로 연구 해명함으
로써 비로소 그에 대처할 수가 있다는 데서였다.

여론은 그것을 '朝鮮으로 돌아가라! 朝鮮을 알라!'고 호소하
였고, 조선朝鮮을 아는 방법으로서는, 우리 문화에 대한 역사적
인 연구와, 우리가 오늘날 처하고 있는 사회 현황에 대한 현실
분석現實分析을 과학적으로 해야 한다는, 두 방안을 제언하기도
하였다.1) 이는 이 시기를 살고 있는 지식인들에게 부과된 사명
이고 과제였다. 그리고 그 일각을 담당해야 하는 것은 역사학
자들이었다.

---

1) 이를테면 《朝鮮日報名社說五百選》 P.318 참조.

실증주의 역사학을 둘러싼 이러한 안팎의 사정은, 이들 역사가의 결속을 촉구하였다. 그리고 그들에게 부과된 사명은, 그들의 협동과 그들의 연구성과를 자유롭게 발표할 수 있는, 기관의 성립을 가능케 하였다. 그리하여 여기에 시대적 사명의 담당자임을 자부하는, 대학 출신의 국학자國學者들을 중심으로, 그들만의 학회인 진단학회震檀學會와 그 기관지인 《震檀學報》를 갖게 되었다.2) 사회는 이 학회의 창립을 축복하고 지원하였으며, 그 활동에 절대한 기대를 걸기도 하였다.3)

일제의 식민지 통치 아래서, 국학國學을 연구하는 기관이 존립하기는 어려운 일이었지만, 일제와 그 학문에 정면으로 도전하고 있는, 민족주의 역사학이나 사회경제사학이 발달하고 있는 상황에서, 식민지 통치당국은 이 학회의 탄생을 거부할 필요를 느끼지 않았다. 그 활동을 묵인하고 활용하였다. 그들에게는 이 기관이 그들을 위한 완충지대일 수도 있는 것이었다.

그리하여 실증적·비판적인 역사학을 표방하는, 이들 신진 역사가들은, 한편으로는 일본인 학자나 일본인 중심의 연구기관 및 학회와 일정한 관련을 가지면서도, 다른 한편으로는 이 학회를 중심으로, 그들의 연구를 다듬고 그 학풍을 육성해 나

---

2) 이 會의 설립에 대해서는 李丙燾,〈日帝下의 學術的 抗爭–震檀學會를 中心으로〉,《내가 본 어제와 오늘》(1966) 및 《震檀學報》 第1卷을 참조.
　　이때의 發起人은, 高裕燮 金斗憲 金庠基 金允經 金台俊 金孝敬 李秉岐 李丙燾 李相佰 李瑄根 李允宰 李殷相 李在郁 李熙昇 文一平 朴文圭 白樂濬 孫晉泰 宋錫夏 申奭鎬 禹浩翊 趙潤濟 崔鉉培 洪淳赫 등이었다.

3) 《震檀學報》 1. pp.224~228에는 당시의 3대 신문인 《東亞日報》·《朝鮮中央日報》·《朝鮮日報》 등의 震檀學會 창립에 관한 社說을 轉載收錄하고 있다.

갔다.

이 학회는 제2차 세계대전 최말기인 1943년에, 학문활동이 어렵게 되어 자진 해산하기까지 10년 동안에, 14권의 학보學報를 발행하고, 안팎의 학술기관과도 교류를 함으로써, 우리나라에 학문이 건재함을 과시하였다. 그리고 이 시기에 이 학회의 활동이 있으므로 해서, 해방이 되어 일인日人들이 물러간 뒤에는, 국학 관계의 학계를 인수하고 새로운 연구를 위한 문화공백기를 메울 수도 있었다. 그러한 점에서 이 학회의 활동은 높이 평가되는 터이다.

그러나 이 학회를 중심한 연구활동에도, 이미 일제하로부터 고민과 갈등은 있었다. 일본에 대한 자세의 문제와, 문헌고증을 위주로 하는, 이른바 실증적 학풍에 대한 회의에서였다. 민족적 모순이나 그 학풍의 문제를 심각하게 느끼는 일부 학자들은, 이 학회를 중심으로 한 학풍에 만족할 수가 없었다.

그러한 학자들은, 서서히 민족주의 역사학으로 기울어지고, 그것을 계승하여 새로운 신민족주의 역사학의 학풍을 건설하기도 하였다. 그리고 처음부터 그 입장에 찬성치 않았던 학자들은 사회경제사학을 건설하기도 하고, 또 보조를 같이 하던 학자라 하더라도, 해방이 된 뒤에는 사회경제사학으로 옮기게 됨으로써, 이 학파의 학풍에서 점차 이탈하게도 되었다.

2. 실증주의 역사학의 발달

1) 이병도의 역사학

실증주의 역사학의 계열에서 중심이 되고 있었던 인물은 이병도李丙燾(호 두계斗溪, 1896~1989)였다. 그는 한말韓末 정계政界의 고관 가문에 태어났으며, 보전普專 법률과를 거쳐, 일본 와세다대학의 사학 및 사회학과에서 역사학을 전공(1919)한, 우리나라 최초의 대학 사학과 출신의 역사학자였다.

그는 대학 시절에는 한때 서양사학자西洋史學者 케무야마 센타로煙山專太郎 밑에서 서양사를 전공할 생각이었으나, 일본사 교수 요시다 도고吉田東伍의《日韓古史斷》을 읽고, 그 강의를 듣게 됨으로써, 한국사로 방향을 돌리게 되었다. 요시다의 사후, 그 후임으로 오게 된 쓰다 소키치津田左右吉를 접하게 되면서부터는, 완전히 우리 역사를 전공하기로 결심하였다. 그리하여 그의 지도 아래, 역사연구의 훈련을 쌓았음은 말할 것도 없고, 졸업 후에도 계속 그 지도를 받아 역사학자로서 성장하였다.

이러한 시절에 그는 또 쓰다津田의 소개로, 도쿄제대東京帝大의 이케우치 히로시池內 宏를 알게 되고, 그 사적私的인 훈도를 받기도 하였다.[4] 두계斗溪는 말하자면 일본 당대의, 두 석학의 지도와 영향 아래, 역사학자로 성장한 것이었다.

주지하는 바와 같이, 이케우치池內는 랑케사학으로서 그 근

---

4) 李丙燾, 〈나의 硏究生活의 回顧〉(《斗溪雜筆》, 1956), p.304.
       , 〈나와 나의 祖國〉(《내가 본 어제와 오늘》, 1966), p.198.

대적 학풍을 형성한, 일본 관학 아카데미즘의 본산 도쿄제대를
나와, 그 대학에 자리를 잡은 역사가였고, 또 초기 동양사학東
洋史學의 지도자 시라도리 구라키치白鳥庫吉의 주재 아래 운영
되는, 만철조사부에도 참여함으로써, 일제의 대륙정책에 학문
적으로 기여하고 있던 학자이기도 하였다.

그리고 쓰다는 와세다대학을 나왔으나, 시라도리白鳥의 개인
적인 훈도 아래 근대 역사학의 교육을 받고, 동양사가東洋史家·
일본사가日本史家로서 대성한 학자였다. 그와 시라도리의 사이
는 후일《白鳥博士小傳》(《東洋學報》29권 3·4호)을 집필할 만큼
밀접하였다. 그리고 그러한 인연으로 해서 그도 또한 시라도리
의 만철조사부에서 작업을 하기도 하였었다.

이들의 역사연구의 방법은, 이케우치池內의 경우 말할 것도
없이 문헌비판적이고 합리성을 추구하는 랑게류의 고증사학이
었으며, 쓰다의 경우 연구방법에서 합리주의와, 그러한 방법 위
에서 일본문화의 세계사적 개성의 파악, 즉 '세계문화에 있어서
의 일본의 민족적 개성의 의의를 해명'하려는 것이었다.[5]

한편 두계斗溪가 역사학자로서 성장하는 데, 국내에 있으면

---

5) 津田左右吉는 와세다대학을 통해서 특히 많은 한국인 역사학자를 양성하였
   으므로, 韓國史學史에서도 그의 역사관이 검토될 필요가 있다. 그에 관한 최
   근의 연구 가운데는 다음 논문이 있어서 참고된다.
      上田正昭,〈津田史學의 本質과 課題〉(歷史學硏究會·日本史硏究會 편,《日本歷
   史講座》8).
      柴田三千雄,〈日本近代史學의 再檢討〉(岩波講座《世界歷史》30).

서, 특히 학문적으로 영향을 주고 자극을 준 사람은 이능화李能
和·최남선崔南善·안확安廓 등이었다. 이들은 두계와 더불어 같
은 직장에서, 또는 같은 학보를 통해서 연구활동을 하면서, 두
계의 학문에 늘 일정한 영향을 주고 있었다.

그는 안확의 단군설화에 대한 탁견卓見에 계발되어서는, 단
군조선에 대한 새로운 이론에 도달할 수가 있었고,6) 최남선의
재분才分·정기精氣·박학博學에 감탄하여서는, 그를 늘 존경하
고,7) 후일 실증주의 역사학자를 총동원하여 우리 역사의 통사
를 정리하게 되는, 《韓國史》 편찬에서는 그를 근세사近世史의
집필자로 선정하였었다.

두계의 역사학은, 말하자면 일본을 통해서 수용되는 서구 근
대 역사학의 방법으로써, 1910~1920년대의 국내 역사학을 계
승 발전시키는 것이었다고 하겠다.

두계가 연구활동을 하게 되는 것은, 1925년에, 조선총독부
조선사편수회에 직을 갖게 되면서부터였다. 식민지 당국에서는
1915년 이래로 《朝鮮史》의 편찬 계획을 세워, 조선총독부 중
추원 조선사편찬위원회 등을 중심으로, 이 사업의 준비를 해오
고 있었으나, 1925년에는 새로이 조선사편수회의 직제職制를
마련하고 본격적으로 그 사업에 착수하게 되었다.

---

6) 李丙燾, 《朝鮮史大觀》, p.22.
7) 李丙燾, 〈史學者로서의 六堂 ― 平素에 尊敬한 追憶의 一部〉(《내가 본 어제와
   오늘》), p.285.

그리하여 그 일환으로, 많은 학자를 동원하여 이를 분담 편찬케 하고 있었는데, 그는 이때 수사관보修史官補로서 촉탁 이마니시 류今西 龍(경성제대 교수)와 더불어, 그 제1~3편 등 고려 이전의 시기를 담당하였다.[8] 후일 그의 연구의 주 영역이, 고대사에서 고려시대에 걸치는 시기가 되었음은, 이때의 이 사업에의 참여와 관련이 있었다.

그는 원래 조선시대의 제 문제, 특히 당쟁사黨爭史에 관심을 가졌고, 그 연구를 뜻하고 있었다. 그리고 당쟁을 연구하기 위해서는, 그 사상적 배경의 해명이 선행되어야 하겠다고 생각한 데서, 퇴계 율곡을 중심한 유학사儒學史의 검토에 착수하고 있었다.[9] 이러한 관심은, 조선사편수회에서 《朝鮮史》 편찬에 종사하면서도 여전하여서, 중앙불교전문학교中央佛敎專門學校에 강사로 출강하여서는 조선유학사朝鮮儒學史를 담당하기도 하였다. 이러한 과정에서 그는 유교에 관한 수 편의 논문을 발표하였고, 자료집인 《資料韓國儒學史草》를 정리하기도 하였다.

그러나 그의 연구에서 개성이 발휘되고, 그로 하여금 역사가로서 내외에 명성을 떨치게 한 것은 고대사 연구였다. 그의 고대사에 대한 관심은 역사지리적인 영역의 문제였다. 한사군漢四郡과 삼한三韓 문제가 바로 그것이었다. 이러한 문제는 조선시대의 당쟁사黨爭史나 유학사儒學史와는 거리가 먼 것이었지만, 《朝鮮史》의 고대편을 담당 편찬하게 된 위에서, 일본인 학자들

---

8) 《朝鮮史編修會 事業槪要》.
9) 《斗溪雜筆》, p.305.

의 이 방면에 대한 연구를 보게 되었음은, 그의 관심을 점차 이 문제로 기울게 하였다.

즉, 그는 그의 두 스승이 참여하고 보내주는, 만철조사부의 《滿鮮地理歷史硏究報告》를 숙독해가는 사이에,

> 必是 古代史硏究에는 歷史地理의 硏究가 기초적이고 先決條件인 것을 느끼게 되었고, 또 그러기 위해서는, 재래 여러 學者들 사이에 聚訟이 분분한, 三韓四郡의 문제를 먼저 해결하여야 하겠다는 생각을 하게 되었

던 것이었다.10)

여기에 그 한 작업으로서 먼저 착수하게 된 것이 〈眞番郡考〉(《史學雜誌》 40의 5, 1929), 〈玄菟郡 及 臨屯郡考〉(《史學雜誌》 41의 4·5, 1930), 〈浿水考〉(《靑丘學叢》 13, 1933) 등 사군四郡 문제(압록이남설鴨綠以南說)이고, 그 연속 작업으로서 행한 바, 〈三韓問題의 新考察〉(《震檀學報》 1~8, 1934~1937), 〈所謂箕子八條敎에 대하여〉(《市村記念 東洋史論叢》, 1933) 등 삼한三韓 문제에 관한 일련의 연구였다.

이러한 일련의 연구는, 한사군漢四郡의 위치와 삼한三韓사회에 대한 이해를 중심으로, 그 견해가 민족주의 역사학이나 일본인 학자들의 그것과 다르다는 점에서, 그를 유명하게 하였지

---

10) 앞의 책.

만, 사학사적史學史的인 면에서 이 연구가 문제될 수 있는 것은, 그 연구방법의 기본원칙 기본태도에 있는 것이라고 하겠다.

그의 연구는 그 스스로가, "재래의 矛盾이 많던 古代史의 여러 문제에 관하여 어느 정도의 합리적인 해석을 얻게 되었던" 것이라고 하였듯이, 문헌비판文獻批判을 통해서 우리나라 고대사회古代社會에 대한 합리적인 해석을 도출하려는 것이었다.[11] 이와 같은 연구 원칙은, 이 시기의 일본 '관학 아카데미즘' 사학史學이 지향하는, 문헌비판적이고 합리성을 추구하는 고증적 학풍과, 그 연구원칙 연구방법을 같이하는 것이었다.

두계의 관심은 다기多岐하여서, 그는 고려시기의 지리도참사상地理圖讖思想에 관해서도, 이를 정력적으로 추구하고 있었다. 그가 이러한 연구에 장년기의 정력을 집중하게 되었던 것도, 그 은사인 이케우치 교수의 종용에서였다.[12] 그리하여 그는 이를 주제로 한 많은 논문을 썼고, 이를 묶어서는 《高麗時代의 硏究》(1948)로 집대성하였다.

이 연구는

高麗一代를 風靡하던 地理圖讖思想의 발전을 中心한, 高麗의 側面史의 硏究

---

11) 《斗溪雜筆》 p.306.
12) 위와 같음.

인 것으로서, 그가 이 연구에서 의도하는 것은,

地理圖讖思想 그 자체의 발전보다도, 그 思想과 時代環境과의 관련에서, 그것의 時間的 空間的 波及性을 잡으려는

것, 즉 그 사상의 사회적 기능을 고려국가의 발전과정 속에서 파악하려는 것이었다. 그리하여 그는 이 연구를 통해서,

이 思想은 실로 高麗의 興亡 盛衰와 큰 관계를 가지고 있었다. …… 말하자면 高麗朝는 地理圖讖이란 觀念의 유희에 의하여 興하고 盛하고, 또 그것으로 말미암아 衰하고 亡하였다고 하여도 過言이 아니다. 그러므로 …… 이 考察을 전혀 무시하고 高麗史를 釋明할 수 있다면 그것은 바랄 수 없는 일

이라는 결론에 도달하기까지 하였다.13)

《高麗時代의 研究》는 바로 이러한 점에 특징이 있는 것이었다. 그는 말하자면 고려국가·고려사회의 성쇠盛衰를 당시의 사회사상으로 규정하되, 그러나 일반적으로는 그 시기를 대표하거나 주류를 형성하는 사회사상이라고 보기 어려운, 샤머니즘적인 관념형태觀念形態로서 그것을 규정하는 것이었다.

---

13) 李丙燾,《高麗時代의 研究》序에 대신하여.

이와 같은 여러 연구는, 그대로 그의《朝鮮史大觀》(1948,《國史大觀》·《韓國史大觀》)에 반영되고 있었다. 그것은 그의 통사通史가 지니는 특징으로서, 그의 한국사 인식의 기본 원칙·기본 태도도 여기에 드러나는 것이라고 하겠다.

그것은 그 자신이 "上世編과 中世編에 있어서는 대량적인 修補를 하였으나, 近世編에 있어서는 그렇게 되지 못"하였으며, "종래 學者의 聚訟이 많은 문제에 대하여는, 거의 다 著者의 새로운 견해에 의하여 처리하였다."고 한 바와 같이,14) 그의 연구를 종래의 개설槪說상의 체계에다 그대로 반영시키는 것이었다. 그러나 그럴 경우의 수보修補가, 종래에 일본인들이 세워놓은 한국사 체계를 전면적으로 수정修訂·부정否定한 위에서의 일은, 아니었다. 그것은 그 범위 안에서의 일이었다.

그러한 점에서는, 구래舊來의 일본인들의 한국사 체계는, 두계의 연구를 통해서, 더욱 합리적으로 수정되어지기도 하였다.

그들은 이른바 그들의 합리적이고 사료비판적인 고증학으로서, 우리나라 전래의 고대사 체계를 부정하고, 우리의 고대국가 고대사회의 출발이, 중국의 식민지로부터 시작하는 것으로 체계화하고 있었는데,15) 두계가 '합리적으로 해결'한 한사군의 위치는 한반도 안에 있었던 까닭이었다. 이러한 점은 두계 자신도 확고한 것으로 인식하고 있었다. 그것은 그의 깊은 연구

---

14)《朝鮮史大觀》, 序에 대신하여.
15) 朝鮮史學會,《朝鮮史大系》참조. 이는 이 시기의 일본인들이 편찬한 우리 역사의 基準的 史書였다.

의 소산이기 때문이었다.

　그뿐만 아니라 그는 또,

　　우리 社會는 靑銅器時代를 거치지 않고 鐵器時代로 들어온 일종
　　의 變則的 發展을

하고 있는 사회라는 점도 확신하고 있었으며,16) 또 고려시대
까지도 낙후한 사회사상인 도참사상圖讖思想에 의해서 지배된
다고 보고 있었으므로, 합리성을 강조하는 한, 청동기시대를 거
치지 못하고 있었던 한사군 이전의 우리 사회를 미개未開사회
로 파악하는 반면, 철기문화鐵器文化를 전래하는 한사군의 의의
를 더욱 높이 평가하지 않을 수가 없었다. 그것은 논리상 당연
한 귀결인 것으로서, 이는 그의 한사군 재한설在韓說과 보완관
계·표리관계가 되는 것이기도 하였다.

　여기에 그의 고대사에서는, 사회발전의 내적 논리를 결缺하
게 되고, 우리 문화 발전에서 외적 작용이 지나치게 강조되지
않을 수 없었다. 그의 고대사회 설정의 기준이, '한사군 설치
이전과 한사군 설치 이후'로 되었던 것은 그 때문이었다.

2) 이홍직의 역사학

　고대사 분야에서 두계斗溪와 더불어 활약한 이는 이홍직李弘

---

16) 《朝鮮史大觀》, p.16.

稙(호 남운南雲, 1909~1970)이었다. 그는 다른 국사학자들과 달리, 그 학력에서 특이함이 있었고, 따라서 그 학문도 그 접근 방법을 달리하고 있었다.

경기도 이천군에서 태어난 그는, 1919년에 일본으로 건너가 그곳에서 초·중·고등학교를 졸업하였으며, 이어서 도쿄제대에 진학여서는 일본사를 전공하고서(1935), 그것을 바탕으로 하여 한국 고대사로 들어오게 된 역사가였다.

도쿄제대에서 수학하는 동안에는 이 대학의 학풍에 젖었고, 그 스승들로부터 문헌고증사학文獻考證史學의 엄한 훈련을 받았음은 말할 것도 없었다. 대학을 졸업한 뒤 그는 귀국하여, 이왕직李王職의 국조보감편찬위원회國朝寶鑑編纂委員會에서 일을 하였으며, 한편으로는 연전延專과 명륜전문明倫專門에 출강하여, 일본사와 그 밖의 역사를 교수하기도 하였다.

그의 학문적 관심은 다양하여서, 역사일반뿐만 아니라, 서지학書誌學에서 고고미술 원시종교 등에 이르기까지 활동의 범위가 넓었다. 그러나 그러한 여러 가지 면에서 활동도 그 목표는 모두 역사연구에 귀결되고 있었다. 사료의 부족으로, 그 역사상歷史像의 복원이 어려운 고대사에서, 그는 되도록 많은 보조학補助學을 동원하여, 그의 본 연구를 밑받침하려는 것이었다.

그러한 그의 연구는, 후일의 《韓國古代史의 硏究》(1971)로 집대성되는 터이지만, 1940년대까지의 연구는 《韓國古文化論攷》(1948, 간행은 1954)와 〈任那終末期에 있어서의 在韓日本系

官吏〉(《歷史敎育》 10의 6, 1935), 〈任那問題를 중심한 欽明紀의 整理 ― 主要關係人物의 硏究〉(《靑丘學叢》 25, 1936) 및 니오라체 G. Nioradze의 《西伯利亞諸民族의 原始宗敎》의 번역(1943) 등 으로 집약된다. 그리고 그러한 가운데서도, 그의 학문의 성격을 단적으로 드러내 주는 것은 임나任那 문제에 대한 연구였다.

이 연구는, 일본 학자들의 임나에 대한 이해를 그대로 인정 한 채, 그 진일보한 연구를 위하여 시도된 것이었으며, 실제로 그 후의 임나 연구에 크게 기여하고 있었다.17)

이 무렵 일본인들의 임나관觀은, 마치 한사군漢四郡이 한반도 안에 있는 중국의 식민지였다고 하듯이, 고대 일본의 식민지로 이해하는 것이었으나, 그러면서도 그 연구는 막다른 단계에 이 르고 있어서, 하나의 새로운 국면 타개가 필요하였다.

남운南雲의 임나 문제 연구는 이러한 과제를 해결하려는 것 으로서, 그것은 결국 일제 관학자들의 일본사 및 한국사의 체 계 안에서의 작업이었다. 그의 임나에 대한 이러한 이해는, 만 년에 이르기까지 변함이 없었으며, 후일의 한국 고대사에 대한 여러 가지 연구도, 이러한 임나 문제에 대한 기초적인 연구가 토대가 되어 전개된다는 점에, 그 학문적인 또는 방법상의 특 징이 있는 것이었다.

더욱이 그러한 가운데서도, 그의 학풍을 특징지우는 것은 그 연구 수단으로서의 문헌학적 방법인 것으로서, 그는 역사 특히

---

17) 李弘稙, 〈任那問題를 中心한 欽明記의 整理〉, 머리말.
　　末松保和, 《任那興亡史》, pp.8~9, 18~9에서의 李弘稙 評價 참조.

고대사에서 사실史實의 기초적 연구를 결缺한 일반화의 경향이나 이론화의 성향을, 극도로 배척하고 있었다.

近近 10年 우리나라(일본)에 있어서, 각 部門에 걸쳐 澎湃하는 社會經濟史的 研究法은, 우리 史學研究의 領域에도 이상한 자극을 주어, 江湖의 一般人士도 착실한 歷史的 史料分析에 앞서서, 史學研究의 理論的 方法이 성급하게 百步 二百步씩 奔出하며, 任那問題와 같은 것도, 大和朝廷의 그 領有는 어떠한 支配形態였는가, 兩地域의 民衆이 어떠한 實生活로서 접촉하였는가, 하는 등의 社會史的 課題에 보다 많은 관심이 향해지고 있는 듯하지만, 아무리 日本書記의 記事가 價値 많은 것이라 하더라도, 그 史料的 範疇는 스스로 제약이 있는 것이고, 右의 要求課題를 언제나 만족시켜 주는 것은 아니다18)

그의 입장으로서는, 역사가에게 가장 바람직한 자세는,

歷史家로서는, 결국 억측에 지나지 않는 公式主義的인 용감한 敍述을 함으로써, 도리어 史實的으로는 空虛感을 주는 묘사를 하는 것보다는, 소박하기는 하지만 현존의 史料를 다시 한번 정성껏 분석하고, 또 때로는 史上의 表面的 上部構造的 現象을 면밀히 검토함으로써, 역으로 앞서 말한 下部構造的 要素, 내지는 그 핵

---

18)《任那問題》.

심에 조금이라도 접근해가려고 하는, 變則的 硏究法도 취하지 않
으면 안 된다

는 것이었다.[19] 그가 《日本書記》 흠명기欽命記를 중심으로,
임나 문제라고 하는 고대 한일관계를 다루었던, 역사인식·역사
연구의 방법도 바로 이와 같은 자세였다.

역사연구에서 그의 이와 같은 자세는, 비단 이때에만 한하는
것은 아니었다. 그의 학문을 평생 지배하고 있었던 것도, 바로
이 원칙이었다. 그는 그러한 사실을 뒤에,

歷史理論家들에 의하여, 歷史家가 史料의 捕虜가 되는 것을 비방
하고, 次元이 높은 歷史把握을 주장한 바도 있었으나, 歷史理論
은 歷史理論의 세계가 있는 것이고, 막상 구체적인 歷史究明의
작업에 종사한다면, 우선 이 기초적인 작업부터 시작하지 않으
면 안 되는 것은, 다시 말할 것도 없는 것이다.
그러므로 三國時代의 큰 과제로서는, 古代國家의 形成過程이나
각국의 社會·經濟史의 문제나, 國家機構와 權力體制의 문제 등,
필자의 腦裏에서도 항상 떠날 수 없는 여러 가지 문제를 가지면
서도, 기존의 史料로서는 그와 같은 문제를 충분히 구명할 수 없
기 때문에, 그러한 중요한 牙城을 一角이라도 뚫고 나가는 문제
점을 하나하나 파헤쳐 가는 작업을 하여 왔다.

---

19) 《任那問題》.

라고 술회하기도 하였다.[20)]

그리하여 그의 역사학은, 그 스스로가 강조한 바와 같이, 문헌학적인 그리고 기초적인 연구로서 일관하는 것이었지만, 이 경우 그의 고문헌을 대하는 태도에는, 또한 일정한 원칙이 있었다.

그것은 문헌 비판에는 왕왕 지나친 합리성을 추구하는 나머지, 그 본연의 자료적 가치조차도 부정해버리는 경향이 있는데, 그의 입장으로서는 그러한 가혹한 비판은 피하려는 것이었으며, 또 사료 비판이 조분粗笨하거나 사료 취급에서 너무나 관대한 태도도 이를 피하면서, 기사記事 긍정적인 입장에 서되, 그것을 비판적으로 해석하여 받아들이려는 것이었다.[21)]

고문헌에 대한 이러한 입장은, 그가 일본사를 연구하고 있었을 때, 일본 학계가 도달한 성과였지만, 그는 이를 그대로 받아들여 우리의 자료에다 적용함으로써, 그의 문헌고증적인 고대사 연구를 담담하게 그러나 실속 있게 전개하려 하였다.

3) 김상기의 역사학

중세사中世史 분야에서 두계와 같은 시기에, 그 동학同學으로서 그러나 그와는 또 다른 각도에서, 실증적 학풍의 형성에 기여하고 있었던 학자는 김상기金庠基(호 동빈東濱, 1901~1977)였다. 그는 전북 김제에서 태어나, 한학漢學을 수하하고, 만하으로

---

20) 李弘稙, 《韓國古代史의 研究》, pp.10~11.
21) 위의 책, pp.120~123.

서 와세다대학 사학과에 진학하여 쓰다津田左右吉의 지도 아래
동양사학東洋史學(한국사)을 전공하였다(1931). 두계가 그러하였
듯이, 그도 쓰다사학津田史學으로 훈련된 역사가였다.

대학을 졸업한 뒤에는 중앙고보中央高普에서 교편을 잡으면
서 연구에 몰두하였고, 한때는 이화여전梨花女專의 강사를 겸하
기도 하였다. 그는 이 시기의 실증주의 역사가 대부분이, 직접
간접으로 일본인 학자와 관련을 맺고 있는 가운데서, 유독 고
고하였고, 그들과의 협력 관계에서 배제되고 있었지만, 그러나
이는 오히려 그의 학문을 개성 있게 하고, 그 학문의 자세를 견
실하게 하는 바가 되었다.

동빈東濱은 만학晚學이었지만, 그 연구활동은 오히려 왕성하
였으며, 대학을 졸업한 뒤 계속해서 많은 연구 업적을 쌓고 있
었다. 그와 같은 역사연구에서 그가 관심을 갖게 된 것은, 역사
지리歷史地理 문제가 아니라, 인간의 움직임에 관해서였다. 그러
한 가운데서도, 그가 맨 처음으로 힘들여 고구한 것은, 한말韓
末의 농민전쟁, 즉 민중의 움직임이었고, 이어서 탐구하게 된
것은, 고대와 중세의 한·중관계에 관련된 여러 문제였다.

그는 인간의 움직임을, 국내 문제로서도 다루고, 대외 문제
로서도 다루었다. 그리고 그럴 경우 그의 연구에서 핵심이 되
는 것은, 한국의 역사를 구성하는 여러 계층의 인간들의 움직
임을, 긍정적인 면에서 파악하고, 그것을 우리 역사의 추진력으
로서 이해하려는 점이었다. 그리하여 여기에 그 결실을 보게
된 것이, 《東學과 東學亂》(1931년 7~8월 《東亞日報》에 게재, 1947

간행), 《東方文化 交流史論攷》(1948)였다.

《東學과 東學亂》은 그의 그와 같은 역사인식이 농민계층에 관해서 추구한 것이었다. 그는 동학란東學亂이 발생하게 되는 배경과 진행 과정 및 동학교東學敎와의 관계, 그리고 그 패인 등을 여러 각도에서 검토하는 가운데, 이 난亂에서 동학 기능의 중요성을 인식하게 되고, 그것을 그 사상(인내천사상)의 진보성 進步性이나 계몽성啓蒙性과 관련되는 것으로 파악하게 되었다. 그 표현을 빌면 다음과 같다.

> 어쨌든 '人心卽天心'說은, 다음 崔時亨(호, 海月) 때에 이르러 일층 理論化되어, '人乃天'主義가 확립되고, '事人如事天'의 論理로서 人類平等의 理論이 붙여지게 되어, 崔水雲의 '億兆蒼生 同歸一體'라는 理想이 더욱 표명케 되었다. 그리고 他面에 있어, 이 思想의 발명이야말로, 佛蘭西革命에서의 루소의 民約說과 같이, 당시 극단의 階級制度에 희생되어 있던 일반 교도들 사이에 反抗精神이 더욱 醞釀하였으며, 이 精神이 드디어 甲午東學亂의 指導精神에 엷지 않은 관계를 가짐에 이르렀을 것으로 믿는다.[22]

그는 동학東學의 인내천사상人乃天思想, 즉 평등사상이 동학란이라고 하는 농민전쟁에서 지니는 기능을, 프랑스의 계몽사상이 프랑스 혁명에서 작용하는 기능에다 비교하였다. 이는 동

---

22) 金庠基, 《東學과 東學亂》, pp.41~42.

학사상의 본질을 이 인내천사상으로서 파악하려는 것이며, 이 인내천사상은 또 혁신적인 성격을 지니는 것이라고 보는 것으로서, 농민 대중이 동학란에서 동학교문東學敎門과 연대할 수 있었던 것은, 동학의 교리가 내포하는 이 평등사상이 매개가 된다는 생각이었다.

그리하여 여기에 그는 농민전쟁에서, 농민의 움직임과 동학의 움직임을, 하나의 이념으로서 파악할 수 있었고, 따라서 이 양자의 움직임을 모두 긍정적으로 해석할 수가 있었다.

그리고 또 그럼으로써, 동학접주東學接主로서의 전봉준全琫準의 움직임과, 농민군 지도자로서의 전봉준의 움직임을, 또한 그 이념에 의한 사회개혁운동으로서 규정할 수가 있었다.

그의 《東學과 東學亂》은 오늘날에도 선구적인 연구로서 높이 평가되는 터이지만, 당시로서는 실로 획기적인 것이었다. 그 때까지의 농민전쟁에 대한 일반적인 인식은, 이를 동학비도東學匪徒의 난亂으로 보려는 것이었으며, 근대적인 학문으로서 이를 연구하는 사람들도, 다만 이를 한·중·일 간의 외교사적인 측면에서 다루는 데 그치거나, 아니면 종교학적인 견지에서 동학을 유사종교類似宗敎로 파악하고, 동학란은 그 집단의 종교적 움직임으로 보는 것이 고작이었다.

즉, 당시로서는 농민층의 봉건封建 지배층에 대한 항쟁이나, 일제에 대한 항쟁이 제대로 이해되지 못하고 있는 것이 실정이었는데, 동빈의 연구는 그와 같은 연구 풍토에서, 새로운 성과를 올리고 있는 것이었으며, 또 이 문제에 대한 새로운 차원에서 문제 제기를 하고 있는 것이었다.

동빈東濱은 그 뒤 이 문제는 일단 중단한 채, 고대사와 중세사에서 문화교류나 대외관계 연구에 열중하게 되었다. 그것은 근대사의 연구는 자료에 제약이 있고, 사실을 사실대로 기술할 수 없는 식민통치하의 학적學的 여건에도 기인하였으며, 또 일본인의 한국사학韓國史學이, 우리의 고대사 나아가서는 우리의 전全 역사를 그들 유類로 왜곡하는 가운데, 우리 문화 우리 정치를 중국에 예속된 것으로서 규정하고 있는 데 대한, 학적인 대결이 필요하였던 데서도 연유하였다.

그리하여 이러한 문제를 해결하기 위한, 한 방법으로서 취하게 된 것이, 중국과의 문화교류와 그에 따른 문제였다. 그리고 그 연구성과로서 간행하게 된 것이, 전기한 바 《東方文化交流史論攷》이었다.

이러한 과제의식課題意識 속에서, 그가 검토하게 된 것은, 중국에 대한 조공무역朝貢貿易의 문제였다. 일반적으로 당시의 일본인 학자들은, 조공朝貢이나 그 다른 표현으로서의 사대事大관계를, 중국에 대한 우리나라의 정치적 예속관계로 보고 있었다.

가령, "新羅는 唐을 宗主國으로 모시고, 金仁問이 唐에서 死한 후에도 늘 王子 또는 王族을 보내어 宿衛케 하고, 또 해마다 朝貢을 게을리 함이 없이, 한결같이 그에게 恭事하였다."[23]라

---

23) 《朝鮮史大系》, 上世史, p.219.

든가, 또는 "事大關係는 실로 半島의 政治·社會·經濟 등 全 歷 史의 推移의 原因이고 또 結果이다." "무릇 金銀 문제이거나, 馬匹 교역이거나, 그것은 麗末鮮初의 對明관계를 위한 代價에 그치는 것이 아니라, 半島 諸朝에게 늘 負擔된 宿命의 歷史的 代償이라고 할 수 있을 것이다."[24)]라고 운위되고 있었으므로, 우리나라의 독립성이나, 중국에 대한 비非예속성을 내세우기 위해서는, 이 조공의 본질을 해명할 필요가 있었던 까닭이었다.

그리하여 그는 삼국시대와 고려시대의 한·중관계를 연구하게 되었던 것인데, 이러한 연구를 통해서는, 그 조공의 본질을, 전근대 동양사회에서 하나의 무역형태, 외교형태로 파악할 수가 있었다. 이러한 이해는 오늘날에는 통설로서 상식화되고 있는 터이지만, 그것은 동빈의 실증적 연구의 공적에 속한다.

元來 東洋에서의 朝貢이라는 것은, 古代中國의 政治的 理想, 즉 …… 王道思想에서 나온 對外政策의 一形式일 것이나, 이에는 國 家間의 物質交換을 근거로 하느니만큼, 經濟的 欲求가 또한 중대한 動因이 되어 있을 것이다. 그리하여 古代에 中國을 중심으로 하여, 그의 四圍에 있는 國家와의 사이에 맺어진 國交關係에는, 소위 朝貢의 형식이 행하게 되던 것이 보통이었으니, 이는 또한 國際間의 物物交易이 中國式 政治的 理想에 캄플라지된 것으로 볼 수가 있는 것이다.

---

24) 末松保和,〈麗末鮮初의 對明關係〉(《京城大學 史學論叢》2, 1941), pp.202~208.

소위 朝貢(古代朝鮮의)의 이면에 있어, 움직이고 있는 先行的 條件 또는 根本 動因이라고도 할 만한 것은, 차라리 功利主義에서 일어나는, 大陸의 先進的 文物의 수입에 있었던 것으로 생각된다. 그리하여 우선 佛敎와 같은 것도 前秦의 使節을 통하여 高句麗에 들어왔으며, 百濟佛敎가 바다를 건너 東晉으로부터 온 것도 또한 公的 使節을 통하여 된 것으로 믿으며, 또 古代 半島로부터 (百濟가 주로) 朝鮮 내지 中國文化의 日本에의 전파도, 대개는 公的 使節에 의하여 행해진 것들은 모두 這間의 소식을 말하는 것이다.25)

이와 같이, 동빈은 조공무역을 둘러싼 한·중관계에서, 한국의 입장이 무역이나 문물교류에 있고, 그것이 조공의 본래적 의의임을 밝혔던 바이지만, 그러기에 그와 같은 관계를 넘어서는 외압外壓, 즉 침략행위가 있을 때는, 어떠한 나라에 대해서도 과감한 투쟁을 전개하는 것이 또한 우리 민족의 대對 대륙정책임을 제시하기도 하였다. 그는 그러한 하나의 예를, 고려시기의 삼별초三別抄의 난亂을, 묘청妙淸·정중부鄭仲夫 등의 난과 관련 해명하는 것으로서 설명하였다.

妙淸·鄭仲夫의 亂은 內部 運動에 지나지 못하였으나, 三別抄亂은 複雜한 內部的 事情 이외에, 外部壓力에 대힌 일종의 反撥運動이

---

25) 金庠基, 《東方文化交流史論攷》, pp.3~4.

었다. …… 이 三大亂의 이면에 흐르는 조류를 살펴보면, 妙清一派
로 말미암아 나타난 高麗人의 自我的 精神은, 다시 林衍·裵仲孫
등의 排蒙思想으로 출현되었으며, 鄭仲夫一派로 말미암아 馴致된
武士專橫의 氣勢는, 三別抄의 動向에 지침이 되었던 것으로 믿는
바이니, 이와 같은 脈絡을 비추어보면, 三別抄亂은 妙清·鄭仲夫
兩亂의 潮流가 합치된 데서 출현한 것으로 볼 수 있다.[26]

이는 아시아 대륙과 유럽까지를 휩쓴, 몽골제국에 대한 우리
민족의 오랜 세월에 걸친 투쟁이, 다름 아닌 우리의 자아의식自
我意識에 연유한다는 것으로서, 우리 민족의 자주성自主性과 우
리 역사에서 주체성主體性을 예증함이었다.

동빈의 동학과 동학란 연구나 조공 및 대륙정책에 대한 연구
는, 일제 관학자들이 세워놓은 한국사의 체계 및 그 기본 특징
을, 부분적으로나마 크게 부정하는 것이었다.
하지만 그는 이와 같은 그의 논리를, 단순한 배일의식排日意
識에서 주장하고 있는 것은 아니었다. 그는 그것을 많은 자료의
분석 검토라고 하는, 철저한 실증實證 과정을 통해서 제시하고
있었다. 그는 민족의식이라든가 항일抗日이라고 하는 표현을
한마디도 쓰지 않았지만, 그 밑바닥에는 그 의식이 깔려 있었
고, 그것을 문헌고증으로서 훌륭하게 표현하고 있었다.

---

26) 《東方文化交流史論攷》, p.91.

그는 사료비판적이고 합리적인 고증사학考證史學의 방법을, 일본의 관학 아카데미즘에서 배웠지만, 그 방법으로서 연구한 성과는 그들의 식민주의 역사학의 체계를 거부하는 것이었다. 그러한 점에서 그는 실증주의 역사학 가운데서는, 드물게 보는 철저한 역사의식의 소유자였다. 그리고 바로 그러한 점에서, 그는 일제 관학자들과는, 밀착되기 어려운 학자이기도 하였다.

4) 이상백의 역사학

동빈東濱보다 몇 살 아래이면서 몇 해 앞서서 대학을 졸업하고, 동빈과는 또 다른 각도에서, 여말선초麗末鮮初 왕조교체의 분야에서, 실증주의 역사학의 발달에 기여하고 있었던 인물은 이상백李相佰(호 상백想白, 1904~1966)이었다. 그는 경북 대구 태생으로서 와세다대학에서 사회철학과社會哲學科를 졸업하고 (1927), 이어서 그 대학원에서는 동양학과 사회학을 전공한, 사회과학자 겸 역사학자였다. 그는 다른 실증주의 역사학자들과는 달리, 철학 사회학 등 폭넓은 공부를 한 뒤에 역사를 전공한 특이한 역사가였다.

이러한 과정에서, 그가 동양학을 수학하는 데서 만나게 된 것은, 두계나 동빈을 역사학자로 키워낸 쓰다 소키치였다. 그는 쓰다의 각별한 훈도薰陶 아래, 역사학의 방법을 단련받았고, 또 그 능력을 인정받을 수 있었다. 그리하여 그는 대학원을 졸업한 뒤에는, ㄱ 스승이 이끄는 그 대학 부설 동양사상연구소東洋思想研究所의 연구원이 될 수 있었고, 이어서 재외 특별연구원으로 중국에 파견되기도 했었다.

그가 역사학자로서 성숙한 것은, 이 연구소의 연구원으로 있었던 시절이었다. 그는 이 시절을, 그의 스승이나 일본인 학자들과 협조하고 합심하여 지냈고, 그 학적인 분위기 속에서 성장하였다.

더욱이 이때 그는 학문적으로만 일본인과 밀착되어 있는 것이 아니었다. 그는 당시 일본을 대표하는 체육인體育人으로서도 그들과 일체가 되어 있었다. 젊은 시절의 그는 아직 학자로서보다는, 체육인으로서 더 명성이 높았다. 그는 일본의 농구협회를 창설하고 상무이사가 되었으며, 나아가서는 일본체육회日本體育會의 이사 상무이사 전무이사를 역임하면서, 국제 올림픽대회에 일본 대표단을 인솔하여 출전하기도 하고, 그 준비를 위한 국제회의에 일본 대표로서 동분서주하기도 하였었다.27)

이와 같은 연구 생활과 경력은, 그의 역사연구의 성향을 일정한 방향으로 기울어지게 하였다. 즉 그는 사회과학자 겸 역사학자이었지만, 그에게는 일제에 대한 저항이나 민족의식의 직선적인 표현보다는, 순수학문으로서의 역사학 연구라는 문제가 더 중요한 관심사가 되었고, 따라서 그 학문은 문헌고증 위주의 실증주의 역사학이 될 수밖에 없었다. 또 역사인식의 자세 태도나 역사서술의 방식도 일본인 학자들의 그것과 같아지는 수밖에 없었다.

---

27) 體育人으로서의 想白에 관해서는 金正淵, 〈스포오츠와 李相佰博士〉(《李相佰博士回甲紀念論叢》, 1964)가 참고된다.

이러한 관점에서, 그가 그의 작업의 터를 발견하게 된 것은, 여말선초의 왕조 교체기였다. 이 시기에는 정권의 교체문제 이외에도, 전제개혁田制改革이라고 하는 경제經濟상의 문제, 유불교체儒佛交替라고 하는 사상思想상의 문제, 서얼차대庶孼差待라는 사회社會상의 문제가 있어서, 상백想白과 같은 역사학자 겸 사회과학자에게는, 우리 역사의 본질을 해명하는 데, 좋은 소재가 제공되고 있는 시기였다.

그리하여 그는 이 시기의 여러 문제를 평생의 작업으로 추구하게 되었고, 그 결실로서 얻어진 것이, 《李朝建國의 研究 — 李朝의 建國과 田制改革問題》(1949)와 《朝鮮文化史研究論攷》(1948)였다.

전자는 그 연구 목표가, '고려와 이조의 왕조교체의 근본 원인, 즉 고려 말기의 정치투쟁의 근본 동기'를 찾으려는 데 있었던 것으로서, 이에 관해서는

종래로 막연히 新進派의 舊勢力에 대한 투쟁이라 하고, 新進儒生의 儒敎的 理想國家創建運動이라 하고, 혹은 親明派의 事元派에 대한 反抗運動이라 하고, 또는 王氏復位運動이라고

도 운위되어 왔지만, 그는

가장 주요한 焦點的 動機는 역시 田制改革運動에 있고, 이것이

또 막연한 純理論的 혹은 理想論的 爲政論이 아니라, 절실한 實質的 利害關係에 입각한 것이요, 그러나 그것이 결코 그들이 소위 民生을 위한 仁政의 실현을 목표로 한 것이 아니라, 결국 自派의 직접적인 利害問題에 관련된 것에 焦眉의 急務가 있었다.

고 보고 그것을 예증하려는 것이었다.[28]

그리하여 그는 이러한 연구를 통해서, 여말선초의 전제田制 개혁을

결코 社會革命的 또는 社會政策的인 데 있는 것이 아니요, 軍國의 當面의 需要와 新進 官吏의 祿俸의 충족이라는, 단순한 財政政策的 見地에,

있었던 것이라는 결론에 도달하였으며, 따라서 이 시기의 변동에 어떠한 획기적인 역사적 의의를 부여하려고 하는 논의에는 극력 반대하였다. 그는 그와 같은 논의에 대하여는

무슨 근본적인 田制改革이 麗末李朝에 걸쳐 실현된 것같이 생각하고, 이것을 실증하기에 노력하는 이가 있으나, 이것 역시 李朝 文臣의 王德讚揚의 文辭에 현혹되었거나, 또는 文書의 商攷에 疎忽하고, 歷史의 실정에 맹목한 때문이라고,

---

28) 李相佰,《李朝建國의 硏究》, 序言.

신랄하게 비판하였다.29)

후자, 즉《朝鮮文化史硏究論攷》에서 중심이 되는 것은,〈儒佛兩敎 交代의 機綠에 대한 一硏究〉인데, 여기서는 왕조王朝교체와 표리가 되면서, 전개되는 사상思想교체의 근저를 해명하는 것이, 목표가 되고 있었다. 그리고 그는 그러한 근저를,

思想이란 思想 자체만으로서 있는 것이 아니다. 더구나 그것이 다른 思想과 對立抗爭하고, 종래에 우세하던 다른 思想을 배제하여 이에 대립함에는, 중대한 社會的(또는 政治的) 요소가 그 근저에 있지 않으면 안 되는 것,

이라고 하여,30) 유불儒佛교체의 근본적인 원인을 왕조교체의 담당층과의 관련에서 찾으려 하였다. 그리고 그것을 그는 척불론斥佛論을 중심으로 하여 증명하려 하였다.

그리하여 이 연구에서 도달한 결론은, 유불의 교체는 결국 사상 그 자체의 성숙으로써 재래되는 것이 아니라,

당시의 政治的 新舊兩派의 대립에 이용되어, 비로소 활발한 운동을 보이게 되었으나, 그것도 단순한 敎理學說의 議論으로서가 아니라, 당시 가장 유력한 政治上의 실제적 이해 문제였던, 國家財

---

29)《李朝建國의 硏究》, 序言.
30) 李相佰,《朝鮮文化史硏究論攷》, pp.3~4.

政의 의존하는 바로 중대한 관심을 얻고, 따라서 또 강력한 정치
상의 문제가 되었다.

는 것이었다. 그는 이를 다시 더 부연하여 다음과 같이 말하
기도 하였다.

朝鮮에 있어서의 斥佛運動은, 儒學振興의 積極的 運動의 자연의
결과가 아니라, 도리어 佛寺의 經濟的勢力 沒收에 주요한 동기가
있었던 것이니, 그 實際的 興味는 寺社田民의 公收에 있어, 儒者
的 형식적인 議論은 거기에 名分을 부여하고, 활기를 주입하기에
힘이 되었으나, 그것을 곧 斥佛運動 자체의 本質的 根柢라고 말
할 수는 없다.

그러므로 조선에서 유불의 교체는, 그에 따르면,

思想革新의 운동으로서 성공한 것이 아니라, 도리어 政治運動으
로서 힘을 얻어 성과를 보았다.

는 것이며, 그러기에

政治的 壓力에 의한 思想排斥이라는 것은, 그 시설이나 영향에
있어서, 막대한 힘을 가지고 있으나, 그것으로써 思想 자체를 근
본으로부터 예제艾除(=芟除 — 필자)한다는 것은 결국 불가능

한 것임에서, 이조국가李朝國家가

> 그만큼 斥佛의 施設과 對策에 腐心하면서도 …… 佛寺의 經濟力을
> 沒收削減하여, 僧侶의 社會的 地位를 陷沒하고, 佛教의 발전과 高
> 僧知識의 출현을 저지할 수는 있었으나, 그것은 佛教를 더욱 社
> 會의 下層, 私生活의 奧底에 침잠시켜서 …… 의연 生存을 繼續

케 하는 바가 되었다는 것이었다.

그리고 또 그는 이와 같은 사상교체의 불철저성을 말하면서,
이것은

> 朝鮮의 斥佛運動이 힘 있는 이론과 풍부한 思想을 가지지 못하
> 고, 宋儒로부터 수입 모방한 이외에, 實社會에 적용한 우수한 理
> 論的 根據를 가지지 못한 결과이며, 中國思想의 형식을 답습 또
> 는 채용한 것만으로는, 이미 오랫동안 社會에 生存根據를 가진
> 實際的 信仰을, 근절시킬 수는 없었던 것,

이라고 결론을 내리기도 하였다.31)

상백의 역사연구의 방법과 원칙은 이로써 그 윤곽이 드러나
는 바이지만, 고려조高麗朝와 조선조朝鮮朝의 교체 과정을 중심

---

31) 《朝鮮文化史研究論攷》, pp.162~168.

으로 한 그의 연구는, 요컨대 두 왕조교체의 필연성을 고려사
회가 안고 있는 내면적 계기에서 찾는 것이 아니었다. 그것은
여말선초에 복잡하고도 다양하게 전개되는, 외형상의 정치투쟁
속에서 모든 것을 찾으려는 것이었다.

다시 말하면, 한 나라 한 사회의 전환 교체 과정을, 그 역사
적 배경에서 찾고 내면적 계기에서 이해하려는 것이 아니라,
주로 이 시기에 전개되는 정치투쟁적인 외형상의 사건이나, 현
상現象과의 관련에서 파악하려는 것이었다. 그것은 연구방법상
역사학과 사회학을 종합한 것이었으나, 역사연구이기보다는 사
회학적인 조사調査의 면이 강하였고, 따라서 역사학자들에게는
만족을 줄 수 없는 견해가 되지 않을 수 없었다.

그는 그러한 그의 연구를, 철저한 문헌고증적인 방법과 사건
서술이라는 각도에서 전개했다고 하였다. 그리고 그와 같은 목
표를 달성하기 위해서는, 문헌고증 사료비판에 관한 몇 가지
원칙을 세우기도 하였다.

(1) 史料에서 추출한 歷史的 史實은, 그 引用史料의 參照와, 이러
한 史料의 價値評價를 첨부하여 표시할 것.

(2) 가능한 한 編年史的 系列에 따라서, 諸 事實의 원인과 결과
의 관계를 명시할 것.

(3) 그 주제를 정밀히 知悉하게 할 것.[32]

---

32) 《朝鮮文化史硏究論攷》, 序, p.9.

이는 그 자신의 연구에서 준수되고 있는 사료취급상의 기본
원칙이었지만, 동시에 이는 이 시기의 실증주의 역사학이, 역사
적 사실事實의 처리를 위해서, 일반적으로 채용하고 있는 문헌
비판적인 방법이기도 하였다.

그는 역사학자이기에 앞서 사회학자였고, 사회학적인 관심에
서 역사, 즉 사회사社會史의 문제를 다루고 있었으므로, 그 방법
은 사회학적인 방법만으로는 안 되고, 철저한 문헌고증적인 역
사학의 방법까지도 동원해야 했다. 그것은 그의 역사학의 본질
파악이나, 역사인식의 기본 자세가 본래 그러하였으므로, 당연
한 일이었으나, 그럴 경우 그 역사연구의 방법은 역사전공자들
못지않게 더 철저해야만 하였다.

그는 역사학자 사회과학자로서, 서구西歐의 역사학계나 역사
이론에 통효通曉하고 있었다. 그는 평소에 리케르트H. Rickert
나 딜타이W. Dilthey와 같은 문화철학자文化哲學者, 그리고 콩
트Comte나 베버M. Weber와 같은 사회학자들의 역사이론을 즐
겨 논하였다고 한다. 특히 리케르트의 역사이론에는 깊이 심취
하는 바가 있었다.[33] 역사학의 기본 성격이나, 역사학에서 개
별성과 보편성의 문제 등이, 늘 그의 관심사가 되었음은 말할
것도 없는 일이었다.

이와 같은 과정에서, 그는 서구 실증주의 역사학에서와 같

---

33) 想白의 제자이고 동료 교수였던 金彩潤 교수의 술회에 의함. Rickert에 관
해서는 朝鮮文化史研究論攷의 서문에서도 언급되고 있다.

이, 우리 역사에서도, 구체적 역사사실의 확인 문제와, 이를 통한 인류사회 발전에서 법칙성이나 보편적 역사의 체계화의 문제를 심각하게 생각하였으며, 그 종합화를 우리 역사연구의 궁극적인 목표로 인식하게 되었다. 그러나 그러기에 또한, 그는 그와 같은 역사연구에서 제1단계 작업, 즉 사실 확인을 위한 문헌고증 과정의 필요성과 그 중요성을, 재인식하는 것이기도 하였다.

歷史硏究의 任務는 生活의 進展의 일반적인, 人間에 보편한 法則을 발견하려는 데에도 있는 것이나, 또 民族의 구체적인 生活의 實相과 그 進展의 情勢를 구체적인 그대로 파악하여, 歷史로서 그것을 구성하는 데에도 있는 것이다. 따라서 그 연구의 도정에 있어서도 무슨 일반적인 법칙이나 公式만을 미리 가정하여, 그것을 어떤 民族의 生活에 牽强附會하는 방법을 취하여서는 안 된다. 生活의 進展에, 人類 일반의 보편적인 經路가 있는 것을 부인할 수는 없고, 또 그런 것을 연구하는 여러 가지 學問, 예를 들면 人類一般을 통해서 考古學, 經濟學, 民俗學, 宗敎學이나 神話學 등의 성립을 의심할 수 없을 뿐 아니라, 이때까지 연구된 이 같은 學問의 업적이 우리 朝鮮에 있어서도, 어떠한 특수한 우리의 생활 상태를 고찰하는 데 큰 효과가 있을 것을 주장하는 바이나, 그러한 業績은 현재에서는 아직 불완전하고 미비한 바가 많기 때문에, 그것을 이용함에는 쓰는 방법이 있을 것을 알아야 한다.34)

이는 요컨대 그의 역사인식의 기본 자세 태도를 단적으로 표현한 것으로서, 역사연구에서 구체적 사실의 확인 과정의 중요성을 강조함이었고, 주어진 이론理論에 의한 역사 파악의 불합리를 지적함이었다. 그의 생각으로는 현 단계의 역사학이 할 수 있는 일은, 오직 사료비판에 따른 구체적 사실의 확인 과정뿐이라고 보는 것이었다. 그래서 그는 이 과정의 정확한 작업을 위해서는, 역사가가 유의해야 할, 최선의 방법 태도를 생각해 보는 것이기도 하였다. 즉

歷史의 硏究에는, 먼저 個個의 事實을 명백히 하고, 그 후 그 명백한 많은 사실을 전체의 推移發展의 系列로서 구성한다는, 일면이 있는 동시에, 그 推移發展의 情勢가 대략 고려되어 있지 않고는, 個個의 사실을 명백히 할 수 없다는 다른 일면이 있다……이 兩面 交涉은 歷史硏究에 있어서 자못 미묘한 바가 있다. 이 점에 歷史家의 활동이 있고, 그 個性의 표현되는 바도 있다. 歷史는 이리하여, 개성 있는 歷史家에 의하여, 비로소 구성되고 형성되는 것이다.

라고 하였음은 바로 그것이었다.35)

상백은 실증주의 역사학이 내세울 수 있는 유일한 이론가理論家였지만, 그러나 그는 지금까지 살펴온 바와 같이, 법칙이 발

---

34) 《朝鮮文化史硏究論攷》, 序, pp.7~8.
35) 《朝鮮文化史硏究論攷》, 序, pp.6~7.

견이나 보편적 역사의 이상理想에는 신중하였다. 그의 이와 같은 입장은 만년에도 변함이 없었다. 그가 아직 생존하여 서울대학에 재직 중이었을 때, 그는 서구의 사회학계나 역사학계의 동향에 민감하여, 새로운 견해가 나오면 늘 이를 구독하고 또 학생들에게 소개를 하고 있었지만, 그러나 그러면서도 그는 끝내, 그 스스로가 한국사에서 법칙이나 보편적 역사의 이상을 추구하려고 하지는 않았다. 그는 실증주의 역사학이 지니는 성격 가운데서도, 그 기초 작업에만 투철한 역사가로서 일관하였다.

5) 신석호의 역사학

상백想白이 여말선초의 정권교체의 문제에 열중하고 있을 때, 그보다는 좀 아래로 내려와서 사화당쟁士禍黨爭의 본질 파악을 위해서 활동하였던 역사학자는 신석호申奭鎬(호 치암癡菴, 1904~1981)였다. 그는 경북 봉화 출신으로서 경성제대 조선사학과에 진학하여, 이마니시 류今西 龍로부터 근대 역사학의 연구법을 수학하고, 그 대학을 제1회로 졸업(1929)한 역사가였다.

이마니시今西는 다 알다시피 도쿄제대東京帝大에서 관학 ·아카데미즘의 역사학을 체득하고, 교토제대京都帝大 교수를 거쳐 경성제대京城帝大의 창립과 더불어 이곳 교수로 부임해온 역사가였다. 조선사편수회朝鮮史編修會의 위원도 겸하고 있는 학자였다. 그 뒤 이 대학에는 오다 쇼고小田省五, 다보하시 키요시田保橋潔, 타마이 제하쿠玉井是博, 도리야마 기이치鳥山喜一, 그리고

좀 뒤에는 ·스에마쓰 야스카즈末松保和 등 많은 도쿄제대 출신들
이 오게 되었고, 따라서 이 대학의 역사 학풍은 도쿄제대의 그
것 그대로가 되었다.

치암癡菴은 그와 같은 역사학의 분위기 속에서, 근대 역사학
을 수학하고, 한국사를 연구하는 역사학자로 성장하였다.

그가 역사학자로서 활동하게 되는 것은, 이나바 이와키치稻
葉岩吉가 이끄는 조선총독부 조선사편수회를 통해서였다. 두계
斗溪와도 직장을 같이 하게 된 것이었다. 그는 대학을 졸업하자
마자, 그 스승의 추천으로 이 편수회에 들어갔고, 촉탁 수사관
보修史官補를 거쳐 수사관修史官에까지 이르렀다. 이곳에서 그의
임무는, 《朝鮮史》 편찬사업에서 조선전기편朝鮮前期編(제4편)을
담당하는 것과, 그 밖의 사료를 간행하는 일이었다. 이러한 작
업을 통해서, 그는 이 무렵의 한국인들이 잘 볼 수 없는 자료도
자유롭게 접할 수 있었고, 그것은 그의 학문의 밑거름이 되었다.

그럴 즈음에, 그와 더불어 이 부분의 작업을 같이 한 학자
가운데는, 나카무라 에이코中村榮孝, 스토 요시유키周藤吉之, 마
루가메 긴사쿠丸龜金作, 구로다 쇼조黑田省三 등이 있었다.36) 그
리하여 그는 조선사편수회를 지배하는 관학적官學的 분위기 속
에서 단련되고, 또 그와 더불어 공동작업을 하고 있는 일본인
학자들로부터, 문헌고증적인 역사학의 영향과 자극도 받으면서
그의 학문을 다듬어 나갔다.

---

36) 《朝鮮史編修會事業槪要》.

일본인 학자들과의 공동작업은 학회활동을 통해서도 행하여
졌다. 조선사편수회와 경성제대에 자리잡은 역사학자들은, 청
구학회를 조직하고 《靑丘學叢》을 간행하고 있었는데, 그는 이
학회의 편집위원의 한 사람으로서 활동을 하기도 하고, 그 자
신의 논문을 이곳에다 싣기도 하였다.

치암의 학문적 관심은 사화당쟁士禍黨爭의 문제에 있었는데,
다작多作은 아니었으나, 그 기본 성격에 관련되는 그의 학설을
발표하였다. 〈己卯士禍의 유래에 관한 一考察〉(《靑丘學叢》 20,
1935), 〈朝鮮成宗期의 新舊對立〉(《朝鮮近代史硏究》, 1944)은 그것
이었다. 이 시기의 일본인들은 당쟁黨爭이 마치 한국인의 민족
성에서 발생하는 것으로 왜곡하고 있었으므로,[37] 이 무렵의 실
증주의 역사학에서는 이에 대한 과학적인 연구가 필요하였고,
그는 그러한 과제를 해결하기 위한 작업의 하나로서, 사화士禍
발생의 기인起因 문제를 분석하게 되었다. 그리하여 그가 도달
한 결론은, 우리가 오늘날 통설通說로서 이해하고 있는 당쟁원
인설黨爭原因說에서 신구대립설新舊對立說이었다.

朝鮮에서의 朋黨의 爭은, 대저 宣祖 8年 乙亥(1575)의 東西分黨
으로서 그 기원을 삼고 있지만, 이는 黨派의 名目이 宣祖時에 이
르러서 비로소 나타난 데 불과하다. …… 燕山君 4년 …… 소위 戊

---

37) 李基白, 《民族과 歷史》, p.36 참조.

午의 士禍를 비롯해서, 同王 10년 甲子의 士禍, 中宗 14년 己卯의
士禍, 明宗 卽位年 乙巳의 士禍 등은 모두 黨爭의 가장 현저한 것
이다.

이들 士禍는 각각 다른 이유하에 발생하였지만, 여기서 특히 주
의할 바는, 어느 士禍에 있어서나 禍를 입은 것은 草野에서 일어
난 年少 新進士類인 데 반하여, 禍를 입힌 者는 勳舊宰相이라는
점이다. …… 그러므로 나는, 이들 士禍는 모두 新舊兩派의 黨爭에
의해서 일어난 것이라고 단언한다.

이들 士禍뿐만 아니라, 東西分黨도 또한 新舊兩派의 黨爭에 의해
서 나타난 것으로서, 分黨 이후의 新派東人 舊派西人은, 士禍時代
에 있어서의 新舊派와 각각 서로 떨어질 수 없는, 밀접한 관계를
가지고 있다.[38]

요컨대 戊午士禍 …… 甲子의 士禍는 …… 一朝一夕의 일로써 일어
난 것이 아니고, 成宗時代부터 金宗直一派의 草野에서 일어난 新
進士類가 臺諫·弘文館의 要職에 盤據하여, 오랜 동안 中央貴族과
抗爭한 데서 발생한 것이다. 中宗 己卯의 士禍, 明宗 乙巳의 士禍,
그리고 宣祖時代의 東西分黨도, 마찬가지로 臺諫·弘文館의 新進
士類와 政府六曹의 中央貴族과의 抗爭에서 일어난 것이다.

즉, 朝鮮은 儒學에 偏重하고, 臺諫·弘文館 같은 제도가 있었기 때
문에, 士禍나 黨爭이 일어나기 쉬웠던 것이다.[39]

---

38) 申奭鎬, 〈己卯士禍의 由來에 관한 一考察〉(《靑丘學叢》 20, 1935).

39) 申奭鎬, 〈朝鮮成宗朝의 新舊對立〉(《朝鮮近代史硏究》, 1944).

이와 같은 연구에서, 치암이 취하고 있는 연구원칙 연구방법
은, 말할 것도 없이 문헌비판적인 실증주의 역사학의 그것이었
다. 그는 1차 사료를 분석 검토하여, 피화자被禍者와 구화자構禍
者의 사회적 지위와 그 학통學統을 추적함으로써, 이러한 결론
을 내리고 있었다. 그는 이 밖에도 〈屛虎是非에 대하여〉(《靑丘
學叢》 1·3, 1930~1931)라는 영남 사림士林들 사이의 대립 문제를
다루기도 하고, 〈朝鮮中宗時代의 禁銀問題〉(《稻葉記念 滿鮮史論
叢》, 1939)를 고찰하기도 하였는데, 그 연구의 방법도 모두 실
증주의적인 연구 그것이었다.

6) 류홍렬의 역사학

여말선초의 시기에서도 사상계思想界의 움직임,. 특히 유학儒
學의 동향을 면밀히 다루고 있었던 것은 류홍렬柳洪烈(호 혜암惠
庵, 1911~1995)이었다. 그는 경기도 장단長端 태생으로, 경성제
대의 사학과에서 한국사를 전공하고(1935), 이어서 그 대학의
조수로 있으면서 연구를 계속하였고, 동성상업東星商業에서 교
편을 잡으면서도 연구에 몰두하였다.

그러한 과정에서도, 그의 역사가로서의 성장을 촉진한 것은,
대학의 조수 시절이었다. 그는 이 기간에, 이 대학의 학풍을 형
성하고 이끌어가는 많은 일본인 교수들의 지도를 받으면서, 여
러 편의 논문을 쓸 수가 있었다. 그 가운데서도 중심이 되는 것
은, 주자학朱子學의 전래가 한국사회에 미치고 있는 영향을 추
구하는 일이었다.

그가 이와 같은 주제에 관련하여, 집중적으로 검토하고 결실을 보게 된 것은, ① 〈麗末鮮初의 私學〉(《靑丘學叢》 24, 1936), ② 〈朝鮮祠廟發生에 대한 考察〉(《震檀學報》 5, 1936), ③ 〈朝鮮에 있어서의 書院의 成立〉(《靑丘學叢》 29·30, 1937~1938), ④ 〈朝鮮鄕約의 成立〉(《震檀學報》 9, 1938) 등의 논문이었다.

① ②의 논문은 서원書院이 성립될 수 있는 배경을 추구한 것으로서, 이는 서원 기능의 각 일부이고 또 그 전신으로서, 이 시기 교육의 한 중심이 되고 있었던 각 지방의 사학私學이나, 이와 관련하여 주자학의 보급과정 속에서 구래의 가묘家廟가 유교적인 가묘제도로 확립되는 사정을 검토한 것이다.

그리고 ③ 논문은 그와 같은 배경에서, 관학官學의 쇠미衰微와 중국 서원의 일정한 영향 아래, 그리고 거듭되는 사화士禍로 말미암은 유자儒者들의 정치 기피와 학문 연구가, 사학을 발전시키고, 그것이 마침내는 서원이 성립케 되는 사회적 요인이 되고 있었던 사정, 및 그러한 조선 서원의 기능은 고려시대의 불교사원佛敎寺院의 그것에 대비되는 것임을 해명한 것이었다.

그리고 ④ 논문은 주자학이 보급되는 과정에서, 구래의 지방 자치기구로서의 유향소留鄕所의 기능이, 주자朱子 증손增損의 향약鄕約제도에 의해서 대행케 되는 사정을 고찰한 것이다.

혜암惠庵의 연구는, 그 뒤 서원의 성립이나 주자학의 영향에 관한 통설로서, 오늘날에도 통사通史의 일면을 차지하는 터이지만, 이러한 연구에서 그가 특히 유의하였던 것은, 중국 문화가 우리나라에 전래하였을 경우, 그것은 중국의 것 그대로 우리나라에 보급되는 것이 아니라, 우리적인 것으로 전화轉化하여 토착한다는 사실이었다. 이는 우리 문화의 중국 문화에 대한 독자성을 확인하고 강조함이었다.

이러한 연구결과는 일본인들의 우리 문화에 대한 인식이, 우리 문화를 중국 문화의 축소 형태로 보는 데 대한 비판이기도 하였다. 그는 그러한 입장을 향약 문제와 관련하여 다음과 같이 천명하였다.

呂氏鄕約은 中宗 12년 이후 數次 國令으로서 施行을 强制하였으므로, 지방적으로는 잘 실시한 곳도 있었으나, 이것을 전반적으로 볼 때는, 그리 좋은 효과를 거두지 못하였다고 본다. 그 이유로는 時代와 國情이 상이한 이 땅에서, 멀리 宋나라 呂氏의 理想이 그대로 실현될 리가 만무하였으니, 이곳에 朝鮮的 鄕約 成立의 근거가 있었던 것이다.

즉, 朱子學을 唯一無二의 準則으로 遵奉하던 朝鮮國이면서도, 朱子에 의하여 增損된 呂氏鄕約을 그대로 이 땅에서 실시함에는, 여러 가지의 모순과 난관에 봉착케 되었던 것이니, 이러한 점에 먼저 착안하여, 이 나라 각 地方에 적합한 鄕約을 세우지 않으면 안 되겠다 하는 것을, 선각한 이는 실로 朝鮮儒學史上의 二大巨星이라고 일컫는 李退溪·李栗谷 두 분이었다.[40]

---

40) 柳洪烈, 〈朝鮮鄕約의 成立〉(《震檀學報》 9, 1938).

여기에서, 역사연구에서 혜암의 관심은, 자연 어떤 사실史實이 '왜 우리나라에서는 그렇게 되지 않으면 아니 되었을까?' 하는, 의문을 해명하는 데로 기울어지게 되었다.

하나의 사상思想이 중국에 있을 때와 우리나라에 있을 때가 다르고, 중국에서는 적용되던 사상도, 우리나라에서는 그대로는 적용되지 않는다는 사실을 확인하게 된 까닭이었다. 그리하여 그에게는 한 민족 한 사회의 문화의 개별성이나 특수성이, 특히 중요시되었고, 따라서 역사인식의 기본 태도도 이와 관련하여 정립되어졌다. 그가

> 歷史學은 그것이 어떠하였던가, 하는 것을 보고함이 목적이 아니라, 오히려 그것이 어찌하여 그렇게 되지 않으면 안 되었던가, 하는 因果關係를 밝힘이 사명.[41]

이라고 하였음은 바로 그것이었다.

이는 말하자면 그의 역사연구의 관심이, 어떤 역사적 사실事實이 발생되어 오는 사정을, 해명하려는 데 있었음을 단적으로 표현하는 것으로서, 근대 역사학에서 베른하임E. Bernheim의 이른바 '발생적發生的 (발전적發展的) 역사'인 것이었으며, '그것은 본래 어떠하였던가?'를 추구하는 실증주의 역사학의 또 다른 일면을 보여주는 것이었다. 혜암은 '발생적 (발전적) 역사'의

---

41) 앞의 책.

개념을 그의 작업, 즉 〈書院의 成立〉과 〈鄕約의 成立〉에다 구
체적으로 적용하고 있는 것이었으며, 이로써 실증주의 역사학
의 역사이론을 더욱 풍부하게 하고 있는 것이었다.

물론 이 경우, 베른하임의 '발생적 (발전적) 역사'의 개념은,
역사관, 역사서술, 역사연구법의 3자가 종합된 것으로서, 그 밑
바닥에는 문헌비판적이고 실증적이라고 하는, 역사연구에서의
기초작업을 깔고 있는 것이었다. 그러므로 혜암이 이 개념에 특
히 유념하여 그의 작업에 이를 적용할 경우에도, 비판적 실증적
이라고 하는 기초작업이 전제되는 것임은 말할 것도 없었다.

혜암은 이와 같이, 우리 문화의 개별성이나 독자성의 문제를
중시하고, 또 그러한 문제의 인과성因果性을 해명하는 것으로서
역사가의 사명을 발견하였지만, 그러나 그에게는 이 두 가지
면의 역사인식의 기본원칙이 분리되어 있는 것이 아니었다.

기술한 바에서도 이미 그러한 논리는 바탕에 깔려 있었지만,
그의 학문이 심화됨에 따라서는, 이를 더욱 완벽하게 하나의
논리로서 종합해 나가고 있었다. 우리의 역사학은 우리 문화가
지니는 독자성과 그것이 연유하는 원인을 해명하는 것이 목적
이라는 것이며, 나아가서 세계 여러 민족의 역사도 각각 그러
하다는 것이었다. 그는 그와 같은 그의 역사인식의 기본원칙을
다음과 같이 정리하고 있었다.

> 歷史學은 一民族 一國民이, 그 가진 바 個別性·特殊性이 時間과
> 空間에 제약되면서, 어떠한 형태로 발현하였는가 하는, 因果關係

를 탐구하는 特殊的 文化科學이다. 人類文化의 발전 과정을, 그 價値關係上으로 고찰할 때는, 古今東西 諸民族의 文化가 모두 공통된 類似點을 가지고 있는 것같이 보이나, 이것을 그 發現形態上으로 볼 때에는, 제각기 독특한 特殊性·獨自性을 띠면서 歷史(文化)를 꾸며왔다. ……그뿐더러 같은 民族이라도 그 居住地域의 변천, 他文化와의 접촉 등의 관계로, 그 文化의 發現形態를 時代를 따라 달리하고 있는 것이니, 이곳에 歷史學 成立의 근거가 존재하는 것이다.[42]

이와 같이 살펴보면, 요컨대 혜암 역사학의 특징은, 민족문화의 개별성이나 특수성을 발생적發生的·발전적發展的으로 이해하려는 데, 역점이 있는 것이었으며, 그의 우리 역사에 관한 모든 연구도 바로 여기에 초점이 있는 것이었다고 하겠다.

그러한 점에서 그는 민족사民族史의 개별성個別性에 치중하는 나머지, 인류사人類史에 공통으로 발견되는 보편성普遍性의 문제에는 소홀한 바 없지 않았다.

그의 역사학은 역사를 발생적 발전적으로 이해한다는 점에서, 실증주의 역사학의 역사인식을 다양하게 하고는 있었지만, 그러나 그러면서도 개별성 특수성을 강조한다는 점에서, 우리나라 실증주의 역사학이 지니는 바 보편적 역사에 대한 경계의 자세를, 그대로 지니고 있는 셈이었다.

---

42) 柳洪烈,《朝鮮獨立思想史攷》, 自序, 1948.

7) 이선근의 역사학

최근세사最近世史의 연구에 열중하고, 이 시기를 평생의 연구 영역으로 삼은 것은 이선근李瑄根(호 하성霞城, 1905~1983)이었다. 그는 경기도 개풍군開豊郡에 태어나서, 일본 와세다대학 사학과에 진학하여 그곳 역사학을 배웠으며, 그 학교를 졸업 (1929)한 후에는, 계속 우리나라 최근세사를 연구하였다.

그의 경력은 다채로워서 조선일보사 편집국장, 경신儆新·송도松都의 교사, 연전延專 강사, 한성도서주식회사漢城圖書株式會社·만주만몽산업주식회사滿洲滿蒙産業株式會社 상무, 만주 길림성 오상현五常縣(현 흑룡강성)의 대동농사학교大東農士學校 교장 등을 역임하였다. 이러한 과정에서 그의 연구에 큰 성과가 있었던 것은, 1930년대의 일로서, 그것은 《朝鮮最近世史》(1931)와 《朝鮮最近政治史》(1950)로 간행되었다.

전자는 그가 대학 때부터 관심을 가지고 연구해온 바를, 조선일보사 시절에 안재홍安在鴻(사장) 서문序文으로 간행한 것인데, 대원군大院君 집권 10년간의 내정內政과 대외정책을 주제로 하여 다룬 것이다.

그리고 후자는 전자에 이어서 계획된 것으로서, 1934년부터 180회에 걸쳐 《동아일보》 지상紙上에 연재하였던 것을, 해방 후에 간행한 것인데, 여기서는 대원군 이후 민씨閔氏정권의 성립과, 개항으로부터 갑신정변甲申政變 직후에 이르기까지의, 정치·외교상의 변동과정을 다루었다.

이 두 책은 연구라기보다는 어느 것이나 통사通史풍의 저술인데, 그가 이를 저술하는 데는, 일제 침략하의 시기에, 저들의 침략과정을 어떻게 서술함으로써, 검열에 통과할 것이냐 하는 문제와, 자료가 모두 일본인에게 독점되고 있는 상황에서, 기본 사료를 어떻게 참고할 것인가 하는 문제가 고민거리가 되지 않을 수 없었다.

그리하여 여기에 하성霞城의 연구는, 일본인들이 세워놓은 최근세사의 틀을 크게 정면으로 부정할 수가 없었고, 자료는 2차 사료, 3차 사료까지도 동원하지 않으면 안 되었다. 그러나 그러면서도 그는, 그의 만년의 두 저서(《韓國史》 最近世篇과 現代篇)에서 볼 수 있는 우리나라 최근세사의 골격을, 이미 이 두 저서에서 세워놓고 있었다. 그는 그러한 그의 체계 위에서 정치사政治史 중심의 최근세사를 전개하였다.

최근세사를 전공하는 역사가가 영성한 가운데서, 이만한 업적이 나올 수 있었던 것은, 실증주의 역사학이 거둔 큰 성과 가운데 하나였다. 그러나 당시로서는, 동빈東濱의 경우도 그러하였지만, 최근세사의 연구는 실질적으로 불가능한 것이 아닐 수 없었다. 그러므로 하성은 실증주의 역사학이 내세울 수 있는, 유일한 근대사 전공의 역사가였지만, 그 연구가 본격화하는 것은 해방 후를 기다리지 않으면 안 되었다.

3. 실증주의 역사학의 지향과 과제

1930~1940년대에 실증주의 역사학에 들 수 있는 역사가는,

이 밖에도 없지 않았지만, 이 학파의 학풍을 발전시키는 데, 중심이 되고 있었던 것은 위에서 든 역사가들이었다. 이들은 당시 이른바 신진 사학도로서 많은 인원이 아니었고, 이들이 탐구하게 되는 시대는 고대에서 최근세에 이르기까지 긴 기간이었지만, 이들은 그 맡은 바 시기의 기본 문제에 관련된 사실을 주제로서 선정하고, 이를 치밀하게 연구하였다.

그들은 합리성과 비판성으로서 사료史料를 음미함으로써, 정확한 역사사실歷史事實·역사적 지식에 도달하려 하였고, 따라서 그 연구가 심화되는 데 따라서는, 그와 같은 역사적 지식도 더욱 축적되어 나갔다. 그들의 그와 같은 연구는 그 수준에서 일제 관학자들의 그것과 같은 것이었고, 그 양量 또한 적은 것이 아니었다. 그리하여 그 연구성과는, 모두 우리 역사를 체계화하는 데, 중요한 근거가 되었다.

이 시기의 이들 실증주의 역사가들의 연구원칙 연구방법은, 개별 구체적인 역사적 사실의 실태 해명에, 역점을 두는 것이 특징이었다. 그리고 역사연구에서 그와 같은 학풍은, 그들의 연구를, 자연 문헌학적·문헌고증적인 경향으로 흐르게 하지 않을 수 없었다.

이러한 경향은 19세기 이래로 널리 발달하고 있었던, 서구 역사학의 사료비판적인 역사연구법과도 관련하여, 지극히 당연한 것으로 간주되었으며, 따라서 이러한 연구방법에서 이탈하는, 이를테면 보편적 역사나 역사의 법칙성을 추구하는 경향은 경계하고 있었다.

물론 이들도 우리 역사연구의 궁극적인 목표의 하나가, 세계사世界史와 관련된 보편성의 문제나 법칙성의 발견에 있음을, 전혀 부정하는 것은 아니었다. 그러나 그러면서도 현 시점의 그들의 역사연구에서, 무엇보다 중요시해야 할 일은, 개별·구체적인 사실에 대한 실증적인 연구라고 생각하였다.

이는 서구의 역사학에서 볼 수 있는 연구 경향과도 흡사한 것이었다. 서구의 실증주의 역사학에서도 사료비판적인 역사연구법의 발달에 따라, 역사가들은 차차 그 역사학이 본래 추구할 것을 목표로 하고 있었던 법칙성의 문제는 도외시하고, 개별 구체적인 사실事實에 대한 정확한 파악에만 치중하는 경향으로 흐르고 있었다.

그들은 본래 역사적 사실의 정확한 파악을, 다만 역사연구의 제1단계 작업으로 생각하는 데 지나지 아니하고, 그와 같이 하여 파악된 구체적인 사실을 통해서 추출될 수 있는 법칙성 보편성의 발견을, 그 다음에 반드시 따라야 할 제2단계의 작업으로 간주하는 것이었지만, 이제는 전자적인 연구에만 열중하고, 그것에 안주하는 나머지, 후자적인 작업의 필요성을 망각하기에 이르고 있다는 것이었다.

그러한 현상은 역사이론의 면에서는, '그것은 본래 어떠하였는가?'를 추구하는 랑케사학이나, 사료비판적인 역사연구법을 체계화한 베른하임의 역사학으로 말미암아, ㄱ 타당성이 더욱 타당한 것으로 발견되고 또 합리화되고 있었다.

역사이론이 다양한 서구 학계에서도 그러하였으므로, 베른하임의 연구법에 역사연구의 방법을 의존하고, 랑케사학을 배워 옴으로써 그 발달을 보게 되는, 우리나라 실증주의 역사학이 또한 그러한 경향을 띠게 되었음은 당연한 일이었다. 이 학파 의 역사이론가는 세계 역사학계의 움직임에도 민감하여서, 선 진 제국諸國의 역사연구의 동향뿐만 아니라 사회과학의 최근의 동향까지도 면밀히 파악하고 있었지만, 그러나 그러면서도 그 들의 연구 경향에 잘못이 있다고는 생각하지 않았다.

그것은 역사연구는, 이론적으로는, 실증적 귀납적이어야 한 다고 하는 명분이 있음에서였으며, 현실적으로는, 우리 역사연 구의 현 단계에서는, 무엇보다도 개별 구체적인 사실이나 한국 적 특수성에 대한 실증적인 연구가 필요하며, 보조과학補助科學 의 이론까지도 포함한 어떠한 주어진 이론으로서도, 우리 역사 를 보편화 법칙화하기에는, 아직은 구체적 사실의 연구가 이를 밑받침할 만큼 되어 있지 못하다고 보는 데서였다.

실증주의 역사학은 각 분야에서 많은 업적을 올렸고, 또 견 실한 학풍으로서 이를 연구하고 있어서, 이는 이 학파의 큰 장 점이 되고 있었다. 그렇지만 바로 이러한 점이, 동시에 이 학파 의 한계가 되는 것이기도 하였다.

이 학파의 이와 같은 연구 경향은, 그들의 역사연구를 역사 이론 면에서 등한하게 하고, 따라서 우리 역사 체계화에서 새 로운 이론 구성을 등한하게 하는 것이 될 수도 있었다. 이때 이 학파에서 대하고 있었던·우리 역사의 체계는, 일제 관학자들이 세운 것이었는데, 이들은 그와 같은 역사의 테두리를 전면적으로 비판하거나 재검토하는 데 대하여, 적극적인 관심을 보이고 있지 않았다.

개중에는 물론 우리 역사의 인식이나 구체적 사실의 이해에서, 저들과 입장과 견해를 달리하는 논자가 없지 않았지만, 그러나 이 학파 학문의 주된 경향은, 역시 기성의 체계를 그대로 인정한 채, 그 테두리 안에서 작업을 하는 것이었다고 아니할 수 없다. 이는 그들의 학풍과도 관련, 그들에게 현실비판의 역사의식이 부족하였음과도 관련된다고 하겠다.

또 이와 같은 연구 경향은, 당연한 논리로서 우리 역사에서 사회발전社會發展의 논리를 도외시하는 바가 되지 않을 수 없었다. 일제 관학자들의 우리 역사에 대한 인식은 발전이 결여된 사회, 즉 정체성이론停滯性理論으로서 파악하는 것이 특징이었는데, 이들은 그와 같은 논리를 부정하고 있지 못하였으며, 구체적 사실을 통해서 반증하고 있는 것도 아니었다. 그것은 여러 가지 이유에서 말미암은 것이겠지만, 주로는 그들의 학문의 형태에 근본적인 원인이 있었던 것이라고 하겠다.

그들의 연구는 개별·구체적인 사실의 실태나, 그것이 발생되어 오는 인과관계의 해명에 그 목표가 있는 것이었고, 그것의 역사적 성격이나 사회적 의의를 우리 역사의 발전과정에서 모색하는 것이 아니었다. 사회발전의 문제가 제대로 인식되기 위해서는, 역사의 대상이 사회구성체社會構成體 속에서 이해되고, 그들이 주제로서 택한 역사적 사실이 사회체제社會體制의 논리

속에서 이해되어야 할 터인데, 실증주의 역사학의 역사연구는 역사의 구성적인 파악이나 체제적인 이해와는 거리가 먼 것이었다. 그들의 역사연구나 역사서술은, 1930~1940년대에는 아직 이른바 '사건서술적인 역사학' 그것이었으며, 그것에서 벗어날 것을 시도하고 있는 것이 아니었다.

이와 같은 실증주의 역사학이, 해방 뒤, 특히 6·25 후에는 우리 학계의 주류를 형성하게 되었다. 국토의 분단과 전쟁은 한국 학계에 이 학풍만이 남게 한 까닭이었다. 이 학파의 여러 인사들은, 서울대학교, 고려대학교, 연세대학교 등에 직職을 갖고 그 학문을 연마하였으며, 그 문하門下에서는 많은 젊은 역사학도가 배출되었다.

그러한 가운데서 동빈東濱이 동양사東洋史, 상백想白이 사회학社會學, 하성霞城이 정치학政治學으로 각각 전공의 방향을 돌리게 되고, 치암癡菴이 일제하에 조선총독부 조선사편수회에 있었음을 친일親日한 것으로 자책하고, 속죄하는 뜻으로 자기 개인의 영예·명리를 위한 연구는 포기하고, 후진들을 위한 뒷바라지로 생을 마치기로 결심하였음은(《신석호 박사 탄생 100주년 기념사업지》, 2007, p.112), 이 학파가 성장하는 데 적잖이 제약을 주었고, 이 학파의 학문 활동을 부진하게 하였다. 그러나 그러면서도 이 학파에서 세워놓은 역사연구의 방법이나 방향은 그 후 그대로 계승되었으며, 따라서 후진들은 이 학파가 해결해야 할 과제도 그대로 떠안고 나가지 않으면 아니 되었다.

제8장 한국 근대 역사학의 발달 ③*
― 1930~1940년대의 사회경제사학

1. 사회경제사학의 등장

1930년대에는 우리나라에서 사회경제사학社會經濟史學이라고 하는, 맑스 엥겔스의 사적 유물론史的唯物論에 입각한, 새로운 역사학이 등장하여 발달하고 있었다.

20세기에 들면서는 자본주의의 발전과 제국주의 열강의 식민지 약탈경쟁의 강화로, 식민지 피약탈 지역민의 생존이 더욱 어려워지고 저항이 강화되고 있었다. 사회주의 사상·맑스주의 사상은 제국주의에 대항하는 하나의 방법이 되었다.

---

* 이 글은 사회경제사학 가운데서 강의만 하고, 글로는 정리하지 못했던 부분을, 새로 써서 공백을 메운 것이다. 여기서는 그것을 그 학풍이나마 이해하기 위하여, 백남운의 연구를 중심으로 사적 유물론의 이론상의 문제점도 살피는 가운데, 그의 역사학이 사회경제사학 전체의 학풍 속에서 어떤 위치에 있었는지, 그리고 일제 관학자들의 한국사 체계와 무엇이 얼마나 달랐는지, 그 요점만이라도 정리하고자 하였다.

더욱이 제정帝政러시아는 1905년의 혁명을 거쳐, 1917년의 2월, 10월혁명으로 사회주의국가(소련)가 되고, 중국에서는 1927년에서 1928년에 걸치면서, 일제 침략에 대한 항전과 대혁명운동의 단계로 들어가고 있었으며, 1920~1930년대에는 국제공산주의운동이 활발하게 전개되고 있었다. 선진국에서는 맑스주의 관련 서적의 간행과 연구가 비교적 활발하게 전개되고, 일본에서는 그 번역본이 시기를 놓치지 않고 간행되고 있어서, 세계적으로 사회주의 사상·맑스주의 사상은 확산되고 있었다.

그러므로 이 시기에는 우리나라에서도, 일제日帝에 대항하는 정치운동으로서나 학문으로서, 그 사상의 영향을 크게 받지 않을 수 없었다. 특히 일본에 유학을 하는 대학생들의 경우, 진보적 성향의 학생들이면, 그 사상에 의거해서 역사를 연구하고 경제사를 연구하는 일이 적지 않았다.

맑스 엥겔스의 역사학은 일반적으로 사적 유물론史的唯物論 또는 유물사관唯物史觀으로 이해되고 있다. 이 역사이론에서는 세계사의 발전단계發展段階(시대구분)를, 그들이 살고 있는 유럽을 중심으로 아시아로 확대하면서, 몇 차례에 걸쳐 보완하는 가운데 완성하고 있었다. 그런 가운데서도 그 이론의 중심이 된 것은, 아래 표에서 보는 바 《경제학비판經濟學批判》(1859) 서언에, 설명 없이 짤막한 한 구절로 실린 구분이었다. 그들은 이 이전에도 발전단계를 언급하고(아래 표의 1, 2자료), 연구하였으며(아래 표의 3자료《경제학비판 요강》), 그 이후에도 그것을 보완하고 있었다(표의 4자료).

그러므로 그들의 세계사 발전단계에 대한 정론定論은, 이 여러 견해를 종합 판단해야 하는 것이라고 하겠다. 그것을 알아보기 쉽게 표로 정리하면 다음과 같이 된다.

〈사적 유물론의 발전단계〉

차례	자료	발전단계				
		원시사회	아시아的	고대	봉건	근대
1	〈도이췌 이데올로기〉 (1845~1846)	❶ 공동체 소유		② 고대 공동체 = 국가소유	③ 봉건적 신분적 소유	④ 자본제, 기존의 소유 자본에 흡수
2	〈공산당선언〉(1848)			① 고대 노예제	② 봉건제	③ 시민사회
3	《경제학비판요강》; 자본제 생산에 선행하는 제형태 (1857~1858) 《경제학비판》 서언 (1859)		① 아시아的	② 고대的	③ 봉건的	④ 근대부르주아的 생산양식
4	모건 《고대사회》 (1877)	❶ 원시 공동체				

* 아래 문헌의 7서, E. J. ホブズボーム 著에서 작성하였다.

그들의 시대구분은, 그때마다 기준을 달리하고는 있었지만, 처음부터(표의 제1차) 이미 오늘날의 시대구분과 거의 같았다. 단, 이때에는 원시사회에 대한 연구가 부족하여, 그 설명을 충분히 하지 못하고 있었다.

제2차와 제3차의 역사 시대는 제1차의 그것과 같으나, 제3차의 유명한 《경제학비판》 서언에서는 연구가 진전된 데서, ① '아시아적的'의 한 단계를 더 추가하였다.

그리고 제4차에서는 모건L. H. Morgan의 《고대사회》가 새로 간행된 데서, 그 원시공산사회설을 대폭으로 도입하여(아래 문헌의 7서 참조), 그들의 견해를 완결하였다.

그러므로 그들의 여러 견해를 종합하면, ❶ 원시공동체 사회와, ① 아시아적的, ② 고대적的, ③ 봉건적的, ④ 근대부르주아적的 생산양식 등 5단계로 구분되는데, 그들은 이것을 세계사의 경제적 사회구성(사회의 경제적 구성)의 진보 발전의 제획기諸劃期로서 특징 지웠다(아래 문헌의 1서 참조). 즉, 이것을 세계 여러 민족의 역사 발전이 거쳐가는, 보편적 과정이라고 하였다.

단, 맑스가 이 글을 쓸 때의 세계사의 동쪽은 오리엔트·인도까지이고,[1] 따라서 그의 글에서 말하는 아시아는 오리엔트·인도가 중심이었다. 그러나 그 뒤 그 세계와 아시아는, 그들 제국주의가 진출하고 지배하는 지역 전체, 즉 오늘날의 세계와 동아시아 지역으로까지 확대 적용되었다.

---

[1] L. Ranke(1795~1886), *Über die Epochen der neueren Geschichte* ; 鈴木成高·相原信作 譯, 《世界史槪觀》, 1941, 岩波書店.

그런데《經濟學批判》서언의 이 제 단계에 대한 기술은, 자세한 설명이 없이 짤막한 제목만을 나열하듯 제시한 것이어서, 역사연구자들이 이를 정확하게 이해하기는 쉽지 않았다. 연구자들은 각자 자기들의 맑스와 엥겔스에 대한 이해에 따라, 이 제 단계를 구분하고 해석하였다.

그뿐만 아니라 그 발전단계 가운데서도, 특히 '아시아적' 생산양식은 그 용어 개념이 애매하기 때문에, 뒤에 맑스는 이 용어를 쓰지 않고, 이를 농업공동체農業共同體 또는 공동소유共同所有에 근거한 촌락공동체村落共同體로 대체하였다고, 어느 맑스 연구 전문가는 말하여서 혼란은 가중되었다(아래 문헌 8의 제4논문, 9의 제17논문 참조). 이렇게 될 경우에는 앞의 엥겔스의 경우와 같이, 이 ①단계를 ❶의 원시공산사회의 끝부분에 편입해도 되겠는데, 그렇다면 아시아적의 단계를 설정할 필요가 없게 된다고도 하겠다.

그러므로《經濟學批判》서언의 이 제 단계에 대한 기술, 특히 아시아적 단계를 둘러싸고는, 맑스주의 역사학자들 가운데서도, 그 견해가 다양하게 전개되었다. 그것은 크게 보아 다음과 같이 세 유형으로 분류될 수 있을 것이다.

첫째, 그 아시아적 단계가, 위 서언의 표현 그대로 서구인이 중심이 된 인류역사 발전과정의, 일원론적·보편적·계기적 발전과정 가운데, 고대 이전부터 정체된 역사의 한 단계로 등장하고, 그 후에도 낙후한 상태 그대로 계속된다는 것인지(❶-①-②-③-④), 또는 아시아적 단계는 하나의 단계도 되지 못하고,

원시사회 끝부분에 편제되는 정체된 상태로 있으면서, 그 후에
도 그대로 계속된다는 것인지(❶⟨=①⟩-②-③-④), 그래서 아
시아 사회는 서구인의 제국주의적 침략의 영향 아래 ④단계에
이르러서 비로소 근대부르주아 사회로 가게 된다는 것인지,

　둘째; 그 발전단계는, ❶의 원시공산사회를 거쳐 ①의 아시
아적 사회가 형성된 이후에는, 서구적 발전과정과 아시아적(아
시아형) 발전과정으로 분기分岐하여, 병렬적·이원론적으로 발전
하되(❶-①-③-④와 ❶-②-③-④), ①의 아시아적 사회가 아
시아적 특성을 지닌 ① 아시아적 노예제, ③ 아시아적 봉건제
로 발전하다가, ④단계에 가서 서구적 영향으로 근대부르주아
적 생산양식으로 간다는 것인지, 대혼란이 일어나지 않을 수
없었다.

　셋째, 그뿐만 아니라 동아시아에서는 논자에 따라, 역사과학
에서의 유일한 특수성은, 사회의 역사발전단계의 특수성이고,
그것은 현실의 특수성이므로, 그 발전단계는 그 발전성으로 말
미암아, 하나의 계기적인 연관성을 갖게 된다고 생각하였다.[2]

　이는 아시아 역사에서도 서구 역사에서와 마찬가지로, 아시
아적 사회·역사의 틀(型) 속에서, 그 발전이 일원론적一元論的인
역사법칙에 의해서 운행되고 있는 것으로 보는 것이었으며, 백
남운도 이러한 관점·입장에서 우리 역사를 연구하고 있었다.

---

2) 羽仁五郎,《轉形期の歷史學》, p.129, 1930 ;《羽仁五郎 歷史論 著作集》제1권,
　p.74, 1968, 靑木書店.
　백남운,《朝鮮社會經濟史》조선사연구의 방법론, 1933, 改造社.

이럴 경우에는 당연한 논리로서, ④단계의 근대부르주아적 단계도 그 자체 내에서 발생하게 된다는, 자본주의 맹아론萌芽論의 논리가 나올 수 있게 된다. 동아시아의 역사는, 유구한 옛날부터 동아시아인이 주체가 되어, 그 문명을 발전시켜왔기 때문이었다.

그래서 맑스주의 역사학자들 가운데 일부에서는, 혼란을 피하기 위하여, 그 발전단계의 여러 명칭 가운데서 '아시아적'을 삭제하기도 하고, 사회주의권의 영도자 스탈린은 이를 정치적으로 해결하고자 하여, 그의 저서에서 '아시아적' 생산양식을 논하지 않기도 하였다. 그리고 이를 '원시공산제, 노예제, 봉건제, 자본주의, 사회주의'로서 대체하였다(아래 문헌의 3서 참조).

그러나 이로써 문제가 해결될 수는 없었다. 스탈린이 사망한 뒤 그가 비판되면서는, 유럽과 러시아에서, 맑스 엥겔스의 '아시아적' 생산양식론 문제가, 다시 학문적으로 부활하게 되었다.

그러므로 1930~1940년대의 우리나라 사회경제사학의 연구자들은, 아시아적 생산양식론이 정론이 없이, 이론이 많이 제기되고 정치논리에 의해서 격동하는 시기에, 이 역사이론을 이용하여 우리 역사를 연구하지 않으면 안 되었다.

※ 역사학에서 아시아적 생산양식에 관한 논의의 추이는, 대략 다음의 글들을 통해서 파악할 수 있다.

1. カール·マルクス 著, 宮川 實 譯,《經濟學批判》(원문 1859 ;

역 1951刊, 靑木書店)

2. F.엥겔스 著 , 金相瀅 譯,《家族·私有財産 및 國家의 起源》
   (원문 1884 ; 역 1947, 玄友社)

3. スターリン 著, 日譯,《辨證法的唯物論と史的唯物論》(원문
   1938 ; 역 國民文庫 6版 電子化本) / 요제프 스탈린 著, 정
   성균 譯,《변증법적 유물론과 사적 유물론》(1989, 영문판에
   서 번역 간행, 두레)

4. 遠山茂樹,〈唯物史觀史學の成立〉(歷史學硏究會·日本史硏究會
   編,《日本歷史講座》8, 1964, 東京大學出版會)

5. 林 健太郎 著,《史學槪論》新版 (1970刊 1971版, 有斐閣)

6. 大塚久雄,《共同體の基礎理論》(1955刊, 1957版, 岩波書店)

7. E. J. ホブズボーム 著, 市川泰治郎 譯,《共同體の經濟構造 —
   マルクス 〈資本制生産に先行する諸形態〉の硏究序說 —》(1969
   刊, 1971版, 未來社) * 여기에는《經濟學批判 要綱》의〈資本制
   生産에 先行하는 諸形態〉의 번역 원문도 함께 수록하고 있다.

8. 福富 正實 編譯,《アジア的生産樣式論爭の復活 — 世界史の基
   本法則の再檢討 —》(1969刊, 1971版, 未來社)

9. 市川泰治郎 編譯,《社會構成の歷史理論》(1977刊, 未來社)

10. 中村 哲 著,《奴隷制·農奴制の理論》(1977刊, 東京大學出版會)

11. 小谷汪之 著,《マルクスとアジア》(1979刊, 靑木書店)

12. 中國社會科學院 歷史硏究所 編, 李尙揆 譯,《아시아 生産方
    式》(원 1981刊, 역 1991 新書苑)

2. 사회경제사학의 발달

1930~1940년대에는 우리나라에서도, 사적 유물론에 따라 논문을 쓰는 사회경제사학자들이 많았다. 물론 이 역사이론에는 앞에서 언급한 바와 같이, 그 내부에 '아시아적'과 관련하여, 동아시아의 역사를 어떻게 볼 것인가에 관하여, 학자들 사이에 큰 견해차가 있었다. 동아시아지역 학자들의 경우는, 그 문제가 그들 자신의 문제였으므로, 특히 더 심각하였다.

그 흐름은 크게 두 계통으로 분류할 수 있겠다. 그 하나는 이 역사이론의 초기의 관점에 따라, 동아시아 사회의 낙후성落後性·정체성停滯性을 그대로 인정하는 견해이고, 다른 하나는 이를 부정하고, 그 후의 역사의 진전에 따라 동아시아 사회 역사의 상대적 발전성發展性을 찾으려는 견해였다. 전자는 사적 유물론史的唯物論의 국제성·세계성을 중요시하는 견해와 연결되고, 후자는 그 안에서 각 민족 국가의 개별성·특수성을 중시하는 견해와 연결되고도 있었다.

그런 가운데서 우리나라 사회경제사학파의 한국사 연구 한국사 서술에서는, 구체적 사실의 역사적 성격을 해명하고자 하는 연구자도 있었지만, 우리 역사의 전소 과정을 통시대적으로 (통사) 연구하고 체계화하려는 연구자가 있어서, 이것이 이 학파 학문의 특징이 되고, 그 역사학을 전체로서 이해하는 데 중요한 근거가 되고도 있었다. 그러므로 여기서는 그러한 연구의 예를, 일제하에는 서울에서 활동하였으나, 해방 후에는 북쪽 학

계를 이끄는 주역의 한 사람이 되었던, 백남운의 연구를 중심
으로 살피기로 하겠다.

1) 백남운의 역사학

(1) ; 백남운白南雲(호 동암東巖, 1894~1979)은 수원농림학교
水原農林學校를 졸업하고, 강화에서 간이농림학교 교사 겸 보통
학교 교사, 산림조합 기수技手를 거쳐, 1918년에 일본으로 유학
을 갔다. 1919년에 도쿄고등상업학교東京高等商業學校에 진학하여,
1925년에 도쿄상과대학東京商科大學(오늘의 히토쓰바시대학一橋大學)
을 졸업하였으며, 대학을 마친 뒤에는 곧 연희전문학교 상과商科
의 교수가 되었다.

여기서부터 그의 조선사회경제사에 관한 연구는 본격적으로
시작되었다.[3]

동암東巖의 학문은 조선경제사朝鮮經濟史·조선역사朝鮮歷史를,
과학적으로 연구하고, 체계화하려는 것이 목표였다. 그는 그것
을 실현하기 위하여, 사회의 경제적 구성을 기축機軸으로, 우리
역사의 전 과정을 다음과 같이 일정하게 단계 구분하고, 이를
순차적으로 정리해 나가고자 計劃하였다.[4]

제1, 原始 氏族共産體의 樣態.

---

3) 방기중, 《한국근현대사상사연구》, 1992, 역사비평사.
  이준식, 〈백남운의 사회사 인식〉, 《한국사회 연구의 전통》, 한국사회사연
  구회 논문집 40, 1993.
4) 白南雲, 《朝鮮社會經濟史》, 서문, 1933, 改造社.

제2, 三國 鼎立時代의 奴隷經濟.

제3, 三國時代의 末期頃에서 最近世에 이르는 아시아的 封建社會
의 特質.

제4, 아시아的 封建國家의 崩壞過程과 資本主義의 萌芽形態.

제5, 外來資本主義 발전의 日程과 國際的關係

제6, 이데올로기 發展의 總過程

동암은 이러한 목표를 달성하기 위하여, 먼저 조선사朝鮮史
연구를 위한 **방법론**을 세우고 있었다. 그리고 이 방법 이 원칙
에 따라, 그의 작업을 진행시켜 나갔다. 그것은 다음과 같았다.

朝鮮史의 연구는, 곧 過去에 있어서의 歷史的, 社會的 發展의 변
동과정을 구체적 현실적으로 구명함과 아울러, 그 실천적 동향
을 이론적으로 정리할 것을 임무로 삼아야 할 것이다. 그러기 위
해서는 人類社會의 일반적 運動法則으로서의 史的 辨證法에 의
해, 그 民族生活의 階級的 諸關係 및 社會體制의 歷史的 變動을
구체적으로 분석하고, 더 나아가 그 法則性을 일반적인 것으로
抽象化함으로써 가능할 것이다. 그것은 곧 全 人類史의 한 부문
으로서, 世界史的 규모에서의 現代 資本主義의 移殖 發展過程을,
本質的으로 파악할 수 있게 할 뿐만 아니라, 그 地球上의 社會平
原에로의 進路를 제시하는 것이 될 것이다.5)

---

5) 白南雲, 앞의 책, 조선사연구의 방법론.

이는 함축된 문장으로 표현되어 난해하지만, 요컨대 앞에서
언급한 바 맑스 엥겔스의 발전단계 발전법칙설을 원용하여, 조
선사朝鮮史를 해명하겠다는 것이었다. 그럴 경우에도 그는 이를
서구 중심의 일원론적一元論的인 발전단계·발전법칙설을 따르
려는 것은 물론 아니고, 그렇다고 서구 중심과 아시아 중심의
역사발전을 병렬적·이원론적으로 파악하려는 설을 전적으로
따르려는 것도 아니었다.

그는 원칙적으로 이 이원론二元論설에 공감하되, 앞에서 지적
하였듯이, 이를 셋째의 동향動向인 아시아 역사에서도 서구 역
사에서와 마찬가지로, 그 발전이 아시아형 역사로서의 일원론
적인 역사법칙에 의해서 운행되었던 것으로 보는 견해에 크게
공감하고 있었다. 따라서 그는 이 둘째 셋째의 두 논리에 따라,
아시아 역사 우리 역사를 합법칙적으로 체계화하려는 것이었
다고 하겠다.

그리고 이는 현 단계의 세계정세 제국주의 침략의 현실 속에
서, 세계 역사 아시아 역사에 큰 영향을 미치고 있는 서구 중
심, 제국주의 중심의 이 역사이론을 인정은 하지만, 아시아 역
사 우리 역사를 발전시켜온 주체는 아시아 여러 민족이고 우리
라는 점과, 앞으로도 이를 '사회평원社會平原'의 세계로 이끌어
나갈 주체는, 아시아 여러 민족이고 우리라는 점을 분명히 하
고 있음이었다.

사회과학자이고 경제사학자이며 역사학자임을 자처하는 동
암東巖은, 조선민족의 입장에서 맑스주의 역사이론 발전법칙을

원용함으로써, 조선역사를 세계사의 일환으로 격상하고 편찬코
자 하는 것이었다.

(2) ; 이 같은 이론적 바탕 위에서 동암이 수행한 작업은,
① 《朝鮮社會經濟史》(1933, 改造社)와 ② 《朝鮮封建社會經濟史》
上(1937, 改造社)의 두 권으로 간행되었다. 그 밖에 자질구레한
연구들이 많이 있었다. 이들은 하일식 교수에 의해, 전 4권의
《백남운전집》(1991, 이상과 현실사)으로 번역 편찬되었다.

① 서는 計劃에서 제1, 제2항으로 구상하였던 문제를, 원시사
회原始社會에서 3국시기 노예제국가奴隸制國家 시대까지, ② 서는
計劃에서 제3항으로 구상하였던 문제를, 3국시기 말에서 통일
신라를 거쳐 고려시기, 즉 집권적 봉건국가 시대 전반까지의
역사를 정리한 것이었다.

그 다음, 計劃에서 제4, 5, 6항으로 구상하였던 문제는, 조선
시기 역사 《朝鮮封建社會經濟史》 下 또는 中, 下로 정리될 수
있는 것이었으나, 이 구상은 해방 직후까지는 이루어지지 못하
였다.

동암의 이 두 권의 연구는, 우리 역사를 사회경제사라고 하
는 새로운 분야에서 체계화한 것이어서, 후진들의 우리 역사연
구에 지대한 영향을 주었다. 그 연구가 고려시기까지로 중단되
었지만, 이것만으로서도 우리 역사의 선제 흐름을, 선명하게 이
해할 수 있도록 하는 것이어서, 감동을 주는 연구가 되었다.

특히 우리 역사를 세계사世界史와 관련한 합법칙적인 논리로

서 정리하되, 그 발전단계에 집권적 봉건제의 개념을 도입 설
정하였음은, 큰 발견이고 업적이었다. 이는 일제 관학자들이,
우리 역사를 정체성·타율성·봉건제 결여缺如의 이론으로 왜곡
하고, 식민주의 역사학의 체계를 세워놓고 있었음을, 학문적으
로 극복 압도하는 것이기도 하여서 특히 의미 있는 일이었다.

그러한 점에서 이 두 권의 저서는, 개척적인 연구로서, 우리
역사연구의 차원을 한 단계 높여준 기념비적인 업적이 되었다.
그리고 그 후 역사를 공부하는 연구자들은, 누구나 이 업적을
한 번씩은 살피지 않으면 안 되는, 필독서가 되었다. 학생들은
어쩌다 이 책을 구입하게 되면 동료들에게 자랑을 하였다. 그
래서 그의 이때 연구는 사학사적으로 기억되는 중요한 업적이
되었다.

(3) ; 그러나 그러면서도 동암의 우리 역사연구에는, 두 권
의 저서 모두, 몇 가지 점에서 큰 한계를 드러내고 있었다.

즉, 《朝鮮社會經濟史》는, 우리나라 고대사의 체계를 바르게
세우려는 것이 목표이었으면서도, 그러기 위해서는 거기에서
절대로 놓쳐서는 아니 될 중요한 역사적 사실史實을, 사서史書
에 기록된 자료조차도 연구대상에서 다루지 않고 있어서, 그의
고대사 연구는 알맹이가 빠진 허전한 것이 되고 있었다.

고조선古朝鮮 문제가 그것이었다. 고조선은 고대사의 핵심문
제이고, 우리 역사 초기 부분의 전부가 된다고도 하겠는데, 그
는 이를 제대로 살리지 못하고 있었다. 이는 그의 고대사 연구

의 큰 한계이었다.

물론 그가 고조선에 관련되는 문제를 전혀 언급하지 않은 것은 아니었다. 그러나 그것은 역사 체계로서가 아니라, 단군檀君을 조선민족의 개국시조로 보려는, 일련의 학자들을 비판하기 위해서 행한, 비판적 견해로서이었다. 그에 따르면 단군은 원시 농업공산사회 붕괴기의, 여러 부족사회部族社會의 한 추장酋長에 지나지 않았으며, 개국시조開國始祖는 아니었다. 그 신화는 원시사회의 발전과정에서 원시인들이 지향하는 역사적 지표에 지나지 않았다.

그렇다면 고조선은, 그 부족사회의 추장 단계에서 국가 단계로 성장하는 과정을 서술하면 될 것을, 그는 이를 역사체계에서 제외하고 있었다.

뿐만 아니라 고조선은, 신화라고 해서 역사체계에서 제외한, 단군조선檀君朝鮮이 전부가 아니었다. 그에 이어서는 기자조선箕子朝鮮이 있고, 위만조선衛滿朝鮮이 있으며, 그 고조선은 한漢의 침략을 받아 멸망하고, 거기에는 한동안 한사군漢四郡이 설치된다. 그리고 그 폐허 위에서, 그 유민들에 의해서 각고의 노력으로, 고구려·백제·신라·기타의 국가 등, 우리 민족의 국가가 재건되었던 것이다. 이러한 국가들이 고조선의 문명기반 없이, 원시사회에서 그의 이른바 부족국가로 등장하는 것은 아니었다. 그러므로 고조선은 우리 역사의 고대사에서 빼놓을 수 없는 골간이고 축이었다고 하겠다.

그러면 동암의 고대사 연구는 어찌하여 이같이 되었을까? 그것은 고대사회의 실체를 파악하려는 그의 방법론에 문제가 있었다고 하겠다. 그는 사회과학자로서 사적 유물론에 입각하여 우리 역사를 체계화하고자 하였으므로, 원시 공동체사회에서 고대 계급사회로 전환하고 고대 부족국가로 성장하는 문제를, 오늘날의 역사학자·고고학자들이 하는 방법으로 추적하는 것이 아니라, 그·모형 이론적 근거를, 엥겔스의 《家族·私有財産 및 國家의 起源》, 따라서 모건의 《古代社會》에서 찾고, 이를 통해서 우리나라 고대사회 고대국가의 성립을 연결 설명하고자 하였다.

그런데 이렇게 되면, 고조선은 이러한 체계 속에서 역사의 주체로서 끼어들어 갈 자리가 없게 되며, 따라서 고조선은 원시 부족사회의 한 집단으로 해체되고 격하될 수밖에 없었다. 이 점은 그의 고대사 연구에서 아쉬운 일이 아닐 수 없었다.

다시 말하면, 우리의 역사적 사실을 체계화하려 하면서, 맞지 않는 타 지역의 이론 공식으로서, 해결하려 한 데 문제가 있었다. 역사학의 본질은 역사를 공식을 통해서가 아니라, 사실史實을 추적하고 분석함으로써 해명하는 데, 그 기본이 있는 것이다. 공식을 이용하였다가, 그 공식에 결정적인 오류가 있을 경우에는, 그 공식으로 체계화한 역사 전체가 잘못되는 것이다.

여기에서 우리는 모건의 연구에 관하여, 사전事典적인 지식으로나마, 좀더 알아두는 것이 필요하겠다. 모건은 미국학자로서 그의 연구에서 조사대상으로 삼은 민족은, 미국 동북부 삼

림지대 문화권의 원주민 이로쿼이족Iroquois이었다. 그들은 백
인들이 올 때까지 부족동맹은 이루었으나 국가를 형성하지 못
한 미개한 민족이었으며, 그 민속 사회조직은 서부지방 원주민
의 그것과 달랐다고도 한다, 따라서 이로쿼이족에 관한 학설이,
미국 원주민사회의 보편적인 학설이 되기는 어려운 것이었다.
이러한 사실이 당시에는 명확하게 파악되지 못한 채, 세계사의
발전단계에 그대로 적용되고 있었다.6)

(4) ; 동암의 연구에 관하여 다음으로 살펴야 할 것은, 그의
두 번째 저서, 고려시기를 중심한 방대한 연구 《朝鮮封建社會
經濟史》 上이다. 이 저서는 앞에 제시한 그의 **계획** 가운데 제3
항을, 맑스 엥겔스의 사적 유물론의 발전단계에서 특히 《경제
학비판》 서언의 '봉건적' 생산양식과 관련하여 정리한 것이다.
　그는 앞에서 언급한 바와 같이, 아시아 역사의 발전단계 발
전법칙을, 서구세계의 그것과 마찬가지로, 아시아 역사로서의
일원론적 발전단계 발전법칙으로 진행된 것으로 보고 있었으
므로, 우리나라의 중세사회·중세국가를 서구의 그것(분권적 봉
건제, 분권적 봉건국가)과 대비하여, 아시아적 봉건제 또는 집권적
봉건제 집권적 봉건국가로 파악하고, 그 발전과정을 추구하였
다. 그는 이러한 고려국가高麗國家의 봉건제를, 서구형 및 일본

---

6) Fred Eggan, "INDIANS, NORTH AMERICAN", *International Encyclopedia of the
SOCIAL SCIENCES, volume 7*, The Macmillan Company & The Free Press, 1974
; 三浦 進, インディアン, 《世界歷史事典》 1, 平凡社, 1956.

형과 구별되는, 아사아형 봉건제의 한 유형이라고 생각하였다.

우리 역사에서, 집권적 봉건제니 집권적 봉건국가니 하는 개념은, 그의 연구 이래로 일반화 되었다고 볼 수 있으므로, 동암의 이 연구는 우리 역사의 체계화에 크게 기여한 것이 되었다고 하겠다.

그는 고려국가가 그렇게 될 수 있었던 근거를 여러 가지 면에서 들고 있었는데, 무엇보다도 이 나라는 집권적 토지국유제와 하이어라키hierachy(직계제)적 과전제科田制를 시행하고 있어서, 중앙집권적 관료 봉건국가가 될 수 있었다고 보았다. 따라서 최고지주最高地主로서의 기초규정에 의한 조세와 지대가 일치된다고 이해하였다.

농촌공동체의 봉건적인 여러 역役에 관한 연대적=예속적 존재, 또는 가부장적家父長的=집권제集權制 가족제도의 봉건적 체제는, 이러한 국가를 유지할 수 있는 기반이 되게 하였다. 그는 이 밖에도 여러 가지 사항을 들었는데, 이 같은 사실들을 고려高麗 봉건사회封建社會의 아시아적 특수양상이 되는 것이라고 하였다.

여기서 우리가 주목하게 되는 것은, 그는 고려국가에 관하여, 토지국유제土地國有制를 유난히 강조하고 있었다는 점이다. 사적 유물론의 발전단계와 관련하여, 그가 아시아적 봉건제·집권적 봉건국가를, 말할 수 있었던 근거는 여기에 있었다. 이는 맑스 엥겔스의 아시아적 생산양식에 대한 정론定論이었으므로, 사적 유물론에 의거하여 아시아의 역사를 연구하는 한, 이를 따르지 않을 수 없었다. 맑스와 엥겔스는 여러 연구를 거친 뒤, 《자본론》 제3권의 후반부에서, 지대地代 문제를 논하되 다음과 같이 기술하고 있었다.[7]

> 만약 토지소유차인 동시에 주권자로서 직접적 생산자들과 대립하는 것이, 사적 토지소유자가 아니라 아시아에서처럼 국가라면, 지대와 조세는 일치한다. 또는 더 정확히 말하면 이러한 경우에는, 이 지대 형태와 구별되는 조세란 존재하지 않는다. …… 여기서는 국가가 최고의 지주이다. 여기서는 주권이 국민적 규모에서 집적된 토지소유이다. 그러나 그 대신 이 경우에는 사적 토지소유는 존재하지 않는다. …… 사적 점유 및 공동 점유와 그 이용은 존재한다.

이는 이른바 아시아적 토지국유론土地國有論으로서, 아시아에는 토지의 사적소유私的所有는 없다는 것이었다. 이론상으로는 그 논리가 명쾌하였고, 따라서 많은 연구자들은 이 설을 따랐다. 동암도 마찬가지였다. 그러나 이 이론은, 맑스나 엥겔스가 중국 등 동아시아 문명권의 핵심국가의 역사를 깊이 연구한 데서 얻은 결론이 아니었다. 그러한 점에서 이 이론에는 근본적으로 문제가 있었다.

더욱이 동암이 고려국가의 토지제도를, 집권적 토지국유제로

---

7) 칼 맑스 著,《자본론》, pp.968~969, 1990, 白衣.

파악하고 규정한 이 사실도, 역사적 사실과 거리가 있었음이, 여러 학자들의 연구로서 밝혀졌다. 이론도 문제인데 실증도 문제이었다.

고려국가의 토지제도는 두 계통으로 제도화되고 있었다. 하나는 사적 토지소유권=사유지私有地를 중심으로 한 일련의 제도이다. 모든 사유지에서는 국가에 일정한 조세(십일세十一稅)를 수납하였으며, 이러한 전제 위에서, 사유지를 소유한 자경소농층自耕小農層이 광범하게 존재하고, 귀족과 호족들은 무전농민을 대상으로, 지주전호제地主佃戶制를 형성 운영하며 지대地代를 징수할 수 있었다.

그리고 다른 하나는 조세제도租稅制度를 중심으로 하는 일련의 제도였다. 조세는 국가운영을 위한 재정의 기반이 되는 것이었으므로, 그 제도가 중세 봉건국가 운영에 합당하도록, 여러 가지 면에서 합리적으로 마련되지 않으면 안 되었다. 국가가 귀족 양반층에게 수조권收租權을 분급하는 문제는 그 최대의 과제였다. 이를 통해 전주전객제田主佃客制가 성립되고, 귀족 양반층은 수조권 전주田主가 되어 조세를 수납하는 전객佃客농민을 지배할 수 있었다.

일반적인 제도로서, 정부가 관료들에게 토지를 분급했다고 하는 것은, 이 수조권의 분급이었다. 사유지를 소유하고 있는 왕실 귀족 관료가, 제도적으로 수조권, 조세징수권을 받을 수도 있었지만, 지대와 조세는 별개의 문제, 별개의 제도로서 일치하지 않았다.

고려국가는 이를 전제田制의 이름으로 운영하였다. 국가가 조세를 징수하여 국고에 수납할 수 있는 농지는 전제 속에서 공전公田, 관료 개개인에게 분급하게 되는 농지는 전제 속에서 사전私田이라고 하였다. 고려高麗의 봉건제는 수조권을 중심으로 운영하는 것이 기본이었다. 그런데 위의 저서에서는, 이 같은 토지제도 운영의 양면성이 명확하지 않았고, 따라서 봉건제 전체의 구도가 명쾌하지 못하였다.

(5) ; 동암의 연구에 관하여, 끝으로 좀더 살펴야 할 것은, 그가 《朝鮮社會經濟史》의 연구와 저술을 위하여 세웠던, 여러 계획 가운데 제4항의 문제에 관해서이다. 그것은 앞에서 이미 제시한 바와 같이 다음과 같은 것이었다.

제4, 아시아的 封建國家의 崩壞過程과 資本主義의 萌芽形態

이 과제는 연구가 이루어지지 못하였지만, 이루어졌다면, 《朝鮮封建社會經濟史》下로서 간행될 예정이었다. 그러므로 그의 사학사상史學思想과 학문을, 좀더 확실하게 이해하기 위해서는, 이 문제에 관해서 좀더 살펴두는 것이 필요하겠다.

그는 고려왕조를 서양의 봉건국가와 대비하여, 아시아적인 '集權的 封建國家'라고 부르고 있었으며, 조선왕조는 서양의 절대왕정과 대비가 되도록, 아시아적인 '絶對主義的 封建國家'로 부르고 있었다.[8] 그의 우리나라 봉건시대 봉건국가의 역사발전은, 집권적 봉건국가의 시대에서 절대주의적 봉건국가의 시대로 발전하는 것으로 이해하는 것이었으며, 동시에 그러한 봉건사회·봉건국가의 변동 붕괴과정 속에서, 서구에서와 같이 자본주의 생산관계 생산양식이 맹아萌芽로서 발생하는 것으로 보는 것이었다.

그의 이러한 구상이, 어떠한 형태로 구체화할 수 있었겠는지, 연구가 안 되었으므로 확언할 수는 없다. 그러나 그는 그의 연구과정을 통해서, 조선사의 흐름을 다음과 같이 정리하고 있었으므로, 맹아 문제에 대한 생각도 대체로 이와 같지 않았을까 짐작된다.

조선의 역사적발전의 전 과정은, …… 世界史的인 一元論的인 歷史法則에 의해서, 다른 여러 민족과 거의 동궤적인 발전과정을 거쳐 왔다. …… 즉, 조선민족의 발전사는 그 과정이 아무리 아시아的이라 하더라도, 사회구성의 내면적 발전법칙 그것은 전적으로 세계사적인 것이었다.[9]

따라서 이러한 맥락에서 보면, 그는 서양의 중세 말기에 그 해체과정과 더불어 자본주의가 발생하였듯이, 동양의 한 나라인 조선의 봉건사회·봉건국가에서도 그 붕괴과정과 깊은 상관관계를 가지면서, 위 제4항의 자본주의 생산관계의 맹아 문제

8) 白南雲, 《朝鮮封建社會經濟史》 上, 서문, 1937, 改造社.
9) 白南雲, 앞의 책, 조선사연구의 방법론, 1933.

가, 발생·발전하였던 것으로 보았던 것이 아닐까 짐작된다. 좀
도식적이지만 적어도 그의 사고의 논리는 그러하였던 것으로
이해된다.

이는 그의 사학사상史學思想을 이해하는 데, 대단히 중요한
근거가 되는 것으로 생각된다. 이는 민족民族 민족사民族史를
강조하는 가운데, 사적 유물론 유물사관의 아시아적 생산양식
이 주장한, 아시아의 정체성停滯性 국제성國際性(제국주의 침략
하의 발전)을 사실상 부정하는 것, 따라서 맑스와 엥겔스의 초
기 사적 유물론 유물사관을, 원칙적 제한적으로만 수용하는 것
이 되기 때문이다. 그리고 이는 그 내부에서 논자들의 정치사
상의 차이가 될 것이기도 한 까닭이다.

이러한 학문적 정치적 자세는, 그가 그의 두 저서를 간행하
는 무렵에, 연전延專 학생들을 위해서 행한 강연을, '亞細亞的
生産樣式 문제의 朝鮮史 適用에 대한 비판'(1935년 11월 29일)이
라는 제목으로서, 행하고 있었던 점으로서도 확인된다고 하겠
다.10) 그는 아시아적 생산양식을 사실상 부정하고 거부하는 것
이었다고 하겠다.

그러한 점에서, 이 무렵의 동암의 연구와 그 사상은, 같은 사
적 유물론 유물사관을 방법론으로 택하고 있는 극좌적인 동학
들로부터, 적지 않은 비판을 받았을 것으로 생각된다. 아시아적

---

10) 홍성찬, 〈일제하 延專商科의 經濟學風과 '經濟研究會事件'〉, 《연세경제연
　　구》 창간호, 1994

생산양식론을 법칙으로 받아들인 논자들이 그 비판의 중심이 되었을 것이다. 그 가운데서도 《朝鮮歷史讀本》(1937, 白揚社)의 저자 이청원李淸源은 그 대표적인 인물이었을 것이다. 그는 동암의 역사연구를 논하되, "정확하게 사적 유물론의 견지見地에서 있다고는 볼 수 없다."고 비판하였다.11)

(6) ; 사적 유물론 유물사관 안에서도, 민족 민족사를 강조하는 동암의 정치사상은, 학문적으로 해방 직후 국가건설의 방법론에 잘 드러난다고 하겠다. 그것을 우리는 두 가지 면으로 들 수 있다.

그 하나는, 그가 민족 민족사의 논리를 바탕으로, 해방 직후 국가건설 문제를 탐구하게 되는 단계에서, 모든 학문 분야 학자들의 좌우합작을 통해 '조선학술원'을 조직함으로써, 신국가 건설과 그 활동을 위한 두뇌집단이 되고자 하였음이었다.12) 이는 해방공간에서 즉흥적으로 발상된 것이 아니라, 일제하에서부터 준비된 구상을, 실천에 옮긴 것이었다.13)

다른 하나는 민족 민족사 논리의 바탕 위에서, 신국가 건설을 위한 정치이념을 내세우게까지 된 일이었다. 즉, 그는 이 시기의 단계에서 우리 민족이 나아갈 길은, 극우 극좌노선이 아

---

11) 《朝鮮社會經濟史》를 읽고 ― 日本의 《唯物論硏究》 26호, 1934년 12월, 唯物論硏究會.
12) 朝鮮學術院論文集, 《學術》 제1집, 學術院彙報, 1946, 서울신문社.
13) 김용섭, 《남북 학술원과 과학원의 발달》, 지식산업사, 2005.

니라, 민주정치民主政治와 민주경제民主經濟를 기반으로 한, 연합성신민주주의聯合性新民主主義에 의한 연합민주정권聯合民主政權의 수립만이, 옳은 길이라고 생각하고 이를 강조하였다.[14]

이를 학문적으로 밑받침하기 위해서 설치하고 활동한 것이, 민족문화연구소民族文化硏究所이고 《民族文化》의 간행이었다.

요컨대, 동암의 정치사상을 구태여 말한다면, 우리 역사연구의 경험을 통해서 얻은, 좌우합작을 지향하는 중도좌파의 사상이었다고 하겠다.

附. 사회경제사학 강의에서 검토 예정이었던 학자와 저서

李淸源, 《朝鮮社會史讀本》, 1936, 白揚社

_____, 《朝鮮歷史讀本》, 1937, 白揚社

_____, 《朝鮮讀本》, 1936, 學藝社

李北滿, 《李朝社會經濟史硏究》, 1948, 大成出版社

全錫淡, 《朝鮮史敎程》, 1948, 乙酉文化社

_____, 《朝鮮經濟史》, 1949, 博文出版社

朝鮮科學者同盟 편, 《李朝社會經濟史》, 1946, 勞農社

崔虎鎭, 《近代朝鮮經濟史 ― 李朝末期に於ける商業及び金融 ―》, 1942, 慶應書房

印貞植, 《朝鮮の農業機構分析》, 1937, 白揚社

_____, 增補版 《朝鮮の農業機構》, 1940, 白揚社 등 많은 저서가 있다. 《印貞植全集》(1992, 한울)이 나와 있다.

全錫淡·李基洙·金漢周, 《現代朝鮮社會經濟史》, 新學社, 1948

---

14) 《朝鮮民族의 進路》, 1946, 新建社

종장: 종합과 과제

(1) ; 우리는 위에서 한국사에서 근대 역사학이 성립되는 사
정, 일제의 식민주의 역사학이 근대 역사학의 이름으로 우리
역사를 훼손 왜곡하고, 그런 가운데 1930~1940년대에는, 우리
의 근대 역사학이 민족주의 역사학·신민족주의 역사학, 실증주
의 역사학, 사회경제사학 등으로, 특색 있게 발전하고 있었음을
근대사학사의 안목으로 살폈다. 그리고 그간 1945년에는 제2차
세계대전의 종결, 따라서 일본과 한국의 관계에는 엄청난 변화
가 일어났음도 경험하였다. 일제의 패전과 한국의 일제로부터
의 해방이 그것이었다.

이러한 세계정세의 격동 일제로부터의 해방은, 우리의 역사
학계 역사연구에도, 큰 변화를 가져오지 않을 수 없었다. 우리
의 역사학자들은 이제 당당한 한국사 연구의 주체로서 우리 역
사를 우리의 입장에서, 새로운 한국사학韓國史學으로 재건하지

않으면 아니 되었다. 이는 해방이 우리 역사학자들에게 안겨준 과제이고 사명이었다.

그렇지만 이러한 역사재건이 기대하는 만큼 쉽게 이루어지기는 어려웠다. 그간 일제의 식민주의 역사학이 심어놓은 씨앗이 이미 뿌리를 내리고 있었고, 그나마 일제하에서 교육을 받은 학자들의 수가 너무나 적었기 때문이었다.

더욱이 해방은 동시에 연합국에 의한 한반도의 남북분단 민족분단으로서, 이로 인해서는 역사학계 또한 남북으로 분단되지 않을 수 없었다. 그리고 곧 이어서는 동서냉전체제 속에서 6·25의 전쟁을 격지 않으면 아니 되었다. 그리하여 그 사이에는 일제하에 양성된 많지 않은 역사학자들이, 그 정치적 입장에 따라 남북으로 갈리지 않을 수 없게 되었으며, 남에는 주로 일제의 관학 아카데미즘과 친근 관계에 있었던 실증주의 역사학자들만이 남게 된 까닭이었다.

(2) ; 이러한 상황에서 우리 역사를 새로운 한국역사로 재건하기 위해서는, 몇 가지 전제조건을 먼저 해결하지 않으면 아니 되었다.

첫째는 그 역사를 재건할 수 있는 인재가 새로이 충원되어야만 하였다. 그러므로 무엇보다 먼저 할 일은 대학을 세우고 역사학 지망의 학생을 교육하며, 그들을 학자로 양성하여 연구를 히도록 지도하는 정책이 필요하였다. 대학교육에 관한 모든 과정을 새로 시작해야만 하였다. 이 일은 서두른다고 될 문제가

아니었으며, 국가 차원의 교육 문화정책이 있어야 하는 문제였
다. 그것은 국가가 앞으로 두고두고 해결해야 할 과제가 되는
것이었다(본서 제1부 서편, 참조).

둘째, 새로운 역사학을 건설하기 위해서는, 역사학자들이 스
스로 검토 연구하고 해결해야 하는, 중요한 문제가 또한 있었
다. 그것은 새로운 한국사학은, 그 연구의 차원을, 한층 높여서
정착시켜야 한다는 점이었다. 그러기 위해서는, 종래 연구에서
의 역사이론 연구방법 역사체계 등에 관한 문제를, 재검토하고
조정해야 했다. 우리가 본서에서 누누이 강조해온 바는 이러한
문제를 유도코자 함이었다.

셋째는 학자들이나 학파들 사이의 학문적 소통이 필요하고,
그들의 연구성과를 종합해가는 자세가 필요하다는 점이었다.
일제하의 한국인 학자들은, 민족주의 역사학·신민족주의 역사
학, 실증주의 역사학, 사회경제사학 등 여러 학파를 형성하고,
각자의 방향에서 특색 있는 연구를 하고 있었으며, 따라서 그
견해는 서로 충돌하고도 있었다. 마치 '학문상의 삼국지三國志'
가 연출된 듯싶기도 하였다. 이를 선의의 경쟁으로 보면, 그들
의 개성 있는 연구성과는, 우리 역사의 장래를 위해서 의미 있
는 일로 생각되기도 하였다.

그러나 한국사 연구에서 해결해야 할 전체 과제에서 보면,
그들이 이루어낸 연구는 미미하였고, 이루지 못한 문제 연구하
고 해결해야 할 문제는 더욱 많았다. 그들의 업적을 다 합해도
아직 부족한 부분은 많았다. 무엇보다도 우리 역사를 체계화하

기 위한 기본 골격 틀을 바로 세우는 일은 시급하였다.

그러므로 앞으로의 역사재건을 위해서는, 그 연구를, 그들 학파와 학자가 종래와 같은 입장에서 개별 분산적으로 연구해 나가는 것만으로는 부족하며, 높은 차원의 지도적인 연구기관이 그들 전체의 연구성과를 하나의 체계 속으로 수용하여, 이를 종합하고 통합해 나가는 조직적 체계적인 작업을 하는 것이 필요하다고 생각되었다.

(3) ; 앞에서 우리는 역사재건을 위해서는, 종래의 연구를 재검토하고 조정해야 한다고 하였거니와, 우리는 이 부분을, 몇몇 사실을 중심으로 좀더 구체적으로 언급하는 것이 좋겠다.

첫째, 우리의 선사시대 원시사회의 문화를 연구하기 위해서는, 우리가 사는 지역에 관한, 선사학 고고학이라고 하는 정통적인 학문 연구방법으로 추구해야 하며, 19세기 북미주의 사실을 연구한 모건의 학설만 의존하는 것은 옳지 않았다는 점이다. 이로 말미암아서는 고조선이 있었던 그대로 살아나기 어려웠다.

시간이 많이 걸리는 일이지만, 시급히 고고학도를 양성하여 만주 한반도에 걸친, 선사유적을 발굴 조사하는 것이 긴급하였다. 아무 근거도 없이, 한반도에는 구석기시대 청동기시대는 없었다는 전제 아래, 고대사를 논하는 것은 옳지 않을 뿐만 아니라, 고대사의 폐기인 것이었다.

둘째, 사회경제사에서는 흔히 동아시아 역사 한국사 연구에, 사적 유물론 유물사관의 아시아적 생산양식론을 적용함으로써,

'대토지 국유제'를 말하고 '사적 토지소유의 결여'를 말하는 가운데, 그 국가 그 사회의 정체성을 강조하곤 하였다. 따라서 이들 국가에서는 근대 자본주의사회의 성립이, 서구 제국주의국가— 따라서 일본 제국주의국가— 의 침략을 받음으로써, 그 영향으로 그것이 가능하였다고 강조하였다. 그런데 이 '대토지 국유제' '사적 토지소유의 결여' 이론은, 중국이나 한국의 역사적 사실史實과는 맞지 않는 이론이었다.

이 문제는 아시아적 생산양식론을 제기할 때, 맑스 엥겔스가 기초 조사 기초적 연구를 완벽하게 하지 못한 데서 말미암았고, 따라서 이 이론은 출발부터 세계적인 학자 정치인들 사이에 문제가 많았던 것이다. 그런데 역사학은, 궁극적으로 보편성의 추구를 목표로 하기는 하지만, 그에 앞서서는 역사적 사실을 대전제로서 먼저 파악하고, 그러한 기반 위에서 보편성을 추구해야 하는 학문인 것이다.

셋째, 앞에서 지적한 바와 같이, 한국사 연구는 주변 학문들에 의해서, 개별 구체적인 문제의 해명에 주로 몰두하고, 세계사적인 발전과의 관련성을 추구하는 넓은 시야가 결여되고 있다고 왕왕 지적당한다. 이는 한국사가 개별성 특수성을 강조하는 나머지, 세계사적인 보편성과의 연관성을 찾지 못하고 있음을, 지적함이기도 하였다. 이러한 지적을 받을 때마다 한국사 전공자들은, 새삼 우리 역사학의 미숙함을 실감하곤 한다.

이러한 문제를 극복하기 위해서는, 역사가 개개인의 역사인식 역사연구의 수준이 높아지고, 문화 학술계의 전반 수준이

높아질 때 가능할 것이다. 거기까지 가려면 시간이 많이 걸릴
것이다.

그러므로 우리가 이 시점에서 잠정적으로 생각할 수 있는 것
은, 지금까지 제기된 한국인들의 민족주의 역사학·신민족주의
역사학, 실증주의 역사학, 사회경제사학 등 세 학파의 학풍, 즉
주체성·실증성·보편성을 모두 하나의 공통되는 방향으로 일정
하게 수정하고 조정하여, 하나의 학풍, 즉 하나의 한국사학韓國
史學 한국사관韓國史觀으로 종합하고 통합하는 것도 한 방법이
되겠다고 생각하였다.

나는 이를 종합사학 통합사학, 그리고 통합사관이라고 부르
고 있다. 모두가 한국사에 관한 한국인의 발상이었으므로, 이를
종합하고 통합하는 데 무리가 있는 것은 아니라고 생각한다.
문제는 그러한 종합적 통합적인 역사학을 창출하는 데도, 역사
학자 개개인의 인식의 전환이 필요하고, 깊고 넓은 기초적인
연구가 더 필요하며, 뿐만 아니라 깊은 철학적 사고가 필요하
며, 따라서 여러 전공분야의 학자들이 참여하여 연구해내는 준
비과정이 필요하다는 점이다.

(4) ; 그런데 역사재건을 위해서 초석을 닦아야 할, 1945년
의 해방은 진정한 해방이 아니었다. 미군과 소련군이 남북한에
진주하여 군정을 펴는 가운데, 한국인 한반도는 남북으로 분단
되고, 그 각각에 정부가 수립되었다. 그리고 이어서는 세계 냉
전체제의 중심부로 편입되는 가운데, 1950년에는 6·25의 전쟁

까지 겪지 않으면 아니 되었다. 그리고 이로 말미암아서는 남
북 분단체제가 오늘에 이르기까지 장기화되었다.

그리하여 해방공간의 이 같은 시대상황은, 역사학자들에게
그러한 역사재건의 과제를 수행할 겨를을 주지 않았으며, 학계
와 학자들을 또한 남북으로 분단하였다. 그러므로 일제하에서
있었던 역사연구를 청산하고 재건하는 문제는, 손진태孫晉泰 홍
이섭洪以燮 등 몇몇 학자들에 의해서 시도되기는 하였으나, 해
방공간에서 이를 전체적으로 성취하기는 어려웠다. 그리고 이
문제는, 한반도가 남북국南北國으로 분단된 시대의 사업으로,
이월되지 않을 수 없게 하였다.

북과 남에서의 이 같은 역사청산 역사재건 사업을, 여기서
장황하게 논할 필요는 없겠다. 그러나 그 결과는 언급해 두는
것이 좋겠다. 그 사업이 북에서는《조선통사》《조선전사》, 남
에서는 제1차《한국사》제2차《한국사》로 편찬 간행되었음은
주지하는 바와 같다. 이 두 역사서는 많은 공통점을 지니나, 또
한 많은 차이점을 지닌다고 하겠다. 국가체제의 차이와 학자들
의 역사인식의 차이에서 기인함이었다.

그러므로 그러한 차이점은 뒷날 통일국가가 세워질 때, 통일
정부와 그 역사학자들에 의해서 조정되기를 기대하는 수밖에
없겠다. 그러나 사학사적으로 보면, 이 문제는 해방과 더불어
이미 시작된 사업이었으므로, 남북의 역사가들은 이를 학문적
으로 준비해가는 것이 필요하다 하겠다.

후기: 학교생활에서 회상되는 일들

    (1) ; 나는 이 책에서 다루는 문화 학술운동이 한창 진행되던, 1966년도 2학기에, 용두동 서울대학교 사범대학에서 동숭동 문리과대학으로 전속되었다. 문리대에서 류홍렬 교수가 갑자기 대구로 전근 가시는 바람에, 나도 갑자기 김철준, 한우근 두 분 교수의 강청强請에 의해, 그 후임으로 자리를 옮기게 된 것이다. 물론 처음에는 인재가 많은 그곳에 왜 내가 가나 해서, 극구 사양하였으나, "외풍은 우리가 다 막아 줄 터이니 와서 연구만 하고 자리를 지키면 된나."는 말씀으로 해서 반¥강제로 차출되었다.

    연구실은 처음에는 중앙도서관 동부연구실의 증축한 부분 2층의 한 방을 양병우 교수와 함께 썼다. 중앙복도 맞은편에는 민석홍, 전해종(좀 뒤에는 민두기), 고병익, 한우근, 김철준, 김원룡 교수들의 연구실이 있었다. 서양사·동양사·한국사의 합동연구실은 각각 이 동부연구실의 2층과 1층에 위치하고 있었다.

교수의 수가 늘어남에 따라서는, 서남향으로 앉은 문리대 본관 2층의 중앙부분 강의실을 일부 연구실로 개조하고, 그 연구실은 각과의 신임 교수들이 들도록 하였으므로, 나는 그곳 한 방을 쓸 수 있었다. 이웃에 정한모 교수 등 몇 분 교수의 연구실이 있어서 가끔 한담을 나누었다.

연구실 문을 열면 복도인데, 거기서는 창 아래 교정의 중앙로가 교문으로 연결되고, 교문 밖 길(대학로) 건너로 의과대학 본관을 마주 볼 수 있었다. 교정의 왼편에는 대학본부 오른쪽에는 중앙도서관이 위치하고, 중앙로의 옆에는 4, 50년 된 크고 잘생긴 은행나무가 한 그루 섰는데, 가을이면 단풍이 좋았다.

강의는 본관의 여러 교실에서 하였는데, 청강인원이 많은 교양과목이나 근대사 등은 아래층의 8강의실을 이용하였다. 이 강의실은 이 대학에서 제일 넓은 공간으로서, 학회의 발표가 있을 때도 이를 이용하였다. 교양학부제가 제도화된 뒤에는, 교양학부 교수가 아닐 경우, 교양과목을 공릉에 있는 교양학부까지, 전차와 버스를 타고 출장강의를 하지 않으면 안 되었다.

이때의 서울대학은 종합 캠퍼스가 아니라, 각 단과대학이 시내 시외의 여러 곳에 분산되어 있는, 일종의 연합대학에 유사하였고, 그래서 각 단과대학 교수들의 관계는 다른 대학교수와 같이 서먹한 사이였다. 그러므로 나는 이제 낯선 이 새로운 직장에서, 긴장된 교수생활을 하지 않으면 안 되었다.

그뿐만 아니라 이때는, 역사학자들의 문화 학술운동이 한창 진행되고, 나는 여기에도 참여하고 있었으므로, 이때 나의 학교생활은 2중의 압력을 받게 되는 어려운 시절이었다.

(2) ; 이 대학으로 전속한 뒤, 나는 국어국문학과의 이숭녕 교수의 말씀에 따라, 대학 안에서 처신하는 원칙을 세우고 있었다. 하루는 당시 동아문화연구소 소장이셨던 이숭녕 교수께, 임형택 교수(당시 동아문화연구소 조교) 안내로, 새로 부임해 온 인사를 드리러 갔더니, 선생께서는 사대에서 문리대로 이전하게 된 경위, 대학원에서는 어느 분에게서 지도를 받았는지 등을 물으셨다.

그리고 이 대학 사정을 잘 모를 터이니, 지키는 것이 좋을 사항을 한마디만 이야기 하겠다 하시고, "사학과는 특히 어려운 과이니 매사에 조심조심해서 처신하라."는 충고의 말씀을 주셨다. 나는 고맙게 생각하였으며, 그렇게 처신할 것을 원칙으로 삼았다. 그리고 이 학교에 재직하는 동안 그렇게 하였다.

그러나 이 '조심조심'은 그 범위가 어디까지냐가 문제였다. 이 교수의 말씀은 모든 면에서 언행을 그리하라는 것이었을 터인데, 그래서 보신을 잘 하라는 것이었을 터인데, 나의 처신은 그렇게까지는 되지 못하고 있었다. 그것은 이 학교로 소속을 옮긴 뒤에도 문화 학술운동은 진행되고, 그 일환으로 국사학과에서는 한국사학사 Ⅱ를 개설하고, 그 강의를 내가 담당하도록 배정하였는데, 이 강의에서는 '조심조심'의 원칙이 지켜지기 어려웠던 까닭이었다.

이 강좌는 일제하의 잘못된 역사연구를 성찰·청산하고, 새로운 한국사학을 건설할 것을 목표로 출발한 것이기 때문에, 한국사 연구의 발전과정을 비판적으로 진실되게 강의하고 정리하지 않으면 안 되었다. 그것은 당시의 우리 역사학이 당면한 시대적 사명이었다. 그러므로 한국의 중심대학이고 일제의 경성제국대학을 해체하고 재건한, 국립 서울대학의 역사학과가 시도하지 않으면 아니 되는 일이었다. 그러한 점에서 나는 이 강좌에 의욕적으로 임하였다.

그리고 이는 당시의 대학사회의 학술운동이기도 하였으므로, 문화 학술계의 요청에 따라 강의를 강의만으로 그치지 않고, 계간지에 활자화하여 일반 지식인과 다른 대학 학생들도 참고하도록 하였는데, 이 또한 내가 '조심조심'의 원칙을 지키지 못한 부분이었다. 학자가 언론을 통해서 그 이름을 자주 드러내는 것은, 매명賣名행위로 지탄받을 수도 있는 일이었다.

그러므로 이때의 나는 학내의 대인관계·언행은 원칙대로 하였으면서도, 학술운동·사학사에 관하여 글로서 발표된 바를 선배학자들이 보면, 내가 생각하기에도, 괘씸하고 방자하기 그지없었을 것이다.

물론 나는 이 무렵에 연구는 안 하고, 이 운동만 한 것은 아니었다. 나의 연구활동은 이 무렵이 절정기였다. 나는 그 일부를 첫 번째 저서 《朝鮮後期農業史硏究》 I (1970)로 간행하였고, 이로써는 한국일보사의 한국출판문화상 저작상을 받기도 하였다. 한국문화연구소에서 논문책자 〈朝鮮後期 農學의 發達〉

(1970)을 간행한 것도 이해였다. 그러므로 공부를 열심히 하는 사람이라는 것은 인정되고 있었지만, 학술운동·사학사와 관련하여 쓴 글들이 문제였다.

그것은 주로 1960년대 말에서 1970년대 초에 걸치면서였는데, 주위 분위기와 징후는 점점 냉담해지고 이상기류를 보이고 있었다. 나는 말하자면 이 무렵의 학교생활에서, 학문적 대의를 위해서, 보신의 지혜를 지키지 못하고 있는 셈이었다. 이를 좀 더 구체적으로 언급하면, 다음과 같은 점을 들 수 있다.

즉, 이때에는 학술운동의 일환으로, 1967년에 전국학회로서의 한국사연구회를 창립하였으며, 1968년에서 1969년에 걸쳐서는 문리과대학의 사학과에서 국사학과를 분리·설치하고, 한국문화연구소를 또한 설치하였는데, 이는 모두 국사학과 교수들이 주도적으로 수행한 것이었다. 그리고 1971년에서 1972년에 걸쳐서는, 1963년과 1966년에 이미 쓴 글 말고도, 나의 사학사 관계 강의안이 집중적으로 발표되었다. 학계의 평온을 바라는 입장에서는 이는 마땅치 않은 일이었다.

(3) ; 그러면 이때 김용섭의 주변에서는, 어떤 분위기가 조성되고 이상기류가 일어나고 있었는가? 이하에서는 이때의 학술운동과 관련하여 있었던 몇 가지 일을, 회상되는 대로 기술하기로 하겠다.

1) 외국인 교수가 수업참관을 요청

먼저 잊혀지지 않는 것은, 전혀 예상치도 못한 일이었는데, 성함은 들어서 알고 있었고 또 논문을 읽어서 알고 있었지만, 일면식도 없는 외국인 교수가, 예고도 없이 수업시간에 내방하여 수업을 참관하자고 한 일이었다. 이 일은 두 번 있었다.

한번은, 백남운 교수의 두 저서를 가지고, 사학사적으로 검토하는 시간이었는데, 교학부장 이기문 교수가 강의실 문을 두드렸다. 문을 여니 이 교수는 네댓 명의 중년·노년인사를 인솔하고 와 있었다. 그리고 말씀인즉 "모스크바 대학의 박 모 교수가 내한하였는데, 김 선생의 강의를 참관하였으면 합니다. 어떡하시겠습니까?" 하는 것이었다.

나는 국교도 없는 나라에서 어떻게 교수가 왔을까, 참 이상도 하구나 생각하면서도, 그러나 정치적으로 양국 사이에 양해가 있었다면 올 수도 있겠지, 그래서 정부인사가 안내를 겸하여 수행하였나 보다 생각하였다. 그리하여 그 일행은 나의 빈약한 강의를 한 시간 참관하고 갔다.

다른 한 번은, 분명치는 않으나, 민족주의 역사학인가, 실증주의 역사학인가에 관하여 검토하는 시간이었던 것 같은데, 교학부장 고윤석 교수도 포함된 네댓 명의 중년·노년의 교수가 내방하였다. 노크를 하기에 문을 열었더니, 김원룡 교수께서 말씀하시기를, "일제 때 경성제대에서 내가 배운 스에마쓰末松保和 선생님이신데, 김 선생 강의를 참관코자 하시기에 모시고 왔어요. 김 선생 되겠지?" 하는 것이었다.

　나는 지난번 일도 있고 하여, 학교가 사전에 강의담당 교수
와 상의도 없이, 이렇게 외인ㅆㅅ이 강의실을 찾게 해도 되는
것인가, 그리고 강의·담당교수가 그것을 재량으로 허락할 수
있는 것인가 의문이 들었다.

　그래서 나는 이번에는, "김 선생님, 그 분은 세계적인 대학자
이신데, 제가 지금 그러한 분 앞에서 강의할 만큼, 준비가 되어
있지 않습니다. 미안합니다." 하고 사양하였다.

　나는 외국에서도 나의 글을 다 보고 있구나, 그리고 일본에
서는, 몹시 신경을 쓰고 있구나 생각하였다.

2) 밤손님이 연구실을 다녀가고

　나는 늘 학교 출근을 일찌감치 하는 편이었다. 그날도 일찍
교문을 들어서니, 관리인이 교정의 중앙로를 깨끗이 쓸고 있었
다. 나를 보더니 좀 걱정스러운 표정으로 인사를 하고, "이거
선생님 것 아닙니까" 하고, 웬 '남버링'을 보이며 물었다. 자세
히 보니 내가 연구용 자료카드에 쓰기 위해, 최근에 사 온 아주
좋은 '남버링'이었다. "네 맞습니다. 그런데 그게 어떻게?" ……
"이게 이 은행나무 밑에 잘 모셔져 있었습니다."

　그래서 둘이는 내 방으로 올라갔다. 뒤쪽 베란다로 통하는
창문이 열려 있었다. 연구실은 평상대로이었고, 없어진 물건도
없었다. 책상 위에 놓여 있었던 '남버링'만 가져간 것이었다.
"그러면 다른 방들도 다 당했습니까?" 하고 물었더니, "아니요.
선생님 방만 그랬습니다."는 답이 돌아왔다. 나는 짐작이 갔다.

경고이구나 생각하였다.

3) 두 분 교수의 질책과 회유

이러한 일들이 있는 동안에 학과에서는 야단이 났다. 아마도
학내·학외에서 여러 가지 이야기가 대학과 과에 들려왔을 것이
다. 한우근 교수와 김철준 교수는 이 일로, 개별적으로 말씀을
하셨는데, 이로써 학내외의 분위기를 알 수 있었다. 두 분 교수
는 그러한 분위기를 종합·판단한 위에서 말씀하신 것으로 이해
되었다.

김 교수 말씀은 두 차례 있었다. 한 번은 나를 보고 웃으시
며, "김 선생, 김 선생 민족주의는 내 민족주의와 다른 것 같
애." "예, 그런 것 같습니다. ……", 그 다음은 노발대발하시며,
"이○○ 선생에 대해서 무슨 글을 그렇게 써!" 하시며 질책하
셨다. 마치 부하직원이나 제자를 대하듯 나무라셨다. 전자는 경
고성 발언이고 후자는 절교성 발언이라고 생각되었다.

한 교수 말씀도 두 차례 있었는데, 연세가 높으신 만큼, 말씀
의 논조·방법을 아주 다르게 하셨다.

한번은 두계斗溪 선생이 텐리대학天理大學 초청으로 일본에
다녀오셨는데, 그 대학에서 한 교수와 나(김용섭)를 초청하니
두 사람이 상의해서 다녀오라고 하셨다며, "김 선생, 같이 갑시
다. 김 선생이 간다면 나도 가고 안 간다면 나도 안 갈래." 하
시는 것이었다. "그런데 두계 선생이 텐리대학에 가시니, 그 대
학이 텐리교天理敎의 도복을 입히고, 예배에 참석토록 하였다는

군."이라고도 덧붙이셨다. 나는 거기는 아직도 총독부 시대이구나 생각하였다. 그래서 "선생님, 저는 차멀미를 많이 해서 여행을 못합니다. 선생님만 다녀오십시오." 하고 사양하였다.

다른 한 번은 여러 사람이 있는 가운데, "…… 김 선생, 우리 이제 민족사학 그만 하자."고 하시는 것이었다. 이것이 여러 말씀 가운데 핵심이었다. 말씀은 부드러웠지만, 논조는 강하였다. 명령이었다.

4) 일을 마무리 하며

나는 "알겠습니다."라고 대답하였다. 이제 한일회담 이후 있었던 학술운동의 여러가지 목표가 거지반 이루어졌나 보다 생각하였다. 무엇보다도 나의 사학사 강의의 내용이 마음에 안 드시는구나 생각하였다. 나는 김 교수의 경우도 그렇고, 한 교수의 경우도 그러하지만, 사학사와 그 기반을 이루는 우리 역사의 체계 구성에 대한 인식의 차이라고 생각하였다.

그러므로 나는, 조용한 대학에서 '조심조심'의 원칙을 지키지 못하고 소란을 피운 것이 되었으니, 거기에 잘못이 있다면, 그 책임은 내가 져야 하는 것이라고 생각하였다. 그리고 이로써 내가 이 학교로 전속된 주된 이유와 약속도 해소되었으니, 이제는 내가 진퇴를 결정할 때가 되었구나 생각하였다. 나는 이에 앞서서는 대학에서 홀대를 받기도 하였으므로, 더 이상의 천덕꾸러기가 되어서는 안 된다고 생각하였다. 그리하여 객은 이제 언제든 떠날 수 있는 준비를 하지 않으면 안 되었다.

나는 그 후 사학사 관계 강의안을 글로 쓰는 것, 그리고 그것을 활자화 하는 것을 중단하였다. 그리하여 이 시절에 있었던 나의 문화 학술운동은 사실상 끝이 났다. 그리고 오래지 않아, 서울대학교의 관악산 이전을 계기로, 나도 이 학교를 떠났다.

이 책(제2부)을 이렇게 정리하고 보니, 그 내용이 빈약하기 짝이 없다. 그렇지만 이는 당시 대단히 어려웠던 시국 속의 문리과대학에서, 내가 문화 학술운동의 일환으로 강의한 한국 근대사학사가 유일한 산물이 되었다. 그래서 이는 작지만 유난히 감회가 깊은 책자가 되기도 하였다.

이때 우리 역사의 장래를 더불어 생각하고 염려하며, 나의 이 강의를 열심히 청강해 준, 국사학과 학생들에게 감사하는 바이다.

김용섭 저작집 총목차

- 농업사 연구 -

김용섭_저작집 1

증보판
朝鮮後期農業史研究〔Ⅰ〕
― 農村經濟·社會變動 ―

目 次

┃ 朝鮮後期의 農業問題

II 土地所有와 農民層分化

量案의 研究
― 朝鮮後期 肅宗 末年(1719·1720)의 農家經濟 ―

Ⅲ 地主·佃戶關係의 變質

Ⅳ 社會構成의 變動

김용섭 저작집 2

신정 증보판
朝鮮後期農業史研究〔Ⅱ〕
─農業과 農業論의 變動─

目 次

Ⅰ 農業生産力의 發展 ─ 水稻作

朝鮮後期의 水稻作技術
─移秧法의 普及에 대하여

II 農業生產力의 發展 ─ 田作

Ⅳ 農業論의 動向

김용섭 저작집 3

신정 증보판

朝鮮後期農學史研究
—農書와 農業 관련 文書를 통해 본 農學思潮—

目 次

II 17世紀 初·中葉 農書의 새로운 農業技術과 地主 立場 農學思想의 强化

Ⅲ 17世紀 末～18世紀 中葉의 新農書 編纂과 小農 立場 農學思想의 發展

Ⅳ 18世紀 末 政府의 農書 編纂 計劃과 두 農學思想의 對立

Ⅴ 19世紀 初 新·舊 農書의 綜合과
두 農學思想 對立의 持續

788

김용섭 저작집 4

신정 증보판
韓國近代農業史研究[Ⅰ]
―農業改革論·農業政策(1)―

目 次

Ⅰ 實學派의 農業改革論

18, 19世紀의 農業實情과 새로운 農業經營論

Ⅱ 政府의 賦稅制度 釐正策

朝鮮後期의 賦稅制度 釐正策 — 18세기 中葉~19세기 中葉

김용섭 저작집 5

신정 증보판
韓國近代農業史研究[Ⅱ]
—農業改革論·農業政策(2)—

目 次

Ⅲ 改革期의 農業論

韓末 高宗朝의 土地改革論

Ⅳ 光武改革의 農業政策

김용섭 저작집 6

신정 증보판
韓國近代農業史研究〔Ⅲ〕
—轉換期의 農民運動—

目 次

김용섭 저작집 7

증보판
韓國近現代農業史研究
― 韓末·日帝下의 地主制와 農業問題 ―

目 次

Ⅰ 近代化와 地主制

近代化過程에서의 農業改革의 두 方向

古阜 金氏家의 地主經營과 資本轉換

載寧 東拓農場의 成立과 地主經營 强化

朝鮮信託의 農場經營과 地主制 變動

김용섭 저작집 8

韓國中世農業史研究
―土地制度와 農業開發政策―

目 次

Ⅱ 結負·量田制

高麗時期의 量田制

高麗前期의 田品制

結負制의 展開過程

Ⅲ 農業開發政策

朝鮮初期의 勸農政策

世宗朝의 農業技術